W0291567

Robert Merivel, Leibmedicus der königlichen Hundemeute und inoffizieller Hofnarr unter Charles II., ist dem sinnenfrohen und ausschweifenden Leben am Königshof verfallen. Er wähnt sich im siebten Himmel, als er für eine besondere Aufgabe auserwählt wird: Er soll des Königs Mätresse Celia Clémence heiraten, um sie vor dem Zorn der »legitimierten« Mätresse Lady Castlemaine zu bewahren. Daß die Ehe nicht vollzogen werden darf, versteht sich von selbst. Doch lange kann Robert der verführerischen Celia nicht widerstehen ... Rose Tremain zeichnet ein farbenprächtiges und opulentes Bild des 17. Jahrhunderts und entführt die Leser in eine Welt der Sinnlichkeit.

»Das zeichnet Rose Tremains Romane aus: starke Charaktere, erzählerischer Reichtum und eine mitreißende Farbigkeit!« *NDR Kultur*

Rose Tremain ist eine erfolgreiche und vielfach preisgekrönte Schriftstellerin. Sie lebt in London und Norwich. Für *Der weite Weg nach Hause* wurde sie 2008 mit dem Orange Prize for Fiction ausgezeichnet.

Im insel taschenbuch liegen außerdem vor: *Der weite Weg nach Hause*. Roman (it 4037) und *Die Farbe der Träume*. Roman (it 4148).

insel taschenbuch 4200

Rose Tremain

Zeit der Sinnlichkeit

ROSE TREMAIN
ZEIT DER SINNLICHKEIT

Roman Aus dem Englischen von Elfie Deffner

INSEL VERLAG

Die englische Originalausgabe erschien 1989 unter dem Titel
Restoration. © 1989 Rose Tremain.
Deutsche Erstveröffentlichung: Scherz Verlag AG, Bern 1991

Umschlagfoto: Jeff Cottenden

Erste Auflage 2013
insel taschenbuch 4200
© Insel Verlag Berlin 2013
Alle Rechte vorbehalten, insbesondere das des
öffentlichen Vortrags sowie der Übertragung
durch Rundfunk und Fernsehen, auch einzelner Teile.
Kein Teil des Werkes darf in irgendeiner Form
(durch Fotografie, Mikrofilm oder andere Verfahren)
ohne schriftliche Genehmigung des Verlages reproduziert
oder unter Verwendung elektronischer Systeme
verarbeitet, vervielfältigt oder verbreitet werden.
Vertrieb durch den Suhrkamp Taschenbuch Verlag
Umschlaggestaltung: Cornelia Niere, München
Satz: Hümmer GmbH, Waldbüttelbrunn
Druck: CPI – Ebner & Spiegel, Ulm
Printed in Germany
ISBN 978-3-458-35900-5

ZEIT DER SINNLICHKEIT

ERSTER TEIL

Fünf Anfänge

Ich muß feststellen, daß ich alles andere als ein schmucker Mann bin.

Seht mich an! Ohne meine Perücke – ein Affront gegen jede Eleganz! Mein Haar (was davon noch übrig ist) hat die Farbe des Sandes und ist drahtig wie Schweineborsten; meine Ohren sind von unterschiedlicher Größe; meine Stirn ist mit Sommersprossen übersät; meine Nase, die meine Haartracht natürlich nicht kaschieren kann, ganz gleich wie tief ich diese ins Gesicht ziehe, ist schlichtweg platt, als ob ich bei der Geburt einen Schlag darauf bekommen hätte.

War dies der Fall gewesen? Wahrscheinlich nicht, denn meine Eltern waren sanftmütige und liebe Leute. Doch werde ich es nun nie mehr erfahren, denn sie starben 1662 in einem Feuer. Mein Vater hatte die Nase eines römischen Kaisers. Diese gerade, scharfgeschnittene Nase würde mein Gesicht aufwerten, aber leider habe ich sie nicht. Vielleicht bin ich gar nicht meines Vaters Kind? Ich bin sprunghaft, unmäßig, gierig, prahlerisch und traurig. Vielleicht bin ich der Sohn Amos Treefellers, des alten Mannes, der Hutformen für meinen Vater herstellte? Wie er liebe ich es, Gegenstände aus poliertem Holz in der Hand zu fühlen. Mein Teleskop, zum Beispiel. Ich gebe zu, daß die Ordnung in meinem Kopf besser durch das Umfassen dieses wissenschaftlichen Instruments wiederhergestellt wird als durch das, was seine Linsen meinem Auge enthüllen. Für eine solch positive Wirkung auf mich sind die Sterne zu zahlreich und zu weit weg; sie lösen in mir nur Entsetzen über meine eigene Bedeutungslosigkeit aus.

Ich weiß nicht, ob Ihr Euch schon ein Bild von mir machen könnt. Jetzt, da das Jahr 1664 zu Ende geht, bin ich siebenunddreißig Jahre alt. Mein Leib ist dick und ebenfalls sommersprossig, obwohl er selten der Sonne ausgesetzt war. Er sieht aus, als ob ein Schwarm winziger Nachtfalter auf ihm gelandet sei. Ich bin nicht groß, aber dies ist das Zeitalter der hohen Absätze. Ich gebe mir alle Mühe, mich gepflegt zu kleiden, habe aber die schreckliche Angewohnheit, mich beim Essen zu bekleckern. Meine Augen sind blau und klar. Als Kind sah man in mir einen Engel und knöpfte mich oft in einen Anzug aus blauem Moiré, so daß ich für meine Mutter eine kleine Welt in sich darzustellen schien: das Meer und den Sand aufgrund meiner Farben und die Leichtigkeit der Luft durch meine Kinderstimme. Als sie der Feuertod ereilte, glaubte sie noch, daß ich ein Ehrenmann sei. In der wohlriechenden Düsterheit von Amos Treefellers Hinterzimmer (wo alle unsere privaten Gespräche stattfanden) hielt sie meine Hand und erzählte flüsternd von ihrer Hoffnung auf eine glanzvolle Zukunft für mich. Sie konnte nicht sehen – und ich brachte es nicht übers Herz, sie darauf hinzuweisen –, daß wir nicht mehr in einem ehrenhaften Zeitalter lebten. Statt dessen war das Zeitalter der Chancen heraufgedämmert. Und nur die Älteren (wie meine Mutter) und die unverbesserlich Kurzsichtigen (wie mein Freund Pearce) bemerkten das nicht und trafen keine Anstalten, soviel Vorteil wie möglich daraus zu ziehen. Es ist mir peinlich einzugestehen, daß Pearce nicht einmal die Witze versteht – geschweige denn, daß er darüber lacht –, die bei Hofe die Runde machen und die zu übermitteln ich mich verpflichtet fühle, wenn er gelegentlich sein feuchtes Haus in den Fenlands verläßt, um mich zu besuchen. Er entschuldigt sich damit, daß er ein Quäker ist. Da muß ich dann lachen.

Doch nun wieder zu mir – wohin meine Gedanken ausgesprochen gern zurückkehren.

Mein Name ist Robert Merivel, und wenn ich auch mit anderen meiner Ausstattungsmerkmale (zum Beispiel meiner platten Nase) unzufrieden bin, so bin ich mit meinem Namen ausgesprochen glücklich, weil ich einen großen Teil meines Wohlergehens seinem französischen Klang verdanke. Seit der Rückkehr des Königs ist alles Französische in Mode: Absätze, Spiegel, Sänften, silberne Zahnbürsten, Fächer und Frikassees. Und französische Namen. In der Hoffnung, daraus Vorteil zu ziehen, hat ein enger Nachbar von mir in Norfolk, James Gourlay (zufälligerweise ein häßlicher, ziemlich abstoßender Mann), in seinen ansonsten schottisch klingenden Namen ein »de« eingefügt. Bis jetzt hat der aufgeblasene de Gourlay nichts weiter davon gehabt, als daß ihn ein geistreicher Franzose an meiner Tafel »Monsieur Dégueulasse« getauft hat. Wir haben sehr darüber gelacht, und meine neuen scharlachroten Kniehosen wurden von dem Mundvoll Rosinenpudding befleckt, den ich bei meinem Heiterkeitsausbruch herausprusten mußte.

Auch so könnte Eure Vorstellung von mir sein: Ich bei Tisch, lauthals lachend, in einem auffällig bunten Anzug, mein struppiges Haar von einer üppigen Perücke niedergehalten, meine Sommersprossen gepudert, meine Augen im Kerzenlicht schimmernd, mein Pudding herausgeprustet von jenen Kräften in mir, die sich über Dezenz mokieren und nach Narretei gieren. Es wäre zu schmeichelhaft, wenn Ihr mich für elegant oder sonst irgendwie von Wert halten würdet, und doch bin ich in diesem Augenblick, da Ihr einen Blick auf mich werft, ein ziemlich beliebter Mann. Und ich bin mitten in einer Geschichte, die ganz verschieden ausgehen kann, wobei nicht jedes Ende ganz nach meinem Geschmack wäre. Das Durcheinander der Konstellationen, das ich durch mein Teleskop sehe, erschließt mir nicht mein Schicksal. Mit anderen Worten: Sehr vieles, was diese Welt und meine Rolle in ihr betrifft, kann ich trotz all meiner Studien ganz und gar nicht verstehen.

Die Geschichte hat einen Anfang, vielleicht auch eine Vielzahl von Anfängen. Dies sind sie:

1. Im Jahre 1636 führte ich im Alter von neun Jahren meine erste Leichenöffnung durch. Ich verwendete dazu folgende Instrumente: ein Küchenmesser, zwei bleierne Senflöffel, vier Hutnadeln und einen Meßstab. Der Kadaver war ein Star.

Ich führte diese Großtat einer Untersuchung in unserem Keller durch, in den durch den Kohlenbunker ein dämmeriges Licht fiel, das ein wenig durch die beiden Kerzen, die ich auf mein Seziertablett gestellt hatte, verbessert wurde.

Als ich in den Brustkorb einschnitt, wurde ich von einer Woge freudiger Erregung erfaßt. Diese stieg im weiteren Verlauf dieser Arbeit noch an, und als ich den Körper des Stars geöffnet vor mir liegen sah, erkannte ich plötzlich, daß ich einen Blick in meine eigene Zukunft getan hatte.

2. Am Caius College in Cambridge traf ich im Jahre 1647 meinen armen Freund Pearce.

Sein Zimmer lag auch direkt am kalten Treppenhaus, unter dem meinen. Zu dieser Zeit waren wir beide Anatomiestudenten, und wenn wir auch von sehr gegensätzlicher Wesensart sind, so hatte sich doch durch die gemeinsame Ablehnung der galenischen Theorie und unser Bestreben, die genaue Funktion eines jeden Körperteils im Hinblick auf das Ganze herauszufinden, ein Band zwischen uns gebildet.

Eines Abends kam Pearce in einem Zustand freudiger Erregung in mein Zimmer. Sein Gesicht, sonst eher von grauer Farbe und trocken-schuppig, war gerötet und feucht, seine ernsten, grünen Augen hatten einen merkwürdigen Glanz. »Merivel, Merivel«, stammelte er, »komm in mein Zimmer! Dort steht ein Mann, der ein sichtbares Herz hat!«

»Hast du etwas getrunken, Pearce?« fragte ich. »Hast du deinen Schwur, keinen Sherry zu trinken, gebrochen?«

»Nein!« brach es aus Pearce heraus. »Komm jetzt und sieh dir dieses einzigartige Phänomen selbst an. Der Mann sagt, daß wir es für einen Shilling auch berühren dürfen.«

»Sein Herz berühren?«

»Ja.«

»Wenn er auf Geld aus ist, dann kann es sich ja nicht um einen Leichnam handeln!?«

»Nun komm schon, Merivel, bevor er in die Nacht entflieht und auf immer und ewig für unsere Forschung verloren ist.«

(Ich muß hier anmerken, daß Pearce eine blumige, manchmal etwas melodramatische Sprechweise hat, die so gar nicht zu diesem angepaßten, farblosen und sich selbst verleugnenden Mann paßt. Ich denke oft, daß kein anatomisches Experiment ergründen könnte, wie die überladenen Sätze mit der ganzen, dezent gekleideten Person in Beziehung stehen, es sei denn, es ist eine allgemeingültige, wenn auch widersprüchliche Tatsache, daß Quäker zwar, was ihren Gang, ihr Gehabe und ihre Gewohnheiten angeht, monoton und schlicht sind, daß sich in ihren Köpfen aber insgeheim eine ekstatische und närrische Sprache befindet.)

Wir gingen also zu Pearces Zimmer hinunter, wo in dem kleinen Kamin ein Feuer brannte. Davor stand ein Mann von vielleicht vierzig Jahren. Ich wünschte ihm einen guten Abend, aber er nickte mir nur zu.

»Soll ich das Hemd aufknöpfen?« fragte er Pearce.

»Ja!« sagte Pearce mit vor freudiger Erwartung erstickter Stimme. »Knöpft es auf, Sir!«

Ich sah zu, wie der Mann seinen Rock und Spitzenkragen ablegte und anfing, sein Hemd zu öffnen. Er ließ es zu Boden fallen. Auf seine Brust war eine kleine Panzerplatte gebunden, die sein Herz bedeckte. Pearce nahm jetzt ein Taschentuch aus seinem Ärmel und wischte sich damit über die feuchte Stirn. Der Mann entfernte die Platte, unter der sich ein etwas beflecktes Leinenpolster befand.

Vorsichtig löste er das Polster, so daß wir in seiner Brust ein großes Loch, ungefähr von der Größe eines Tafelapfels, erblicken konnten, und als ich mich vorbeugte, um es genauer zu sehen, bemerkte ich tief drinnen eine rosa, feucht-fleischige Masse, die sich gleichmäßig pulsierend bewegte.

»Siehst du?« rief Pearce, dessen hitzig-erregter Körper den Raum mit tropischer Feuchtigkeit zu füllen schien. »Siehst du, wie es sich zusammenzieht und wieder ausdehnt? Wir sehen mit eigenen Augen ein lebendiges, schlagendes Herz!«

Der Mann nickte lächelnd. »Ja«, sagte er. »Ein Rippenbruch durch einen Sturz von meinem Pferd vor zwei Jahren führte zu einer schlimmen Eiterung. Dadurch wurden so viele Fäulnisstoffe freigesetzt, daß meine Ärzte fürchteten, die Wunde würde nie heilen. Sie tat es jedoch. Man kann den Wulst des alten Geschwürs hier am Rande des Loches sehen. Aber die Zerstörungen gingen so tief, daß sie das Herz freilegten.«

Ich war sprachlos. Es berührte mich in meinem tiefsten Innern, daß ich hier an einem lebenden Menschen, der nonchalant am Feuer stand, als ob er Freunde für ein paar Besiguerunden erwartete, die Systole und Diastole seines Herzens beobachten konnte. Ich konnte jetzt verstehen, warum Pearce vor Aufregung so schwitzte. Doch dann – und deshalb halte ich diesen Vorfall als einen möglichen Beginn der Geschichte fest, die sich um mich herum entwickelt – holte Pearce aus dem speckigen Ledergeldbeutel, in dem er seine kläglichen weltlichen Einkünfte aufbewahrte, einen Shilling hervor und gab ihn dem Fremden; der Mann nahm ihn und sagte: »Wenn Ihr wollt, könnt Ihr es anfassen.«

Ich ließ Pearce den Vortritt. Ich sah, wie er seine dünne weiße Hand langsam ausstreckte und zitternd in den Brustkorb hineinschob. Der Mann blieb ruhig und hörte nicht auf zu lächeln. Er zuckte nicht zurück. »Ihr dürft«, sagte er zu Pearce, »mein Herz in die Hand nehmen und es leicht drücken.«

Pearce blieb der Mund offenstehen. Dann schluckte er und zog seine Hand zurück. »Das kann ich nicht, Sir«, stotterte er.

»Dann vielleicht Euer Freund?« fragte der Mann.

Ich schlug die Spitzenstulpe an meinem Handgelenk zurück. Jetzt war es an mir zu zittern. Mir fiel ein, daß ich, als Pearce in mein Zimmer kam, gerade zwei Kohlestücke ins Feuer geworfen hatte; seitdem hatte ich mir die Hände nicht gewaschen, sondern sie nur achtlos an meinem Hosenboden abgewischt. Ich untersuchte meine Handfläche auf Kohlenstaub. Sie war leicht grau angeschmutzt. Ich leckte sie ab und rieb damit wieder über meinen Samthintern. Der Mann mit dem offenen Herzen beobachtete mich ohne jede Besorgnis. Pearce, der in seinem feuchten Dunst dicht neben mir stand, atmete geräuschvoll durch den Mund.

Meine Hand drang in die Höhle ein. Ich spreizte die Finger und griff mit der gleichen Vorsicht nach dem Herzen, mit der ich als Junge Eier aus Vogelnestern gestohlen hatte. Der Mann zeigte noch immer keine Regung. Ich griff ein wenig fester zu. Der Herzschlag blieb kräftig und gleichmäßig. Gerade als ich die Hand wieder zurückziehen wollte, fragte der Fremde: »Berührt Ihr mein Herz, Sir?«

»Ja«, sagte ich, »fühlt Ihr denn nicht den Druck meiner Hand?«

»Nein. Ich fühle überhaupt nichts.«

Pearce neben mir atmete keuchend, wie ein von Hunden gehetzter Hase. Eine Schweißperle baumelte an seiner rosa Nasenspitze. Und mein Kopf mußte sich nun mit einem erstaunlichen Phänomen auseinandersetzen: Ich umfasse mit meiner Hand ein menschliches Herz, ein lebendes menschliches Herz. Ja, ich drücke es jetzt mit mäßiger, aber nicht unerheblicher Kraft. Und der Mann fühlt überhaupt keinen Schmerz.

Ergo, das Organ, das wir Herz nennen und von dem, wie wir meinen, alle starken Gefühle, von unerträglicher Sorge bis zu ekstatischer Liebe, ausgehen – oft wird es ehrfurchtsvoll sogar als Schrein der Seele bezeichnet –, ist an sich ganz und gar gefühllos.

Ich zog meine Hand zurück. Ich war jetzt ebenso aufgewühlt wie mein armer Quäker-Freund, den ich gern um ein Schlückchen Brandy gebeten hätte, doch ich wußte ja, daß er nie welchen da hatte. So setzten Pearce und ich uns auf die harte Holzbank, während unser Besucher ruhig sein Leinenpolster und seine Panzerplatte wieder anlegte und dann sein Hemd aufhob; für eine ganze Weile fehlten uns die Worte.

Von diesem Tag an konnte ich meinem eigenen Herzen nicht mehr die allgemein übliche Reverenz erweisen.

3. Mein Vater wurde im Jahre 1661 zum Handschuhmacher des wiedereingesetzten Königs ernannt.

Zu dieser Zeit war ich am Königlichen College für Medizin, nachdem ich die vier Jahre davor in Padua bei dem großen Anatomen Fabricius studiert hatte. Ich arbeitete an einem Referat über das Thema »Die einzelnen Krankheitsschritte: eine Abhandlung über die Bedeutung der Entstehungsorte von Tumoren und anderen Malignitäten bei der Erkennung und Behandlung von Krankheiten«. Doch ich wurde langsam faul. Mehrmals in der Woche schlief ich in meinem möblierten Zimmer bis spät in den Morgen hinein, anstatt mich, wozu ich eigentlich verpflichtet war, um die armen Kranken im St.-Thomas-Hospital zu kümmern. Und anstatt meine Vorlesungen zu besuchen, verbrachte ich einige Nachmittage in der Woche damit, im Hyde Park herumzuspazieren, mit keinem anderen Ziel als dem, irgendeine plumpe Hure aufzutun und mit ihr das zu machen, was ich den Akt des Vergessens nannte.

Die Wahrheit ist, daß bei der Rückkehr des Königs Selbstdisziplin und stumpfsinnige Plackerei gleichsam in einem Heiterkeitsausbruch verpufft waren. Das Leben erfüllte mich nun mit so viel Erregung und Gier, daß ich nicht allzuviel davon bei der Arbeit verbringen wollte. Frauen waren billiger als Bordeaux, also berauschte ich mich an ihnen. Zeitweilig war mein Durst nach ihnen unstillbar. Ich fiel wild über sie her. Ohne jede Bescheidenheit sehnte ich mich danach, zwei auf einmal zu nehmen, maßlos wie die Wildschweine, deren Borsten meine eigenen verbliebenen Haare so ähneln. Sogar an öffentlichen Orten: nachts in dunklen, engen Gassen, in einer Pferdedroschke, auf einem Flußkahn, im Orchestergraben des Herzoglichen Schauspielhauses. Ich träumte von ihnen. Bis zu dem Tag, an dem ich zum ersten Mal nach Whitehall ging. Und nach diesem Tag – so außergewöhnlich und unvergeßlich war der Eindruck, den er auf mich machte – fing ich an, vom König zu träumen.

Ich verstehe jetzt, daß die Bewunderung für Handwerk und Gewerbe im großzügigen, aber halsstarrigen Wesen König Charles' II. tief verwurzelt ist. Er nahm meinen Vater in seinen Dienst, weil er in ihm einen tüchtigen und geradlinigen Handwerker sah, der mit Leib und Seele bei der Sache war. Solche Leute machten ihm Freude, weil sie einer geordneten, genau definierten Welt angehören und niemals anstreben, in eine andere überzuwechseln. Ein Galanteriewarenhersteller wie mein Vater würde niemals auf die Idee kommen, beispielsweise ein Gärtner, Büchsenmacher oder Geldverleiher zu werden. Mit seinem Handwerk deckte er einen ganz bestimmten Bereich ab, den er nicht verließ. König Charles erläuterte meinem Vater, während er ein Paar seiner vorzüglich geschnittenen Glacé-Handschuhe anprobierte, daß er hoffte, das englische Volk würde sich während seiner Regentschaft genauso verhalten, »jeder auf seinem angestammten Platz, in dem ihm bestimmten Beruf, Geschäft oder Handwerk. Und jeder damit zufrieden, so daß es kein Gedrängel und Geschubse gibt und niemand über sich hinauswill. So werden wir Frieden haben, und ich kann das Land regieren.«

Ich weiß zwar nicht, was mein Vater darauf antwortete, wohl aber, daß es bei dieser Gelegenheit war, daß der König versprach, »demnächst einmal, wenn Ihr mir Handschuhe bringt«, meinem Vater seine Sammlung großer und kleiner Uhren in seinem privaten Arbeitszimmer zu zeigen.

Höchstwahrscheinlich hat sich mein Vater ehrerbietig verneigt. Es ist nur sehr wenigen Leuten vergönnt, das Arbeitszimmer des Königs zu betreten. Der einzige Schlüssel wird von seinem Leibdiener Chiffinch aufbewahrt. Und das war der Augenblick, in dem mein Vater – vielleicht auf den Knien? – ein Wort für mich einlegte und den König fragte, ob er ihm einmal seinen einzigen Sohn vom Königlichen College für Medizin vorstellen dürfe, »falls Eure Majestät in Eurem Haushalt je einen zusätzlichen Arzt brauchen solltet ... vielleicht einen Arzt für das Kammerpersonal oder auch nur für die Küchenjungen ...«

»Aber selbstverständlich«, scheint der König geantwortet zu haben, »und wir zeigen ihm auch die Uhren. Ich nehme an, daß ihn als Anatomen ihre mechanische Komplexität interessieren wird.«

So kam mein Vater an einem Novembernachmittag, von einem frischen Wind den Ludgate Hill hinaufgetrieben, an meinem Zimmer an. Ich war, wie es mir für den Dienstag zur Gewohnheit geworden war, mit dem Akt des Vergessens mit Rosie Pierpoint, der Frau eines Fährmanns, beschäftigt. Ihr Lachen war so voll und saftig wie der Teil ihres Körpers, den sie kokett »ihr Ding« nannte. Umfangen von ihrem Ding und ihrem Lachen, kicherte ich ekstatisch und bumste so heftig meinem kleinen Paradies entgegen, daß ich weder sah noch hörte, wie mein Vater ins Zimmer kam. Ich muß ein lächerlicher Anblick gewesen sein. Meine Kniehose und

Strümpfe noch um meine Knöchel verheddert, die sandfarbenen Schweineborsten, die in der Falte meines Hinterns sprießen, unvorteilhaft sichtbar, Mrs. Pierpoints Beine auf beiden Seite meines Rückens herumfuchtelnd wie die eines Akrobaten im Zirkus. Ich erröte noch immer, wenn ich daran denke, daß mein eigener Vater mich so gesehen hat. Und als er ein Jahr später in dem Feuer umkam, hatte ich inmitten der großen Trauer den tröstlichen Gedanken, daß wenigstens auch diese Erinnerung mit seinem armen Gehirn in Staub und Asche zerfiel.

Eine Stunde später waren mein Vater und ich in Whitehall. Ich trug den saubersten Rock, den ich hatte finden können, und hatte mein Gesicht von allen Spuren von Rosie Pierpoints Rouge gereinigt. Meine Haare lagen verborgen und gezähmt unter meiner Perücke. Meine Schuhe hatte ich mit ein wenig Möbelöl blank gerieben. Ich war aufgeregt, eifrig und voller Bewunderung für die Aufmerksamkeit, die meinem Vater offensichtlich vom König zuteil wurde. Doch dann, als wir die Steingalerie entlanggingen und uns den königlichen Gemächern näherten, fühlte ich plötzlich ein Zaudern und rang nach Luft. Alle Welt, die hier herumlief, schien sich frei und unbefangen zu fühlen. Doch ich hatte den Eindruck, daß sich die Luft durch die Anwesenheit des Königs verändert hatte.

»Beeil dich«, sagte mein Vater. »Wegen deiner akrobatischen Übungen sind wir schon spät dran.«

An den Türen zu den königlichen Gemächern standen Wachen, doch auf ein Nicken meines Vaters hin wurden sie geöffnet. Über seinem Arm trug er einen seidenen Beutel mit zwei Paar Satinhandschuhen. Wir betraten einen Salon. Unter einem großen marmornen Kaminsims prasselte ein Feuer. Nach der Kühle der Galerie hätte ich mich gern dorthin begeben, wenn ich mich inzwischen nicht schon fast zu schwach gefühlt hätte, um mich überhaupt noch zu bewegen, so daß ich mich fragte, ob ich meinem Vater (der an diesem Tag schon genug Peinlichkeiten erlebt hatte) auch noch die Unannehmlichkeit bereiten würde, daß ich in Ohnmacht fiel.

Die nun folgenden Augenblicke erschienen mir verzerrt und unwirklich wie im Traum. Ein Diener kam aus dem Schlafgemach des Königs und bat uns einzutreten. Ich hatte das Gefühl, daß wir wie Schlittschuhläufer über dreißig Fuß Perserteppich glitten, durch die großen vergoldeten Türen stolperten und vor den beiden längsten und elegantesten Beinen, die ich je gesehen hatte, flach auf die Nase fielen.

Nach einer Weile merkte ich, daß wir nicht ausgestreckt am Boden lagen, sondern nur knieten. Irgendwie waren wir Schlittschuhläufer doch nicht zu Fall gekommen. Das an sich kam mir schon wie ein Wunder vor, da alles um mich herum – das Bett mit dem Baldachin, die Wandleuchter mit den Kerzen, ja sogar die mit Brokat bespannten Wände – sich zu bewegen schien, ins Blickfeld kam, um wieder daraus zu verschwinden, deutlich wurde, dann wieder unscharf.

Dann hörte ich eine Stimme: »Merivel. Und wer ist das?«

Jetzt, da ich so in dem Gespinst der Geschichte verstrickt bin, höre ich oft diese Stimme. *Merivel. Und wer ist das?* Zuerst mein Name. Dann das Ableugnen, mich überhaupt zu kennen. Merivel. Und wer ist das? Diese Erinnerung paßt so gut. Ich bin jetzt nicht mehr der Merivel, der ich an jenem Tage war. An jenem Novembernachmittag wurde mir ein Raum voller Uhren gezeigt, die disharmonisch schlugen und tickten. Mir wurde eine kleine Leckerei angeboten, doch ich konnte sie nicht hinunterschlucken. Mir wurden Fragen gestellt, doch ich konnte sie nicht beantworten. Ein Hund schnüffelte an meinem Fuß, doch ich fand die Berührung seiner Nase so widerlich, als wäre er ein Reptil.

Nach einer endlos langen Zeit (ich weiß bis heute nicht, wie diese Zeit ausgefüllt wurde) waren wir wieder draußen in der Galerie, und mein Vater schrie mich an, ich sei ein Dummkopf und Narr.

Ich ging allein nach Ludgate zurück und stieg müde zu meinem Zimmer hinauf. Dort, in meiner schäbigen Dachkammer, wurde mir das, was geschehen war, so schlagartig, als wäre ich plötzlich auf ein Wespennest gestoßen, in seiner ganzen schrecklichen Tragweite bewußt. Ich war nur eine Handschuhlänge von der Macht entfernt gewesen und hatte nicht zugegriffen. Sie war für mich erreichbar gewesen, doch nun war die Chance ein für allemal verpaßt.

Ich begann wie ein gequältes Schwein zu heulen.

4. Es ist nicht klar, wodurch das Feuer in der Werkstatt meines Vaters am Neujahrstag des Jahres 1662 ausgelöst wurde. Der Raum war natürlich vollgestopft mit Holzkisten und -regalen, in denen die leicht entflammbaren Materialien seines Gewerbes aufbewahrt waren: Filz, Steifleinwand, Ziegenleder, Pelz, Spitze, Federn, Bänder und Ballen von Satin, Kamelott und Seide. Ein kleiner Brand, verursacht durch eine umgefallene Öllampe oder Kerze, fand hier reichlich Nahrung.

Man weiß lediglich, daß das Feuer am späten Abend ausbrach, die Werkstatt verschlang und sich gierig nach oben hin ausbreitete, wo die Wohnräume meiner Eltern lagen. Diese waren wohl gerade beim Abendessen. Ihrem Diener Latimer gelang es, ein kleines Schrägfenster zu öffnen und auf das Dach hinauszuklettern, von wo aus er dann versuchte, seine nicht mehr so behenden Herrschaften heraufzuziehen und in Sicherheit zu bringen. Meine Mutter hatte auch schon Latimers Hand ergriffen, als sie plötzlich würgend und vom Rauch erstickt zurückfiel. Mein Vater versuchte, sie Latimer wieder entgegenzuheben, doch sie lag bewußtlos in seinen Armen.

»Hol ein Seil!« wird mein Vater wohl geschrien haben, aber seine Anweisungen wurden durch die Serviette gedämpft, die er sich um Mund und Nase gebunden hatte, so daß Latimer ihn nicht verstehen konnte. Er starrte hilflos zu meinen Eltern hinunter, und der immer dichter und schwärzer werdende Rauch wurde schwallweise über sein Gesicht ausgestoßen, während er halsbrecherisch an den Bleiplatten des Daches hing. In der bitteren Kälte des nächsten Morgens erzählte er mir: »Ich sah, wie sie starben, Mr. Robert. Ich hätte alles, was ich in meinem Leben je verdient habe, dafür gegeben, sie zu retten, aber ich konnte es nicht.«

Viele Leute kamen zum Begräbnis meiner Eltern. Lady Newcastle, für die mein Vater Augenklappen aus Maulwurfsfell gefertigt hatte, kam in einer schwarzen Kutsche, die von Pferden gezogen wurde, die mit schwarzen Federn geschmückt waren. Der König hatte zwei Kammerherren entsandt. Amos Treefeller, der nun in seiner zweiten Kindheit war, ließ sich in einer gemieteten Sänfte zur Grabstätte bringen, wo er zu plärren anfing. Der Januarwind nahm die Gebete auf und trug sie von dannen, bis sie verstummten.

Am folgenden Tag wurde ich wieder nach Whitehall zitiert.

Der Tod meiner lieben Eltern brachte nicht nur vorübergehend mein Verlangen nach Frauen zum Erliegen, sondern machte meinem Anatomen-Gehirn auch auf eindringliche

Art deutlich, wie schnell es gehen konnte, daß sich der Körper dem Tod unterwerfen mußte. An sich bin ich nicht zartbesaitet. In Padua, wo Leichen während der Sommermonate knapp waren, hatte Fabricius einmal eine Anatomiestunde mit dem Körper eines Almosenempfängers abgehalten, der drei Tage lang im Fluß getrieben hatte. Die deutschen Studenten, die dafür berüchtigt waren, daß sie immer störten und sich ungehörig benahmen, fluchten und erbrachen sich überall um mich herum. Ich jedoch blieb ruhig und gelassen und machte mir Notizen. Jetzt jedoch, nach dem Tod meiner Eltern, betrachtete ich meinen eigenen Körper, auf den ich noch nie besonders stolz gewesen war, auf einmal mit Widerwillen, Abneigung und Furcht. Und diese Furcht war es, der ich durch die unergründlichen Wege des Schicksals die Ehre verdankte, die mir nun erwiesen werden sollte. Meine Angst vor dem Tod hatte meine Angst vor der Macht verringert, wenn nicht gar schwinden lassen. Daher schüchterte mich jetzt, als ich nach Whitehall zitiert wurde, der Gedanke, Seiner Majestät gegenüberzutreten, nicht mehr ein, und so verhielt ich mich nicht wieder wie ein auf den Mund gefallener Idiot. Mein armer Vater wäre wirklich sehr erfreut gewesen, wenn er gesehen hätte, wie ich mich benehmen konnte.

Der König empfing mich in seinem Salon. Er sprach des längeren und höchst schmeichelhaft von der Tüchtigkeit meines Vaters. Dann kam er auf seine Theorie zurück, daß kein Mensch zu hoch hinauswollen, sondern seine Fähigkeiten und seine Stellung kennen sollte. Ich nickte und verbeugte mich. Dann sagte er: »Ich habe Euch hergebeten, Merivel, weil ich Euren verstorbenen Vater sehr gern gehabt und bewundert habe.«

»Ja, Majestät«, sagte ich. »Vielen Dank.«

»Doch ich habe zunächst einmal eine Aufgabe für Euch, der Ihr Euch gewachsen zeigen müßt, weil es mir sonst sehr zu Herzen gehen würde.«

»Wußten Eure Majestät«, wagte ich zu äußern, »daß das menschliche Herz – das heißt das Organ selbst – nichts fühlt?«

Er sah mich besorgt an. »Ach, Merivel«, sagte er, »wo habt Ihr das denn gelernt?«

»Ich habe es gesehen, Sir.«

»Gesehen? Aber was wir sehen können, ist doch nur ein Bruchteil der Wirklichkeit. Ihr als Arzt müßtet das doch verstanden haben. Seht zum Beispiel meine Hand. Sie trägt einen Handschuh, den Euer verstorbener Vater gefertigt hat. Was wir *sehen* können, ist der erstklassige Handschuh, der an meinem Ringfinger ein wenig ausgebuchtet ist durch den großen Saphirring, den ich so gern trage. Doch unter dem Handschuh ist die Hand selbst, die tausenderlei Stellungen einnehmen kann, *en l'air* wie ein Tänzer, flehend wie ein Bettler, zur Faust geballt wie ein Raufbold, gefaltet zum Gebet wie ein Bischof ... und dann wiederum, von welch phantastischer Vielfalt ist die Anordnung der Knochen in der Hand ...«

Er beschrieb dann einigermaßen akkurat den Skelettaufbau der menschlichen Hand. Als er schließlich damit fertig war, hielt ich es für ratsam, nicht wieder auf das Herz zurückzukommen, damit er endlich auf das zu sprechen kommen konnte, weswegen er mich in den Palast gerufen hatte.

»Einer meiner Hunde scheint im Sterben zu liegen«, sagte er. »Der Tierchirurg hat ihn wiederholt zur Ader gelassen, das Haar an seinem Rücken für das Schröpfen abrasiert, es mit Einstichen, Brech- und Abführmitteln versucht, doch das kleine Tier macht keine Fortschritte. Wenn Ihr ihn heilen könnt, Merivel, biete ich Euch eine Stelle als Hofarzt an.«

Ich fiel auf die Knie. Bestürzt merkte ich, daß auf dem einen Bein meiner Kniehose ein Fleck von meinem Frühstücksei war. »Danke, Sir«, stammelte ich.

»Ich lasse Euch jetzt sofort zu dem Hund führen, Merivel. Man wird Euch Essen und Trinken und Wäsche für die Nacht bringen, ebenso alle chirurgischen Instrumente, die Ihr braucht. Ihr bleibt so lange, bis der Hund entweder tot oder gesund ist. Laßt Euch die Arzneimittel holen, die Ihr für geeignet haltet.«

»Ja, Sir.«

»Der Hund heißt Bibillou. Er hört auch auf Bibi und Lou-Lou.«

»Lou-Lou, Majestät?«

»Ja. Was übrigens Euren Namen angeht: Er hat einen sehr angenehmen Klang.«

»Ich danke Euch, Sir.«

»Merivel. Klingt sehr hübsch in meinen Ohren.«

Ich verließ das Gemach des Königs und folgte zwei Dienern meilenweit durch Korridore. Ich wurde in ein freundliches Schlafgemach mit Blick auf den Fluß und den überfüllten Kai geführt. Ein Feuer brannte im Kamin, und davor, in einem Körbchen, lag ein braun-weißer Spaniel. Sein Körper war mitleiderregend dünn, und sein Atem rasselte. Auf einem Tisch neben dem Fenster stand eine Karaffe Bordeaux, ein Kelchglas und eine Schale mit portugiesischen Feigen. Über dem Bett ausgebreitet lag ein feines Leinennachthemd und eine dazu passende Nachtmütze, die ich, sobald mich die Diener mit dem Hund allein gelassen hatten, sofort aufsetzte, da ich den ganzen Tag über schon an einem lästigen Jucken unter meiner Perücke gelitten hatte. Ich zog auch meine Schuhe und meinen Rock aus und goß mir ein Glas Rotwein ein.

Ich war schrecklich müde. Ich hatte seit dem Brand schlecht geschlafen, doch wohl mehr aus seelischer als aus körperlicher Erschöpfung. So war ich froh, jetzt allein zu sein. Ich holte mir den Rotwein ans Bett, legte mich zurück und schlürfte ihn gierig wie ein römischer Senator. Ein- oder zweimal sah ich zu dem Hund hinüber. Er zuckte und winselte im Traum. »Lou-Lou«, rief ich leise, doch er rührte sich nicht. Ich werde jetzt gleich aufstehen, sagte ich mir, und den Hund untersuchen, um zu sehen, was zu tun ist. Statt dessen fuhr ich fort, Bordeaux zu trinken, der zu den besten gehörte, die ich je getrunken hatte, und bald spürte ich, wie mein Denken samtweich von einem köstlichen Wohlbehagen eingehüllt wurde. Da ich mich plötzlich hungrig fühlte, zwang ich mich, aufzustehen und ein paar Feigen zu essen, doch mein Körper schien so schwer und wackelig zu sein wie ein Faß Aale auf hoher See, und ich schwankte ins Bett zurück, wo ich betäubt vom Wein und vom verspäteten Kummer über den Tod meiner Eltern sofort in Schlaf sank.

Ich muß wohl sieben Stunden geschlafen haben. Als ich aufwachte, war es draußen dunkel, doch in meinem Zimmer brannten Kerzen, und auf dem Bordeaux-Tisch stand eine Mahlzeit aus gebratenem Rebhuhn und gedünstetem Blattsalat. Hatten die Diener versucht, mich zu wecken? Wenn ja, dann hatten sie dem König wohl berichten müssen, daß der Arzt Merivel volltrunken, mit der Nachtmütze über den Augen, im tiefen Schlafe dalag. Ich stöhnte auf. Ich war zum zweiten Mal nahe daran gewesen, mein Glück zu machen, und hatte wieder die Gunst der Stunde nicht genutzt.

Ich stand auf; noch immer war ich unsicher auf den Beinen. Ich ging hinüber zum Feuer, das nicht ausgegangen war, da die unsichtbaren Diener neue Scheite aufgelegt hatten, und kniete dort nieder. Ich streichelte der armen Lou-Lou über den Kopf. Zu meiner Überraschung öffnete sie ein feuchtes braunes Auge und sah mich an. Ich beugte mich vor und lauschte auf ihren Atem. Das Rasseln hatte nachgelassen. Ich sah ihr ins Maul. Die Mundhöhle war trocken und die Zunge geschwollen. Ich holte von meinem Waschstand Wasser und flößte ihr mit einem Löffel ein wenig davon ein. Sie schleckte es mit einem für einen kranken Spaniel erstaunlichen Eifer. Es ist gerade so, sagte ich mir, als ob das Abführen und Erbrechen, dem Lou-Lou unterzogen worden war, ihrem Körper die lebensnotwendige Feuchtigkeit entzogen hat. Und als ich das erkannt hatte, wußte ich plötzlich, daß meine Chance, den Hund zu heilen, jetzt wahrscheinlich größer war als bei meinem Eintreffen vor acht Stunden. Es konnte sogar sein, daß gerade meine Vernachlässigung der Schlüssel zu seiner Genesung werden würde. Denn während ich geschlafen hatte, war er sich selbst überlassen gewesen, möglicherweise zum ersten Mal seit mehreren Tagen und Nächten, so daß die Natur eine Chance gehabt hatte, sich selbst zu helfen.

»*Studenti!*« pflegte Fabricius mit Donnerhall zu brüllen, wobei seine Stimme wie Gotteswort von den Rängen seines primitiven Anatomie-Theaters als Echo zurückgeworfen wurde. »*Non dimenticare la natura!* Vergeßt die Natur nicht! Denn die Natur ist ein besserer Arzt, als irgendeiner von euch – und das gilt besonders für euch laute Deutsche – wahrscheinlich jemals werden wird!«

Die darauffolgenden siebzehn Stunden wachte ich über Lou-Lou. Ich sandte nach Alkohol, um die Furunkel und Verletzungen vor dem Verbinden zu desinfizieren, aber ansonsten ließ ich den Hund in Ruhe und gab ihm nur Wasser. Als das Fieber nachließ, fütterte ich ihn mit Rebhuhnstückchen, die ich in meinem eigenen Mund zu Brei zerkaut hatte. Am nächsten Abend, als mir eine Mahlzeit aus Perlhuhn, Rahm und Radieschen gebracht wurde, war ich schon voller Zuversicht, daß er nicht sterben würde. Und ich behielt recht. Vier Tage später trug ich den Hund zum Schlafgemach des Königs und setzte ihn seinem Herrn auf den königlichen Schoß, wo er verzückt stand und mit dem Schwanz wedelte.

5. Der fünfte Anfang ist der seltsamste, der am wenigsten erwartete und der bedeutungsvollste. Ohne ihn hätte die Geschichte, in der ich mich befinde, einen ganz anderen Verlauf genommen.

Ich will ihn mit angemessener Kürze erzählen. (Im Gegensatz zu Pearce gelingt es mir gewöhnlich, rasch zum *point* einer Geschichte zu kommen, während seine Erzählungen so mit schwermütigen, metaphysischen Betrachtungen gespickt sind, daß seine Zuhörer Gefahr laufen, den roten Faden zu verlieren, bevor er auch nur begonnen hat.) Das ist also der Anfang:

Ich brach mein Studium am Königlichen College ab und gab mein Zimmer in Ludgate auf. Mir wurden im Palast zwei hübsche Räume zugewiesen, denen nur – leider – die Aussicht auf den Fluß fehlte, der auf mich mit seinem munteren Treiben, seiner Unstetigkeit und seinem wechselnden Licht eine starke Faszination ausübte. Meine Pflichten waren wie folgt festgelegt: »Die Sorge um das tägliche Wohlergehen der achtzehn königlichen Hunde, die das Recht und die Pflicht einschließt, sie, wenn nötig, Operationen zu unterziehen, ihnen Heilmittel gegen Krankheiten zu verschreiben und alles in meiner Macht Stehende zu tun, um die Fortdauer ihres Lebens zu sichern.« Dafür sollte mir ein Gehalt von einhundert Pfund pro Jahr gezahlt werden. Dies, zusammen mit den zweihundertsiebenunddreißig Pfund aus dem Nachlaß meiner Eltern, die ich glücklicherweise unbeschadet in ihrem feuchten Keller gefunden hatte, war ausreichend, um für die absehbare Zukunft meine Versorgung mit gutem Bordeaux, hochhackigen Schuhen, seidenen Gehröcken, Brüsseler Spitzen und guten Perücken sicherzustellen. Kurz gesagt, ein erstaunlich gutes Geschick war mir zuteil geworden. (»Du bist dessen gar nicht würdig, Merivel«, meinte Pearce dazu, der sich weiter durchschlug, indem er versuchte, die Armen von St. Barts und – ein gräßliches Unterfangen – die Irren der Londoner Heilanstalt zu kurieren.)

Ich feierte das, indem ich Mrs. Pierpoint besuchte, mich mit ihr in der Leg Tavern betrank und sie dann in den Hampstead Fields in einen schlammigen Graben stieß. Danach hatte sie die Stirn, mich zu fragen, ob ich, der ich nun im Dienste des Königs stand, für den ungehobelten Mr. Pierpoint, der nur ein einfacher Kahnfahrer war, eine Stelle bei Hof besorgen könne. Mir wurde also sofort eine Lektion erteilt, die ich mir merken wollte, und zwar, daß Macht und Erfolg eine lange, lautstark fordernde Schlange schleimiger Leute und Bittsteller im Gefolge hatten, die mit ihrem Geschrei durch meine privaten Vergnügungen und Träume spuken würden, von denen man aber sehr oft mannigfaltige und hübsche Dinge als Bestechung bekam.

Ein höchst einträgliches und vergnügliches Jahr verging. Ich begriff schnell, daß sich mein Wesen in jeder Hinsicht gut für das Leben am Hofe eignete. Meine Vorliebe für Klatsch und Lachen, mein überschäumender Appetit, meine Neigung zu stilvollem Chaos und mein Trick, nach Lust und Laune zu furzen, machten mich zu einem der beliebtesten Männer von

Whitehall. Selten wurde beim Cribbage oder Rommé ohne mich angefangen, selten wurden Musikabende oder *soirées dansantes* veranstaltet, zu denen ich nicht eingeladen war. Die Frauen fanden mich amüsant, und eine beglückende Anzahl erlaubte mir, nicht nur ihre Lachmuskeln zu kitzeln, sondern auch ihre reizenden und unwiderstehlichen Vergnügungszentren, so daß ich selten allein schlief. Und der König war mir – was wohl der glücklichste Umstand von allen war – von Anfang an sehr gewogen, was nicht nur darauf zurückzuführen war, wie er mir erzählte, daß ich Lou-Lou geheilt hatte, sondern auch darauf, daß ich die Fähigkeit hatte, ihn zu amüsieren. Ich war wohl so etwas wie sein Hofnarr. Wenn ich ihn soweit gebracht hatte, daß er sich vor Lachen die Seiten hielt, winkte er mich zu sich heran, faßte mit seiner eleganten Hand nach meiner eingedrückten Nase und zog mich an sich, um mir einen freundschaftlichen Kuß auf den Mund zu geben.

Nach einiger Zeit bemerkte ich, daß er meine Gesellschaft bewußt suchte, und das fand ich höchst erstaunlich. Er zeigte mir all seine Gärten und seinen Tennisplatz und begann, mir das Tennisspielen beizubringen, bei dem ich mich als geschickter und wendiger erwies, als ich es erwartet hatte. Er beschenkte mich: eine hübsche französische Uhr aus der Sammlung, die ich an jenem kritischen ersten Tag gesehen hatte, eine Garnitur riesiger gestreifter Servietten, die so groß waren, daß sie beim Essen meine ganze Person bedeckten und mir das lächerliche Aussehen eines Mannes in einem Zelt verliehen – was an der Speisetafel für Belustigung sorgte –, einen Hund für mich selbst, eine süße Spanielhündin, die ich nach seiner von ihm sehr bewunderten Schwester Minette nennen mußte.

Ich konnte also wirklich nicht sagen, daß ich nicht glücklich war. Meine unvollständigen Medizinkenntnisse reichten für das Wohlergehen der Hunde aus, nicht zuletzt, weil es Hunde waren, die mit Milch und Rindfleisch gefüttert wurden und in warmen Räumen schliefen. Und was den Lebensgenuß, Zeitvertreib und Frauen, anging, so hatte ich alles, was sich ein Mann nur wünschen konnte. Ich wurde dick und ein wenig träge, aber so waren viele am Hof; nicht alle besaßen König Charles' große Energie und Neugier. Als Pearce mich besuchte, erbleichte und erstarrte er angesichts all des profanen Luxus. »Dieses Zeitalter leidet an einer beklagenswerten moralischen Blindheit«, sagte er mit steinerner Miene.

Und dann ...

An einem Morgen im April ließ der König mich holen.

»Merivel«, sagte er. »Ich möchte, daß Ihr heiratet.«

»Ich soll heiraten, Sir?«

»Ja.«

»Ich hatte nicht vor zu heiraten, Majestät, es ist mir nie in den Sinn gekommen ...«

»Ich weiß. Ich verlange nicht, daß Ihr es wollt. Ich möchte, daß Ihr es tut, mir zuliebe.«

»Aber –«

»Habe ich Euch nicht schon oft einen Gefallen erwiesen, Merivel?«

»Ja, Sir.«

»*Voilà!* Ihr schuldet mir zum mindesten diesen einen. Und ich werde mich dafür erkenntlich zeigen. Ich habe vor, Euch den Hosenbandorden zu verleihen, so daß Eure Braut einen Titel bekommt, wenn auch einen bescheidenen. Und kleine, aber annehmbare Besitztümer in Norfolk, die ich einem aufsässigen Gegner der Monarchie abgenommen habe. Also, Sir

Robert, erfüllt Eure Pflicht ohne Zögern und ohne weitere Einwände.«

Ich sank auf die Knie. Wir waren im königlichen Schlafgemach, und aus dem angrenzenden Arbeitszimmer kam das uneinheitliche Ticktack und Anschlagen der Uhren, das in diesem Augenblick genau meine eigenen wirren Gedanken widerspiegelte.

»Nun?« fragte der König.

Ich sah auf. Des Königs Antlitz schaute freundlich auf mich herab, und seine Finger streichelten über seinen dunkelbraunen Schnurrbart.

»Wen ...?« stammelte ich.

Der König lehnte sich in seinem Stuhl zurück und schlug die Beine übereinander. »Ach ja. Die Braut. Celia Clemence, natürlich.«

Meine Knie, auf denen mein Gewicht balancierte, fingen zu zittern an und gaben dann unter mir nach. Ich fiel seitwärts auf den Teppich. Ich hörte den König leise lachen.

»Das bedeutet natürlich, daß Ihr – und vielleicht auch Celia Clemence – einige Zeit in Norfolk verbringen müßt, so daß ich dann und wann auf die Gesellschaft des einen oder anderen von euch verzichten muß. Aber ich bin bereit, dieses Opfer zu bringen.«

Ich versuchte mich aufzurichten, aber mein linkes Knie war plötzlich taub geworden und trug mich nicht, so daß mir nichts anderes übrigblieb, als zusammengekrümmt wie ein Kind im Mutterleib neben der königlichen Fußbank liegenzubleiben.

»Ich brauche keine weiteren Erklärungen abzugeben, nicht wahr, Merivel?«

»Nun, Sir ...«

»Doch? Ihr überrascht mich. Ich hielt Euch für einen der bestinformierten Leute bei Hofe.«

»Nein, es ist bloß so ... das Ganze ist ... für mich etwas schwer zu begreifen.«

»Ich kann beim besten Willen nicht verstehen, warum. Es ist doch kinderleicht, Merivel. Das häufige Verweilen von Celia Clemence in meinem Bett ist mir unentbehrlich geworden. Wie jedermann weiß, hat sie mich richtiggehend betört. Doch meine *grand amour*, Barbara Castlemaine, ist auch unabdingbar für die Erhaltung meiner Gesundheit und meines Wohlbefindens. Kurzum, ich liebe und brauche beide Mätressen, habe aber keine Lust, weiter Lady Castlemaines Szenen im Hinblick auf Miss Clemence zu ertragen. Sie machen mich nervös und verstimmen mir den Magen. Deshalb muß Celia sofort verheiratet werden – weil ich dann um so besser heimlich, ohne Wissen Lady Castlemaines, mit ihr zusammensein kann. Aber mit wem soll ich sie verheiraten? Doch wohl nicht mit einem mächtigen Aristokraten, der mich bald zutiefst verärgern wird, indem er an seine eigene Stellung und Ehre denkt? Nein. Ich suche für Celia einen Mann, der sich über sein Anwesen und seinen Titel freuen und Nutzen daraus ziehen wird, der seiner Braut bei den seltenen Anlässen, bei denen er mit ihr zusammensein wird, auf nette und amüsante Art Gesellschaft leistet, der aber viel zu sehr von den Frauen im allgemeinen angetan ist, als daß er den Fehler begehen würde, eine einzige zu lieben. Mit Euch, Merivel, habe ich bestimmt die einzig richtige Wahl getroffen. Nicht wahr? Ihr habt auch, wie ich zu meiner Freude feststellen konnte, einen hübschen, zeitgemäßen Namen. So glaube ich, daß ich Celia mit Gleichmut bitten kann, Lady Merivel zu werden – natürlich nur dem Namen nach.«

Jetzt war es also ausgesprochen: der fünfte Anfang.

Die Hunde sollten aus meiner Obhut genommen werden, und an ihre Stelle sollte die jüngste der Mätressen des Königs treten. Der praktische Aspekt, der mich aber am meisten beschäftigte, als ich die königlichen Gemächer verließ, war der, daß ich mich nicht erinnern konnte, wie weit entfernt und in welcher Richtung (ob nordöstlich oder nördlich) von London die Grafschaft Norfolk lag.

Hochzeitsspiele

Nach alter Sitte mußte meine künftige Braut am Abend vor der Hochzeit zusammen mit ihren Brautjungfern im Hause ihres Vaters eingesperrt werden. Ich würde dann am Morgen (von dem recht bescheidenen Gasthaus aus, in dem ich die Nacht zum sechsten Juni verbringen mußte) zu ihr hinreiten, wobei das ganze Dorf, aufgeputzt mit selbstgefertigten Strumpfbändern, Liebesknoten, Bändern und sonstigem närrischen Krimskrams, kreischend vor mir herrennen und dabei Flöte und Viola spielen und das Tamburin schlagen würde. Ich freute mich darauf, denn ich giere nun mal nach Narretei, und so ein lautstarker Festzug war ganz nach meinem Geschmack.

Ich freute mich auch darauf, meine Hochzeitskleider anzulegen, die der König selbst ausgewählt und sein persönlicher Schneider angefertigt hatte: ein vortreffliches weißes Seidenhemd, eine purpurne Schärpe, eine weiß-golden gestreifte Kniehose, weiße Strümpfe, purpurne Schuhe mit goldenen Spangen, ein schwarzer, brokatbesetzter Gehrock und ein purpur-schwarzer Hut mit so wunderschönen weißen Federn, daß es von der Ferne aussah, als trüge ich eine Dreimastbarke auf dem Kopf.

Natürlich hatte ich Pearce zur Hochzeit eingeladen, doch er wollte, sehr zu meinem Verdruß, nicht kommen. Ich hätte es gern gehabt, wenn er mich in meinem Gewand gesehen hätte. Ich kann nur annehmen, daß er nicht aus Neid oder anderen niederen Beweggründen abgesagt hatte, sondern weil er befürchtete, daß mein Anblick sein Blut zum Stocken bringen könnte, was ihn auf grausame Art von seinem Mentor, dem verstorbenen William Harvey, getrennt hätte, der als erster erkannt hatte, daß sich das Blut in einem Kreislauf bewegt, das Herz verläßt, um über die Lungenvenen wieder zurückzukommen. »Es vergeht kein Tag«, sagte Pearce einmal zu mir, »an dem ich WH nicht in mir spüre.« (Pearce neigt sehr zu solchen metaphysischen Äußerungen, doch meine Zuneigung zu ihm macht mich diesen gegenüber nachsichtig.)

Dem Vater meiner Braut, Sir Joshua Clemence, hatte ich Mitte April einen Besuch abstatten müssen, um ihn um die Hand seiner Tochter zu bitten. Der König war wohl schon vorher bei ihm gewesen, um sich für mich als einen Mann von Ehre, Begabung und Wohlstand zu verbürgen, den Besitzer des Landsitzes Bidnold in Norfolk, der nur von dem einen Wunsch beseelt sei, seine Tochter in jeder Hinsicht glücklich und zufrieden zu machen.

So kam es, daß mich Sir Joshua Clemence mit großem Wohlwollen empfing, mir Sherry einschenkte und kaum zuckte, als ich ein wenig davon auf die seidenbespannten Armlehnen meines Stuhles verschüttete. Er versicherte mir, daß es für ihn nur des Königs Wort bedurfte, um das Schicksal seiner hübschen Tochter in meine Hand zu legen. Ich bin mir nicht sicher, ob Sir Joshua zum Zeitpunkt der Hochzeit schon wußte, daß Celia die Mätresse des Königs war. Ich vermute jedoch, daß er im Bilde war und sich dadurch geschmeichelt fühlte. Denn der König hat in dieser Welt eine ähnliche Bedeutung wie Gott, ja, wie der Glaube selbst. Er ist ein Born der Schönheit und Macht, nach dem wir uns alle sehnen, um etwas Kühlung für unsere glühendheißen Herzen zu bekommen. Sir Joshua machte auf mich den Eindruck eines intelligenten und in jeder Hinsicht vornehmen Mannes, aber selbst er bekam vor Freude hektische, rote Flecken auf den Wangen, als er hörte, daß der König zur Hochzeit kommen werde. Er erzählte mir, daß seine große Liebe der Musik gehöre, und besonders dem Viola-da-Gamba-Spiel. »Nun«, meinte er verzückt, »werde ich auf der Hochzeit meiner Tochter spielen, und damit wird auch mein langgehegter Wunsch in Erfüllung gehen, daß der König nach seiner Wiedereinsetzung einmal meinem Spiel lauscht.«

Mit Celia hatte ich vor der Hochzeit ein halbes Dutzend Besprechungen, alle unter dem Vorsitz des Königs, den meine Braut (wie auch rund um London geklatscht wurde) so sehr zu lieben schien, daß sie ihre haselnußbraunen Augen kaum von ihm wenden konnte. Ich fühlte mich bei diesen Treffen recht überflüssig, war jedoch zu gefesselt von den Landkarten von Norfolk, die der König hervorholte, um mir darauf Bidnold Manor mit seinen Ländereien zu zeigen, als daß ich diesem Gefühl gestattet hätte, mir Unbehagen zu bereiten.

Die kurzen Blicke, die ich mir auf meine Braut erlaubte, bestätigten, daß sie eine hübsche Frau von ungefähr zwanzig Jahren mit zarten Gesichtszügen war. Ihre Haut war blaß und vollkommen ohne Makel, und sie hatte winzige Hände. Ihr Haar war von einem hellen Braun und wurde von Bändern zurückgehalten, um dann in Korkenzieherlocken über ihre Schultern zu wallen. Ich bemerkte, daß ihre Brüste klein und ihre Füße schmal waren. Ihr Gesichtsausdruck war, wie der ihres Vaters, von bewundernswerter Gelassenheit. So konnte ich wohl bestätigen, daß sie eine stille Schönheit war, doch zu meiner großen Erleichterung war sie als Frau ganz und gar nicht nach meinem Geschmack. Sie war zu vornehm, hielt ihren Rücken zu gerade, und ihre Körperformen waren zu bescheiden. Verglichen mit, sagen wir mal, Rosie Pierpoint (trotz der Frauen, die mir am Hofe zur Verfügung standen, hatte ich es nicht geschafft, meine wilde Beziehung mit dieser frechen Schlampe abzubrechen), war sie wie eine Maus im Vergleich zu einem Mäusebussard. In der Liebe sehne ich mich nach dem scharfen Schnabel und der grausamen Klaue. Ich liebe den Kampf, eine Balgerei. Die Passivität, die ich bei Celia bemerkte, ließ sie in meinen dunkleren Phantasien ungeeignet erscheinen.

Was gab es dann über meine Hochzeitsnacht zu sagen? Nun, das kommt noch, denn ich glaube, daß kein Mann in ganz England je eine so absonderliche erlebt hat. Aber zunächst einmal muß ich Euch von meinem Besuch auf Bidnold mit dem König und Celia erzählen.

Es war ein Landhaus aus der Zeit James' I., von einem Wassergraben und einem beachtlichen Park umgeben, in dem friedlich Rotwild äste. Seine Inneneinrichtung war einfach und schäbig; sie war Ausdruck des puritanischen Geschmacks des unglücklichen Esquires John Loseley, des früheren Besitzers. Doch trotz dieser Tristheit war ich begeistert. Denn diesen schlichten Räumen, so beschloß ich sofort, würde ich eine Innenausstattung geben, die mit ihrem Purpur- und Zinnoberrot, ihrem Ocker und Gold, ihrem Reichtum an Licht und Farbe meine eigene exzessive und zügellose Natur widerspiegeln würde. Ich würde das Haus vollkommen umwandeln. Ich würde es öffnen und vor Abwechslungsreichtum bersten lassen, genauso wie die herrliche Vielfalt der Anatomie des Stars im Lichtbündel, das durch das Kohlenloch gefallen war, vor meinem Auge aufgeborsten war.

Bei meinem ersten Besuch hüpfte ich wie ein Vogel von Raum zu Raum, ohne mich um den König und um Celia zu kümmern, die dekorativ auf einer Tudorbank hocken blieben, und als sich meine Phantasie an dem Haus zu entzünden begann, wurde es mir so heiß, daß mir die Röte ins Gesicht stieg und ich meinen Rock abwarf und meine Schärpe abwickelte und beides zu Boden schleuderte. Mein Haus! Ich hatte geglaubt, daß ich mein ganzes Leben in engen Mietwohnungen verbringen würde, und jetzt konnte ich mich über dreißig Zimmer ausbreiten. In einem fast kreisrunden Zimmer im Westturm stieß ich in meiner Raserei unwillkürlich einen Schrei aus, so überaus vollkommen schien mir dieser Raum zu sein – wofür er sich eignete, wußte ich nicht, und es war mir auch egal, ich hatte nur einen Augenblick den Grad geistiger Vollkommenheit gefühlt, der hier eines Tages möglich sein würde. Es war, als ob Bidnold der Körper war, in dem ich nun endlich das gefunden hatte, was Harvey »das göttliche Festmahl des Geistes« genannt hatte. Und das Festmahl war für mich bereitet! Ich setzte mich hin, nahm meine Perücke ab, kratzte mich unter meinen Schweineborsten und weinte vor Freude.

So nahmen die Vorbereitungen für die Hochzeit ihren Lauf, und jede der beteiligten Parteien hatte das Gefühl, daß die Rechnung für sie aufging. Daß Celia und ich kaum ein paar Worte gewechselt hatten und daß sie mich mit einem gewissen Widerwillen ansah, schien überhaupt keine Rolle zu spielen. Daß der König angesichts der Eifersucht von Lady Castlemaine so zu ihr hielt, hatte sie zweifellos überzeugt, daß er sie sehr liebte. Und er versicherte ihr, wie er es auch schon mir gegenüber getan hatte: »Es wird keine körperliche Vereinigung zwischen Euch geben. Wenn ich nicht bei Celia bin, leistet Ihr ihr Gesellschaft wie ein Bruder, und sie wird sich um Euer Haus kümmern.«

»Das würde ich lieber selbst machen, Sir.«

»Wie Ihr wollt. Aber eine Hausherrin kann von unschätzbarem Wert sein, wenn Ihr auf Bidnold Gesellschaften geben wollt, und das wollt Ihr doch sicher?«

»Bestimmt, Sir. Ich träume schon von Gesellschaften.«

»Gut. Ihr gefallt mir, Merivel. Ihr seid ganz und gar ein Mann unserer Zeit.«

So rückte in meiner Stimmung fiebriger Erregung, hervorgerufen durch meine ständigen Besuche bei Stukkateuren, Malern, Polsterern, Silberschmieden, Gobelinherstellern und Glasschleifern, mein Hochzeitstag, der 7. Juli 1664, heran.

Wie soll ich meine Hochzeit beschreiben? Sie war wie ein einigermaßen gutes Schauspiel, ein Schauspiel, von dem man noch lange, nachdem das Ganze vorbei ist, gewisse Zeilen, gewisse Szenen und gewisse Arrangements von Menschen, Kostümen und Licht in lebhafter Erinnerung hat, von dem aber alles andere im Dunkeln bleibt.

Ich erinnere mich an das bescheidene Gasthaus. Ich sehe seinen Boden vor mir, voller Sägemehl und Spuckeflecken, als ich in meinem purpur-weiß-goldenen Putz die Schwelle überschreite, um dem bunt zusammengewürfelten Zug von Leuten zu Fuß und zu Pferd zu Celias Haus zu folgen.

Ich werde auf ein graues Pferd gehoben, an dessen Zaumzeug Glöckchen befestigt sind. Ich bin noch tief bewegt von meinem eigenen Anblick in der ausgefallenen Kleidung, und es schreit in mir: Vorwärts! Voran! Auf geht's! Die Menge ist schon berauscht und voller Lüsternheit und Gekreisch, vornehme Männer und Landvolk im wirren Durcheinander, Winken mit Handschuhen und Bändern. Ich hätte mir keine ekstatischere Begleitung wünschen können, und über allem steht die Mittsommersonne und nickt lächelnd auf meinen Federschmuck herab.

Es geht den Hügel hinauf, die Kinder vorneweg, an meiner Seite hüpft ein Fiedler, Kopf und Haare wie eine Rübe, seine Musik wie für einen Tanz um den Maibaum. Das ist eine historische Aufführung, ein Schauspiel, sage ich mir, als ich auf meinem geschmückten Pferd sitze. Ich spiele den Bräutigam; Celia ist eine Pantomimen-Braut. Und doch bin ich, als wir so losziehen, in einem Glückstaumel. Ich möchte jemanden umarmen – Gott? den König? meine tote Mutter? – als Dank für das Geschenk dieses prunkvollen Morgens. So beuge ich mich, als das Haus in Sicht kommt, hinunter und fange in meinen fiebrigen Armen ein Bauernmädchen mit Grübchen ein; ich küsse sie, und die Männer johlen, und die Frauen klatschen in die Hände, und der Rübenkopf-Fiedler lächelt, so daß schwarze Falten sein Gesicht überziehen.

Das nächste, woran ich mich lebhaft erinnere, ist Joshua Clemences Musik. Wir haben die Kirche als Mann und Frau verlassen. Celia trägt meinen Ring an ihrer kleinen weißen Hand. Ich habe ihr, wie es der Brauch ist, einen keuschen Kuß auf den schmalen Mund gegeben. Dann habe ich ihr den Arm gereicht, um sie hinaus in die Sonne und den Weg zu Joshuas Haus hinaufzuführen. Das Festmahl, das uns vorgesetzt wird, übersteigt in seiner Pracht alles, was ich je auf einer Tafel gesehen habe, und ich falle über das Essen und den Wein mit meinem üblichen Appetit her. Der König, der neben meiner Braut sitzt, lacht mir zu und gibt eine reife Vorstellung, indem er mich in eine große Serviette wickelt. Zum zweiten Mal an diesem Tag bin ich froh, daß Pearce nun doch nicht dabei ist. Sein bescheidenes Wesen würde beim Anblick der Menge und Vielfalt der für uns zubereiteten Speisen erschauern. Als ich meine Augen kurz darüberstreifen lasse, sehe ich Frikassees, gedünsteten Barsch und Lachs, gebratene Schnepfe, Pfau, Krickente, Stockente und Wachtel, Wildpasteten und Karbonaden, Markkuchen, Rinderzunge, gebackenes Perlhuhn, gemischte Salate, Schalen mit Sahne, Quitten, Konfekt und Marzipan, Eingemachtes, Käse und Obst. Da gibt es französische Schaumweine, starke Weine aus Alicante und natürlich den Sack Posset, einen Sherry mit heißer Milch, der getrunken wird, bevor Celia und ich in einem Gewirr von Bändern aufs Bett geworfen werden.

Als wir uns vielleicht eine Stunde vollgegessen und zugetrunken haben und die Erregung in mir einem nicht unangenehmen Gefühl der Schläfrigkeit Platz zu machen beginnt, sehe ich, wie sich Sir Joshua erhebt, seine Viola nimmt und nun ganz allein, uns zugewandt, vor seinem zierlichen Notenständer steht. Der König versucht, Ruhe im Raum herzustellen, doch die Galane am Ende der Tafel haben Sir Joshua nicht bemerkt und fahren ungeniert mit ihrem Rülpsen und Kichern fort. Wie ich amüsiert sehe, erbricht sich einer von ihnen in seinen Hut. Sir Joshua beachtet sie nicht. Er nimmt sein Instrument in die Hand und fängt ohne jede Vorrede an zu spielen.

Ich erwarte einen schwungvollen Tanz, so daß wir uns, wenn wir Lust dazu bekommen, vom Tisch entfernen und ein wenig das Tanzbein schwingen können. Doch Sir Joshua hat ein ausgesprochen ernstes und melancholisches Musikstück ausgewählt, und zwar, wenn mich meine Musikkenntnis nicht täuscht, Dowlands *Lacrimae*, und von einem Augenblick zum andern fühle ich in mir einen unwiderstehlichen Drang zu weinen. Ich starre Sir Joshua an, wie er so auf seine Viola hinunterschaut, und ich ziehe in meiner Anatomen-

Traurigkeit Schicht um Schicht seine Haut, sein Muskelfleisch, seine Nerven und Sehnen ab, bis ich nur noch seine weißen Schädelknochen und leeren Augenhöhlen sehe ...

Ich schaue weg und vergrabe das Gesicht in meiner Serviette. Ich möchte nicht, daß meine Scheinfrau mich weinen sieht. Ich tue so, als ob ich mich verschluckt habe, erhebe mich vom Tisch und stolpere aus dem Zimmer. Tränen stürzen mir aus den Augen, und ich schnupfe wie ein kranker Maulesel. Ich tappe hinaus in die Sonne und werfe mich auf den Rasen, wo ich ganze zehn Minuten liegenbleibe und vor mich hin weine.

Als ich mich schließlich aufsetze und in die durchnäßte Serviette schneuze, bemerke ich, daß ein Mann nur wenige Fuß von mir entfernt schweigend auf dem Rasen sitzt. Ich wische mir über die Augen und sehe ihn an. Es ist Pearce.

»Warum plärrst du, Merivel?« fragt Pearce.

»Ich weiß es nicht.«

»So«, sagt Pearce mit seiner üblichen Würde, »du bist also verheiratet.«

»Ja. Wie gefällt dir mein Hochzeitsgewand?«

Pearce sieht mich scharf an und bemerkt, wie ich anneh-me, die wertvollen Schuhspangen und das königliche Fluidum, welches das Purpurrot dem ganzen Ensemble gibt. Glücklicherweise trage ich die Dreimastbarke nicht mehr, denn ich bin plötzlich froh, daß Pearce da ist, und würde in diesem Augenblick nicht wünschen, die Ursache irgendeiner Funktionsstörung seiner Blutgefäße zu sein.

»Es ist schrecklich!« sagt er nach einer Weile. »Wahrscheinlich ist es das, was dich so entmannt hat.«

Ich lächle, und er lächelt, und ich reiche ihm meine heiße Hand, die er nimmt und mit seinen eisigen Fingern umfaßt.

Pearce und ich machen eine Runde durch den Rosengarten. Zwei Gärtner beobachten uns mit steinernen Mienen. »Ich bin der Bräutigam«, möchte ich sagen, »ihr müßt euch mit mir freuen«, aber dann fallen mir die Verwicklungen ein, die damit verbunden sind, und ich sage zu Pearce nur: »Sollen sie halt verdrießlich sein! Mich kümmert es keinen Deut.«

Gleich nachdem wir zum Fest zurückgekehrt sind – ich habe Pearce am Tisch plaziert und versuche ihn gerade zu überzeugen, wenigstens ein bißchen auf einem Entenschenkel herumzunagen und ein Schlückchen Alicante zu nippen –, erhebt sich der König und läßt den Sack Posset bringen. So rückt denn der Augenblick näher! Ich beobachte, wie meine Frau ängstlich auf ihren königlichen Lehnsherrn blickt. Er schaut sie mit dem strahlenden Stuart-Lächeln an, in dem die Hälfte aller Männer und die meisten Frauen in unserem Lande den Beweis seiner Göttlichkeit zu sehen meinen. Dann stehen wir alle auf, und noch bevor der Toast ganz ausgesprochen ist, fühle ich mich von meinen Freunden vom Hofe umringt, die nun dazu übergegangen sind, zu wiehern und zu johlen und auf den Tisch zu hauen und so die Überreste des Frikassees und der Pastete zum Erzittern und die Weinflaschen zum Umfallen zu bringen. Dann werde ich hastig aus dem Raum und in einen langen Gang gedrängt, halb geschoben und halb gehoben. Ich höre, wie Celia und ihre Brautjungfern kichernd hinter uns herziehen. Obwohl mir diese Farce halbwegs Spaß macht, freue ich mich doch schon darauf, an den Tisch zurückzukehren und weiter Wein trinken zu können, um mich dann im Tanzen und Schwelgen zu verlieren. Doch ich gehe weiter, werde zwei Treppen hoch und dann in eine prächtige Nachtkammer getrieben, wo mir mit fröhlichem Gelärme und ohne viel Federlesens meine Kleider aufgeknöpft, aufgebunden und vom Leibe gerissen werden, so daß ich nackt bis auf meine Perücke, meine Strümpfe und meine Strumpfhalter dastehe. Mit derbem Gelächter wird mir ein purpurrotes Band um den Schwanz gebunden. Ich muß zugeben, daß ich das sehr lustig finde. Ich schiebe meine Freunde zur Seite, damit ich zu einem Spiegel gehen kann, und da stehe ich nun entblößt: ein Popanz von einem Bräutigam. Meine Augen rot und verquollen vom Weinen, mein nachtfalterübersäter Leib aufgebläht von der vielen Stockente und Karbonade, die ich in mich hineingestopft habe, meine Perücke schief auf dem Kopf, meine Strümpfe heruntergerutscht und mit Gras- und Rotweinflecken beschmutzt und mein Glied mit einer Schleife geschmückt wie ein hübsches Geschenk.

Ich habe jedoch keine Zeit, bei meinem atemberaubenden Anblick zu verweilen. Mir wird ein Nachthemd über den Kopf gestülpt, und dann werde ich wieder auf den Gang hinaus und zu einem anderen Schlafgemach geführt, an dessen Tür ein Großteil der Hochzeitsgäste herumlärmt. Als sie mich sehen, schreien sie hurra und beginnen dann, während sie mich in den Schlafraum schieben, mit dem unaufhörlichen Singsang:

»Me-ri-vel
Lieb sie schnell!«
»Lieb sie schnell
Me-ri-vel!«

Ich betrete das Zimmer. Celia sitzt aufrecht in dem hohen Bett. Als ich zu ihr hingestoßen werde, wendet sie die Augen ab, doch die Gäste drängen nach und schieben mich ganz nah zu ihr. Es wird mir klar, daß ich meine Rolle spielen muß. Ich lege meine Arme um Celia und küsse sie auf die Schulter. Ihr Körper ist angespannt und steif, aber sie zwingt sich zu einem Lachen, und die Gesellschaft stürzt sich auf uns und zieht Celia die Bänder aus dem Haar und die Liebesknoten von den Handgelenken und mir die Strümpfe und Strumpfbänder von den Beinen. Mit einem letzten Gejohle werden die Bettvorhänge um uns zugezogen, und wenn man das Liedchen »Merivel, lieb sie schnell« auch noch hören kann, so wird es doch immer schwächer, als die Gäste das Zimmer verlassen und zurück zu den Festtafeln ziehen, wo die Musiker jetzt eine lebhafte Polka spielen.

Ich gebe Celia aus meiner Scheinumarmung frei, und sie sieht erleichtert aus. Ich ertappe mich bei der absurden Überlegung, ob Pearce wohl den ganzen Entenschenkel oder nur einen Teil davon gegessen hat. Dann kichere ich in mich hinein. Ich weiß, was jetzt geschehen wird. Der König hat es mit der ihm eigenen Liebe zum Detail geplant, und ich finde es sehr lustig. »Nun, Lady Merivel«, wende ich mich an Celia, aber sie ist nicht einmal zu einem kurzen Gespräch mit mir aufgelegt. Schon ist sie aus dem Bett und öffnet die Tür zu dem angrenzenden Kabinett, um den König einzulassen, der nun, wie wir, ein Nachthemd trägt. Er lächelt spitzbübisch, als er den Arm um Celia legt.

»Bravo, Merivel«, sagt er, »gute Vorstellung.«

Ich verlasse das Bett, und der König und meine Frau steigen hinein.

Ich gehe ins Kabinett, wo für mich, wie abgemacht, ein Satz neuer Kleider (in Scharlachrot und Grau diesmal) sowie eine weiße Perücke, ein falscher Schnurrbart und eine Maske bereitliegen. Ich schließe die Tür hinter mir und will gerade mein Nachthemd ausziehen, als ich plötzlich erkenne, daß der Plan einen Fehler hat. Um zum Fest zurückzukehren – und es ist natürlich abgesprochen, daß ich das tun werde –, muß ich wieder durch die Schlafkammer, in der sich der König und Celia, wenn ich mich in die neuen Sachen gezwängt habe, schon im Taumel der Hochzeitsnacht befinden werden. Wie ich bereits gesagt habe, bin ich nicht allzu zartbesaitet, aber ich habe wirklich keine Lust, das mit anzusehen oder sie dabei zu stören. Ich kann nur hoffen, daß sie daran denken, die Bettvorhänge zuzuziehen, und daß es mir gelingt, aus dem Zimmer zu schleichen, ohne für einen Spion oder Voyeur gehalten zu werden.

Ich kleide mich so schnell wie möglich an. Der König wird als guter Liebhaber gepriesen; er wird also, nehme ich jedenfalls an, nicht hastig zur Tat schreiten, sondern ihr wohlplazierte Küsse, Zärtlichkeiten und Koseworte vorausgehen lassen. Das wird mir ein wenig Zeit geben. Ich lege die Maske an. Sie drückt meine an sich schon flache Nase noch flacher, und die Augenlöcher sind so schmal, daß ich mich wie ein Pferd mit Scheuklappen fühle. Der Gedanke, dieses Ding für den Rest der Nacht aufbehalten zu müssen, ist ausgesprochen unangenehm, doch ich habe keine andere Wahl, wenn ich wieder hinuntergehen und mich amüsieren will, ohne daß man mich erkennt.

Ich bin jetzt fertig. Der rot-graue Anzug ist sehr hübsch, aber für einen Augenblick bedaure ich doch, nicht mehr die goldgestreifte Kniehose und den ausgefallenen Rock anzuhaben. Sie drückten das Wesen Merivels auf so vollkommene und raffinierte Weise aus. Als Andenken an diesen außergewöhnlichen Tag lasse ich wenigstens das purpurrote Band um meinen Schwanz gebunden.

Ich öffne die Tür des Kabinetts, und mir bietet sich folgender Anblick: Der König kniet vollkommen nackt vor dem Bett, seine Arme umfassen Celias gespreizte Schenkel, und sein glänzender Kopf ist in ihrem Wäldchen vergraben. Ich stehe wie angewurzelt auf dem teuren Teppich. Es wird mir siedendheiß unter der Maske. Ich schließe die Augen und rühre mich nicht vom Fleck. Dann ziehe ich mich wieder in das Kabinett zurück und schließe die Tür.

Wieder in dem kleinen Zimmer, fühle ich mich einsam und dem Ersticken nahe. Der Dank für das, was ich heute getan habe, kann doch wohl nicht sein, daß ich die Nacht auf dem Boden des Kabinetts verbringen muß? Ich werde warten, beschließe ich, bis der König und Celia in dieser Sache zum »himmlischen Bankett« gekommen sind, und beten, daß es hinter den Vorhängen oder wenigstens so geräuschvoll stattfinden wird, daß sie meine eiligen Schritte nicht hören werden.

Was soll ich in der Zwischenzeit tun? Ich fasse den Entschluß, über meine Zukunft nachzudenken. Ich kann sie ganz und gar nicht klar vor mir sehen. Ich nehme die Maske ab. Jetzt glaube ich zu erkennen, daß ich der Medizin überdrüssig bin. All meine anatomischen Studien scheinen mir nur große Traurigkeit gebracht zu haben. Wenn ein Mann die Viola da Gamba spielt, möchte ich mich mit ihm freuen und nicht seinen Schädel sehen. Denn wohin führen solche Visionen? Was ist, wenn ich an einem Augustabend, den ich mit Rosie Pierpoint am Fluß verbringe, plötzlich nicht mehr das Rot ihrer Lippen und das Rosa ihrer Schenkel, sondern das Weiß der Maden in ihren Knochen sehe? Wenn ich die Sterblichkeit ständig so deutlich vor Augen hätte, dann würde ich, dessen bin ich sicher, in kürzester Zeit verzweifeln. Und was würde dann aus mir werden? Selbst meine Räume in Bidnold würden dann kein Trost mehr für mich sein. Ich würde wahnsinnig werden, und man würde mich in die Heilanstalt sperren, und nur der arme Pearce würde mich noch besuchen und seinen Kopf schütteln und sagen, daß er nichts für mich tun könne.

Ich darf also nicht verzweifeln und verrückt werden. Ich muß versuchen, die Anatomie zu vergessen. Sie ganz und gar vergessen. Sie besprechen, damit ich sie vergesse. Vergessen auch den Star. Ebenso Fabricius und den ertrunkenen Almosenempfänger. Und all das, was hinter der menschlichen Schläfe ist. Statt dessen werde ich mich mit dekorativen Dingen beschäftigen. Ich werde noch mehr Möbel, Bilder und Vorhänge kaufen. Ja, ich werde sogar Bilder malen, denn ich bin, wie mein Vater, ein guter Zeichner, und ich scheue mich auch nicht, es einmal mit Ölfarben zu versuchen. Das wird es dann sein: das Vergessen der Höhle, des Lochs, des Inneren, der gräßlichen Tiefe. Mein Leben wird sich in umgekehrter Richtung bewegen: Ich habe die Nacht überstanden, nun, da ich mich oberflächlichen Dingen zuwende, wird der Morgen kommen. Schließlich bin ich ein Bürger der Neuzeit.

Während ich mit mir meine Zukunft besprochen habe, sind einige Minuten vergangen. Ich ziehe mir wieder die Maske über Augen und Nase und lausche. Ich höre Celia und den König lachen – ein hoffnungsvolles Zeichen, daß sie nun den Himmelshöhen entgegenlärmen.

Ich mache die Tür auf und stelle zu meiner großen Erleichterung fest, daß die Bettvorhänge zugezogen sind. Dennoch ducke ich mich und krieche auf allen vieren zur Tür, die beim Öffnen laut quietscht, sich dann aber fast geräuschlos hinter mir schließt.

Einige Zeit später bin ich im Park von Sir Joshuas Haus. Es sind ein paar Stunden vergangen, in denen ich Gigue und Polka getanzt, getrunken und geflirtet und überhaupt so ausgelassen herumgetobt habe, daß ich mich nun richtiggehend taumelig fühle. Da die Sonne untergegangen ist, ist es jetzt kühl draußen, und ich schwanke auf ein kleines, schattiges Wäldchen zu, in dem sich, wie ich mir einrede, Pearce versteckt hat.

Ich bleibe stehen, um zu pissen. Ich ziehe meine Kniehose herunter und sehe das Band um meinen Schwanz. Es gleitet ab und fällt zu Boden, und ich schimpfe leise vor mich hin, als ich darauf pisse.

Ich ziehe meine Hose wieder hoch. Vor mir, direkt am Rande des Waldes, bewegt sich etwas. Das muß Pearce sein, dem ich nun beichten werde, daß ich der Medizin ganz und gar entsagen will. »Ich kann nicht weitermachen«, werde ich sagen.

Doch es ist nicht Pearce. Denn jetzt hat diese Person – und ich würde dieses modische Kleidungsstück überall wiedererkennen, selbst in der heraufziehenden Dämmerung – die Dreimastbarke aufgesetzt! Nicht einmal, um mich zu necken, würde Pearce es über sich bringen, sich so ein Ding auf den Kopf zu setzen.

Ich höre Gelächter. Es ist hoch und gackernd. Und da steht plötzlich das dralle Bauernmädchen vor mir, das ich am Morgen auf dem Weg zu meiner Hochzeit geküßt habe, und lacht mir ins Gesicht.

»Bräutigam«, kichert es. »Gnädiger Herr Bräutigam!«

Ich fasse in mein Gesicht und merke mit Entsetzen, daß ich meine Maske nicht mehr trage.

»Komm zu mir, Bräutigam!« gackert die Maid. »Komm zu deinem Bräutchen!«

Sie ist betrunkener als ich. Der Hut fällt ihr über die Augen, und sie hickst. Rasch greife ich unter ihren Rock und umfasse und drücke ihren Hintern und treibe sie so vorwärts in den Wald. Als ich sie niederwerfe und selbst das Gleichgewicht verliere und auf sie falle, ist es, als ob die Nacht wie das Beil des Henkers auf uns heruntersaust und unsere zweigeteilten Körper zuckend in der Dunkelheit zurückläßt.

Mein neuer Beruf

Der schönste Raum in Bidnold (abgesehen von dem kleinen Rundzimmer im Westturm, das ich allerdings zunächst einmal freihielt, da ich noch keine rechte Vorstellung hatte, wie ich seine Vollkommenheit am besten zur Geltung bringen konnte) war das Ruhezimmer. Ich, der ich den größten Teil meines Lebens in ärmlichen Behausungen zugebracht hatte, konnte mich eines breiten, törichten Lächelns nicht erwehren, wenn ich daran dachte, daß ich jetzt einen solchen Raum besaß. Der Name »Ruhezimmer« entzückte mich, schließt er doch zwangsläufig ein, daß man außerhalb davon ein geschäftiges und vergnügliches Leben führt, von dem man sich dann gelegentlich dorthin zum Ausruhen und Entspannen zurückzieht, um an seinem prächtigen Kamin einen kleinen Brandy zu nippen oder auf seinen scharlachroten und goldenen Sofas auf reizende und nichtssagende Art mit solchen Leuten wie meiner hübschen Nachbarin Lady Bathurst zu plaudern. So tat ich denn mit meinem üblichen überschäumenden Enthusiasmus alles, um zu gewährleisten, daß mein Leben in Bidnold voller Zerstreuungen und Aktivitäten war, von denen ich mich dann von Zeit zu Zeit in mein Ruhezimmer zurückziehen konnte.

Ich richtete mir folgende Räume ein: ein Musikzimmer (zu dieser Zeit hatte ich das Spielen auf der Oboe noch nicht erlernt), ein Billardzimmer (ich hatte damals noch nie einen Billardstock in der Hand gehalten), ein Kartenzimmer (ich spielte schon gern Rommé und Besigue), ein Studio (in dem ich meine neue Laufbahn als Maler beginnen wollte), ein

Studierzimmer (falls Pearce zu Besuch kommen und sich in dem orientalischen Glanz meines Ruhezimmers nicht wohl fühlen sollte), ein Morgenzimmer (nach Osten gelegen, wo ich zwischen neun und zehn Uhr sitzen wollte, um meine Haushaltsbücher zu führen) und natürlich einen luxuriösen Speisesaal (wo so reichlich aufgetischt werden sollte, daß man sich nach dem Essen ein wenig in das Ruhezimmer zurückziehen mußte, um dem Verdauungsapparat zu erlauben, in Ruhe und Behaglichkeit seine Arbeit aufzunehmen).

Als Celias Ehemann erhielt ich vom König eine regelmäßige Zuwendung von jährlich zweitausend Pfund – noch ein Jahr zuvor hätte ich von so viel Reichtum nicht zu träumen gewagt. Dieses Geld erlaubte mir, eine größere Anzahl chinesischer Möbel für mein Ruhezimmer zu kaufen, seine Wände mit gerüschtem, zinnoberrotem Taft und Pekinger Schriftrollen zu behängen, seine Stühle in Scharlachrot, Fuchsienrot und Gold zu polstern und auf seinen Boden einen Teppich aus Tschengtschau von so feiner Ausführung zu legen, daß er tausend Tage auf dem Webstuhl gewesen war.

Ich war höchst zufrieden mit meiner Inneneinrichtung. Während ich Bier für meine erschöpften Polsterer ausschenkte, gratulierte ich mir selbst dazu, daß ich die saftigen Rot-, Rosa- und Goldtöne so tadellos getroffen hatte, und sagte mir, daß ich mir jetzt nur noch schnell etwas Geniales einfallen lassen mußte, damit meine Gäste, in deren Gesellschaft ich mich in dieses Ruhezimmer zurückziehen würde, es nicht mit ihrer Tristheit verdarben. Ich hatte bald eine Idee: Ich wollte eine prächtige Kollektion scharlachroter Schärpen, heidelbeerblauer Schals, rubinroter Pantoffeln, rosafarbener Hauben und gelber Federn anfertigen lassen, mit denen ich meine *invitées* zur Freude und zum Entzücken meines Auges und meines Geistes schmücken würde.

Ihr werdet sicher schon gemerkt haben, daß Celia nicht an der Einrichtung meines Hauses beteiligt war. Es war wohl vorgesehen, daß sie sich, falls dies ratsam erschien, zeitweilig auf Bidnold aufhalten würde. Doch hatte der König sie lieber näher bei sich und der neuen Lady Merivel daher ein hübsches Haus in Kew, nur eine kleine Bootsfahrt von Whitehall entfernt, überlassen. Wie ich von meinen Freunden bei Hofe hörte, wurde darüber geklatscht, daß der König an Sommerabenden, wenn sein Verlangen nach meiner Frau stärker war als seine *passion journalière* für Barbara Castlemaine, ganz allein und verkleidet mit dem Boot nach Kew fuhr und sich so sträflich der Gefahr aussetzte, auf dem Wasser Gaunern in die Hände zu fallen. Im Gegensatz zu mir, der ich, was meine eigene Sterblichkeit angeht, zur Feigheit neige, scheint der König ein Mann ohne Furcht zu sein. Ich muß hier wohl eingestehen, daß ich den König mittlerweile ausgesprochen gern mochte und daß mich die Erkenntnis sehr schmerzte, daß er mich nun, da ich meine Schuldigkeit getan und dafür Ländereien und einen Titel erhalten hatte, wenn es ihm beliebte, völlig vergessen konnte. Ich dachte noch immer gern an die schmatzenden Küsse zurück, die er einst seinem Narren auf den Mund geknallt hatte, und hoffte aufrichtig, daß dies nicht geschehen würde.

Laßt mich jetzt von meinen ersten Versuchen, ein Künstler zu werden, berichten.

Dreißig Leinwände, vierzehn Pinsel, achtundfünfzig Farbkästen und eine Staffelei wurden mir von Pelissier and Drew in London geliefert. Mein Schneider fertigte für mich einen

Schlapphut, wie ihn Rembrandt getragen hatte, und einen Rupfenkittel, in dem ich, wie ich zugeben muß, mehr wie ein Schweinezüchter als wie ein Renaissance-Mensch aussah.

Das Mischen der Farben war eine Tätigkeit, der ich mich mit großem Eifer widmete. Wenn ich ein besonderes Sehvermögen habe, dann für Farbe und Licht. So hätte ich am liebsten ganz auf das Zeichnen verzichtet und reine Farbe auf die jungfräulichen Leinwände geklatscht. Doch ich war mir darüber im klaren, daß ein Künstler ein Motiv haben muß, und die einzigen Motive, die ich mit meiner Zeichenkohle gut wiedergeben konnte, waren Teile der menschlichen Anatomie – die ich doch, wie ich mir geschworen hatte, dem Vergessen hatte anheimgeben wollen, was mir aber nicht gelungen war.

So stellte mein erstes Bild den Oberschenkel und das Gesäß eines Mannes dar. Den Hintergrund wollte ich ockerfarben malen, um eine ländliche Idylle anzudeuten, in der die abgeschnittene Hälfte meines Mannes durch ein Kornfeld schritt. (Ich unternahm den ziemlich kläglichen Versuch, ein paar Garben in der Ferne sowie ein paar Weizenähren im Vordergrund zu zeichnen.)

Die Muskulatur des Hinterns und des Oberschenkels war, so glaube ich jedenfalls, einigermaßen gut und genau gemalt, doch diese Detailgenauigkeit brachte es mit sich, daß ich, als ich schließlich zitternd und aufgeregt Ölfarbe auftragen wollte, nur zu deutlich erkannte, daß ich nicht die geringste Ahnung hatte, wie ich in diesem Medium Licht und Schatten (und somit die dritte Dimension) darstellen sollte, so daß mein Bild, obwohl ich stundenlang, ja bis spät in die Nacht daran arbeitete, ein totaler Mißerfolg wurde und am Ende mehr einem grellen Stilleben mit einem Teller Schinken und

Rührei glich. Ich entledigte mich meines Schlapphuts und meines Kittels und zog mich zurück, dieses Mal in mein Bett, wo ich gezwungen war, auf dem Laken herumzukauen, um meinen Tränen der Wut und Enttäuschung Einhalt zu gebieten.

Am nächsten Tag hatte ich eine blendende Idee. Wenn ich dazu fähig war, einzelne Körperteile recht gut darzustellen, dann war ich sicherlich auch in der Lage, einen ganzen Körper zu malen, vor allem mit Hilfe eines Modells.

Nach dem Frühstück ließ ich mein Pferd Danseuse holen (auch ein Geschenk des Königs), ritt den Hügel zum Dorf Bidnold hinauf und klopfte an die Tür des »Jovial Rushcutter«, eines netten, kleinen Gasthauses, das ich gelegentlich aufsuchte, wenn mir der Sinn nach derben Gesprächen und dem Geruch von Bier, Tabak und Spucke stand.

Das Barmädchen des »Jovial Rushcutter« hieß Meg Storey. Sie ähnelte in ihrer Art und der aufreizenden Fülle ihrer Brüste ein wenig Rosie Pierpoint, so daß ich mich unfreiwillig zu ihr hingezogen fühlte. Es gelang mir nun, Meg Storey so zu umschmeicheln – mit Lob und der Aussicht auf Geld –, daß sie sich bereit erklärte, in mein Studio zu kommen und mir zu sitzen. Nicht nackt, wie ich ihr versicherte, sondern hübsch in Schals und Schärpen drapiert und höchstwahrscheinlich mit einem Sträußchen Geranien im Haar, was mir wieder erlauben würde, meine roten Farben zu verwenden, die ich schon auf so traurige Art und Weise für die Schenkel des Mannes verschwendet hatte, ohne die aber ein Bild von mir, so glaubte ich wenigstens, nicht gelingen konnte.

Sie kam an einem ziemlich kühlen Septembermorgen. Als sie mich in meinem Hut und Kittel sah, brach sie in schallendes, verächtliches Lachen aus. Weiteres Mißvergnügen bereitete sie mir durch ihr Lamento über die Kälte und fehlende Sonne in meinem Studio, als sie ihren Umhang abnahm.

»Mein Studio geht nach Norden, das muß so sein«, sagte ich, während ich die Kohle anspitzte. »Künstler müssen im Licht aus Norden arbeiten.«

»Warum?« fragte Meg Storey.

Ich blickte auf. Ich wollte gegenüber dieser frechen Tavernenschlampe nicht zugeben, daß ich nicht die geringste Ahnung hatte. »Weil«, schnauzte ich, »Nordlicht grausam ist.«

Fröstelnd und protestierend erklärte Meg Storey sich schließlich doch dazu bereit, wenigstens ihren Oberkörper zu entblößen. Sie setzte sich auf einen hohen Stuhl und erlaubte mir, einen fuchsienroten Schal um ihre Schultern zu drapieren, der schmeichelnd über eine ihrer großen Brüste mit den leuchtenden Brustwarzen fiel. Ich ging ein paar Schritte zurück. Ihre Haare waren sandfarben, fast wie meine, aber wesentlich feiner und seidiger. Sie sah wunderhübsch aus. Ich fühlte, wie die Begeisterung für mein Bild wuchs. Jetzt verstehe ich, sagte ich mir, was die flämischen Meister fühlten, wenn sie sich daranmachten, ihre wollüstigen Dianas, ihre üppigen Schäferinnen darzustellen ...

Ich fing an, Meg Storeys Hals, Schulter und rechte Brust zu skizzieren. Ihre Kleidung unterhalb der Taille beachtete ich nicht. Ich kannte die Form des weiblichen Beines und das Fettgewebe des Oberschenkels so gut, daß ich auch darstellen konnte, was ich in Wirklichkeit gar nicht sah. Ich war nun derart erregt von meiner Arbeit, daß ich ein Ziehen in den Lenden spürte und beim Malen ihrer Hand die plötzlich aufkommende Vorstellung verdrängen mußte, daß sie ihre kleinen Perlennägel in meinen Hintern grub. Glücklicherweise blieb Meg Storey meine Erregung durch die Größe der

Leinwand und Weite meines Kittels verborgen, und sie saß trotz der Kälte zwei Stunden, oder vielleicht auch etwas mehr, brav und still da.

Um die Mittagszeit mußte sie gehen, um das Essen im »Jovial Rushcutter« zu servieren. Ich drückte ihr ein Zweishillingstück in die Hand und bat sie, am folgenden Tag wiederzukommen. Ich machte keinen Versuch, sie anzurühren, obwohl ich einen starken Drang dazu in mir fühlte. Ich sagte mir, daß die Kunst über den gemeinen Wünschen stehen mußte.

Doch es zog mich immer wieder zu meinem Bild hin. Selbst als ich spätabends von einem ausgezeichneten Essen bei meiner Nachbarin Lady Bathurst zurückkam, ging ich gleich in mein Studio, zündete mehrere Lampen an und sah mir mein Bild von Meg Storey an. Es gefiel mir sehr gut. Es war wohltuend, einen einigermaßen gut gemalten ganzen Körper zu sehen, und nicht nur einzelne Teile davon. Die Kunst, dachte ich bildhaft (und so metaphysisch, daß es Pearces würdig gewesen wäre), wird in den Bereichen, in denen ich bisher bloß ein Halbes war, ein Ganzes aus mir machen.

Am nächsten Morgen schien die Sonne, wodurch sich das Licht in meinem Studio ein wenig änderte. Ich hatte eine unruhige Nacht verbracht, weil ich darüber nachgedacht hatte, welche Farben ich in welchen Mengen verwenden mußte, um den richtigen Ton von Meg Storeys Hals, Haar, Ferse und Brustwarzen zu treffen. Ich sehnte mich mit einer solchen Inbrunst danach, etwas auf die Leinwand zu bringen, was über ein bloßes Portrait von Meg Storey hinausging. Ich wollte in Farbe ihr eigentliches *Wesen* festhalten, damit jeder, der mein Bild anschaute, »sah«, wie sie wirklich war, schön und ordinär zugleich, wobei diese beiden Grundsätze in ihr so unaufdringlich im Widerstreit standen, daß man Meg Storey immer wieder anders sah. Aber wie sollte ich das anfangen?

Ich stand erschöpft und niedergeschlagen vor meiner Staffelei. Wie kann man mit Hilfe eines statischen Mediums etwas einfangen, was sich ständig bewegt und verändert? Ohne allzuviel Zuversicht begann ich, meine Farben zu mischen. Megs Nase war rot, wie ich bemerkte (»von der Erkältung, die ich mir hier bei Euch geholt habe, Sir Robert«), so hielt ich es für das beste, mit dieser anzufangen und mich von da an nach außen vorzuarbeiten. Doch ich merkte sofort, daß dies keine gute Entscheidung gewesen war. Wenn man nach dem Wesentlichen einer Sache strebte, begann man nicht mit einer unwichtigen Einzelheit. Ich stürzte mich auf die Brustwarze und malte diese. Nun waren auf meiner Leinwand zwei leblose rote Punkte zu sehen. Schnell mischte ich verschiedene Umbras, Zinnoberrots und Brauntöne und fing an, Megs Haaren Farbe zu geben. Doch es lag kein Licht über ihnen, und sie hatten kein Leben, und ich begann zu verstehen, daß es mir einfach an der Technik fehlte, ein einigermaßen hübsches Bild von Meg zu malen, ganz zu schweigen von einem Portrait, das ihr Wesen und Sein enthüllte.

Ich legte den Pinsel aus der Hand. Dann hob ich Megs Schal auf, legte ihn ihr um und sagte traurig, daß ich sie jetzt bezahle und bitte, später einmal wiederzukommen, wenn ich ein paar Kunststunden genommen hätte.

Ich hätte mich vielleicht nach dieser ersten schmachvollen Niederlage auf dem Gebiet meiner Wahl einem Anfall von Traurigkeit ergeben, wäre da nicht die freundliche Anteilnahme meiner Nachbarin Lady Bathurst gewesen.

Ich will Euch die Bathursts beschreiben.

Bathurst ist Jäger. Er ist siebzig Jahre alt und hat sein Gedächtnis mit achtundsechzig verloren, als ihn sein Pferd ins Feld warf und aufs Ohr trat, aus dem dann sein Verstand entwich. Er trägt alte grüne Sachen, die selten gereinigt werden und denen daher der Gestank von Sattelseife, Tabak und Pudding anhängt. Er hat jede Erinnerung an den Namen seiner Frau, der Violet ist, verloren, und man hat ihn beim Abendessen fragen hören: »Wer ist diese Frau? Kenne ich sie?« Aber wenn Ihr nun glaubt, daß er ans Bett oder auch nur an sein Zimmer gefesselt sei, dann irrt Ihr Euch. Jeden Morgen wird er auf sein Pferd gehoben und wütet dann mit seinen Windhunden und Terriern durch seine Felder und Wälder, wobei er Hasen, Füchse, Dachse und selbst Hirsche zu Tode jagt. An den Wänden seiner großen Eingangshalle hängen Jagdpeitschen, Felle von Füchsen, Dachsen und Mardern sowie Köpfe von Rehen und Hirschen. Der Boden ist mit Markknochen für seine Hunde übersät, die dort gehalten werden und ihre Geschäfte überall auf dem Parkett verrichten.

Ich habe Bathurst recht gern. Sein Bordeaux ist vorzüglich, und seine Tischmanieren sind noch schlechter als meine. Er redet lauter Blödsinn, wenn auch mit großer Leidenschaft, und gibt diesem noch besonderes Gewicht durch sein ständiges Furzen und Auf-den-Tisch-Hauen. Wenn ihn auch sein Gedächtnis verlassen hat, so doch nicht seine Seele. Seine Freunde, erzählt er mir, haben ihm den Rücken gekehrt; er weiß zwar nicht, wer sie waren und warum sie weg sind, aber er empfindet dort, wo einst Gespräche und Lachen waren, eine Leere, eine Lücke, und scheint sich zu freuen, daß nun ich da bin, um sie ein wenig zu füllen. Merkwürdigerweise scheint er sich immer an meinen Namen zu erinnern, oder vielmehr an seine eigene anglisierte Version davon: Merryvale. »Willkommen, Merryvale!« donnert er über das Kläffen und Bellen seiner Hunde hinweg. »Willkommen und guten Mutes, und der Teufel soll die Trödler und Nachzügler holen!«

Würde ich, wie Pearce, zu Frömmigkeit und Schuldgefühlen neigen, so wäre es mir vielleicht ein wenig unbehaglich zumute angesichts der Tatsache, daß ich Bathurst hintergehe, obwohl ich doch so an ihm hänge. Denn ich habe, das will ich jetzt nicht länger verschweigen, eine höchst erfreuliche *affaire de coeur* mit seiner Frau, meiner Lady Bathurst, oder Violet, wie ich sie in der Intimität des Schlafzimmers nenne.

Violet ist ungefähr dreißig Jahre jünger als ihr Mann und eine sehr hübsche Person, geistreich und elegant. Kurze Zeit nachdem ich mich im Landsitz Bidnold niedergelassen hatte, stattete sie mir einen Besuch ab und erzählte mir bereits bei diesem allerersten Treffen von dem bedauernswerten Geisteszustand Bathursts, wobei sie besonders seine Vergeßlichkeit im Hinblick auf ihre eigene Existenz betonte, so daß sie mich schon da auf den Gedanken brachte, daß es zwischen uns etwas geben könnte. Denn ein Mann, der vergessen hat, daß er eine Frau hat, wird sich wohl nicht allzusehr darum kümmern, in welchem Bett sie sich mit wem aufhält. Wenn unsere Liebschaft auch nicht von der zerfleischenden, gierig zupackenden Art ist, so ist sie doch zufriedenstellend leidenschaftlich, und wir sind recht häufig zusammen, da Violet in einem Alter ist, in dem sie sieht, daß ihre Schönheit langsam dahinschwindet, und so das Eisen schmieden will, solange es noch heiß ist, wenn auch nicht mehr ganz so heiß wie in ihrer Jugend, in der sie nach ihrer eigenen Darstellung eine Menge Eisen geschmiedet hat.

Und so war es Violet Bathurst, der ich, als sie unter dem silbertürkisfarbenen Baldachin meines Bettes in meinen Armen lag, meinen Kummer über mein Scheitern in der Kunst anvertraute. »Ohne sie«, sagte ich, »und allem Anschein nach auch vom König aufgegeben, bin ich ein Mann ohne Ziel im Leben, und ich befürchte sehr stark, daß ich mich in der Trunksucht und allen möglichen anderen Exzessen verlieren werde.«

Violet sah mich scharf an. Sie war sowieso schon etwas eifersüchtig auf meine junge Frau und hatte mich auf eine Ausgabe von Thomas a Kempis schwören lassen, daß ich Celia in körperlicher Hinsicht nicht kannte. Es war offensichtlich, daß sie der Gedanke, ich könnte Ausschweifungen anheimfallen, sehr beunruhigte.

»Mach dir keine Sorgen, Merivel«, sagte sie, wobei sie, auf ihren weißen Ellbogen gestützt, mit einem ihrer eleganten Finger die Nachtfalter auf meinem Leib streichelte. »Ich werde mich um Malstunden für dich kümmern. Ich kenne einen talentierten jungen Mann, dem sehr viel daran liegt, Edelleute kennenzulernen, und der geradezu erpicht darauf ist, jemandem einen Gefallen zu tun. Ich hatte bei ihm ein Portrait von Bathurst in Auftrag gegeben, und das Bild ist einfach bewundernswert, wenn man bedenkt, daß Bathurst keine Sekunde stillsitzen kann. Sein Name ist Elias Finn; ein Puritaner, möchte man meinen, aber ihm sind Aufstieg und Erfolg so wichtig, daß er seine Fahne nach dem Wind hängt. Natürlich will er unbedingt zum Hof, und vielleicht, wenn er sich als ein guter Lehrmeister erweist, kannst du ihm ja auch den Weg dorthin ebnen?«

»Du vergißt, Violet«, sagte ich unglücklich, »daß ich jetzt seit drei Monaten nichts mehr vom König gehört habe.«

»Wirklich? Dann solltest du vielleicht einmal nach London reisen?«

»Ich habe keine Stellung mehr am Hofe.«

»Aber Seine Majestät wäre doch sicher überglücklich, dich zu sehen?«

»Da bin ich mir nicht so sicher.«

»Er pflegte dich zu küssen, Merivel!«

Ich lächelte. »Wir beide, Violet, du und ich, wissen doch«, sagte ich, »daß Küsse vergehen wie die Birnenblüte.«

Ich würde sagen, daß Elias Finns Eintritt in mein Leben von einer gewissen Bedeutung war.

Er nennt sich Portraitist, führt aber, wie ich bald merkte, fast das Leben eines Bettlers, denn er wandert in den englischen Grafschaften von einem großen Haus zum andern und bittet die Bewohner, sie malen zu dürfen. Er ist jung, hat aber ein ausgemergeltes, graues Gesicht, und seine Handgelenke sind so dünn wie die Arme eines Tintenfisches. Er hat einen unsteten und unsicheren Blick, doch seine Lippen sind hübsch geschwungen und feminin und zeugen von einer gewissen Empfindsamkeit. Seine Stimme ist honigsüß und höflich. Er ist voller Widersprüchlichkeiten. Bei unserer ersten Begegnung wußte ich überhaupt nicht, was ich von ihm halten sollte.

Ich führte ihn in mein Studio und zeigte ihm meinen Schinken-und-Ei-Mann und mein unvollendetes Portrait von Meg Storey. Er sah erschreckt auf die Bilder, als jagten sie ihm Angst ein, was sie vermutlich wirklich taten, denn sie haben so überhaupt nichts Bewundernswürdiges an sich.

»Warum wollt Ihr malen, Sir?« fragte er nach einer Weile.

»Nun ...«, begann ich, »sozusagen, um zu vergessen. Ich

habe Anatomie und Krankheiten studiert, aber aus persönlichen Gründen möchte ich meine ärztliche Arbeit nicht fortsetzen.«

»Ihr möchtet also lieber ein Künstler sein?«

»Ja.«

»Warum, wenn ich mir die Frage gestatten darf?«

»Weil ... weil ich etwas tun muß! Ich habe eine sehr unmäßige Natur, Mr. Finn. Seht mich an! Seht mein Haus an! Seit der Wiedereinsetzung des Königs befinde ich mich in einem Zustand der Erregung und des inneren Aufruhrs! Die Neuzeit hat begonnen, und ich bin ganz ihr Mann, aber ich muß eine Aufgabe finden, damit ich nicht dem Müßiggang und der Verzweiflung anheimfalle. So helft mir bitte!«

Er wandte sich wieder meinen Bildern zu. »Nach diesen hier zu urteilen«, sagte er, »zeichnet Ihr einigermaßen gut, habt aber kein Gefühl für Farbe.«

Kein Gefühl für Farbe! Ich war sprachlos. »Farbe«, fing ich an, »begeistert mich mehr als alles andere auf dieser Welt. Ich habe in Purpur und Gold geheiratet! Bei der Krönung des Königs fiel ich beim Anblick seiner blutroten Barke fast in Ohnmacht ...« Doch dann hielt ich inne. »Ihr habt natürlich recht«, sagte ich. »Ich liebe Farben sehr, aber das allein reicht noch nicht aus. Was mir ganz und gar fehlt, ist die Fähigkeit, diese Liebe in Kunst zu verwandeln.«

Wir fingen auf der Stelle mit den Malstunden an. Finn hatte einige seiner Arbeiten mitgebracht, meist Portraits von eleganten Frauen, die, wie ich annehme, keinen Gefallen gefunden hatten, da sie ja sonst nicht mehr in seinem Besitz wären. Ich fand sie ganz vortrefflich. »Wenn es mir einmal gelingt, auch nur ein Bild zu malen, das an eines dieser herankommt«, sagte ich, »dann werde ich ein glücklicher Mann sein.«

Er lächelte mitleidig. Dann erläuterte er seine Technik im Hinblick auf den Hintergrund, der, wie er sagte, immer klassisch sein sollte – ein Palladio-Garten mit Säulenfragmenten, eine Seeschlacht oder eine fröhliche Jagdszene.

»Ihr meint«, fragte ich, »daß ich anstatt des Fensters hinter Meg Storey besser Schiffe oder Reiter gemalt hätte?«

»Ja«, sagte Finn. »Natürlich.«

Ich konnte mich nicht entsinnen, daß Holbeins berühmte Portraits einen klassischen Hintergrund hatten, doch das sagte ich nicht, da es mir wohl bewußt war, daß ich Finn sehr dankbar sein würde, wenn er mich lehren könnte, dorische Säulen oder ein Schlachtschiff mit vollen Segeln zu malen.

»Der Hintergrund«, fuhr er fort, »muß schmeicheln. Mehr noch, er muß dem Leben des Modells Dauer verleihen, auch wenn sich dessen Leben in Wirklichkeit als sehr kurz erweisen sollte.«

Natürlich hatte ich bisher noch keine solchen Überlegungen angestellt, doch ich fand, daß an dem, was er sagte, etwas Wahres war, und so verging unser erster Morgen im Gespräch darüber, wie ein Bild komponiert sein mußte, damit kein Teil davon »tot« war, so daß das Auge, wo immer es hinwanderte, auf Interessantes traf, und daß dies auch für Einzelheiten galt, zum Beispiel für einen Schwertgriff oder für ein genauestens wiedergegebenes Ruderboot an einem fernen arkadischen Strand. Außerdem schnitten wir die Frage der Entfernung und Perspektive an, wonach Berge, die weiter weg sind, blasser und weniger klar umrissen erscheinen als näher liegende, und wie man die Nähe und Kraft eines Modells betonen kann, indem man es in Licht taucht.

»Wenn Ihr das nächste Mal in Whitehall seid«, schloß

Finn, »dann seht Euch doch einmal die Raffaels und Tizians an, die der König in seinen Gemächern haben soll, und Ihr werdet die schönsten Beispiele für all das haben, was ich Euch gesagt habe.« Also hatte Violet Bathurst ihm schon von meiner Bekanntschaft mit dem König erzählt. Ich nickte nur. Es war für mich noch viel zu früh zu entscheiden, ob Finn irgendeine Begünstigung verdiente, aber ich spürte, daß seine Sehnsucht, zum Hofe zu gehen, sogar noch stärker war als meine Sehnsucht, malen zu lernen, und ich kam sogleich zu dem Schluß, daß mir diese hübsch ausgewogene Ungleichheit möglicherweise zum Vorteil gereichen würde.

Anfang November, als ich unter Finns Anleitung gerade ein nicht allzu schlechtes Bild von meinem an einem imaginären Wasserfall schlafenden Spaniel Minette gemalt hatte, wurde mein Hündchen krank.

Eine heftige Furcht ergriff mein Herz. Ich liebte Minette. Ihre Gegenwart erinnerte mich ständig daran, daß ich des Königs Freund und Narr gewesen war – auch hoffte ich immer noch, daß ich es wieder werden würde –, und ich war mir sicher, daß ihr Sterben ein schreckliches Omen für noch weiteres Verlassenwerden sein würde.

Widerwillig holte ich mein Chirurgiebesteck und meine Heilmittel, Salben und Pulver heraus, doch kaum hatte ich alles neben Minette auf dem Eßtisch ausgebreitet, da wußte ich nicht mehr weiter: in meinem Bestreben, meinen früheren Beruf zu vergessen, hatte ich Wissen vergraben, das jetzt unerläßlich gewesen wäre.

Ich dachte an Lou-Lou und Fabricius' Lehrsätze über die Natur. Würde ich Minette durch einen ähnlichen Anfall von Nichtstun heilen können? Wohl nicht. Sie erbrach sich fast ständig, das arme Ding, und auf ihrem Bauch war eine große, nässende wunde Stelle.

Ich verdünnte ein wenig Opiumtinktur mit Milch und schüttete ihr dies mit einem kleinen Löffel in den Hals; nach einigen Minuten fiel sie in einen ruhigen Schlaf. Ich untersuchte die Wunde. Sie war faulig und stank. Ich stellte mir vor, wie das Gift aus dieser Wunde in Minettes Blutgefäße eintrat und zu ihrem Herzen getragen wurde. Wenn es doch ein Furunkel gewesen wäre, den ich hätte öffnen können! Doch es war keiner, sondern eine offene Wunde, die ich mehrere Tage oder sogar Wochen übersehen hatte, weil sie sich auf Minettes Bauch befand.

Ich säuberte die Wunde so gut es ging mit warmem Wasser, feuchtete etwas Leinenstoff mit Alkohol an und legte ihn darauf. Minette wimmerte im Schlaf, und dann wurde ihr Körper plötzlich von schrecklichen Krämpfen geschüttelt. Schaumiger Speichel trat aus ihren Mundwinkeln. Ich hielt sie fest und wartete auf das Abklingen der Krämpfe. Neben mir stand bleich und schwitzend mein Diener Will Gates.

»Es hat keinen Sinn«, sagte ich zu Will. »Ich traue meinem eigenen Wissen nicht. Wo kann ich zu dieser Stunde Doktor Murdoch finden?«

»Doktor Murdoch ist ein Kurpfuscher, Sir, ein richtiggehender Quacksalber.«

»Das macht nichts. Er ist unsere letzte Hoffnung. Wo wird er sein?«

»Da gibt es nur eine Möglichkeit, eine einzige.«

»Ja?«

»Im ›Rushcutter‹, Sir!«

Warum habe ich nicht Will zu dem Gasthaus geschickt?

Ich habe ihn nicht geschickt, weil ich dachte, daß ein schneller Ritt auf Danseuse durch den frischen Novemberabend die Angst und Sorge, die mich ergriffen hatte, ein wenig vertreiben würde. Ich rief meinem Stallburschen zu, er solle mein Pferd satteln, trug Minette in mein Schlafzimmer, wo ich sie aufs Bett legte, und wies Will bei Androhung sofortiger Entlassung an, nicht von ihrer Seite zu weichen.

»Was soll ich tun, Sir, wenn sie wieder Schüttelkrämpfe bekommt, Sir?«

»Halte sie«, sagte ich, »versuche, sie festzuhalten.«

Ich bestieg Danseuse, und weg waren wir durch den Park, wo wir das Wild auf unserem Weg aufscheuchten. Ich trieb die Stute zu einem schnellen Galopp an, und als ich meine Lunge einige Male mit der klaren Luft vollgepumpt hatte, fühlte ich, wie das Entsetzen ein wenig von mir wich.

Als ich Danseuse am Pfosten vor dem »Jovial Rushcutter« anband, war ich ordentlich ins Schwitzen geraten, und mein Gesicht brannte. Schnaubend wie ein Walroß ging ich hinein. In der Gaststube blickte ich mich nach Doktor Murdoch um, der mit seinen hängenden Schultern und großen, feuchten Händen kaum zu übersehen sein würde, doch ich konnte ihn nicht entdecken. »Doktor Murdoch?« fragte ich einen der Bauern mit Nagelstiefeln, der tief ins Glas blickte. »War er heute abend hier? Weiß jemand, wo er sein könnte?«

Durch die übelriechende Menge von Schweinehirten, Wildhütern und Geflügelzüchtern kam Meg Storey auf mich zu. In dem schwachen Kerzenlicht der Taverne sah ihr Haar feuerrot aus. Das Kleid und die Schürze, die sie trug, waren fliederfarben. Sie machte vor mir einen frechen Knicks, dann nahm sie mich bei der Hand und führte mich, ohne ein Wort zu sagen, in die kühle, dunkle Vorratskammer, in der die Bierfässer lagerten. Dort legte sie die Arme um mich und küßte mich sanft auf den Mund. »Damit will ich Euch sagen«, meinte sie, wobei mich ihr säuerlicher Bieratem streifte, »daß es mir leid tut, was aus Eurem neuen Beruf geworden ist.«

Ich brach in Lachen aus und fühlte meinen Körper und Verstand in der Hitze dahinschmelzen. Ich nahm Meg Storey in die Arme. »Die Natur ...«, murmelte ich zwischen Küssen und Liebkosungen. »Lassen wir der Natur bei Minette und bei mir ihren Lauf ...« Von einem Augenblick zum andern überließ ich meinen armen Hund seinem Schicksal und wälzte mich mit Meg auf dem erdigen Fußboden.

Eine Stunde später kam Doktor Murdoch in die Taverne, doch ich war durch mein Liebesabenteuer mit Meg Storey noch so verwirrt und erregt, daß ich ihn dort gar nicht mehr erwartete, sondern die verbleibende Nacht auf der Suche nach ihm ziellos in der Gegend umherritt, bis Danseuse nicht mehr galoppieren konnte und wir müde nach Hause zurückkehrten.

Will Gates schlief auf dem Boden meines Schlafzimmers. Auf meinem Bett, unter einem gestreiften Tuch, in dem ich eine der großen Servietten erkannte, die mir der König geschenkt hatte, lag Minettes toter Körper.

Ich kniete nieder und versuchte, an ein Gebet zu denken, mußte jedoch feststellen, daß ich nicht nur mein dürftiges Wissen über Krankheiten der Vergessenheit anheimgegeben hatte, sondern auch alle alten Gottesworte.

Eine indische Nachtigall

Am Morgen nach Minettes Tod erschien Finn, um mir eine Malstunde zu erteilen. Müde zog ich meinen Kittel und den Schlapphut an. Ein kühler Regen, der jetzt gegen die Scheiben des Studiofensters peitschte, hatte Finns ziemlich abgetragene Kleider durchnäßt, so daß er wie ein Habenichts aussah. Kurzum, wir waren ein jämmerliches Paar. Es kam mir in den Sinn, daß die Melancholie wohl häufig der Antrieb zu kreativem Schaffen sein mochte, daß für die Ausführung aber das entgegengesetzte Element, das cholerische Feuer, notwendig war, und ich fühlte an diesem Morgen nicht einmal eine kleine Flamme davon in mir.

»Geht nach Hause«, sagte ich zu Finn, unklugerweise, wie sich gleich herausstellte, denn Finn hatte zu dieser Zeit kein Zuhause, sondern die Nacht in einem von Lord Bathursts Kuhställen verbracht. Und der arme Künstler fühlte sich so naß und kläglich, daß er sich erkühnte – nicht zum ersten und nicht zum letzten Mal –, bei mir sein Lieblingsthema anzuschneiden, nämlich das meines Einflusses beim König und meiner Möglichkeiten, bei Hofe für ihn eine Stellung zu erlangen – und sei es auch eine noch so kleine, zum Beispiel als Freskoassistent oder Spielkartenzeichner.

Nun hatte mich der Verlust Minettes nicht nur traurig gestimmt, sondern auch Angst in mir ausgelöst. Mein vorsätzliches Vergessen hatte ihren Tod verursacht; und König Charles wiederum, das erkannte ich jetzt, hatte seinen ehemaligen Narren der Vergessenheit anheimfallen lassen. Als Entschädigung hatte ich wohl mein Haus und meinen Titel, aber ich selber war vergessen. Klügere, witzigere, nicht so unwürdige Leute waren an meine Stelle getreten. Nachdem ich meinen Zweck erfüllt hatte, war ich in Ungnade gefallen: Krank am Herzen, wie ich war, hatte ich aber nicht die Absicht, Finn einzugestehen (ihm, der so voller *hauteur* meinem Maltalent gegenüber war), daß ich keinerlei Einfluß mehr in Whitehall hatte.

»Finn«, sagte ich, wobei ich mir den Schlapphut vom Kopfe riß und ihn auf einen Haufen neuer Leinwände warf, »es ist sinnlos, mich auf diese Angelegenheit anzusprechen, da es doch offensichtlich ist, daß Ihr so ganz und gar nicht versteht, wie Geschäfte dieser Art zustande kommen.«

»Könnt Ihr mir sagen, was Ihr damit meint?« fragte Finn und schob seine Füße unbehaglich hin und her, so daß ich das Wasser in seinen Schuhen glucksen hören konnte.

»Ich meine damit, Finn«, sagte ich mit eisiger Stimme, »daß wir in kommerziellen Zeiten leben. Ob Ihr es wollt oder nicht, so ist nun mal die Welt, in der wir leben. Und wer dem nicht Rechenschaft trägt, wird mit großer Wahrscheinlichkeit arm und unbekannt sterben.«

Finn stand sein hübscher Mund offen, was ihm ein kindliches, idiotisches Aussehen gab. »Wenn ich reich wäre«, sagte er kläglich, »würde ich es Euch natürlich mit Gold aufwiegen, wenn Ihr mein Talent Seiner Majestät gegenüber erwähnt, aber Ihr seht ja selbst, daß ich kaum meinen Lebensunterhalt bestreiten kann, und wenn ich das wenige, das Ihr mir für die Malstunden bezahlt, auch noch opfern soll ...«

»Auf welche Weise Ihr mich dazu bringt, daß ich meinen Einfluß in London geltend mache, interessiert mich nicht«, schnauzte ich ihn an. »Ich möchte Euch nur darauf aufmerksam machen, daß ein Zeitalter der Philanthropie vielleicht eines Tages unbemerkt von unseren englischen Händlerherzen Besitz ergreifen wird, daß dies aber nicht jetzt der Fall ist. Und wer sich nicht der Zeit anpaßt, ist nicht nur in Gefahr, von seinesgleichen verachtet zu werden, sondern auch, in einem Armengrab zu landen. Geht jetzt nach Hause oder wieder in Lord Bathursts Kuhstall, oder wo immer Ihr heute nacht Euer unschuldiges Haupt hinbetten wollt, und denkt über das nach, was ich Euch gesagt habe.«

Ich sah ihm nach, als er in den Regen hinausging. Seine große, dünne, den Rückzug antretende Gestalt erinnerte mich wie nie zuvor an meinen Vater, und einen Augenblick lang empfand ich Reue, wie ein wundes Gefühl im Bauch. Ich fühlte mich schrecklich einsam. Auf der Stelle hätte ich Danseuse bestiegen und mich zu einem tollen Ritt nach London aufgemacht, wenn ich dem König nicht versprochen hätte, dem Hofe fernzubleiben – »und zeigt Euch weder in Celias Haus in Kew noch in den Gängen von Whitehall, Merivel« –, falls ich nicht von ihm selbst dorthin eingeladen wurde.

Ich setzte mich vor meine leere Staffelei, nahm meine Perücke ab und raufte mir die Schweineborsten. Wenn ich genau bedachte, was ich alles bekommen hatte, dann hatte ich eigentlich kein Recht, mich betrogen zu fühlen, und doch war dies der Fall. Damals, als ich nach meiner Hochzeitsnacht allein und elend in dem feuchten Wald aufgewacht war und in der Ferne die Kutsche des Königs aus Sir Joshuas Einfahrt hatte fahren sehen, wäre mir nie der Gedanke gekommen, daß ich den König niemals wiedersehen würde. Ich hatte geglaubt, daß meine Zukunft nun unwiderruflich mit der seinen verknüpft war. Ich hatte mir eingeredet, daß er, wenn ihn meine Narretei nicht mehr von seinen Staatsgeschäften ablenken würde, sicherlich trübsinnig werden und mich vermissen würde. Doch Minettes Tod hatte mir klargemacht, daß ich mich geirrt hatte. Es war jetzt fast Winter. Seit fünf Monaten hatte ich vom König keine einzige Nachricht oder Botschaft bekommen, trotz häufiger Besuche von einigen seiner Höflinge, die die Luft in Norfolk und das Krocketspiel mit ihren hübschen Mätressen auf meinem Rasen schätzten. »Keine Sorge«, meinten die Witzbolde vom Hofe, »er wird Euch kommen lassen, wenn ihm nach Furzen zumute ist!« Und sie krümmten sich vor Lachen, die Krocketschläger in der Hand. Ich hatte natürlich in die allgemeine Heiterkeit eingestimmt. Diese Männer liebten mich wegen meiner Bereitwilligkeit, mich lächerlich zu machen. Doch wie Ihr Euch sicher denken könnt, trösteten mich ihre Worte nicht im geringsten.

Ich verließ mein Studio und ging zu meinem Morgenzimmer, wo ich mich an mein Schreibpult setzte, um einen Brief an den König zu schreiben:

»Mein huldvoller, gütiger Herrscher«, begann ich, und bei diesen Worten entstand vor meinem Auge ein überwältigendes Bild vom König, wie er im himmlischen Licht dahinschwebte.

»Seid gegrüßt von Eurem treuen Narr Merivel«, fuhr ich fort, »der darum bittet, daß dieser Brief Eure Majestät in ausgezeichneter körperlicher und seelischer Verfassung vorfindet, jedoch – Gott verzeih mir – letztere nachgerade nicht so vorzüglich, daß Ihr Euch nicht ein wenig meine Gesellschaft wünschen würdet, nun da Euch die Erinnerung an meine Possen und nicht gerade schmucke Person kommt. Ich beeile mich, Euch zu versichern, daß Ihr mir, Sir, wenn Ihr mich zu sehen begehrt, für wie kurze Zeit und in welcher Rolle Eure Laune oder Neigung dies auch wünscht, nur Nachricht zu geben braucht, und die Schnelligkeit meiner Reise nach London wird um nur weniges geringer sein als jene schnellschweifenden Gedanken, die mich in meiner Vermessenheit so oft an die Seite Eurer Majestät bringen.

Aufrichtigkeit zwingt mich nun, Euch von einem großen Schmerz zu berichten, der mich hier, inmitten meines Luxus und glanzvollen Lebens betroffen hat, nämlich der Tod meines Hundes, Eurer Minette, des kleinen Tieres, das ich in Eurem weiten Königreich am meisten geliebt habe. Ich bitte Euch, allergnädigster Herr, mir zu glauben, daß ich alles in meiner Macht Stehende zu ihrer Errettung getan habe und daß sie nie in ihrem kurzen Leben, und sei es auch nur für einen Tag oder eine Stunde, vernachlässigt wurde von

ihrem Herrn, Eurem Diener,

R. Merivel«

Ich las den Brief noch einmal durch, wobei ich der wahrheitsliebenden Seele in meiner Brust nicht erlaubte, etwas über die Worte des Lügners, der auch in mir wohnt, zu sagen, da mir daran liegt, daß diese beiden zwar auf Abstand bedachte, aber höfliche Nachbarn bleiben. Ich versiegelte den Brief und gab ihn Will Gates mit der Anweisung, ihn auf dem schnellsten Weg nach London zu befördern.

Das Schreiben hatte mich so erleichtert, daß ich nun nach meiner Kutsche verlangte, um die kurze Strecke zu den Bathursts durch den immer noch strömenden Regen zu fahren. Ich puderte meine Achselhöhlen, zog einen gelben Rock an und tat auch sonst alles, was in meinen Kräften stand, um mich zu einer annehmbaren Person zu machen, für den Fall, daß ich Violet allein antreffen würde und mich meiner Sorgen an ihrem Samtbusen entledigen konnte. Nun, ich hatte nicht das Glück. Bathursts Erinnerung, die so oft einem Schiff glich, das man längst aufgegeben hatte, war an diesem Morgen kurz, aber schwungvoll an die Oberfläche gekommen, und er hatte in Violet eben die Frau wiedererkannt, die er vor langer Zeit einmal in einem Rausch zerrissener Liebesknoten und gegrabschter Strumpfbänder zu Bett gebracht hatte. Als der Diener mich anmeldete, war er gerade dabei, den Kopf eines Marders und ein paar Dachsfelle von der Wand zu reißen, um diese Trophäen seiner Frau zu Füßen zu legen.

Am darauffolgenden Freitag kam Finn nicht zur Malstunde.

Es war ein außergewöhnlich schöner Morgen, gleißend in der Herbstsonne, aber ich konnte meine Gedanken nicht von der durchnäßten, triefenden Gestalt mit den weitausgreifenden, aber unbeholfenen Schritten meines Vaters lösen, die ich in den Regen hinausgeschickt hatte. War der arme Mann in der Nässe und Kälte umgekommen? Oder hatten ihn meine klugen Gedanken über die Gepflogenheiten bei Hofe so schockiert, daß er nun nichts mehr von den Edelleuten und ihrer Korruptheit wissen wollte – um vielleicht nur noch Bilder wie das von Meg Storey zu malen, als Gegenleistung für einen Krug Bier oder eine hastige Gefälligkeit auf dem Boden des Vorratsraums?

Aber der Tag war einfach zu schön, um mit sorgen- und reuevollen Gedanken vergeudet zu werden. Finns Schicksal lag nicht in meiner Hand. Ich zog meinen Kittel an und setzte meinen Schlapphut auf, und dann trug ich mit Wills Hilfe meine Staffelei und die Malutensilien in eine entfernte Ecke des Südrasens, von wo aus ich einen herrlichen Blick auf den

Park hatte – auf die Buchen in Purpur und Gold, die Ulmen in gelblichem Rotbraun, die feuerroten Kastanien und den sanftbraunen Streifen äsenden Wildes darunter.

Ich blickte auf dieses Panorama. Ich wußte, daß es meine Fähigkeiten als Zeichner, und erst recht als Ölmaler, bei weitem überstieg, das Laub eines Baumes in allen Einzelheiten zu malen. Ich konnte aber versuchen, die Farbtöne einzufangen. So begann ich denn, meine Farben wild zu mischen und sie, ohne erst etwas mit Kohle auf meiner Leinwand vorzuzeichnen, mit kühnen Pinselstrichen und -schwüngen aufzutragen. Schicht um Schicht, einen weißen Klecks für eine Wolke, tanzende grüne und gelbe Linien für das saftige Gras, Kaskaden von Orange, Rot und Gold in allen Schattierungen für die Kastanien, eine tiefdunkle Masse aus Purpur, Braun und Schwarz für die entfernteren Buchen. Ich arbeitete wie ein Heizer oder Glasbläser, vor Anstrengung schnaufend. Meine Temperatur stieg an, und mein Herzschlag beschleunigte sich. Ich war Feuer und Flamme, wie mein Gemälde. Ich wußte, daß es so wild, so undiszipliniert, so maßlos wie mein Charakter war, aber es drückte in all seinem Dilettantismus genau meine Resonanz auf diesen Herbsttag aus und enthielt daher für mich eine zufriedenstellende Logik. Darüber hinaus fand ich, als es schließlich fertig war und ich ein paar Schritte zurücktrat, um es mit halbgeschlossenen Augen anzuschauen, daß es eine gewisse Ähnlichkeit mit dem Bild vor mir hatte. Vielleicht war es so, als ob es ein Kind gemalt hätte. Es war unreif und gewöhnlich. Es waren zu viele und zu grelle Farben. Dennoch war es nicht verlogen (nicht so, Finn, wollte ich sagen, wie Eure schön gemalten griechischen Säulen oder Schäferinnen-Picknicks). Es gab im wesentlichen das wieder, was ich gesehen hatte. Ich ging hinter die Leinwand und kritzelte in Französisch den Titel darauf: *Le Matin de Merivel, l'automne.*

Als ich wieder aufschaute, sah ich Finn, in recht lebhaftes Lincoln-Grün gekleidet, über den Rasen zu mir kommen. Ich freute mich, daß er nicht verhungert war, und ich freute mich noch mehr, als ich das kleine, wissende Lächeln auf seinem Gesicht sah, aus dem ich ersehen konnte, daß er auf meine Worte gehört und mir, als Anreiz für den Gefallen, zu dem ich seiner Meinung nach in der Lage war, etwas mitgebracht hatte. Denn ich liebe es, Geschenke zu bekommen. Obwohl ich mittlerweile nutzlosen Krimskrams und *objets d'art* in Hülle und Fülle besitze, begeistert mich doch jedes weitere Geschenk aufs neue, und ein schöner Zinnkrug beispielsweise oder selbst ein Marderkopf vom alten Bathurst kann mir für einen ganzen Tag gute Laune bescheren.

»Finn!« rief ich herzlich. »Ihr seid also nicht, wie der arme Tom, in einer kleinen Hütte dem Verhungern nahe, wie ich schon befürchtet habe!«

»Was meint Ihr damit?« fragte Finn und blieb stehen.

»Oh, nur einer meiner Scherze!« lachte ich. »Kommt her und schaut Euch mein Bild an!«

Finn kam näher. Die Sonne war weitergewandert und fiel nun voll auf mein Bild, so daß die Farben womöglich noch greller wirkten, als sie es in Wirklichkeit schon waren. Der Künstler starrte auf mein Werk. Langsam breitete sich über seinem Gesicht ein Ausdruck des Widerwillens aus. Ich sah, wie er nach Worten rang, doch sie schienen ihm im Halse steckenzubleiben, und er wandte sich ab.

»Nun?« fragte ich.

»Es ist«, sagte Finn, »ein Auswuchs.«

»Ja«, pflichtete ich bei, »das ist wahrscheinlich der richtige Ausdruck dafür.«

»Zu Cromwells Zeit hätte man Euch …«

»Was, Finn?«

»Nein, ich meine es nicht so. Aber wirklich, Ihr könnt doch nicht …«

»Was?«

»Ihr dürft dieses Bild niemandem zeigen. Ihr solltet es verbrennen.«

»Wie ich sehe, nehmt Ihr Anstoß daran.«

»Es bricht …«

»Was bricht es?«

»Alle Gesetze, alle Vorschriften und Regeln, die ich Euch mit so viel Mühe beizubringen suchte.«

»Ja. Ihr habt zweifellos recht. Es ist ein betrüblicher Ausrutscher. Und doch, wißt Ihr, bedeutet es für mich die denkwürdige Wiedergabe meiner *Empfindungen*, die ich angesichts der Farben meines Parks habe. Was nur wieder einmal beweist, nicht wahr, daß Gefühl zwar ein starker Antrieb für einen armen, dilettantischen Maler sein mag, aber ohne Technik nur eine impotente und lächerliche Angelegenheit bleibt, vielleicht vergleichbar mit einem Eunuchen in der Liebe, wenn man es bildlich sagen will.«

Ich lachte, doch Finn konnte sich nicht einmal zu einem Lächeln durchringen. Obwohl mein Werk solchen Abscheu bei ihm auslöste, war es mir leicht ums Herz, und es tat mir leid, daß er so düsterer Stimmung war.

»Nun«, sagte ich, »vergessen wir das Bild. Ich werfe es ins Feuer. Möchtet Ihr ein Glas Wein, Finn, damit sich Eure Laune wieder bessert?«

Der arme Kerl nahm dankend an, und wir gingen ins Haus,

wo ich kühlen Weißwein aus dem Keller holen und in mein Morgenzimmer bringen ließ.

Finn schüttete den Wein in sich hinein, als wäre er dem Verdursten nahe. Seine Hände zitterten. Er hatte noch nicht richtig Platz genommen, da sprang er schon wieder auf und erklärte, daß er meinen Rat, wie man in »dieser herzlosen Zeit«, wie er es nannte, weiterkomme, befolgt und deshalb kein Geld und keine Mühe für ein Geschenk für mich gescheut habe, in der Hoffnung, daß ich nun endlich dem König über seine Begabung berichten würde.

»Ausgezeichnet, Finn!« sagte ich. »Ihr lernt schnell! Dasselbe würdet Ihr sicher auch gern von mir und meiner Malerei sagen, wie?«

Ein kleines, nervöses Lächeln lief über seinen Engelsmund. Dann eilte er aus dem Zimmer und kam wenig später mit einem großen, zylindrischen Gegenstand wieder, der von einem schön bestickten Tuch verhüllt war. Vorsichtig legte er ihn mir zu Füßen.

»Was ist das, Finn?« fragte ich. Ich fürchtete plötzlich, er habe mir einen der korinthischen Säulenstümpfe gebracht, die er so verschwenderisch über seine eigenen Bilder verteilte. Er aber antwortete nicht, sondern ließ nur seine Blicke unruhig zwischen mir und diesem Gegenstand hin- und hereilen, so daß er den Eindruck einer ängstlichen Feldmaus machte, die ein paar Weizenkörner erspäht hat und nun nach Feinden Ausschau hält.

Ich entfernte das Tuch. Vor mir stand ein Prachtstück von einem Vogelkäfig, in tiefem Preußischblau bemalt und mit vergoldeten Blättern verziert. Auf einer Schaukel in diesem Käfig saß ein Vogel, den ich zunächst für ausgestopft hielt, so still und mit so starren Augen saß er da. Doch dann wandte er mir ein gelbes Auge zu, öffnete seinen Schnabel und ließ ein süßes Trillern erklingen. »Du meine Güte, Finn«, sagte ich, »der ist ja lebendig!«

Finn nickte. »Es ist eine indische Nachtigall«, erklärte er stolz. »Sie hat die Meere bereist.«

Ich will gleich zugeben, daß das Geschenk mich entzückte. Sicher hatte sich selten jemand so viel Mühe mit einem Bestechungsgeschenk gemacht! Der Käfig war von einer wehmütigen Schönheit, wie aus einer vergangenen Zeit. Der Vogel selbst sah mit seinem glatten, blauschwarzen Gefieder und seinem orangefarbenen Schnabel nicht allzu ungewöhnlich aus, aber sein Gesang war rein und jubilierend. Mir kam es so vor, als hätte ich ihn unbewußt schon einmal gehört, doch ich konnte mir nicht denken, wann und wo das gewesen sein könnte.

»Man soll ihr auch noch andere Töne und sogar Melodien beibringen können«, meinte Finn, »wenn man ihr auf einem Holzblasinstrument, am besten einer Oboe, vorspielt.«

»Wie erstaunlich«, sagte ich. »Warum gerade auf einer Oboe?«

»Ich glaube, weil die Oboe in ihrem Stimmbereich ist.«

»Ach so.«

»Ihr spielt sie wohl nicht?«

»Nein. Aber ich werde das lernen. Ich glaube, ich könnte eine große Begeisterung für die Musik entwickeln.«

Über Finns Gesicht huschte ein Anflug von Angst. Ich wußte, was er dachte, und sein Unbehagen amüsierte mich, doch zog ich es vor, nichts dazu zu sagen. So saßen wir eine Weile still da und beobachteten die indische Nachtigall.

»So«, sagte Finn schließlich. »Wenn Ihr das nächste Mal bei Hofe seid ...«

»Das ist wirklich ein schönes Geschenk! Vielen Dank!«

»Wenn Ihr das nächste Mal beim König seid ...«

»Still, Finn«, sagte ich, »ich kann Euch in Eurer Angelegenheit wirklich keine allzu großen Hoffnungen machen. Der König ist zur Zeit sehr mit Staatsgeschäften belastet, und ich muß in Ruhe abwarten, bis sich die frivolere Seite seines Wesens wieder mir zuwendet.«

»Ich verstehe.«

»Es ist alles eine Frage des richtigen Augenblicks. Es kann durchaus sein, daß wir noch den Winter über abwarten müssen.«

»Den Winter über?« fragte Finn bestürzt. »Aber dann werde ich verhungern, Sir Robert! Oder an Frostbeulen und Kälte sterben.«

»Ihr könnt mir glauben«, sagte ich, »daß sich niemand mehr als ich wünscht, Fröhlichkeit und Lachen möchten bei Seiner Majestät wieder einziehen. Aber ich kann Euch versichern, daß er bis dahin keine neuen Maler, Oboisten, Tennislehrer oder dergleichen Pöbel in seine Dienste nehmen wird ...«

Meine unbeabsichtigte Einbeziehung des Wortes »Pöbel« machte Finn zutiefst niedergeschlagen. Ich war nahe daran, ihm zu erläutern, daß ich mich als Sohn eines Handschuhmachers, als gescheiterter Anatom und Arzt auch zu dieser Kategorie von Menschen zählte. Wir sind alle, hätte ich beinahe gesagt, mehr oder weniger Spreu vom Weizen oder schwerelose Federn, die der Wind verweht oder das Feuer verbrennt und erstickt. Ich unterließ es jedoch, weil ich es für besser hielt, vor Finn meine bescheidene Herkunft, mein Versagen in der Medizin und meinen deterministischen Pessimismus zu verheimlichen, denn für den Fall, daß er mir eines Tages doch noch beibrachte, etwas von Wert zu malen, wollte ich nicht auf so grausame Weise den Funken seines Glaubens erstickt haben. Ich gab mich damit zufrieden, auf Finns grünbehostes Knie zu hauen und mit lärmender Fröhlichkeit zu sagen: »Nun laßt nicht gleich den Kopf hängen, alter Finn. Niemand kann mit Sicherheit sagen, ob Ihr nicht doch noch vor Weihnachten in Whitehall sein werdet.«

Nachdem einige Wochen vergangen waren und ich vom König noch immer keine Nachricht erhalten hatte, wurde mir langsam klar, daß das Schreiben des Briefs zwar vorübergehend meine Angst verringert hatte, mich aber jetzt in eine womöglich noch schlimmere Verzweiflung stürzte. Denn bevor ich den Brief abgeschickt hatte, konnte ich mir noch einreden, daß der König sich jederzeit wieder an mich erinnern könnte, daß er mich in Gedanken gewissermaßen nur eine Weile verlegt hatte, mich aber plötzlich, vielleicht bei einem Kegelspiel oder im Verlaufe irgendeines schwelgerischen Festessens, wiederfinden würde. Doch jetzt konnte ich sein Schweigen nur noch als Vergessenwollen auslegen. Nicht einmal Minettes Tod hatte ihn zu einem Brief an mich bewegen können. Das allein schon war Beweis genug, daß er mir nicht mehr soviel Zuneigung wie früher entgegenbrachte und daß ich aus seinem Leuchtkreis in das diesen umgebende Dunkel gestoßen worden war.

Das ganze Ausmaß und düster Drohende dieser Dunkelheit lastete besonders beängstigend während der Nacht auf mir, so daß ich mir angewöhnte, eine Kerze neben meinem Bett aufzustellen oder, was noch besser war, meinem Haus überhaupt zu entfliehen und meine Nächte in Meg Storeys Dachkammer im »Jovial Rushcutter« zu verbringen, wo ich den

Schlaf mit Bier, lärmenden Vereinigungen und närrischen Geschichten über meine Reisen in das Land des River Mar in Schach hielt, einem Land meiner Phantasie, das in Megs unwissendem Kopf irgendwo »gleich über Afrika« lag und über das ich die spannendsten Lügengeschichten erfand. »Das bevorzugte Element der Eingeborenen vom River Mar«, erzählte ich ihr, »ist das Wasser. Und so schlafen sie denn auch mit ihrem Körper unter Wasser. Und überall am Ufer des Mar hängen Schlaufen aus Tierhäuten von den Mangrovenbäumen, um die Köpfe der Schlafenden über Wasser zu halten, damit sie nicht ertrinken.« Meg seufzte dann immer verwundert über diese unvorstellbaren Dinge und drohte, eingelullt durch meine Stimme, einzuschlafen, während ich hörte, wie die arme Danseuse draußen auf dem eisigen Boden mit den Hufen scharrte und vor Kälte wimmerte.

Wenn auch der Trost, der mir durch Meg Storeys drallen, kraftvollen Körper zuteil wurde, recht beträchtlich war, brauchte ich doch dringend etwas geistigen Trost, und es muß wohl um diese Zeit gewesen sein, daß ich anfing, Gott kleine Nachrichten zukommen zu lassen. Ich stellte mir diese schwachen Mitteilungen als winzige Lichtpunkte vor, kleine sich krümmende Glühwürmchen, die Gott kaum bemerken würde, wenn er nicht gerade sein Teleskop direkt darauf gerichtet hielt. Die Tage des täglichen Gedankenaustauschs zwischen Gott und mir waren längst vergangen. Sie hatten ein Ende mit dem Feuer gefunden, das ohne Zweifel nicht nur die Körper meiner armen Eltern zusammen mit all den Bändern und Federn, den Materialien ihres unschuldigen Gewerbes, verzehrt hatte, sondern auch das, was von meinem Glauben noch übriggeblieben war. Seit ich Galens Theorie der göttlichen Vollkommenheit verworfen hatte, mußte ich mehr und mehr feststellen, daß mich die Anatomie von Gott wegführte. Meine vergleichenden Studien des *uterus bovinae* und des *uterus humani* hatten mir gezeigt, daß die geschlechtsspezifischen Vorgänge der Kuh denen der Frau so ähnlich waren, daß ich mich fragte, ob es nicht ein wesentliches Band zwischen uns und dem Tierreich gab; dies aber würde uns vom Sockel der Göttlichkeit stürzen, auf den sich nicht nur Könige und Herrscher stellten, sondern auf dem auch die abscheulichsten Spitzbuben und Mörder zu stehen meinten. Natürlich hatte ich diese ketzerischen Gedanken für mich behalten, aber als ich sah, wie rasch und auf wie grausame Art meine guten Eltern starben, wie – ohne daß Gott auch nur im geringsten zu klagen schien – ihre Lungen zerbarsten und ihr Fleisch verbrannte, sah ich mich veranlaßt, meinen Austausch mit dem allmächtigen und gütigen Gott zu beenden. Denn sicherlich ist Er weder das eine noch das andere. Wenn Er gütig ist, warum hat er dann eine solch schreckliche Vernichtung über so ehrliche, hart arbeitende Leute geschickt? Und wenn Er allmächtig ist, warum hat Er es dann nicht verhindert? »Nun«, würde Pearce sagen, »Leiden bringt Erlösung, Merivel. Im Todeskampf sind die Sünden von deinen Eltern genommen worden.« – »Sie waren frei von Sünden, Pearce«, erwidere ich. »Am Sonntag gingen sie zweimal zum Gottesdienst. Sie beteten am Morgen und am Abend, wobei sie vor ihrem Bett niederknieten, von dem keiner von beiden je abirrte. Doch sieh mich an! Ich bin voller fleischlicher Begierde, unmäßig im Weintrinken, unehrerbietig in meinen Worten und ein Selbstbetrüger. Warum hat das Feuer nicht mich verzehrt? Warum ist Leiden so willkürlich? Nein, Pearce, das genügt nicht. Wenn es einen Gott gibt, dann ist Er sicherlich grausam. Dann ist es der alte, schreckliche Gott von Moses, der Gott Abrahams. Aber am logischsten wäre der Schluß, daß es überhaupt keinen Gott gibt.«

Es ist interessant, mit welcher Leichtigkeit ich meinen Glauben aufgab. Alle Liebe, die ich bis dahin für Gott empfunden hatte, schenkte ich nun dem König, der sich revanchierte (nicht wie Gott, der dicke Bischöfe zu seinem Sprachrohr machte und häufig Zuflucht zu langen Perioden rätselhaften Schweigens nahm), indem er über meine Scherze lachte und mir königliche Küsse gab, die für mich unendlich süßer waren als alle Umarmungen, die ich je von Frauen bekommen hatte. Und das Fehlen dieser Freundschaftsbezeigungen war es, was mich in so große Verzweiflung gestürzt hatte, daß ich nun wieder im Dunkel umhertastete, auf der Suche nach meinem verlorenen Erlöser, als wie grausam Er sich auch erweisen mochte.

Dieses Suchen, diese Glühwürmchengebete, die ich in den Sternenhimmel über Meg Storeys Dach hinaufschickte, brachten mir zwar nicht Gott als Tröster zurück, aber sie schickten mir nach einigen Wochen meinen alten Freund Pearce, der auf einem Maulesel in Bidnold ankam. Auf den Maulesel gebunden waren Pearces klägliche weltliche Besitztümer (die ich, ziemlich witzig, wie ich meine, seine »glühenden Kohlen« nenne, gemünzt auf einen verrückten Quäker in Westminster, der eine Schüssel besagter Kohlen auf dem Kopf balancierte und umherzog und die Gecken zur Reue aufrief). Pearce nannte folgendes sein eigen: drei Bibeln, eine Ausgabe seines geliebten *De Generatione Animalium* von Harvey, verschiedene andere Anatomieschriften einschließlich einiger Werke von Vesalius und da Vinci und Needhams *Disquisitio Anatomica De Formato Foetu*, einige Federkiele, einen schwarzen Mantel und Hut, zwei schwarze Kniehosen, einige zerrissene Hemden und Socken, eine Schachtel rostiger chirurgischer Instrumente, einen einzelnen Zinnkrug und eine Suppenkelle aus Porzellan. Diese Suppenkelle war die einzige Hinterlassenschaft seiner Mutter, die in Armut gestorben war, da sie all ihr Geld aufgewendet hatte, um Pearce nach Cambridge zu schicken. Wenn er, was häufig vorkam, melancholischer Stimmung war, drückte er manchmal die Suppenkelle an sich und streichelte mit seinen langen Fingern über ihre kühle Oberfläche, wie ein Lautenspieler, der aus dem toten, ausgehöhlten Holz einen lebenden Ton herauszupft.

Ich muß schon sagen, daß ich mich freute, Pearce zu sehen. Als Will Gates mir sagte, daß ein schwarzgekleideter Mann mit langem Hals auf einem Maulesel die Auffahrt heraufkäme, wußte ich, daß es niemand anders als mein alter Freund und früherer Studienfreund sein konnte, und ich eilte hinaus, um ihn zu begrüßen.

Es nieselte leicht, und beide, Pearce und sein Maulesel, sahen naß und schmutzig aus.

»Wir kommen von den Fens«, verkündete er mit schicksalsschwerer Stimme.

»Von den Fens, Pearce?« fragte ich. »Was hast du denn dort gemacht?«

»Ich bin jetzt ein Fenlander, Merivel«, sagte er. »Ich arbeite und lebe dort.«

»Du setzt sie in diese Reihenfolge, Pearce: erst die Arbeit, dann das Leben?«

»Natürlich. Wenn man davon absieht, daß man die beiden nicht trennen kann.«

»Nun, ich arbeite überhaupt nicht, ich male nur ein wenig.«

»Du malst? Wie seltsam!«

»Du hast also das Königliche College verlassen?«

»Ja. Ich arbeite nur noch bei den Geisteskranken. Bitte nimm den Maulesel und sieh zu, daß er gefüttert wird. Wir sind beide sehr schwach.«

Pearce stieg ab, ging taumelnd ein oder zwei Schritte und fiel auf die Knie. Ich rief nach Will Gates, der herangeschossen kam, und zusammen halfen wir Pearce ins Haus. Ich wies den Stallburschen an, schnell die »glühenden Kohlen« zu retten, bevor der Esel starb und über die Suppenkelle rollte.

Wir brachten Pearce in dem am wenigsten farbenprächtigen Zimmer, dem Olivenzimmer, unter, einem Schlafraum, der nach Norden ging und in dem ich einen Teil der dunklen Holztäfelung unverändert gelassen und das Bett mit Vorhängen in mattem Grün ausgestattet hatte, das nur von einer kleinen purpurnen Fransenkante aufgemuntert wurde. Nachdem er etwas Wildbrühe getrunken und darum gebeten hatte, ihm seine Bücher heraufzubringen, fiel er in einen Schlaf, aus dem er siebenunddreißig Stunden nicht wieder erwachte. Die meiste Zeit über blieb ich an seinem Bett, prüfte von Zeit zu Zeit seinen Puls, lauschte auf seinen Atem, döste ein wenig, nippte an einem Glas Bordeaux und blickte auf sein längliches, graues Gesicht, das mich einerseits reizte, mir aber andererseits auch so unaussprechlich lieb war.

Als er schließlich aufwachte, war ich begierig darauf, ihm von der Verzweiflung zu erzählen, in die ich gefallen war, und ihn zu fragen, ob er ein Heilmittel wüßte. Doch es stellte sich heraus, daß er die beschwerliche Reise auf dem Maulesel von den Fens nur aus einem einzigen Grund unternommen hatte: um mir kundzutun, daß er in seiner Arbeit mit den Verrückten von New Bedlam, wie er es nannte, das irgendwo zwischen Waterbeach und Whittlesea liegen sollte, ein tiefes und grundlegendes Gefühl des Friedens gefunden hatte; demzufolge versuchte er nun, mich zu überreden, mein Leben der »Eitelkeit und Schau« aufzugeben und ihn in seiner Arbeit zu unterstützen.

»Ich spüre«, sagte er und sah dabei aufmerksam in mein sommersprossiges, gerötetes Gesicht unter der Perücke, »daß du dich nicht wohl fühlst, Merivel. Du hast kein Leuchten mehr in den Augen. Der Luxus erstickt deine Lebensflamme.«

Ich sah zu Boden. Es drängte mich schrecklich, Pearce unter kindlichen Tränen zu gestehen, daß es nicht der Luxus war, der mich meines Glückes beraubt hatte, sondern allein die Tatsache, daß der König mich verlassen hatte und daß ich wirklich ein verzweifelter Mann war, wenn auch ganz und gar nicht aus den von ihm vermuteten Gründen. Ich ließ es jedoch lieber bleiben, da ich wußte, daß mein Geständnis Pearce nur zu weiteren blumenreichen Bemerkungen darüber veranlassen würde, daß die Geisteskranken doch die Unschuldigen dieser Erde sind und wir nur dadurch errettet werden können, daß wir ihnen »wie kleinen Kindern« beistehen.

»Danke für deine Anteilnahme, Pearce«, sagte ich, »aber du irrst dich. Wenn meine Augen etwas glanzlos sind, dann nur, weil ich so lange an deinem Bett gewacht und kaum Schlaf gefunden habe. Was meine Lebensflamme angeht, die brennt sehr hell.«

»Ich kenne dich, Merivel. Als du damals in meinem Zimmer standst und mit deiner Hand das Herz dieses Mannes berührtest, da brannte sie!«

»Das stimmt! Und wenn du mich neulich mit meinen Ölfarben im Park gesehen hättest –«

»Du hoffst, dein Heil in der Kunst zu finden?«

»Ich spreche nicht unbedingt vom Heil ...«

»Aber ich, Merivel. Denn ist der Tod nicht der bedeutendste Augenblick der sterblichen Existenz, die Stunde, in der wir ernten, was wir gesät haben?«

»Du willst es so sehen, Pearce.«

»Nein. Ich will es nicht. Gott sagt mir, daß es so ist. Und was säst du, Merivel, hier in deinem Palast?«

»Es ist nur ein Landhaus, Pearce.«

»Nein! Es ist ein Palast! Und voller Abscheulichkeiten, wenn man von diesen scharlachroten Quasten ausgehen will.«

»Von denen kann man nicht ausgehen.«

»Antworte mir, Merivel. Was *säst* du?«

Ich sah wieder zu Boden. Die landwirtschaftlichen Metaphern, die sich überall in der Bibel finden, fand ich schon immer vereinfachend und primitiv, aber vor allem gefiel mir nicht, daß Pearce immer wieder die Betonung auf das Wort »säen« legte, da es in mir irgendwie die Erinnerung an meinen Brief an den König erweckte, der als Saat für das vergeßliche königliche Gehirn gedacht war, die aber wohl, und darüber konnte kein Zweifel mehr bestehen, auf steinigen Boden gefallen war.

Ich sah Pearce, der weiß und hager auf seinem weißen Kissen lag, wieder an.

»Farbe«, sagte ich. »Farbe und Licht. Das ist es, was ich säe.«

»Was für einen heidnischen, verrückten Unsinn du da von dir gibst, Merivel!«

»Nein«, sagte ich. »Hab doch ein wenig Vertrauen, Pearce. Durch Farbe und Licht hoffe ich zur Kunst zu kommen. Durch die Kunst hoffe ich zum Erbarmen zu kommen. Und durch das Erbarmen, wenn die Reise auch noch um einiges beschwerlicher sein mag als die, welche du gerade unternommen hast – dein Maulesel ist übrigens tot –, hoffe ich zur Erleuchtung zu gelangen.«

»Erleuchtung«, sagte Pearce naserümpfend, »ist nicht genug.«

»Möglich. Aber damit kann man sich erst einmal zufriedengeben.«

Bevor Pearce darauf etwas erwidern konnte, holte ich seine Suppenkelle von einem Schreibpult aus Nußbaumholz herunter, wo ein Diener sie hingelegt hatte, und reichte sie ihm.

»Hier ist deine Suppenkelle«, sagte ich. »Spiel leise darauf, bis du dich genügend wiederhergestellt fühlst, um den Weg nach unten zu wagen, wo ich dir etwas sehr Schönes zeigen möchte.«

»Was denn?« fragte Pearce argwöhnisch.

»Eine indische Nachtigall«, erwiderte ich. Und ich verließ das Zimmer, bevor Pearce eine verächtliche Bemerkung über meinen Vogel machen konnte.

Nun will ich Euch berichten, daß es mir zur Gewohnheit geworden war, meiner indischen Nachtigall jeden Tag ein wenig vorzusingen. Ich habe überhaupt keine Stimme, und die Töne kommen so flach heraus, daß Minette während ihres kurzen Lebens zu heulen und winseln anfing, sobald ich nur den Mund aufmachte, gerade so, als wäre sie ein Wüstenhund aus dem Lande Mar. Doch wenn ich auch kein Talent habe, so singe ich doch sehr gern. In meinem Kopf höre ich die richtigen Töne. Daß ich sie nur selten herausbringe, ist von Pein für meine Zuhörer, macht mir aber eigentlich nicht das geringste aus. Ich gleiche darin einem Mann, der versucht, sich über ein Weidengatter mit fünf Querbalken zu schwingen und der sich nach jedem Versuch doch wieder auf der falschen Seite vorfindet, ganz gleich, wie schneidig er läuft und wie beherzt er es angeht, dem aber dessenungeachtet seine Versuche immer wieder große Freude machen.

Finn hatte mir geraten, dem Vogel auf der Oboe vorzuspielen, und ich hatte einen Diener nach London geschickt, um mir ein solches Instrument zu besorgen, aber in der Zwischenzeit sang ich ihm vor, allerdings ziemlich leise, um ihn nicht zu erschrecken. Er sah mich aufmerksam an, bewegte seinen Schwanz auf und ab und ließ auf den bemalten Boden des Käfigs kleine Schnüre Scheiße fallen.

Als Pearce schließlich aufstand und in seinen speckigen schwarzen Sachen in mein Ruhezimmer kam, war ich gerade dabei, meiner Nachtigall vorzusingen. Geblendet vom Glanz der Einrichtung, hielt er sich die Hand vor die Augen, kam dann zum Käfig und stand blinzelnd wie eine Eidechse davor. Ich hörte auf zu singen, und der Vogel ließ sofort ein melodisches Trillern vernehmen.

»Das kenne ich«, sagte Pearce.

»Was ist es?« fragte ich aufgeregt. »Etwas von Purcell?«

»Nein«, sagte Pearce und sah mich mit einem mitleidigen Eidechsenblick an. »Das ist das Trillern einer ganz gewöhnlichen Amsel!«

»Sei kein Narr, Pearce«, erwiderte ich sogleich, bemerkte aber, daß mein Herz, das doch, wie ich weiß, gefühllos ist, aus dem Rhythmus gekommen war. »Der Vogel ist ein Geschenk. Er hat die Meere bereist.«

»Wann? Wer hat ihn hergebracht?«

»Ich habe keine Ahnung. Bestimmt ein Ornithologe. Der Vogel hat das Kap Hoorn umfahren. Also nichts mehr von Amseln!«

Pearce zuckte mit den Schultern und wandte sich vom Käfig ab, als ob ihn das Ganze überhaupt nicht mehr interessierte. »Man hat dich reingelegt, Merivel«, war alles, was er noch sagte.

»Nun gut«, sagte ich. »Laß uns in den Garten gehen und eine Amsel suchen und ihrem kläglichen Gesang lauschen, und du wirst sehen, daß du dich irrst.«

»Wie du willst«, meinte Pearce, »aber ich möchte dich darauf aufmerksam machen, daß Winter ist; um diese Jahreszeit singen Vögel nicht gerade viel.«

»Da hast du einen weiteren Beweis dafür, daß es kein englischer Vogel ist. Du hast ja gerade sein schönes Trillern gehört.«

»Er hat seine Umgebung allem Anschein nach für ein Blumenbeet gehalten.«

Ich lächelte Pearce an. Das, was als Beleidigung für mein grellbuntes Zimmer gedacht war, machte mir im Grunde genommen Freude. Pearces Kritik an mir hatte nicht zwangsläufig die demütigende Wirkung, die so unermüdlich angestrebt wurde.

Wir zogen unsere Mäntel an (der von Pearce war so unglaublich schäbig, daß mich ein Schauer des Mitleids durchlief) und gingen hinaus in den Dezembermorgen, den der Frost mit zarten Filigranen ausgeschmückt hatte und der in der trockenen, eisigen Luft funkelnd und schweigend dalag.

Wir blieben stehen und lauschten. Etwas weiter unten im Park kreisten und krächzten über den Buchen Saatkrähen; sonst war kaum ein Laut zu hören. »Laß uns ein wenig die Auffahrt hinuntergehen«, schlug ich vor, und wir machten uns in Pearces gemächlichem Schrittempo auf den Weg. Ich glaube, Pearce würde auch dann noch Abstand davon nehmen, seinen Gang zu beschleunigen, wenn Gott selbst plötzlich mit offenen Armen vor ihm stünde; selbst seinem Schöpfer würde er in seinem gewohnt gemessenen, linkischen Schritt gegenübertreten.

Nachdem wir eine kurze Wegstrecke gegangen waren, wurde die eisige Stille plötzlich, völlig unerwartet für mich, von Klappern und Klingeln unterbrochen. Es waren die Geräusche eines Vierspänners. Ich schnappte nach Luft. Das war bestimmt Violet Bathurst, die auf ein Gläschen Glühwein und ein Schäferstündchen zu mir herübergefahren kam, und ich lauschte hier nach Amseln, mit einem Freund, dem ihr Kommen seelische Qualen bereiten würde. Ich wußte, daß ich Violet wegschicken mußte, wenn ich Pearce auf Bidnold halten wollte, ganz gleich, wie betörend der Gedanke an das Zusammensein mit ihr für mich auch sein mochte.

Als sich die Kutsche näherte, traten wir zur Seite, doch als sie um die Biegung der Auffahrt kam, sah ich gleich, daß die schönen vorgespannten Grauschimmel nicht Violets Pferde waren. Ich erwartete keine Gäste und konnte mir nicht vorstellen, wer in einem solchen Galopp auf mein Haus zukam.

Ich streckte einen Arm vor, und der Kutscher (der an meiner vornehmen Kleidung in mir den Herrn von Bidnold erkannt hatte) versuchte, die Pferde zu zügeln. Doch sie waren in einem solchen Galopp, daß sie erst zum Stehen gebracht werden konnten, als sie und die Kutsche schon an mir vorbei waren. Ich konnte daher nur einen flüchtigen Blick auf das Gesicht einer Frau, das in einen schwarzen Schleier gehüllt schien, am Fenster der Kutsche werfen.

Die Kutsche war nun am Haupteingang angekommen. Mit Pearce, den ich wie den Geist des vertriebenen John Loseley im Gefolge hatte, rannte ich zum Haus und rutschte unglücklicherweise in meiner Hast und Eile auf einer eisigen Stelle in der Auffahrt aus, so daß ich auf höchst demütigende Weise hinfiel und mir meine pfirsichfarbenen Strümpfe zerriß und die rechte Hand aufschürfte.

Ich kam wieder auf die Füße und stolperte weiter. »Heda!« rief ich. »Hallo!« Doch als ich schnaufend und mit gerötetem Gesicht an meinem Eingang ankam, sah ich, daß die Frau aus der Kutsche schon ins Haus gegangen war und meine Lakaien dabei waren, große Kisten und Schrankkoffer hineinzutragen.

Sehr verärgert sah ich, daß meine Hand blutete. Ich ging in die Halle meines Hauses. Nach dem strahlenden, kalten Sonnenlicht draußen kam es mir sehr dunkel darin vor, und zunächst einmal konnte ich überhaupt nichts erkennen. Dann blickte ich nach oben. Auf der Eichentreppe stand die Frau mit dem schwarzen Schleier. Ihre Haltung kam mir seltsam bekannt vor, und als sie eine Hand hob und ihren Schleier zurückwarf, wußte ich schon, welches Gesicht ich sehen würde. Das Gesicht meiner Frau!

Wir starrten uns an. Und ihr starrer Blick war – ungeachtet meiner knallroten Wangen und meiner über die Augenbrauen gerutschten Perücke – weitaus schrecklicher als meiner. Sie schien vorzeitig gealtert zu sein. Ihr schmales Gesicht, das ich als sehr hübsch, mit Grübchen, in Erinnerung hatte, sah jetzt grau und abgezehrt aus, und ihre Augen waren so rot und geschwollen, als habe sie seit Beginn des Winters Tag und Nacht geweint. Ich trat einen Schritt vor. In meinem Mitleid wollte ich sie bei ihrem Namen nennen, doch als ich schon den Mund geöffnet hatte, merkte ich, daß ich ihn nicht mehr wußte.

Zwei Würmer

Als ich phantasievoll und mit Feuereifer Bidnold neu einrichtete, hatte ich die Möglichkeit, daß Celia Clemence eines Tages unter diesem Dach wohnen könnte, gänzlich außer acht gelassen.

So kam es, daß ich nicht daran gedacht hatte, von den elf Schlafzimmern in diesem Haus eins für die Frau einzurichten, auf die sich Violet Bathurst zwar eifersüchtig als »Lady Merivel, deine Braut« bezog, an deren Existenz ich aber keinen Gedanken verschwendet hatte. Bei Lady B.s Eifersuchtsausbrüchen pflegte ich zu sagen: »Ich bin mir dessen, daß Celia mein gesetzlich angetrautes Weib ist, nicht mehr bewußt, als Bathurst dies im Hinblick auf dich ist. Laß dir versichern, daß ich nie an sie denke.«

Normalerweise konnte ich Violets Eifersucht damit beschwichtigen. Eines Abends jedoch, gerade in dem Augenblick, als ich über ihr kniete und mein anschwellendes Glied behutsam die sanfte Furche zwischen ihren Brüsten entlangschob, schubste sie mich plötzlich zur Seite, so daß ich aus dem Bett gefallen wäre, wenn sich nicht mein rechtes Bein im Bettlaken verfangen hätte. »Dein Vergleich mit Bathurst«, sagte sie ärgerlich, »ist irreführend, und wenn du das absichtlich machst, bist du ein grausamer und zynischer Mensch. Denn du weißt sehr wohl, Merivel, daß Bathurst Augenblicke hat, in denen seine Erinnerung zurückkehrt, und daß er dann zudringlich wird. Am Mittwoch abend hatte er beispielsweise während des Abendessens einen lichten Moment und kam auf allen vieren unter dem Eßtisch zu mir gekrochen, wobei er sich schon die Hose aufknöpfte. Wenn ich ihn nicht rasch daran erinnert hätte, daß die beiden Waldschnepfen – sein Lieblingswildbret – auf seinem Teller kalt würden, dann weiß ich nicht, was passiert wäre. Und so kann es auch mit dir sein, Merivel. Heute schwörst du, daß du sie vergessen hast, und eines Tages kriechst du zu ihr hin.«

»Violet«, sagte ich und nahm wieder meine kniende Stellung ein (wobei mich die Ähnlichkeit meiner Haltung mit der Bathursts unter dem Tisch nur ein ganz klein wenig aus der Fassung brachte), »ich bin nur ein einziges Mal in meinem Leben angekrochen gekommen, und zwar, als ich versehentlich vor den Füßen des Königs hinfiel. Die Vorstellung, daß ich jemals, jedenfalls solange ich bei geistiger Gesundheit bin, zu Celia hinkriechen könnte, ist reine Einbildung, und du solltest sie dir auf der Stelle aus dem Kopf schlagen!«

Ich verschloß Violets Mund mit meinen Lippen, um sie an einer Erwiderung zu hindern, und der weitere Verlauf des Abends war sehr erfreulich, da der plötzliche Eifersuchtsanfall Violet so erregt hatte, daß sie sich mir wild und leidenschaftlich hingab.

Doch noch als ich sie zu ihrer Kutsche begleitete, dachte ich an Celia und fragte mich, wo ich sie unterbringen würde, falls sie wirklich einmal unerwartet nach Bidnold kommen sollte – was sehr unwahrscheinlich war. Wenn ich nicht in meiner seltsamen Hochzeitsnacht mit eigenen Augen gesehen hätte, wie sie ihre Lenden unzüchtig dem Munde des Königs entgegenwarf, und wenn ich nicht hinter der Tür des Ankleidezimmers ihre lustvollen Laute gehört hätte, die einer afrikanischen Wildkatze würdig gewesen wären, dann hätte ich Celia für eine vollkommen keusche und sittsame Person von solidem Geschmack und kleinem Appetit gehalten, die sich in einem mit aprikosenfarbenem Moiré ausgekleideten und mit dunklen Drucken von Flüssen und Kathedralen geschmückten Schlafzimmer glücklich und zufrieden fühlen würde. Wie die Dinge aber nun einmal lagen, hatte ich schon in dem Augenblick, als ich aufhörte, das Winken der behandschuhten Hand Violets, die in der Nacht entschwand, zu erwidern, den Entschluß gefaßt, daß ich Celia das Zimmer anbieten würde, das ich das Tageteszimmer nannte. Trotz der späten Stunde schickte ich meine Diener zum Tageteszimmer und ließ sie Kerzen anzünden, damit ich einen Blick hineinwerfen konnte. Wäre Violet nicht gewesen, so hätte ich keinen Gedanken an das Ganze verschwendet. Für diese eine, kurze Nacht hatte sie nun aber in mir ein kleines Flämmchen der Erregung bei dem Gedanken an die Ankunft meiner Frau entfacht. Doch schon am nächsten Morgen hatte ich Celia wieder in jenen Teil meines Gehirns verfrachtet, den ich mir als eine gewundene Fistel vorstellte, die aber nicht mit fauligem Zeug, sondern mit absoluter Dunkelheit gefüllt war, wohin ich schon so vieles gestopft hatte, was ich einstmals wußte.

Hier stehe ich nun mit meinen zerrissenen Strümpfen und meiner blutenden Hand und starre meine arme Frau an, die mir zugewandt auf der Treppe steht, und lese von ihrem Gesicht eine schreckliche Katastrophe ab. »Meine Liebe!« platze ich heraus und hole rasch aus meiner Tasche ein pflaumenfarbenes, seidenes Taschentuch hervor, das ich mir ungeschickt um die Hand wickle. »Willkommen auf Bidnold! Wenn Ihr mir Euren Besuch angekündigt hättet, dann hätte ich alles für Euch vorbereiten lassen.«

»Ich brauche kein Willkommen«, sagt Celia, und ihre Stimme ist schrill wie die eines alten, sterbenden Weibes. »Die Diener werden mich zu meinem Zimmer bringen.«

»Ja«, stottere ich, »oder ich. Wir nehmen das Tageteszimmer ...«

Meine Hand ist jetzt verbunden, doch als ich sie auf das Geländer lege und mich anschicke, die Stufen zu ihr hinaufzusteigen, sehe ich, wie sie vor mir wie vor einer züngelnden Viper zurückweicht. »Bleibt!« flüstert sie, anscheinend ganz schwach vor Abscheu. »Bitte bleibt, wo Ihr seid!«

Ich bleibe sofort stehen und lächle sie freundlich an. »Celia«, sage ich, da mir ihr Name endlich eingefallen ist, »Ihr braucht wirklich keine Angst vor mir zu haben. Ich werde nie etwas von Euch verlangen. Ich wollte Euch nur Euer Zimmer zeigen, das hoffentlich mit seinen Farben und seiner Einrichtung ein wenig Trost spenden wird, in was für einem Unglück auch immer –«

»Das können die Diener tun. Wo ist Sophia?«

»Wie?« frage ich.

»Wo ist sie? Wo ist Sophia?«

»Ich habe keine Ahnung. Habt Ihr sie mitgebracht? Sie ist Eure Kammerfrau?«

»Ja. Bitte ruft sie, Merivel.«

Ich drehe mich um und blicke zur Eingangstür. Zwei Stallburschen stolpern gerade mit einem ledernen Schrankkoffer herein, der sicher randvoll mit hermelinbesetzten Häubchen und Schuhen aus Wassermolchhäuten ist, die mein ehemaliger Herr, der König, für seine Allerteuerste gekauft hat. Von plötzlicher Traurigkeit ergriffen, wandern meine Gedanken gerade zu einer gewissen Garnitur gestreifter Servietten, die ich nicht mehr im Gebrauch habe, sondern in Leinenstoff eingeschlagen in einer Eichentruhe aufbewahre, als ich Pearce sehe, der keuchend und mit pfeifendem Atem wie sein verstorbener Maulesel in die Halle kommt.

»Ach, Pearce«, sage ich schnell. »Hast du eine Frau namens Sophia gesehen?«

Pearce blinzelt. Seine großen Augen, seine leicht gebogene Nase und sein langer Hals lassen ihn auf den ersten Blick wie eine bestimmte Spezies bäumebesteigender Nachttiere aussehen, die ich als Marsupialier (ein seltsames Wort) beschrieben gesehen habe.

»Nein«, sagt Pearce. »Was geht hier vor, Merivel? Ich wittere Unglück.«

»Ja«, meine ich, »um ein Unglück scheint es sich in der Tat zu handeln. Aber jetzt müssen wir erst einmal die Dienerin meiner Frau finden ...«

»Deine *Frau* ist gekommen?«

»Ja. Dort steht sie. Bitte, Pearce, geh zu ihrer Kutsche und sage der Dienerin, daß ihre Herrin nach ihr ruft.«

Pearce wischt sich mit dem Ärmel seines fadenscheinigen Mantels über die Augen, um besser glauben zu können, daß die gespenstische Frau in Schwarz wirklich Celia Clemence ist, die er zuletzt glücklich lachend auf ihrer Hochzeit gesehen hat. Ich will ihn gerade noch einmal drängen hinauszugehen, als eine dralle, häßliche, dunkelhaarige Frau von vielleicht fünfunddreißig Jahren mit zwei oder drei Kleidern über dem Arm hereinkommt.

»Sophia«, ruft Celia mit heiserer Stimme, »komm herauf!«

Sophia schaut von Pearce zu mir und scheint sich sogleich von unserem Anblick beleidigt zu fühlen, so daß sie schnell die Treppe hinaufgeht, dorthin, wo ihre Herrin die Hand nach ihr ausstreckt.

Neben mir, aufgetaucht von was weiß ich woher, steht auf einmal Will Gates.

»Will«, sage ich sehr eindringlich, »bitte führe meine Frau und ihre Dienerin zum Tageteszimmer.«

»Zum Tageteszimmer, Sir?« flüstert Will. »Darf ich ein anderes vorschlagen?«

»Nein, das darfst du nicht«, schnauze ich.

Will starrt mich an, geht aber nichtsdestotrotz – denn er ist ein unvergleichlicher Diener – flink die Treppe hinauf und an den zwei Frauen vorbei, die er dann mit seiner gewohnten, ungezierten Höflichkeit zum Tageteszimmer führt. Die Stallburschen folgen mit den schweren Schrankkoffern und Kisten.

An diesem Tag sah ich Celia nicht mehr.

Nach dem Abendessen, das ich mit Pearce allein eingenommen hatte, fragte ich meinen Koch, ob von oben Essen bestellt worden sei. Ich erhielt die Antwort, man habe etwas *bouillon* und ein Pflaumentörtchen hinaufgeschickt.

»Ist alles gegessen worden?« fragte ich.

»Ja«, sagte mein glotzäugiger Küchenchef Cattlebury, »wenn es nicht der Hund gefressen hat.«

»Der Hund?«

»Nun ja, Sir.«

»Welcher Hund, Cattlebury?«

»Mr. Gates sagt, Sir, daß sie einen Hund mitgebracht haben, einen kleinen Spaniel, so einen wie der, der Euch weggestorben ist, Sir Robert.«

Ja, ja, dachte ich voller Melancholie, als ich die Küchenräume wieder verließ, der König ist uns an Verschlagenheit doch allen überlegen! Denjenigen von uns, die er eines Tages verlassen will, überreicht er dieses kleine, lebende Geschenk, um vorzusorgen, daß ihm unsere Liebe erhalten bleibt (wie kann er nur daran zweifeln!), denn es könnte immerhin sein, daß er uns irgendwann einmal wieder braucht. Arme Celia!

Als ich zu meinem Studierzimmer zurückkam, wo ich Pearce mit einem längst vergessenen lateinischen Text aus unserer Zeit in Padua zurückgelassen hatte, war mein Entschluß gefaßt, daß ich versuchen wollte, Celia ein paar verständnisvolle, tröstende Worte zu sagen, sobald sie mir dies gestatten würde. Dadurch würde vielleicht auch meine eigene Verzweiflung etwas geringer werden. Denn es konnte für mich jetzt kein Zweifel mehr daran bestehen, daß der König sie weggeschickt hatte. Sie hatte, wie ich, ihre Schuldigkeit getan, und er hatte sich unserer entledigt. Ich sehe ihn vor mir, wie er beim Abendessen elegant seinen Arm um die weißen Schultern von Lady Castlemaine gelegt hat; das Kerzenlicht verleiht seinem kleinen Schnurrbart, den er so sorgfältig gestutzt trägt, einen verführerischen Glanz. Er beugt sich zur Castlemaine hinüber und knabbert an dem Smaragdgehänge an ihrem Ohr: »Was weißt du von Norfolk, Barbara?« flüstert er.

»Sehr wenig«, erwidert sie, »außer daß es weit weg von London ist!«

»Sehr richtig!« lächelt der König. »Und deshalb ist es auch so nützlich für mich. Dorthin, siehst du, *j'envoie* alle diejenigen, die mich zu langweilen beginnen.«

»Nun«, sagte ich zu Pearce, als ich mich im Studierzimmer zu ihm setzte, »ich glaube, ich weiß jetzt genau, was geschehen ist. Meine große Befürchtung ist nun, daß Celia glaubt, ihr Leben sei zu Ende. Ich glaube nicht, daß sie je darüber hinwegkommen wird.«

Pearce (und das ist eine seiner Angewohnheiten, die mir schon seit unserer Studienzeit auf die Nerven gehen) schaute nicht einmal von seinem Buch auf, sondern las einfach weiter, so als hätte ich gar nicht den Raum betreten, geschweige denn etwas gesagt. Ich wartete. Manchmal regt mich Pearce dermaßen auf, daß mich, wäre ich der König, nichts davon abhalten könnte, ihn nach Norfolk zu schicken.

»Pearce«, sagte ich, »hast du gehört, was ich gesagt habe?«

»Nein«, sagte Pearce. »Das habe ich nicht. Ich nehme an, daß es eine Bemerkung über das schwere Los deiner Frau war.«

»Ja, das ist richtig.«

»Nun, dem habe ich nichts hinzuzufügen. Narren, wie du einer geworden bist, und Kurtisanen wie sie bekommen unweigerlich nach dem Abklingen des heiteren oder leidenschaftlichen Peitschenhiebs auch noch die Geißel der Peitsche zu spüren.«

Ich seufzte. Ich wollte etwas sagen, was Pearce von weiteren derart konfusen, metaphorischen Äußerungen abhalten würde, doch er nahm das kleine Buch, in dem er gerade gelesen hatte, und fuchtelte damit vor meinen Augen herum.

»*Das* ist interessant!« erklärte er. »Über die kartesianische Frage der spontanen Entstehung: ›Denn wenn die Entstehung der niederen Arten nicht spontan geschieht, *vermiculus unde venit?* Woher kommt dann die Made?‹«

Ich stand auf. »Es tut mir leid, Pearce«, sagte ich, und meine Stimme klang spröde und kühl, »aber ich sehe mich nach all dem, was heute geschehen ist, außerstande, mit dir in eine Diskussion über Maden zu treten. Ich gehe jetzt und spiele noch auf meiner Oboe, bis es Zeit ist, schlafen zu gehen.«

Damit verließ ich den Raum und ging zu meinem Musikzimmer. Ich will Euch die Einzelheiten meines Kampfes mit dem Instrument an jenem Abend ersparen, und ich will auch nichts über die großen Mengen eifriger Spucke sagen, mit denen ich Rohrblatt um Rohrblatt sättigte. Ich will nur berichten, daß ich mich mindestens eine Stunde lang mit einfachen Tonleitern abmühte, wonach meine aufgeschürfte Hand so schmerzte, daß ich mich auf den Boden des Musikzimmers legte und sie, die Knie an die Brust gezogen, zwischen meine Oberschenkel nahm; in dieser kindlichen Stellung fiel ich dann in einen unruhigen Schlaf.

Als ich kalt und steif aufwachte, meine Hand geschwollen und starr wie in einem verfrühten *rigor mortis*, erkannte ich an dem grauen Licht, das ins Zimmer fiel, daß die winterliche Morgendämmerung über Norfolk, der Grafschaft der Exilierten, hereingebrochen war. Trotz der Taubheit und Schmerzen fühlte ich mich beim Erwachen tatenlustig und voller Entschlußkraft. Ich mußte sofort zu Celia. Ich mußte ihr klarmachen, daß ich, wenn ich auch ein Fremder für sie war und sie mein Äußeres ablehnte, gelegentlich ein Mensch großzügiger Gesinnungsart sein konnte, und daß ich, aller Hoffnung auf Dank und Belohnung abschwörend, damit zufrieden sei, ihr Beschützer zu sein und ihr mit Achtung und Freundlichkeit zu begegnen, solange sie auf Bidnold weile.

Ich ging zu meinem eigenen Zimmer hinauf, wo ich meine Kleider und Perücke wechselte. Noch rührte sich keiner der Diener. Ich sah auf der hübschen Uhr, die mir der König geschenkt hatte, daß es nicht ganz sechs Uhr war. In meinem Kamin war noch ein wenig Glut, und ich versuchte, meine abgestorbene Hand ein wenig zu wärmen, bevor ich mich über die kühlen Gänge auf den Weg zum Tageteszimmer machte.

Vor Celias Tür blieb ich stehen. Ich hörte einen leisen, kläglichen Ton, den ich zuerst für Weinen hielt, doch dann merkte ich alter Narr, daß es das Winseln des Spaniels war. Minette, Minette, dachte ich. Ich trauere um dich. Du liegst im Park begraben, und das Wild mampft das Gras über dir ... Aber das war wirklich nicht der richtige Augenblick für Selbstmitleid, und so klopfte ich denn mit fester und entschiedener Hand an (meiner linken Hand, da die andere jetzt von einem plötzlichen und unerträglichen Prickeln und Kribbeln befallen war) und wartete.

Es dauerte einen Augenblick, und dann rief eine unbekannte, fremdländisch klingende Stimme, ohne Zweifel Sophias, ärgerlich: »Wer ist da?«

»Sir Robert. Kann ich bitte Lady Merivel sprechen?«

Der Hund kratzte jetzt an der Tür. Die Frau schien ihn heftig zur Seite zu stoßen, ehe sie antwortete: »Meine Herrin schläft noch. Geht bitte weiter.«

»Nein«, sagte ich. »Ich werde nicht gehen. Bitte weckt meine Frau. Ich muß ihr eine wichtige Mitteilung machen.«

»Nein!« zischte Sophia. »Meine Herrin schläft!«

»Sie kann später schlafen. Ich muß sie unbedingt jetzt sprechen.«

Ich hätte beinahe hinzugefügt, daß ich in ebendiesem Augenblick sehr viel Mitleid für Celia empfand, daß es aber nun einmal in der Natur von Stimmungen und Gefühlen lag, daß ich nicht versprechen konnte, in mir noch genausoviel Güte vorzufinden, wenn man mich zwang, zu einem späteren Zeitpunkt wiederzukommen. In diesem Augenblick ging die Tür auf. Die Dienerin stand in ihrem Nachtgewand und in ihrer Spitzenhaube vor mir. Ich sah jetzt, daß ihre Haut fahl und ihre Oberlippe ungewöhnlich behaart war. Sie mußte eine aus dem großen Gefolge portugiesischer Frauen sein, die mit Katharina von Braganza nach England verschifft worden waren und von denen sich viele gezwungen gesehen hatten, außerhalb des Haushalts ihrer geliebten Königin in Dienst zu gehen; die Galane in Whitehall nannten diese Frauen bissig nach ihren seltsamen Reifröcken, unter denen sie ihre stämmigen Beine verbargen.

Diese Sophia schaute mich nun, als ich an ihr vorbei ins Zimmer ging, voller Abscheu an. Du wirst nicht lange bleiben, Reifrock, dachte ich im stillen, denn ich bin hier der Herr im Hause.

Ich muß allerdings erzählen, daß ich mich in der Szene, die dann folgte (ich spreche absichtlich von einer »Szene«, denn ich finde den nicht gerade originellen Gedanken, daß mein Leben seit meiner Hochzeit so etwas wie eine Farce geworden war, immer wieder bestätigt), bedauerlicherweise überhaupt nicht als Herr der Lage zeigte, so daß ich auf die erbärmlichste Art und Weise beleidigt und beschimpft wurde. Folgendes geschah:

Celia war nicht im Bett, wie der Reifrock behauptet hatte, sondern saß vollkommen angezogen in ihrem schwarzen Gewand auf den orangefarbenen und grünen Kissen des Sitzes unterhalb des Fensters und starrte in die triste Dämmerung.

Ich fragte sie, ob sie gut geschlafen habe, und sie erwiderte, daß sie überhaupt nicht geschlafen habe, da sie das Zimmer so scheußlich finde, so vulgär, so grell und so geschmacklos. Sie sagte, daß sie sich nicht vorstellen könne, daß irgend jemand – außer mir vielleicht – darin auch nur etwas Ruhe finden könne.

Ich sagte mir, daß ich nicht ärgerlich werden dürfe, und versicherte ihr in ruhigem Ton, daß sie sich gern, wann immer sie es wünsche, ein anderes Zimmer aussuchen könne. Dann fragte ich sie, ob ich mich setzen dürfe. Sie antwortete, daß es ihr lieber wäre, wenn ich stehen bliebe.

Obwohl ich mittlerweile durch Celias Feindseligkeit, die ich wirklich nicht zu verdienen glaubte, schon ganz schön aus der Fassung gebracht war, begann ich, über den Grund meines Kommens zu sprechen. Ich sagte zu Celia, daß gerade ich, der ich für kurze Zeit auch ein wenig Zuneigung vom König bekommen hatte, nur zu gut die Tiefe und das Ausmaß ihrer Traurigkeit verstehen könne. Ich sprach davon, in welch schrecklichem Maße mein ganzes Sein und Fühlen, einst ruhig und zufrieden im Dienste Gottes und der Dreifaltigkeit, jetzt vom König in Besitz genommen wurde. Ich ging so weit zu sagen, daß ich glaubte, es gebe niemanden im ganzen Königreich (ganz gleich, ob er so fromm wie meine toten Eltern, ob er Puritaner oder Quäker, ein vornehmer Herr oder ein Geistesgestörter sei), der ganz frei und unberührt von der Sehnsucht sei, sein eigenes widerwärtiges Leben ein wenig von seinem Glanz überstrahlen zu lassen. »So ist es denn unvermeidlich«, fuhr ich fort, »daß Ihr und ich, Celia, die wir die Liebe dieses Mannes ein wenig kennengelernt haben ...«

»*Liebe?*« kreischte Celia. »Was für eine Anmaßung, Merivel! Was für ein Selbstbetrug! Wie könnt Ihr es wagen, das, was der König für Euch empfunden hat, Liebe zu nennen! König Charles hat Euch nicht eine Sekunde, nicht einmal den Bruchteil einer Sekunde geliebt, Merivel. Ich rate Euch, dieses Wort nie wieder zu gebrauchen!«

»Ich wollte nur ...«, begann ich, doch Celia, die nun vor mir stand und mich aus gramerfüllten Augen ansah, ließ mich nicht zu Wort kommen. Sie tippte mit ihrem kleinen weißen Zeigefinger auf meine scharlachrote Weste und schrie: »Die Wahrheit ist, daß der König Euch in seiner Liebe zu *mir*, in seiner Leidenschaft für *mich*, benutzt hat. Er hat Euch benutzt, Merivel! Er hat sich nach dem dümmsten Mann, den er finden konnte, umgesehen, dem blödesten und törichtesten, einem, der alles hinnehmen würde wie ein Hund und der ihm keine Schwierigkeiten bereiten würde – und da hat er Euch gefunden! Ich habe ihn angefleht, verheiratet mich nicht mit diesem Idioten, auf Knien habe ich ihn angefleht, aber er hat nur gelacht. ›Wen sonst als einen Idioten kann ich denn bitten‹, meinte er, ›sich Hörner aufsetzen zu lassen?‹ Versteht Ihr, Merivel? Versteht Ihr in Eurer Blödheit, was ich sage?«

Nun, ich fürchte, ich kann die Szene nicht weiter schildern. Es tut sehr weh, nicht wahr? Natürlich »verstand« ich es, wie sie es nannte. Ich verstand alles, und es ließ mich frösteln. In ihrer Wut und Verzweiflung warf sie mir noch mehr Beleidigungen an den Kopf, während der abstoßende, dicke Reifrock zuschaute und grinste, aber ich bringe es einfach nicht fertig, alles niederzuschreiben.

Ich unternahm keinen weiteren Versuch, Celia meine Freundschaft anzubieten, geschweige denn, nachzufragen, wie es dazu gekommen war, daß der König sie verworfen hatte. Still zog ich mich aus dem Zimmer zurück und schloß die Tür hinter mir, bevor der Reifrock sie mir ins Gesicht schlagen konnte.

Mein erster Gedanke war: Wo konnte ich nach diesen schrecklichen Enthüllungen Trost finden? Bei Pearce? Bei Will Gates? Bei Violet Bathurst? Bei Meg Storey? Bei meiner verlorenen Maid, Rosie Pierpoint? Ich fühlte in mir ein heftiges Verlangen nach etwas netter menschlicher Gesellschaft. Aber es war noch früh am Tag, in meinem Haus war es noch dunkel, und ich stellte sie mir alle vor, wie sie schliefen: Pearce auf dem Rücken, seine weißen Hände über der Suppenkelle gefaltet; Will Gates auf seinem niedrigen Rollbett, von Dorfmädchen träumend; Violet inmitten von luxuriösem Brokat, der Erinnerung des alten Bathurst sicher entzogen; Meg in ihrer Dachstube, mit Biergeruch im Atem in ihrer Unterkleidung eingeschlafen; die süße Rosie in Pierpoints Bett, sich jetzt zum Rauschen des erwachenden Flusses bewegend … und ich ließ es gut sein.

Ich ging vom Tageteszimmer zum Westflügel des Hauses und stieg dort die kalte Steintreppe zum Rundzimmer im Turm hinauf, bei dessen Entdeckung ich so viel Freude empfunden hatte. Der Raum war noch immer leer und unberührt. Ich schaute aus jedem einzelnen Fenster. Ein schmaler Streifen Rot am Himmel kündete den Sonnenaufgang an. Weißer Nebel lag über dem Park und umhüllte das Wild.

Ich setzte mich unter eines der Fenster. Nun wird er nie benutzt werden, dieser allem Anschein nach vollkommene Raum, dachte ich. Jedenfalls nicht von mir. Denn er ist ganz offensichtlich der Ort, den mein Verstand, so sehr er sich auch bemüht, weder einordnen noch begreifen kann. Er geht über mich hinaus. Ich bin erdgebunden, schwer und unwissend. Das hier wird für immer unerreichbar für mich sein.

Natürlich war es Pearce, dem ich schließlich anvertraute, was Celia im Tageteszimmer gesagt hatte.

Ich hatte mich bereit erklärt, ihn auf einem seltsamen Gang zu begleiten: Er wollte eine kleine Menge Erde vom Dorffriedhof holen und dieser dann den Salpeter entziehen. Er litt unter anderem an einem Blasenstein und hoffte, diesen mit der Zeit auflösen zu können, wenn er regelmäßig kleine Dosen dieser üblen Substanz schluckte.

Für das Einsammeln der Erde hatte er einen kleinen Spaten und eine Ledertasche mitgenommen. Aus einer gewissen Ritterlichkeit heraus (Pearce war von seiner anstrengenden Reise durch die Fens noch immer geschwächt) bot ich an, den Spaten zu tragen, und Pearce hängte sich die Tasche um seinen langen Hals, wodurch er noch mehr wie ein Bettler aussah.

Wir gingen langsam die Auffahrt und dann die kleine Straße zum Dorf hinunter. Ich hatte vor, Pearce nach dem Einsammeln der Erde eine Erfrischung im »Jovial Rushcutter« anzubieten und ihm dabei zu erzählen, was man mir alles an den Kopf geworfen hatte. Es stellte sich jedoch heraus, daß Pearce so langsam ging, daß ich, um nicht zu frieren, reden mußte, und so hatte ich ihm die traurige Geschichte, schon lange bevor wir das Dorf erreicht hatten, erzählt. Ich beendete sie, indem ich den Spaten in meiner Pein heftig in hohem Bogen von mir schleuderte.

Pearce sah mich an. In seinen großen Augen entdeckte ich wohl einen kleinen Schimmer Mitleid, doch er ging noch eine ganze Weile schweigend weiter, während ich den Spaten zurückholte. Ich begann mich gerade zu fragen, ob ich mit meiner Geschichte noch einmal von vorn beginnen sollte, dieses Mal, indem ich mich alle paar Sätze vergewisserte, daß er mir auch zuhörte, als Pearce sich räusperte und sagte:

»Wenn ich mir auch darüber im klaren bin, daß es nicht sehr zeitgemäß ist, so bin ich doch davon überzeugt, daß alles, auch die Geisteskrankheit, der Heilung zugänglich sein kann.«

»Wie?« fragte ich.

»Man hat seit undenklichen Zeiten geglaubt, daß die Wahnsinnigen von Teufeln besessen und daher voll des Bösen sind. Dieses Böse, das ist die generelle Meinung, muß aus ihnen durch schwere Züchtigung, Folter und alle nur vorstellbaren Arten von Mißhandlung herausgeprügelt werden ...«

»Pearce«, sagte ich, »ich bin gern bereit, zu einem späteren Zeitpunkt mit dir über deine Arbeit im Irrenhaus zu sprechen, aber jetzt möchte ich dich doch bitten, deine Aufmerksamkeit meiner seelischen Verfassung zuzuwenden und –«

»Ich beschäftige mich mit deiner seelischen Verfassung, Merivel. Wenn du mir nur einmal zuhören könntest, anstatt mich so mit Mißachtung zu strafen, dann würdest du sehen, daß ich einige nützliche Gedanken zum Thema habe.«

Wir gingen weiter. Hinter einer Wolkenbank tauchte jetzt eine blasse Sonne auf und schien gespenstisch auf uns nieder.

»Laß dir von einer Frau erzählen«, fuhr Pearce fort, »die zu mir ins Whittlesea Hospital – so nennen wir unsere Heilanstalt – gebracht wurde. Diese Frau war halb ertrunken in einem Graben gefunden worden, nachdem sie Monat um Monat und Jahr für Jahr bettelnd und unflätige Worte schreiend durch die Grafschaften gewandert war und ihren Körper, besonders ihre Brüste und Arme, mit spitzen Weißdornzweigen kasteit hatte. Die meiste Freude machte ihrem armen, gepeinigten Geist die Herumschmiererei. Sie verwahrte ihren Kot in einem Beutel und besudelte damit die Hände und schönen Kleider derer, die ihr Almosen gaben; sie beschmierte auch Grabsteine und Kirchen. Als wir sie aufnahmen, tobte sie so furchtbar, daß wir gezwungen waren – obwohl ich das nicht gerne sehe –, sie an die Mauer zu ketten. Mehrere Wochen lang kämpfte sie Tag und Nacht mit den Ketten, so daß ihre Handgelenke und Knöchel zu nässenden Wunden wurden, ganz gleich, wie sorgfältig wir sie mit Tüchern verbanden. Kannst du dir langsam ein Bild von dieser Frau machen, Merivel?«

»Ja, danke, Pearce«, sagte ich.

»Also gut. Dann will ich dir jetzt von dem Morgen berichten, an dem ich zu dieser Frau kam und sie endlich ruhig vorfand. Sie saß zusammengekauert, mit angezogenen Beinen, in einer Ecke und war ganz ruhig. Als ich eintrat, hob sie einen Arm und zeigte auf zwei große Haufen, die sie auf den Boden entleert hatte. Ich legte keinen besonderen Wert darauf, mir diese anzusehen, aber sie zeigte so beharrlich darauf, und der Wandel in ihrem Verhalten war so auffällig, daß ich tat, was sie wollte. Und als ich näher kam, sah ich, daß sich in den Stuhlhaufen zwei große Würmer wanden, jeder einige Zoll lang, sehr weiß und widerlich. Dann sah ich wieder zu der Frau hin, die jetzt weinte. Ich machte sie von den Ketten los, und wir brachten sie weg und wuschen sie und legten sie in ein sauberes Bett. Von diesem Tage an war sie ruhig und erzählte uns von ihrem Zuhause, als sie noch ein Kind gewesen war, und von ihrem Baby, das in der Obhut ihrer Schwester war, und wir wußten, daß sie geheilt war. Die Würmer hatten ihr Blut vergiftet, und dieses vergiftete Blut war in ihr Gehirn gelangt. Sie war nicht böse, Merivel. Sie war krank. Zu ihrem Glück hatte ihr Körper schließlich selbst die Krankheitsursache ausgestoßen.«

»Ich freue mich für sie«, sagte ich ungerührt.

»Und nun zu dir, mein lieber Freund. Jetzt will ich dir einmal sagen, was meiner Meinung nach geschehen ist. Du bist von einem einzigen Gedanken besessen: Du wünschst dir, daß der König dich wieder zu sich holt und dich liebt. Ohne diese Liebe bist du buchstäblich verrückt vor Kummer. Und mit der Zeit wird diese Verrücktheit Schreckliches in dir anrichten, so daß du, wie die Frau, von der ich dir gerade erzählt habe, ein Besudler wirst. Sicher, du wirst nicht andere mit Exkrementen beschmieren, aber du wirst deinen Haß über sie ausschütten. Es sei denn, du erkennst, daß dein Sehnen nach des Königs Gunst etwas Krankhaftes ist, von dem du dich befreien mußt, wenn du nicht daran sterben willst.«

Pearce blieb auf der Straße stehen und legte seine knochigen Hände auf meine Schultern. Ich öffnete den Mund, um etwas zu sagen, aber er fuhr fort:

»Was heute früh geschehen ist, diese harten Worte, die gesagt wurden, all das kann ich nur heilsam finden, Merivel. Unterbrich mich nicht, sondern hör mir zu! In diesem Wissen, dem Wissen, daß der König dich nie geliebt, sondern nur benutzt hat, was ich schon lange vermutet habe, liegt die einzige Hoffnung für deine Heilung. Denn dieses Wissen muß als die heilsame Ausscheidung der Natur angesehen werden, als der stinkende und faulige Stuhl, der in seiner Übelkeit die noch üblere Ursache des Gifts und des Verfalls mit hinaus- und hinwegträgt – den großen Wurm der Hoffnung.«

Ich starrte Pearce an. Ich konnte nicht sprechen, so sehr war ich plötzlich von dem Glauben erfüllt, daß das, was er gesagt hatte, richtig war. Ich konnte nur nicken und immer wieder nicken, so, als wäre ich ein dummer Narr, der die Schellen auf seiner Kappe zum Klingeln bringen will.

Einige Tage vergingen, in denen sich langsam eine wohltuende Ruhe über meine Seele breitete.

Als Pearce mir mitteilte, daß er nach Whittlesea zurückkehren mußte, dankte ich ihm mit eben der sentimentalen Überschwenglichkeit, die er an mir so verachtete, dafür, daß er mich noch rechtzeitig davor bewahrt hatte, tatsächlich ein Geisteskranker zu werden. Weiterhin bat ich ihn aufrichtig, mich wieder einmal auf Bidnold zu besuchen, sobald es seine Arbeit erlauben würde. Er erwiderte, er werde für mich beten, und drängte mich, inzwischen zu meinen Medizinbüchern zurückzukehren, »um die Welt des Erwerbs«, wie er es ausdrückte, »durch die Welt des Wissens zu ersetzen«. Ich brachte es nicht übers Herz, ihm zu sagen, daß ich mich dazu nicht in der Lage fühlte. »Was ich dir versprechen kann, Pearce«, sagte ich, »das ist, daß meine törichten Erwartungen im Hinblick auf alles, was mit dem Königshof zusammenhängt, erloschen sind. Ich erwarte nicht, den König je in meinem Leben wiederzusehen. Wo meine Zukunft liegt, weiß ich nicht. Vielleicht in meiner Malerei?«

Ich will hier erwähnen, daß Pearce kaum eine höhere Meinung von meinen Bildern hatte als Finn, aber er sagte nichts zu dieser letzten Bemerkung, sondern beschäftigte sich lediglich damit, seine »glühenden Kohlen« einzusammeln und sie zu einem kleinen, tragischen Haufen aufzustapeln. In plötzlich aufwallender, heftiger Zuneigung zu ihm bot ich ihm mein Pferd Danseuse für seine Reise an, doch er lehnte ab mit der Begründung, daß die Stute zu stark und zu temperamentvoll für ihn sei, und bat mich bescheiden, ihm einen neuen Maulesel zu kaufen.

Einer meiner Stallburschen wurde also auf diesen Botengang geschickt und kam mit einem gesprenkelten, linkischen Tier zurück, »das etwas zum Beißen neigt, Sir Robert, aber unerschrocken genug ist, Sir, für den anstrengenden Weg«.

Ich sagte Pearce nichts über das Beißen, und der Maulesel wurde auf der Stelle gesattelt. Ohne ein weiteres Wort zu mir stieg Pearce auf und zockelte die Auffahrt hinunter. Ich sah noch, wie das Tier, als es gerade die erste Kurve erreicht hatte, seinen Kopf herumwarf und versuchte, nach Pearces Fuß zu schnappen. Pearce erwiderte diese Beleidigung mit einem Tritt in die Flanke des Maulesels, und Mann und Tier schossen im Galopp davon und ließen eine kleine Staubwolke hinter sich zurück, der ich nachschaute, bis sie sich wieder gelegt hatte.

Da mich fröstelte und ich eine Erquickung brauchte, bat ich Will, mir einen Krug Glühwein in mein Ruhezimmer zu bringen, wo ich ein oder zwei Stunden für mich sein und nachdenken wollte. Ich war ein wenig bestürzt, als ich dort Celia vorfand, die vor meinem Vogelkäfig stand.

»Ach, ich will Euch nicht stören«, sagte ich und wollte mich umdrehen und das Zimmer verlassen.

»Was für ein Vogel ist das?« erkundigte sich Celia.

Ich zögerte. Der Gedanke, daß Celia auch, wie Pearce, das arme Tier verleumden würde, bedrückte mich sehr.

»Ich habe ihn geschenkt bekommen«, sagte ich zögernd. »Man hat mir gesagt, daß es eine indische Nachtigall sei.«

»Sie ist sehr schön«, sagte Celia, »nur schade, daß sie nicht singt.«

Sie wandte mir ihr Gesicht zu, und ich sah, daß es einen

Teil seiner Jugend und Ruhe wiedergewonnen hatte. Mir fiel auf, wie es mir bis dahin noch nie aufgefallen war, daß sie wirklich eine sehr hübsche Frau war.

»Nun«, sagte ich, »sie *singt*. Aber man muß sie dazu ermuntern. Wenn Ihr es wünscht, hole ich meine Oboe und spiele ihr ein paar Takte vor; vielleicht könnt Ihr dann ihr herrlich melodisches Trillern hören.«

»O ja, bitte tut das!« erwiderte Celia.

Ich muß Euch nun erzählen, daß ich an den vorangegangenen Tagen, in denen ich meine Seelenruhe ein wenig wiedergefunden hatte, viele einsame Stunden im Musikzimmer mit meinem Instrument im Kampf gelegen hatte, mit dem Ergebnis, daß ich jetzt in der Lage war, ein kleines Lied darauf zu spielen, das *Alle Schwäne schwimmen nun* hieß.

Dieses Liedchen war es also, das ich ihr und dem Vogel vorzuspielen versuchte, nachdem ich Celia ein Glas Glühwein angeboten hatte, das sie zu meinem Erstaunen auch angenommen hatte. Wie alle Anfänger mußte ich ein- oder zweimal von vorn beginnen, aber schließlich gelang es mir, das Stück ganz flott zu spielen. Als ich es zu Ende gebracht hatte, wandte sich Celia, die mich beobachtet hatte, zur Seite und bedeckte ihren Mund mit der Hand, wie um ein Lächeln zu verbergen. Ich war keineswegs beleidigt, da ich meine Bemühungen um diese elenden Schwäne selbst sehr erheiternd fand, und so brach ich, als ich die Oboe weglegte, in Lachen aus. Nun konnte auch Celia ihre Heiterkeit nicht länger unterdrücken, und wir standen eine ganze Minute nebeneinander und lachten, und der Vogel öffnete seinen orangefarbenen Schnabel und schüttete sein kristallenes Trillern über uns aus.

Darauf folgte eine höchst angenehme Stunde. Ohne von

dem widerwärtigen Reifrock gestört zu werden, tranken Celia und ich den gewürzten Wein, und sie bat mich sehr würdevoll und mutig, ihr die Beleidigungen jenes Morgens im Tageteszimmer zu verzeihen. »In Wirklichkeit glaube ich«, sagte sie, »daß wir in einer Zeit leben, in der viele zum Narren gehalten und getäuscht werden. Wahrscheinlich bin ich in meinem Glauben an des Königs Liebe ebenso töricht wie Ihr. Und doch bin ich überzeugt davon, daß er mich zurückholen wird.«

»Celia«, begann ich, »ist es nicht besser, nicht zu hoffen ...?«

»Ich habe keine andere Wahl«, meinte sie, »ich muß hoffen oder sterben. Denn ich bin zu nichts anderem auf dieser Welt nütze. Es *gibt* für mich einfach nichts anderes.«

»Dann will ich von ganzem Herzen dafür beten, daß König Charles nach Euch schickt. Aber inzwischen –«

»Inzwischen, Merivel, laßt Euch für diese Unterkunft danken. Ich werde die meiste Zeit allein verbringen, aber wenn wir uns treffen, möge es immer so herzlich wie heute sein.«

»Amen«, sagte ich.

»Bloß, Merivel, erwartet nicht von mir, daß ich fröhlich bin.«

»Das tue ich nicht.«

»Und ich möchte Euch bitten, das Rosenzimmer, in dem Sophia und ich uns jetzt wohl fühlen, als mein privates Gemach anzusehen. Bitte tut mir den Gefallen und kommt nie in seine Nähe.«

»Natürlich würde ich nicht ...«

»Dann werden wir es aushalten«, sagte sie, »bis bessere Zeiten kommen.«

Daraufhin stand sie auf, um zu gehen. Ermutigt durch ihre

Ehrlichkeit und Höflichkeit, fragte ich sie, ob sie an diesem Abend mit mir speisen wolle. Sie zögerte nur einen Augenblick und stimmte dann zu.

Ich war darüber so glücklich, daß ich gleich zur Küche hinunterging. Ich vertraute Cattleburys schöpferischen Händen folgendes Menü an: Aalpastete, danach Taubenbrüste mit spanischen Pflaumen, in Madeira geschmort, darauf gebratene Wachtel mit Fenchelsalat und als Abschluß einen Eierpudding mit gedünsteten Äpfeln. Ich gab die Anweisung, dem Reifrock das Essen oben zu servieren.

Sie kam in ihrer Kutsche nach Bidnold gesprengt, und das Schnauben und Wiehern ihrer Pferde war im weiten Umkreis zu hören. Sie betrat mein Haus in ihrer ganzen wunderbaren Eleganz, mit stolz erhobenem Haupt, meine Lady Bathurst, so voller Zorn und Begierde!

Sie verlangte mich zu sehen. Man sagte ihr, ich sei mit meiner Frau beim Abendessen. Sie drängte sich an den Dienern vorbei und rauschte in das Speisezimmer, wo Celia und ich gerade bei der Aalpastete waren. Sie blickte wild auf uns. Auf dem Kopf trug sie eine höchst bewundernswerte Samtkappe, von der senkrecht zwei Fasanenfedern aufragten, eine sehr seltsame, aber atemberaubende Mode. Ich blickte sie an.

Ohne daß sie etwas zu sagen brauchte, wußte ich, welches Verbrechens ich beschuldigt wurde. Seit Pearces Ankunft hatte ich sie nicht ein einziges Mal besucht und ihr keinerlei Nachricht zukommen lassen. Inzwischen war die Neuigkeit, daß meine Frau eingetroffen war, sicher zu ihr gelangt, und sie nahm nun fälschlicherweise an, daß dies der Grund für meine Vernachlässigung sei.

Ich muß Euch nun berichten, daß Violet Bathursts Sprache, vermutlich durch den Einfluß Bathursts und der Jagd, manchmal köstlich vulgär werden konnte, und schon als Violet den Mund öffnete, wußte ich, daß dies jetzt der Fall sein würde. In meinem Bemühen, Celia Anschuldigungen zu ersparen, die ihr Kummer bereiten konnten, stand ich auf, verbeugte mich mit Entschuldigungen vor meiner Frau, packte Violet beim Handgelenk und zog sie herrisch aus dem Zimmer. Ich ließ ihre wütenden Beschimpfungen über mich ergehen und führte sie schnell zu meinem Ruhezimmer, wo ich die Tür hinter uns zuschlug, das wilde, sich wehrende Geschöpf in meine Arme nahm und sie mit beträchtlichem Kraftaufwand küßte. Ihr Körper war heiß und bebte, und die Wut schien ihre Haut mit einem so wunderbaren, unwiderstehlichen Duft parfümiert zu haben, daß ich ihr blitzschnell die Fasanenfedern vom Kopf riß, sie auf den chinesischen Teppich legte, meine Kniehose aufknöpfte und mit stärkerer Leidenschaft und Ungeduld in sie eindrang, als ich seit meinen verlorengegangenen Nachmittagen mit Rosie Pierpoint für irgendeine Frau empfunden hatte. Bei jedem Stoß meiner Lenden verfluchte Violet mich, wodurch sie sich und mich nur noch mehr erregte, so daß wir schreiend und uns gegenseitig wüst beschimpfend gleichzeitig unseren kleinen Augenblick der Ekstase erreichten, bei dem wir uns, der Ohnmacht nahe, keuchend aneinanderklammerten.

Schließlich standen wir auf. Violet hatte zu schreien aufgehört. Ich küßte sie auf die Schultern, schwor beim Leben meiner lieben Mutter, daß ich meine Frau nicht anzurühren pflegte und dies auch niemals tun würde, und versprach ihr, sie am nächsten Abend zu besuchen und die Nacht in ihrem Bett zu verbringen. Dann würde ich ihr auch, sagte ich, mein Fernbleiben erklären, das nur dem Besuch meines Freundes

Pearce zuzuschreiben sei, mit dem ich solch ernsthaften Disput gehabt hätte, daß dadurch jeder Gedanke an Vergnügen aus meinem Kopfe gedrängt worden sei.

Ich setzte ihr den Hut mit den Fasanenfedern wieder auf den entzückenden Kopf. Sie küßte mich liebevoll auf meine platte Nase und entfernte sich gehorsam. Ich wartete, bis ich ihre Kutsche in die Nacht hinausrumpeln hörte, und kehrte dann ins Speisezimmer zurück. Die Aalpastete war inzwischen abgetragen worden, und die Tauben wurden serviert. Celia saß aufrecht und still da und nippte an ihrem Wein.

»Ich muß mich für die unerwartete Unterbrechung entschuldigen«, sagte ich. »Aber bitte, fangt doch mit den Tauben an.«

»Danke«, sagte Celia. »Euer Koch ist jedenfalls erstklassig. Sagt, Merivel, habt Ihr Mätressen?«

»Natürlich«, erwiderte ich, »ich bin ein Mann meiner Zeit.«

»Und ist diese Frau eine davon?«

»Ja. Sie heißt Lady Bathurst.«

»Liebt Ihr sie?«

»Ach«, sagte ich, »dieses Wort, das wir so oft auf den Lippen führen!«

»Nun?«

»Nein, Celia, ich liebe sie nicht. Jetzt sagt mir bitte: Wie findet Ihr Cattleburys Madeirasauce?«

Celia erwiderte, daß sie ganz ausgezeichnet sei. Meine unerwarteten Anstrengungen mit Violet hatten in mir einen Bärenhunger erweckt, und ich machte mich mit etwas unschicklicher Hast über mehrere Tauben her. Als ich mir gerade in Erwartung der Wachteln den Mund abwischte, hörte ich das unverkennbare Geräusch eines Pferdes, das rasch die Auffahrt heraufgaloppiert kam. Gleich darauf – uns wurden gerade die Wachteln vorgelegt – wurde die Tür des Speisezimmers erneut aufgerissen, und Will Gates kam hereingestürzt.

»Ein Brief, Sir!« rief er aufgeregt. »Soeben aus London eingetroffen.«

»Schon gut, Will. Das ist doch kein Grund für solche Eile. Gib ihn mir!«

Er überreichte mir den Brief. Er blickte darauf, und ich blickte darauf. Wegen des unverkennbaren Siegels wußten wir beide, daß der Brief, der in dieser ungewöhnlichen Nacht eingetroffen war, vom König stammte.

Dieser Brief ist noch immer in meinem Besitz.

Er lautet wie folgt:

»Merivel, Unserem lieben Narren senden Wir Grüße.

Bitte seid so gut und besucht Uns in Unserem Heilkräutergarten um acht Uhr vormittags, am Freitag, dem zehnten Dezember, in diesem vierten Jahr Unserer Regentschaft, 1664.

Diese Aufforderung kommt von Eurem Einzigen Herrscher und Treuen Diener Gottes, Charles Rex«

Ich ritt durch die Nacht, erst auf Danseuse bis Newmarket, dort tauschte ich das Pferd aus, ein weiteres Mal in Royston. Will Gates hatte mich gebeten, ihn als Begleitung mitzunehmen, wahrscheinlich, weil er befürchtete, daß ich in meinem Drang, möglichst schnell nach London zu kommen, in einem Graben landen und dort unbeweint sterben würde. Ich lehnte jedoch ab. »Die Sterne«, sagte ich (wobei ich, ich weiß nicht warum, einen flüchtigen Anfall Pearcescher Romantik hatte), »werden mich begleiten, und auch die Dunkelheit wird um mich sein!«

Ich hatte vorausgesehen – was sich als zutreffend erwies –, daß meine Seele auf dieser Reise meinem Körper weit vorauseilen würde, so daß ich sie nur durch lauten Zuruf würde im Zaum halten können. Es kümmerte mich nicht, irgendeinen armen Freihäusler unter seiner niederen Dachtraufe mit meinem Singen und Schreien in der Dezembernacht aufzuwecken, doch ich zog es vor, dieses lärmende Abenteuer allein zu unternehmen und Will zurückzulassen, damit er ein Auge auf den Reifrock haben konnte, falls diese Person sich während meiner Abwesenheit unterstehen sollte, meine Bilder zu verbrennen, meinen Vogel zu quälen, auf meiner Oboe zu spielen oder sonst etwas anzustellen. Als ich mich auf den Weg machte, weinte Celia. Ohne Zweifel schmerzte es sie, oder vielmehr erschreckte es sie über alle Maßen, daß der König mich, und nicht sie, kommen ließ. Sie würde mir, sagte sie kläglich, eine Nachricht mitgeben, eine Bitte, aber sie wußte nicht, welche Worte sie wählen sollte. Und ich konnte keinen Augenblick verweilen, nicht einmal, um mein Abendessen zu beenden oder meine Perücke zu pudern. »Wenn ich mich nicht sofort in den Sattel schwinge«, sagte ich zu Celia, »erreiche ich London nicht bis zum Morgen, und Ihr wißt so gut wie ich, daß Seine Majestät nicht auf mich warten wird, wenn ich nicht zur festgesetzten Zeit zur Stelle bin. Er erwartet von seinen Untertanen nicht nur strikte Loyalität, sondern auch absolute Pünktlichkeit. Das Stehlen seiner Zeit betrachtet er als Treuebruch. Der allererste Gegenstand, den er mir gezeigt hat, Celia, war eine Uhr.«

So galoppierte ich also davon. In meine Taschen hatte ich vier oder fünf von den Wachteln gestopft, die mich während meiner zwölfstündigen Reise bei Kräften halten sollten, und als ich eben losreiten wollte, kam Will mit einer Reiseflasche Alicante herbeigerannt, die ich an meinem Sattel befestigte. »Lebt wohl!« rief ich, schaute jedoch nicht zurück. Die Straße vor mir schlug mich völlig in ihren Bann.

Um sieben Uhr ritt ich in London ein. Über dem Fluß, dessen Anblick ich so lange entbehrt hatte, erhob sich träge die Sonne, und Dunst stieg über dem Wasser auf. Ich hörte das Fluchen der Schiffer und das Rufen der Leichtermänner, den Schrei der Möwen und das Sichaufplustern der Tauben, und wenn auch meine Schenkel schmerzten und mein Gesäß wund war, so war mein Elan doch ungebrochen.

So seht mich also, wie ich schließlich in Whitehall ankomme. Ich habe an einem Gasthaus angehalten, um mich zu erleichtern und etwas Wasser zu trinken, da ich plötzlich einen schrecklichen Durst verspürte. Von der Bedienung habe ich mir die Kniehose ausbürsten und die Stiefel abwaschen lassen. Ich habe den Staub aus meiner Perücke geschüttelt und mir Gesicht und Hände mit Seife gewaschen. Als ich den Heilkräutergarten betrete, ist mir ganz ungewöhnlich heiß, und ich frage mich, ob ich gleich verdunsten und mich auflösen und nichts weiter zurücklassen werde als eine fettige Lache. Wieder einmal, wie bei jenem ersten, so schrecklichen Besuch, fühle ich, daß die nahe Gegenwart des Königs die Luft verändert hat. »Allmächtiger Gott«, sage ich und sende eines meiner kleinen Betsignale gen Himmel, »hilf mir atmen.«

Ich gehe zwischen den gepflegten Buchsbaumhecken entlang, rieche die winterfesten Pflanzen und Kräuter, Lorbeer, Rosmarin, Salbei, Zitronenmelisse und Thymian, und dort, genau in der Mitte des Gartens, gerade damit beschäftigt, seine Uhr nach der Sonnenuhr einzustellen, steht er, der Mann, den ich, wenn ich ein Loch in der Brust hätte wie jenes, das ich in Cambridge gesehen hatte, bitten würde, hineinzugreifen und mein Herz in die Hand zu nehmen.

Ich gehe auf ihn zu und setze den Hut ab. Ich knie nieder. Mir ist der Hals wie zugeschnürt, so daß ich nicht sprechen kann. Ich schäme mich, weil mir Tränen in die Augen treten. »Sir ...«, kann ich schließlich flüstern.

»Ach, Merivel. Ihr seid es?«

Ich hebe den Kopf. Ich will nicht, daß der König sieht, daß ich weine, und doch weiß ich, daß er in diesem Augenblick noch weit mehr sehen wird, daß er mit schrecklicher Genauigkeit von meinem Gesicht ablesen kann, in welchem Maße ich unter seiner Vernachlässigung gelitten habe.

»Ich bin es. Ja, ich bin es, Majestät ...«, stammle ich.

Elegant kommt er zu mir geschritten, dahin, wo ich knie und die rauhe Schlacke des Weges meine Haut wundzuscheuern scheint. Er streckt die Hand nach mir aus und berührt mit seinem Handschuh mein Kinn.

»Und macht Ihr gute Fortschritte beim Tennisspielen?« fragt er.

Zu meiner großen Qual fühle ich, wie eine dicke Träne über mein Kinn rollt und seinen Handschuh benetzt.

»Die Fortschritte wären sicher gut, Sir«, sage ich töricht, »wenn ich auf Bidnold einen Tennisplatz hätte.«

»Ihr habt dort keinen Tennisplatz? Deshalb werdet Ihr so dick, Merivel!«

»Bestimmt! Deshalb und wegen meiner Unmäßigkeit, von der ich mich anscheinend nicht befreien kann ...«

In diesem Augenblick bemerke ich, daß die Tasche meines Rocks von den Wachtelresten, die ich nicht entfernt habe, furchtbar fleckig ist. Ich verdecke sie schnell mit den Federn meines Hutes. Der König lacht. Zu meiner übergroßen Freude. Ich spüre, wie seine Hand mein Kinn losläßt, über meinen Mund nach oben wandert, nach meiner Nase greift und sie kräftig kneift.

»Steht nun auf«, sagt er, »und kommt mit Uns, Merivel! Es gibt viel zu besprechen.«

Er führt mich nicht zu seinen Prunksälen, sondern zu seinem Laboratorium, das mich während meiner Zeit in Whitehall immer sehr fasziniert hatte. Dort war des Königs rastloser Geist ständig mit neuen Experimenten beschäftigt, wovon das fesselndste wohl das Fixieren von Quecksilber war. Der Geruch dieses Ortes erinnerte mich an Fabricius' Zimmer in Padua. Dieser hatte gern auf seinem Nachttisch Eidechsen präpariert: Es roch ein wenig nach Kloake oder Grab, und dennoch wurde mein Gehirn davon immer wieder in Erregung versetzt. Ich vermute, es lag daran, daß ich, noch bevor ich mich von der Anatomie abwandte, erkannt hatte, daß Entdeckung etwas mit diesem Geruch zu tun hat.

Beim Betreten des Laboratoriums wirft der König seinen Rock auf den Boden. Da sein Chemiker noch nicht an der Arbeit ist, sind wir allein im Raum. Ich hebe seinen Rock auf und halte ihn im Arm, während er die Tische entlanggeht, sich hier etwas ansieht, da etwas untersucht, dort an etwas schnuppert. Einen Augenblick lang scheint er so in die Experimente, die im Gange sind, vertieft zu sein, daß ich mich frage, ob er mich vergessen hat. Doch nach einer Weile bleibt er stehen, nimmt ein Fläschchen mit einer rubinfarbenen Flüssigkeit in die Hand und hält es gegen das Licht.

»Seht Euch das an«, sagt er. »Ein Abführmittel, das ich mir neulich habe patentieren lassen.«

»Ausgezeichnet, Eure Majestät«, sage ich.

»Ja, es ist ausgezeichnet. Aber es ist nicht bloß eine langweilige Arznei, Merivel. Es hat eine Eigenschaft, die ich nicht vorhergesehen habe und die aufschlußreich und amüsant zugleich ist. Wir nennen die Arznei ›die Tropfen des Königs‹. Ich werde jetzt einmal ein paar davon für Euch in einen Schluck Wein träufeln. Und dann werden wir sehen, was geschieht.«

Ich sage nichts. Der König läßt sich vor mir auf einem Schemel nieder und blickt aufmerksam zu meinem Gesicht auf.

»Die Zeit hat Euch verändert, Merivel«, sagt er. »Ein wichtiger Teil von Euch scheint zu schlafen.«

Hierzu weiß ich auch nichts zu sagen.

»Ich sehe das bei sehr vielen meiner Untertanen, es ist gerade so, als zögen sie es vor, nur noch zu sein und nicht mehr zu denken. Legt meinen Rock hin, Merivel!«

Ich lege den schweren, brokatbesetzten Rock zur Seite, wobei mich ein flüchtiger Hauch des lieblichen Parfüms streift, nach dem selbst die Handschuhe und Taschentücher des Königs duften.

»Man muß es wohl als ein Glück für England ansehen – vielleicht auch für Euch, mein lieber Narr –, daß etwas unsere Küsten erreicht hat, das uns möglicherweise alle aus dem Schlaf reißen wird.«

»Was meint Ihr, Sir?«

»Die Pest, Merivel. Die Pestilenz. In Deptford sind vier Leute daran gestorben. Und sie wird sich weiter ausbreiten. Sie wird einige von uns verschonen und andere dahinraffen. Aber wir alle werden aufwachen.«

»Ich habe nichts von der Pest gehört, Sir.«

»Nein. Aber Ihr seid ja auch auf Bidnold. Ihr schlaft in Norfolk! Ihr träumt, Merivel!«

Ich möchte gerade erwidern, daß ich in der Tat von alten Zeiten geträumt und sie mir zurückgewünscht habe, da holt der König ein Spitzentaschentuch aus seiner Tasche und macht sich daran, fast zärtlich die Feuchtigkeit von meinem erhitzten Gesicht abzuwischen.

»Nun aber«, sagt er, nachdem er mein Gesicht abgetrocknet hat, »müssen wir über Mistress Clemence, Eure Frau, sprechen. Deshalb habe ich Euch hergebeten, Merivel. Wie ich Euren Charakter einschätze – und ich hoffe, mich da nicht zu täuschen –, glaube ich, daß Ihr, wie schon einst Euer Vater, ein Mann seid, der die Stellung, die er durch Glück und Gunst, und nicht nur durch eigenes Verdienst, erreicht hat, würdigt und akzeptiert, und daß Ihr sie nicht gefährden werdet, indem Ihr nach Dingen giert, die Ihr nicht haben könnt. Ihr habt viel bekommen, Merivel, nicht wahr?«

»Ja, Euer Majestät.«

»Und wenn ich auch fürchte, daß Ihr träge geworden seid, so bringt Ihr Euch doch wohl nicht selbst zur Verzweiflung, indem Ihr nach mehr verlangt, *n'est-ce pas?*«

»Nein ...«

»Oder doch? Wollt Ihr jetzt ein Herzogtum von mir?«

»Nein, nein. Bei meiner Ehre.«

»Gut. Übrigens, seht Euch die Kröte dort in dem Kugelglas an. Helft Ihr mir später, sie zu sezieren?«

Ich blicke in die Richtung, in die der König deutet, und sehe eine ehrfurchtgebietende Riesenkröte, die starr und aufgedunsen vom Tode ist.

»Wenn Ihr das wünscht, Sir«, sage ich.

»Ja, das wünsche ich. Nun hört gut zu, Robert. Ich habe

Celia gewissermaßen mit Euch verheiratet, um sie vor dem klugen Blick der Lady Castlemaine zu verbergen, sie dafür aber selbst nur um so leichter zu finden und mich unbeobachtet mit ihr verlustieren zu können.«

»Das weiß ich, Euer Gnaden.«

»Sehr gut. Dann könnt Ihr Euch wohl meine Bestürzung, nein vielmehr meinen Zorn vorstellen, als ich von den Lippen Eurer Frau die Forderung vernahm, meine Affäre mit der Castlemaine ebenso wie meine Liebschaften mit gewissen Schauspielerinnen zu beenden und sie zu meiner einzigen Frau außerhalb des Bettes meiner lieben Königin zu machen. Natürlich habe ich darauf kein Wort gesagt, denn ich lasse mich von keinem meiner Untertanen so herumkommandieren. Ich wies sie lediglich an, ihr Haus in Kew zu räumen, nur ihre Kleider und Juwelen mitzunehmen, sofort zu Euch zu reisen und so lange dortzubleiben, bis sie ihr törichtes, unverschämtes Verhalten einsieht und bereut.«

Der König erhebt sich von seinem Schemel und geht wieder auf und ab, wobei er an seinen Gemischen herumstubst und sie neugierig beäugt. Ich sehe das Zucken auf seiner Wange, ein Tick, der immer nur bei Ärger auftritt. Ich sage nichts, sondern nicke nur. Nach einer kurzen Weile ergreift der König einen großen Stößel, mit dem er seine folgenden Worte unterstreicht:

»Doch leider, Merivel, fehlt sie mir! Wenn ich auch das dumme Mädchen auspeitschen möchte, so reagiert doch ein primitiver Teil meines Ichs ausgesprochen empfindlich auf ihre Abwesenheit. Was für ein Elend! Mein Verstand sagt mir, daß ich sie für immer aufgeben muß, aber dieses hier, das königliche Ding, flattert hierhin und dorthin, auf der Suche nach ihr. Und das Leben ist kurz, Merivel. Auch an das

Vergnügen sollten wir, wie an alle Dinge, mit Energie und Entschiedenheit herangehen, eine Gabe, die Ihr einstmals, wenn ich so zurückdenke, geradezu im Übermaß besaßt.«

»Ich würde sie auch jetzt noch besitzen, Sir, wenn mein Denken nicht –«

»Dann geht jetzt mit dieser Entschiedenheit an meine Angelegenheit heran. Macht Celia klar, daß ihre Forderungen töricht sind. Erinnert sie daran, wie sehr mir an der gesellschaftlichen Ordnung liegt und wie sehr ich diejenigen verabscheue, die höher hinauswollen. Bringt ihr bei, mit dem zufrieden zu sein, was sie hat – denn sie hat viel –, und heißt sie, niemals mehr zu erhoffen. Sagt ihr, sie solle in Demut zu mir kommen, dann könne sie alles wiederhaben: ihr Haus, ihre Diener, ihr Geld und von Zeit zu Zeit den König in ihrem Bett.«

Da mir diese Rolle als Bote mißfällt, will ich gerade sagen, daß es zwischen Celia und mir kaum Gespräche gegeben hat und daß ich fürchte, ihre Abneigung gegen mich könne sich bei meinen Bemühungen, ihr seine Ansichten zu übermitteln, nur als hinderlich erweisen, als der König meine Hand ergreift und erklärt: »Genug davon. Ich überlasse alles Euch. Kommt jetzt, Merivel, ich werde Euch nun einen Becher Wein einschenken, und in den Wein geben wir einen oder zwei meiner Tropfen!«

Sein Zorn ist so schnell verflogen, wie er gekommen ist. Er lacht beim Einschenken und Abmessen leise vor sich hin. Ich blicke auf seine Hände, sehe dann das Lächeln auf seinen Lippen, das mir so teuer ist. Plötzlich bin ich davon überzeugt, daß der König mir keinen Schaden zufügen will, ganz gleich, was in diesem Trank ist.

Ich trinke einen Schluck Wein. Der König ist heiter und erfreut und klopft sich auf die Schenkel.

»Gut!« sagt er. »Und nun fangen wir mit der Kröte an.«

Ich komme zu der Überzeugung, daß es keinen Zweck hat, König Charles daran zu erinnern, daß ich seit vielen, vielen Monaten kein Skalpell und keine Kanüle mehr in der Hand gehabt habe und daß ich meine Sezierkenntnisse willentlich dem Vergessen anheimgegeben habe. Außerdem spüre ich, daß er darauf erpicht ist, die Kröte selbst zu anatomieren, so daß er mir die Geschicklichkeit seiner langen Finger, die Ordentlichkeit und Sorgfalt seiner Arbeit vorführen kann. So sage ich nichts, als Seine Majestät die Kröte aus dem Kugelglas nimmt, sie auf das Tablett legt und sich die Ärmel hochkrempelt. Ich sehe nur zu und fühle dabei ein unerklärliches, heftiges Glücksgefühl in mir aufsteigen, wie ich es seit jenen weit zurückliegenden Tagen mit Rosie Pierpoint, Tennisstunden, Rommèspielen und dem Tafelservietten-Geschenk nicht mehr gekannt habe.

Der König schneidet die weißliche Haut des Krötenbauchs auf, zieht sie zurück und steckt sie fest.

»Der Darm«, sagt er, als er den ersten Einschnitt ins Fleisch macht, »schimmert wie Juwelen, wie wir gleich sehen werden ...«

Trotz seiner Sorgfalt quellen die Eingeweide hervor, so daß ihre genaue Anordnung für unser Auge verloren ist. Über die Zeiten hinweg höre ich das Knurren von Fabricius an meinem Ohr: »Verheddert Euch nicht in den Gedärmen, Merivel! Ihr seid kein Laokoon!«

»Ah!« sagt der König. »Seht Ihr die Farbe?«

Ich blicke auf die Eingeweide der Kröte und sehe, daß die weichen Windungen eine silbrige Patina haben. Doch ich bin ein wenig abgelenkt, denn das Wort »Farbe« hat mich plötzlich an meine Malversuche erinnert und an den wilden Taumel, den sie stets in meinem Gemüt auszulösen scheinen, und ohne daß ich es eigentlich will, erzähle ich dem König von meinem Wunsch zu malen, das Wesen der Menschen und der Natur einzufangen, »bevor sich alles auflöst oder verändert, denn seht Ihr, Sir, alles auf dieser Welt, so scheint es mir jedenfalls, befindet sich in einem Zustand ständiger Bewegung, sogar unbelebte Dinge, weil sich das Licht auf ihnen ändert oder weil das Auge das, was es gestern noch wahrgenommen hat, heute schon anders sieht ...«

Ich fasele weiter. Der König sagt nichts, sondern arbeitet methodisch und ohne Eile an seiner Sektion, bis alles – Herz, Lunge, Milz, Luftröhre und Samensäcke – ausgebreitet vor uns liegt. Ich erzähle von meinem Bild von meinem Park und wie sehr Finn es verabscheut. Ich versuche, das Bild zu beschreiben, höre mich aber statt dessen mit einer Stimme, die nicht mehr mir, sondern Pearces wurmgefüllter Geisteskranken zu gehören scheint, über die Gefühle reden, die mich zum Malen getrieben haben: meine schreckliche Angst, daß der König mich verlassen hat, mich nicht mehr liebt oder meiner Gesellschaft nicht mehr bedarf. »Ich war Euer Narr«, höre ich mich jammern, »und Ihr könnt mir nicht sagen, daß der König, wie ernst auch seine Regierungsgeschäfte sein mögen, kein Lachen braucht!«

Ich weine wieder. Tränen strömen mir übers Gesicht und tropfen auf die Kröte auf dem Tablett, über der mein Körper dann, da ich mich auf einmal hundemüde fühle, zusammensinkt.

Ich sehe die Hände des Königs, die nun die Instrumente weglegen. Er nimmt ein Tuch und wischt sich damit das Blut und die Eingeweide von den Fingern. Und dann verliere ich ihn. Ich weiß nicht, was weiter geschah, höre mich nur unaufhörlich reden, mit dem König, wie ich annehme, der nicht mehr in meiner Nähe, sondern irgendwo in dem schattenhaften Laboratorium ist und auf und ab geht, wie er es immer tut, ruhelos und groß und niemals still ... aber er ist gar nicht da. Ich bin allein an diesem Ort. Er ist in die Sonne hinausgegangen, und ich liege im tiefen Dunkel, unter der Werkbank aus Eichenholz. Ich bin im Grab.

Ich werde von einem älteren Mann geweckt, der wie ein Apotheker gekleidet ist. Ich habe furchtbaren Durst. Der alte Mann versteht das und reicht mir einen Becher mit kühlem, wohlschmeckendem Wasser.

Man bringt mir Essen. Ich werde an einen kleinen Tisch gesetzt. Ich esse ein wenig Brot. Ein Diener in Livree überreicht mir einen Brief.

Ich bin im Heilkräutergarten. Ein strahlender Himmel über mir. Ich breche das Siegel meines Briefes auf.

»Armer Merivel (heißt es in dem Brief), ich hatte Euch nicht gewarnt, daß die Tropfen des Königs mit der Kraft der Alchimie Geheimnisse zu Worten werden lassen. Dennoch habt Ihr mir nichts verraten! Denn alles, was Ihr mir offenbart habt, hatte ich schon von Eurem Gesicht abgelesen. Doch hütet Euch, daß Eure Liebe nicht zum Bedürfnis wird! Und so geht denn mit den besten Segenswünschen auf Eure Mission zu Celia. Ich möchte, daß sie für die Dauer von zwei Monaten über Unser Mißfallen nachdenkt, danach darf sie, falls sie voller Demut ist, nach Kew zurückkehren, wo Wir sie dann besuchen werden.

Gezeichnet, Charles Rex«

Ich sehe auf die Sonnenuhr. Ich würde so gern zum König sagen: »Laßt mich meinen Auftritt wiederholen! Laßt mich noch einmal zu Euch kommen, aber mit dem Wissen, das ich jetzt über die Tropfen habe.« Doch er ist natürlich nicht mehr da.

Wasser

Ich hielt mich nicht lange in Whitehall auf.

Zwar war ich von einer Schar Galane, in deren Kammern ich mich einstmals mit Karten- und Pfänderspielen und Musizieren vergnügt hatte, herzlich begrüßt worden, fühlte mich aber für ihre Gesellschaft nicht in der richtigen Stimmung. Ich hatte unerträgliche Kopfschmerzen, und die Gedanken, die mein Verstand formte, wirkten mehr wie Träume. Ich hatte ein schreckliches Verlangen, mich hinzulegen, nicht unbedingt, um zu schlafen, sondern einfach nur, um meinen Kopf auszuruhen. Gern wäre ich zu jenem ersten Zimmer gegangen, wo ich die Heilung-durch-Vernachlässigung an Lou-Lou durchgeführt hatte, und hätte dort eine saubere Nachtmütze aufgesetzt, mich auf die weichen Kissen gelegt und dem großen Flußkonzert gelauscht.

Zur Abendessenszeit war ich in der »Leg Tavern«, wo ich reichlich Ale trank, um den Durst zu löschen, der mir noch immer in der Kehle brannte, und dann schlief ich eine Stunde auf einer harten Wandbank. Als ich wieder aufwachte, fühlte ich mich hungrig, und man brachte mir ein höchst merkwürdiges Essen: eine mit Starenfleisch gefüllte Teigtasche und einen in Oliven eingelegten Schweinefuß. »Stare«, sagte die hübsche Maid, die mich bediente, »kurieren mit ihrem dunklen Fleisch und kräftigen Geschmack alle Männer, die Trübsal blasen«, und ich merkte wirklich nach dem Essen, daß meine Gedanken vernünftiger wurden. Entweder hatten die Stare wirklich einen Stimmungsumschwung bewirkt, oder aber die starke Wirkung der Tropfen des Königs begann nun endlich abzuflauen. Als ich die Schenke verließ, war die Straße in schönstes Wintersonnenlicht getaucht. Ich bin sehr wetterfühlig. Bei einem Norfolk-Wind habe ich manchmal das Gefühl, daß mein Verstand davongeblasen wird. Da meine gute Laune durch die Staren-Tasche und die Nachmittagssonne wiederhergestellt war, faßte ich den Entschluß, mich auf den Weg zu Rosie Pierpoints Haus zu machen. Um Pierpoints mageren Lohn als Kahnfahrer etwas aufzubessern, hatte sich Rosie im Jahr 1661 als Wäscherin niedergelassen. Ich hoffte nun, sie zwischen ihren Faltenplätteisen und Stärkebottichen und ihrem großen Kohleofen anzutreffen. Sollte ich sie nicht dazu überreden können, mich ihr Ding berühren zu lassen, dann würde ich mich damit zufriedengeben, von ihrem Fenster aus den Sonnenuntergang zu beobachten, während sie mein Hemd wusch und die Wachtelflecken aus meinen Rocktaschen entfernte.

Sie war zu Hause und arbeitete schwer. Die Hitze in ihrem Arbeitsraum war so groß, daß sie sich bis aufs Mieder ausgezogen hatte. Ihre weichen Arme waren feucht und rosa – von einem so hübschen Rosa, daß ich ebendiese Farbe liebend gern einmal auf meiner Palette hinbekommen würde. Noch als ich mich Rosie näherte und sie ihr Plätteisen oben auf den Ofen stellte und wir uns mit rechter Freude umarmten, mußte ich daran denken, daß ich einmal auf einem berühmten Gemälde einen Cherub in der Farbe von Rosies Armen gesehen hatte, und ich fragte mich, bei welcher Gelegenheit es dem kleinen Kerl in seinem geflügelten Dasein so heiß geworden war.

Was nun folgte, war äußerst süß und köstlich und brachte mir erneut zu Bewußtsein, daß es auf Erden wohl kaum etwas Erfreulicheres gibt als das Wiedersehen von Liebenden nach einer Trennung. Dem seelischen Wohlbefinden, hervorgerufen durch den Akt des Vergessens, wird noch der Balsam der schönen Erinnerung hinzugefügt. Während der Verstand das allgegenwärtige Todesbewußtsein verbannt, schwelgt der Körper im Wiederfinden. Ich glaube nicht, daß es verstiegen ist zu behaupten, solche Wiedersehen seien sowohl Akte des Vergessens als auch Akte des Sich-Erinnerns.

Ich blieb bis Sonnenuntergang bei Rosie. Wir lagen auf einem zerknitterten Haufen befleckter Laken, Hemden, Unterröcke, Spitzenkragen und Tischtücher und hielten auf dieser schmutzigen Wäsche ein herrliches Festgelage miteinander, ein Festgelage, von dem ich vielleicht noch als alter Mann in meinem sauberen, einsamen Bett träumen werde.

Schließlich standen wir auf. Rosie zündete zwei Kerzen an, und bei diesem schwachen Licht würde sie nun an ihrem Bügeltisch arbeiten, bis Pierpoint heimkam und sie ihr Abendessen aus Wellhornschnecken, Austern, Brot und Ale einnahmen.

Und ich machte mich auf den Weg zum Hydes-Kai in Southwark, wo ich eines der Ruderboote mit Plane mietete und den Schiffer, der ein verschlagenes, boshaftes Gesicht hatte, bat, mich nach Kew zu fahren.

»Kew ist ganz schön weit weg«, sagte der Schiffer, »und bis wir ankommen, Sir, ist es stockduster.«

»Ich weiß«, erwiderte ich, »aber mein Tag und der größte Teil der letzten Nacht haben mich dermaßen in Hitze gebracht, daß mir viel daran liegt, die Kühle des Flusses zu spüren.«

»Wie sollen wir in der Dunkelheit die Fahrrinne finden, Sir, und nicht in seichte Stellen geraten oder von einem Leichter oder einer Barke zersplittert werden?«

»Wir haben Dreiviertelmond«, meinte ich zu ihm, »und es ist keine Wolke am Himmel. Wir werden unseren Weg ganz gut finden.«

»Bis wir dort sind, sind wir so kalt wie Leichen!«

Es war mir inzwischen klargeworden, daß der Fuchs (wie ich den Schiffer insgeheim taufte) keine Lust hatte, diese Fahrt mit mir zu unternehmen, doch es fiel mir ein, daß man in dieser neuen Zeit die meisten Dinge durch Bestechung haben konnte, und so bot ich ihm den doppelten Fahrpreis an, nämlich statt der zwei vier Shilling. Ich machte es mir unter dem kleinen Schutzdach bequem, und wir fuhren mit der Abendflut hinaus.

Warum wollte ich nach Kew fahren? Ich wußte, daß ich nun, da die Wirkung der Tropfen ganz verflogen war und ich wieder klar denken konnte, den Worten des Königs im Hinblick auf Celia ein wenig Aufmerksamkeit schenken mußte. Aus mir nicht ganz erklärlichen Gründen fühlte ich mich ausgesprochen unbehaglich mit der Nachricht, die ich überbringen sollte. Etwas in mir wollte gern, zum ersten Mal in meinem Leben, dem König den Gehorsam verweigern. Warum? Ich wußte es wirklich nicht. Weit davon entfernt, mich aller Hoffnung zu berauben, hatten die Ereignisse des Morgens mir vielmehr bewiesen, daß der König immer noch Zuneigung für mich empfand. Doch was er zu mir, mit dem Stößel gestikulierend, über Celia gesagt hatte, konnte in mir nur den Eindruck erwecken, daß er meine Frau zwar begehrte, aber ansonsten keinerlei Gefühle für sie hegte und sein ruheloser Geist ihrer bald wieder überdrüssig werden würde. So glaube ich, daß ich in der Hoffnung nach Kew fuhr, von dem Haus, das er ihr geschenkt hatte (wenn ich auch wußte, daß es im Dunkeln, mit geschlossenen Fensterläden, daliegen würde), die Stärke seiner Liebe ablesen zu können, um dann, je nachdem, wie sehr sich die Waage neigte, über die Nachricht zu entscheiden, die ich heim nach Bidnold bringen würde. Ich räume gern ein, daß die Vorstellung, man könne sich ein Bild von der Liebe eines Menschen zu einem anderen machen, indem man im Mondlicht von einem Boot aus einen Blick auf ein Haus wirft, grotesk ist. Und doch gibt es keine andere Erklärung für diese Fahrt, die mir auf einmal so sehr am Herzen lag. Liebte der König Celia oder liebte er sie nicht? Begleitet von dem Fuchs und einer leichten Brise, die mein Jabot zerzauste und mein heißes Gesicht kühlte, glaubte ich, der Antwort näherzukommen.

Nachdem sich der Fuchs nun mit seiner Aufgabe abgefunden hatte, ruderte er kräftig und zügig. Er wickelte sich ein fadenscheiniges Tuch um den Hals, um seine dürre Kehle vor der einbrechenden Nacht zu schützen, und brachte mich rasch voran. Wir passierten den Tempel mit dem Torbogen, dann das belebte Whitehall, wo in fast allen Gemächern Licht zu brennen schien und meine Ohren für einen flüchtigen Augenblick den Klang einer Oboe einfingen.

Im weiteren Umkreis von Whitehall war auf dem Fluß auch zu dieser Abendstunde noch viel Lärm: Von den zahlreichen Booten klatschte das Wasser gegen die Landungsstege, und die barschen Rufe der Kahnführer »An die Ruder!« ließen mich an das Gebell eines Ausbilders denken, der versuchte, einen unordentlichen Zug von Gecken in so etwas wie einer Reihe antreten zu lassen.

Hinter Westminster, wo die Themse eine Biegung nach Süden macht, wurde es ruhiger, und ich sah auf der linken Seite die dunkle Masse der Vauxhall-Wälder auftauchen, wohin meine Eltern mich, das Engelskind in dem kleinen Moiréanzug, gern zu Picknicks und auf Wanderungen mitgenommen hatten. Ich erinnere mich noch, wie mein Vater flüsterte: »Wenn du leise bist, Robert, treffen wir gleich auf eine Dachsfamilie.« Aber ich war wohl nie leise genug, denn ich kann mich nicht erinnern, jemals in meinem Leben einen Dachs gesehen zu haben, bevor einer zum Sezierraum des Caius gebracht wurde, wo ich dann endlich die clownartigen Züge dieses Tieres sehen konnte, das meinen Vater so beschäftigt hatte.

»Sagt«, wandte ich mich an den Fuchs, »gibt es in diesen Wäldern noch Dachse?«

»Ja, Sir«, antwortete der Fuchs, »ich habe gehört, daß man dort welche sehen kann. Wenn man leise ist.«

Ich sagte nichts weiter dazu, doch als wir weiter Richtung Chelsea übers Wasser glitten, begann ich mich zu fragen, warum ich Lärm so sehr liebe. Selbst disharmonische Klänge (mein eigener Gesang und meine ersten Mißerfolge mit *Alle Schwäne schwimmen nun*) und sinnlose Geräusche (das verrückte Gerede des alten Bathurst) erfreuen ganz eindeutig mein Herz. Obwohl ich als Medizinstudent wußte, daß man Ruhe zum Lernen brauchte, habe ich doch manche Tage und Nächte unter ihr gelitten. Bei meinem Tod würde ich gern von einer hüpfenden Volkstanzgruppe zur letzten Ruhe gebettet werden.

Der Mond war nun aufgegangen und stand fast voll am Himmel; in seinem Licht umfuhren wir die Biegung zu den Chiswick Meadows. Kurz vor Kew wandte ich mich an den Fuchs und fragte diese alte Flußratte: »Man sagt, der König habe in Kew eine Mätresse und ihr Schiffer seht ihn manchmal, wie er sich den Fluß hinaufschleicht, um sie zu besuchen. Ist da etwas Wahres dran?«

Der Fuchs spuckte ins Wasser.

»Ich habe ihn einmal gesehen«, sagte er.

»Seid Ihr sicher, daß er es war?«

»Jawohl!«

»Wie könnt Ihr das sein?«

Der Fuchs spuckte wieder aus. Vielleicht war er ein Puritaner und Commonwealth-Anhänger.

»Es war früh«, fuhr er fort, »noch vor der Morgendämmerung, wenig los auf dem Fluß. Ich, Sir, ich auf dem Weg mit Kirschen aus Surrey zu Händlern in Blackfriars. War noch nicht ganz hell. Vier Uhr früh im Sommer. Und ich sehe dieses schmale Skiff mit einem sehr großen Mann in einem schönen goldenen Rock, und ich sage laut: ›Da gibt's nur einen solchen Mann im Königreich, nur einen!‹«

»Habt Ihr gewartet und ihn beobachtet? Habt Ihr gesehen, wo er anlegte?«

»Mehr noch, Sir. Ich habe ihm ein paar Kirschen verkauft.«

»Ja? Dann habt Ihr sein Gesicht ganz aus der Nähe gesehen, und er war es wirklich?«

»Er, jawohl. Gab mir 'nen Penny fürs Obst aus einer kleinen Börse mit Juwelen drauf.«

»Und Ihr saht ihn anlegen?«

»Ja.«

»Könnt Ihr mir die Stelle zeigen?«

»Nicht im Dunkeln, Sir.«

Ich räusperte mich. »Mein lieber Mann«, sagte ich. »Wie ich es ja schon vorausgesagt hatte, ist es überhaupt nicht dunkel mit diesem vollen Mond am Himmel.«

»Ziemlich dunkel, Sir.«

»Wie auch immer, bitte seid so gut und versucht, Euch an die Stelle zu erinnern, und zeigt sie mir.«

Wir glitten weiter. Mein Gesicht, das so viele Stunden geglüht hatte, war jetzt kühl, und meine Hände fingen an, ein wenig gefühllos zu werden. Doch wenn auch mein Körper kalt war, so fühlte ich mich doch innerlich heiß und erregt vor Angst und Bangigkeit. Gleich würde ich Celias Haus sehen. Und wenn wir umkehrten und gegen den Wind und die Gezeiten zurückfuhren, dann mußte ich einen Entschluß fassen ...

Ich wies den Fuchs an, das Nordufer anzusteuern und langsamer zu fahren. Dann erbot ich mich, die Ruder zu übernehmen, damit er sich auf das Sich-Erinnern konzentrieren konnte, aber er wollte mir nicht (vernünftigerweise) etwas anvertrauen, was für seinen Lebensunterhalt so wichtig war, und teilte mir daher mit, daß er mit verbundenen Augen von hier nach Spitalfields rudern könne, wodurch er sich in Widerspruch setzte zu seinem Geplänkel über verlorene Fahrtrichtungen und Zusammenstöße mit Leichtern, mit denen er mir zwei Extra-Shilling abgeschwatzt hatte. Doch da ich von ihm abhängig war, konnte ich es mir nicht leisten, ihm meinen Ärger zu zeigen. Schweigend glitten wir weiter übers Wasser, kehrten einmal um und fuhren die gleiche Strecke etwa hundert Fuß am Ufer entlang zurück, setzten dann die Fahrt fort, bis der Fuchs schließlich in dem kalten, glitzernden Licht einen kleinen Holzlandungssteg erspähte, zu dem Stufen aus dem Wasser herausführten.

»Da ist die Stelle«, sagte er, »dort wohnt sie!«

»Aha«, meinte ich, »aber da ist kein Haus.«

Der Fuchs zuckte mit den Schultern. »Doch, da ist es«, sagte er.

Ich ließ ihn am Landungssteg festmachen. Mit einiger Mühe kletterte ich aus dem kleinen Boot, das heftig zur Seite kippte, als ich aufstand, und ging über den Landungssteg. Durch eine hübsche schmiedeeiserne Pforte gelangte ich auf einen schmalen Weg, der zwischen niedrigem Gebüsch, wohl Hasel- und Hagedornsträuchern, verlief. In diesem Augenblick verschwand der Mond hinter einer Wolke, so daß es plötzlich stockdunkel um mich herum wurde. Ich blieb stehen und wartete auf das Wiederauftauchen des Mondes. Obwohl ich hinter mir noch immer das Anschlagen des Wassers hörte, hatte ich einen Moment das Gefühl, mich verlaufen zu haben.

Vorsichtig ging ich weiter, fühlte die Nacht um mich herum – das Trippeln eines Tiers im toten Laub – ein Nachtvogel, der einen kleinen Krächzer ausstieß.

Und dann hörte ich Musik.

Gleich darauf, als die Wolken wieder den Mond freigaben, fand ich mich in einem kleinen verwilderten Garten wieder, und vor mir stand das Haus. Es war weder großartig noch groß. Aus der Größe seiner Fenster zu schließen, schienen auch die Haupträume eher bescheiden zu sein. So ein kleines Haus, war mein erster Gedanke, würde ich meiner Tochter geben, wenn ich eine hätte. Aber ich konnte mich nicht lange bei meinen Gedanken über seine Größe aufhalten, denn ich bemerkte nun, daß einer der Räume, aus dem Cembalo- und Flötenklänge drangen, voller Leute war. Er war von Lampen und Kronleuchtern hell erleuchtet. Auf dem Sitz am Fenster räkelte sich ein Mann, den Arm um den Hals eines hübschen Frauenzimmers geschlungen. Offensichtlich war ein Abendessen mit Musik in vollem Gange. Während ich heftig atmend dastand und versuchte, meine Hände durch Aneinanderreiben zu wärmen, drang plötzlich Gelächter an mein Ohr.

Den ganzen Weg zurück nach Lambeth (wo ich die Nacht in einem Gasthaus namens »Old House« verbringen wollte) plagte ich den Fuchs, indem ich immer wieder zu ihm sagte, daß er sich geirrt haben müsse. »Entweder«, sagte ich, »war es nicht der König, den Ihr gesehen habt, oder aber es war ein anderer Steg, an dem er angelegt hat.« Doch seine fuchsartigen Gesichtszüge waren hart und unbeirrbar, ebenso wie sein Kopf, wie er mir mitteilte. Er konnte sich noch gut an die Leichtigkeit und Grazie erinnern, mit der der König sein Skiff angebunden hatte und herausgeklettert war (»als wäre er selbst ein Schiffer, Sir«), und er blieb dabei, daß es stromaufwärts innerhalb der nächsten halben Meile oder auch mehr keinen ähnlichen Landungssteg gebe.

Im »Old House« speiste ich gut zu Abend und kam mit einem sympathischen Mann vom Marineamt über die Kunst des Marmorschneidens ins Gespräch. Er erzählte mir, daß die Existenz eines Marmorschneiders voll und ganz von seiner Geduld abhänge, denn er könne mit seinem kleinen Werkzeug nur vier Zoll am Tag schneiden, obgleich die Steinmasse, die er vor sich hat, vielleicht die Größe eines Himmelbettes habe.

Während ich noch über diese Unbeirrtheit und Ausdauer nachdachte und mich fragte, ob ich je so viel für meine Malerei aufbringen würde, fiel mir plötzlich siedendheiß ein, daß ich Violet Bathurst versprochen hatte, ebendiese Nacht in ihrem Bett zu verbringen.

Ich träumte von einer Wasserleiche. Ich war mit Pearce und einer Gruppe Medizinstudenten in den Granchester Meadows, und wir saßen am Ufer des unkrautbewachsenen Cam, als dieser träge Leichnam bei uns angeschwemmt wurde.

Wir hatten nur den einen Gedanken: Wir müssen den Körper für unsere anatomischen Studien bergen. Wir zogen unsere Röcke aus, legten uns auf den Bauch und griffen nach den aufgedunsenen Gliedern und hielten sie fest. Und dann bemerkte ich, daß es Celias Körper war. Ihr Haar trieb im Tang, und ihre Lippen waren bläulich und standen offen wie ein Fischmaul. Ich wollte gerade meinen Kommilitonen zurufen, daß sie die Arme und Beine loslassen sollten, als ich aufwachte. Ich zitterte, hatte Halsschmerzen, meine Nase war voller Schleim, und ich war wieder sehr durstig.

Ich zündete eine Kerze an und stolperte in dem fremden Zimmer des »Old House« zum Waschstand. Dort trank ich ein wenig Wasser, ging dann wieder zu Bett und versuchte, warm zu werden, aber der Traum von der ertrunkenen Celia hatte mich so entsetzt, daß ich Angst davor hatte, wieder einzuschlafen, weil er dann vielleicht wiederkommen würde, wie Träume das schrecklicherweise zu tun pflegen.

»Gott ist der Arrangeur aller Träume«, hatte Pearce mir einmal verkündet. »Er schickt dem schlafenden Bewußtsein alles, was wir vernachlässigt haben.« – »Dummes Zeug, Pearce!« hatte ich damals erwidert. »Ich träume meist vom Essen. Meine Nächte sind voll von so erfreulichen Dingen wie Kaninchenfrikassees, Wildpasteten und Schokoladengerichten, und ich habe nichts davon auch nur im geringsten vernachlässigt.« Wenn ich mich recht erinnere, erwiderte Pearce darauf beißend, daß Gott mir eine Vision meiner eigenen Völlerei geben wolle, doch das ignorierte ich. Jetzt aber schien mir der Gedanke, daß mir dieser Traum vom Ertrinken »geschickt« worden war, völlig einleuchtend zu sein. Denn der Anblick von Celias Haus mit den vielen Leuten und der Musik (das war ja gerade so, als sei das arme

Mädchen tot und alle Erinnerung an sie mit ihr untergegangen) hatte mich so verwirrt und entsetzt, daß ich es »vernachlässigt« hatte zu entscheiden, was ich ihr sagen wollte, und auch mein Gespräch über das Marmorschneiden hatte dazu beigetragen, daß ich alle Gedanken an sie verdrängt hatte.

So lag ich denn da, zitterte und gab mich dem Schüttelfrost hin, der mich so plötzlich befallen hatte, und versuchte, die ganze Angelegenheit abzuwägen, ganz uneigennützig, auf distanzierte und angemessene Art, so, als sei Celia meine Patientin und ich nicht ich, sondern ein weiser Fabricius, ein Arzt ohnegleichen, der niemals Gefahr lief, sich zu irren.

Als die Morgendämmerung hereinbrach und ich meinem schniefenden Ich eine Stunde wohltuenden Schlafs gönnte, hatte ich folgendes beschlossen:

Ich würde zu Celia zurückkehren und ihr mitteilen, daß der König sie offensichtlich vergessen habe, daß mir Gerüchte zu Ohren gekommen seien, eine neue Mätresse wohne jetzt auf Kew, daß er mir gegenüber sehr entschieden sein Mißfallen über ihr unverschämtes Benehmen ausgedrückt und keinerlei Andeutung gemacht habe, daß er sie jemals zurückrufen werde. Dann würde ich sie – genauso wie Pearce es mir gegenüber getan hatte – darüber belehren, wie töricht es war zu hoffen. »Wenn Ihr Euch erlaubt zu hoffen«, würde ich zu ihr sagen, »so werdet Ihr am Ende krank am Geiste, Celia, und dann weiß ich nicht, was aus Euch wird. Vielleicht werdet Ihr wie die arme Ophelia enden und in einem Fluß ertrinken.« Und dann würde ich ihr erklären, daß ich endlich verstanden hätte, aus welchem Stoff der König war: »Er ist Quecksilber«, würde ich sagen. »Er ist aus ebendem Metall, das er dem Zinnober in seinen Glaskolben entziehen will –

Stunde um Stunde bemüht er sich in seinem Laboratorium darum –, das aber schwer faßbar und ruhelos ist und weder fixiert noch gehalten werden kann. Und wie kann es irgendeinem Mann oder irgendeiner Frau zuträglich sein, Quecksilber zu lieben?«

Ich konnte aber noch nicht sehen, wie ich ein Heilmittel gegen Celias Kummer finden sollte. Ich fühlte mich dieser Aufgabe nicht gewachsen. Ich war nicht Fabricius. Ich war nicht einmal Pearce. Ich hatte keine Weisheit.

Mein Fieber ging zweifellos auf die extremen Hitze- und Kälteschwankungen zurück, denen nicht nur mein Körper, sondern auch mein Gemüt in der Nacht und am Tage zuvor ausgesetzt gewesen waren. Es zwang mich für eine ganze Woche an das Rollbett im »Old House«.

Als das Fieber schlimmer wurde und ich in meiner Leistenbeuge und am Hals leichte Schwellungen entdeckte, machte sich Entsetzen in mir breit. Die Pest war im Anzug, und wo würde sie eher hinkommen als zu den übelriechenden Lambeth-Sümpfen? Mehr als fünfzig Stunden lang glaubte ich, im Sterben zu liegen. Ich weinte und schrie. Ich beschwor meine arme verbrannte Mutter, sich bei Gott für mich zu verwenden, da ich wußte, daß meine eigenen Gebete ungehört blieben. »Liebe Eltern«, hörte ich mich im Delirium sagen, »schenkt Gott einen Hut. Er liebt Federn. Gebt Ihm für mein Leben einen schönen Hut mit Federn!« Ich redete wirres Zeug und flennte vor mich hin. Meine Feigheit war so grenzenlos wie ein von Norfolk nach Tschengtschau gegrabener Brunnenschacht.

Am dritten Tag ließ das Fieber nach, und die Schwellungen gingen langsam zurück. Der armen Bedienung, die mir

Suppe brachte, erklärte ich, daß ich wiederauferstanden sei, eine Bemerkung, die sie als eine ausgemachte Gotteslästerung ansah, so daß sie vor ihrem Busen schnell das Kreuzzeichen machte.

Noch etwas schwach von meiner Krankheit, nahm ich eine Postkutsche nach Newmarket und verbrachte dort die Nacht. In der Dämmerung des darauffolgenden Morgens wurde ich mit Danseuse wiedervereint. Das Freudengewieher, mit dem mich die Stute begrüßte, erfreute mich sehr. Ich habe Tiere sehr gern. Ich mag an ihnen sowohl ihre gefälligen als auch ihre derberen Seiten. Und daß sie keine Komplotte schmieden. In diesem ungestümen Königreich sind doch alle Männer, Frauen und Kinder voller Intrige, bei den Vierbeinern und Vögeln aber gibt es nicht einen faulen Trick. Ich vermute, daß dies auch der Grund ist, weshalb der König so sehr an seinen Hunden hängt.

Danseuse galoppierte wie ein Streitwagenpferd nach Hause, wobei ihr Feuer jetzt auf dem Rückweg das meine bei weitem übertraf. Obwohl ich mich an die Zügel klammerte und ihr meine Knie inbrünstig in die Flanken preßte, warf sie mich bei Flixton ab, und als ich außer Atem im Graben lag, bemerkte ich nicht weit von mir eine alte, runzlige Frau, die ihre Rupfenröcke hochgehoben hatte und auf die Brombeersträucher pißte. Das belustigte mich, und ich hätte ihr einen guten Tag gewünscht, wenn mir die Luft nicht schon ausgegangen wäre.

Schließlich raffte ich mich wieder auf und bestieg von neuem Danseuse, die auf dem frostigen Weg nach Gras zum Fressen suchte. Ich versuchte, sie zu überreden, eine Weile gemächlich dahinzutraben, aber sie war dazu nicht bereit, und so kamen wir unziemlich in Schweiß gebadet auf Bidnold an.

Da meine Kleider, ehrlich gesagt, dreckig waren und stanken, stand mir nicht der Sinn danach, mit Celia zu sprechen, bevor ich nicht einige Stunden in einem heißen Bad geweicht und frische Wäsche angelegt hatte. Ich rief sofort nach Will (der mich in seiner bedingungslosen Treue manchmal an ein kleines, flinkes Tier erinnerte), und schon bald lag ich behaglich in der Wanne und betrachtete die Nachtfalter auf meinem Leib, während Will immer wieder heißes Wasser nachgoß und ich ihm von meinem Aufenthalt im »Old House« erzählte, davon, daß der Tod in den Raum getreten sei und seine eisige Hand nach mir ausgestreckt habe, so daß ich wie ein kleines Kind vor mich hin geweint hätte.

»Wenn die Pest Norfolk erreicht«, sagte ich zu Will, »dann will ich versuchen, tapfer zu sein, aber ich fürchte sehr, daß es der Mut der Verzweiflung sein wird und nicht die wahre Tapferkeit eines Mannes, dessen Geist und Seele Frieden gefunden haben.«

Will schüttelte den Kopf und wollte mir bestimmt etwas Schmeichelhaftes sagen, da er sich in dem irrigen Glauben befand, daß ich mich in der Stunde des Todes wie ein wahrhaft edler Ritter verhalten würde, doch bevor er sprechen konnte, hörten wir auf einmal den ach so lieblichen Klang einer Viola da Gamba, der, wie mir schien, aus meinem Musikzimmer direkt unter uns kam.

Ich setzte mich auf, so daß eine kleine Flutwelle über den Wannenrand schwappte. »Will«, fragte ich, »wer spielt da?«

»Ach«, sagte Will. »Ich wollte es Euch gerade sagen, Sir Robert: Der Vater Eurer Frau ist da.«

»Sir Joshua?«

»Ja, Sir.«

»Sir Joshua ist nach Bidnold gekommen! Aber warum, Will?«

»Ich weiß es nicht genau, Sir, außer vielleicht, weil er Eure Frau nach Hause holen will.«

»Sie *nach Hause* holen?«

»Ja.«

»Du hast so etwas gehört?«

»Ja, Sir. Daß sie abreisen würden, sobald Ihr zurück seid.«

Die Musik dauerte an. Ich begann, energisch meinen Körper abzuseifen. Ich hörte mich sehr gereizt zu Will sagen, daß ich Sir Joshua nicht erlauben würde, meine Frau wegzuholen, daß der König befohlen habe, daß sie bei mir wohne, und daß ich außerdem viel mit ihr zu besprechen hätte.

Will starrte mich mit offenem Munde an, überrascht, könnte ich mir denken, daß mir eine Angelegenheit, der gegenüber er mich vollkommen gleichgültig gewähnt hatte, offensichtlich so naheging.

Gebadet und parfümiert, mit einer sauberen Perücke, die meine Schweineborsten verbarg, und einem blauen Seidenrock auf den Schultern ging ich die Treppe hinunter. Plötzlich erstarben die Töne der Viola, und ich wurde wieder einmal gewahr, wie sehr schöne Musik doch mein Gemüt aufhellt – geradeso, als gebe sie meiner dunklen Gehirnmasse einen flüchtigen Glanz, wie ich ihn auf den Eingeweiden der Kröte des Königs gesehen hatte.

Kurz darauf setzte Sir Joshua sein Spiel fort. Diesmal mit einem Lied, das ich vor langer Zeit einmal in Cambridge gehört hatte und das *Ich legte mich nieder in einem Wald von Ulmen* hieß, eine ausgesprochen hübsche Melodie, jedoch mit einem etwas gezwungenen Versmaß, da es nun mal nicht übermäßig viele Wörter gibt, die sich auf »Ulme« reimen. Ich stand in der Halle und lauschte, als plötzlich der Gesang einer Frau mit einer hohen, wunderschönen Stimme einsetzte. Es war Celia, deren Stimme ich bis dahin noch nie gehört hatte und die, wie ich nun erfuhr, einen Sopran unvergleichlicher Reinheit besaß. Ein kalter Schauer des Entzückens durchlief mich. Mehr noch als ihre weiße Haut, mehr noch als ihr natürlich fallendes, seidiges Haar und mehr noch als ihr kleiner Mund und ihre festen Brüste war es sicherlich ihre Stimme gewesen, die den König so angezogen und verführt hatte. Verglichen mit dieser, war ihre sonstige Person nichts, gewiß ganz hübsch und weiblich, aber ohne erahnen zu lassen, daß in ihr verborgen ein so einzigartiger Klang lag. Ich setzte mich auf einen gobelinbezogenen Hocker und dachte über die Möglichkeit nach, daß jeder von uns irgendein geheimes Talent in sich barg, wenn ich auch noch nicht wußte, welches das meine sein könnte. Pearces Talent lag trotz seiner heftigen Kritik an der Welt und fast allem auf ihr in seiner Güte. Violets Talent, war ich versucht zu glauben, war ihr Zorn, denn ich kannte außer ihr keinen Menschen, bei dem Zorn so köstlich und kleidsam war. Und der König? Nun, er hatte tausend Talente, aber ob es noch eines gab, das er vor uns allen geheimhielt, würde nur die Zeit erweisen.

Das Lied war noch nicht zu Ende. »Celia, Celia«, wollte ich sagen, »warum hat mir niemand gesagt, wie wunderbar Ihr singt?« Vor meinem geistigen Auge erschien ein Bild von mir, wie ich, der ich mich plötzlich sehr gut darauf verstand, verzückt auf meiner Oboe spielte, während meine Frau dazu sang. Wie anders, wie geordnet und überschaubar wäre doch das Leben, wenn man es um ein simples Duett arrangieren könnte! Doch wie die Dinge nun einmal lagen, wußte ich, daß Celia, sobald ich das Musikzimmer betrat, zu singen aufhören würde. Ich konnte keinerlei Anteil an ihrer Musik haben, und bis zum Abend würde sie in ihr Elternhaus zurückgekehrt sein, und es würde, abgesehen von dem gelegentlichen Trillern meiner indischen Nachtigall, ausgesprochen still auf Bidnold sein. Ich zog ein smaragdfarbenes Taschentuch hervor und putzte mir damit die Nase, die immer noch von Zeit zu Zeit verstopft war. Wieder einmal fühlte ich mich von etwas ausgeschlossen, wozu ich gern beigetragen hätte – wie unbedeutend mein Beitrag auch sein mochte. Diese Beobachtung entbehrt nicht einer gewissen Tragik, sagte ich mir, als ich mein Taschentuch wegsteckte.

Ich stand auf. Sobald Celia von meiner Rückkehr erfuhr, würde sie in mich dringen, um Neuigkeiten betreffend ihre eigene Situation zu hören, und der Augenblick rückte näher, daß ich ihr sagen mußte, was ich mir zurechtgelegt hatte, wodurch ich den letzten Hoffnungsfunken in ihrem Herzen ersticken würde, der ja, wie Pearce mich hatte erkennen lassen, etwas so Schreckliches war. Doch als ich zum Musikzimmer ging, wußte ich, daß ich schwankend geworden war: Ich konnte die Worte, zu denen ich mich entschlossen hatte, nicht aussprechen. Denn es stand außer Frage, daß sich Celias Gleichgültigkeit mir gegenüber dann wieder in Abscheu verwandeln würde. So wie Kleopatra die Überbringer schlechter Nachrichten hatte auspeitschen lassen, so würde Celia mich mit ihrer Verachtung und ihrem Haß strafen. Ich, der ich ihr nichts bedeutete, würde ihr dann noch weniger als nichts bedeuten. Sie würde mein Haus für immer verlassen, und die ganze wunderbare Geschichte, die der König in Gang gesetzt hatte, würde ein Ende gefunden haben, bevor sie noch auf den richtigen Weg gekommen war. Und außerdem ... ach, was für eine gefährliche Überlegung! ... wollte ich nicht auf Celias Stimme verzichten. So, da habt Ihr es nun! Ganz gleich, welche Auswirkungen es auf Celias und meine geistige Gesundheit haben würde: Ich war fest entschlossen, sie bei mir, hier unter meinem Dach zu behalten, wenigstens für die zwei Monate, die der König verfügt hatte.

So betrat ich den Raum, und die Musik hörte abrupt auf, wie ich es vorhergesagt hatte. Celia schaute mich überrascht und hoffnungsvoll an, und Sir Joshua legte sein Instrument nieder und streckte mir mit großer Herzlichkeit die Hand hin. Ich verneigte mich vor ihnen. Dann sagte ich überflüssigerweise: »Ich bin zurück, wie Ihr seht«, und machte ihnen Komplimente über ihre Musikalität. Celia war natürlich nicht im geringsten an meiner Meinung über ihren Gesang interessiert, sondern drängte mich, ihr sofort zu sagen, welche Nachricht ich aus London mitgebracht habe. Ich blieb angesichts ihrer Angst und Ungeduld ruhig und bot ihr meinen Arm an.

»Bitte erweist mir die Ehre«, sagte ich, »mit mir eine Runde durch den Garten zu gehen, dann will ich Euch alles erzählen, was geschehen ist.«

Celia sah angsterfüllt auf ihren Vater. Da dieser nickte, legte sie nun ohne weiteres ihre weiße Hand auf meinen Arm. Wir gingen in die Halle, wo ich den Reifrock herrisch aufforderte, einen Mantel für seine Herrin zu holen.

Es war ein kalter Tag, und die Sonne stand schon etwas tief am Himmel. Celia und ich warfen lange Schatten; ich wirkte dadurch vorteilhaft gestreckt, so daß man uns, wenn man nur von dem Bild auf den flachen Steinen ausging, für ein sehr elegantes Paar halten konnte.

Nach einer kleinen Weile – in der ich einübte, was ich gleich sagen wollte – erzählte ich Celia die folgende Geschichte, die ich frei erfunden hatte, von der ich aber selbst recht beeindruckt war. »Der König«, sagte ich, »wollte im Hinblick auf Euch überhaupt nichts versprechen. Er verlangt schlichtweg, daß Ihr hier bleibt – hier auf Bidnold und sonst nirgendwo –, bis in Euch, wie er es nannte, ›ein Bewußtsein für die Veränderlichkeit aller Dinge‹ erwacht ist.«

Celia starrte mich ganz und gar ungläubig an. »›Für die Veränderlichkeit aller Dinge‹? Und warum, bitte sehr, soll ich das anstreben?«

»Ich weiß es nicht, Celia«, erwiderte ich. »Seine Majestät hat nur gesagt, er wünsche, daß Ihr das lernt, doch er glaubt, daß das seine Zeit brauchen wird, da eine solche Einsicht wohl um so schwerer Wurzeln schlägt, je jünger ein Mensch ist.«

»Hatte der König denn nicht schon dadurch, daß er mich so grausam verstieß, dafür gesorgt«, erwiderte Celia scharf, »daß mir diese Einsicht höchst unsanft aufgezwungen wurde?«

»In der Tat«, wagte ich zu äußern, »aber er ist viel weiser als Ihr und ich, Celia, und er weiß, daß man zwar immer etwas in Zeiten des Unglücks oder Verlustes lernt, jedoch aus dem Erlernten erst dann richtigen Nutzen ziehen kann, wenn man nach dem Ereignis in Ruhe darüber nachdenkt.«

»Aber wie lange soll dieses ›ruhige Nachdenken‹ dauern? Soll ich über diesem ›ruhigen Nachdenken‹ alt werden und sehen, wie meine Schönheit dahinschwindet und alles, was ihm einst gefallen hat, verblüht?«

»Nein. Ich bin sicher, daß er das nicht will.«

»Wie lange soll es dauern, Wochen, Monate ...?«

»Er wollte es mir nicht sagen, Celia.«

»Warum? *Warum* wollte er es Euch nicht sagen?«

»Weil er es nicht sagen kann. Er hat es in Eure Hände gelegt und in meine.«

»In Eure?«

»Ja. Denn ich bin derjenige, der ihm sagen soll – nach seinen eigenen Worten –, ›wenn sie weise geworden ist und alle Illusionen abgelegt hat‹.«

»So!« Und damit zog Celia ihre Hand heftig von meinem Arm zurück. »*Ihr* sollt der Richter sein! Der König sendet einen Narren, um in einer Angelegenheit des Lernens zu entscheiden! Möge er mir vergeben, Merivel, aber das kann ich nicht gerecht finden!«

»Nein. Ganz bestimmt nicht. Und doch sehe ich eine gewisse Gerechtigkeit darin. Denn ich bin nicht, wie das vielleicht bei einem anderen Beschützer der Fall wäre, in meine

Rolle verliebt, denn ich fühle mich ihrer ganz und gar nicht würdig. Es liegt daher in meinem Interesse, daß Ihr Euch möglichst schnell auf die Reise ins Land des Wissens macht, Celia, damit ich mein Leben als Narr wieder aufnehmen kann, Ihr zu Eurem Haus in Kew zurückkehren könnt und der König wieder in Euer Bett kommt.«

»Aber wie soll ich zu dieser Weisheit gelangen? Auf welche Weise soll ich mich auf die ›Reise‹ dorthin begeben?«

»Ich weiß es nicht. Vielleicht mittels Eurer einzigartigen Gabe – Eurem Gesang.«

»Mit meinem Gesang?«

»Ja.«

»Aber wie?«

»Ich weiß es nicht. Ich kann nur annehmen, daß dies Euer Weg sein muß. Ich selbst komme in meiner mittelmäßigen Art durch meine Malversuche immer wieder zu Fehleinschätzungen meiner eigenen Person und der Welt. Doch glaube ich sagen zu können, daß Ihr, wenn Ihr, sagen wir, von Liebe und Verrat oder was weiß ich wovon singt, nicht nur etwas über diese Dinge lernt, sondern auch darüber, auf welch mannigfaltige Art sich Männer und Frauen selbst etwas vormachen und welche Listen sie anwenden, um über das Schicksal anderer zu bestimmen. Und so hat dann Eure Reise schon begonnen ...«

Celia sah alles andere als erfreut über meinen Vorschlag aus. Sie zog ihren Mantel fester um sich, schüttelte den Kopf, und ihre Augen füllten sich mit Tränen.

»Wenn er etwas Praktisches von mir verlangt hätte, ich hätte es getan«, sagte sie. »Aber wie kann ich einem Befehl gehorchen, den ich nicht ganz verstehe? Wie kann ich ihm je gerecht werden?«

»Ich weiß es nicht«, sagte ich zum dritten oder vierten Mal. »Ich bin mir jedoch sicher, daß Ihr einen Weg finden werdet, und zwar durch die Musik. Und ich will alles in meiner Macht Stehende tun, um Euch zu helfen.«

Da Celia und der Reifrock an diesem Abend nicht geruhten, das Rosenzimmer zu verlassen, speiste ich nur mit Sir Joshua Clemence, einem Mann, der mich mit stets gleichbleibender, großer Höflichkeit behandelte und den ich ohne Vorbehalt respektierte. Zu meiner Freude erzählte er mir, daß ihn die Inneneinrichtung von Bidnold ergötze, daß er sie zwar nicht gerade wohltuend finde, sie ihm aber zeige, daß ich »eine höchst auffällige geistige Originalität« besitze, »in einer Zeit sklavischer Nachahmung und Nachäfferei«.

Bei einer gutgewürzten, von Cattlebury zubereiteten Schweinekarbonade kam er dann auf seine Tochter zu sprechen. Er teilte mir mit (als ob ich das nicht schon längst wüßte!), daß seine Tochter, da sie ihr Herz dem König geschenkt habe, an nichts anderem auf dieser Welt mehr Interesse haben könne. »Nicht einmal an ihrer Mutter und mir«, sagte er. »Sie ist uns gegenüber wohl loyal und freundlich, aber wenn der König von ihr verlangen würde, uns zu opfern, um seine Liebe zu erlangen, dann würde sie es, glaube ich, tun.«

»Sir Joshua –«, begann ich.

»Ich übertreibe nicht, Merivel«, sagte er. »Denn solcherart ist die Besessenheit; sie ist wie ein abgrundtiefer Brunnen, in den eines Tages vielleicht sogar Menschen und Dinge geworfen werden, die einem einstmals wichtig und teuer waren.«

»Was soll dann aus Celia werden, wenn der König sie nicht zurückholt?«

»Er *muß* sie zurückholen! Sie hat mir erzählt, was er zu Euch gesagt hat. Also liegt die Angelegenheit in Eurer Hand, Merivel. Wenn ich alles richtig verstanden habe, dann hat sie dem König mit Bitten zu sehr zugesetzt. Ihr müßt ihr helfen, die Torheit eines solchen Handelns einzusehen. Zynismus ist in der jetzigen Zeit der einzig mögliche Panzer, und auch meine liebe Tochter wird lernen müssen, sich diesen anzulegen. Sie muß lernen, daß das, was sie sich erhofft, niemals geschehen wird.«

»Was erhofft sie sich denn?«

»Ich kann es nicht sagen, Merivel. Ich schäme mich zu sehr.«

Ich drang nicht weiter in Sir Joshua, und wir aßen eine Weile schweigend die Karbonade, wobei ich gezwungen war, ein Stückchen Knorpel auszuspucken, das Cattlebury aus Versehen in dem Schmorfleisch gelassen hatte.

Schließlich sagte Sir Joshua: »Ihr habt ganz recht, wenn Ihr meint, daß sie möglicherweise etwas Trost – und vielleicht auch Weisheit – in ihrem Gesang finden kann. Sie hat vieles abgeworfen, aber die Liebe zum Gesang ist ihr geblieben, hauptsächlich wohl deshalb, weil es ihre Stimme gewesen zu sein scheint, mit der sie das Herz des Königs erobert hat.«

»Ich weiß ...«, begann ich, »oder vielmehr, ich wußte es nicht ... kann es mir aber vorstellen ...«

»Ja. So tut alles, um sie zum Singen zu ermutigen. Ich nehme an, Ihr spielt ein Instrument?«

»Nun, die Oboe, Sir Joshua, aber –«

»Gut. Sie mag die Oboe sehr gern.«

»Aber wollt Ihr denn Bidnold verlassen? Wollt Ihr nicht bei uns bleiben und Celia auf der Viola begleiten?«

»Wie liebenswürdig von Euch. Doch ich kann es nicht. Meine Frau befindet sich nicht wohl, und sie braucht mich. Ich hätte Celia nur allzugern mit nach Hause genommen, aber wie ich höre, will der König, daß sie bei Euch bleibt.«

»So hat er es mir gesagt.«

»Dann muß sie bleiben. Es ist nun bald Weihnachten. Ich möchte Euch bitten, Merivel, alles in Eurer Macht Stehende zu tun, daß sie vor dem Frühjahr nach Kew zurückkehrt.«

Als ich in dieser Nacht in mein weiches Bett stieg, in dem ich seit über einer Woche nicht mehr geschlafen hatte, erwartete ich, in meinen Träumen für meine Lügen bestraft zu werden. Doch das wurde ich nicht. Ich kann mich nur an einen sehr angenehmen Traum von Meg Storey erinnern. Ich malte ihr Portrait. Auf dem Bild trug sie ein Rupfenkleid, wie ich es bei der alten Frau gesehen hatte, die in den Graben gepißt hatte, doch im Gegensatz zu jener sah ihr Gesicht sehr schön und glücklich aus.

Hier bin ich nun wieder in meinem purpurroten Anzug, wie ich mich am Anfang dieser Geschichte beschrieben habe. Ihr könnt Euch jetzt gewiß nur allzu deutlich ein Bild von mir machen. Und wie Ihr seht, bedrängen mich die Ereignisse. Ich bin, wie ich am Anfang schon sagte, mitten in einer Geschichte, aber wer kann schon sagen – Ihr könnt es nicht, und ich kann es nicht –, wie sie enden wird? Es ist sogar noch zu früh zu sagen, wie man wünschen würde, daß sie ausgeht. Ob das Ende Freude oder Enttäuschung bereiten wird, hängt von all den Überraschungen ab, die noch kommen werden.

Seit Celias Ankunft bin ich sehr bemüht, meine Gelüste etwas im Zaum zu halten, damit sie mich lieber mag oder wenigstens weniger verachtet. Ich habe meine Gier gezügelt. Ich bin nicht mehr im »Jovial Rushcutter« gewesen. Ich habe meinen Wein- und Sherryverbrauch eingeschränkt. Ich unterdrücke mein Furzen. Doch heute abend benehme ich mich leider wieder genau wie ein Narr und Lüstling. Ich bin bei den Bathursts, und in der Halle findet ein großes Fest statt. Der Herzog und die Herzogin von Winchelsea sind da sowie weitere ausgesuchte, geistreiche Aristokraten. Wir haben sehr viel Champagner getrunken, und nun schreien und wiehern wir alle vor Freude, denn der alte Bathurst, der vor einer halben Stunde plötzlich verschwunden war, ist gerade auf seinem riesigen Hengst in die Halle geritten gekommen, der nun, bestimmt weil ihn unser Anblick erschreckt hat, seinen Schweif in einem großen Bogen hochzieht, furzt und dann einen glänzenden Scheißehaufen aus seinem zuckenden schwarzen After auf das Parkett fallen läßt. Winchelsea lacht so sehr, daß sein Gesicht rot anläuft und seine Augen hervortreten, und als ich zu Violet hinübersehe (die ihren Schnaps wie ein Kahnfahrer aus Wapping in der Hand hält), muß ich feststellen, daß auch sie sich hinter ihrem Fächer vor Lachen krümmt.

Schwankend komme ich auf die Füße. »Zur Hölle mit der Weisheit!« schreie ich. »Laßt uns Stute und Hengst spielen!«

»*Olé!*« schreit Winchelsea und stampft wie ein Flamencotänzer mit den Füßen auf (mit Füßen, muß ich hier einflechten, die ständig in außergewöhnlich hochhackigen Schuhen stecken, da Winchelsea nicht so groß ist, wie er gern sein möchte), und sofort legt die ganze Gesellschaft los, klatscht in die Hände und stampft auf den Boden, alle außer einem fettleibigen, älteren Mann mir gegenüber, der sich Lady Winchelsea zugewandt hat, mit seinen fetten Händen ihre linke Brust aus ihrem Kleid holt und sie nun in der Hand hält wie einen Gegenstand von immensem Gewicht und Wert – vielleicht eine Kugel aus solidem Gold.

Ich lehne mich vor, um Lady Winchelseas Aufmerksamkeit zu erringen.

»Gnädige Frau«, sage ich, »Euer Nachbar hat sich etwas von Euch angeeignet!«

Sie blickt an sich herab. Und sieht, daß ihr weißer Busen in der feisten Hand ihres Nachbarn liegt. Sie lächelt mich voller hochmütiger Verachtung an. »Ja«, sagt sie, »ja, natürlich.«

Dann bekomme ich einen Rippenstoß von einem Mann, den ich vom Hofe her kenne, einem weibischen Kavalier namens Sir Rupert Pinworth. »Legenden!« sagt er. »Wußtet Ihr nicht, daß sie Legenden sind, Merivel?«

»Was sind Legenden bitte?« frage ich.

»Frances Winchelseas Brüste. Nicht wahr, Frances?«

Lady Winchelsea grinst Pinworth an. Ihr Nachbar hat ihre Brustwarze jetzt mit seinen bebenden Lippen umschlossen. Sie schenkt dem nicht mehr Beachtung, als böte er ihr eine Schüssel Radieschen an, nickt Pinworth zu, lehnt sich in ihrem Stuhl zurück und holt aus ihrem Mieder die andere Brust heraus, auf der ein entzückender Leberfleck ist.

Ohne mit dem Stampfen und Klatschen aufzuhören, blikken nun die meisten auf Frances Winchelsea und applaudieren ihrem Busen. Ich sehe zum Herzog Winchelsea. Wenn er sich auch etwas unbehaglich fühlt, weil Bathursts Hengst rückwärts in seinen Stuhl rennt, so klatscht er doch auch Beifall. Und ich fühle mich plötzlich über alle Maßen dumm. Jeder am Tisch außer mir scheint es ganz selbstverständlich zu finden, daß Frances Winchelseas Brüste auf Abenden, an denen sie teilnimmt, zur Schau gestellt und bewundert werden.

Ich erkenne schlagartig, daß mich mein langer Aufenthalt in Norfolk von den Quellen des Klatsches und der »Legenden« abgeschnitten hat. Ich bin nicht mehr darüber unterrichtet, was sich in den gesellschaftlichen Kreisen abspielt und was man sich dort erzählt. Mein Gesicht brennt vor Scham. Ich kann Euch gar nicht beschreiben, wie töricht ich mich fühle. Ich verberge meine Verlegenheit, indem ich meine Nase tief ins Glas stecke und noch mehr Champagner in mich hineinschlürfe.

Als ich wieder aufschaue, sehe ich, daß Lady Winchelseas Brüste weggesteckt worden sind, daß ihr ältlicher Nachbar aber noch zu ihr hinübergebeugt ist und herumsabbert. Um mich aufzuheitern, gehe ich mit Pinworth eine Wette ein, daß der alte Mann seine Hand auf seinem Schwanz hat. Ich höre mich zwanzig Shilling und Sixpence wetten. Pinworth lacht schallend und sehr hübsch und zeigt dabei seine eleganten Zähne. Er stößt seinen Stuhl zurück und kriecht unter den Tisch. Schnell taucht er wieder auf, sein Gesicht glüht.

»Nicht bloß auf ihm, Merivel!« erklärt er. »Sondern ganz um ihn herum. Er hat das alte Ding herausgeholt.«

»Dann schuldet Ihr mir Geld, Pinworth!«

Er kichert. Er setzt mich davon in Kenntnis, daß er überhaupt kein Geld hat, sondern von den Gefälligkeiten lebt, die ihm aufgrund seiner Schönheit erwiesen werden. »Unterschätzt die Schönheit nicht«, verkündet er. »Sie ist die härteste Währung.« Er lügt, wenn er sagt, daß er die zwanzig Shilling Sixpence nicht hat, aber bevor ich ihn deswegen rügen kann, sieht er mich mit seinen verhangenen braunen Augen an und sagt: »Wie ich höre, ist Eure Frau sehr schön.«

Ich blicke rasch zu Violet hinüber, um zu sehen, ob die Worte »Eure Frau« (deren Erwähnung sie immer so zornig macht) ihr Ohr erreicht haben, aber sie ist nicht an ihrem Platz. Sie ist aufgestanden und versucht, Bathursts Hengst festzuhalten, dessen Augen wild und weiß sind und der so aussieht, als würde er sich gleich aufbäumen oder durchgehen.

In dem Bewußtsein, daß es nur an dem vielen Wein, den ich getrunken habe, liegen kann, daß ich mir keine Sorgen mache, plötzlich zu Tode getrampelt zu werden, wende ich meine Aufmerksamkeit wieder Pinworth zu. »Ja«, sage ich. »Celia ist eine sehr hübsche Frau.«

»Doch ich habe auch gehört«, sagt Pinworth, »daß sie Euch nicht an sich heranläßt!«

In diesem Augenblick gelingt es Violet, das Pferd hinauszuführen; Bathurst ist mittlerweile so betrunken, daß er als schlaffer Haufen auf ihm hängt, und so hören die Gäste nun mit dem Klatschen und Stampfen auf und wenden ihre Aufmerksamkeit auf der Suche nach neuer Zerstreuung mir und meiner Rolle als Hahnrei zu, die im ganzen Land bekannt und ein Gegenstand zu sein scheint, der ebensooft ans Tageslicht gezerrt wird wie Lady Winchelseas Brustwarzen.

Ich werde mit Fragen bombardiert. Selbst Lady Winchelseas alter Nachbar nimmt so lange seine Augen von ihr, daß er mich fragen kann: »Wie findet Ihr es denn, daß Ihr aus ihrem Schlafzimmer ausgeschlossen werdet?« Ich will antworten, daß ich daran keinen Gedanken verschwende, aber ich scheine gar nichts sagen zu dürfen, sondern soll wohl nur als Zielscheibe für ihren Spott und ihre Fragen dienen. Wie es so meine Art ist, lächle ich gutmütig. Als man zu mir sagt, daß ich mich gut als Figur für ein Theaterstück mit dem Titel *Der Herr, der sich gerne betrügen ließ* eignen würde, schlage ich mir schallend lachend und zustimmend auf die Schenkel. »Ich würde es sehr schmeichelhaft finden, mich in einem

Theaterstück dargestellt zu sehen!« höre ich mich sagen, aber in Wirklichkeit hat meine gute Laune, obwohl ich so betrunken bin und obwohl ich so darauf erpicht war, ein überschwengliches Fest zu feiern, plötzlich einen Kratzer bekommen. Ich weiß, daß ich der einzige bin, der so empfindet. Noch immer grinsend, schaue ich von einem Gesicht zum andern. Und ich sehe und höre das Mitleid hinter all dem Lächeln und Gelächter.

Später in der Nacht, während die Diener sich abmühen, die Halle wieder in Ordnung zu bringen, die ganz schrecklich von verschüttetem Wein, Erbrochenem und den Ausscheidungen des Pferdes überflutet ist, werde ich zu Violets Satinbett halb geschoben, halb getragen. Erregt von dem Erfolg ihres Festes, ist sie voller Leidenschaft und Liebeshunger. Ihre Hände erforschen mich. Ich fühle die Berührung ihrer Brüste auf meinen Nachtfaltern. Ich schaue auf ihren Körper hinunter, dessen Stärke mich so oft schon seltsam erregt hat, fühle mich jedoch eigenartig taub, so, als sei mein eigener Körper von einer Art Lähmung geschwächt.

»Violet«, flüstere ich. »Ich habe zuviel getrunken, ich muß schlafen.«

»Nein, das darfst du nicht«, sagt Violet, »noch nicht.«

Und sie fängt mit großem Eifer an, an mir herumzumachen. Nach einiger Zeit bin ich steif genug, um von ihr, wenn auch etwas schwach, Besitz nehmen zu können, aber leider ist mein Herz nicht dabei, und ich werde gleich wieder schlaff, wodurch ich Violet in schrecklichen Zorn versetze. »Was ist mit dir los, Merivel?« verlangt sie zu wissen. »Was um alles in der Welt ist mit dir nicht in Ordnung?«

»Ich bin nicht ich selbst, Violet«, murmle ich.

»Das ist offensichtlich. Aber warum, bitte?«

»Der Wein …«

»Unsinn, Robert. Wir beide sind schon oft betrunken gewesen.«

»Es muß der Wein sein …«

Violet müht sich noch einmal mit mir ab, doch mir ist jetzt klar, daß es nicht der Champagner allein ist, der mich zu einem so schlechten Liebhaber gemacht hat. Noch etwas anderes setzt mir zu. Zum einen wohl die Erkenntnis, daß ich bei Essen und Abendgesellschaften in London und sonstwo als Zielscheibe des Mitleids diene. Ich glaube jedoch, daß ich das mit innerer Kraft und guter Laune hätte ertragen können, wenn mir nicht der Gedanke gekommen wäre, daß ich, was meine Beziehung zu Celia anging, Grund hatte, mich selbst zu bemitleiden. Armer Merivel, lamentiere ich, er hat die Frau mit der schönsten Stimme Englands geheiratet, und sie erträgt es nicht, daß er sich ihr nähert! Sie ist in seinem Haus, und doch wird er sie, solange er lebt, nie anrühren dürfen, ja, er darf nicht einmal ihr Haar küssen, und er wird nie ihre weißen Hände auf seinem flachen, häßlichen Gesicht fühlen …

»Das ist ein bißchen besser«, höre ich Violet sagen, als sie in ihren Hurenmätzchen innehält.

Schade, schade, sagt mein Herz, wie herrlich wäre es gewesen, wenn ich meine Reise von Bett zu Bett, von Meg zu Violet zu Rosie Pierpoint, an der Tür zum Rosenzimmer hätte unterbrechen können. Ich klopfe höflich an, die Tür wird geöffnet, und sie, meine Frau, zieht mich ins Zimmer, und ich sitze da und streichle ihre Füße, während sie mir vorsingt, und dann, nicht mit meiner üblichen Hast und Eile, sondern mit ruhiger Würde, stehe ich auf, küsse sie auf den Mund, und sie legt mir die Arme um den Hals, und nirgendwo in den Korridoren der großen Häuser gibt es noch Gespött oder Mitleid, denn endlich nehme ich die Stelle des Königs ein und liebe die Frau, die er geliebt, mit der er aber mich verheiratet hat.

Ich schlafe mit Violet. Sie jault lustvoll wie ein Heide, doch ich schweige und hänge meinen neuen Gedanken nach.

Zwei Tage später – ich hatte mich gerade erst wieder von Violets Fest erholt – erinnerte mich der Reifrock kurz angebunden daran, daß Heiligabend sei.

Ich versuche, nicht allzuoft in meinem Leben an meine Mutter zu denken, weil mich nicht nur die Erinnerung an ihren Tod bedrückt, sondern auf noch viel schrecklichere Art die Erinnerung an Hoffnungen, die sie für mich hegte, und an ihren Glauben, daß sie eines Tages auf mich würde stolz sein können. An Weihnachten jedoch finde ich es schwierig, nicht an sie zu denken, und so tat ich es denn auch jetzt wieder, als das Jahr 1665 heranrückte.

Sie hätte sich am Tage von Christi Geburt »eine Extraportion Gebet« erlaubt, wie sie es nannte. Während des Bürgerkrieges betete sie für den Frieden. Immer wieder bat sie Gott, mich und meinen Vater zu verschonen. Doch an Weihnachten sprach sie mit Gott, als wäre Er ein für staatliche Bauvorhaben zuständiger Regierungsangestellter. Sie betete für reinere Luft in London. Sie betete darum, daß unsere Kamine den Januarwinden standhalten würden; sie betete darum, daß sich unser Nachbar, Mister Simkins, um seine Senkgrube kümmern würde, damit sie nicht mehr in unsere überlief. Sie betete weiter darum, daß Amos Treefeller nicht ausrutschen und ertrinken würde, »wenn er in Blackfriars die öffentlichen Stufen zum Fluß hinuntergeht, die, o Herr, sehr vernachlässigt und glitschig sind«. Und natürlich betete sie darum, daß die Pest nicht kommen würde.

Als ich ein Kind war, erlaubte sie mir, Gott um Dinge zu bitten, die mein Herz begehrte. Ich antwortete dann vielleicht, daß mein Herz beinerne Schlittschuhe oder ein Siamkätzchen begehrte. So saßen wir beide am Kamin und beteten. Und dann aßen wir einen Rosinenkuchen, den meine Mutter selbst gebacken hatte, und seitdem ist für mich mit dem Geschmack des Rosinenkuchens die Vorstellung des Betens verknüpft.

So saß ich dann am Weihnachtstag, an dem ich das Haus nicht verließ, weil es Stunde um Stunde von einem schwarzen Himmel regnete, allein in meinem Ruhezimmer, dachte über meine Mutter nach und versuchte mit Hilfe eines ausgezeichneten Rosinenkuchens, den ich von Cattlebury hatte backen lassen, eine Bitte an Gott zu formulieren.

Nach ungefähr einer Stunde stellte ich fest, daß ich zwar den Kuchen aufgegessen, aber noch immer kein Gebet in Worte gefaßt hatte. Die Wahrheit war, daß ich nicht wußte, worum ich eigentlich bitten wollte, oder vielmehr, ich wußte es einerseits, wußte es aber auch wieder nicht. Irgendwie verzweifelt, gab ich den Gedanken, mit Gott zu sprechen, ganz auf, kniete statt dessen am Feuer nieder, preßte meinen Kopf in einen Sessel, wo er wie im Schoß meiner Mutter ruhte, und sprach murmelnd mit ihr. »Hilf mir, meine liebe, dahingegangene Mutter«, sagte ich, »denn mir ist der Gedanke der Gegenseitigkeit gekommen. Er verursacht in mir ein Sehnen, nicht mehr Merivel, der Narr, zu sein, sondern ...« (hier mußte ich eine Pause einlegen, um mir die letzten Krümel des Rosinenkuchens in den Mund zu stopfen) »... Merivel, ein richtiger Mann.«

Wie Ihr seht, war es überhaupt kein richtiges Gebet, aber es war das Beste, was ich zustande brachte, jedenfalls zunächst einmal. Ich kam wieder hoch von meinen Knien und wollte gerade gehen, um meinem Vogel ein wenig vorzusingen, der in diesem englischen Winter, wenn mich nicht alles täuschte, etwas dünn und zerzaust geworden war (ein weiterer Beweis dafür, daß er aus Indien kam und sich nach der Wärme des Ganges-Deltas verzehrte), als Will Gates eintrat, in der Hand einen exquisit gearbeiteten Lederkasten.

»Etwas für Euch ist gekommen, Sir«, sagte Will, »von London und vom König.«

Ich finde Wills Norfolk-Sprechweise immer wieder sehr amüsant. Ich nahm ihm den Kasten, der mit einem Goldstempel und einem Messingscharnier versehen war, aus der Hand und legte ihn auf einen Kartentisch aus Nußbaumholz. Dann hob ich den Deckel ab. Auf einem Samtkissen lag ein versilbertes Chirurgiebesteck.

Will schnappte nach Luft. »Was ist das, Sir?« fragte er.

»War ein Brief dabei? Keine Karte?«

»Nein, Sir. Nichts. Nur der Kasten. Bitte sagt mir, was das ist, Sir Robert.«

»Es sind chirurgische Instrumente, Will«, sagte ich. »Sie werden zum Sezieren und Schneiden verwendet. Mit diesen hier könnte man einen Blasenstein entfernen, Blut aus der *vena saphena* ablassen, einen Abszeß öffnen oder eine offene Wunde zusammennähen.«

»Gott steh uns bei!« sagte Will.

»Ja, wirklich«, erwiderte ich. »Ja, wirklich ...«

Und dann nahm ich sie nacheinander in die Hand: den Haken, die Sonde, die Kanüle, den Perforierer, den Hammer, den Osteoklasten, die Lanzette, die Spathomela und als letztes das Skalpell. Ich betrachtete jedes einzelne Instrument. Nie zuvor hatte ich ein so perfekt gearbeitetes Chirurgiebesteck gesehen. Ich möchte fast glauben, daß selbst Harvey und Fabricius nie ein so schönes besessen haben. Ich zweifelte keinen Augenblick daran, daß es vom König stammte. Er hatte es nicht nötig, irgendeine Nachricht mitzuschicken. Es selbst war die Nachricht. Als ich das Skalpell auf das Samtkissen zurücklegte, sah ich jedoch, daß das Datum, Dezember 1664, in seinen Silbergriff eingraviert war, und als ich es umdrehte, sah ich auf der anderen Seite eine Gravur von drei Worten.

Ich hielt mir das Skalpell vor die Augen und las folgende knappe Ermahnung auf dem Griff dieser schärfsten und schrecklichsten aller Klingen: *Merivel, schlaft nicht.*

Der Aufseher

Mit dem Januar kamen die heftigen Winde, von denen meine Mutter in ihren Gebeten für die Kamine gesprochen hatte. Die Leute in Norfolk nennen diese Stürme »die russischen Winde«, denn sie scheinen von einer steinigen, eisigen Bergkette irgendwo in Rußland (deren Namen ich wahrscheinlich nie gekannt habe) zu kommen, über die nördlichen Ozeane hinwegzufegen, um dann tage- und nächtelang wie Wölfe um unsere Häuser zu heulen.

Wenn ich auch nicht so empfindlich auf Kälte reagiere wie beispielsweise Pearce (der schon von einem bloßen Luftzug Fieber bekommen kann), so spürte ich jetzt doch gräßliche Schmerzen in meinen Knochen, die nur dann etwas Linderung erfuhren, wenn ich in einem heißen Bade saß und Will mein Rückgrat mit einem Schwamm massierte.

So begann ich mich zu fragen, wie die Männer und Frauen aus dem großen Rußland die eisige Kälte des Winters überlebten. Ich versuchte, mir ein Bild von diesem Volk zu machen, über das ich nichts wußte. Und so erstanden sie vor meinem Auge: Ihre Gesichter waren rot und breit, und sie alle hatten eine starke Ähnlichkeit mit dem Wirt des »Jovial Rushcutter«. Und ihre Körper – sogar die Körper der Frauen – waren auf wunderliche Weise von Pelzen aller Art umhüllt, Pelzen, die nicht zu modischen Röcken oder Mänteln verarbeitet waren, sondern einfach nur herunterhingen und -baumelten, so daß sie wie Almosenempfänger in Lumpen aussahen; doch sie schienen sich unter dieser Tierhautsammlung sehr wohl zu fühlen und recht vergnügt zu sein.

Bei meinen gelegentlichen Besuchen bei Meg erzählte ich nun nicht mehr vom Land des River Mar, sondern begann eine Reihe frei erfundener Geschichten, die ich *Merivels wahre Geschichten über Rußland* nannte und die bei Meg in ihrer süßen Leichtgläubigkeit sehr gut ankamen. Doch damit nicht genug, ich stellte mir auch vor, wieviel zufriedener wir alle in Bidnold wären, wenn wir es schön warm hätten, und so gab ich bei einem alten Londoner Pelzhändler namens Jacob Trench ein großes Sortiment Pelze in Auftrag. Ich bat Trench, eine kunterbunte Mischung von Fellen zu schlichten Überwürfen zusammenzunähen, »die man einfach über den Kopf zieht, und die dann über die Schultern herabhängen, wobei sie die Arme des Trägers freilassen für all die Aufgaben, die seine jeweilige Stellung im Leben erfordert, aber den Rumpf schön warm halten«.

Trench, der alt und pedantisch war und gewöhnlich Hermelinumhänge und dergleichen anfertigte, plagte mich mit weitschweifigen Briefen, in denen er um exakte Angaben über die Art und Anzahl der zu verwendenden Pelze bat, wissen wollte, in welcher Farbe und Qualität die Seide oder der Satin des Futters sein sollte, und darüber hinaus vorschlug, daß ich mit meinem Personal zur Einzelanprobe nach London komme.

Ich war sehr verärgert über die Verzögerung, konnte mich Trench gegenüber aber nicht unhöflich benehmen, da er ein geschätzter Freund meines Vaters gewesen war. Daher beschloß ich, die Angelegenheit zu vereinfachen. Ich wies Trench an, nur Dachsfelle zu verwenden und die Überwürfe nicht mit Seide oder Satin zu füttern, sondern mit einem kräftigen Wollstoff, »so wie ihn auch meine Stallburschen und Küchenjungen tragen können«. Die Überwürfe sollten ganz schön teuer werden, doch die Russen waren in meiner Vorstellung so lebendig geworden, daß ich zu der Überzeugung gekommen war, daß zumindest ich den Winter nicht ohne diese seltsame Pelzbekleidung überleben würde. Außerdem entzückte mich der Gedanke, daß wir alle im Dachskleid auf den Frühling warten würden. Man würde mich nicht mehr ermahnen, leise zu sein, wenn ich einen Dachs in den Wäldern von Vauxhall sehen wollte. Ich würde selber ein Dachs werden.

In der Zwischenzeit warteten wir. Im Brunnen bildete sich Eis, und der verheerende Frost machte die Dachziegel rissig. Ein Schornsteinkopf kam vom Dach heruntergesegelt und köpfte ein Perlhuhn. »Wie langsam, wie schrecklich langsam doch die Zeit vergeht«, sagte Celia und wärmte sich die Hände am Kamin. »Wie soll ich das nur aushalten?«

Wirklich waren sich die Tage alle ähnlich. Morgens überredete ich Celia, in mein Musikzimmer zu kommen und zu singen. Ich übte jetzt zehnmal soviel auf der Oboe. Ich stand schon im Morgengrauen auf, im eiskalten Dunkel, holte mein Instrument und mühte mich mit Tonleitern und Arpeggios ab, bis die Sonne langsam aufging, aber dennoch gelang es mir nicht, Celia mit einer gewissen Souveränität zu begleiten, und wenn ich es einmal versuchte, hörte sie sofort auf zu singen und sagte, ich solle mir keine Mühe machen. So gab es natürlich nicht das Duett meiner Phantasie, sondern einzig und allein Celias Gesang. Sie sang von verlorener Liebe, während ich in meinem Sessel saß, auf ihren weißen Hals starrte und mich fragte, ob die Zeit oder ein Zufall oder »die Veränderlichkeit aller Dinge« es mir jemals gestatten würden, meine Lippen zärtlich daraufzupressen.

Mittags speiste ich dann mit Celia, aber diese Mahlzeiten wurden mir langsam lästig, da ständig der Reifrock dabei war, der von Tag zu Tag abstoßender und häßlicher wurde, von dem sich Celia aber nur selten trennen ließ.

Wenn das Wetter nachmittags schön war, ritt ich in den Park hinaus und trieb Danseuse zu ihrem eleganten Galopp an. Celias kleiner Hund Isabelle, den auszuführen man ihr ja nicht zumuten konnte, lief ein Stück mit und schnappte nach unseren Beinen. Wenn er dann nicht mehr mitkam, kehrte er um und trottete heim zu seiner Herrin, die träumend in ihrem Zimmer am Kamin saß und Gedichte von Dryden las oder mit ihrer ewigen *petit-point*-Stickerei beschäftigt war.

Ohne Zweifel verzehrte sich Celia. Mir gegenüber war sie höflich, weil sie glaubte, daß der König mich zu ihrem Aufseher gemacht hatte. Von meinem Bericht über sie hing ihre Rückkehr nach London ab – so oder so ähnlich verstand sie es. Aber ich wußte, was ich für sie war: Ich war eine Strafe, die sie auf sich nehmen mußte. Ich ging ihr genauso auf die Nerven wie mein Oboespiel, und sie fand mich genauso häßlich und disharmonisch. Ich sah nun, daß der Gedanke, sie könnte mich einmal lieben oder achten, völlig absurd war. Ich war nahe daran, mein Spielchen, sie über den vom König festgelegten Zeitpunkt auf Bidnold im unklaren zu halten, aufzugeben, als es zu einem höchst merkwürdigen Zwischenfall kam.

Ich hatte den Abend in meinem Studio mit Versuchen verbracht, eine Kohlezeichnung der Russen meiner wenig verläßlichen Phantasie anzufertigen. Schließlich, gegen Mitternacht, gab ich meine hoffnungslosen Klecksereien und Kritzeleien auf. Ich entkleidete mich, zog mein wärmstes Nachthemd an, setzte eine Nachtmütze mit einem dünnen Kaninchenfutter auf, stieg in mein türkisfarbenes Bett und fiel sofort in einen tiefen Schlaf.

Verwirrt wachte ich auf. Ich spürte eine Hand auf meiner Schulter und hörte eine Stimme, die mich drängte aufzuwachen. Ich öffnete die Augen und sah, über mich gebeugt, Celia, die in einen Umhang gehüllt war. Sie hielt eine brennende Kerze in der Hand, und ihr langes Haar fiel wie ein Vorhang lose um ihr Gesicht.

»Merivel«, sagte sie eindringlich flüsternd, »kommt! Euer Vogel stirbt.«

»Meine Nachtigall?«

»Ja. Ihr seid doch Arzt. Sie stirbt, wenn nichts geschieht.«

Ich wußte nicht, wie spät es war, denn ich hatte vergessen, meine Uhr aufzuziehen (wäre ich der König gewesen, dann hätte ich eine Vielzahl von Uhren zur Auswahl gehabt). Ich wußte nur, daß es mitten in der Nacht und so kalt war, daß ich im Schein der Kerze meinen Atem sehen konnte.

Nachdem Celia mir ihre Nachricht überbracht hatte, floh sie aus meinem Zimmer, wobei sie die Kerze mitnahm, so daß ich in tiefer Dunkelheit zurückblieb. Während ich mich abmühte, eine Lampe anzuzünden, meine Perücke und meine Strümpfe zu finden und eine Decke vom Bett zu zerren, in die ich mich wickeln konnte, fragte ich mich, warum um alles in der Welt Celia zu dieser merkwürdigen Stunde nach meinem Vogel geschaut hatte – sie, die sich gewöhnlich zusammen mit dem nörgelnden Reifrock spätestens um neun Uhr in ihr Zimmer zurückzog. Meine Verwirrung darüber war größer als die Sorge um meinen Vogel, wenigstens bis ich mein Ruhezimmer erreicht hatte und das arme Tier sah.

Celia hatte den Käfig auf den Teppich vor dem Kamin gestellt, in welchem Scheite neu aufgelegt worden waren. Ich kniete mich hin.

»Seht«, sagte Celia. »Er ist umgefallen.«

Er lag auf dem Boden des Käfigs, die Beine in der Luft, ein Flügel flatterte leicht.

»Was kann man da machen, Merivel?«

Ich sah zu Celia auf. Ich hatte große Traurigkeit, ja sogar Verzweiflung in ihrer Stimme gehört. Es erstaunte mich aufs äußerste, daß sie etwas sehr gern zu haben schien, das auch ich gern hatte, so daß ich erst einmal gar nichts sagen konnte und sie ihre Frage wiederholte.

»Merivel, was kann man da machen?«

Ich blickte wieder auf meine Nachtigall. Ihre sonst so glänzenden Augen sahen jetzt verschleiert aus, wie von einer Membrane überzogen; doch obwohl ich eifrig mein verbliebenes medizinisches Wissen durchforstete, fiel mir nicht ein, was das bedeuten könnte. Ich rieb mir die Augen. Meines Schlafes beraubt, ermüdet vom Zeichnen der Russen, wußte ich nicht, welche Schritte ich unternehmen sollte.

»Ich weiß nicht, was man da machen kann, Celia«, sagte ich.

»Ihr meint, es ist Euch egal, wenn das Tier stirbt?«

»Im Gegenteil! Ich hänge sehr an ihm.«

»Dann versucht doch wenigstens etwas! Holt Euer Besteck und Eure Heilmittel!«

Ich kann es nicht. Ich kann es nicht. Das wollte ich eigentlich sagen. Aber es war mir klar, daß ich wenigstens den Anschein erwecken mußte, als ob ich etwas unternahm, denn wenn Celia auch alles, was ich tat, für unzulänglich hielt, ganz gleich, ob es sich um das Oboespielen oder ein Gespräch über Drydens Reimpaare, um das Malen oder das Perückepudern handelte, so war sie doch der, wenn auch irrigen, Ansicht, daß ich auf diesem einen Gebiet – der Medizin – sehr tüchtig war. Wenn es mir also gelingen sollte, den Vogel zu retten, dann würde mir das ohne Zweifel ein wenig Achtung von ihr einbringen.

Während ich mit leichter Ironie dachte, daß jetzt zum zweiten Mal ein Teil meiner Zukunft davon abzuhängen schien, ob ich ein Tier vor dem Tode bewahrte, nahm ich meine Kerze und ging zu meinem Kabinett. Ich kam mit einer starken Medizin zurück, einer Zubereitung aus Sennesblättern und Rhabarber, die von den Apothekern *Pill Fortis* genannt wird, sowie einigen sauberen Leinenverbänden und dem Chirurgiebesteck, das mir gerade erst der König geschickt hatte.

»Nun gut«, sagte ich zu Celia. »Ich gebe dem Vogel jetzt ein Abführmittel. Danach führe ich oben am Bein einen Aderlaß durch.«

Celia zuckte nicht mit der Wimper. »Wie kann ich Euch helfen?« fragte sie.

»Nun ... wenn Ihr ihn in Euren Händen halten und seinen Kopf streicheln könntet, damit er keine Angst hat, und ich versuche dann, ihm die Medizin einzuflößen ...«

»Ja«, sagte sie, »aber sollen wir nicht einen Tisch zum Kamin bringen, so daß wir darauf arbeiten können?«

»Eine gute Idee. Und ich lege ein Leinentuch darauf.«

So wandelten wir mitten in dieser seltsamen Nacht den Nußbaumtisch zum Operationstisch um, und Celia hob den Vogel vorsichtig aus dem Käfig und legte ihn darauf. Wir arbeiteten im Lichte dreier Kerzen, und als ich meinen armen Vogel so vor mir liegen sah, mußte ich flüchtig an den Star im Kohlenkeller denken. Wieviel einfacher ist doch Sezieren als Heilen! überlegte ich.

Celia saß mir gegenüber. Ein Fremder, der zufällig in das Zimmer gekommen wäre, hätte wohl angenommen, daß wir Karten oder Würfel spielten, wären wir nicht so bizarr angezogen gewesen: ich in eine Decke gehüllt, Celia in ihrem Winterumhang.

»Bitte haltet jetzt den Vogel so ruhig wie möglich«, sagte ich. »Ich will ihm den Schnabel öffnen, diesen dann mit einem Spatel offenhalten und ihm mit meinem Tropfglas ein wenig *Fortis* einflößen.«

Die Nachtigall zuckte mit den Beinen, doch als sie in Celias Händen lag, wehrte sie sich nicht mehr, sondern sah uns nur mit ihren traurigen, umwölkten Augen an. Sie schluckte die Medizin, und nun mußten wir warten, bis sie sich im Körper verteilt hatte.

»Nun denn«, sagte ich. »Jetzt werde ich sie zur Ader lassen. Der Anblick von ein wenig Blut macht Euch doch nichts aus?«

»Nein«, sagte Celia. »Ich mache mir nur um den Vogel Sorgen, denn ich glaube, es wird Unglück bringen, wenn er stirbt.«

»Warum denn?«

»Weil er ein Geschenk war, oder nicht?«

»Doch, ja.«

»Und zwar vom König. Und wenn etwas vom König zu Schaden kommt, dann habe ich Angst um Euch – und um mich.«

Wie Ihr Euch sicher denken könnt, war ich drauf und dran, Celia mitzuteilen, daß der Vogel ein Geschenk – nein vielmehr ein Bestechungsgeschenk – von jenem *soi-disant* Portraitmaler Elias Finn war und überhaupt nichts mit dem König zu tun hatte, aber dann unterließ ich es. Denn wenn es mich auch sehr traurig stimmte, daß meine indische Nachtigall so krank war, so merkte ich doch andererseits, daß mir dieses kleine Abenteuer mehr und mehr gefiel, ich wollte nicht, daß mich Celia mitten darin verließ.

Also begann ich mit dem Aderlaß. Nachdem ich an dem gefiederten Schenkel endlich einen schwachen Puls gefunden hatte, machte ich einen kleinen Einschnitt mit dem Skalpell mit der Gravur *Merivel, schlaft nicht.* Dunkles venöses Blut spritzte auf das Leinen. Da ich nicht geglaubt hatte, jemals einen Aderlaß an einem Vogel vorzunehmen, war ich mir über die Blutmenge, die ich ablassen mußte, nicht im klaren. Doch nachdem das Blut eine Weile herausgesickert war, schaute mich Celia kläglich an. Es war etwas davon an ihre Hände gekommen, und da ich das so schnell wie möglich wegwischen wollte, griff ich zum Verband und machte mich daran, ihn der Nachtigall um die Wunde zu wickeln. Mit dem verbundenen Bein sah sie ausgesprochen tragisch aus. Celia hob sie hoch und hielt sie an ihr Gesicht, um ihren Herzschlag zu hören. Ich faltete noch etwas Leinenstoff zusammen, legte ihn auf den Boden des Käfigs, und sie legte den Vogel darauf. Dann reinigte ich meine Instrumente mit Spiritus und räumte sie weg.

»Wir haben getan, was wir können«, sagte ich zu Celia. »Morgen früh, wenn das Abführmittel gewirkt hat, werden wir sehen, ob sie einen kräftigeren Eindruck macht.«

»Werdet Ihr sie morgen noch mal zur Ader lassen?«

»Vielleicht. Obwohl ich wirklich nicht weiß, wieviel Blut ein Vogel überhaupt hat.«

Celia stand auf. »Warum seid Ihr nicht mehr Arzt, Merivel?« fragte sie.

Ich will Euch den darauf folgenden kleinen Wortwechsel ersparen, bei dem ich versuchte, Celia von meiner Vision vom Schädel ihres Vaters, während dieser auf unserer Hochzeit spielte, zu erzählen und ihr die Verzweiflung zu erklären, der ich durch mein Wissen über Knochen und Sehnen nahe gewesen war. Noch während ich sprach, wußte ich, daß Celia mir nicht glaubte. Sie beschuldigte mich, nicht zu wissen, wo mein eigenes Heil lag, und nannte mich einen Feigling. Ich wollte mich in meiner Verärgerung wieder in mein Bett zurückziehen und hob gerade den Instrumentenkasten auf, als Celia meine Hand berührte.

»Bitte geht nicht, Merivel. Verzeiht mir, daß ich mich in Angelegenheiten gemischt habe, die mich nichts angehen.«

Ich wußte nicht, was ich darauf erwidern sollte. Pearce gegenüber hätte ich auf George Fox oder die Suppenkelle geschimpft, doch trotz meines Zorns wollte ich Celia nicht verletzen. So schlug ich schließlich vor, daß wir uns wieder in unsere Zimmer zurückzögen, doch Celia wollte bleiben und auf den Vogel aufpassen und wünschte, daß ich bei ihr bliebe.

Ich fühlte mich schrecklich müde. Das Skalpell nur anzufassen, hatte mich schon angegriffen. Ich wollte mich hinlegen und träumen, ich sei ein Russe in einem Mantel aus Wieselfell, im Schnee und ohne Sorgen. Doch was konnte ich machen? In dieser seltsamen Januarnacht wollte meine Frau mit mir zusammensein – zum ersten Mal, seit sie nach Bidnold gekommen war. Ich konnte ihr das nicht verweigern.

Ich kam zu dem Schluß, daß wir, um die Nachtwache zu überstehen, etwas zu essen brauchten. Ich brachte es nicht übers Herz, Cattlebury zu wecken, und so wanderte ich, die Kerze in der Hand und die Decke eng um mich geschlungen, durch die kalten Korridore zur Küche und kam mit einer Fleischplatte mit kalter Wildpastete, ebenfalls kaltem, gebratenem Perlhuhn und ein paar auf Holzkohle gerösteten Schweinswürstchen zurück – und mit einer Flasche Sherry.

Der Kartentisch, der eben noch als Operationstisch gedient hatte, wurde nun zur Speisetafel. Wir aßen mit den Fingern und tranken den Sherry aus der Steinflasche, und die Mahlzeit und die Wärme des Feuers vertrieben den Schmerz aus meinem Rückgrat und röteten Celias Nase auf höchst unschmeichelhafte Weise.

Nach dem Essen sang Celia, und zwar ein sehr schönes Wiegenlied. Als sie es beendet hatte, erzählte sie mir flüsternd von ihrem geheimen Wunsch, vom König ein Kind zu bekommen. Sie habe gerade versucht, diesem davon zu schreiben, als sie das leichte Geräusch gehört habe, mit dem die Nachtigall von der Stange gefallen sei. Sie habe dies als ein Zeichen dafür genommen, daß ihr Tun gefährlich sei, und ihren Brief schnurstracks ins Feuer geworfen; dann sei sie zu mir geeilt, um mich zu wecken. Ich wußte nicht, was ich zu ihrem geheimen Wunsch sagen sollte; er erschreckte mich jedenfalls sehr. So legte ich meinen Kopf auf die Geflügelknochen und schlief sofort ein. Als ich wieder aufwachte, hörte ich Celia weinen.

Ich setzte mich auf. Durch das Fenster fiel graues Licht, der Vorbote des Sonnenaufgangs. Das Feuer war heruntergebrannt. Celia saß nicht mehr am Tisch, sondern kniete neben dem Vogelkäfig. »Er ist tot, Merivel«, sagte sie. »Er ist mausetot.«

Ich kniete neben ihr nieder. Der Vogel lag in einer Lache grünlichen Schleims, seiner letzten Ausscheidung, verursacht durch die Medizin. An der Starre seines Körpers konnte ich sofort erkennen, daß er tatsächlich tot war, aber in Wirklichkeit schenkte ich dem nur wenig Beachtung, denn Celia hatte sich weinend nach vorn fallen lassen und streckte ihre Arme trostsuchend nach mir aus. So kam es, daß ich sie kniend für drei oder vier Minuten in meinen Armen hielt. Wenn ich sie auch sehr gern geküßt und gestreichelt hätte, so erlaubte ich mir das jedoch nicht; ich drückte nur ihren Kopf an den meinen und streichelte ihr Haar.

Zwei Tage später – wir hatten gerade die indische Nachtigall im Park neben meiner Hündin Minette begraben – begann Schnee zu fallen. Durch diesen Schnee kam auf einem schweren Pferd ein Mann zu meinem Haus geritten. Sein Name war Sir Nicholas Hogg. Er teilte mir mit, daß er Friedensrichter für die Gemeinde Hautbois-le-Fallows mit Bidnold war und daß ich bei der letzten vierteljährlichen Gerichtssitzung – in meiner Eigenschaft als Herr des Landsitzes Bidnold – zum Armenaufseher ernannt worden sei.

Ich bat Richter Hogg in mein Studierzimmer. Ich war an diesem Tag in gedämpfte Farben gekleidet, da Celia auf *demi-deuil* für die unglückliche Nachtigall bestanden hatte, und so hielt mich Hogg wohl für einen seriösen Mann.

Ich fragte ihn nach meinen Pflichten als Armenaufseher, und er erwiderte, daß sie leichter Natur seien, »da Norfolk zur Zeit nicht von allzuviel armen Leuten verunziert ist«, daß ich aber immer daran denken solle, daß es drei Kategorien von Armen gebe.

»Drei Kategorien?« fragte ich. »Und jeder läßt sich ohne weiteres in eine der drei einordnen?«

»Ja. Denn es gibt in diesem Land ›die schwachen Armen‹, ›die fähigen Armen‹ und die ›müßigen Armen‹.«

»Aha«, sagte ich.

»Von den Aufsehern wird erwartet, daß sie Irrtümer in der Zuordnung vermeiden, denn ein Irrtum bringt einen Mann unweigerlich vors Gericht, wodurch den Richtern ihre kostbare Zeit gestohlen wird. So laßt Euch denn warnen, daß die meisten Fehler bei der Unterscheidung zwischen den schwachen und den müßigen Armen gemacht werden, denn viele der müßigen Armen werden Schwäche vortäuschen, und so wird eine große Anzahl derjenigen, die dem ungeübten Auge als schwach erscheinen, sich am Ende als müßig erweisen. Ihr versteht mich doch?«

»Ich denke schon.«

»Das ist also Eure wichtigste Aufgabe: richtige Kategorisierung. Angenommen, Ihr seht am Straßenrand einen betteln, wie könnt Ihr erkennen, ob besagte Person zu den Müßigen oder Schwachen gerechnet werden muß?«

Ich dachte einen Augenblick darüber nach. Ich war kurz versucht, eine frivole Bemerkung der Art zu machen, daß es am Hofe viele gab, denen es unendlich lieber wäre, für müßig gehalten zu werden (was sie ja auch tatsächlich waren) als für schwach und impotent (was einige von ihnen waren, aber mit großem Aufwand zu verheimlichen suchten). Aber ich wollte meine neuen Verpflichtungen wirklich ernst nehmen, und so erwiderte ich schließlich, daß ich zunächst einen Blick auf die Person werfen würde, um festzustellen, in welchem Zustand ihr Körper war, ob verkrüppelt, krank oder verwundet, und daß ich dann nach den näheren Umständen des persönlichen Unglücks fragen würde, das den Betreffenden so weit gebracht hatte, daß er auf der Straße betteln mußte.

Doch Sir Nicholas Hogg schüttelte den Kopf

»Nein, nein!« rief er. »Eine unzuverlässige Methode! Nein und nochmals nein! Es gibt da nur eine Frage, die Ihr dieser Person stellen könnt. Ihr müßt sie fragen, ob sie eine Bettellizenz hat. Und wenn sie Euch diese zeigt, dann müßt Ihr überprüfen, ob es sich um eine echte, und nicht etwa um eine gefälschte handelt.«

»Aha«, sagte ich, »und wenn sie überhaupt keine Lizenz hat?«

»Dann habt Ihr Eure Antwort! Diese Person gehört nicht zu den Schwachen, sondern zu den Müßigen. Es ist wirklich ganz einfach!«

»Und wie bekommt man eine solche Lizenz, Sir Nicholas?«

»Sie muß bei uns, dem Gericht, beantragt werden. Und jeder einzelne Fall wird uns dann bei unserer vierteljährlichen Sitzung vorgelegt.«

»Und was ist mit dem Mann, den ein Unglück heimgesucht hat, sagen wir mal, daß er bei einer Schlägerei verletzt worden oder beim Pflaumenpflücken vom Baum gefallen ist und sich das Rückgrat gequetscht hat, jedenfalls kann er nicht mehr arbeiten, doch aus dem Almanach ersieht er, daß die nächste Vierteljahressitzung erst in vielen Wochen ist? Wovon soll er in der Zwischenzeit leben, wenn nicht vom Betteln?«

»Das ist eine reine Hypothese, Sir Robert, und ich kenne keinen solchen Präzedenzfall. Auf jeden Fall darf er nicht betteln. Er muß einen anderen Weg finden.«

»Ich kann mir nicht vorstellen, was das für ein Weg sein könnte.«

»Nun gut. Ein solcher Weg kann sein, daß er zu Euch kommt.«

»Und was muß ich dann tun?«

»Gelegentlich ist es die Pflicht des Aufsehers, kleine Summen, in der Größenordnung von Sixpence oder Ninepence, für Wohltätigkeit auszugeben oder, wenn ihm das lieber ist, entsprechende Geschenke zu machen, beispielsweise ein dünnes Huhn oder einen Schweinefuß, wenn er das für angebracht hält. Aus diesem Grunde werden nur vermögende Männer für die Position des Aufsehers ausgesucht, damit ihr eigener Lebensunterhalt dadurch keinerlei Beeinträchtigung erfährt.«

Sir Nicholas zündete sich jetzt eine stinkende Pfeife an, wodurch ich etwas Zeit hatte, weitere Fragen nach dem Zustand des Armenhauses in Norwich und der Art der dort verrichteten Arbeit zu stellen, da dies ja wohl der Hauptzufluchtsort derjenigen zu sein schien, die Hogg »die fähigen Armen« der Grafschaft nannte. Mir wurde gesagt, daß es ein erstklassiges Armenhaus sei und daß die dort untergebrachten Männer, Frauen und Kinder äußerst fröhlich an ihren Spinnrädern und Webstühlen säßen »und daß sich dort die Wohltätigkeit nicht nur auf ihre arbeitenden Arme und Finger erstreckt, sondern auch auf ihre unwürdigen, müßigen Beine«.

Hogg wischte sich ein paar schwarze Tabakkrümel von den vollen Lippen und fügte dann hinzu: »Leider ist das dortige Krankenasyl, meiner Meinung nach zu Unrecht, in eine Schenke umgewandelt worden, aber man hat mir gesagt, daß die wenigen Kranken in einem angemessenen Schuppen untergebracht sind.«

Ich erkundigte mich, ob es für mich, den Armenaufseher einer kleinen Gemeinde, erforderlich sei, das Armenhaus in Norwich aufzusuchen, und bekam von Sir Nicholas die Antwort, daß ich nur bis zur Grenze zwischen Hautbois-le-Fallows einschließlich Bidnold und den Nachbargemeinden Coote-by-Leyland und Rumworth St. James zuständig sei, eine Zuständigkeit, die ich, wie er mir am Schluß noch mitteilte, mit niemand anderem teile als mit Lord Bathurst, den er als »ausgezeichneten Aufseher, sehr großzügig mit Kaninchen« beschrieb. Mich brachte die Vorstellung, daß man Bathurst zutraute, einen schwachen von einem müßigen Armen zu unterscheiden, ein wenig aus der Fassung, und ich wollte schon eine Bemerkung über den konfusen Zustand von Bathursts Verstand seit seinem Unfall auf dem Feld machen, als Sir Nicholas zum Fenster meines Studierzimmers ging, in den Schnee hinaussah, der jetzt in dicken Flocken fiel, und erklärte, daß er sich sofort verabschieden müsse, wenn er nicht riskieren wolle, die Straße verschneit und alle Wege zu seinem »Sitz in Hautbois«, wie er sich ausdrückte, unpassierbar zu finden.

Ich gebe zu, daß ich erleichtert war, ihm und seiner stinkenden Pfeife adieu sagen zu können, doch nachdem er weg war, fühlte ich mich wegen meiner neuen Verpflichtung etwas beunruhigt, da ich keine klare Vorstellung hatte, was ich als Aufseher der Armen zu *tun* hatte. Wurde von mir erwartet, daß ich auf Danseuse durch die Dörfer ritt und nach Müßigen Ausschau hielt, um diese dann kurzerhand an die Webstühle zu schicken, und nach Schwachen, um diesen dann mit Sixpence und Hühnerkeulen beizustehen? Ich ging nicht allzuoft ins Dorf Bidnold, es sei denn, ich wollte Meg im »Rush-cutter« besuchen, und konnte daher nicht abschätzen, wie viele Mittellose mich nun um Beistand bitten würden. Wenn es nicht so geschneit hätte, wäre ich auf der Stelle auf mein Pferd gestiegen und hätte einen raschen Aufklärungsritt unternommen, doch wollte ich, wie Richter Hogg, nicht in der weißen Wüste verlorengehen und beschloß daher, statt dessen alles niederzuschreiben, was ich über die Armen wußte, was leider nicht sehr viel zu sein schien. Ich nahm einen Federkiel und hielt folgendes fest:

1. Sie sind zahlreich.
2. Sie scheinen zahlreicher in der Hauptstadt zu sein, wo sie sich am Kai drängen und zum Schlafen auf die Stufen der Schenken legen.
3. Sie werden leicht krank, wie ich während meiner kurzen Zeit am St.-Thomas-Krankenhaus beobachten konnte.
4. In den Augen vieler von ihnen scheint der Wahnsinn gegenwärtig zu sein, und ich vermute, daß Pearces Heilanstalt von ihnen überquillt.
5. Von Leuten wie den Winchelseas werden sie als eine andere Rasse, eine ganz andere Spezies Mensch angesehen. Doch es sind die Körper der Armen, von denen die Anatomen ihr Wissen herleiten, und es gibt keinerlei Hinweis darauf, daß sich die Leber beispielsweise eines Adeligen in ihrer Form oder Funktion, in ihrem Aufbau oder ihrer Beschaffenheit von der eines Hüttenbewohners unterscheidet (es sei denn, die Leber des Adeligen ist durch den Konsum großer Bordeauxmengen vergrößert).
6. Jesus liebte sie sehr.
7. Es besteht ein interessanter Widerspruch zwischen dem Glauben Gottes an ihren Adel und dem Glauben des Adels an die ihnen innewohnende Schlechtigkeit. (Und das in einem angeblich frommen Land.)
8. Ich habe in den siebenunddreißig Jahren meines Lebens nicht allzuviel über sie nachgedacht – bis zu diesem Tag, dem 13. Januar 1665.
9. Wie sieht der König sie? Was sagt er in seinem Glaubensbekenntnis, daß alle mit ihrem Los zufrieden sein und nicht zu hoch hinauswollen sollen, über die Armen?
10. Ich habe gehört, daß es in Bidnold einen Mann ohne Zunge gibt, der zwar gesunde Gliedmaßen hat, aber nicht

sprechen kann, und der alle, denen er begegnet, um ein Almosen bittet. Ist dieser Mann ein schwacher oder ein müßiger Armer? Hat er eine Lizenz? Wenn er keine Lizenz hat, was soll ich mit ihm machen?

Ich hielt inne. Schon meine wenigen Aufzeichnungen zeigten mir, daß die Frage der Armen eine sehr komplizierte war – und ich hätte nie geglaubt, daß ich mich einmal damit beschäftigen würde. Mit einem Seufzer legte ich meinen Federkiel aus der Hand. Wer konnte mir bei diesem Thema, über das ich so wenig zu wissen schien und über das meine Gedanken so schrecklich konfus waren, mit Rat zur Seite stehen? Das konnte natürlich nur Pearce. So nahm ich mit einem weiteren Seufzer meinen Federkiel wieder zur Hand und machte mich daran, an Pearce zu schreiben, womit ich einen Antwortbrief voller Kritik und Hohn heraufbeschwören würde. Diese Aufgabe ermüdete mich schon, bevor ich auch nur damit angefangen hatte – doch ich wurde von einem lieblichen Klang unterbrochen: Celia sang. Sofort verließ ich mein Studierzimmer und ging zum Musikzimmer, wo ich dann still auf einem kleinen, zierlichen Stuhl saß und von der Stimme meiner Frau alle Gedanken über Obdachlose und Bedürftige aus meinem Kopf vertreiben ließ.

In der darauffolgenden Nacht hatte ich einen Traum von einiger Bedeutung. Ich stand auf den Bleidachplatten meines Hauses und schaute zu den Sternen am Winterhimmel hinauf, nicht durch mein Teleskop, das nirgends zu sehen war, sondern mit meinen eigenen unzulänglichen Augen. Nach einigen Stunden Sternenbetrachtung (so erschien es mir jedenfalls im Traum) fühlte ich einen schrecklichen Schmerz in den Augen und Feuchtigkeit in meinem Gesicht, wie von Tränen. Ich wischte die Tränen mit dem Rockärmel weg, und als ich dann auf diesen blickte, sah ich darauf einen roten Fleck und wußte, daß meine Augen bluteten. Ich wollte gerade hinuntersteigen, um auf meinem Gesicht einen Verband anzulegen, als ich den König sah, der in einiger Entfernung von mir auf einem niedrigen Schornstein saß und sehr ernst zu mir herüberschaute.

»Wenn Ihr auch blutet, Merivel«, sagte er, »so habt Ihr dennoch nicht die erste Regel des Kosmos verstanden.«

Ich wollte ihn gerade fragen, was diese »erste Regel« sei, als ich aufwachte und feststellte, daß meine Wangen naß waren. Glücklicherweise waren sie naß von Tränen und nicht von Blut, aber die Feststellung, daß ich im Schlafe vor mich hin weinte, beunruhigte mich doch sehr, und so lag ich eine Weile sehr verwirrt da und fragte mich nach der Ursache und Bedeutung des Traumes. Warum hatte ich geweint? Wegen der indischen Nachtigall? Wegen der Armen, deren Leiden sich mir nun offenbarten? Wegen meiner eigenen Dummheit? Weil ich nicht intuitiv die erste Regel des Kosmos erkannte?

Ich stand auf und wusch mir das Gesicht. Ich zitterte dabei ein wenig vor Kälte, bemerkte aber ein Tropfgeräusch vor dem Fenster, aus dem ich schloß, daß der Schnee schmolz. Dann kroch ich wieder ins Bett zurück und dachte weiter nach.

Es war schon fast Morgen, als ich zu der Überzeugung kam, daß das, was mir am meisten zusetzte, abgesehen von meiner hoffnungslosen Trauer um die Zeit als Narr des Königs, die Tatsache war, daß ich bei Celias Musizieren keine Rolle über die des Zuhörers hinaus spielen durfte. Ich sehnte mich danach – fieberhaft, mußte ich nun sagen –, ihr Begleiter und Partner dabei zu sein, und doch beschämten mich die Töne, die ich auf meiner Oboe erzeugte, dermaßen, daß ich das Üben nahezu völlig eingestellt hatte, weil Celia mich dabei nicht hören sollte. Wie konnte ich da je meinem Wunsch näher kommen? In Gedanken wandte ich mich mit meinem Problem an den König und wartete geduldig auf seine Antwort. Wahrscheinlich döste ich darüber ein wenig ein, denn ich sah ganz deutlich, wie der König von seinem Schoß einen Handschuh, den mein verstorbener Vater gefertigt hatte, aufnahm und ihn anzog, wodurch er mehrere Diamant- und Smaragdringe von unschätzbarem Wert an seinen Fingern verbarg. »*Voilà*«, sagte er. »Ihr müßt im Verborgenen lernen!«

Wie das geschehen sollte, wußte ich nicht, und an dem Tag, der heraufgedämmert war, hatte ich keine Zeit, darüber nachzudenken, denn kaum hatte ich mein einsames Frühstück beendet, als mir Will Gates mitteilte, daß Finn gekommen sei und mich im Studio erwarte.

Ich hatte nicht nach ihm gesandt. Seit Celias Ankunft hatte ich mein Ziel, Maler zu werden, nicht mehr so entschieden verfolgt. Meine Kämpfe mit der Oboe hatten meine Experimente mit Licht und Farbe fast völlig verdrängt. Doch auf dem Weg zum Studio bekam ich plötzlich Lust, zu versuchen, meine Phantasierussen in ihren verschneiten Wüsten zu malen. Im Park lag noch etwas Schnee, so daß es ratsam war, sogleich mit der Landschaft anzufangen (hauptsächlich in Weiß, mit einem schweren, schiefergrauen Himmel) und erst später zu der Wiedergabe der Leute zu kommen, wobei mir Cattlebury und Will Gates mit den Fellüberwürfen, auf deren Lieferung aus London ich noch immer wartete, als Modelle dienen könnten. So kam Finn gerade zur rechten Zeit. Er sollte mir helfen, das Bild zu entwerfen, mir zeigen, wie man die Gestalten gruppierte und in dem eintönigen Weiß Licht und Schatten andeutete. Und sollte er so hochgestochene Wünsche wie einen Hintergrund mit Statuenfragmenten haben, dann würde ich kategorisch erklären: In meiner Rußlandvision *gibt* es keine Statuenfragmente, der Frost hat alles zerbersten lassen.

Ich öffnete die Studiotür. Das Licht kam mir an diesem Morgen nördlicher und kälter vor als je zuvor, doch Finn trug nicht sein zerlumptes Grün, die Kleidung eines Geächteten, sondern ein Gewand aus schimmerndem Purpur und Gold, hatte hübsche Schnallenstiefel an den Füßen und – was am allermerkwürdigsten war, so daß ich ihn dadurch fast nicht wiedererkannte – eine blonde Perücke auf dem Kopf.

»Mein lieber Finn!« rief ich aus.

Der Künstler lächelte, und seine Wangen, die ansonsten noch etwas ausgemergelt und unterernährt wirkten, röteten sich.

»Einen schönen guten Morgen, Sir Robert«, sagte er. »Wie ich sehe, habt Ihr eine gewisse Veränderung in meiner äußeren Erscheinung bemerkt.«

»Diese würde wohl niemandem in Norfolk entgehen, Finn«, erwiderte ich. »Und aus ihr schließe ich auf einen gewissen Wohlstand.«

»Nun«, sagte Finn, »ich habe zwar noch nicht die Stelle bei Hofe, die ich mir so aus tiefstem Herzen wünsche, glaube aber, daß sie mir ziemlich sicher ist, denn der König hat mir einen Auftrag erteilt.«

»Aha. Dann habt Ihr also endlich eine Audienz bei Seiner Majestät gehabt?«

»Ja. Eine kurze, das gebe ich zu, aber immerhin eine Audienz.«

»Bravo, Finn!«

»Nachdem ich viele Tage und Nächte die Gänge von Whitehall frequentiert hatte und man mir schließlich riet, mich neu einzukleiden, wenn ich vorgelassen werden wollte.«

»Daher also diese elegante Kleidung?«

»Ja. Sie kostete mich meinen letzten Penny, mir blieb nur noch das Geld für die Fahrt mit der Kutsche von London nach Norfolk übrig. Ihr seht also einen Armen vor Euch. Ich besitze nichts mehr auf dieser Welt, Sir Robert, nicht einen einzigen Penny.«

»Aha. So seid Ihr also gekommen, um Eure Rolle als mein Lehrmeister wiederaufzunehmen, oder soll ich Euch ins Armenhaus einweisen?«

Da Finn von meiner Unterredung mit Richter Hogg nichts wußte, konnte er meinen kleinen Scherz natürlich nicht verstehen. Daher lächelte er auch nicht, sondern fuhr mit ernster Miene fort:

»Ein Gemälde«, sagte er, »ein Gemälde liegt zwischen mir und einer Stelle bei Hofe.«

»Aha«, sagte ich, »und was für ein Gemälde soll das sein?«

Als Antwort griff Finn mit seiner dünnen Hand in seine mit Borten besetzte Tasche und holte einen Pergamentfetzen heraus, der so knittrig und abgegriffen war wie ein Liebesbrief, der Tag und Nacht herumgetragen worden ist. Er überreichte ihn mir und bat mich, ihn zu lesen. Ich erkannte sofort die elegante Handschrift des Königs und las dann die folgenden Worte:

»Mit diesem Schreiben wird einem gewissen Elias Finn, Maler, ein Auftrag wie folgt erteilt: das Anfertigen eines edlen und schönen Portraits von Celia Clemence, Lady Merivel, auf dem Landsitz Bidnold in der Grafschaft Norfolk. Dieses Portrait soll nicht später als am zwölften Tage des Februar 1665 vollständig und bis ins Detail ausgearbeitet abgeliefert werden. Es soll nicht größer als fünfundzwanzig Zoll *carrés* sein, so daß es bequem in Unser Kabinett paßt. Dieses Portrait, wenn für wohl ausgeführt und hübsch befunden, bringt dem Künstler die Summe von sieben Pfund ein. Wenn für ganz ausgezeichnet und sehr ähnlich befunden, verspricht es dem Künstler eine kleine Stelle bei Hofe.

Gezeichnet

Charles R.«

Ich sah Finn an, der jetzt ein unerträgliches Grinsen auf dem Gesicht hatte. Während ich ihm das Papier zurückgab, fühlte ich wilden Zorn in mir aufsteigen. Die freudige Erregung, die ich beim Gedanken an mein Russenbild empfunden hatte, war wie weggeblasen. Jetzt würde ich gezwungen sein, diesem armen Künstler – um den König nicht zu verärgern – Kost und Logis zu gewähren, und er würde viele Stunden in Celias Gesellschaft verbringen, sie mit dummen Fächern und

Stoffdrapierungen schmücken und über ihrem Kopf einen pausbackigen Cherub hinklecksen. Für seine Anstrengungen würde er dann nicht nur Celias Bewunderung, sondern auch eine Stelle in Whitehall bekommen, und ich würde mich weiter allein mit meiner Oboe abmühen müssen, noch immer vom Hofe verbannt und ohne jede Aussicht, von meiner Frau je etwas anderes als Verachtung zu bekommen, außer vielleicht in so seltenen Augenblicken wie in jener Nacht des unglücklichen Ablebens meines Vogels, als sie so verzweifelt gewesen war. Alle Sympathie, die ich für Finn empfunden hatte, schwand dahin. Ich verachtete und beneidete ihn zugleich und wußte nur zu gut, was für eine Bürde seine Anwesenheit in meinem Haus bedeuten würde. Glücklicherweise scheine ich aber in solchen Augenblicken plötzlicher Wut (die es bei mir nur selten gibt) nicht ganz ohne Schlauheit und Durchtriebenheit zu sein. Geschickt verbarg ich meinen Zorn, schüttelte ernst den Kopf und meinte:

»Doch leider, Finn, könnt Ihr davon nicht Eure Zukunft abhängig machen.«

»Wieso?« fragte Finn und blickte beunruhigt auf das Papier.

»Wieso? Weil solche Aufträge sehr zahlreich sind. Ich wette, daß der König per *diem* mindestens zwei oder drei davon erteilt. Auch von meiner Frau sind schon Portraits angefertigt worden, doch für keines wurde gezahlt, und so wandern die armen Künstler, soviel ich weiß, immer noch durchs Land wie die müßigen Armen oder siechen in ihren Lumpen auf den Stufen zum Boot des Königs dahin.«

Ich hoffte sehr, daß diese Worte Finn in jene nordische Düsterkeit stürzen würden, die so gut zu ihm paßt, doch zu meiner Verärgerung lächelte er mich nur herablassend an.

»Für dieses wird gezahlt werden«, sagte er, »denn ich werde ein Portrait malen, das so schön ist, daß niemand ihm widerstehen kann. Ich habe gehört, daß Eure Frau sehr hübsch ist, und ich werde das, was die Natur geschaffen hat, noch verbessern.«

»Vermutlich, indem Ihr sie mit Blumen, Harfen und albernen Girlanden umgebt? Doch diese werden Eure Chancen nicht verbessern.«

»Nein. Nicht durch Ausschmückungen, sondern dadurch, daß mir das gelingt, Sir Robert, was Ihr versucht, aber nicht zustande gebracht habt: ihr *Wesen* einzufangen. Ich werde es einfangen, und ihr Gesicht wird ein Magnet sein und alle Augen und Herzen anziehen.«

»Dann wünsche ich Euch viel Glück«, sagte ich säuerlich. »Doch seid gewarnt: Vieles, was der König beginnt, führt er nicht zu Ende. Das Getöse um ihn herum ist so stark, so gewaltig, daß er keiner Sache lange seine Aufmerksamkeit schenken kann. So seht Euch vor, Finn. Ihr kommt vielleicht mit Eurem Bild, und er sieht es sich nicht einmal an.«

»Aber ich habe doch mein Papier ...«

»Papier! Kennt Ihr denn nicht die erste Regel des Kosmos, Finn?«

»Welche ›erste Regel‹?«

»Daß alle Materie aus dem Feuer kommt und eines Tages wieder in ihm aufgehen wird.«

Nachdem ich diese fragwürdige Weisheit von mir gegeben hatte, wechselte ich schnell das Thema, bevor Finn einen Zusammenhang mit dem Blatt Pergamentpapier in seiner Hand abstreiten konnte.

»Was Euren Aufenthalt hier betrifft«, sagte ich, »so nehme ich an, daß der König Euch Geld dafür gegeben hat?«

»Nein, Sir Robert. Ich sagte Euch ja schon, daß ich keinen Heller habe ...«

»Ich soll Euch aus Gefälligkeit verköstigen und beherbergen?«

»Ihr tut Seiner Majestät damit einen Gefallen!«

»Und was soll mein Lohn dafür sein?«

»Das hat der König nicht gesagt. Doch ich bin ein bescheidener Mensch ...«

»Nicht, wenn man von Eurer Kleidung ausgeht.«

»Das ist bloß äußerer Schein ...«

»Genauso wie offenbar auch das Leben! Doch Gott sieht in Euer Herz, Finn, und würde er wollen, daß Ihr ein Parasit seid?«

»Ich bin kein Parasit. Ich arbeite hart für meinen kargen Lebensunterhalt.«

»Und das werdet Ihr auch hier tun! Als Gegenleistung für Eure Unterbringung werdet Ihr Euer ganzes Talent auf meine Arbeit konzentrieren. Ich möchte ein paar neue Bilder malen. Ihr werdet mir bei Fragen der Perspektive und des Lichts helfen.«

»Aber was soll aus dem Portrait werden?«

»Meine Frau ist sehr mit ihrer Musik und ihren Bemühungen, das Werk Drydens zu verstehen, beschäftigt. Sie kann nicht mehr als eine Stunde am Tag für Euch aufbringen.«

Finn begann zu protestieren, und angesichts seiner Bestürzung fühlte ich meinen Ärger ein wenig abflauen. Beim nächsten Treffen würde ich Meg die Geschichte eines armen Bettlers erzählen, der ein kleines Stück Land bekommen hat und nun glaubt, daß seine Armut ein Ende haben wird, wenn es ihm nur gelingt, die Saat auszubringen, bevor das Frühjahr kommt. Er macht sich auf den Weg, um für die notwendigen

Anschaffungen zu betteln: für einen Pflug, einen Maulesel und eine Hacke. Er bringt diese dann auch heim, aber er kommt zu spät. Er hatte den Frühling nicht kommen sehen, und als er nun nach Hause zurückkehrt, ist er schon da. Er hatte vergessen, wie heimlich, still und leise sich die Dinge verändern und die Zeit verrinnt.

Früher als beabsichtigt fand ich mich in der Dachkammer des »Jovial Rushcutter« wieder. Bereits die darauffolgende Nacht verbrachte ich dort im Bett.

Der Tag von Finns Eintreffen verlief weiter ausgesprochen unerfreulich, und bis zur Abendessenszeit hatte sich in mir so viel Zorn angestaut, daß ich nur noch den Wunsch hatte, dem Hause zu entfliehen. So brüllte ich, man solle mein Pferd satteln, und ritt durch den Schneematsch zum Dorf. Auf meinem Weg traf ich zufällig auf zwei arme Leute, die Reisig auflasen; ich werde gleich noch einmal darauf zurückkommen.

Was mich so ärgerte, war, wie Celia Finn behandelte. Als sie aus seinem dünnlippigen Munde vernahm, daß der König ihn beauftragt habe, sie zu malen, leuchteten ihre Augen vor Freude auf. Sie rief den Reifrock zu sich, um ihr die frohe Botschaft mitzuteilen (in welche sie übertriebene Hoffnungen auf ihre baldige Rückkehr nach Kew hineinlasen), und dann fingen die beiden an, um den Künstler herumzuscharwenzeln, baten ihn, sein Werk sehen zu dürfen, taten kund, daß sie es ganz wundervoll und herrlich und was weiß ich noch was fänden, und brachten dann Kleider, Schärpen und Kopfbedeckungen herbei, aus denen er für das Bild auswählen sollte. Mir schenkten sie derweilen keinerlei Beachtung, ja, sie benahmen sich so, als ginge mich das Ganze überhaupt nichts an, was leider auch der Fall war.

Ich beobachtete Celia genau. Ihr schönes Lächeln, das ich sie so oft dem König, aber kaum jemals mir hatte schenken sehen, war fast ständig auf ihren Lippen, so daß sie unendlich hübsch und lieblich aussah. Das war die Art Lieblichkeit, die, wenn ich sie erblickte, mein Herz weich werden ließ – wie einem Kind gegenüber – und meine Männlichkeit grausam – da ich eben dieses Kindwesen besitzen und mißbrauchen wollte. Ich sah, daß Finn vollkommen in ihrem Bann war. Ich sah auch, daß Celia dies wußte und daß es ihr nichts ausmachte, ja, daß sie sich sogar erlaubte, ein wenig mit ihm zu flirten. Und besonders diese Beobachtung erweckte in mir ein bitteres Sehnen. Warum – da sie doch meine Frau war – konnte sie sich nicht mir gegenüber so charmant benehmen?

Ich saß da und beobachtete sie, bis ich es nicht mehr aushielt. Dann ging ich ins Musikzimmer, spielte ein paar falsche Töne auf der Oboe, stieß mit einem Fußtritt den Notenständer um, schleuderte das Instrument hin und brüllte nach meinem Stallburschen. Auf dem Weg zum Stall traf ich Cattlebury, der mich davon unterrichtete, daß er zwei Dutzend Drosseln fürs Abendessen bekommen habe. Ich sagte kurz, daß ich keinen Hunger hätte, er aber die verdammten Vögel »meiner Frau und ihrem neuen Freund, Mr. Finn« in einer Pastete servieren solle. Als sie sich dann zu Tisch setzten (Celias Lächeln war in dem sanften Kerzenlicht bestimmt noch unwiderstehlicher), hatte ich schon mehrere Krüge Ale getrunken und unterhielt mich mit einem Dachdecker über die große Menge Ratten unter den Strohdächern. »Und wenn das nun Pestratten sind?« fragte ich. »Dann kommt der Tod durchs Dachgebälk.«

Der alte Mann nickte: »Die Witwe Cartwright sagt, die

Pest wird nach Norfolk kommen. So um das Frühjahr herum.«

Ich ging sehr spät und vollkommen betrunken zu Meg ins Bett, nachdem ich in ihren Kamin gepißt und so noch zum Schwinden der letzten Wärme in der Dachstube beigetragen hatte. Als ich sie in meinen Armen hielt, schlief ich sofort ein, meinen häßlichen Kopf an ihrer Brust.

Als ich, wie nicht anders erwartet, mit der Bürde eines schmerzenden Kopfes und des Geruchs meines eigenen üblen Atems aufwachte, war ich allein, da es zu Megs Pflichten gehörte, früh aufzustehen, um den Boden der Schenke zu kehren und den Raum zu lüften, ehe der erste Bauer kam, um sein Bierchen zu trinken. So elend ich mich auch fühlte, stand ich sofort auf und ging zu dem niedrigen Fenster, um hinauszublicken, denn zu meinem großen Verdruß fiel mir ein, daß Danseuse am Abend nicht in den Stall gebracht worden war und so die Nacht an einen Pfosten gebunden unter dem kalten Sternenhimmel hatte verbringen müssen. Ich fragte mich, in welchem Kälte- und Leidenszustand ich sie antreffen würde.

Ich konnte durch das kleine Fenster fast nichts erkennen, außer daß ein scheußlicher Nieselregen niederging, der so undurchdringlich wie Nebel war. Solche unwirtlichen Morgen sind es, die mich in der Erinnerung an den Hochsommer plötzlich leiden lassen. Meine Merivel-Vorfahren, Kurzwarenhändler in Poitou, mußten niemals einen englischen Winter ertragen. Bestimmt ist es ihr Blut, das mich so empfindlich auf das Wetter reagieren läßt.

Meg traf mich am Fenster kniend an und dachte offenbar, ich bete, denn sie sagte kühl und gereizt: »Gebete werden Euch nicht retten, Sir Robert.«

»Ich bete nicht, Meg«, sagte ich, »sondern suche die Umgebung nach meinem Pferd ab.«

»Euer Pferd ist im Stall«, sagte sie kurz, stellte eine Kanne Kaffee und einen Teller Apfel-Beignets auf den Tisch und ging wieder hinaus, wobei jedes ihrer Worte und jede ihrer Bewegungen größte Mißbilligung ausdrückten. Ich blieb wie ein Büßer am Boden knien. Mein Leben ist schon eine sehr konfuse Angelegenheit, sagte ich mir.

Da ich an diesem Morgen bei Meg keine Vergebung und kein Entgegenkommen fand, blieb mir nichts anderes übrig, als nach Hause zurückzukehren. Wohl fühlte ich mich von dem Kaffee und den Beignets ein wenig belebt und auch mächtig froh, daß mein Pferd durch meine Vernachlässigung nicht umgekommen war, aber ansonsten war meine Stimmung im Einklang mit dem Wetter. Der Gedanke heimzureiten, wo ich Finn mit seiner grotesken Perücke antreffen würde, war mir so unangenehm, daß ich in Erwägung zog, mich geradewegs nach Bathurst Hall zu begeben, doch mußte ich feststellen, daß mich die Erinnerung an Violets Fest und die Scherze über meine schmachvolle Rolle als Hahnrei noch immer schmerzten. Außerdem fühlte ich überhaupt kein Verlangen nach Violet, da ich ihr Benehmen und ihre derbe Sprache jetzt unerträglich vulgär fand. So blieb mir eigentlich nichts anderes übrig, als nach Hause zurückzukehren, und während meines Rittes nahm ich mir vor, meinen Körper mit Seife und heißem Wasser zu besänftigen und dann Celia zu überreden, allein für mich zu singen – für Finn würde ich mir eine mühsame Aufgabe (wie das Spannen von Leinwänden) ausdenken, und den Reifrock würde ich in sein Zimmer verbannen.

Als ich mit meinen Gedanken so weit gekommen war, fand

ich mich an der Stelle wieder, wo ich die armen Leute gesehen hatte, die nach Anmachholz herumgekrochen waren. Ich zügelte Danseuse und blickte mich um. Doch nichts rührte sich: Da war nur der stille Regen und das Tropfen von den Bäumen.

Ich stieg ab und band die Stute an eine spindeldürre Esche. Rechts des Weges war ein kleiner Wald, links davon Gemeindeland, wo die Häusler von Bidnold ihre Schafe und Ziegen weiden ließen. Irgendwie ahnte ich, daß ich die beiden Alten nicht suchte, weil ich etwas von ihnen wollte oder die Absicht hatte, sie einer der drei Kategorien des Richters Hogg zuzuordnen, sondern weil ich ihnen Auge in Auge gegenüberstehen und sehen wollte, in welchem Stadium des Elends und der Verzweiflung sie sich befanden. In der herannahenden Dunkelheit – einer der beiden Armen hatte eine kleine Laterne in der Hand gehalten – hatte ich den Eindruck gewonnen, daß diese Leute mit ihren ausgemergelten Gesichtern und verängstigten Augen in schrecklicher Not waren. Ich hatte solch arme Leute schon in größerer Anzahl in London gesehen, ohne daß es mich berührt hätte, doch der Anblick dieser zwei, eines Mannes und seiner Frau in Lumpen, war mir immerhin so nahegegangen, daß ich auf der Suche nach einer Hütte, in der sie vermutlich wohnten, in den Wald hineinlief.

Ich fand nichts. Im Wald rührte sich kein Lüftchen, man konnte sich kaum vorstellen, daß hier je ein Lebewesen geatmet hatte. Nachdem ich mir die Strümpfe an ein paar Dornenbüschen zerrissen hatte, gab ich die Suche auf und ging zu meinem Pferd zurück. Als ich es wieder bestieg, sagte ich mir, daß ich, wenn ich in Not wäre, auch nicht die Aufseher mit ihren Perücken und ihrer lüsternen Eleganz aufsuchen, sondern mir große Mühe geben würde, mich vor ihnen auf alle nur erdenkliche Art zu verstecken.

Auf Bidnold arbeitete Finn, ganz wie ich befürchtet hatte, an diesem verteufelten Portrait.

Celia war in einem Kleid aus cremefarbenem Satin auf eine Ottomane gesetzt worden (die ohne meine Erlaubnis aus dem Ruhezimmer entfernt und in die Nähe des Studiofensters gestellt worden war). Sie hielt eine Laute auf ihrem Schoß, und neben ihr saß ihr zitternder Spaniel Isabelle.

»Finn«, sagte ich, »Ihr habt meine Frau in den Durchzug gesetzt. Seht doch, wie der Hund vor Kälte zittert.«

Zu meiner Freude sah der Künstler für einen Augenblick bestürzt aus, doch Celia teilte mir, ohne ihre Pose auch nur im geringsten zu verändern, brüsk mit, daß sie überhaupt nicht friere.

»Nun ja«, erwiderte ich, »aber Ihr bekommt bestimmt Fieber, wenn Ihr hier lange sitzt. Ich schlage vor, daß wir uns ins Musikzimmer begeben, wo ein Feuer im Kamin brennt.«

»Wieviel Uhr ist es?« fragte Celia.

»Wie bitte?«

»Ich möchte gern wissen, wieviel Uhr es ist!«

»Keine Ahnung. Doch wenn Ihr es wünscht, kann ich gern einmal die hübsche Uhr zu Rate ziehen, die ich vom ...«

»Ich glaube, mein Gast kommt zu Mittag an.«

»Euer Gast? Welcher Gast, bitte sehr?«

»Darf ich keine Gäste haben, Merivel?«

»Aber natürlich! Ich wollte nur fragen –«

»Mein Musiklehrer! Auf Bitten meines Vaters hin hat er sich bereit erklärt, die Reise von London hierher auf sich zu nehmen.«

»So.«

»Nun werden meine Tage nicht mehr so öde wie bisher sein. Ich werde sowohl das Vergnügen haben, für einen guten Künstler zu sitzen, als auch das, für einen inspirierenden Musikmeister zu singen.«

»Es tut mir leid, daß Ihr die Tage ›öde‹ gefunden habt.«

»Ihr könnt nichts dafür, Merivel. Ich bin nicht für ein solches Leben geschaffen.«

»Glücklicherweise«, unterbrach Finn sie, »seid Ihr ja bald wieder am Hofe.«

»Ja«, sagte Celia. »Wenn das Portrait fertig ist, müßt Ihr mich gehen lassen, Merivel. Obgleich es schwierig für mich war, ohne Begleitung zu singen, aber dem wird ja nun dank meinem Vater abgeholfen. Ich tue also, was Ihr vorgeschlagen habt, und versuche durch das Lied zu einem besseren Verstehen meines Schicksals zu kommen. Ihr müßt daher berichten, daß ich alles getan habe, was der König verlangte.«

»Wir werden sehen, Celia ...«

»Nein! Wir werden nicht sehen! Ich werde auch dann nach London zurückgehen, wenn Ihr dem König nicht gut über mich berichtet. Denn das Portrait ändert alles.«

»Inwiefern ändert es alles?«

»Seid Ihr begriffsstutzig, Merivel! Würde denn der König das Portrait einer Frau, die er nicht wiedersehen will, in Auftrag geben?«

»Das ist gut möglich«, erwiderte ich. »In Erinnerung an alte, nun vergangene Zeiten – als ein bloßes *souvenir*.«

Celia schüttelte den Kopf und blickte mich kalt an.

»Nein«, sagte sie. »Ich kenne den König. Das würde er nicht tun.«

Ich war drauf und dran, Celia zu erzählen, was ich in jener

seltsamen Nacht auf dem Fluß gesehen hatte, die Lichter in ihrem Haus, die Feiernden am Fenster. Doch ich zögerte. Nicht nur, weil ich Celia nicht auf so grausame Art verletzen wollte, sondern auch, weil die fragliche Nacht in ihren Farben und ihrer Unwirklichkeit in meinem Gedächtnis nun mehr einem Traum glich, so daß ich jetzt nicht mehr hätte beschwören mögen, daß ich das, was ich glaubte, gesehen zu haben, auch wirklich gesehen hatte. Vielleicht hatte ich es nur geträumt, weil ich wollte, daß es so wäre. Das gleiche galt für jenen frühen Morgen, als meine indische Nachtigall gestorben war: Hatte sich Celia da wirklich weinend an mich geklammert? Hatte sie mich da wirklich ihr Haar streicheln lassen? Seitdem war sie mir gegenüber kälter denn je, und es würde nicht mehr lange dauern, dann würde sie mich – mit Finn und dem Musikmeister um sich – ganz vergessen.

Ich seufzte und verließ das Studio und dachte dabei, daß in dem Raum ein seltsam süßlicher Geruch gehangen hatte, ausgesprochen widerwärtig und ekelhaft, der nur vom Puder von Finns Perücke herrühren konnte.

Ich fühle mich müde bis auf die Knochen, so müde, daß ich den Erschöpfungsschmerz bis in den letzten Lendenwirbel spüre. Und doch bin ich hier beim Abendessen, blau gekleidet und mit einer gelben Schleife auf meinem Spitzenkragen, und speise Wildfleisch mit Celia und ihrem Musikmeister, der Hümmel heißt. Seine Familie stammt aus Hannover, er kleidet sich wie ein Puritaner und klagt über Frostbeulen an den Füßen.

»Musikmeister Hümmel ist ein sehr kultivierter Mensch«, hat mir Celia versichert, doch seine Kultiviertheit ist bei Tische am allerwenigsten offenkundig, da eine leichte Lähmung seiner Unterlippe eine Neigung zum Sabbern hervorgerufen hat. Ich schätze den Mann auf etwa fünfzig. Sein Englisch ist ausgezeichnet, zwar mit starkem Akzent, aber ganz ohne Fehler. Ich finde seine Anwesenheit einigermaßen erträglich.

Wir trinken einen guten Bordeaux. Die durch meine Erschöpfung verursachten Schmerzen lassen ein wenig nach. Ich unterhalte mich gerade mit Herrn Hümmel über das Thema der Harmonien bei Madrigalen (worüber ich sehr wenig weiß, er dafür um so mehr, so daß mir die Mühe des Sprechens erspart bleibt), als mir plötzlich mein Traum vom König auf meinem Dach einfällt, wie er mir auf meine Frage, wie ich je die Kunst des Oboespielens erlernen sollte, geraten hatte, »im Verborgenen zu lernen«. Ich unterbreche den Musikmeister, um einen Toast auf den König auszubringen. Wir erheben unsere Gläser, und ich trinke mit großem Genuß, da ich erkannt habe, daß sich Herrn Hümmels Besuch – im Gegensatz zu Finns, der mir nur lästig ist – als ein sehr glücklicher Umstand erweisen könnte. Denn ich entwerfe nun rund um seinen vorübergehenden Aufenthalt in meinem Hause einen Plan.

Ich blicke Celia an. Vom Wein erwärmt, lächelt sie, aber natürlich gilt dieses Lächeln nicht mir. Ich senke den Blick und gestatte mir für ein paar kurze Sekunden, das Sichheben und -senken ihrer Brüste zu beobachten.

Das unbekannte Bekannte

Mein Geburtstag rückt näher. Ich bin unter dem Sternbild des Wassermanns geboren, dem elften Zeichen des Tierkreises, dem des Wasserträgers, jenes bescheidenen, aber unentbehrlichen Sklaven, der aus Brunnen und Flüssen das für das menschliche Gewebe so lebenswichtige Element holt. Ich stelle mir diesen Wassermann als einen alten, gebeugten Mann vor, dessen Wirbelsäule vom Gewicht eines hölzernen Jochs, an dem zwei randvoll gefüllte Eimer hängen, gekrümmt ist. Immer weiter taumelt er mit seiner kostbaren Last, Tag für Tag, Jahr für Jahr, er schwankt und stolpert, und wie er sich so durch die Zeit bewegt, verschüttet er mehr und mehr Wasser und ruft in den Bäuchen der alten Götter einen Verdruß hervor, der noch stärker ist als ihr Durst. Sie sehnen sich danach, dem Sklaven einen rachsüchtigen Tritt in den dünnen Hintern zu geben. Am liebsten würden sie einen Blitzesspeer hinunterschicken, um seinen zerschundenen Nacken zu durchbohren. Doch das wagen sie nicht. So hoffnungslos es auch mit ihm ist: Sie brauchen ihn.

Trotz meines Geburtsdatums, des 27. Januar, kann ich mich nicht erinnern, daß ich mich jemals unentbehrlich gefühlt habe. Als ich ein Kind war, sah mich meine Mutter liebevoll an, und sie hätte bestimmt eine Weile geweint, wenn ich in den Wäldern von Vauxhall von einem Dachs gefressen worden wäre. Doch das war alles. Sie wäre nicht gestorben, wenn sie meine Hand nicht mehr hätte halten können. Als Medizinstudent betete ich darum, eines Tages mit meinem Wissen und meinen Fähigkeiten einen Menschen dem sicheren Tode entreißen zu können, aber ich kann mich nicht erinnern, daß dies jemals geschehen ist. Während meines kurzen, wahnwitzigen Aufenthalts in Whitehall glaubte ich mich fürwahr *auf dem besten Wege*, dem König unentbehrlich zu werden, aber im Laufe der Zeit merkte ich, daß ich mich da ganz und gar getäuscht hatte. In jüngster Zeit nun habe ich mir gewünscht, daß Celia mich schätzt, achtet und mein Leben als etwas äußerst Wichtiges ansieht, doch die meiste Zeit benimmt sie sich so, als gäbe es mich überhaupt nicht. Seit der Ankunft Finns mit seinem Portraitauftrag betrachtet sie mich auch nicht mehr als ihren Aufseher. Sie nimmt an, daß der König sie zurückrufen wird, sobald das Bild fertig ist, und das wird dann das Ende sein. Das Duett meiner Phantasie wird nie zur Aufführung gelangen. Und doch versuche ich weiterhin, ihr zu gefallen. Ihre Stimme bewegt mich nach wie vor mehr, als ich es sagen kann. Wenn ich in ihrer Nähe sitze, vor dem Kamin im Ruhezimmer oder am Tisch beim Abendessen, möchte ich gern die Hand nach ihr ausstrecken und sie berühren. Ich weiß, daß ich ihren Verlust beweinen werde, wenn sie nach Kew zurückkehrt. Vielleicht werde ich auch verrückte Briefe an sie schreiben, in denen ich ausspreche, was ich ihr von Angesicht zu Angesicht nicht zu sagen wage. Denn ich bin etwas Paradoxes: ein entbehrlicher Wassermann. Ich liege töricht ausgestreckt in der Gosse der *via della vita*. Meine Eimer, die nicht mit Wasser, sondern mit meinen eigenen Gelüsten und meinem nichtigen Verlangen randvoll gefüllt sind, haben mich umgeworfen; ich bin nicht getreten worden.

Ich werde achtunddreißig Jahre alt. Ich werde das Anbrechen, den Verlauf und das Ausklingen des Tages wie folgt zur Kenntnis nehmen: Ich werde ausschlafen und hoffentlich vom Tennis träumen (ein Sport, der mich immer seltsam glücklich gemacht hat). Am Vormittag verbringe ich dann einige Stunden mit Musikmeister Hümmel, um meinen geheimen Plan zu verfolgen, dessen Austragungsort nun wohl unglückseligerweise das Sommerhaus sein wird. Am Nachmittag male ich Russen. Für den Abend werde ich mir eine Belustigung ausdenken, ein paar Musiker anheuern und Mister James de Gourlay (»Monsieur Dégueulasse«, für den ich, da sich die Gesellschaft wegen seiner Großmannssucht über ihn lustig macht, nun eine gewisse brüderliche Zuneigung empfinde), seine Frau und seine Töchter zum Essen und zum Tanz einladen. Ich werde Celia reichlich Champagner einschenken, in der Hoffnung, daß sie davon freundlicher wird.

Mit dem heranrückenden Tag ist das Wetter sehr schön geworden, und die heitere Sonne hat den feinen Rauhreif des Morgens zu Diamanten geschliffen. Es ist sehr angenehm, mit dem Musikmeister im Park spazierenzugehen und zu hören, daß er meinem Plan zustimmt, demzufolge wir beide uns, während Celia für das Portrait sitzt, an einen Ort zurückziehen, wo man uns nicht hören kann (ich hatte den Keller vorgeschlagen, doch Hümmel hat eine tödliche Angst, dort eine Ratte zu Gesicht zu bekommen, weswegen wir uns auf das Sommerhaus geeinigt haben), und daß er mich so im Verborgenen lehrt, mein Instrument zu beherrschen. Ich habe ihm eingeschärft, daß wir nicht viel Zeit haben, da ich davon ausgehe, daß meine Frau noch vor Beginn des Frühjahrs nach London zurückkehren wird. »Doch es ist mein sehnlichster Wunsch«, erklärte ich ihm, »daß ich sie, bevor ich sie verliere und monate-, ja vielleicht jahrelang nicht wiedersehe, bei einem ihrer Lieder – mit einem will ich mich schon zufriedengeben – perfekt begleiten kann. Wenn Ihr mir dazu verhelft, Herr Hümmel, dann will ich Euch ewig dankbar sein.«

Der Musikmeister musterte mich von oben bis unten, als hoffe er, irgendwo an meiner nicht sehr vielversprechenden Person einen, wenn auch unendlich kleinen Beweis meiner Musikalität zu finden. Da er keinen fand, war er wenigstens so höflich zu lächeln (während der ungehobelte Finn nur spöttisch gegrinst hätte); er versprach mir zu tun, was er konnte. Ich sehe nun, daß mein erster Eindruck von ihm richtig war: Er ist ein redlicher und angenehmer Mann, wie man es bei einem Freund von Sir Joshua ja auch nicht anders erwarten konnte. Und so denke ich nun über den Wahrheitsgehalt meiner eigenen Worte Celia gegenüber nach. *Lehrt* die Musik wirklich Weisheit? Kultiviert sie die Seele? Wenn alle Männer und Frauen Englands die Saiten zupften und in das Rohrblatt bliesen, würde diese Nation dann ruhiger werden und zufriedener in sich selbst ruhen?

Dies ist nun die Nacht nach dem 27. Januar 1665, meinem achtunddreißigsten Geburtstag, und ich will Euch von einigen beunruhigenden Ereignissen an ihm erzählen.

Der Tag begann nicht so, wie ich es mir vorgestellt hatte. Ich lag nicht den halben Morgen mit sportlich-fidelen Träumen unter meinem türkisfarbenen Baldachin, sondern stand früh auf und ertappte mich bei der Frage, ob ich wohl irgendwelche Geschenke zu erwarten hatte. Ich freue mich wie ein Kind über Geschenke, wie unbedeutend sie auch sein mögen, und empfinde dem Schenkenden gegenüber stets große Dankbarkeit. Der Gedanke, daß der Tag vielleicht vorübergehen würde, ohne daß ich überhaupt ein Geschenk bekam, bedrückte mich nicht wenig. In solchen Augenblicken der

Niedergeschlagenheit sehne ich mich nicht nur danach, den König zu *sehen*, sondern der König zu *sein*, wie er von Leuten umgeben zu sein, die sich herbeidrängen, um ihm ihre Gaben zu Füßen zu legen.

Da ich wußte, daß dies äußerst dumme Gedanken waren, stand ich auf, wusch mir Augen und Gesicht, zog einen brokatbesetzten Morgenmantel über und ging zu meiner Küche hinunter, wo ich mir gelegentlich aus Spaß eine so einfache Mahlzeit zaubere, wie ich sie mir einst auf dem Ofen meines Zimmers in Ludgate zubereitet habe. So bestand mein Frühstück an diesem Tag aus einem Teller Eier, die ich mit Sahne verfeinert hatte und auf die ich dann noch ein paar gesalzene Sardellenfilets legte – eine wirklich ausgezeichnete Erfindung, die ich mir direkt am Küchenherd einverleibte.

Will Gates traf mich dort an und teilte mir mit, daß ein Fuhrmann aus London eingetroffen sei, der »eine Menge Pelze« bringe, was natürlich die Überwürfe sein mußten, die der alte Trench aus Dachsfellen gefertigt hatte. Insgesamt waren es zehn, jeder sehr sorgfältig genäht, mit Dachsschnauzen, die auf den Schultern emporragten, und einer Reihe von Schwänzen, die unten am Saum einen schwarzen Rand bildeten. Nachdem ich sie begutachtet hatte (Trench hatte, wie von mir angewiesen, einen guten Wollstoff fürs Futter verwendet), überredete ich Will, seinen Überwurf einmal anzuziehen. Er wehrte sich zunächst dagegen und sagte, daß er in einem solchen Kleidungsstück nicht wendig genug sei und nicht arbeiten könne. »Will«, sagte ich, »sei nicht bockig. Sie sind so entworfen worden, daß sie die Gliedmaßen frei und beweglich lassen.« Leider sah Will jedoch wirklich etwas unbeholfen und behindert in seinem Überwurf aus. Er ist ein sehr kleiner, dünner Mann, und das Kleidungsstück schien zu weit und zu lang für ihn zu sein, so daß die Dachsschwänze über den Boden schleiften und die Dachsschnauzen etwas traurig von seinen Schultern hingen. Ich konnte meine Heiterkeit nicht ganz verbergen.

»Nun, Will«, sagte ich, »dein Überwurf wird wohl geändert werden müssen.«

»Diese Ausgabe könnt Ihr Euch sparen, Sir«, sagte Will und zog ihn über seinen harten kleinen Kopf wieder aus, »denn ich werde ihn nicht tragen.«

»Du *wirst* ihn tragen«, erklärte ich. »Alle in diesem Haus werden die Überwürfe bis zum Frühjahr tragen, wodurch wir Erkältungen, Fieber und dergleichen Leiden fernhalten werden.«

»Vergebt mir, Sir Robert«, sagte Will, »aber ich nicht.«

»Auch du, Will«, sagte ich schwach, denn war ich auch der Herr in diesem Hause und Will ein ausgezeichneter Diener, so konnte ich doch klar sehen, daß in diesem Punkt ein Konflikt zwischen uns in der Luft lag.

Nachdem ich mich angezogen und meinen eigenen Überwurf angelegt hatte, machte ich mich auf die Suche nach dem Musikmeister, dem ich anbieten wollte, ihm für unsere kühlen Stunden im Sommerhaus einen solchen zu leihen. Ich gebe zu, daß der Überwurf etwas schwer ist, doch er spendet dem Körper eine unmittelbare und angenehme Wärme. Außerdem sehe ich fremdländisch darin aus, so daß ich nur noch einen bizarren Hut oder einen Pelzkopfschmuck bräuchte, um den Russen meiner Träume recht ähnlich zu werden. Und dann kam mir ein neckischer Gedanke: Würde der König nicht an einem solchen Kleidungsstück Gefallen finden? Sollte ich es wagen, an diesem meinem Geburtstag, an dem ich, wie es aussah, kein Geschenk bekommen würde, einen

Überwurf nach Whitehall zu schicken? Würde durch meine Phantasie dann vielleicht eine neue Mode am Hofe kreiert werden? Wie wunderbar wäre es doch, wenn Celia bei ihrer Rückkehr dorthin alle Gecken und Galane mit Dachspelzen behängt und den Worten »*tablier Merivel*« auf den lachenden Lippen vorfinden würde!

Ich beschloß, die Angelegenheit noch einmal gründlich zu überdenken (der König hatte mir das Chirurgiebesteck geschickt; würde er mir ein Gegengeschenk übelnehmen?), nahm meine Oboe und ging zu Herrn Hümmels Zimmer, von wo aus wir uns, ohne daß uns jemand sah, auf den Weg zum Sommerhaus machten.

Das war nun wirklich ein kalter und unfreundlicher Ort! Die Fenster waren mit Spinnweben vergittert, und auf dem Boden lagen so viele Daunenfedern, daß man meinen konnte, ein Taubenjunges sei in diese bescheidene Behausung geflogen und mitten in der Luft zerborsten. Ich entschuldigte mich bei Herrn Hümmel, der klugerweise den Überwurf angezogen hatte, wies darauf hin, daß es hier im Sommer sehr hübsch sei, und gab meiner Hoffnung Ausdruck, daß er mich in dieser freundlicheren Jahreszeit auch einmal besuchen würde. Er dankte mir und meinte, wir sollten sofort mit dem Unterricht beginnen, bevor unsere Finger gefühllos würden. Er bat mich, ihm zunächst ein paar Tonleitern vorzuspielen und danach »ein kleines Stück Eurer Wahl«. Das konnte nur *Alle Schwäne schwimmen nun* sein, da es das einzige war, das ich vom Anfang bis zum Ende ohne Fehler spielen konnte.

Er hörte zu. Sein Gesicht verriet weder Verachtung noch Erschrecken. Erst als ich fertig war, erlaubte er sich die Andeutung eines Seufzers. »Nun gut«, sagte er. »Ich glaube, wir müssen noch einmal von vorn anfangen. Ihr habt Euch das selbst beigebracht, nehme ich an?«

»Ja, vollkommen.«

»Leider ist die Fingertechnik unelegant, Sir Robert, und Eure Lippen liegen zu fest um das Rohrblatt. Ihr müßt in das Rohrblatt flüstern, wißt Ihr. Ihr sollt es nicht küssen und auch nicht an ihm saugen.«

»Aha.«

»Doch ich denke, Ihr werdet das schnell lernen. Ihr seid ja sehr lerneifrig.«

»Ja. Das bin ich.«

»Gut!«

Daraufhin nahm mir Herr Hümmel freundlich mein Instrument aus der Hand, blies meine Spucke weg und hob es an seinen eigenen Mund, wobei er die Lippen ein paarmal seltsam verzog, bevor er ihnen gestattete, sich scheinbar zögernd um das Rohrblatt zu legen. Dann bat er mich, genau auf seine Fingertechnik bei der C-Dur-Tonleiter zu achten. Seine Hände schienen sich kaum zu bewegen. Mir fiel auf, daß seine Finger weiß und schlank sind, geradeso, als habe der Knochen auf das Fleisch abgefärbt, während meine eher rot und plump sind. Es ist klar, daß ich nicht zum Oboespieler geschaffen bin. Doch ich beschloß, deswegen nicht den Mut zu verlieren. Schließlich hatte ich mich wegen der Musik – wegen jenes klagenden Liedes auf meiner Hochzeit – von der Medizin abgewandt. Für all die verlorenen Arbeitsjahre schuldete sie mir noch einen Ausgleich.

Dieser erste Unterricht dauerte fast eine Stunde. In dieser Zeit liefen die Glasscheiben des Sommerhauses von unserem Atem an, und ich bekam immer mehr das Gefühl, als seien meine Füße in Eisenschuhe gezwängt, so eiskalt wurden sie. Hatte ich kleine Fortschritte gemacht? Ich weiß es nicht. Jedenfalls war mir, als diese Unterrichtsstunde zu Ende ging, so kalt, daß es mir auch egal war.

Das ist die Last unserer Erdgebundenheit: Unser Geist schwingt sich zu eisigen Höhen empor, während unser Körper zum heimischen Herd zurückkriecht.

Dégueulasse und seine Familie hatten meine Einladung ohne Zögern angenommen, und so tröstete ich mich (gegen zwei Uhr noch immer ohne Geschenk, denn niemand hatte von meinem Geburtstag die geringste Notiz genommen) mit der Planung meiner Soiree, als ein Junge aus dem Dorf auf einem Maulesel die Auffahrt heraufgeritten kam. Er überbrachte mir eine Nachricht vom Pfarrer in Bidnold, Timothy Sackpole. Ich wurde gebeten, sofort zur Kirche zu kommen.

»Warum?« befragte ich den Jungen.

»Ich weiß es nicht, Sir.«

»Das sieht einem Geistlichen ähnlich, keinen Grund anzugeben!«

»Er hat nur gesagt, daß es sehr wichtig und dringend sei.«

»Das ist kein Grund, Junge. Das ist nur die Ansicht eines Geistlichen!«

Während mein Pferd gesattelt wurde, kam mir der folgende Gedanke: Hatte der eingebildete Sackpole irgendwie herausgefunden, daß an diesem Tage mein neununddreißigstes Lebensjahr heraufdämmerte? Sah er eine göttliche Strafe für diesen dahinstolpernden Wassermann voraus, wenn er nicht noch vor Sonnenuntergang vor einen Gottesaltar gebracht wurde? Da der kürzeste Tag des Jahres gerade erst vorbei war, ging die Sonne wirklich schon unter – daher wohl die angebliche Dringlichkeit. Wenn es mir auch hin und wieder

Spaß macht, an einem Gottesdienst Sackpoles teilzunehmen, bin ich doch nicht so oft in der Kirche, wie ich sollte, da ich es vorziehe, meine Gebete in der Stille meines Zimmers zu Gott zu schicken oder (wie ich es schon beschrieben habe) in Gesellschaft eines Rosinenkuchens. Es war daher ganz gut möglich, daß dieser Geistliche, der auf mich immer einen leicht pikierten Eindruck machte, gerne einen Verweis loswerden wollte, dessen Ton und Wortlaut ich schon hören konnte. Er würde damit beginnen, daß er mich fragte, woran ich an diesem meinem Geburtstag gedacht habe. Ich würde erwidern, daß meine eitlen Gedanken um einen leeren Tisch gekreist seien und daß ich mir vorgestellt habe, wie Celia einen Oboenkasten mit schöner Prägung oder einen hübschen Bilderrahmen darauflegte. Er würde antworten, daß mich solche Gedanken vom Königreich Gottes ausschließen würden ...

Aber so sollte es nicht kommen. Als ich am Kirchhof ankam, sah ich im Schein der untergehenden Sonne eine kleine Menschenmenge am Tor und hörte Stimmen und Weinen.

»Was ist denn hier los?« fragte ich den Jungen auf dem Maulesel, doch dieser antwortete nicht, sondern blickte nur mit einer gewissen Beunruhigung auf die Szene.

Während ich vom Pferd stieg, kam Pfarrer Sackpole zu mir herüber.

»Nun«, sagte ich, »was geht hier vor, Pfarrer?«

»Danke, daß Ihr gekommen seid, Sir Robert«, erwiderte Sackpole so höflich, daß sich mein Argwohn verlor, er wolle mir einen Vortrag über meinen fehlenden Glauben halten. »Wir scheinen einen Arzt zu brauchen, und Doktor Murdoch ist nicht auffindbar.«

»Sackpole«, sagte ich, »ich war wohl einmal ein Student

der Medizin, doch habe ich mein Studium nie abgeschlossen. Ich bin nicht in der Lage –«

»Es werden keine besonderen Fähigkeiten von Euch erwartet. Laßt uns ein wenig von diesen guten Leuten weggehen – der Junge hält solange Euer Pferd –, und ich erkläre Euch, was geschehen ist.«

»Versichert mir erst, daß Ihr nicht von mir erwartet, daß ich mich als Lebensretter betätige.«

»Was wir von Euch brauchen, Sir, ist Euer Urteilsvermögen.«

»Mein Urteilsvermögen? Dann laßt Euch von mir sagen, Herr Pfarrer, daß das vielleicht nicht mehr so gesund wie früher ist. Ich neige jetzt sehr zu Irrtümern.«

»Niemand von uns ist unfehlbar, Sir Robert, doch das hier wird sich vielleicht als eine einfache Sache für Euch erweisen. Kommt!«

Ich folgte Sackpole, und wir gingen durch eine kleine Tür in die Sakristei der Kirche. Es war dort dunkel und roch nach Grassamen. Sackpole schloß die Tür und legte seine Hand auf meinen Arm.

»Bei den Dorfbewohnern ist ein entsetzlicher Verdacht aufgetreten«, flüsterte er jetzt, »der Verdacht auf Hexerei.«

»Hexerei? In Bidnold?«

»Ja. Ich will es kurz machen. Die Leute draußen – Ihr habt ja gesehen, daß viele weinten – waren auf einer Beerdigung, die heute mittag stattfand. Die Tote war ein junges Mädchen, Sarah Hodge, noch keine siebzehn Jahre alt, das ganz plötzlich auf schreckliche Art gestorben ist.«

»Auf welche Art?«

»Darauf werde ich gleich kommen, Sir Robert. Uns stellt sich jetzt die Frage: Hatte der Teufel bei Sarah Hodge seine

Hand im Spiel – wie nun einige der Gemeindemitglieder draußen behaupten – oder nicht?«

Ich blickte Sackpole an. Ich sah, daß sich der Geistliche unbehaglich fühlte und daß sein Blick dem meinen auswich. Offensichtlich bereitete er sich darauf vor, mich um etwas zu bitten, was mir auf den Tod unangenehm sein würde; wahrscheinlich sollte ich den Leichnam des Mädchens untersuchen. Ich öffnete den Mund, um dieser Bitte zuvorzukommen, indem ich Sackpole erzählte, daß die letzte *postmortem*-Untersuchung, an der ich teilgenommen hatte, die einer Riesenkröte im Laboratorium des Königs gewesen sei und daß ich die Spuren, die der Tod auf dem menschlichen Körper zurückließ, nicht mehr richtig interpretieren könnte, doch Sackpole fuhr gebieterisch fort: »Das Ganze ist sehr schwierig«, sagte er, »und –«

Hier hob ich meine Hand und bat den Pfarrer, nicht fortzufahren, bevor er meiner Vermutung, daß ich ein medizinisches Gutachten über einen Leichnam abgeben sollte, widersprochen habe. Zu meiner Überraschung sagte er, daß Sarah Hodges Körper unangetastet im Boden ruhen bleiben solle. Dann erzählte er mir sichtlich nervös und verängstigt (wodurch er das Bild, das ich mir von ihm machte, nämlich das eines unbelehrbar eingebildeten Mannes, etwas ins Wanken brachte) die folgende Geschichte:

Eine alte Witwe – allen als Weise Nell bekannt – sei viele Jahre als Hebamme in der Gemeinde tätig gewesen. Sie war auch Heilerin und Apothekerin, bestellte einen eigenen Kräutergarten und besaß in ihren Händen eine Heilkraft, die ihr aufgrund ihres Glaubens an Gott verliehen worden war. Das jedenfalls behauptete sie. Doch seit einigen Monaten hatte man die Weise Nell nicht mehr in der Kirche gesehen. Sie beteuerte, daß das Rheuma in ihrem Knie sie von diesem Weg abhalte. Doch die Leute in Bidnold fingen an, Veränderungen in ihrem Verhalten (früher war sie ruhig und still, jetzt machte sie oft einen erregten Eindruck) und an ihren Händen festzustellen, insbesondere fühlten sich ihre Hände ganz anders an. Die Haut war hart und schwielig geworden; wenn sie die Köpfe und Glieder der Leidenden berührte, empfanden diese einen Augenblick lang eisige Kälte. Und es wurde geflüstert: Die Weise Nell ist nicht mehr weise, sie liebt Gott nicht mehr, sondern den Teufel, und die Kraft in ihren harten, kalten Händen ist die Kraft des Satans ...

»Ihr müßt wissen«, fuhr Sackpole fort, »welches Entsetzen gottesfürchtige Leute bei dem Gedanken an Hexerei empfinden. Sie kommen dann zu den Geistlichen mit all ihren Geschichten über Teufelswerk, sagen, Soundso ist eine richtige Hexe und das und das ist der Beweis dafür, und darum muß sich eine Verbrennung oder Ertränkung oder was weiß ich für eine schreckliche Verfolgung abspielen. Dabei bin ich der Meinung, daß dies alles sehr schwierig und vielschichtig ist, da sowohl der Beweis der Unschuld als auch der Beweis der Schuld erdichtet werden kann, und ich glaube jetzt, daß in den meisten dieser Fälle nur Gott auf den Grund der Dinge sehen kann. Deshalb hatte ich gehofft, in Bidnold nie das Wort ›Hexerei‹ zu hören. Und ich will es nicht leugnen, daß ich mich vor dem fürchte, was daraus entstehen kann.«

Sackpole zog ein leicht angeschmutztes Taschentuch aus seinem Ärmel und schneuzte sich. Da ich noch immer nicht wußte, welche Rolle ich in dieser Geschichte spielen sollte, wartete ich, bis er seine Nase gereinigt hatte, und bat ihn dann fortzufahren.

»Nun«, sagte er, »kommen wir zu der Sache mit Sarah Hodge. Sie war, wie ich Euch schon erzählte, ein junges Mädchen, das noch ihr ganzes Leben vor sich hatte. Dennoch war sie in eine dumpfe Melancholie gefallen, die davon herrührte, wie einige meinen, daß sie sich ihr Haar abgeschnitten hatte – das von einem tiefen Kastanienbraun gewesen war –, um es für ein paar Shilling an einen Perückenmacher zu verkaufen. Ich kann nicht sagen, Sir Robert, ob es möglich ist, daß eine junge Frau so um den Verlust ihrer Haare trauert, daß sie zwei Monate oder länger deswegen weint; fest steht indessen, daß sie weinte, nichts mehr aß, dünn und schwach wurde und erklärte, alles zu verabscheuen.

Ihre Eltern sind arme, ungebildete Häusler und wußten nicht, wie sie ihr helfen sollten. Schließlich schickten sie das Mädchen zu der Weisen Nell und baten die alte Frau, alles in ihrer Macht Stehende zu tun, um in ihr wieder etwas Frohsinn zu erwecken.

Sarah Hodge soll drei Stunden bei der Nell gewesen sein. Sie bekam einen Trank verabreicht, der, wie ihr gesagt wurde, das Blut von Schwalben, den Vögeln des Sommers und Symbolen für Heiterkeit und Wohlbefinden, enthielt.

Als sie aus Nells Häuschen kam, sollen ihre Wangen gerötet und ihr ganzer Körper stark erhitzt gewesen sein. Mit dem Blut der Vögel in ihr fühle sie sich gut, sagte sie und begehrte zu tanzen. So griffen ihre Brüder, die froh waren, sie trotz ihres geschorenen Kopfes wieder glücklich zu sehen, zu Tamburinen und einer Flöte und spielten für Sarah auf. Und sie hob ihre Röcke und begann, herumzuspringen und die Beine hochzuwerfen, ohne auch nur eine Pause zu machen, bestimmt eine halbe Stunde lang. Ihr Gesicht wurde immer heißer, bis die Wangen von einem dunklen Weinrot waren, doch sie hörte immer noch nicht auf zu tanzen, riß ihr Mieder auf und zeigte ihre Brüste, die so rot wie ihr Gesicht waren, und tanzte immer weiter, bis sie sich plötzlich nach vorn beugte und aus ihrem Mund ein Schwall von schwarzem Erbrochenen kam. Sie brach zusammen und phantasierte, daß sie Gift aus der Zitze am Hals des Teufels getrunken habe, und zwanzig Minuten später war sie tot.«

In der Sakristei gab es eine harte Bank, auf die ich mich jetzt setzte. Ich hatte nicht erwartet, an meinem Geburtstag von schwarzem Erbrochenen und Teufelszitzen reden zu hören.

»Nun scheint es so zu sein«, sagte Sackpole, »daß die Leute aus dem Dorf neben den anderen Veränderungen an der Weisen Nell das Auftauchen eines bräunlichen Flecks an ihrem Hals bemerkt haben. Sie behauptet, daß das eine Warze sei, doch der Fleck ist gewachsen, zieht die Haut um sich herum hoch und entfärbt sie, so daß er jetzt in jeder Hinsicht einer Zitze oder Brustwarze gleicht. Und Ihr wißt, Sir Robert, daß so eine Entgleisung der Natur gemeinhin als ein sicheres und eindeutiges Zeichen angesehen wird, daß in der Seele der Satan wohnt. Deshalb – um den Zorn der Leute zu beruhigen und um in dieser Angelegenheit Zeit zu gewinnen und weitere Erkenntnisse einzuholen – habe ich nach Euch gesandt. Ich möchte Euch bitten, mit mir zum Haus der Weisen Nell zu gehen, dort dieses Ding an ihrem Hals zu untersuchen und mir nach bestem Wissen – das recht beträchtlich sein soll, wie ich von Mistreß Storey und selbst von Lady Bathurst hörte – zu sagen, ob es sich um eine richtige Zitze handelt oder bloß um irgendein anderes Gewächs, wie eine Warze oder Zyste.«

Ich schwieg einen Augenblick, bevor ich antwortete. Dann

sagte ich: »Und wenn ich feststelle, daß das Ding das ist, wofür Ihr es haltet, was geschieht dann mit der Weisen Nell?«

»Wie ich Euch schon sagte, sollt Ihr in dieser Sache nicht der einzige Schiedsrichter sein, sondern nur *ein* medizinisches Gutachten abgeben, dem noch andere folgen sollen.«

»Beispielsweise von Doktor Murdoch?«

»Ja, wenn man davon absieht, daß er seit Sarah Hodges Tod nicht mehr gesehen wurde.«

»Von wem dann?«

»Wir lassen die Ärzte aus den anderen Dörfern kommen.«

»Und wenn sie ›Beweise‹ für den Teufel finden?«

Sackpole zog seine Finger über den Mund.

»Ich bin nicht für Verfolgungen. Doch ich kann den Teufel nicht in meiner Gemeinde beherbergen.«

»Man wird sie töten.«

»Oder fortjagen. Ich werde mein möglichstes tun, daß sie fortgejagt wird.«

Es ist jetzt der 28. Januar. Ein kalter, trüber Morgen. Gestern abend bin ich über dem Erzählen der Ereignisse an meinem Geburtstag zu müde geworden, doch heute will ich fortfahren. Ich bin einen Tag älter und, wie ich fürchte, um einiges weiser. Denn ich habe einen Blick in meine Zukunft getan.

Ich wäre viel lieber nach Hause gegangen, um ein wenig zu malen und die Vorbereitungen für meine Abendeinladung zu beaufsichtigen, aber es blieb mir nichts anderes übrig, als Pfarrer Sackpole zu der niedrigen, strohgedeckten Behausung zu begleiten, wo diese unglückliche Weise Nell ein höchst seltsames Leben im Dämmerlicht führt, so dunkel ist es in ihrem Haus, so niedrig sind die Decken und so winzig die

Fenster. Ich bin nicht groß, aber ich konnte in ihrer kleinen Wohnstube kaum aufrecht stehen. Das ist also eine der vielen Bedrängnisse, dachte ich, denen die Armen ausgesetzt sind: Sie werden von ihren eigenen vier Wänden erdrückt.

Obwohl Sackpole unser Eintreffen mit frohgemuter Stimme ankündigte (befleißigt sich ein Scharfrichter auch eines so jovialen Tones, wenn er einen zum Tode Verurteilten auffordert, seinen Kopf auf den Richtblock zu legen?), konnte ich in dem Schein, der von der einzigen Kerze ausging, doch sehen, daß Nell, die mit vor ihrem Körper verschränkten Armen auf einem Schaukelstuhl saß, entsetzliche Angst vor dem hatte, was nun geschehen würde. Ihre Augen, weit aufgerissen und glotzend wie die einer Bulldogge, sahen flehend zum Pfarrer, und sie murmelte vor sich hin, daß sie nur Gott und dem König diene und nicht wisse, warum Sarah Hodge gestorben sei. In dem Raum hing ein übler Geruch, wie von einem tüchtigen Furz. Ich überlegte, was das sein könnte: War es der Geruch von toten Schwalben oder ähnlichem, was Nell für ihre Heilmittel brauchte, oder aber der Geruch einer ärmlichen Kuttelnmahlzeit, nach der nicht ausreichend gelüftet worden war, oder aber der Geruch der Angst, den es, wie ich wußte, wirklich gab und der durch die Fehl- oder Überfunktion bestimmter Drüsen hervorgerufen wurde?

Ich hatte den sehnlichsten Wunsch, diese Hütte wieder zu verlassen, doch ich wußte, daß man mich nicht gehen lassen würde, bevor ich nicht die Untersuchung vorgenommen hatte, denn vor der Tür zu Nells Hütte drängten sich die Eltern und Brüder der toten Sarah, mit Anschuldigungen und Rufen nach Gerechtigkeit auf den Lippen. Mit ihnen waren noch andere Leute aus dem Dorf gekommen, die alle so unverkennbare Zeichen der Armut und des Elends an sich trugen, daß ich mich fragte, ob sie – die heute auf mein Urteil warteten – mich morgen um Sixpence angehen würden.

Ich wollte die Angelegenheit möglichst schnell hinter mich bringen, und so näherte ich mich der Nell und sagte so freundlich wie möglich zu ihr, daß ich ihr nichts vorwerfe, daß ich vielmehr als ehemaliger Arzt von Whitehall (ich sagte ihr nicht, daß meine Patienten Hunde gewesen waren) hier sei, um »mir das kleine Ding an Eurem Hals anzusehen und festzustellen, um was für eine Fleischgeschwulst es sich dabei handelt«.

Nell wandte sich mir zu, so daß ich ihre Hundeaugen sehen konnte, zog ihren Schal hoch und wickelte ihn um ihr Kinn, als wolle sie eine Wunde verbinden. »Sukkubus ... Teufelsweib ... was sie mich alles nennen! Worte direkt aus der Hölle ihrer eigenen Schädel. Doch Gott kennt mein Herz, und ich habe noch nie in meinem Leben gegen irgend jemanden eine Verwünschung ausgesprochen ...« So schimpfte Nell vor sich hin und starrte dabei auf meinen Dachsüberwurf, den ich, ein wenig zu meiner eigenen Überraschung, noch immer trug. Sackpole versuchte wiederholt, die Unschuldsbeteuerungen zu unterbrechen, doch ich bemerkte nun, daß Nell von meinem Pelz so fasziniert war und daß sie das Nachdenken über diesen (und wohl auch über dessen Träger) so ablenkte, daß sie immer langsamer sprach und allmählich die Worte zu ihrer Verteidigung ganz vergaß, so daß sie binnen kurzem, wie ich – richtig – vermutete, überhaupt in Schweigen versinken würde.

Weiter kam ich zu der Überzeugung, daß es mir, wenn ich es nur geschickt anfing, gelingen würde, Nell so weit zu beruhigen, daß ich einen Blick auf ihren Hals werfen konnte, ohne sie mit Gewalt festhalten oder erschrecken zu müssen, was mir sehr zuwider gewesen wäre. Daher flüsterte ich Sackpole zu, er solle sich ein wenig zurückziehen und die Vorgänge von einer Ecke des feuchten Zimmers aus beobachten, jedenfalls nichts mehr zu Nell sagen, bevor die Untersuchung beendet sei.

Da er zweifellos merkte, daß Nells Angst nachgelassen hatte, kam er meiner Bitte nach. Ich ging zu Nell hin und kniete neben ihrem Stuhl nieder, wobei ich ein Würgen im Hals unterdrücken mußte, da der Geruch ihres Körpers wirklich sehr ekelhaft war.

Linkisch ließ ihre knochige Hand den Schal los, legte sich sehr liebevoll auf die Dachsschnauze auf meiner linken Schulter und begann, den Dachskopf zu streicheln. Ich beobachtete Nell genau. Sie nickte mit dem Kopf, als habe sie etwas wiedererkannt. Lange Zeit sagte ich nichts und rührte mich auch nicht. Neils Hand wanderte zu meiner rechten Schulter und berührte dort die Dachsnase. Als ich ihr wieder in die Augen sah, bemerkte ich, daß die Angst weitgehend von ihr gewichen war. Jetzt, dachte ich, werde ich die Kerze heranholen und sie bitten, den Schal abzuwickeln und den Kopf zurückzulegen, damit ich das Gewächs sehen kann. Doch als ich eben die Hand ausstrecken wollte, um nach der Kerze zu greifen, begann Nell wieder zu sprechen. »Davon habe ich geträumt«, flüsterte sie. »Von einem Mann, der ein Tier trägt. Er war nicht Ankläger, sondern ich seiner.«

Ich sagte nichts.

»Ich seiner«, wiederholte Nell.

»Wessen habt Ihr ihn denn beschuldigt?« fragte ich ruhig.

»Ich weiß nicht mehr«, sagte sie. »Vergessen.«

»Doch er hatte etwas Unrechtes getan?«

Nell nickte: »Etwas Unrechtes. Und deshalb sollte er tief fallen.«

»Er fiel in Euren Träumen?«

»Ja.«

»Aus Gottes Gnade?«

»Aus aller Gnade. Und in die Verwirrung.«

Ich schwieg. Meine Hand war noch nach der Kerze ausgestreckt, doch ich konnte diese einfache Handlung nicht zu Ende führen, so beunruhigt war ich jetzt. Ich konnte Nell auch nicht mehr ansehen. Mein Herz schlug heftig, meine Hände fühlten sich feucht an, und im Mund hatte ich den Geschmack von Galle. Wenn sie in meine Zukunft sehen kann, dachte ich bei mir, dann ist es klar, daß sie eine Macht besitzt. Doch dann gelang es mir, meine Gedanken wieder zu zügeln, wußte ich doch, daß dieses Urteil nur aus Furcht erwachsen war. Ich rief mir ins Gedächtnis zurück, daß es in unserer sterblichen Existenz viele Arten des Verhextseins gibt, wobei Angst vielleicht die schrecklichste und Liebe die andauerndste ist. Nells Urteil über mein Leben machte mir furchtbar zu schaffen, um so mehr, als es mein Geburtstag war. Ein Teil von mir hätte Nell gern weiter befragt, um auch »das Schlimmste zu wissen«, wie man so schön sagt, doch der andere, feigere Teil, wollte gar nichts weiter wissen, da er nicht darauf eingestellt war, tapfer zu sein, sollte sich »das Schlimmste« wirklich als sehr schlimm erweisen. Der Gedanke an einen »Fall in die Verwirrung« war schon erschreckend genug.

In diesem Augenblick hörte ich ein Pochen an Nells Tür und Rufe aus der Menge draußen, und Sackpole, dessen Anwesenheit im Zimmer ich fast vergessen hatte, flüsterte mir eindringlich zu, daß ich »jetzt, sofort, Sir Robert« die Untersuchung durchführen solle.

So rückte ich mit meiner noch immer zitternden Hand das Licht neben Nell und bat sie, mir ihr Mal zu zeigen und mir zu sagen, was es ihrer Meinung nach sei. »Denn es ist *Euer* Mal, Nell, und Ihr allein wißt, wann es zuerst dort aufgetaucht ist, ob jemand es berührt hat und ob es irgendwelche Absonderungen daraus gibt, und wenn ja, was für welche.«

Doch Nell schwieg und rührte sich nicht. Da das Licht nun auf ihr Gesicht fiel, konnte ich auf ihrer Wange mehrere große Leberflecke oder Warzen jener entstellenden Art sehen, die dem armen Oliver Cromwell, unserem ehemaligen Führer und Commonwealth-Oberhaupt, so viel Kummer gemacht hatten. Es ist medizinisches Grundwissen, daß ein Körper, der einmal davon geplagt wird, häufig zum Nährboden für schreckliche weitere Ausblühungen und Auswüchse wird, so, als würden sie aus Sporen aus sich selbst heraus entstehen wie Pilze, und als Nell schließlich ihren Schal abwickelte, erwartete ich sehr stark, auf ihrem Hals einen weiteren solchen Fleck zu sehen.

Das Gewächs, das sie enthüllte und das unter ihrem Ohr im Bereich der Drosselvene saß, sah aber nicht wie eine Warze aus. Es war von der Größe einer kleinen Münze und von leberbrauner Farbe; die Haut war in der Mitte am stärksten angehoben. Während meiner ganzen Anatomiejahre hatte ich nichts dergleichen gesehen. Wäre die Haut nicht verfärbt gewesen, dann hätte ich es für die hochgezogenen Narbenreste eines Furunkels oder einer Fistel gehalten, doch die Pigmentierung der Haut war sehr ausgeprägt, wohingegen Narbengewebe im Laufe der Zeit weiß wird. Es hatte wirklich große Ähnlichkeit mit einer kleinen Brustwarze, wie sie vielleicht die halbentwickelte Brust eines zwölfjährigen Mädchens hat.

Am entscheidendsten bei meiner Untersuchung dieses Dings würde das Abtasten sein – weil ich dann sehen würde, welche Reaktion dies bei der alten Frau hervorrufen würde und ob es irgendwelche Absonderungen gab.

Zunächst hielt Nell still, und ihre Hand fuhr fort, meinen Pelz zu streicheln, doch dann fühlte ich, wie ihr Körper von einem schrecklichen Zittern gepackt wurde. Hinter mir wurde das Pochen an der Tür und wurden die Rufe der Dorfbewohner immer lauter und ungeduldiger.

»Nun?« zischte Sackpole. »Was stellt Ihr fest?«

Doch ich zögerte.

Noch vor wenigen Minuten hatte ich Abscheu empfunden, dann Furcht. Ich hatte mich ermahnt, ruhig zu bleiben und an meine Aufgabe mit dem wachen, aber passiven Verstand des Arztes heranzugehen. Doch jetzt, als ich versuchte, die Zitze (oder als was auch immer sich das Ding erweisen würde) zwischen Daumen und Zeigefinger zu nehmen, und die maßlose Angst spürte, von der Nells ganzes Wesen ergriffen war, nahm urplötzlich ein tiefes Gefühl der Sorge und Verzweiflung von mir Besitz. Ich blieb noch einen kleinen Augenblick knien und betrachtete die harte, kalte und knotige Hand der Weisen Nell auf der Dachsschnauze. Dann stand ich auf und wandte mich dem Dunkel zu, in dem Sackpole wartete.

»Soweit ich es beurteilen kann, ist hier nichts Ungewöhnliches«, sagte ich. »Das Ding ist eine normale Zyste.«

Damit floh ich von dem Ort, zwängte mich draußen durch die Menschenmenge, die – mit Händen und Worten – nach mir schnappte, und rannte davon.

Ich weiß nicht, was ich danach tat. Wahrscheinlich fand ich mein Pferd, stieg auf und ritt heim, aber ich kann mich nicht daran erinnern. Die nächste Erinnerung, die ich habe, ist die, daß ich in einem heißen Bad liege und Will mich anstarrt, weil er auf der Haut meiner Schultern einige Striemen bemerkt hat, als habe mich dort etwas oder jemand gekratzt. »Schlimm, Sir«, sagt er. »Sehr schlimm.«

Dann mache ich mich für meine Abendgesellschaft fertig. Meine Schultern sind eingebunden. In meinem Magen und in meinem Kopf fühle ich ein starkes Unwohlsein.

Ich gehe hinunter und höre mich den Musikern, die soeben eingetroffen sind, mitteilen, daß mein Fest ausfällt. Ich gebe ihnen Geld und bitte sie, wieder nach Hause zu gehen. Dann rufe ich Will und sage zu ihm, er solle zum Haus der Gourlays reiten und der Familie sagen, daß ich erkrankt sei und der Musikabend nicht stattfinde.

In diesem Augenblick kommt Celia die Treppe herunter. Sie trägt ein Kleid aus taubengrauem Taft, dessen Mieder mit aprikosenfarbenen Bändern geschnürt ist. In ihrem Haar, dessen Korkenzieherlocken frisch aufgedreht sind, trägt sie Bänder von der gleichen bezaubernden Farbe.

Ich stehe erstarrt da. Sie kommt herunter, direkt zu mir, und ausnahmsweise lächelt sie, und ich weiß, daß dieses Lächeln mir gilt, und ich werde von der Schönheit dieses Lächelns bis ins Mark berührt. Und so kommt es, daß ich am Ende dieses höchst beunruhigenden Tages, an dem mir gesagt worden ist, daß sich mein Leben langsam auf einen tiefen Fall zubewege, mir endlich eingestehe, was ich schon seit der Nacht von Bathursts Fest wußte, daß ich nämlich eben das getan habe, wozu mich der König nicht für fähig hielt: Ich habe mich in meine Frau verliebt.

Das Ertrinken

Ich schäme mich niederzuschreiben, was am Abend meines Geburtstags geschehen ist, doch ich will es versuchen, da dadurch vielleicht mein Schuldgefühl etwas besänftigt wird und ich den Schlaf wiederfinde, der mich nun schon seit zwei Nächten flieht.

Ich hatte keinen Hunger, und der Gedanke an das üppige Mahl, das ich für Dégueulasse und seine Familie hatte zubereiten lassen, erregte meinen Widerwillen. Ich hatte nur den Wunsch, mit Celia allein zu sein. So nahm ich sie bei der Hand (diese Geste sollte sanft und liebevoll wirken, doch ich fürchte, daß sie eher grob und herrisch war) und sagte: »Celia. Die Nacht ist ganz klar. Kommt doch mit mir aufs Dach, wo wir durch mein Teleskop die Sterne betrachten und versuchen können, in unsere Zukunft zu sehen.«

Celia protestierte, sie würde auf dem Dach frieren und unsere Abwesenheit wäre meinen Gästen gegenüber unhöflich.

»Es gibt keine Gäste«, sagte ich. »Es kommt niemand.«

In diesem Augenblick erschien Finn in seinem scharlachrot-goldenen Gewand und mit seiner blonden Perücke in der Halle. Er blickte vorwurfsvoll auf meine Hand, die Celias Handgelenk umfaßt hielt. »Ihr könnt Eure alberne Kleidung ablegen, Finn«, sagte ich beißend, »der Abend fällt aus.« (Meine Eifersucht auf Finn ist wie eine Geschwulst an meiner Leber. Sie breitet sich aus, und ich werde gelbsüchtig, verbittert und krank.)

So steige ich also aufs Dach und ziehe Celia hinter mir her.

Wir klettern hinaus auf die eisigen Bleiplatten. Ich starre zum Himmel hinauf, und da ist er, der überfüllte Kosmos, unendlich weit und grenzenlos. Ich habe keine Ahnung von den komplexen Regeln, die seine Existenz bestimmen, auch nicht von der ersten, wie sich zeigen wird.

Celia zittert. Ich ziehe meinen Rock aus (einen aus schwarzem Kamelott, mit Goldtressen besetzt) und lege ihn ihr um die Schultern.

Ich schaue durchs Teleskop. Als ich den Himmel absuche, sehe ich anfangs nur bedeutungslosen Himmelsstaub. Dann bemerke ich, daß der Planet Jupiter mit seinen ihn umkreisenden Monden heute nacht besonders hell ist. »Aha«, sage ich, indem ich mir das Air eines Mannes gebe, der sich mit den Planeten und Sternen gut auskennt, *»voilà* Jupiter. Ungewöhnlich hell. Ausgezeichnet. Ein gutes Omen. Jupiter als beherrschender Planet aller irdischen Könige. So wird also von oben auf uns herabgelächelt.«

Ich führe Celia zum Teleskop. Obwohl ihr mein Rock etwas Wärme spendet, zittert sie noch immer. Ich muß an die Angst denken, deren Zeuge ich am Nachmittag geworden bin. Das Wissen, daß Celia sich fürchtet, bestürzt mich. Ich muß sie besänftigen und beruhigen. Daher lege ich meine Arme um sie. Sie kann mir nicht ausweichen, da wir am äußersten Rand des Daches stehen. »Nein, Merivel!« ruft sie aus. Aber ich kann sie nicht loslassen. Ich kann es einfach nicht. Ich habe nicht den Willen dazu. Ich drehe sie zu mir herum. Sie wendet den Kopf ab, genauso wie die Weise Nell, deren Zitze ich nicht berühren sollte. Doch nicht meine Hände drängen zu Celias Hals, sondern meine Lippen. Ich küsse sie genau an der Stelle, wo eine Hexe vielleicht ihre Kreatur gesäugt hätte. Sie wehrt sich und schreit wieder auf, doch ich lasse sie nicht los. Und nun bin ich mit dem weichen Fleisch ihres Halses nicht mehr zufrieden. Ich will ihren Mund. Mit aller Kraft ziehe ich ihren Kopf an meinen. Ich fühle ihre Brüste auf meiner Brust. In meinem Kopf pocht es, und mein Atem geht stoßweise. Ich zwinge ihr einen Liebeskuß auf.

Sie gibt keinen Augenblick nach, sondern wehrt sich die ganze Zeit und versucht, von mir freizukommen. Ich bin jetzt erregt. So hitzig wie ein begehrlicher Junge. Celia biegt ihren Rücken zurück und reißt ihren Mund von dem meinen los. Da ich den Kuß verloren habe, bedränge ich sie nun mit Worten. Ich bitte sie, nicht mehr über den König nachzudenken. »Wenn er Eurer jetzt noch nicht überdrüssig ist, dann wird er es in einem Jahr sein. Habe ich es Euch denn nicht gesagt, er ist Quecksilber und kann nicht eingefangen und nicht gehalten werden. Er wird Euch niemals das Kind schenken, das Ihr Euch so sehr wünscht, Celia. Niemals! Aber ich könnte es. Bekommt von mir einen Sohn! Denn ich bin Euer Gatte, und alles, was ich von Euch will, ist, daß Ihr mir erlaubt, Euch zu lieben!«

Und dann spuckte sie mich an. Sie spuckte mir in die Augen, so daß ich für einen Augenblick nichts sah – und der reichte aus, daß ich meinen Griff lockerte und sie zum Fenster taumelte, durch das wir aufs Dach geklettert waren, wobei sie meinen Rock von ihren Schultern fallen ließ. Als ich mich dorthin umwandte, kletterte sie gerade schreiend hinein; sie schrie nach Sophia, dem ekelhaften Reifrock.

Ich hätte ihr folgen und sie einfangen können. Ich hätte sie auf den Boden des Speichers werfen können.

Ich tat es nicht. Ich wischte mir ihren Speichel aus den Augen. Ich verdammte Gott und meine Eltern wegen meines widerwärtigen Wesens. Ich verfluchte eine Welt, in der ich niemanden hatte, der mich liebte, außer Huren und Kurtisanen. Ich trat heftig gegen den Fuß des Teleskops, wodurch ich mir meine Zehen grausam quetschte.

Obwohl ich stark zitterte, blieb ich noch eine Weile auf dem Dach, als wollte ich die eisige Nacht in mein Wesen eindringen lassen.

Ich weiß nicht, wie spät es war, als ich ins Haus zurückkroch. Ich schloß das Fenster. Als ich über den Speicher zur Treppe lief, bemerkte ich einen süßlichen, widerlichen Geruch, der mir bekannt vorkam; doch ich konnte mich nicht entsinnen, was es war.

Ich habe ein wenig geschlafen. Wie viele Tage seit meinem Geburtstag vergangen sind, weiß ich nicht. Ich scheine jedes Zeitgefühl verloren zu haben.

Ich hatte einen diabolischen Traum. Finn, nackt bis auf ein grünes Unterhemd, liebte gegen eine Mauer meine Frau. Ich tötete ihn. Ich schoß ihm neunundzwanzig Pfeile in den Hintern.

Als ich aufwachte, wußte ich, woher der süßliche Geruch auf dem Speicher gestammt hatte: Es war der Geruch von Finns Perücke. Und daraus schließe ich, daß er ein Spion ist. Entweder aus eigenem Antrieb oder vom König als solcher hierhergeschickt. Es kann kein Zweifel daran bestehen, daß er alles gesehen hat, was auf dem Dach geschehen ist, und daß er es nach Whitehall melden wird, wodurch ich nicht bloß einen dummen Eindruck machen werde, sondern auch einen schwer irregeleiteten – eine Meinung über mich, die ich ohne weiteres teilen kann.

Ich frage nun diesen verblödeten Merivel: »Wie bist du

in diese Lage gekommen? (Du, der du glaubtest, der ruhigen Celia gegenüber vollkommen gleichgültig zu sein, nur Frauen mit vulgärer Aufmachung zu lieben!) Ist Eitelkeit der Schlüssel? In deiner Hochzeitsnacht lag der König bei deiner Frau, während du mit einer Dorfschönen ins Reich des Vergessens sankst; hast du seit jener Nacht danach gestrebt, den Platz des Monarchen in Celias Herz einzunehmen?«

Es übersteigt mein Fassungsvermögen. Die Liebe hat wie eine Krankheit von mir Besitz ergriffen, so heimlich, still und leise, daß ich ihr Kommen nicht gesehen und nicht gehört habe. Wenn mein Verstand auch den Wahnsinn erkennt, so glühe und brenne ich doch wie im Fieber.

Wo oder bei wem finde ich Heilung? Ich höre Pearce von seiner dumpfen Wohnstätte aus eine Pearcesche Antwort geben. Ohne jedes Zögern instruiert er mich: »Bei dir selbst, Merivel.«

Ich setze eine schriftliche Entschuldigung an Celia auf. Ich schreibe, daß »gewisse Ereignisse an meinem Geburtstag mir so zu schaffen gemacht haben, daß mein Verstand das Opfer eines plötzlichen Anfalls von Wahnsinn geworden ist, der mich veranlaßte, mich Euch auf so abscheuliche Weise aufzudrängen«, doch ich scheine nicht in der Lage zu sein, den Brief fortzusetzen, so daß ich mich frage, ob die Lügen und Erfindungen, die allen Gesprächen zugrunde liegen, die Ursache für das undurchdringliche Schweigen sind, das wir in unserem eigenen Schädel wahrnehmen.

Ich sitze da und starre auf das Blatt Pergamentpapier. Ich streiche mir mit dem Federkiel über die Lippen. Mein Anus und mein rechtes Bein schmerzen vor zappeliger Müdigkeit. Meine Hand auf dem Papier ist kalt. Ich fühle mich sehr krank. Mir kommt der Gedanke, daß ich vielleicht sterbe, und das heitert mich ein wenig auf, da der Tod, wie die Dinge nun einmal liegen, es mir ersparen würde, mich für verrückt erklären zu müssen. Wie Ihr inzwischen sicher gemerkt habt, befinden sich meine Gedanken in einem brodelnden Durcheinander. Um mein Unbehagen noch zu steigern, habe ich in meinen Schweineborsten Läuse gefunden, und dieses Ungeziefer plagt mich nun mit unerträglichem Jucken. Ich habe Will Gates angewiesen, ein Kopfbad aus Essig und Guajakol vorzubereiten, ein Patentrezept von mir aus meiner Zeit in Cambridge, für das mir meine Studienkollegen, ungewaschen und verlaust wie sie waren, am Schluß noch persönlich dankten.

Bevor ich meine Entschuldigung an Celia nicht zu Ende geschrieben und ihr zugeleitet habe, möchte ich von ihr nicht gesehen werden, deshalb rühre ich mich nicht aus dem Zimmer und esse meine Mahlzeiten, wie ein Rekonvaleszent, von einem Tablett. Ich habe daher auch keine Ahnung, was im Haus vor sich geht – ob meine Diener ihre Pelzüberwürfe tragen, wie ich es angeordnet habe (Will Gates tut es nicht), ob sich das Portrait seiner Vollendung nähert (vielleicht mit einem in Sonnenlicht getauchten schottischen Tal hinter Celias liebreizendem Kopf) und ob Finn dem König über mich Bericht erstattet hat. Ich habe das Gefühl, in Gefahr zu sein, sehe aber nicht, woher sie kommen wird. Das Antlitz Nells, der Hexe, taucht sehr oft vor meinem geistigen Auge auf. Die Striemen auf meiner Schulter heilen nur langsam.

Heute bringt mir Will einen Brief. Es ist jedoch keine Aufforderung des Königs. Vielmehr ist es die dürftige, ungelenke Niederschrift von einem, der sich Septimus Frame, Matrose in der Handelsmarine, nennt. Die Handschrift ist so schrecklich und zittrig, daß man meinen könnte, das Briefchen sei auf See in einem Hebridensturm geschrieben worden. Die Botschaft, die es bringt, als ich es schließlich entziffert habe, ist dramatisch. Der Brief lautet wie folgt:

»Allerfreundlichster, ehrenwertester Herr,

ich schreibe auf Bitten der Witwe Pierpoint, die das Schreiben nicht gelernt hat.

Sie ersucht mich, Euch mitzuteilen, daß ihr Mann, George Pierpoint, Kahnfahrer, an diesem letzten Mittwoch unter der London Bridge ertrunken ist, derweil er sich aus seinem Kahn beugte, um einen Schellfisch zu fangen, und fällt in den Strudel um die Stützen und ist untergegangen, verloren.

Sie möchte, daß ich Euch sage, daß sie Euch als einen sehr gütigen Mann kennt. Sie bittet Euch, daß Ihr daran denkt, daß sie Kohle für ihre Bügeleisen und ihre Waschkessel kaufen muß, wenn sie nicht in Armut enden will, vielleicht in einem Armenhaus.

Daher bittet sie mich, Euch um die Gabe von dreißig Shilling zu ersuchen; als Dank dafür segnet sie Euch und bezeugt, daß Ihr ein anständiger und wohltätiger Mann seid.

Von einem demütigen Diener der Nation,

Septimus Frame, Matrose in der Handelsmarine«

Pierpoint ist also ertrunken! Der weise Fluß wird nichts mehr von seinen Bübereien, Betrügereien und von seiner unflätigen Sprache hören, sondern hat ihn in die Tiefe gerissen. Und Rosie ißt ihre kleinen Abendmahlzeiten aus Brot und Wellhornschnecken allein ...

Die Neuigkeit von seinem Tod muntert mich kurz auf. Ich stelle mir einen Augenblick vor, wie der springende Schellfisch durch Pierpoints rauhe Hände schlüpft und der Kahn, als Pierpoint ins Wasser fällt, von der Strömung davongetrieben wird. Laut flüstere ich: »Da war kein Aufseher!«, doch es ist mir nicht ganz klar, was ich damit meine. Ich weiß nur, daß ich kein Mitleid mit Pierpoint empfinde. Ich bin froh, daß sein Leben zu Ende gegangen ist.

Zu einem anderen Zeitpunkt wäre mein erster Gedanke beim Erhalt eines solchen Briefes gewesen, nach London zu eilen, um in Rosies heiße Hand das erbetene Geld zu drücken und mir freudig für ein paar stürmische Nächte den Platz ihres Mannes in ihrem Bett anzueignen. Doch wie die Dinge nun einmal liegen, fühle ich mich zu elend, zerknirscht, verwirrt, liebeskrank und ängstlich, um mich aus dem Haus bewegen zu können. Meine Leidenschaft hat mich zum Schiffbrüchigen werden lassen. In der Ferne glaube ich, die Kanonenschüsse einer großen portugiesischen Galeere zu hören. Ich muß mit meinem Entschuldigungsbrief fortfahren ...

Jetzt begreife ich, warum ich ihn nicht schreiben kann. Ich kann ihn nicht schreiben, weil er mit einem Versprechen enden muß, das ich nicht geben kann. Ich bilde den Satz: »Bei meiner Ehre verbürge ich mich, Euch niemals wieder, solange Ihr es nicht wünscht, anzurühren oder Euch Erklärungen über Gefühle aufzunötigen, von denen ich weiß, daß sie Euch äußerst zuwider sind«, aber schon beim Schreiben wüßte ich, daß ich nicht zu meinem Wort stehen würde. Ich weiß, daß es in meiner Natur liegt, daß irgendwann einmal ebendiese Wörter aus mir herausbrechen werden, die meine Frau nicht hören will. Ich fühle bereits, wie sich das Explosionsgemisch wie Eiter in meinem Herzen ansammelt. Ist eine unerwiderte Liebe auf die Dauer für den Liebenden tödlich?

Werde ich den ertrunkenen Pierpoint wiedersehen, bevor ich bei meiner eigenen Frau gelegen habe? (Wie sehr ich mich für mein Selbstmitleid verachte!)

»Meine liebste Rosie«, schreibe ich, obwohl ich weiß, daß sie nicht lesen kann, aber ich muß meine Gedanken jetzt unbedingt einem Freund mitteilen. »Ich sende Dir mit dieser Sammlung Merivelschen Gefasels eine japanische Geldbörse mit dreißig Shilling Inhalt. Die Börse selbst stellt einen gewissen Wert dar; sie gehört Dir, Du kannst sie behalten oder verkaufen, ganz wie Du willst. Daß Pierpoint ertrunken ist, tut mir leid. Es ist höchst bedauerlich, wegen eines Schellfischs zu sterben.

Ich würde nach London reisen, um Dich wegen des Verlustes Deines Ehemannes zu trösten, doch ich scheine in eine tiefe Melancholie und ein körperliches und geistiges Unbehagen gefallen zu sein, so daß ich mich nicht in der Lage fühle, mein Zimmer zu verlassen. Wo ich, eingehüllt in Dachsfelle, sitze und auf einen grauen, undurchdringlichen Himmel blicke. Um es kurz zu machen, ich bin nicht mehr Merivel, sondern ein trübseliger Phlegmatiker und eine nutzlose Person, was mir gar nicht gefällt. Mein altes Ich, wenn auch sehr fremdländisch, war ein lustiger Begleiter. Dieser neue Mann aber ist widerlich. Ich habe ihn gebeten, zu gehen und nie wiederzukommen, doch da sitzt er, kratzt sich, zappelt herum, schneuzt sich die Nase, seufzt, gähnt und beschäftigt sich ein wenig mit armseligem Schreiben. Ich wünschte, er wäre tot.

Diese Person – die ich in Fogg umtaufen will – hatte kürzlich einen Traum vom König, in dem ihn Seine Majestät fragte: Welches ist die ›erste Regel des Kosmos‹? Fogg fühlt nun in seiner Einsamkeit, wie diese Frage seinen Geist quält. Sie klebt an seinem Denken wie eine Muschel am Felsen, aber er kann sie nicht aufbrechen. Doch am vergangenen Abend, bei der Nachricht von Pierpoints Tod, gab sie seinen Versuchen ein wenig nach. So legte Fogg nieder, daß es wahrscheinlich sei, daß die ›erste Regel des Kosmos‹ die Isoliertheit aller Dinge ist. So wie jeder Planet und jeder Stern in sich ein Ganzes und nicht mit anderen Planeten oder Sternen verbunden ist, so muß jeder Mensch auf Erden für sich allein bleiben, selbst im Tod. So starb Pierpoint in undurchdringlicher Einsamkeit.

Doch während die Planeten in ihrer Vereinzelung heiter und gelassen sind, da sie wissen, daß jeder Zusammenstoß die Gefahr in sich birgt, daß sie zerstört werden und zu Staub zerfallen, sieht Fogg, ebenso wie sehr viele seiner Artgenossen, in seiner Isoliertheit die absolut traurigste Tatsache seiner Existenz und hofft inständig, auf jemanden zu stoßen, der sie ihn vergessen läßt. Doch andererseits erkennt er auch den Wahnsinn einer solchen Kollision. Ein Zusammenstoß ist so verhängnisvoll, weil er gegen die erste Regel verstößt. Beim Zusammenstoß wird Fogg auseinandergerissen. Beim Zusammenstoß wird er zu eifersüchtigem Gas, zu herzlosem Staub ...«

An dieser nicht sehr schlüssigen (und etwas zusammenhanglosen) Stelle wurden meine Kritzeleien an Rosie unterbrochen. Will Gates kam ins Zimmer und teilte mir mit, daß Mister de Gourlay gekommen sei und mich dringend sprechen wolle.

»Sieh mich doch an, Will!« sagte ich. »Ich kann erst wieder Besuch empfangen, wenn ich gesund bin.«

»Er hat mich gebeten, Euch zu sagen, daß er etwas mitgebracht hat, was Euch gesund machen wird.«

»Nun«, meinte ich, »vielleicht Schwalbenblut.«

»Wie bitte, Sir?«

»Ich möchte lieber allein bleiben, Will. Ich muß über vieles nachdenken.«

»Er drängt sehr, Sir.«

»Da haben wir den Grund, warum er nicht beliebt ist. Er hat nicht begriffen, daß das Leben eine Quadrille ist, die *pas* rückwärts ebenso erfordert wie *pas* vorwärts.«

Als ich das gesagt hatte, kam mir sogleich der Gedanke, daß mein Entschuldigungsbrief an Celia so ein *pas* rückwärts war, ohne den ich überhaupt nicht wieder würde tanzen können, außer vielleicht einen Totentanz. Deshalb legte ich, während Will sich noch weiter für Dégueulasse einsetzte, schnell meinen Brief (wenn es einer war) an Rosie Pierpoint beiseite, nahm ein sauberes Blatt Pergamentpapier zur Hand und schrieb die folgende einfache Mitteilung:

»Meine liebe Celia, mein gemeines Betragen tut mir außerordentlich leid. Ich bitte Euch, mir diesen Übergriff zu verzeihen, so daß ich Euer Freund und treuer Beschützer bleiben kann.

R. M.«

Dann wies ich Will an, Dégueulasse in mein Zimmer zu führen und anschließend Celia meine kurze Mitteilung zu überbringen.

Ich setzte meine Perücke auf. Die Angst in mir hatte ein klein wenig nachgelassen, was einen plötzlichen Abfall der Temperatur meines Blutes zu bewirken schien. Während ich vorher am Kochen gewesen und fast vor Hitze umgekommen war, fror ich jetzt. Ich griff nach meinem Überwurf, legte ihn an und saß nun mit darunter verschränkten Armen da. Was war eigentlich, hätte ich gern gefragt, während ich auf meinen Gast wartete, aus meinem Russengemälde geworden? Hatte ich schon wirklich damit angefangen oder nur in meiner Phantasie?

Dégueulasses Eintreten unterbrach meine Gedanken, bevor ich eine Antwort darauf gefunden hatte. Sein Anblick enthob mich der Sorge um mein eigenes Aussehen. Er gehört zu den Leuten, die ganz schrecklich und aufreizend häßlich sind, doch scheint man seine Häßlichkeit sofort zu vergessen, wenn er aus dem Blickfeld verschwindet, um sich nur um so heftiger daran zu erinnern, wenn man ihn das nächste Mal wiedersieht. (Ich frage mich manchmal, ob es seiner Frau und seinen Kindern genauso geht, daß ihn seine Familie also am liebsten hat, wenn er nicht bei ihnen ist.)

Zu der vollfleischigen Derbheit seiner Züge kommt noch eine bösartige Schuppenflechte auf seiner linken Wange, die Dégueulasse mit der Hand zu verdecken sucht. Das zu sehen, schmerzte mich. Es gab doch irgendein Heilmittel, überlegte ich, aber ich hatte natürlich vergessen, was es war. Und außerdem war er ja gekommen, um die Rolle des Arztes zu spielen, nicht ich. Er schien sich aufrichtig Sorgen zu machen (»es heißt, daß Ihr seit jener Nacht Eurer Abendeinladung nicht mehr der alte seid«) und stellte eine Flasche mit einem grünen Saft vor mich hin. »Habe ich von einem Scharlatan, einem richtigen Quacksalber!« erklärte er. »Nicht die Threepence wert, die es gekostet hat!«

»Nun«, sagte ich, »warum bringt Ihr mir dann den Saft, Mister de Gourlay?«

»Weil er das wirksamste Mittel gegen Melancholie ist, das je gebraut worden ist.«

»Und doch sagtet Ihr, er sei den kleinen Betrag, den Ihr dafür ausgegeben habt, nicht wert...«

»Das ist richtig! Und was glaubt Ihr nun, Sir Robert? Ist er wertlos oder nicht mit Gold aufzuwiegen?«

»Ich glaube keines von beidem ...«

»Sehr weise.«

»Solange ich nichts davon eingenommen habe ...«

»Genau. So setzt Ihr keine Erwartungen in ihn? Ihr seid neutral?«

»Ja.«

»Ihr glaubt in gleichem Maße, daß seine Eigenschaften wertlos sind, wie, daß sie eine wundersame Heilwirkung haben?«

»Ich glaube weniger an die Heilwirkung.«

»Aber Ihr räumt ein, daß sie immerhin möglich ist?«

»Ja.«

»Ausgezeichnet. Und Ihr versprecht mir, daß Ihr etwas davon einnehmt, bevor Ihr schlafen geht?«

»Ja, das tue ich.«

De Gourlay setzte sich. Er strahlte. Das habe ich auch schon bei anderen Menschen bemerkt: Geheimes Wissen läßt sie lächeln. Es ist das Lächeln der Macht. Es regt mich jedesmal auf, doch an diesem Tag fesselte mich der Gedanke, daß Dégueulasse ein kleines Spiel mit mir spielte. Ich fragte mich gerade, worum es dabei eigentlich ging, als Dégueulasse seinem dicken Bauch einen kameradschaftlichen Klaps gab und erklärte: »Erwartung, seht Ihr! Die Hure der Vernunft! Sie klammert sich doch bei uns allen an den Hals, *n'est-ce pas?*«

»Ihr mögt recht haben.«

»Ich habe recht. Nehmen wir Eure Soiree, die so kurzfristig abgesagt wurde. Ich kann Euch nicht beschreiben, welche Erwartungen im Hinblick auf ihr Glück und ihre Zukunft meine Frau und meine Töchter in sie gesetzt hatten!«

»Es tut mir leid ...«

»Nein, nein! Ihr müßt Euch nicht entschuldigen. Niemand hatte meiner Frau gesagt, daß bedeutende und einflußreiche Männer vom Hofe dasein würden, die aufgrund dieses einen Abends unser Vermögen um dreitausend Pfund pro Jahr vermehren würden. Niemand hatte meinen Töchtern versprochen, daß sie an Eurer Tafel Söhne des Marquis oder junge Neffen des Prinzen Rupert treffen würden. Und doch war es eben das, was sie sich erhofften! Und als sie hörten, daß der Abend ausfallen mußte, wißt Ihr, was sie da taten, alle drei? Sie fingen zu weinen an!«

»Nun«, sagte ich, »ich bedaure, daß keine hochgestellten Persönlichkeiten vom Hofe oder Verwandte von Rupert zugesagt hatten zu kommen.«

»Ich glaubte auch nicht, daß welche kommen würden, oder vielmehr glaubte ich es und glaubte es auch wieder nicht, in genau dem gleichen Maße, und so hatte ich für mich selbst überhaupt keine Hoffnung damit verknüpft.«

»Höchst weise, muß ich schon sagen.«

»Genau. Nun fühlt Euch frei, mir anzuvertrauen, was mit Euch geschehen ist, falls Ihr das gerne möchtet. Ich bin ein Mann ohne jede Weisheit. Andererseits glaubt meine Mutter, daß ich einer der klügsten Leute bin, die je in Norfolk gelebt haben.«

Dégueulasse lachte herzlich. Es war das erste Mal seit vielen Tagen, daß ich Lachen hörte, und es hallte höchst merkwürdig im Raum wider, wie ein Echo oder ein Schall, der aus dem Wasser emporstieg. Es hörte wieder auf, so daß Stille im Zimmer herrschte, und in dieser Stille, in der mein Blick auf der verkrusteten, entzündeten Haut von de Gourlays Wange lag, fiel mir das Heilmittel für die Schuppenflechte wieder ein, und ich sagte: »Leider *weiß* ich nicht, was mit mir geschehen ist. Deswegen kann ich mich niemandem anvertrauen. Dafür weiß ich, was die Eiterungen in Eurem Gesicht heilen kann.«

»Nein!« sagte Dégueulasse schnell. »Sagt nicht, daß Ihr es wißt! Sagt, daß Ihr es wißt, aber auch wieder nicht wißt.«

»Nun gut. Es gibt zwei Heilmittel. Wenn nicht eines von beiden hilft, wird nichts helfen. Das erste ist Wegerichwasser mit etwas losem Zucker vermischt; das zweite ist ein Sirup aus heißer Milch, Wein und Gewürzen. Diese werden Euch entweder heilen oder aber auch nicht.«

De Gourlay dankte mir und lachte wieder, und ihm schien viel daran zu liegen, daß ich in das Lachen einfiel. Doch ich konnte es nicht. Ich sah jetzt, daß er sich, wenn er auch an die Klugheit und Weisheit seines Spiels glaubte, eigentlich nur selbst zum Narren hielt. Denn was war das Spiel denn anderes als ein weiterer Selbstbetrug: Indem er mit Verneinungen und Bejahungen jonglierte, glaubte er, sich vor Leid schützen zu können, doch es war mir klar, daß er vom Leben ebensoviel erwartete wie andere Menschen. Denn was war die Einfügung des »de« in seinen Familiennamen anderes als eine Hoffnungserklärung?

Es war Abend geworden, als de Gourlay mein Zimmer verließ. Ich ging mit einer Kerze zum Kamin, fror aber dennoch besorgniserregend. Ein Bad, beschloß ich, war die einzige Möglichkeit, warm zu werden.

Ich rief nach Will. Er berichtete mir, daß er meine Mitteilung Celia überbracht habe.

»Wie geht es meiner Frau?« fragte ich ihn.

»Sie ist lustlos, Sir. Sie wartet ungeduldig auf die Rückkehr Mister Finns, damit das Portrait fertiggestellt werden kann.«

»Finn ist abgereist?«

»Ja, Sir. Am Tage nach Eurer abgesagten Einladung. Geschäftlich nach Whitehall, prahlte er.«

Also hatte ich mich nicht getäuscht. Finn war zum Spion des Königs ernannt worden (oder hatte sich selbst dazu gemacht).

Als ich in der Wanne saß (mein Kopf hing etwas ungemütlich herum, so daß mir der Gedanke kam, daß ich für mich selbst ein Kinnband entwerfen sollte, so wie ich es mir für die Leute vom River Mar ausgedacht hatte), versuchte ich, mir darüber klarzuwerden, welche Folgen dieses Spionieren für mich haben würde. Wie ich den König in seiner absoluten Macht über jeden in seinem Königreich kannte, wollte ich fast wetten, daß er sich über die Torheit meiner Liebe zu Celia amüsieren würde. »Nun, Merivel ...«, hörte ich ihn sagen, »was für eine tolpatschige Verkörperung von Romeo Ihr doch seid! Sich mit Julia auf dem Balkon zu rangeln! Bitte denkt in Zukunft daran, welche Rolle Ihr zu spielen habt. Ihr seid Paris!« Ich lächelte. Ich hatte den Tonfall der Stimme des Königs noch so genau in Erinnerung, daß ich fast glaubte, er wäre im Raum, direkt hinter dem Dampf, der aus meinem Badewasser aufstieg.

Ich schloß die Augen. Will schöpfte mir heißes Wasser über Schultern und Brust, doch ich fing wieder an zu frieren, und es war das Frösteln des Fiebers. »Hol noch mehr Wasser,

Will«, wies ich ihn an, »und sieh zu, daß es kochend heiß ist.«

»Dieses hier ist heiß genug, Sir. Ihr werdet verdampfen.«

»Streite nicht! Geh und mach Wasser heiß! Ich ertrinke in Kälte.«

Ich blieb allein in meiner Wanne zurück. Vor dem Fenster hörte ich den Ruf einer Eule. Ich dachte an Nells Prophezeiung meines Fallens. Ich dachte daran, wie Pierpoint aus seinem Kahn gefallen war. Und ich dachte an Rosie, die allein in ihrer Wäscherei war und darauf wartete, daß ihr dreißig Shilling in die Hand fallen würden.

Ich kann mich noch daran erinnern, daß Will mich, tropfnaß und zitternd, halb aus dem Bade trug. Er trocknete mich ab, zog mir ein frisches Nachthemd über den Kopf und legte mich ins Bett. Ich wies ihn an, Pelze über mich zu häufen, und konnte dann die Dachshäute riechen: Sie rochen nach Erde.

Ich vergrub mich. Ich verkroch mich im Schlaf. Und als ich mitten in der Nacht aufwachte, wußte ich, daß ich ganz furchtbar krank war, mit Schmerzen hinter der Stirn und tief unten in meinem Schädel, wie ich sie mir nie hätte vorstellen können, es sei denn als Schmerzen des Todes.

Ich erbrach mich heftig in eine Schüssel. Meine Würgelaute weckten Will, der sich auf dem Boden meines Zimmers schlafen gelegt hatte. Er brachte die Schüssel weg und holte mir Wasser. »Sir«, sagte er, als er mir den Becher an den Mund hielt. »Ich sehe ein paar rote Tupfen oder Flecken auf Eurem Gesicht.«

Ich legte mich zurück; die Schmerzen in meinem Kopf ließen mich wimmern wie Celias vernachlässigte Isabelle. Will hielt mir einen Spiegel vor die Nase. Ich schielte nach mir. Es war ein jammervoller Anblick, einer, an den ich noch lange denken werde. Ich hatte die Masern.

Ich will Euch nicht die Beschwerden dieser Krankheit schildern. Es genügt, wenn ich festhalte, daß ich mehrere Tage lang von Schmerzen geplagt wurde, Schmerzen, die nur durch die häufige Einnahme von Laudanum, das ich mir selbst verschrieben hatte, gelindert wurden. Diese versetzten jedoch mein Gehirn in eine Art Delirium, so daß ich weder mein Zimmer noch Will darin wiedererkannte, sondern mich abwechselnd in Whitehall, in der Werkstatt meiner Eltern, in der stinkenden Wohnstube der Weisen Nell oder auf einem Boot mit einer Plane wähnte.

Als der Schmerz schließlich nachließ und ich still daliegen konnte, ohne zu stöhnen, wußte ich, daß sich jetzt ein Schlaf an mich heranschleichen würde, so tief, daß er mich wie der Tod umhüllen würde. Er hielt mich jeweils wohl fünfzehn oder sechzehn Stunden lang hintereinander fest. Dann erwachte ich und fand neben meinem Bett Will oder Cattlebury mit einer kleinen Tasse Fleischbrühe vor, die ich zu nippen versuchte. Danach pißte ich schwach in meinen Topf, legte mich wieder zurück und war in wenigen Minuten erneut in diesen samtenen Schlaf gesunken, der, wie ich einmal bei mir dachte, nicht nur dem Tode ähnelte, sondern auch der Kindheit, und ich sann töricht über die Möglichkeit nach, in einer schöneren und ernster zu nehmenden Gestalt wiedergeboren zu werden.

Doch das geschah natürlich nicht. Ich wurde zwei Wochen später schrecklich geschwächt und mit Schorf bedeckt »wiedergeboren«. Ich setzte mich auf und sah Will auf einem Stuhl sitzen. Er trug seinen Überwurf. »Danke, Will«, sagte ich. »Auch dafür, daß du dich so gut um mich gekümmert hast. Ohne dich wäre es schlecht um mich bestellt gewesen.«

»Geht es Euch besser, Sir?«

»Ich glaube schon. Wenn ich mich auch noch etwas schwach und ausgehöhlt fühle ...«

»Fühlt Ihr Euch gut genug für Neuigkeiten?«

»Neuigkeiten?«

»Ja. Über Euren Haushalt.«

»Du meinst über dich und Cattlebury und die anderen Bediensteten?«

»Nein, Sir. Ich meine über Eure Frau, deren Dienerin, Mister Finn und den Musikmeister. Sie sind alle weg. Nach London.«

»Celia ist weg?«

»Ja, Sir. Mit all ihren Kleidern und Fächern und sonstigem.«

»Aber das Portrait ...«

»Fertig. Und noch am gleichen Tage schickte der König eine seiner Kutschen, und sie stiegen alle ein, und weg waren sie.«

Ich legte mich wieder hin. Ich starrte zu meinem türkisfarbenen Baldachin hinauf. »Das ist also das Ende«, hörte ich mich sagen. »Sie wird nie wieder zurückkommen. Welchen Tag haben wir heute, Will?«

»Den zweiundzwanzigsten, Sir. Februar.«

Eine Woche später, als ich an meinem Kamin saß und mit leerem Blick ins Feuer schaute, brachte mir Will einen Brief. Er war, wie ich es nicht anders erwartet hatte, vom König. Das heißt, er war nicht von ihm selber, sondern von einem seiner Sekretäre und enthielt die folgende Aufforderung:

»Seine Gnädige Majestät, König Charles II.
Herrscher des Königreichs befiehlt:

Daß Sir Robert Merivel sich im Whitehall-Palast nicht später als vier Tage nach Erhalt dieses königlichen Schreibens einfindet.

Gezeichnet: Sir J. Babbacombe. Sekretär.«

»So«, sagte ich zu Will, der mir die Mitteilung gebracht hatte, »Finn hat seine Arbeit getan.«

»Wie bitte, Sir?«

»Schon gut. Der König beordert mich nach London, Will. Doch nicht, um mich zu loben.«

»Ihr seid für eine Reise nach London noch zu schwach, Sir.«

»Ich habe keine andere Wahl, Will. Ich reite nicht, sondern nehme die Kutsche. Vielleicht wärst du so nett, mich zu begleiten?«

»Sehr gern, Sir Robert.«

»Wir fahren also morgen früh. Sieh nach, ob mein schwarzgoldener Rock und meine goldene Kniehose sauber sind.«

»Ja, Sir.«

»Und lege den Überwurf zusammen, der für meine Frau bestimmt war. Wir bringen ihn dem König als Geschenk. Obwohl ich befürchte –«

»Was, Sir?«

»Daß eine Gabe dieser Art nicht ausreichen wird.«

Ich will mich nicht mit den Einzelheiten dieser Reise aufhalten, sondern nur aufzeichnen, daß Will, als wir nach Mile End kamen und er in der Ferne den Tower und die Türme von London erblickte, aufgeregt wie ein Kind wurde, da er an all das Wunderbare dachte, dessen Zeuge er, der die ganzen neununddreißig Jahre seines Lebens in Norfolk verbracht hatte, nun zum ersten Male werden sollte. Und als es in seinem Norfolkschädel dämmerte, daß er wahrscheinlich sogar den König in seinem Palast zu Gesicht bekommen würde, begann er zu schluchzen, womit er mir im Verlaufe von fünf Minuten mehr Freude machte, als ich in den ganzen letzten fünf Wochen gehabt hatte. (Will Gates ist mir während meiner Zeit in Bidnold sehr ans Herz gewachsen. Sollte er nun für immer von mir genommen werden, dann werde ich oft an ihn denken.)

Wir übernachteten unterwegs zweimal und kamen so am Vormittag des dritten Tages in Whitehall an. Auf der Reise hatten wir unsere Überwürfe getragen, doch in unserer letzten Unterkunft in Essex zog ich meinen schwarz-goldenen Rock an und puderte mir das Gesicht, da es durch einige Masernverkrustungen immer noch ziemlich pockig aussah. Ich wollte nicht, daß der König dachte, ich habe die Skrofulose, das »Übel der Könige«.

Zusammen mit Will (der mit seinem beigen Rock und seinen grauen Gamaschen sehr adrett gekleidet war) betrat ich wieder einmal die Steingalerie, wo ich an einem vielversprechenden Nachmittag so von der nahen Gegenwart des Königs überwältigt gewesen war, daß ich alle Hoffnungen meines Vaters für meine Zukunft zunichte gemacht hatte. Wie bei jenem ersten Mal ging es in der Galerie durch die vielen umherwandelnden Leute sehr geräuschvoll zu, und ich wußte, daß viele von ihnen Bitt- und Antragsteller für kleine Vergünstigungen waren, die heute abend unverrichteter Dinge wieder abziehen mußten, um dennoch morgen und übermorgen und auch überübermorgen wiederzukommen.

Ich nannte den Wachen vor den königlichen Gemächern meinen Namen, und man hieß mich warten. Eine Stunde verging, in der ich vom Stehen so müde wurde, daß ich für einen Augenblick sogar glaubte, ich würde umfallen. Will hielt mich am Ellbogen fest und lehnte mich gegen eine Säule. Ich sah ihn mit offenem Mund auf einige Galane starren, die mit ihren Frauen an uns vorbeigingen. Selbst auf meinem Krocketrasen hatte er noch nicht solche Federn und Schnallen gesehen, selbst an meiner Speisetafel nicht solche perlenreichen Kleider. »Ich wette, Sir«, flüsterte er einmal, »diese Leute haben sogar noch mehr Geld als Ihr.«

»Ja, Will«, erwiderte ich. »Das möchte ich auch wetten.«

Schließlich wurde mir eine Nachricht überbracht: Ich solle um ein Uhr wiederkommen und mich bei dem zweiten der Tennisplätze des Königs, der als sein Lieblingsplatz galt, einfinden; dort würde sich dann Seine Majestät mit mir treffen. Ich sah den Überbringer dieser Nachricht mit einigem Unbehagen an. Ich war im Begriff, ihn zu bitten, dem König über meine jüngste Erkrankung zu berichten, die mich so schwach zurückgelassen hatte, daß ich kaum in der Lage war, ohne Hilfe in seiner Galerie zu gehen, geschweige denn, zu einem Tennisspiel anzutreten, doch der Mann wandte sich abrupt ab und lief weg, und ich wollte keinen Narren aus mir machen, indem ich hinter ihm herrief. Ich zuckte mit den Schultern. »Wir können jetzt nur eins tun«, sagte ich zu Will, »nämlich etwas Fleisch essen und hoffen, daß es mich kräftigt.«

Um die Mittagszeit waren wir dann in der »Boar Tavern« in der Bow Street, wo ich für Will einen Teller Austern und einige Taubenpasteten bestellte und für mich ein gebratenes Rippenstück mit Markknochen und dazu Starkbier, eine äußerst kräftigende Mahlzeit. Wir tranken ein wenig Bier, und Will saugte seine Austern aus und verschlang seine Pasteten, doch ich brachte kaum zwei Bissen der Karbonade hinunter, da ich keinen richtigen Appetit hatte. Will aß auch diese pflichtschuldig auf, während ich meine Uhr aus der Tasche zog und schweigend beobachtete, wie sich der Zeiger dem ersten Viertel der Stunde näherte.

»Ich glaube, ich muß sterben, Will«, sagte ich plötzlich. »Ich fühle es. Ich werde heute nachmittag sterben.«

Will wischte sich mit einer zerknüllten Serviette den Mund ab.

»Wie sterben, Sir?«

»Das weiß ich noch nicht.«

Nun, Ihr kennt mich jetzt sehr genau. Man braucht Euch nicht erst daran zu erinnern, wie unangenehm und doch zugleich wunderbar es für mich immer wieder ist, beim König vorgelassen zu werden. Ich bekomme auch diesmal einen roten Kopf, bin sehr hektisch und außer mir vor Freude, und gleichzeitig erfaßt mich eine überaus traurige Sehnsucht, die Zeit (die der König mit funkelnden Augen überwacht) zurückdrehen zu können, so daß ich wieder der bin, der ich einmal war: Merivel, der Narr.

Es wäre gut möglich gewesen, daß meine Liebe zu Celia – Liebe ist ja von Natur aus besitzergreifend – meinen Wunsch, mit dem König, ihrem Liebhaber, zusammenzusein, verringert hätte, doch das schien nicht der Fall zu sein, und als er auf den leeren, von einem Bogengang umgebenen Tennisplatz trat, ließen meine Gefühle der Verehrung und Angst kalten Schweiß auf meiner Stirn ausbrechen.

Der König wurde von zwei Kammerherren begleitet, von denen der eine die stoffgefütterten Schuhe trug, die er beim Tennisspielen bevorzugt, der andere zwei Tennisschläger. Der Holzgriff des königlichen Schlägers war mit scharlachrotem Band umwickelt. Obwohl ich mich wegen meiner Furcht im Schatten des seitlichen Schutzdachs aufhielt, sah mich der König sofort. Diejenigen, die sowohl den Sonnenschein der Zuneigung des Königs erfahren haben als auch die Kälte seiner Gleichgültigkeit, behaupten, daß man ihm, da er kein Heuchler ist, seine Laune sofort vom Gesicht ablesen kann. Selbst im Parlament (gegenüber welchem er, wie manche finden, mehr Takt zeigen sollte) scheint er häufig sein Mißvergnügen nicht verbergen zu können.

Ich hatte Will gebeten, außerhalb des Tennisplatzes auf mich zu warten, doch mein Geschenk, den hübsch in gelbes Leinen eingewickelten Pelzüberwurf, hatte ich mitgenommen, und diesen hielt ich nun im Arm, als ich meine Verbeugung machte, bei der ich meine Hüftgelenke wie bei einem alten Mann knacken hörte. Ich schaute auf. Der König, der noch größer geworden zu sein schien, sah mich von oben herab mit einem Blick unnachgiebiger Strenge an, ähnlich dem, den Fabricius häufig auf die ungebärdigen deutschen Studenten zu werfen pflegte. Ich hatte wohl Mißfallen erwartet, aber ich hatte nicht vorausgesehen, wie schwach ich mich dabei fühlen würde. Ich merkte, wie ich schwankte. Ich streckte die Hand aus und hielt mich an einer der Säulen der Überdachung fest. Ich konnte es mir nicht erlauben umzufallen.

»Was ist mit Euch los, Merivel?« fragte der König.

»Ich bin krank gewesen, Eure Majestät.«

»Ja. So seht Ihr auch aus. Aber das überrascht mich nicht. Wenn ein Mensch gegen die Ordnung der Dinge verstößt, ist es unausbleiblich, daß erst sein Geist und dann sein Körper leidet.«

Ich wußte nicht, was ich darauf sagen sollte. So nickte ich nur und hielt ihm mein Geschenk hin.

»Was ist das?« fragte der König, wobei er mit einigem Abscheu auf mein sperriges Paket schaute.

»Ein Geschenk, Majestät. Eine Erfindung von mir. Entworfen, um bei Winterwetter Wohlbehagen zu spenden.«

»Es ist fast Frühling, Merivel. Habt Ihr das denn nicht bemerkt?«

»Nein. Das habe ich nicht bemerkt. Ich war an mein Zimmer gefesselt.«

»Dann zeigt es trotzdem mal her.«

Ungeschickt wickelte ich hastig den Überwurf aus und hielt ihn hoch, so wie ich es bei dem Reifrock gesehen hatte, wenn er Kleider zur Billigung seiner Herrin vor den eigenen Körper hielt.

»Ha!« Beim Anblick der zusammengenähten Dachsfelle bekam der König einen Lachanfall. Auch seine zwei Herren fingen zu kichern an. Ich hätte dem König gern, wie ein aufdringlicher Straßenverkäufer, die Vorteile des Überwurfs angepriesen – seine Vielseitigkeit, die Bewegungsfreiheit, die er dem Träger läßt, die lebenswichtige Wärme, die er dem Blut spendet, das zur Lunge und zu den Nieren fließt –, doch ich stellte plötzlich fest, daß ich mich meines Produktes ein wenig schämte; sein Mangel an Eleganz war sein größter und verdammenswertester Fehler.

»Das soll man *tragen*?« fragte der König.

»Ja, Sir. Mein Haushalt ist durch diese Überwürfe von Fieber und Erkältungen verschont geblieben ...«

»Ihr aber offenbar nicht?«

»Ich hatte das Pech, die Masern zu bekommen.«

»Wie merivelianisch! Und Ihr seht noch immer pockig aus!«

»Ich weiß, Majestät.«

»Ihr braucht keine Pelze, Merivel. Und ich auch nicht, solange ich mich auf andere Art wärmen kann. Körperliche Betätigung hält Krankheiten viel wirksamer fern als Dachsüberwürfe. So kommt. Wir spielen einen Satz Tennis. Ihr habt früher bei diesem Spiel mehr Geschick bewiesen als bei den Spielen des Herzens. Vielleicht ist das auch jetzt noch so. Es sei denn, Ihr fallt ganz und gar auseinander.«

Der König wandte sich von mir ab und zog seine Schuhe an. Ich drapierte den Überwurf, den er offensichtlich nicht haben wollte, über die seitliche Brüstung. Die Dachsschnauzen hingen traurig herunter. Mit einiger Verwunderung dachte ich: Was für ein Geist konnte so ein seltsames Kleidungsstück erfinden? Doch nur der Geist eines Verrückten! Und nur ein Verrückter würde so ein exzentrisches Stück seinem König darbringen. Merivel, sagte ich zu mir, als ich meinen schwarz-goldenen Rock auszog, du bist dabei, den Halt zu verlieren ...

Mir wurde ein Schläger in die Hand gedrückt. Hastig versuchte ich mich zu erinnern, welche Listen ich früher in diesem schnellen Spiel angewandt hatte, und mir fiel ein, daß mein bester Schlag ein flach angeschnittener Ball an die *dedans*-Linie war, der zwar gewöhnlich das *dedans* verfehlte, aber so flach ankam, daß mein Gegner nicht in der Lage war, ihn nach dem ersten Aufkommen zurückzuschlagen, wodurch eine »Jagd« provoziert wurde. Wenn Ihr mit dem königlichen Tennisspiel vertraut seid, dann wißt Ihr, daß sehr viele Punkte bei einer »Jagd« gewonnen oder verloren werden, und Seine Majestät, wenn sie auch einen kraftvolleren Schlag als die meisten ihrer Gegner hat, kann oft durch Schläge besiegt werden, die den Ball anschneiden, ihn so schon fast bei der ersten Bodenberührung töten und nahe an der Grundlinie aufschlagen. Des Königs Stärke liegt in seiner Treffsicherheit. In jedem Satz gewinnt er unmittelbar einige Punkte durch Schläge ins Gewinnfeld und ins *dedans*. Einige Spieler bei Hofe nannten ihn den Glöckner, wegen der kleinen Glocke, die läutet, wenn ein Ball hart in diesen Gewinnfeldern aufschlägt.

So fingen wir in diesem kalten Februarlicht zu spielen an, wobei der König ganz selbstverständlich für sich den Aufschlag beanspruchte. Mir fiel auf, daß das Netz sehr viel prächtiger geworden war: Zu meiner Zeit war es nur eine Schnur gewesen, doch jetzt war es eine verzierte Borte mit Troddeln.

Kaum hatten sich die Kammerherren in ihren Punktezählerständen eingerichtet, als der König mir einen äußerst brillanten Aufschlag servierte, wobei der Ball an mir vorbeizufliegen schien, bevor er noch aufgeschlagen war, so, als würden wir nicht mit Bällen aus Haar und Stoff, sondern mit einem Schwarm Zaunkönigen spielen.

Ich wußte von früher, daß der König beim Tennisspiel zwar gerne gewinnt, es aber nicht so gern hat, wenn man ihm das zu leicht macht. Er liebt den Kampf. Er hat es gern, wenn der andere rennt und rennt und niemals aufgibt. So versuchte ich denn, meine kürzliche Erkrankung vollkommen zu vergessen und so flink wie ein Wiesel zu spielen, hin und her zu flitzen und nach jedem Ball zu jagen. Unglücklicherweise war mein Spiel, da ich vollkommen aus der Übung war, schrecklich wild und ungenau. Einer meiner Bälle flog zum Punktezählerstand und einem der Herren ins Auge; ein anderer war so hoch, daß er sich in die Lüfte schwang und über die Überdachung flog – wo er vielleicht Will Gates vor die Füße fiel, der dort saß, seine Karbonade verdaute und darauf wartete, den ersten Blick auf seinen Herrscher werfen zu dürfen.

Kurzum, mein Spiel war recht jämmerlich, und schon nach drei Spielen fühlte ich mich schrecklich elend und hatte Gallegeschmack im Mund. Ich ließ meinen Schläger fallen, so daß ich mich einen Augenblick unter dem Vorwand, ihn zurückzuholen, hinknien konnte. Ich atmete ein paarmal tief durch. Dann hörte ich, wie die Tür der seitlichen Überdachung geöffnet wurde, und ich fragte mich einen Augenblick, ob Celia gekommen war, um den Wettstreit zu beobachten und dem König nach seinem sicheren Sieg ihr liebreizendes Lächeln zu schenken.

Doch es war nicht Celia. Es war ein Lakai, der uns Zitronensaft mit Zucker brachte. »Zitronen aus Portugal im Februar!« sagte der König. »Extra für meine liebe Königin unter Glas gereift.« So verhalf mir also diese gelassene und gutmütige Frau, die der König so oft zu vergessen schien, wenn auch indirekt zu einer kleinen Ruhepause. Ich hatte gedacht, daß sie in meiner Geschichte überhaupt keine Rolle spielen würde, doch an jenem Tage bewahrte sie mich zweifellos davor, mein spärliches Mahl auf die Steine des Tennisplatzes zu erbrechen.

Zu meiner großen Erleichterung konnte ich das vierte Spiel für mich entscheiden. Ich war jetzt auf der Aufschlagseite. Von ihrer linken Hälfte aus gelangen mir ein seltsam brillanter Aufschlag sowie drei Slice-Aufschläge zum *tambour*, die der König zwar geschickt zurückgab, doch schlug er die Bälle unters Netz. In den nächsten drei Spielen war dann aber alle Kraft von mir gewichen. Der Schweiß lief mir übers Gesicht und vermischte sich mit dem Puder, mit dem ich die Spuren meiner Masern hatte verdecken wollen. Ich konnte nicht mehr rennen, sondern nur noch taumeln. Ein Ball nach dem anderen schoß an mir vorbei ins *dedans* oder ins Gewinnfeld. Frage nie nach, dachte ich, für wen die Glocke läutet. Sie läutet für dich, Merivel. Und dann dachte ich an Pearce, dessen Lieblingsdichter John Donne ist. Und ich bat Pearce, jetzt an mich zu denken und mir Kraft zu geben, mit all dem, was noch kam, fertigzuwerden.

»Wie ich mir schon dachte«, sagte der König am Schluß des Satzes, »Ihr seid langsam geworden!«

»Ich weiß, Sir ...«, murmelte ich.

»Sehr langsam. Und es handelt sich natürlich um ein schnelles Spiel.«

Ich folgte dem König in den Garten, wo ich Will zurückgelassen hatte, der dort noch immer in seinen grauen Gamaschen stand. Der König ging so schnell, daß ich mich sehr beeilen mußte, um mit ihm Schritt zu halten, und keine Möglichkeit sah, seine Aufmerksamkeit zu erringen, um ihn zu bitten, seinen majestätischen Blick, wenn auch nur kurz, auf meinen Diener zu richten. Doch ich konnte es mir nicht leisten, mir allzu große Sorgen um Will zu machen. Ich wußte, daß meine Niederlage beim Tennis nur der Auftakt zu einer weit schlimmeren Bestrafung war.

Ich wurde in ein kleines Sommerhaus geführt, das dem auf Bidnold, wo ich mich kurz an heimlichen Oboestunden mit Herrn Hümmel versucht hatte, recht ähnlich war. Dieses hier war zwar gekehrt und sauber, doch in dem schwindenden Licht des Winternachmittags auch ein etwas frostiger Aufenthaltsort. Ich zog meinen schwarz-goldenen Rock an. Der König schneuzte sich und wandte sich mir dann zu. Er war mir so nahe, daß ich die feinen Linien, die sich in seinen Augenwinkeln und am Rande seiner Lippen gebildet hatten, genau sehen konnte. Ich hatte den Eindruck, daß er seit unserer letzten Begegnung in seinem Labor gealtert war, und diese Beobachtung bekümmerte mich so, als hätte ich geglaubt, daß in einer sich verändernden Welt der König allein dem Zugriff der Zeit entzogen war.

»So«, sagte er schließlich, »Ihr habt Euch nicht an die Regeln gehalten, Merivel.«

»Beim Tennis, Sir?«

»Nein. Nicht beim Tennis. Was Eure Frau betrifft.«

Ich blickte zu Boden. Ich bemerkte Blut in meinem Schuh, konnte mir aber nicht vorstellen, woher es gekommen sein mochte.

»Ich weiß nicht, gegen welche Regeln ich verstoßen habe, Sir«, sagte ich ruhig.

»Das überrascht mich. Warum wurdet Ihr als Celias Mann ausgewählt, Merivel?«

»Weil Ihr wußtet, daß ich alles tun würde, was Ihr von mir verlangt.«

»Das trifft auf sehr viele Leute in unserem Königreich zu. Nein, das war es nicht. Es war, weil Ihr mir bei einer unserer ersten Begegnungen die Geschichte vom sichtbaren Herzen, das Ihr in Cambridge gesehen hattet, erzählt habt. Ihr sagtet zu mir, Ihr wüßtet, daß Euer eigenes Herz vollkommen gefühllos sei. Und ich habe Euch geglaubt. Doch jetzt sehe ich, daß ich das nicht hätte tun sollen, denn es ist keineswegs wahr.«

Lange Zeit herrschte Schweigen. In Gegenwart des Königs scheint Schweigen ein ausgesprochen furchterregender Zustand zu sein, und ich fühlte mich heiß und schwach.

»Um Liebe wart Ihr nicht gebeten worden, Merivel«, sagte der König endlich. »Ja, genaugenommen war es sogar das einzige, was Euch verboten war. Doch Ihr seid so weich und verhätschelt und töricht geworden, daß Ihr nicht erkennen konntet, daß Euch diese Regelverletzung wie den alten Adam aus dem Paradies vertreiben würde.«

»Aus dem Paradies?«

»Ja. Denn welche Rolle könnt Ihr jetzt noch spielen? Die von Celias Mann kommt nicht mehr in Frage, da sie nicht will, daß Ihr ihr noch einmal unter die Augen tretet. So habt Ihr Euch damit, daß Ihr versucht habt, das zu sein, was Ihr nur hättet darstellen sollen, selbst unbrauchbar gemacht.«

Ich blickte hinaus in die Abenddämmerung, die sich langsam über den Garten legte. In der Nähe einer Steinbank konnte ich Wills schattenhafte Gestalt erkennen, der sich mit dem Hereinbrechen der Dunkelheit verloren fühlen würde.

»Ich hatte nicht beabsichtigt ...«, stammelte ich, »... mich in Celia zu verlieben. Zuerst liebte ich ihre Stimme, ihre Musik. Und ich weiß nicht, wie sich diese Liebe in eine Liebe anderer Art verwandelte. Ich weiß es nicht.«

»Es geschah, weil Ihr es geschehen *ließt*, Merivel. Ihr wurdet nutzlos. Ihr hattet zuwenig Arbeit und zuviel Zeit zum Träumen. Und dann gabt Ihr Euren Träumen nach. Ihr dachtet, Ihr könntet für Euch eine Neubesetzung vornehmen. *Voilà tout*. Und jetzt kann ich Euch nicht mehr gebrauchen.«

Der König nahm seinen Blick von mir, und einen Augenblick glaubte ich, diese Worte bedeuteten, daß ich gehen konnte. Doch das taten sie nicht. Er hatte mir noch mehr zu sagen.

»Zu Eurem Glück, Merivel«, fuhr der König fort, »empfinde ich noch so viel Zuneigung für Euch, daß ich Euch gerne wieder nützlich machen möchte, wenn nicht für mich, dann für die Menschen. Ich fürchte allerdings, daß dies einige Zeit brauchen wird, denn seht Euch an! Wie erbärmlich Ihr doch geworden seid! Aber wir müssen es versuchen, nicht wahr?«

»Ja, Euer Gnaden.«

»Nun gut. Dann hört, was ich vorhabe. Ich selbst bin im

Augenblick damit zufrieden, wie ich mir mein Leben eingerichtet habe. Celia ist zurückgekehrt und scheint zu einer gewissen Einsicht gekommen zu sein – vielleicht durch Euch, obwohl ich das bezweifle und sie es natürlich abstreitet. Sie ist jedenfalls nach Kew zurückgekehrt, und ich bin glücklich, sie dort zu wissen. Aber in den meisten anderen Angelegenheiten bin ich nicht so glücklich. Ich habe den Eindruck, daß der ›Honigmond‹ meiner Regierungszeit vorbei ist.«

Der König wandte sich wieder ein wenig von mir ab, so daß ich sein Gesicht im Profil sehen konnte, und ich war, nicht zum ersten Mal, von der Länge und Feinheit seiner Stuartnase beeindruckt, die so gar keine Ähnlichkeit mit meiner Nase hat. Ich wollte gerade anmerken, daß die Liebesbeziehung zwischen dem König und seinem Volk bestimmt so lange andauern würde, wie er lebte, als er mir, bevor ich noch zum Sprechen ansetzen konnte, das Wort abschnitt.

»Mir fehlt es an Geld«, sagte er. »Wir führen einen Handelskrieg mit Holland, und ich habe nicht die Mittel für die Ausstattung unserer Schiffe. Diese Armut ist sehr demütigend, Merivel, und dagegen muß etwas getan werden. Ich habe zu großzügig, zu verschwenderisch Land und Güter verschenkt. Doch nun muß ich rechnen. Jetzt kommt eine Zeit, in der ich mich um die ›Arithmetik‹ kümmern muß.«

Und so kam der König schließlich zu dem, was er seine »Arithmetik« nannte. Er wollte mir Bidnold wegnehmen.

Er wollte es »wieder in Besitz nehmen«, so wie er Celia wieder in Besitz genommen hatte. Denn es gehörte mir nicht, ebensowenig wie mir Celia gehört hatte. Alles, was ich besaß, stammte von ihm, und jetzt nahm er es zurück. Irgendein französischer Edelmann würde es ihm abkaufen, das Haus, die Ländereien, die Möbel, einfach alles, und das so erworbene Geld würde zum Ankauf von Hanf, Teer, Segeltuch und Tauwerk verwendet werden. Auf diese Art und Weise würde Bidnold wieder »nützlich werden«. Durch die Arithmetik des Königs würde Land in Schiffe umgewandelt werden, und diese Schiffe würden Kriegsschiffe sein.

Und was sollte aus mir werden? Wie, o Herr, sollte ich wieder nützlich gemacht werden? Dadurch, daß ich gezwungen sein würde, nun, da ich kein Land mehr besaß, zu dem einzigen Beruf zurückzukehren, mit dem ich mir meinen Lebensunterhalt verdienen konnte: der Medizin. Ich sollte endlich aus dem Schlaf erwachen, in den mich der König hatte fallen sehen. Ich würde nicht mehr in der Lage sein, meine Zeit unter dem Norfolk-Himmel zu verträumen, denn von nun an – genaugenommen von dieser Nacht an – würde ich nichts mehr besitzen als mein Pferd und mein Chirurgiebesteck, denn das waren die einzigen Dinge, die »Geschenke der Zuneigung« und nicht »Geschenke der Berechnung« gewesen waren.

Die Pest war im Anzug. Und wie mir früher schon einmal gesagt worden war, rüttelt diese die Menschen nicht nur aus dem Schlafe auf, sondern auch aus der Vergeßlichkeit. Sie denken an den Tod. Auch ich würde daran denken, daß das Leben kurz ist, daß der Tod langsam seine Hände danach ausstreckt, genauso sicher, wie jetzt die Dämmerung über das Sommerhaus fiel. Und mit dieser Erinnerung würde noch eine andere kommen: Ich würde mich an die Anatomie erinnern. »Und so, Merivel, werdet Ihr wieder *tätig* sein und nicht mehr träumen. Dann seid Ihr nützlich!«

Ich glaube, hier lächelte mich der König an. Es konnte kein Zweifel daran bestehen, daß er es für einen klugen und zufriedenstellenden Plan hielt, mir Bidnold wegzunehmen, da er damit, könnte man vielleicht sagen, zwei Fliegen mit einer Klappe schlug, indem er mich wieder »nützlich« machte und sich selbst einen kleinen Geldbetrag beschaffte. In welch schrecklichem Maße ich mich allerdings durch die Härte der Bestrafung »erschlagen« fühlte, konnte der König nicht im entferntesten ahnen. Ich hatte von dem Augenblick an, in dem ich mir über Finns Rolle als Spion in meinem Haushalt klargeworden war, gewußt, daß mein Betragen Celia gegenüber jede Zuneigung, die der König noch für mich empfinden mochte, ersticken könnte, aber es war mir nie in den Sinn gekommen, daß er mir mein Haus wegnehmen würde. Ich hatte geglaubt, Bidnold sei mein für immer. Ab und zu hatte ich mir sogar vorgestellt, dort alt zu werden – vielleicht mit Violet als Gefährtin, falls Bathurst einmal an einem epileptischen Anfall sterben sollte – und auf dem Friedhof von Bidnold begraben zu werden. Und nun, da ich es verlieren sollte, zusammen mit Will Gates und Cattlebury und dem Teppich von Tschengtschau und meinem türkisfarbenen Bett und allem anderen, merkte ich, wie sehr ich an ihm hing. Ich hatte es mir zu eigen gemacht. In jedem Zimmer spiegelte sich ein Teil meines Charakters wider. Bidnold war der anatomisch zerlegte Merivel. Von meinem farbenprächtigen und lärmenden Bauch ging man zu meinem Herzen hoch, das sich zwar nach Abwechslung sehnte, aber auch die Verborgenheit liebte, und dann zu meinem Gehirn, einem kleinen, aber schönen Ort, der gelegentlich voller Licht, aber doch ganz und gar leer war. Indem der König mein Haus wieder in seinen Besitz nahm, nahm er mich mir selbst weg.

Bisher war ich immer, wenn ich mit meinem Herrscher zu tun gehabt hatte, gehorsam und unterwürfig gewesen; ohne weitere Fragen zu stellen oder zu verhandeln, hatte ich getan, was mir befohlen wurde. Nun aber, angesichts meiner ohne das Haus so leeren Zukunft, fühlte ich mich doch bewegt zu versuchen, den König umzustimmen. Ich kniete auf dem Steinplattenboden des Sommerhauses nieder und legte die Hände zusammen wie im Gebet.

»Majestät«, sagte ich. »Ich bitte Euch, mich nicht von Bidnold zu vertreiben. Ich pflege dort nicht den Müßiggang, wie Ihr zu glauben scheint. Ich bin auf dem Wege zu einem neuen Beruf, dem des Künstlers. Ich lerne, die Oboe zu spielen, versuche, die Sterne zu verstehen, und habe eine neue Verantwortung übernommen: als Aufseher der Armen.«

Der König stand auf. Ich war, wie stets, von der Schönheit und Eleganz der Beine beeindruckt, vor denen ich kniete.

»Als Aufseher?« fragte er. »Dieses Wort scheint Euch zu gefallen, denn Ihr habt es auch Celia gegenüber verwendet. Doch ein Aufseher sollte unparteiisch, distanziert und freundlich sein, und Ihr wart ihr gegenüber nichts davon. Werdet Ihr nun die Armen Eurer Gemeinde mißbrauchen, so wie Ihr Celia mißbraucht habt?«

»Nein, Sir. Und ich kann nicht oft genug wiederholen, wie leid mir das tut, was ich Celia angetan habe. Ich *liebte* sie, und das war mein Fehler. Die Armen liebe ich nicht, ich bemitleide sie nur.«

»Was tut Ihr denn für diejenigen, die Ihr bemitleidet?«

»Ich lerne über sie, Sir, über ihren Verbleib, ihr Holzeinsammeln und andere bedauerliche Aufgaben, ihre Arbeit an den Webstühlen in Norwich ...«

»Und wie soll ihnen das helfen?«

»Genaugenommen ›helfe‹ ich ihnen noch nicht, Euer Gnaden –«

»Aber genau das tatet Ihr, bevor ich Euch traf. Im St.-Thomas-Hospital habt Ihr ihnen geholfen – mit der einzigen Fertigkeit, die Ihr je besessen habt.«

»Ich kann diese Fertigkeit nicht mehr gebrauchen, Sir. Ich *kann es nicht.*«

»Warum?«

»Ich *kann es nicht* ...«

»Warum, Merivel?«

»Weil ich Angst habe!«

Der König, der im Sommerhaus auf und ab gegangen war, blieb nun stehen, drehte sich zu mir um und hielt mahnend seinen Zeigefinger hoch, der in einem Handschuh steckte, den mein verstorbener Vater angefertigt hatte. »Genau!« erklärte er. »Und glaubt nicht, daß ich das nicht gewußt habe! Aber wir leben in einer ernsten Zeit, Merivel, und diejenigen, die Angst haben, werden in ihr nicht überleben. Diejenigen, die schwach sind, werden in ihr nicht überleben. Und Ihr, wenn Ihr so bleibt, wie Ihr seid, werdet in ihr auch nicht überleben.«

»Erlaubt mir, Euch daran zu erinnern, Majestät, daß Ihr es wart, der mich aus dem St.-Thomas-Krankenhaus geholt hat. Ihr vertrautet mir die königlichen Hunde an. Ihr mochtet mich wegen meiner Narrheit ...«

»*Und* wegen Eures Könnens. Denn damals lag beides in Euch, das Licht und der Schatten, das Seichte und das Tiefe. Doch nun habt Ihr Eure Fertigkeit verloren und seid nur noch eine närrische Masse.«

Mein Bitten hatte also keinen Sinn. Der Entschluß des Königs war gefaßt. Einen Augenblick lang überlegte ich, ob ich mich vor ihm auf den Boden werfen sollte, doch ich wußte, daß Flehen den König nicht rühren konnte, es ärgerte ihn bloß. Und was die Enteigneten angeht, so hat er kein Mitleid mit ihnen, denn er war einst einer von ihnen und hatte jahrelang auf seine Wiedereinsetzung warten müssen.

Was blieb mir also anderes übrig, als mich in mein Schicksal zu fügen, auch wenn ich es für ungerecht und grausam hielt, und dabei möglichst überzeugend Tapferkeit zur Schau zu stellen?

Der König ging nun zur Tür und schickte sich an, das Sommerhaus zu verlassen. Bevor er ging, schaute er noch ein letztes Mal auf mich herab und teilte mir mit, daß ich für eine Woche nach Bidnold zurückkehren könne, »um dort Euren Weggang vorzubereiten. Bitte gebt die Schlüssel dann Sir James Babbacombe, den ich mit dieser Angelegenheit betraut habe. Dann also, *au revoir*, Merivel. Ich sage nicht *adieu*, denn weiß man, ob die Geschichte nicht irgendwann in der Zukunft einmal eine andere Rolle für Euch bereithält?«

Und dann war er weg. Sobald er das Sommerhaus verlassen hatte, waren Diener mit Lampen gekommen, um ihm auf seinem Weg zu leuchten. Sie hatten auf den Augenblick gewartet, in dem er mich verlassen würde.

»Nicht wie Silber . . .«

Einige Tage sind vergangen. Ich bin in Bath und habe mich in einer Herberge namens »The Red Lion« einquartiert. Ich bin in der Hoffnung hergekommen, daß das schwefelhaltige Heilwasser einen Teil meiner Verzweiflung aus meinem Kopf herauswaschen wird. Meine Wirtin frönt beim Matratzenausklopfen und Nachttopfentleeren dem Gesang. Ich ertappe mich dabei, wie ich auf einen geisterhaften Begleiter lausche.

Ich bin nicht nach Bidnold zurückgekehrt und habe das auch nicht mehr vor. Ich habe Briefe an mein Personal geschickt, in denen ich mich für mein Unglück, das nun auch das ihrige wird, entschuldigte. Ich habe darum gebeten, daß einer meiner Stallburschen Danseuse mit einigen meiner wahren Besitztümer wie ein Packpferd aufsattelt und sie langsam und in kleinen Etappen nach London bringt. Ich, der ich über Pearces »glühende Kohlen« gespottet habe, besitze nun auch nicht viel mehr, was ich mein eigen nennen kann. Sollte Danseuse in ihrer entzückenden Zierlichkeit in ein Bodenloch treten und sich ein Bein brechen, dann werde ich gezwungen sein, mir auch so einen schrecklichen, beißenden Maulesel zu kaufen.

In meinen Träumen werde ich von Will Gates heimgesucht. Er weint. Sein braunes Eichhörnchengesicht ist ganz klein und häßlich. Er gleicht einem Baby, das darum ringt, geboren zu werden. Er versucht, seine Tränen mit den Fäusten wegzuwischen. Und dann steigt er auf meinen Kutschbock, setzt sich neben den Kutscher und wird weggefahren.

Will Gates! Ich habe dich wirklich sehr gern gehabt, Will.

Als Will abgereist war, verließ ich Whitehall ganz schnell zu Fuß und wandte mich nach Osten, so, als versuchte ich vergeblich, der Kutsche zu folgen. Die Winternacht war hereingebrochen, es war dunkel auf den Straßen, und ich hatte mich bald verlaufen. Doch dann – ich war eine enge Straße nach der anderen hinuntergeeilt – sah ich vor mir den großen, massiven Tower. Es hatte nicht in meiner Absicht gelegen, dorthin zu gehen, doch mein verstörter Geist sah in ihm sofort einen Zufluchtsort. Den Wachen teilte ich mit, daß ich vom König geschickt sei, um nach den Löwen und Leoparden zu sehen, die er dort angekettet hält, und sie ließen mich hinein.

Ich kannte den Weg zum Verlies, wo die Tiere eingesperrt sind. Von einem eisernen Wandleuchter nahm ich eine Fackel und folgte meinem eigenen Schatten hinunter in die dumpfen Eingeweide des Towers, wo selbst mitten im Sommer kein Licht auf die Steine fällt und wo, wie es heißt, die Geister der toten Könige von England zusammen mit Hunderten ihrer alten Feinde, für sie selbst völlig unerwartet, wie in einem Zirkus vorgeführt werden. Und da sah ich die Löwen, die die Namen von Königen tragen: Henry, Edward, Charles und James – hin und her laufend, mit mageren Schenkeln und verklebten Pelzmähnen. Und es war in diesem Augenblick wie in keinem zuvor (weder als ich den Garten des Königs verließ, noch als ich Will und meinem Kutscher adieu sagte), daß ich das volle Entsetzen über meinen Sturz empfand.

Ich stand längere Zeit ganz still da. Ich beobachtete die Löwen, doch sie schauten nicht ein einziges Mal zu mir herüber, nicht einmal, um die Fackel anzuknurren oder anzufauchen. Ich dachte: Ich wäre lieber einer von euch in diesem Käfig als Merivel. Und ich dachte: Ihr habt keine Erinnerung an Afrika oder die Sonne oder eine Zeit davor. Deshalb wäre ich lieber einer von euch.

Sehr spät, als die Straßen, abgesehen vom Herumschreien einiger Betrunkener, still waren, stand ich vor Rosie Pierpoints Tür. Ich klopfte, und hörte mein Klopfen wie ein Echo. Während ich wartete, dachte ich an die japanische Geldbörse und die dreißig Shilling und den halbfertigen Brief, den ich nie abgeschickt hatte.

Sie kam an die Tür, einen Schal um sich geschlungen, mit ängstlichem Blick. Hübsche Rosie. Mit ihr hatte ich die Süße des Vergessens entdeckt.

Doch dann erhellte sich ihr Gesicht. »Sir Robert«, sagte sie, »wo ist Eure Perücke?«

Ich hatte sie verloren. So schien es mir jedenfalls. Ich konnte mich nicht erinnern, sie abgenommen zu haben.

Als sie beim Schein des ersten Tageslichts aufstand, wachte ich auf. Und hatte eine kleine neue Einsicht: Die Armen machen einen anderen Gebrauch von der Zeit als ich. Sie können den Tag nicht mit künstlich erzeugtem Licht verlängern, da die Kosten für Kerzen und Öl zu hoch sind.

Ich lag auf meinem Rollbett und beobachtete sie. Sie goß kaltes Wasser in eine Schüssel, nahm ein paar Lappen in die Hand und wusch sich: ihr Gesicht, ihre Brüste, ihren Bauch, ihre Möse und ihre Kniekehlen. Und diese heimliche Morgentoilette im Halbdunkel bewegte mich sehr stark. Ich hatte den Wunsch, ihr irgendwie nützlich zu sein (im Bett war ich es in dieser Nacht nicht gewesen). So stand ich auf, zog meine Strümpfe und mein Hemd an und ging hinunter in ihren Wäschereiraum, wo ich das Feuer in ihrem Ofen schürte und Kohle auflegte. Ich stellte mich dabei jedoch so jämmerlich an, daß ich Kohlebrocken über den Boden schlittern ließ, die ich dann einen nach dem anderen wieder einsammeln mußte. Und ich erinnerte mich daran – aus meiner Zeit in Cambridge und meinem möblierten Zimmer in Ludgate –, daß schwarzer Kohlestaub nicht wie Staub, sondern wie eine Paste ist, feucht und klebrig, und daß man, wenn man ein Kohlefeuer unterhielt, ständig saubermachen und waschen mußte.

Die Sonne ging über dem Fluß auf, doch sie lag flach hinter einem Dunstschleier. Rosie machte einen Haferbrei mit Milch, und ich versuchte ihr zuliebe etwas von diesem Zeug zu essen, aber er und der Blechlöffel waren ein so graues Bild vor meinen Augen, daß ich im Geiste das Schluchzen und Jammern des alten Merivel nach den Farben und dem Glanz all dessen, was er verloren hatte, hören konnte.

Wir hatten nicht über Pierpoint gesprochen, nur über mich und meine Schwierigkeiten. Doch jetzt, während sie gierig ihren Haferbrei aß, begann sie zu meinem Erstaunen, eine kleine Lobeshymne auf ihren toten Mann anzustimmen, sagte mir, was für ein starker Mann er gewesen sei, wie gleichgültig reichen Leuten und wie treu dem Fluß und seinen Menschen gegenüber. Als er noch lebte, wollte ich zu Rosie sagen, hattest du kaum ein freundliches Wort für ihn übrig und lebtest in ständiger Angst vor seinen Wutanfällen und Grausamkeiten, wenn er betrunken war. Doch ich sprach es nicht aus, vermerkte nur im stillen bei mir, daß der Tod den Ruf eines Menschen beträchtlich verändern kann: Sobald er tot ist, wird er zu dem, der er hätte sein sollen, als er noch lebte. Und ich fragte mich, ob sich im nachhinein des Königs Erbitterung über mich in liebevolle Traurigkeit und Celias Widerwille gegen mich in eine kleine Liebe verwandelt hätten, wenn ich tapfer genug gewesen wäre, mich den Löwen im Tower zum Abendfraße vorzuwerfen. All dies ging mir durch den Kopf, während Rosie von ihrem ertrunkenen Kahnfahrer sprach. Pierpoint war gestorben, als er versucht hatte, einen Schellfisch mit den Händen einzufangen, mit anderen Worten, als er Nahrung *beschaffen* wollte; ich wäre bei meinem Phantasietod selbst zu Nahrung *geworden.* Ist jeder dieser Tode nobel, oder sind beide lächerlich und lachhaft? Könnte ein so kultivierter Mensch wie Celia Zuneigung für einen Ehemann empfinden, der erst zu einem Fressen und dann zu Dung geworden ist? Ich wußte es nicht. Mein Geist war wohl vollgestopft mit Fragen, hielt aber kaum eine Antwort bereit. Wie der Haferbrei vor mir schien auch mein Verstand langsam zu erkalten.

Ich konnte nicht bei Rosie bleiben. Einstmals war unsere Liebe feurig gewesen. Jetzt war auch sie am Ende. Ich glaube, alles, was wir noch füreinander empfanden, war eine traurige Zärtlichkeit. Ich gab ihr dreißig Shilling (wenn ich sparsam war, würde es mir noch eine Weile nicht an Geld mangeln), und sie gab mir einen kleinen Kuß auf die Wange, die noch immer fleckig von Masernspuren war. Dann sagten wir einander adieu.

So kam ich also nach Bath.

Das Merkwürdigste am Schmerz eines Individuums ist, daß die Welt, die davon nichts weiß, sich so verhält, als gäbe es diesen Schmerz nicht, weiter herumkreischt und sich selbst Beifall klatscht, Sport treibt und spazierengeht, sich Witze erzählt und vor Lachen ausschüttet. So sehe ich, als ich ins Cross-Bad gehe und dort, nur mit ungebleichten Pantalons am Leib, ins Wasser steige, daß über mir in den Steingalerien komplett angezogene Leute mit überlegenen und zufriedenen Mienen herumschlendern, sich den neuesten Klatsch erzählen und kichern, sich Luft zufächeln und auf die Badenden mit einer eleganten Nonchalance hinunterschauen. Sie wissen nichts von dem, was mir widerfahren ist. Sie können sich nicht vorstellen, daß ich mich in diesem Heilwasser, das äußerst merkwürdig nach gekochten Eiern riecht, davon heilen will, Merivel zu sein.

Ich blicke auf die anderen Badenden um mich herum. Das Cross-Bad ist unterteilt: die Männer auf der einen, die Frauen auf der anderen Seite. In meiner Männerreihe sehe ich einen älteren Mann, der seine Perücke unklugerweise auf dem Kopf behalten hat. Wenn er eine Kur gegen Eitelkeit macht, dann beeinträchtigt er schon die Wirkung des Heilbads.

Die Frauen mir gegenüber machen einen höchst seltsamen Eindruck. Aus Sittsamkeit tragen sie merkwürdige gelbe Kleidungsstücke aus steifer Leinwand, die sich beim Eintauchen ins Wasser wie Ballons aufblähen. Ich kann meine Augen nicht davon abwenden. Ich stelle mir vor, daß sie so mit Luft gefüllt sind, daß sie anfangen, auf dem Wasser herumzuhopsen, und dann hilflos in der sprudelnden Strömung des Bades auf mich zutreiben. Ich fühle schon, wie sie von allen Seiten auf mich eindrängen, diese Frauenballons, doch dann sehe ich, daß ich mich im Irrtum befinde: Ich habe die Frauen nicht richtig gesehen. Ihre Röcke und Oberteile sind nicht mit Luft gefüllt, sondern mit Wasser. Sie sind nicht leicht, sondern schwer – so schwer, daß sie wie mit einem Anker an ihre Sitze gekettet sind. Auch wenn wir alle bis zum Hereinbrechen der Nacht im Cross-Bad blieben, würden die Frauen immer von uns getrennt bleiben. Außer natürlich, wenn der König herunterkäme und ins Wasser stiege. Dann, glaube ich, würden die Frauen wie Elritzen aus ihrem Laich ausbrechen und sich zu ihm hinschlängeln.

Ich sitze viele Stunden still im Wasser und versuche, den Reinigungsprozeß bewußt zu fühlen. Ich zwinge mich, in Gedanken alle Räume auf Bidnold aufzusuchen, einen nach dem anderen. Ich stehe in jedem Türrahmen und sehe zu, wie alle meine Besitztümer entfernt werden, dann auch die Möbel, Teppiche und Wandbehänge, so daß nichts mehr im Raum an meine Anwesenheit erinnert. Und dann stelle ich mir vor, wie das Heilwasser von Bath in den Raum fließt und ihn schwefelgelb färbt, um sich dann wie das Meer bei Ebbe wieder zurückzuziehen. Und nun ist der Raum kein Raum mehr, sondern nur noch ein ausgewaschener, leerer Ort.

Als ich den Gestank des Wassers nicht mehr ertragen kann, ziehe ich mich wieder in mein Zimmer im »Red Lion« zurück. Der Wirt heißt John Sweet. Seine Frau, Mistreß Sweet, singt noch immer ohne Begleitung und ohne Zuhörer, wenn man einmal von ihr selbst und Merivel absieht. Sie allein weiß, daß ich kränkle, denn ich kann die Speisen, die sie heraufschickt, nicht essen.

Ich habe in der vergangenen Nacht einen schändlichen Traum gehabt. Ich war in einer hohen Kammer in Whitehall, wo eine kleine Gruppe Galane mit ihren Frauen zusammen mit dem König und seiner Königin versammelt waren. »Warum sind wir eigentlich hier?« fragte ich einen, in dem ich Sir Rupert Pinworth erkannte. »Warum?« meinte Sir Rupert. »Wegen der Hochzeit natürlich!«

In diesem Augenblick kam Bewegung in die Menge, um einen Durchgang für die Braut und den Bräutigam freizumachen. Ich reckte den Hals, um sie zu sehen. Sie liefen gesetzten Schrittes, Arm in Arm, zum anderen Ende der Kammer, wo ein Pfarrer auf sie wartete, um seine Gebete für sie zu verlesen. Der Bräutigam trug einen scheußlichen, schwefelgelben Rock und Gamaschen, die Braut ein sehr hübsches, weißes Kleid, das jedoch an manchen Stellen Schwefelflecken hatte.

Dann sah ich ihre Gesichter. Der Bräutigam hatte Barbara Castlemaines Gesicht und die Braut Celias. Nachdem der Pfarrer einige Gebete gesprochen hatte und sie einige zustimmende Worte gemurmelt hatten, fingen die beiden an, dort, vor allen Leuten, ihre Kleider auszuziehen und sie ungeduldig auf die Seite zu werfen. Jetzt sah ich, daß es wirklich die zwei Frauen waren, die der Pfarrer »verheiratet« hatte. Sie fingen nun richtig an, Bräutigam und Braut zu spielen, küßten sich und berührten einander unanständig an den Geschlechtsteilen, und der König und seine Königin und wir alle schauten zu und applaudierten gelegentlich, so als wären wir in einer Theateraufführung. Und Sir Rupert lehnte sich zu mir herüber und flüsterte mir ins Ohr: »Ihr seht, was aus der Ehe geworden ist. Es ist das daraus geworden, was wir aus ihr gemacht haben.«

Ich wachte auf, sehr heiß und unruhig, und legte, um mich ein wenig zu trösten, meine Hand auf meinen Schwanz.

Nach dieser Nacht dämmerte mir die Erkenntnis, daß ich von dem Heilwasser von Bath nicht allzuviel erwarten durfte. Ich fühlte mich von diesem Ort nicht gereinigt, sondern angewidert und erstickt. Der Anblick der Männerkörper – viele von ihnen alt und gelähmt, einige anscheinend an Syphilis erkrankt – konnte nicht dazu beitragen, das Wasser zu lieben. Und ich war es auch bald leid zu beobachten, wie die Frauen sich in ihren gelben Ballons hinhockten. Ich fand sie äußerst närrisch und jämmerlich. Rosie Pierpoint hatte mehr Grazie als sie.

So bezahlte ich John Sweet mein Quartier und verbeugte mich vor seiner Frau, wobei ich ihr Komplimente über ihren Gesang machte. Dann gab ich drei Pence pro Meile dafür aus, daß mich die Postpferde zurück nach London brachten. Als ich dort ankam, sah ich etwas, worauf ich in Bath nicht geachtet hatte: Es war Frühling geworden. Der Kastanienbaum im Garten der »Leg Tavern« hatte dicke Knospen, im Gras wuchs Schellkraut, und die Luft war nicht mehr so frisch wie in jener Nacht, als ich zum Tower gegangen war. Ich besuchte meinen Buchhändler und sah in dessen Almanach, daß der März angefangen hatte. »Wo ich am Ende des Monats sein werde«, sagte ich zu ihm, »weiß ich noch nicht.«

Ich war kaum zwei Tage im »Leg«, als auch schon mein Stallbursche mit Danseuse ankam.

Mann und Tier schienen müde und etwas steif zu sein, aber meine Freude über ihre Ankunft war so groß, daß ich für ein paar Stunden zu so etwas wie Zufriedenheit zurückfand. Als ich jedoch am Abend auf meinem Bett alle Besitztümer ausbreitete, die mir auf Erden noch geblieben waren, und als ich sah, was es war, trat mir der Angstschweiß auf die Stirn, denn es war mir klar, daß niemand damit überleben konnte. Ich besaß jetzt noch folgendes:

meinen Kasten mit dem Chirurgiebesteck,
meine Oboe,
einige Notenblätter,
einige Malpinsel und Farbkästen,
mehrere grellbunte Anzüge aus Taft und Seide,
eine größere Menge farbiger Strümpfe und Spitzenhemden,
drei Perücken,
vier Paar Handschuhe, die mein Vater gefertigt hatte,
mein Set gestreifter Tafelservietten,
einen Federkiel, den mir Violet Bathurst geschenkt hatte,
einige Nachthemden und eine Schlafmütze,
vier Paar hochhackige Schuhe,
zwei Briefe vom König, mit einem Band zusammengebunden,
meine Bibel, sehr abgegriffen und mit Anmerkungen versehen,
ein Rezept für Rosinenkuchen mit Flecken von Cattleburys Tränen,
einen einzelnen Pelzüberwurf,
zwei Geldbörsen: eine japanische mit 30 Shilling und eine lederne mit 47 20-Shilling-Münzen.

Dank meiner Kleidung würde ich noch nicht arm erscheinen, und solange mir niemand die 20-Shilling-Münzen raubte, würde ich, zumindest für einige Zeit, auch noch keine Armut kennenlernen. Und dennoch: Es war nicht zu übersehen, daß ich unweigerlich eines Tages mittellos sein würde.

Andere Männer, die sich mit dem Gedanken, in Ungnade gefallen zu sein, auseinandersetzen mußten, haben ihren Tiefstand als Sprungbrett für einen Neubeginn benutzt. Doch heutzutage kann man sein Glück nur bei Hofe machen. Ob

Bemühungen gefördert oder zunichte gemacht werden, hängt einzig und allein davon ab, ob sie in Whitehall Wohlwollen finden oder nicht – und das gilt sogar für bescheidene Handschuhmacher, wie mein Vater einer war. Selbst gemeine Kahnfahrer – wie der verstorbene Pierpoint – spüren in dem neuen geschäftigen Treiben auf dem Fluß die königliche Hand. Auch Rosie an ihren Waschkesseln: In den Jabots, Stulpen und Kragen aus Brüsseler Spitze, die die Kavaliere tragen, sieht sie eine Möglichkeit, selbst zu Wohlstand zu kommen. Und wohin würden mich, wenn ich etwas Neues versuchte, alle meine Bestrebungen führen? Nur dorthin zurück, wohin ich einst mit meinem Vater ging und wartete – zu dem Ort, der von der Gegenwart des Königs so schwer war, daß ich nicht atmen konnte.

Was blieb mir also? Ich sagte mir, daß ich von einem, der sich in jeder Hinsicht vom König unabhängig gemacht hatte, am besten lernen konnte, wie ich künftig leben sollte. Und kaum hatte ich erkannt, daß mir endlich ein Gedanke gekommen war, der nicht ganz und gar töricht war, da wußte ich auch, wer der Betreffende war. Und ich sprach den Namen meines alten Freundes laut vor mich hin. »Pearce«, sagte ich, »laß mich zu dir kommen.«

Seit ich Pearce zuletzt auf dem gesprenkelten Maulesel gesehen hatte, war ich in Gedanken nicht allzuoft bei ihm gewesen. Er liebt meine Narreteien nicht und ist auch nicht bereit, stillschweigend über sie hinwegzusehen. Mein Benehmen Celia gegenüber hätte ihn vor Scham weinen lassen. Es war daher nicht angenehm, an ihn zu denken, wenn ich ihm gleichzeitig Grund zur Beschämung und zum Gram gab.

Doch nun, da ich aus Celias Leben verbannt war und wußte, daß ich bald Danseuse satteln und mich auf den Weg zu den Fens machen würde, war es mir wieder möglich, sein blasses Gesicht vor meinem geistigen Auge erstehen zu lassen. Es ist ein Gesicht, das mir sehr lieb ist, das in mir aber auch – zu gleichen Teilen – Gefühle der Sorge, Verärgerung und Güte erweckt. »Gütig« ist ein Wort, das Pearce häufig verwendet, da es ein Quäkerwort ist; sie wenden es für jene toleranten Seelen an (von denen es allerdings nicht viele gibt, wenn man Pearce glauben darf), die einen Quäker, wenn er ihnen über den Weg läuft, nicht anspucken und nicht von ihm verlangen, daß er seinen Hut abnimmt. So gesehen, bin ich »gütig«. Während unserer gemeinsam verbrachten Vergangenheit stellte ich mich gelegentlich zwischen Pearce und seine Kontrahenten, nicht weil ich besonders mutig bin, sondern weil Pearce eine gewisse kindliche Unschuld an sich hat und ich es nicht mag, wenn Kinder verletzt und beleidigt werden. Doch trotz all dieser ritterlichen Handlungen ist Pearce immer sehr streng mit mir. Er sagte einmal über mein Leben: »Es ist ein schlecht ausgeführtes Stickmustertuch, Merivel. Es zeigt zwar eine Vielfalt von Stichen, ergibt aber kein zusammenhängendes Bild.« Er ist ein Mann, der es trotz seiner ekstatischen Redeweise nicht über sich bringt, seine geheimen Sympathien zu zeigen. Ich weiß, daß er mich wirklich aufrichtig liebt, doch ich glaube, daß er es selbst nicht weiß. Und doch wird er, wenn ich in seiner erbärmlichen Heilanstalt ankomme, angerannt kommen (oder wenigstens die Geschwindigkeit seines Schrittes etwas erhöhen), um mich zu begrüßen. Er wird froh sein, mich zu sehen.

Seit dem Tage, an dem ich nach Whitehall gegangen bin, hat es wenig in unserem Leben gegeben, das unsere Freundschaft hätte vertiefen können. Manchmal erscheint sie mir daher auch gespensterhaft und unwirklich, als etwas, das nach Cambridge, in die Jahre der Verbannung des Königs, gehört. Da saßen diese »Gespenster« sehr oft bis spät in der Nacht zusammen, warfen Kohle auf kleine Feuer, aßen Pflaumenkuchen und versuchten gleichzeitig, Descartes' Theorie, daß der wesenlose menschliche Geist durch die Zirbeldrüse mit der »Körpermaschine« verbunden sei, zu verdauen, bis sie es schließlich aufgaben, sie wieder ausspuckten und in Lachen ausbrachen.

Das Gespenst Pearce liebte auf sentimentale Art das Angeln und nahm im Sommer das Gespenst Merivel mit auf seine Angelausflüge. »Die Apostel«, sagte Pearce schwärmerisch, als sie beide dasaßen und auf Eintagsfliegen warteten, »sind Fischer gewesen. Angeln ist eine beschauliche, bedächtige Angelegenheit und eigentlich nicht ganz für dich geeignet, Merivel, da du zu ruhelos und oberflächlich bist.« Und wirklich hatte Pearce mehr Glück dabei. Wenn der Abend hereinbrach, hatte er die braune Forelle am Haken. Merivel hingegen nur die schlammige Asche. Doch die Gespenster blieben am Fluß, jeder zufrieden in der Gegenwart des anderen und zufrieden mit dem Sport, bis die Luft kühler wurde und sich ein dünner Nebel über das Wasser legte und sie immer mehr zu Schatten wurden. Ich erinnere mich, daß ich manchmal, wenn ich von diesen Angelausflügen in mein Zimmer zurückkam, das Gefühl hatte, aus einer anderen Welt zu kommen. Und die Erinnerung daran, die manchmal in mir erwacht, wenn meine Seele von Sorge gequält wird, ist immer besänftigend gewesen.

In meinem Bemühen, mit den Schicksalsschlägen der letzten Zeit fertig zu werden und den Geruch des königlichen

Parfüms, den Klang von Celias Stimme, die Berührung meiner Nase durch die Hand des Königs und den Anblick meiner Lust auf meinem sternklaren Dach ins Dunkel zu drängen, sah ich mir meine Erinnerungen an Pearce sehr genau an, wie durch ein Mikroskop, so daß ich das, was eigentlich unsichtbar war, noch einmal scharf umrissen sehen konnte. So bereitete ich mich auf meine Reise vor.

Tatsächlich eilte mein Entschluß, zu den Fens zu gehen, meiner Fähigkeit, dies auch wirklich tun zu können, etwas voraus. Kaum hatte ich das Wort »Pearce« laut ausgesprochen, da wußte ich schon, daß ich mich fürchtete. Ich wußte, daß mir die Gesellschaft meines Freundes guttun würde, die von hundert Geisteskranken dagegen nur qualvoll sein konnte. So verweilte ich noch etwas im »Leg«. Ich bat die Gespenster vom Forellenfluß um Mut.

Am 10. März machte ich mich auf den Weg.

Die erste Nacht verbrachte ich in Puckeridge und die zweite in Cambridge, wo ich mich zum Caius begab und im dunklen Treppenhaus vor dem Zimmer stand, das einstmals das meinige gewesen war. Hinter der Tür hörte ich sanfte, ernste Stimmen. Mir kam der Gedanke, daß keiner da drinnen, wie lernbegierig er auch sein mochte, wissen konnte, daß das Herz an sich gefühllos ist.

Am dritten Tage ritt ich weiter nach Willingham und sah, wie die Landschaft gewissermaßen *weniger* und der Himmel *mehr* wurde und daß die am häufigsten vorkommenden Tiere nun die Vögel waren, die in beiden Elementen zu Hause sind. Ein Wind kam auf und machte Danseuse nervös, so daß sie eine Zeitlang wirklich eine Tänzerin war und vor Böen scheute. Doch die Vögel ließen sich vom Wind tragen. Ich sah ihnen zu, wie sie dahinglitten und mit den Wirbeln hinunterstürzten. Ich sah Große Trappen, Mornellregenpfeifer und Wildgänse.

Auch sah ich, daß hier in den Fens die Erdkruste dünn zu sein schien, so daß das Wasser nach oben durchsickern konnte und man die Vorstellung gewann, es seien nicht Würmer, sondern Fische im Boden. Es ist eine Landschaft, in der Dünnes wächst – fedrige Sumpfgräser, Rohrkolben und hängende Weiden –, so daß ich lächeln mußte, als ich mir Pearce darin vorstellte, dünn und fadenscheinig, wie er war; ich spürte auch, daß ich mit meinem breiten, flachen Gesicht, meinen fleischigen Lippen und meinem weichen Bauch mit all dem nicht im Einklang stand.

Wenn der Wind auch nicht wieder aufhören wollte (als ob der weite, wolkenverhangene Himmel ihn wie unter einer Kuppel gefangenhielt), so fiel doch während meiner ganzen Reise kein einziger Tropfen Regen, und für diesen Segen dankte ich dem schweigenden Gott des Rosinenkuchens. In diesem Zusammenhang will ich meine Gedanken nun ein wenig bei dem sehr schlichten Glaubensbekenntnis verweilen lassen, das Pearces Leben durchdringt und das ihn immun macht gegen all die Reize, denen ich erlegen bin. Obwohl es viele Beweise dagegen gibt, glauben er und seine Quäkerfreunde, daß das Apostolische Zeitalter noch nicht zu Ende ist, daß Gott und Sein Sohn uns noch viel mehr zu sagen haben, aber nicht Menschen weltlicher Autorität als ihr Sprachrohr auswählen werden. »Die Saat Christi, Merivel«, hatte Pearce viele Male zu mir gesagt, »wird nicht in den Seelen von Priestern oder Königen ausgesät werden, sondern im Busen des einfachen Mannes.« Das bedeutete, daß gleich Hunderte stolzer Bürger bei dem Gedanken, daß Gottes Wort über solche Leute wie Cattlebury oder den verstorbenen Pierpoint kommen könnte, vor Angst zitterten und daher das Quäkertum als eine ausgesprochene Ketzerei anprangerten. Seltsamerweise ist der König (der vor nichts zu erzittern scheint, auch nicht vor dem Tod) den Quäkern gegenüber tolerant – ja, er ist bei ihren Unhöflichkeiten toleranter, als er es bei meinen gewesen war. Würde Pearce beim König vorgelassen und sich weigern, seinen Hut abzunehmen, ich glaube nicht, daß ihm dann sein Haus weggenommen werden würde. Ich könnte mir sogar vorstellen, daß diese Dreistigkeit mit dem Geschenk belohnt würde, das ich einmal für das kostbarste überhaupt hielt, nämlich mit dem königlichen Lächeln.

So trabte ich mit meinen unzusammenhängenden Gedanken, die sich im Kreise drehten und immer wieder auf mich selbst zurückkamen, auf das Dorf Doddington zu und verbrachte die dritte Nacht meiner Reise in der kleinen Stadt March, wo ich sehr unruhig schlief, da ich voller Beklommenheit meiner bevorstehenden Ankunft in Pearces Heilanstalt entgegensah.

Das New Bedlam oder Whittlesea Hospital ist an einem Ort mit dem poetischen Namen Earls Bride, die Braut des Grafen, gegründet worden, doch ich erkannte sofort, daß es eigentlich gar kein richtiger Ort war, sondern nur ein kleiner, verstreuter Haufen armseliger Häuschen ohne eine Schmiede, eine Schenke, einen Milchladen oder eine andere Möglichkeit, Lebensmittel einzukaufen. Es gleicht einem untergegangenen Dorf, einem, das Schiffbruch erlitten hat. Die wenigen, die an ihm festhalten, müssen ein beängstigend eintöniges Leben ertragen: Ihre einzigen Besucher sind die Vögel und der pfeifende Wind. Als ich jetzt Earls Bride zum ersten Male erblickte, hatte ich den ausgesprochen abwegigen Gedanken, daß das Einsperren von hundert Geisteskranken in ihrer Mitte den Bewohnern dieses gottverlassenen Ortes wenigstens etwas Abwechslung gebracht hatte.

Als wir uns der Heilanstalt näherten, die aus ein paar Scheunen besteht, welche um ein kalkgetünchtes, niedriges Haus von der Art, wie es ein Freibauer bewohnen könnte, herumgebaut worden sind, blieb Danseuse abrupt auf der Stelle stehen, und auch kräftiges Treten in ihre Flanken konnte sie nicht dazu bewegen weiterzugehen. Ich stieg ab, sah mich um und lauschte. Abgesehen vom Pfeifen des Windes konnte ich nichts hören, doch muß ich hier anmerken, daß mein Gehör seit meinem Treffen mit dem König in seinem Sommerhaus eine unerklärliche Einbuße erlitten zu haben scheint; aus Danseuses Widerspenstigkeit und ihren gespitzten Ohren konnte ich ersehen, daß sie ein Geräusch gehört hatte, das ihr Unbehagen einflößte.

Um das Gebäude herum ist, wie um eine Burg, eine Mauer aus Feuersteinen und Lehm errichtet worden, jedoch wohl nicht, um Feinde draußen zu halten, sondern die verrückten Leute drinnen, damit sie nicht in dem flachen Land umherirrten und ertranken. In die Mauer eingelassen ist ein Eisentor, und dorthin führte ich Danseuse, meinen Arm beschwichtigend um ihren Hals gelegt.

Das Tor war verschlossen. Ich klopfte und wartete, drehte mich dann um und blickte auf das trostlose Earls Bride auf seinem kleinen Damm. Es war der Blick eines Menschen, dem plötzlich der Mut sinkt und der daher umkehren und denselben Weg wieder zurückgehen möchte. Ich hätte es auch getan, wenn mir Bidnold noch gehört hätte. Ich wäre nicht einmal geblieben, um wenigstens meinen alten Freund zu begrüßen. Ich wäre, kurz gesagt, davongelaufen.

Ein großer Mann, riesig in jeder Hinsicht, mit einem großen, gewölbten Brustkasten und gewaltigen Händen, öffnete mir das Tor und stand fragend lächelnd da. Er hatte rotes, lockiges Haar, das sehr dick und üppig war, und einen roten Bart, unter dem er seine Hände zusammengelegt hatte.

»Wie kann ich Euch helfen, Freund?« fragte er.

Ich nickte ihm grüßend zu, wobei ich ein besorgniserregendes Zittern am Hals meines Pferdes bemerkte.

»Ich bin gekommen, um meinen Freund John Pearce zu besuchen und ... nun, eigentlich weiß ich keinen anderen Grund, warum ich hier bin, es sei denn, weil ich glaube, daß ich mich ein wenig nützlich ...«

»Bitte tretet ein. Wir besorgen Hafer für Euer Pferd. Es ist kein glücklicher Ort, zu dem Ihr gekommen seid, sondern ein Ort des Leidens. Ich nehme an, Ihr habt unsere Worte aus dem Buch Jesaja über dem Tor bemerkt?«

»Ich habe sie gesehen, aber nicht gelesen.«

»Aha. Dann lest sie, bevor Ihr hereinkommt.«

Der große Mann griff wieder nach dem Tor und stieß es ein wenig zu, als wolle er mich ausschließen. Wenn er es ganz geschlossen hätte, dann wäre ich wohl mit meinem Pferd umgekehrt und davongaloppiert. Doch das tat er nicht.

Ich blickte auf die in Metall geschlagene Inschrift: »Siehe, ich habe dich geläutert, aber nicht wie Silber; sondern ich habe dich geprüft im Glutofen des Elends« (Jesaja 48. 10).

»Nun denn«, sagte ich. »Ich habe die Worte gelesen.«

Das Tor bewegte sich wieder, um mich eintreten zu lassen. Danseuses Kopf stieß gegen meinen Arm, und sie klirrte mit dem Gebiß des Zaumzeugs.

»Bitte folgt mir, Freund«, sagte der rothaarige Mann, der, wie ich jetzt bemerkte, über seinem schwarzen Rock und seinen Gamaschen einen Lederüberwurf trug. Letzterer war sehr fleckig und dunkel vom Gebrauch, wie ein abgenutzter Sattel. Ich blickte an meinen eigenen Sachen hinunter. Ich trug eine braune Samtkniehose und einen ebenfalls braunen Rock, der nur ein wenig in Karmesinrot eingefaßt war. Der Spitzenstoff an meinen Handgelenken und an meinem Hals hing schlaff herunter. Mein gesunder Menschenverstand sagte mir, daß diese Kleidungsstücke, trotz ihrer relativen Bescheidenheit, für die Tage, die vor mir lagen, nicht robust genug waren.

Ich trat ein, zog mein Pferd hinter mir her, und das Tor schloß sich hinter uns wieder.

Wir standen in einer Art Hof mit einem Schlackenboden, der viele Moosflecken hatte. In seiner Mitte wuchs ein einzelner Baum, eine Eiche.

»Diesen«, sagte der Mann in dem Überwurf, »nennen wir den Freilufthof. Wir glauben an die heilende Kraft der Luft.«

»Hier geht man spazieren?«

»Ja. Um den Baum herum, und dann wieder um ihn herum und so fort, rundherum und rundherum, doch der Baum ist nicht eintönig. Es ist ein überaus ruheloser und veränderlicher Baum. Seht Ihr?«

»Ja. Und nun ist der Frühling –«

»Mein Name ist Ambrose Dyer. Das hätte ich zuerst erwähnen sollen, denn Namen sind bei uns wichtig.«

»Ich freue mich, Euch kennenzulernen, Mister Dyer.«

»Und Eurer?«

»Wie bitte?«

»Euer Name?«

»Ach so. Robert Merivel. Pearce und ich waren als Medizinstudenten zusammen in Cambridge.«

»John. Wir nennen ihn nicht Pearce. Er ist John. Und ich bin Ambrose.«

»Ich glaube, für mich wird er immer Pearce sein. Und er wiederum nennt mich Merivel.«

»Hier ist er John.«

»Dann muß ich Robert sein?«

»Und ich bin Ambrose. Nun will ich Euch sagen, wie unsere Gebäude heißen. Das Haus selbst nennen wir Whittlesea House, und dort haben wir, die Gründer und Betreuer – wir sind sechs –, unsere Räume, und dort essen wir auch zusammen. Und die drei Scheunen oder *asiles*, was Zufluchtsort bedeutet, werden George Fox, Margaret Fell und William Harvey genannt.«

Trotz meiner Beklemmung mußte ich innerlich lächeln. Sogar hier, an diesem einsamen Ort mit nur der einen Eiche, hatte Pearce an seinen Mentor gedacht, denn natürlich nahm er den großen WH in seinem kreisenden Blut überallhin mit.

»Welche Scheune wird William Harvey genannt?« erkundigte ich mich.

»Die kleinste«, erwiderte Ambrose, »links von uns, hier. Dorthin werden die schwer Geistesgestörten gebracht.«

In diesem Augenblick, als wir uns dem Haus näherten, kam Pearce heraus. Als er aufsah und mich erblickte, schien er wie ein Fisch nach Luft zu schnappen. Und dann, genau wie ich es vorhergesehen hatte, kam er stolpernd auf mich zu gerannt.

In jener Nacht schlief ich in Pearces Bett, und Pearce lag, nicht weit von mir entfernt, auf dem Boden auf einem Strohsack. Doch mein Geist schien einen noch viel seltsameren Raum zu bewohnen, so daß ich nicht das Gefühl hatte zu schlafen, sondern nur in kurzzeitige, sonderbare, traumähnliche Trancezustände zu fallen. Jedesmal, wenn ich mich dem Schlafe nahe wähnte, hörte ich das Echo der Stimme des Königs, die immer wieder dieselben Worte sagte: »Ich will dich läutern, Merivel. Siehe, ich will dich läutern. Aber nicht wie Silber. Nicht wie Silber ...«

ZWEITER TEIL

Robert

Ein Monat ist vergangen. Es ist jetzt April. Und mir kommt es vor, als wäre ich in diesem Monat, der seit meiner Ankunft im Whittlesea Hospital verstrichen ist, von mir selbst fern gewesen. Doch heute morgen, als ich mein Spiegelbild im Fenster unserer Wohnstube sah, erblickte ich ihn wieder einmal, den Mann, den Ihr inzwischen nur allzugut kennt und von dem ich Euch sagte, Ihr sollt ihn Euch in einem scharlachroten Anzug vorstellen: den Narren Merivel. Ich konnte nicht verhindern, daß mir eine sentimentale Zärtlichkeit für Merivel über die Haut kroch, so daß ich aus Zuneigung und Scham errötete. Nur wegen dieser Zärtlichkeit fahre ich mit meiner Geschichte fort, ungeachtet der bestürzenden Tatsache, daß ich beim Durchschreiten des Tores zum New Bedlam von einem Leben in ein anderes getreten bin, so daß in gewisser Hinsicht ein Ende erreicht ist. Unter das Folgende könnt Ihr einen Schlußstrich ziehen: mein Haus in Bidnold, die Farben des Parks, Celias Gesicht an meiner Tafel. Weder Ihr noch ich werden das je wiedersehen. All dies ist aufgezehrt worden, nicht von wirklichen Flammen wie meine lieben Eltern, sondern vom Feuer des königlichen Unwillens. Ich muß es mir daher so vorstellen, daß diese Dinge zu Asche verbrannt sind, und Ihr müßt das auch, denn Ihr werdet dorthin nicht zurückgeführt werden.

Ich bin Robert geworden.

Niemand im Whittlesea (selbst Pearce nicht, den ich mit John anreden muß) nennt mich Merivel, und viele wissen gar nicht, daß ich so heiße. Ich bin nicht einmal Sir Robert. Ich bin einfach Robert. Und so könnte Eure Vorstellung von mir jetzt sein: Ich trage keine Perücke, außer bei Zusammenkünften (das sind sehr seltsame, aber bewegende Ereignisse, die ich später noch beschreiben werde), ich gehe meiner Arbeit in einer schwarzen, wollenen Kniehose und einem ebenfalls schwarzen, wollenen Hemd nach, das ein quälendes Jucken auf meinen Brustwarzen verursacht. Diese Kleidungsstücke werden von einer Lederschürze bedeckt, die sehr schwer ist und bis zu den Knien reicht. Meine aus kräftigem Leder gefertigten Stiefel haben niedrige Absätze und sind immer vom Schlamm von Whittlesea verdreckt, der keine Ähnlichkeit mit irgendeinem Schlamm hat, den ich je gesehen habe, sondern schwärzlich und schmierig ist und zu einer schwefelgelben Kruste antrocknet – wenn er überhaupt trocknet. Mein Bauch, der von Cattleburys Karbonaden und Süßspeisen dick geworden war, schrumpft zusehends bei der armseligen Kost aus Heringen, gewürztem und gesüßtem Weizenbrei, Gemüsebrei und Wasser, die Pearce, Ambrose und die anderen Quäker bevorzugen. Selbst als Kind war ich ein guter Esser, und die Kargheit des Essens, mit der ich mich hier abfinden muß, macht mir sehr zu schaffen. In den Pappeln vor dem Tor der Anstalt sitzen zwei Tauben, und ich würde nur zu gern ihre dicken, gebratenen Brüste vor mir auf einem Teller liegen sehen. Doch solche Gedanken muß ich beiseite schieben, ebenso wie das (fast ständige) Sehnen, Danseuse zu satteln und wegzureiten. Denn wohin sollte ich reiten? Alle Wege außerhalb dieses Ortes führen zum König zurück. Diese Einsicht habe ich wenigstens gewonnen. Und so bleibe ich, ohne jede Zukunftsaussichten.

Mir werden Arbeiten zugeteilt, die fast alle untergeordneter, abstoßender Natur und mit einem üblen Geruch verbunden sind. Doch ich führe sie aus. Die Tage, die ich fürchte, sind die, an denen ich im William Harvey arbeiten muß. Mit der Tür zum William Harvey öffnet man das Tor zur Hölle. Als ich gestern dort war, biß sich eine Frau, die ich gerade hochhob, um ihr frisches Stroh in die Box zu legen, die Zungenspitze ab, und mir spritzte ihr Blut in die Augen, was sich wie das Züngeln einer Flamme anfühlte, und ich glaubte mich vom Wahnsinn angesteckt. Das Haus trägt seinen Namen zu Recht. Es gibt darin jede Menge Blut. Das Blut steht in Pfützen auf dem Boden.

Es gibt viele Regeln, an die wir uns im Whittlesea halten müssen. Eine von ihnen verbietet es jedem der »betreuenden Freunde« (so wunderlich nennt sich die kleine Gruppe Helfer in dieser Anstalt), allein, aus was für Gründen auch immer, sei es bei Tage oder bei Nacht, ins William Harvey zu gehen. So war, als mir die abgebissene Zungenspitze vor die Füße fiel und das Blut über mich spritzte, sofort einer der Freunde an meiner Seite. Es war Eleanor, die jüngere von zwei Schwestern – Eleanor und Hannah –, beides sehr liebe und vernünftige Frauen. Sie hob die Zungenspitze auf, wickelte sie in ihr Taschentuch, und Pearce nähte sie dann mit bewundernswerter innerer Stärke gleich wieder an. Doch dabei will ich lieber nicht verweilen. Statt dessen will ich Euch ein wenig über diese Schwestern und über die anderen Freunde dieser kleinen Gruppe erzählen, die hier hundert verrückte Seelen betreuen.

Das Whittlesea Hospital ist vor zwei Jahren von Ambrose und Edmund gegründet worden. Der erste Insasse war Ambroses Großvater, ein alter Seefahrer, der durch spanische Piraten ein Auge verloren hatte und der, als der König zurückkam, von sich selber glaubte, schon gestorben zu sein. Er lebt recht zufrieden im George Fox. Er hat ein Glasauge, das er in einem Holzkasten aufbewahrt, und erklärt täglich, daß er sich das Grab dunkler und stiller vorgestellt habe und daß er sehr froh sei, darin Gesellschaft zu haben.

Ambrose – das hatte ich schon bei meiner ersten Begegnung mit ihm am Tor festgestellt – ist von kräftiger Statur, starrsinnig, freundlich und sehr widerstandsfähig, wie eine Pflanze mit vielen kräftigen Wurzeln, die unempfindlich ist gegen Kälte und Hitze, Hagel und Dürre. Wenn alle Menschen an einer Epidemie sterben müßten, dann glaube ich, daß Ambrose zumindest als letzter stürbe. Ohne ihn gäbe es kein Whittlesea Hospital. Ohne ihn wäre Pearce noch im St. Barts in London, und die anderen, Hannah und Eleanor, Edmund und Daniel, würden immer noch darauf warten, daß sich ihnen das offenbare, was sie »die wahre Arbeit, die uns durch die Saat Christi gezeigt worden ist, die allen Menschen innewohnt«, nennen.

Edmund ist ein Mann meines Alters, der zweimal im Gefängnis war, weil er anglikanische Kirchen betreten und Geistlichen Schaden zugefügt hat, indem er ihnen Kohlköpfe an den Kopf warf. Er hat strahlende runde Augen und eine hohe Stimme und legt großen Wert auf Ordnung und Sauberkeit. Wenn heftige Regenschauer über den Fens niedergehen, pflegt er alle Kleidung bis auf eine zerlumpte Unterhose abzulegen und Runde um Runde um die Mauern zu laufen, wobei er sich sein Gesicht und seinen Körper und sogar seine Geschlechtsteile einseift. Ich habe bemerkt, daß Hannah oder Eleanor, wenn sie zufällig aufblicken und sehen, daß Edmund mit seinen Waschungen beschäftigt ist, einander zulächeln, um dann gleich wieder wegzusehen und ihre Arbeit fortzusetzen – doch das Lächeln bleibt noch eine Weile auf ihren

Gesichtern. Ihnen scheint Edmunds Ritual ein unschuldiges Vergnügen zu bereiten.

Beide sind kräftige Frauen mit ausladenden Hüften, die mit stämmigen Beinen, die in Holzschuhen stecken, fest auf dem Boden stehen. Hannah hat graue Augen, Eleanor blaue. Ich schätze Hannah auf dreißig, und Eleanor mag drei oder vier Jahre jünger sein. Sie sind sowohl in ihrer Liebe zu Gott als auch in ihrer Wohltätigkeit gegenüber Seinen Kreaturen sehr freigiebig. Ich glaube nicht, schon einmal Frauen wie sie getroffen zu haben, denn sie scheinen überhaupt keine Eitelkeit zu kennen; sie haben kein Selbstmitleid und stehen zu ihrer Meinung. Im vergangenen Monat habe ich ein- oder zweimal gebetet, krank zu werden, damit mich Hannah und Eleanor pflegen. Aber seltsamerweise, wenn man bedenkt, wie ungesund die Luft im Fenland und wie unzureichend meine Mahlzeiten sind, bin ich nicht einen Tag krank gewesen. So gebe ich mich damit zufrieden, beim Essen in ihrer Nähe zu sitzen, da ich ihre Ruhe als wohltuend empfinde.

Der sechste der Whittlesea-Betreuer ist Daniel. Er ist der jüngste, und sein Gesicht hat noch die gewisse Transparenz der Jugend – als ob ihm erst die Zeit die richtige Substanz verleihen würde. Er ist höchstens siebzehn Jahre alt. Da er von der Welt noch nichts gesehen hat, kann ihn nichts, was er sieht, erschrecken oder anekeln. Er steht allem offen gegenüber. Er zuckt vor nichts zurück, was er im William Harvey sieht, riecht oder hört. Außerdem ist er derjenige unter den sechs Freunden, der mir am wenigsten Vorbehalte entgegenbringt. Er kennt keine Mißbilligung. Die anderen wollen mich zum Quäkertum bekehren, Daniel nicht. Als er hört, daß ich einmal am Hofe war, bittet er mich vielmehr, ihm im Vertrauen zu erzählen, was das dort für eine Welt ist, wie die Leute sprechen, wie sie sich kleiden und die Zeit vertreiben. So bin ich auf einmal dabei, ihm das Krocketspiel zu erklären, und Daniel lauscht und wiederholt Erklärungen wie »Die rote Kugel darf nun, da sie das Tor passiert hat, versuchen, die schwarze Kugel des Gegners zu krockieren« mit solcher Ehrfurcht, als wären sie der dreiundzwanzigste Psalm. Und für einen Augenblick sind wir beide sehr glücklich, bis mir einfällt, daß ich in der Welt, wo Krocket gespielt wird, keinen rechtmäßigen Platz mehr habe und daher am besten daran täte, seine komplizierten Regeln zu vergessen. Daher breche ich ab, und Daniel ist niedergeschlagen, jedenfalls für einen Augenblick. »Warum können wir nicht«, fragt er mich eines Tages, »hier ein wenig Krocket spielen, Robert?« Ich tue so, als denke ich darüber nach, bevor ich antworte: »Der Anblick eines Krockettors würde John sehr unglücklich machen, Daniel.«

Und so komme ich zu »John«, wie ich jetzt meinen spindeldürren Freund Pearce nennen muß.

Die Freude und Überraschung, die er bei meiner Begrüßung gezeigt hatte, wurden bald wieder von der Strenge abgelöst, mit der er mich immer glaubt behandeln zu müssen. Wie ich es nicht anders erwartet hatte, überraschte es ihn weder, daß ich der königlichen Gnade verlustig gegangen war, noch hatte er besonders viel Verständnis für meine Verzweiflung.

»Als ich sah, wie dein Leben in diesem schrecklich luxuriösen Haus war«, sagte er, »betete ich darum, daß du aus ihm herausgeholt werden würdest.«

»Aber Pearce, ich hing an diesem Haus!« hielt ich es für nötig, ihn zu erinnern.

»John«, sagte er.

»Wie, Pearce?«

»Bitte, sei so gut und nenne mich John.«

»Aber ich finde das nun mal schwierig, nach all der Zeit.«

»Du findest *alles* schwierig, was einfach und gut ist, Robert. Das ist das Problem mit dir.«

Diese Unterhaltung fand in Pearces Zimmer spät an jenem Abend statt, an dem ich im Whittlesea angekommen war; ich ruhte meinen vom Winde gerüttelten Körper auf seinem engen Bett aus, und er lag auf einem Strohsack (wie er von den Bewohnern des George Fox und Margaret Fell benutzt wird) auf dem Boden. Ich blickte ihn an – meinen Freund und meine Zuflucht! Er ist dünner denn je, so daß die Knochen seiner Handgelenke Elfenbeinspulen gleichen. Er leidet in dieser tiefliegenden Gegend an einem heftigen Katarrh, der Speichelbläschen aus seinen Mundwinkeln bersten läßt und seine Nebenhöhlen so verstopft hat, daß seine Stimme klingt, als käme sie aus der Nase. Diesen Katarrh behandelt er mit einem Gegengift, das nun wiederum seine Augen entzündet hat. Alles in allem ist er ein jämmerlicher Anblick.

Wenn die Quäker auch keine Predigten mögen, so hielt Pearce, auf seiner Strohmatratze liegend und sich Gegengift in die Nasenlöcher träufelnd, doch voller Ernst einen Sermon über die Hinterlist der Stuart-Könige. »Keiner von ihnen hat je das Vertrauen des Volkes verdient«, sagte er, »und keiner von ihnen wird es je verdienen. Denn das Wohl des Volkes steht bei ihnen nie an erster Stelle. An erster Stelle steht ihre angebliche Gottähnlichkeit, die sie außerhalb des Gesetzes oder darüber stellt, so daß sie bei allem, was sie tun, niemandem Rechenschaft schuldig sind, weder in ihrem öffentlichen noch in ihrem privaten Leben ...«

Während ich dieser Moralpredigt lauschte, stellte ich fest,

daß ich nicht über seine Worte und deren Richtigkeit nachdachte, sondern über die Tatsache, daß ich selbst bei der ganzen katastrophalen Angelegenheit überhaupt keinen Zorn empfand. Verletzt, enttäuscht, ängstlich, melancholisch: All das war ich. Doch ärgerlich schien ich nicht zu sein. So enthielt ich mich jeder Stellungnahme zu Pearces Schmährede gegen die Stuarts und platzte einfach heraus: »Warum fühle ich keinen Ärger, Pearce?«

»John.«

»John. Warum fühle ich keinen Ärger, John?«

»Weil du ein Kind bist.«

»Wie bitte?«

»Ein Kind, das von selbstsüchtigen Eltern bestraft wird, empfindet keinen Ärger. Es zieht sich in sein Eckchen zurück und weint. Genauso wie du es getan hast. Und sobald die Eltern wieder ihre Arme ausbreiten, kommt das Kind angerannt und wirft sich hinein, froh darüber, wieder zurückkehren zu dürfen und Vergebung erlangt zu haben für etwas, das es doch nur als Antwort auf ihre Gier getan hatte.«

»Aber Pearce –«

»Genauso wie du hinrennen würdest, wenn der König dich zurückriefe!«

»Er wird mich nicht zurückrufen. Das ist ganz und gar vorbei.«

»Nein. Sollte er es dennoch tun, dann würdest du gehen. Und daher liegt es für mich klar auf der Hand, daß du noch ein Kind bist, Robert. Doch zu deinem Glück hat dich deine Obdachlosigkeit nach Whittlesea gebracht. Unsere Aufgabe hier ist es nun, dich von deinem kindischen Verhalten zu heilen, genauso wie wir versuchen, die Geisteskranken von ihrem Wahnsinn zu heilen. Denn der Mann in dir könnte ganz wunderbar sein, Robert. Ich sah, wie sich dieser Mann formte – ehe du dich zum Kind zurückentwickeltest –, und diesen Mann wollen wir wiederherstellen.«

Ich blickte auf Pearce hinunter. Als ich sah, daß er neben sich auf den Boden, in Reichweite seiner Leichenfinger, seine kostbare Suppenkelle gelegt hatte, mußte ich lächeln.

Nach jener ersten Nacht mußte ich feststellen, daß Pearce nicht daran interessiert war, mit mir über mein vergangenes Leben oder dessen Verlust zu sprechen. Er wollte, daß ich es so schnell wie möglich aus meinem Denken verbannte, und so wurde vom nächsten Tage an (in dessen Verlauf ich die triste Kleidung bekam, die ich Euch schon beschrieben habe) von mir erwartet, daß ich mich an der Arbeit der Betreuer beteiligte, so, als wäre ich einer von ihnen und ein geborener Quäker. »Robert ist gut geeignet, uns zu helfen«, erklärte Pearce bei unserem frühen Frühstück, das aus einem Wasserbrei aus Gerste und Hafer bestand, den anderen gegenüber. »Er ist nicht empfindlich oder zartbesaitet. Er behauptet zwar, die Medizin vergessen zu haben, doch ich weiß, daß das nicht stimmt. So wollen wir Christus danken, daß er uns Robert geschickt hat, und ihn bitten, daß er ihn bei der Arbeit, die wir für ihn finden werden, unterstützt.«

Darauf folgten Gebete rührender Einfachheit. »O Herr, schicke ein Licht, um Robert den Weg zu weisen«, sagte Ambrose. »Lieber Jesus, sei mit Robert«, sagte Eleanor. »Gott im Himmel, nimm Roberts Hand und steh ihm bei«, sagte Hannah. »Und sei auch bei ihm, wenn die Nacht hereinbricht«, sagte Daniel. »Amen«, sagte Edmund.

Ich sehe einen nach dem anderen an. Nun ja, denke ich, sie kennen mich nicht. Ich bin Johns Freund, und er hat sich für mich verbürgt, und so haben sie mich aufgenommen. Aber sie wissen nicht, wieviel Angst ich habe. Sie wissen nicht, daß ich mich schon lange von Gott entfremdet habe. Sie wissen nicht, daß ein Wahnsinn in mir ist, der Gras und Bäume zu verrückten Linien und Klecksen werden läßt. Sie haben mich in der Anstalt aufgenommen, aber sie wissen nicht, daß mein Geist sich am Chaos erfreut. Ich bin nicht der Richtige für sie, und ich werde ihnen unrecht tun, und sie wissen es nicht. Ich öffnete den Mund, um ihnen zu erzählen, was für ein Mann ich bin, aber es kamen nur ein paar gemurmelte Worte des Dankes für ihre Gebete aus mir heraus, »deren ich mich«, sagte ich zu ihnen, »hoffentlich würdig erweisen werde«. Ich sah Pearce bei meiner plötzlichen Demut zustimmend nicken.

So begann mein erster Tag im Whittlesea. Ambrose und Hannah machten mit mir einen Rundgang durch die Anstalt. Der Regen, der mir auf meiner Reise erspart geblieben war, durchtränkte nun die gestaltlose Ebene, vom Wind schwallweise dahingetrieben.

Als Ambrose die Tür zum George Fox entriegelte und diese nach innen aufschwang, eilte ich ohne viel nachzudenken hinein, um ins Trockene zu kommen, und zog so plötzlich den nervösen Blick von etwa vierzig Männern auf mich, die in zwei dichtgedrängten, unordentlichen Reihen längs der Scheunenwände herumlagen.

Sofort herrschte helle Aufregung. Einige der Männer standen auf. Ich sah, wie einer von ihnen die Hand eines anderen umklammerte, als ob er Angst habe. Ein paar lachten. Andere wiederum kamen näher und betrachteten mich, als wäre ich ein seltsames Ausstellungsstück. Einer rollte sein dreckiges Nachthemd hoch, kicherte und entblößte seinen Hintern, der voller wunder Stellen war. Der Gestank hier war entsetzlich, da die Nachteimer voll waren und all die »notleidenden Freunde« (wie Ambrose die Wahnsinnigen nannte) einen verlausten und ungewaschenen Eindruck machten. Doch niemand kreischte oder schrie herum, wie es die Geistesgestörten des London Bedlam angeblich ständig taten. Keiner war angekettet, alle konnten sich in der großen Scheune frei bewegen, und sie waren nicht im Dunkeln. Vier kleine, vergitterte Fenster ließen so viel Licht herein, daß ich sehen konnte, daß sich am anderen Ende eine Galerie befand, die durch zwei Leitern erreichbar war und auf der ein riesiger Webstuhl stand.

»Wie ich sehe, gibt es einen Webstuhl«, sagte ich zu Ambrose. »Weben diese Männer darauf?«

»Ja«, erwiderte Ambrose und rieb die Hände aneinander. »Der Webstuhl. Den haben wir mit einem Wagen vom Armenhaus in Lynn, das geschlossen worden ist, hierhergeschafft.«

Meine Gedanken, die der Mann mit dem nackten Hintern noch immer zu beanspruchen versuchte, indem er vor mir herumsprang, kehrten sofort zum Richter Hogg und meiner verlorenen Aufseherrolle zurück. Nun würde ich nie den Armen beistehen, sondern dafür den Verrückten dienen. Doch schien es zwischen diesen beiden Kategorien von Menschen kaum einen Unterschied zu geben, denn viele der Gesichter, die zu mir heraufstarrten, hatten einen ähnlich verzweifelten Ausdruck, wie ich ihn bei den Armen wahrgenommen hatte, die bei Bidnold Holz aufgelesen hatten.

»Was wird auf dem Webstuhl hergestellt?« fragte ich Ambrose.

»Segel!« sagte er.

»Segeltuch? Für Kriegsschiffe?«

»Nein, Robert. Für die Fischereiflotte in Lynn. Als Bezahlung schicken sie uns Heringe.«

Dann hielt Ambrose vor den Bewohnern des George Fox eine kleine Ansprache. Er sprach freundlich zu ihnen, wie zu Kindern, und im großen und ganzen waren sie währenddessen still, bis auf zwei am Ende der Scheune, die anfingen, sich in der unflätigsten Sprache, die ich je gehört habe, zu beschimpfen. Ambrose wies die Männer an, ihre Strohsäcke zusammenzurollen, ihre Nachteimer zur Latrine zu bringen und die Tische fürs Frühstück aufzubocken. Ich weiß jetzt, daß der Ablauf an jedem Morgen der gleiche ist, doch Ambrose gab seine Anweisungen mit so viel Begeisterung, als verkünde er eine freudige Neuigkeit. Und wirklich begann, als Ambrose fertig war, ein alter Mann, um dessen dürre Gliedmaßen eine Menge Verbandsstoff gewickelt war, zu applaudieren. Ambrose nickte ihm zu und lächelte. Dann sagte er: »Und ich will euch nun sagen, daß Whittlesea großes Glück widerfahren ist. Schaut her, das hier ist Robert. Er ist von Norfolk gekommen, um uns allen bei unserer Arbeit für den Herrn zu helfen. Sprecht euch den Namen vor. Sagt Robert. Und haltet den Namen in Ehren. Denn er ist euer Freund.«

Die ganze Gruppe fing nun an, meinen Namen wieder und wieder zu murmeln, was mich in Verlegenheit versetzte. Fast alle sprachen ihn sich vor, außer einem Mann, der einen kleinen, durchdringenden Laut ausstieß, der dem Schrei eines Kiebitzes sehr ähnlich war. Ich wußte nicht, welche Worte von mir erwartet wurden, deshalb sagte ich nichts, sondern machte nur eine kleine Verbeugung, wie ich sie während meiner Tage in Whitehall vor dem Spiegel eingeübt hatte. Daraufhin folgte ich Ambrose hinaus, und wir liefen durch den Regen zum Margaret Fell.

Dort trafen wir auf Hannah und Eleanor. Die Strohsäcke waren zusammengerollt und zur Seite gelegt, die Nachteimer entleert, und es standen Schüsseln mit kaltem Wasser da, in denen die Frauen vom Margaret Fell sich nun mit einer schwärzlichen Seife Gesicht und Hände wuschen. Es waren vielleicht fünfunddreißig Frauen jeden Alters, die jüngste nicht älter als zwanzig oder fünfundzwanzig Jahre.

»Sag«, flüsterte ich Ambrose zu, als mir die Wollkämme und Spinnräder gezeigt wurden, mit denen die Frauen ein graues, klumpiges Garn herstellten, aus dem Mops gefertigt wurden, »wodurch werden so junge Menschen in den Wahnsinn getrieben?«

»Da gibt es viele Möglichkeiten, Robert«, antwortete er. »Der Wahnsinn hängt eng mit dem Unglück zusammen, nicht so sehr mit dem Alter. Die Armut ist eine der Hauptursachen. Verlassenwerden eine andere. Wir haben hier eine, Katharine, die von ihrem jungen Ehemann mitten in der Nacht verlassen worden ist, und nun schläft sie nicht, kann sie nicht mehr schlafen, und ihr Wahnsinn geht auf die Erschöpfung ihres Verstandes und Körpers zurück.«

»Welche ist Katharine?«

»Die dort, die sich gerade den Hals wäscht. Die mit den zerrissenen Kleidern. Damit beschäftigt sie sich in der Nacht: Sie sitzt da und zerreißt alles, was wir ihr zum Anziehen geben, in Fetzen.«

Ich sah zu ihr hin. Sie war eine große, dünne junge Frau mit schwarzem Haar, das ihr zottig bis zur Taille hing, und schwarzen Augen, die mich an die des Reifrocks erinnerten, doch waren sie größer und trauriger und wegen ihrer Schlaflosigkeit von tiefen, dunklen Ringen umgeben.

»Dafür gibt es Heilmittel«, sagte ich, da mir eingefallen

war, daß Pearce in Cambridge immer Malvenwurzeln und Endivien gekaut hatte, um sein Gehirn zur Ruhe zu bringen.

»Ja«, sagte Ambrose, »und wir probieren sie bei Katharine aus; manchmal schläft sie dann auch eine Stunde oder etwas länger, doch dann bekommt sie keine Luft mehr und wacht wieder auf. Sie hat das Gefühl zu ersticken und erzählt uns, daß sie von einer schweren Last auf ihrem Kopf niedergedrückt wird.«

Der Zustand dieser Frau ging mir nahe, und als Ambrose wieder von den Insassen verlangte, daß sie sich meinen Namen einprägten und vorsagten, wunderte ich mich über die Bedeutung, die das Wort »Schlaf« für mich gewonnen hatte. Ich war sicher, daß einmal der Tag kommen würde, an dem ich meinen Kasten mit den chirurgischen Instrumenten mit den Silbergriffen öffnen mußte und in meiner ungeübten Hand das Skalpell mit den Worten *Schlaft nicht* halten würde. Damit, daß ich mir erlaubt hatte, Robert zu werden, hatte ich bestimmt dem ein Ende gesetzt, was der König meine »Zeit des Träumens« genannt hatte. In meinem jetzigen Wachzustand würde nun vieles, was ich nur zu gern vergessen oder außer acht gelassen hätte, wieder schrecklich sichtbar für mich werden. Warum mußte mir gleich am allerersten Tage eine Frau über den Weg laufen, die überhaupt nicht mehr schlief und die von ihrem schlaflosen Starren – einem fortwährenden, nicht gewollten Wachen all die Stunden der Helligkeit, Abenddämmerung, Dunkelheit und Morgendämmerung hindurch – wahnsinnig geworden war? Konnte es, dachte ich bitter, eine schrecklichere Ermahnung auf Erden geben als die, welche mir der König erteilt hatte? Welches Leidensmaß hatte er, als er die Worte dem Graveur gab, für mich vor Augen gehabt?

Gleichsam als Antwort auf diese Frage befand ich mich kurz darauf mit Ambrose in der dritten Wohnstätte des Whittlesea Hospitals, die sie William Harvey nennen.

Ich habe schon erwähnt, daß jeder, der hier zum ersten Male eintritt, das Gefühl hat, in der Hölle gelandet zu sein. Nur, daß es hier nicht glühend heiß ist. Es ist kühl und dunkel, und ein übler Geruch hängt in der Luft, da es nur ein kleines, vergittertes Fenster gibt und überhaupt keine Kerzen, aus Angst, die Insassen könnten sich an einer offenen Flamme verbrennen oder die Strohmatten in Brand setzen.

Die Leute im William Harvey sind in Geschirren an die Wand gekettet; die königlichen Löwen im Tower haben bestimmt mehr Bewegungsfreiheit als sie. Doch es handelt sich hier um Menschen, die so tief in den Wahnsinn gefallen sind, daß sie, wenn sie nicht in Eisen gelegt wären, Verbrechen wie Unzucht oder Mord begehen oder ihre eigenen Körper verstümmeln würden; wegen der großen Unruhe ihrer Gliedmaßen machen sie wirklich den Eindruck, von einer teuflischen Macht besessen zu sein.

Insgesamt sind hier einundzwanzig Menschen untergebracht: sechzehn Männer und fünf Frauen. Alle haben Narben auf der Stirn, wo ihnen Blut abgelassen worden ist. Dieses und das Anbohren des Schädels (das die Quäker jedoch nicht praktizieren) sind die am meisten gefürchteten Behandlungsmethoden bei Wahnsinn. Ich lief mit Ambrose durch die Scheune, sah einem nach dem anderen in die Augen und mußte daran denken, daß Pearce einmal über solche wahnsinnigen und leidenden Menschen gesagt hatte, »daß sie die einzig Unschuldigen einer Zeit sind, die selbst verrückt ist, weil sie dem Ruhm gegenüber gleichgültig sind«. Ein vertrauter Schauer der Verärgerung über Pearce durchlief mich: Er ist immer viel zu sehr von der Richtigkeit seiner Äußerungen überzeugt, von denen einige sicher sehr klug und tiefgründig sind, andere aber ganz offensichtlich töricht.

»Glaubst du«, fragte ich Ambrose (der keinen Versuch unternommen hatte, den Bewohnern des William Harvey meinen Namen beizubringen), »daß das Whittlesea diese Menschen heilen kann?«

Er legte mir seine große Hand auf die Schulter.

»Ich glaube, Robert«, antwortete er, »daß sie geheilt werden, wenn Jesus das wünscht. Wir haben auch schon im William Harvey Heilungen erlebt.« Und dann erzählte er mir von jener Frau, die »zwei große Würmer« entleert hatte, eben die Geschichte, die Pearce mir auf dem Weg zum Friedhof in Bidnold, wo er nach Salpeter graben wollte, erzählt hatte, die Geschichte, mit der er mich davon überzeugen wollte, daß Hoffnung töricht ist. Sie war mir seinerzeit nahegegangen, doch jetzt, da ich mich genau dort befand, wo sie sich zugetragen hatte, löste sie in mir einen so tiefen Ekel aus, daß mir die Galle hochkam, und ich glaube, ich hätte mich erbrochen, wenn Ambrose nicht mein Elend bemerkt und die Tür des William Harvey geöffnet hätte, so daß ich in das Licht des feuchten Morgens entfliehen konnte.

An jenem Abend (wie auch an allen darauffolgenden Abenden des Monats, den ich hier bin) verzehrten wir, das heißt die Betreuer vom Whittlesea, ein Abendessen aus Fisch, Gemüse und Brot, das Daniel in der Küche zubereitet hatte, und sprachen über unseren Tag, der für mich sogar noch schlimmer gewesen war als all jene, die ich damit verbracht hatte, Leichname in Padua zu sezieren oder die armen Kranken im St. Thomas zu pflegen.

Bei diesem Abendessen hörte ich plötzlich draußen ein schmerzliches, vertrautes Geräusch: das Wiehern von Danseuse. Natürlich war ich wieder in Versuchung, sofort und auf der Stelle, während ich mich noch abmühte, eine fettige Makrele hinunterzuwürgen, meine Stute zu satteln und wegzureiten. Doch ich tat es nicht. Pearce hatte mich im Auge und schien meine Gedanken lesen zu können. »Robert«, sagte er freundlich, »wenn du nachher zu unserer Zusammenkunft in unsere Wohnstube kommst, versuche doch, alle alten Sehnsüchte aus deinen Gedanken zu verbannen, so daß du mit den Worten Christi erfüllt werden und durch Ihn zu uns sprechen kannst.«

»Ja, John«, sagte ich, »ich will es versuchen.«

Vor den Zusammenkünften holen die sechs Betreuer (und jetzt auch ich, der siebte) Lampen und machen ihre Runde durch die drei Irrenhäuser, wobei wir »gütig« sind. Unser Verhalten jeden Abend läßt mich an das von König Heinrich vor Agincourt denken, nur daß wir die Geisteskranken nicht ermahnen, am nächsten Tage tapfer zu kämpfen, sondern versuchen, ihre Seelen zur Vorbereitung auf den Schlaf zu besänftigen. Wir sagen ihnen, daß Christus in ihnen wohnt (»so sicher«, hörte ich Pearce sagen, »als ob er selbst das Blut ist, das in einem Kreislauf aus eurem Herzen heraus- und wieder in es hineinfließt«) und sie daher alle in der Nacht behütet sind.

Dann werden die Strohmatratzen ausgebreitet, und die Bewohner des George Fox und Margaret Fell legen sich darauf und decken sich zu, jeder mit einer eigenen grauen Decke. Dann sprechen wir noch ein Gebet für sie, wünschen ihnen eine gute Nacht und nehmen die Lampen weg, so daß sie in ihren Reihen im Dunkeln liegen. Doch die Männer und Frauen vom William Harvey werden von unserer »Güte« selten beruhigt, einige können die Nacht nicht vom Tage unterscheiden und wissen erst, was Schlaf ist, wenn sie von ihm übermannt werden. Noch in meinem Zimmer, das sehr klein ist und ein wenig meinem Wäscheschrank in Bidnold ähnelt, höre ich oft das Schreien und Heulen vom Whittlesea.

Während der Nacht, um zwei Uhr morgens, findet eine sogenannte »Nachtbetreuung« statt, die von zwei Freunden gemeinsam durchgeführt wird. Wir wechseln uns mit dieser Aufgabe ab, die erfordert, daß wir im Dunkeln aufstehen und in jedes der Häuser gehen, um uns zu vergewissern, daß keiner der Verrückten verletzt oder krank ist oder versucht, einem anderen etwas Schändliches anzutun. Ich fürchte die Nächte, in denen ich an der Nachtbetreuung teilnehmen muß. Besonders fürchte ich den Anblick von Katharine, wie sie aufrecht dasitzt und ihre Kleider zerreißt. Ich habe eine Salbe aus Safran und Veilchenwurzeln zubereitet und reibe ihr damit die Schläfen ein, doch bis jetzt hat sich keine Wirkung gezeigt. Ich komme nie vor drei Uhr wieder ins Bett (da immer jemand krank ist oder getröstet werden muß), und dann bin ich durch meine Tätigkeit so hellwach, daß ich nicht wieder einschlafen kann. Das ist dann die Stunde, in der ich an Celia denken muß. Ich frage mich, ob sie noch meinen Namen trägt und sich Lady Merivel nennt. Schläft Lady Merivel zu dieser Stunde oder singt sie – was ich annehme – ihren Gästen in den hellerleuchteten Räumen in Kew vor?

Bei meiner Ankunft hier im Whittlesea unternahm ich ein paarmal den Versuch, vor Pearce meine Liebe zu Celia zu rechtfertigen, indem ich sie als eine großzügige Liebe beschrieb, eine Liebe, die »nützlich« gewesen sei, wie der König es gewollt habe. Er stimmte darin nicht mit mir überein. Er behauptete, ich mache mir etwas vor. »Es war eine maßlose Liebe«, sagte er und klärte mich, indem er sich auf Plato bezog, darüber auf, daß »die Maßlosigkeit der Liebe eine Krankheit der Seele« sei, Worte, die ich auf ein Stück Pergament geschrieben, um meine Oboe gewickelt und in dem Seekoffer verstaut habe, den man mir für die Aufbewahrung meiner weltlichen Güter gegeben hat.

Mein Geist scheint sich bei den Zusammenkünften der Freunde am besten zu erholen; warum das so ist, ist mir allerdings noch nicht ganz klar. Ich nehme schweigend daran teil. Im vergangenen Monat habe ich mich nicht ein einziges Mal bewegt gefühlt – durch Gott oder sonst eine Stimme in mir –, irgend etwas zu sagen. Manchmal äußern auch die anderen sehr wenig, und wir sitzen nur in einem Halbkreis vor dem Feuer.

Es ist schon seltsam genug, daß ich solche ausgedehnten Schweigephasen überhaupt ertragen kann, aber noch seltsamer, daß ich Kraft daraus ziehe. Am Anfang war ich bei den Zusammenkünften noch sehr unruhig, wartete ungeduldig auf ihr Ende und fühlte, wie meine Gedanken den Raum verließen und zu verlorenen Orten flogen. Eines Abends reichte mir Ambrose ein Blatt Papier und forderte mich auf, die Worte, die darauf standen, vorzulesen. Sie lauteten: »Sei ruhig, damit du den Sommer erreichst und nicht im Winter fliegen mußt. Denn wenn du still dasitzt, schenkt Gott dir Geduld und innere Ruhe.« Von diesem Augenblick an versuchte ich wirklich, ruhig zu sein und die Ruhe nicht zu verabscheuen, sondern zu lieben, und von da an ging es mir bei den Zusammenkünften besser, und am Ende fühlte ich mich sogar ein wenig wiederbelebt durch die liebevolle Gegenwart von John, Ambrose, Edmund, Hannah, Eleanor und Daniel.

Wenn sie dann sprechen, wobei sie die gewöhnlichsten Bemerkungen mit einem »Mir ist durch Gott der Gedanke gekommen« einleiten, fühle ich mich von dem, was sie zu sagen haben, so bewegt, daß ich lachen möchte. Und dieses Gefühl unterdrückten Lachens bringt mich dem Glück näher, als ich es lange Zeit gewesen bin.

Bei den Zusammenkünften trage ich stets meine Perücke, um John und den anderen den Anblick meiner Schweineborsten zu ersparen. In der Art, wie sie die Stühle aufstellen, liegt eine Adrettheit, die ich nicht verderben will. Jedoch bin ich mit meiner Perücke und meinem Rock (normalerweise dem schwarz-goldenen, nicht dem roten) an Stelle des Lederüberwurfs dem Merivel meines früheren Lebens wieder sehr ähnlich, und der Robert von jetzt ist unter dieser alten Eleganz nicht zu sehen. Er ist aber dennoch gegenwärtig. Er ist dankbar für die Wärme des Feuers in der Wohnstube und für die Stimmen von Hannah und Eleanor, die so freundlich und beruhigend sind, daß er manchmal auf seinem Stuhl einschläft, wenn eine von ihnen spricht. Doch das große Problem mit den Quäkern ist, daß sie einen herumschubsen: Sie lassen einen nicht träumen.

Der Duft der Blumen

Die Winde haben sich gelegt, und die Aprilluft ist still, ruhig und warm. Im Freilufthof treibt die große Eiche Blätter von einem so saftigen Grün, daß mir das Wasser im Munde zusammenläuft. Ich will diese Blätter zwar nicht gerade verspeisen, sie mir aber doch irgendwie einverleiben, ehe ihre Frische dahinschwindet.

Es hat längere Zeit nicht geregnet. Durch die gelbe Kruste auf dem Schlamm vom Whittlesea sprießt frisches Gras, und im Graben draußen vor der Mauer blühen Schlüsselblumen und Veilchen. Pearce scheinen diese Blumen geradezu in Verzückung zu versetzen, so, als habe er noch nie zuvor so schöne und herrlich duftende gesehen. Er pflückt und untersucht sie nicht nur, sondern ich habe auch schon gesehen, wie er sich am Grabenrand hinlegte, seine Nase in ein Büschel Schlüsselblumen steckte und sich zehn Minuten lang nicht vom Fleck rührte. An dem leeren Blick seiner blauen Augen erkenne ich, daß seine Gedanken mit einem Blumenexperiment beschäftigt sind, aber ich habe ihn nicht danach gefragt, damit er aus meinem Interesse nicht den Schluß zieht, daß bei mir wieder ein tieferes Interesse an der Biologie erwacht ist.

Hannah und Eleanor danken Gott immer wieder dafür, daß er uns so »freundliches Wetter« gibt, ich aber bin zu dem Schluß gekommen, daß für mich so ein Frühling grausam ist: Ich fühle mich in ihm lüstern und müßig. Ich hätte lieber wieder einen strengen Himmel und eine scharfe Kälte, da das besser zu meinen Alltagspflichten passen würde, die sehr hart sind und mir überhaupt keine Muße lassen, sondern mir vielmehr viele Stunden der anstrengendsten Arbeit abverlangen, die ich mir vorstellen kann, nämlich die mit meinem Skalpell.

Jeder der Haupträume des George Fox, Margaret Fell und William Harvey hat ein kleines, mit Öllampen beleuchtetes Vorzimmer, wo Patienten untersucht und behandelt werden und wo auch kleine Operationen durchgeführt werden. Bevor ich gekommen bin, waren Pearce und Ambrose die einzigen Ärzte im Whittlesea, so daß es ihre Aufgabe gewesen war zu versuchen, den Wahnsinn mit dem Messer zu lindern. Nun bin ich von Pearce gezwungen worden, »Whittlesea nützlich zu sein, indem du all deine Fähigkeiten in den Dienst des Allgemeinwohls stellst«, mit anderen Worten, mich an dem Schneiden und Blutablassen zu beteiligen, und zwar ohne zu klagen, denn Pearces Auge ruht ständig beobachtend und abschätzend auf mir. Er weiß, wie sehr ich davor zurückschrecke, mich wieder meinem früheren Beruf zuzuwenden. Er weiß aber auch, daß ich, wenn er und die anderen Freunde mich von hier wegschicken würden, nicht wüßte, in welche Richtung ich reiten sollte.

Glücklicherweise mußte ich noch keine großen Operationen durchführen, doch herrscht unter denen, die sich wissenschaftlich mit den Geisteskrankheiten befassen, ein starker Glaube an die Heilkraft des Aderlasses, und den führen wir hier jeden Tag durch. Ich kann nicht ermessen, wie sehr ein Mensch leidet, dessen Kopf über eine Schüssel gehalten wird, während mit einem Skalpell eine Ader an seiner Schläfe geöffnet wird, doch wenn ich es bin, der den Einschnitt durchführen muß, dann fühle ich mich immer gedrängt, mich vorher bei ihm zu entschuldigen, und oft fühle ich mich versucht hinzuzufügen (was ich aber unterlasse): »Verzeih mir, denn ich weiß nicht, was ich tue«, denn seit ich im Whittlesea bin, habe ich noch keine Heilung durch Aderlaß erlebt. Wir lassen das Blut nicht nur aus der Stirn, sondern auch aus der Kopfarterie ab, und viele Patienten haben an ihren Armen Wunden, die so oft geöffnet worden sind, daß sie sich nicht mehr schließen wollen. Über den Aderlaß aus der Kopfarterie sagt Ambrose: »In dem hellroten Blut, das wir so ablassen, kann ich den Zorn geradezu riechen!« Sein Glaube an die Medizin ist um nichts geringer als sein Glaube an Christus, und ich weiß, daß er im Hinblick auf beides ein ehrlicher und ehrenwerter Mann ist. Ich habe jedoch noch keine Wunderheilung beim Öffnen der Kopfarterie feststellen können. Die Patienten sind nach dem Einschnitt unweigerlich für einige Stunden ruhig (auch die gewalttätigen), kehren aber schnell wieder zu ihrem früheren Zustand zurück, wobei der Schmerz ihrer Wunden sicher noch ihr sonstiges Leiden verschlimmert. Kurzum, ich stehe den Methoden, die wir hier anwenden, etwas skeptisch gegenüber. Wir vergießen Blut und glauben, mit ihm auch giftige Körpersäfte freizusetzen, wissen aber nicht genau, ob wir das auch wirklich tun. Doch ich sage nichts dazu. Denn es kann mir nichts Gutes daraus ersprießen (bemerkt Ihr den Einfluß der Bibel auf meine Sprache?), wenn ich etwas verdamme, wofür ich nichts Besseres anzubieten habe.

Ich habe jedoch eine Unzulänglichkeit bei unseren Behandlungsmethoden festgestellt. Sie beruhen auf der unausgesprochenen These, daß der Wahnsinn etwas Flüssiges ist, das entweder Tropfen um Tropfen oder in einem plötzlichen, quälenden Schwall dem Körper entrissen werden kann, entweder in Form von Blut oder Erbrochenem oder Kot. Ich weiß nicht, ob der Wahnsinn wirklich etwas Flüssiges ist, doch wenn es so ist, dann würde ich alle nur erdenklichen natürlichen und unnatürlichen Methoden ausprobieren, um die Ausscheidungen des Körpers herbeizuführen. Das tun wir jedoch nicht. Ich würde die Geisteskranken zum Weinen bringen (wobei es keine Rolle spielen würde, ob sie vor Lachen oder vor Traurigkeit weinen), und ich würde sie zum Schwitzen bringen. Für ersteres würde ich Geschichten erzählen; für letzteres würde ich Musik machen und sie tanzen lassen. Doch wir fördern weder Tränen noch Schwitzen. Wir sind streng mit denen, die weinen; wir sagen ihnen, sie sollen mit ihrem Klagen aufhören und an Jesus denken, der nie um seiner selbst willen geweint hat, sondern nur wegen der Leiden anderer. Und natürlich wird hier nicht getanzt. Die einzige Bewegung, die unsere Insassen haben, ist das Führen des Webschiffs durch die Kette am Webstuhl, das Drehen der Spinnräder und das langsame Schlurfen über den Freilufthof. Daß zwei wohltuende, natürliche Ausscheidungsmöglichkeiten übersehen werden, beginnt mich langsam so sehr zu bedrücken, daß es immer wieder in mir hochdrängt, inzwischen schon so oft und hartnäckig, daß ich mich vielleicht bald gezwungen sehen werde, Pearces Träumerei über seinen Schlüsselblumen zu stören und ihm meine Gedanken zu diesem Thema zu offenbaren.

Die Nachricht, daß ich einmal am Hofe war, hat die Insassen des William Harvey erreicht. Ich weiß nicht, auf welchem Wege sie dorthin gelangt ist, außer man kann die Hand des Königs noch immer in der Kälte der Skalpellklinge spüren. Pearce meint, daß die meisten im Whittlesea sich an das Wort »Hof« nicht mehr erinnern können und keine Vorstellung haben, was das ist. Doch es gibt einen, der sich Piebald nennt – ein ehemaliger Meuterer auf der *Valiant Queen* –, der jetzt große Freude daran hat, mir zu erzählen, daß alle Männer dieser Welt, die im Rang höher als ein Fähnrich zur See sind, die Überbringer von Pocken, Pestilenz und sonstigem Übel seien und erschlagen gehören – so wie er ganz allein drei Offiziere erschlagen hat –, »um dieses England vom Gestank des Privilegs zu befreien«. Da ich einmal ein »Hofarsch« gewesen bin, gehöre auch ich zu denen, die er töten will, und jede Woche denkt er sich einen neuen grausamen Tod für mich aus, da er Tag und Nacht an nichts anderes als an Tod und Gewalt denken kann.

Nachts, wenn ich allein in meinem Wäscheschrank liege, habe ich manchmal tödliche Angst vor diesem Piebald. Trotzdem halte ich mich tagsüber recht häufig bei seiner Box auf, da seine Todesarten so genial sind, daß davon nun wiederum meine Phantasie erquickt wird. Natürlich ist mein Tun höchst merkwürdig. Doch frage ich mich, ob es nicht sogar viele Männer feiger Veranlagung gibt, die sich heimlich danach sehnen, jenem anderen von Angesicht zu Angesicht gegenüberzustehen, der bereit wäre, ihnen sofort, ohne viel Federlesens und ohne viel nachzudenken, das Leben zu nehmen. Ist es dann so ungewöhnlich, wenn man froh ist, ihn gefunden zu haben?

Piebald, mein Erlöser

An diesem Abend nahm ich nach der Zusammenkunft ein Blatt Pergamentpapier mit in mein Zimmer und schrieb darauf in Schönschrift diese gotteslästerlichen Worte.

Am Morgen des 21. April, als ich wieder einmal eine Weile im Whittlesea geblieben war, um Piebald zuzuhören, und dann von dort auftauchte und sah, daß Pearce mit einem Butterblumenstrauß vor der Nase über den Freilufthof ging, kam mir plötzlich der Gedanke, daß wir zwei vielleicht selbst verrückt würden und daß man in unserem Verhalten – meinem im Hinblick auf Piebald, seinem im Hinblick auf die Blumen – schon das erste Krankheitsstadium erkennen konnte. Kaum hatte ich diese Möglichkeit ins Auge gefaßt, als ich auch schon über eine Wahrheit im Zusammenhang mit dem Schicksal der Geistesgestörten stolperte, die bis dahin nicht nur mir, sondern, wie ich glaube, allen Betreuern im Whittlesea verborgen geblieben war. Es handelt sich um folgende:

Ein Mensch, der krank am Körper ist, wird beim ersten Anzeichen oder im ersten Stadium dieser Krankheit die Dienste eines Arztes in Anspruch nehmen, der ihn heilen soll; der Geisteskranke hingegen wird erst dann in ein Irrenhaus oder eine Heilanstalt eingewiesen, wenn die »Krankheit« seines Geistes bereits so weit fortgeschritten ist, daß sie vielleicht schon nicht mehr geheilt werden kann. Mit anderen Worten: einer physischen Erkrankung kann früh genug Einhalt geboten werden, einer Geisteskrankheit nie. Der Grund dafür ist einfach der, daß alle Menschen die ersten Stadien einer Krankheit des Körpers kennen – doch wer kann in jedem einzelnen Falle schon sagen, was die ersten Stadien einer Krankheit des Geistes sind?

Obwohl es fast Zeit fürs Mittagessen war und der Suppenduft aus der Küche in mir ein Hungergefühl erweckte, zwang ich mich, in mein Zimmer zu gehen, mich auf mein schmales

Bett zu legen und meine neue Erkenntnis sehr genau zu überdenken, wobei ich Fabricius' Motto folgte: »Mäßigt das Sichersein mit Ungläubigkeit.« In Gedanken sah ich den Blick des großen Anatomen auf mir liegen. Beim Mittagessen war ich dann sehr ruhig und nachdenklich, so daß Eleanor mich fragte: »Geht es dir heute gut, Robert?« Ich erwiderte, daß es mir recht gutgehe, daß ich aber an diesem Morgen vieles entdeckt hätte, worüber ich nachdenken müsse. Ambrose sah mich wohlwollend an und bat mich, meine Gedanken mit den sechs Freunden zu teilen, »wenn dir das hilft«. Ich dankte ihm und sagte: »Leider, Ambrose, habe ich so wenig von einem Philosophen an mir, daß es oft vorkommt, daß mein Denken wild um eine anscheinend große Sache kreist, und sobald ich versuche, sie in Worte zu fassen, löst sie sich in Luft auf.« Edmund lächelte. Daniel erhob sich und schöpfte uns eine zweite Portion Suppe in die Schalen. Pearce tupfte sich mit einer rauhen Serviette seinen schmallippigen Mund ab und warf einen verächtlichen Blick in meine Richtung. (Es ist ein beschämendes Faktum meines Lebens im Whittlesea, daß Pearce sich, ganz gleich, welcher Stimmung ich bin, mir gegenüber so benimmt, als könne er Gedanken lesen, als wüßte er immer genau, woran ich denke.)

Am Nachmittag waren die Frauen vom Margaret Fell mit ihrem eintönigen Spaziergang um die Eiche an der Reihe. Hannah und ich waren ihre Aufseher, und unsere Aufgabe war es, Runde um Runde mit ihnen zu gehen und mit ihnen »über Themen zu sprechen, die ihre Herzen erfreuen, wie das Nahen des Frühlings und das Anpflanzen von neuem Kopfsalat und Feuerbohnen im Gemüsegarten des Whittlesea«.

Ich fiel neben Katharine in Gleichschritt und fragte sie, wie die Eiche auf sie wirke, ob sie in ihr etwas Schönes und

Tröstendes sehe, und sie antwortete, sie finde, daß sie »voll eines grünen Todes« sei.

»Was ist das, ›ein grüner Tod‹?« fragte ich.

»Das ist etwas, was in der Natur ist«, antwortete sie, »manchmal in einem Teil davon und manchmal überall.«

»Siehst du ihn auch in Leuten? Siehst du ihn jetzt in mir?«

»Nein«, sagte sie. »In dir sehe ich einen Todeshauch. Doch er ist nicht grün.«

»Von welcher Farbe ist dieser Hauch denn?«

Sie blieb stehen und sah mich an, so daß die Frauen hinter uns in uns hineinliefen. Ich ergriff behutsam ihren Ellbogen und führte sie weiter. Ich nahm an, sie würde eine Weile nachdenken und dann meine Frage beantworten, doch das tat sie nicht. Ihre Gedanken hatten dieses Thema wieder verlassen und sich zu dem hinbewegt, was sie Tag und Nacht quälte: das Verlassenwerden von ihrem Ehemann, als sie schlief. Sie fing an, mir zu erzählen – zum zwölften oder dreizehnten Mal –, daß er, wenn er ein kleiner Mann gewesen wäre, nicht weggekonnt hätte, ohne sie zu wecken, daß er aber, weil er so groß war, mit einem Riesenschritt über ihren Körper hatte steigen können. Damit begann sie, ihn nachzuahmen, hob ihre Röcke hoch und machte große, ausladende, ungeschickte Schritte, so daß einige der Frauen stehenblieben, ihr zuschauten, sich über sie lustig machten und auf sie zeigten, als sei sie ein gaukelnder Quacksalber. Ich ließ sie weiterstelzen. Sie nennt diese Nachahmung des Mannes, der sie im Stich gelassen hat, den »Abschiedsschritt«. Sie sagt, jeder Mann auf dieser Welt habe seinen eigenen Abschiedsschritt, und ich versuche oft, ihre Wut zu beruhigen, indem ich ihr zustimme und ihr erzähle, daß der König, der sehr von Narren geplagt wird, von denen er gerne wegwill, seinen

Abschiedsschritt zu einem Gang unübertrefflicher Eleganz vervollkommnet hat. Sie hat mich schon mehrmals gebeten, ihr diesen Gang zu zeigen. Doch ich kann mich nicht dazu überwinden, eine schlechte Imitation des Königs abzugeben.

Der Tag war strahlend schön und warm, und wir ließen die Frauen länger als die vorgesehene Stunde um den Baum herumgehen. Als Katharine ihres Abschiedsschrittes müde war, kam sie wieder an meine Seite, und nach einer Weile streckte sie die Hand aus, berührte meine Schulter und sagte zu mir, daß die Farbe des Todeshauches, den sie in mir sehe, weiß sei. Hätte sie scharlachrot gesagt, also die Farbe genannt, die auf mich, wie Ihr schon gemerkt haben werdet, eine so große Wirkung hat, dann hätte mich diese Enthüllung beunruhigt. Aber weiß hatte für mich keine Bedeutung, und so dachte ich nicht weiter darüber nach.

Ich wußte nicht, daß es der Abend des 21. April sein würde, an dem ich mein Schweigen bei den Zusammenkünften brechen sollte. Ich war zwar gebannt von der »Wahrheit«, über die ich gestolpert war, daß man nämlich bei Geisteskranken keine Heilung versuchen konnte, bevor sie – wenigstens in den allermeisten Fällen – unheilbar krank waren, hatte aber nicht vorgehabt, über dieses Thema zu sprechen, solange ich mir nicht genau überlegt hatte, welche praktischen Maßnahmen man ergreifen konnte, um eine Besserung dieser Situation herbeizuführen. Noch weniger hatte ich geplant, den Betreuern meine allzu merivelianischen Gedanken über die Wirksamkeit des Weinens und Schwitzens bei der Behandlung von giftigen Körpersäften und Launen zu offenbaren.

Dennoch brach all das aus mir heraus. Und die Art, wie es geschah, war überaus denkwürdig und seltsam.

Ich saß am einen Ende des kleinen Halbrunds, das wir bei unseren Zusammenkünften um das Kaminfeuer unserer Wohnstube bilden. Nahe bei mir, auf einem Eichentisch, stand eine Holzschale, in die Pearce Schlüsselblumensträußchen gesteckt hatte. Es herrschte äußerste Stille im Raum, abgesehen vom Knistern und Zischen des Feuers, und eine Quäkerstille hat etwas so Absolutes, als würde die Ewigkeit in diesem Augenblick beginnen.

In dieser Stille konnte ich hören, wie ich den Duft der Blumen einatmete, und nach einigen Minuten erfaßte mich die Gewißheit, daß dieses Parfüm langsam, mit jedem meiner Atemzüge, in mein Gehirn aufgesogen wurde, wo es sich durch Alchimie in Silben und Worte verwandelte. Schon nach kurzer Zeit schien mein Gehirn so voller Worte zu sein – so vollgestopft mit ihnen wie die Schale mit den Schlüsselblumen –, daß es anfing weh zu tun und ich den Kopf in die Hände legte und auf das Nachlassen des Schmerzes wartete. Doch er ließ nicht nach. Also öffnete ich den Mund und begann zu sprechen, wobei ich mit dem Satz »Mir ist durch Gott der Gedanke gekommen« anfing und dann vollkommen logisch meine Argumente darlegte. Ich sagte, daß der Wahnsinn auf vielerlei Art entstehen könne, daß es aber bei allen, außer bei denen, die von Geburt an geistesgestört seien, eine »Zeit davor« gegeben habe, eine Zeit, in der sie noch nicht irre waren, die von einer Entstehungs- oder Erkrankungszeit abgelöst wurde, in der sich die Geisteskrankheit einstellte, genauso wie alle anderen Krankheiten ebenfalls eine Entstehungszeit haben. »Und müssen wir«, fuhr ich fort, »die wir auch schwer Geisteskranke betreuen, denn nicht alle zugeben, daß eine Besserung oder Heilung bei den Männern und Frauen vom William Harvey viel unwahrscheinlicher ist als bei denen in den beiden anderen Häusern? Fürchten wir nicht auch jeden Tag, daß ein Insasse des George Fox oder Margaret Fell in ein so unkontrollierbares Stadium des Wahnsinns absinkt, daß wir gezwungen sind, ihn in einer Box im William Harvey anzuketten? Wir räumen also täglich ein, daß der Wahnsinn nichts Statisches, sondern – wie alle Dinge auf dieser Welt – etwas Veränderliches ist und sich ebenso zum Besseren wie zum Schlechteren hin entwickeln kann. Doch wir fragen nicht danach, meine lieben Freunde, was in jedem einzelnen Fall von Geistesgestörtheit die Primärstadien waren, mit anderen Worten, wie es zu dem Wahnsinn kam und wann und wie er sich zuerst zeigte. Dabei haben mich bei meinem Studium die großen Kapazitäten auf dem Gebiet der Medizin gelehrt, daß die Heilungsaussichten schlecht sind, wenn nicht jedes Krankheitsstadium und -symptom verstanden wird. Gott hat mir nun offenbart, daß wir bei jedem einzelnen, der in unserer Obhut ist, versuchen sollten, einen Blick zurückzuwerfen und ihn nach seinen Erinnerungen an die »Zeit davor« zu fragen, wie es da gewesen ist und welche Sache oder welches Unglück das Erkrankungsstadium ausgelöst hat. Auf diese Art und Weise entdecken wir vielleicht direkt unter der Oberfläche die Spuren des Wahnsinns, so wie die Spuren vergangener Zeiten unter der Oberfläche der Erde liegen …«

Während dieser langen Rede schenkte ich dem, was die anderen davon oder von mir hielten, keinerlei Beachtung, sondern hatte nur den Wunsch, sie loszuwerden, damit mein Gehirn davon befreit war und mich der Druck der Worte nicht mehr schmerzen konnte. Jetzt machte ich absichtlich eine Pause und atmete ein paarmal tief ein, und wieder stieg mir der Duft der Schlüsselblumen in den Kopf, und abermals begann die Alchimie, und darum fuhr ich fort, machte nun Vorschläge, die mir alle, wie ich erklärte, »von Jesus Christus gekommen sind«, sagte, daß alle Insassen des Whittlesea von den Betreuern befragt werden sollten, um die »Zeit davor« sichtbar zu machen. Ich war nun von meinen Worten völlig gefangengenommen, als ob sie eine Flüssigkeit geworden seien, in die ich eingetaucht war wie ein ertrinkender Mann in einen reißenden Fluß. Und in diesen strömten nun alle meine fremdartigen und phantastischen Ideen, mein Heilen durch Weinen und Tanzen, meine Vorschläge, Geschichten zu erzählen und Musik zu machen. Während ich über all das sprach, fühlte ich, daß der Schmerz in meinem Kopf barmherzigerweise nachließ, und so hob ich langsam den Kopf und sprach weiter. Ich blickte dabei ins Feuer, und in seinen Flammen sah ich ein höchst wundersames Bild von Daniel, der sommerlich gekleidet die Fiedel spielte, und den Frauen des Margaret Fell, die um ihn herumtanzten und -sprangen und so glücklich wie Kinder zu sein schienen. Und dann verließ mich der Schmerz ganz, das Bild verschwand vor meinen Augen, und ich schwieg.

Mir war es siedend heiß geworden. Ich nahm meine Perücke ab und wischte mir mit meinem Taschentuch über Gesicht und Kopf. Ich fühlte die Augen der anderen auf mir ruhen, aber keiner sprach. Ganze zehn oder fünfzehn Minuten verstrichen, die für die Zusammenkunft vorgesehene Zeit ging um, und Ambrose legte seine Hände zum Gebet zusammen und murmelte: »Wir danken dir, o Herr, daß Robert in unserer Gegenwart zum Sprechen bewegt worden ist.« Mehr wurde nicht gesagt.

Glücklicherweise war ich in dieser Nacht nicht mit der Nachtbetreuung an der Reihe, denn als wir uns von unserer

Runde am Feuer erhoben, fühlte ich, daß meine Knie zitterten und mein Bauch vor Erschöpfung schmerzte. Daher ging ich zu Bett und schlief tief und traumlos bis zum nächsten Morgen.

Doch als ich erwachte, war mir so leicht ums Herz wie noch kein einziges Mal, seit ich von Bidnold vertrieben worden war. Ich konnte mir das nicht erklären, war aber sehr dankbar dafür. (Ich habe in der Zeit, die ich hier bin, über das sogenannte Glück nachgedacht, für das ich, wie der König mir einmal sagte, ein Talent habe. Ich erkenne nun, daß mein angebliches »Talent« nichts ist im Vergleich zu dem Hannahs oder Eleanors, den zufriedensten Frauen, denen ich je begegnet bin.)

An jenem Morgen war es meine Aufgabe, mit Pearce und sechs oder sieben Männern vom George Fox im Gemüsegarten zu arbeiten. (Ich muß hier anmerken, daß Pearce an diesem Stückchen Land so viel liegt, daß er so stolz ist auf seine Entwässerungsgräben und auf die kleinen Birnbäume, die an der Südmauer *en espalier* wachsen sollen, daß er hier gern alle Arbeit selbst beaufsichtigt und vor Gereiztheit ganz schwermütig wird, wenn seine Sämlinge nicht in vollkommen geraden Reihen angepflanzt werden.) Die Sonne schien wieder, und ich hätte meine Arbeit im Garten als recht angenehm empfunden, wenn Pearce mir gegenüber an diesem Morgen nicht so verdrießlich gewesen wäre. Er verhielt sich wie jemand, der absolut nichts mit mir zu tun haben wollte, hielt sich von allen Aufgaben fern, mit denen ich beschäftigt war, und antwortete mir nur sehr kurz angebunden, wenn ich versuchte, mit ihm zu sprechen. Ich beobachtete ihn aus der Ferne beim Bohnenstecken, sah, wie er wie ein langhalsiger Vogel auf einen frisch geharkten Flecken Erde niederstieß, seine langen weißen Finger als Setzholz verwendete, jede einzelne Bohne liebevoll eingrub und so fortfuhr, und mußte daran denken, daß er auf unseren Angelausflügen in der Nähe von Cambridge auch manchmal von solchen Stimmungen der Abneigung gegen mich erfaßt worden war. Ich fand es damals ebenso verletzend und schwer zu ertragen wie jetzt, besonders, da ich selten ergründen kann, womit ich ihn gekränkt habe. An diesem Morgen konnte ich nur folgern, daß ihm mein Erguß vom Vorabend mißfallen hatte. Wahrscheinlich würden nun einige Stunden – oder sogar Tage – vergehen, und dann würde Pearce meine These mit seinem klugen, nörgelnden Verstand zerlegen und mir die Trümmer vor die Füße werfen.

In der Zwischenzeit begann ich, während ich im Zwiebelbeet Unkraut jätete, mit leiser Stimme – weil Pearce nicht hören sollte, was ich tat – mit einem Mann namens Jacob Lowe, der neben mir arbeitete, zu sprechen und ihn auszufragen, woran aus seiner Zeit vor Whittlesea er sich am besten erinnere und ob er in seinem früheren Leben einem Gewerbe oder Beruf nachgegangen sei. Er erzählte mir, er sei Fleischer und Schlachter gewesen. Er beschrieb mir, mit welcher Leichtigkeit er einem Kalb den Kopf spalten konnte, um das zarte Hirn herauszunehmen. »Doch mich hat eine Hure umgebracht«, flüsterte er. »Ich bin an ihrer faulen Möse gestorben. Das ist jetzt mein zweites Leben auf Erden.«

Ich bat ihn, mir seinen »Tod« zu beschreiben. Er erzählte mir, daß seine Hoden angeschwollen und schließlich, als sie »voll der Lustseuche« waren, aufgeplatzt seien, und daß aus seinen aufgeborstenen Eiern dann sein Leben entwichen sei.

Ich sah zu Jacob Lowe auf. Sein Gesicht war gerötet, seine Muskulatur ordentlich, seine Nase vorspringend und ohne

Verfallserscheinungen. Aus diesen äußeren Anzeichen konnte ich schließen, daß er, wenn er einmal an der Lustseuche erkrankt gewesen war, jetzt jedenfalls davon geheilt war. Solche Heilungen sind selten, doch wenn sie einmal eintreten, dann sind sie – in allen mir bekannten Fällen – auf die Gabe von *mercurius sublimate* zurückzuführen, dessen Hauptbestandteil Quecksilber ist, jenes kapriziöse Metall, mit dem ich einst den König verglichen habe. Und Quecksilber ist, wenn es nicht äußerst sorgfältig dosiert wird, ein Gift. Ich habe einen Mann im St. Thomas an Quecksilbervergiftung sterben sehen: Er starb schreiend und phantasierend, als ob er plötzlich wahnsinnig geworden sei. Ich lächelte in mich hinein und sah zu Pearces gebeugtem Rücken hinüber. Ich war in der Zeit, die Jacob Lowe und ich für das Jäten des Unkrauts im Zwiebelbeet gebraucht hatten, der Ursache der Geisteskrankheit dieses einen Mannes auf die Spur gekommen.

Weder beim Mittagessen noch während des Nachmittags kam einer der Freunde auf meine Ansprache vom Vorabend zurück, und Pearces Mangel an Menschenfreundlichkeit mir gegenüber schien zu bestätigen, daß sie zumindest ihm sehr mißfallen hatte. Daher behielt ich meine Unterhaltung mit Jacob Lowe für mich und wartete die Zusammenkunft ab, um zu sehen, ob sich vielleicht Ambrose zu meiner Theorie äußern würde. Doch auch er erwähnte sie nicht, und ich muß gestehen, daß ich etwas niedergeschlagen war bei dem Gedanken, daß das, was ich für eine Offenbarung gehalten hatte, für die Betreuer des Whittlesea eine Angelegenheit ohne jede Bedeutung zu sein schien. Erst einige Tage später sollte ich feststellen, daß ihre Art, mit einer Erkenntnis umzugehen, eine ruhige ist. Sie grapschen nicht nach ihr und schlingen sie nicht in sich hinein; sie nehmen sie langsam in sich auf wie eine Medizin und lassen sie lange in ihrem Blute kreisen, ehe sie etwas dazu sagen.

Schließlich tauchte Pearce aus seinem Zustand der Geringschätzung für mich wieder auf und bat mich eines Morgens, ihn auf der Suche nach noch mehr Blumen zu begleiten. Unweit des Whittlesea-Tors stießen wir auf einige blasse, süß duftende Narzissen, die Pearce mich pflücken ließ.

»Du siehst«, sagte er, als ich die Blumen für ihn pflückte, »ich befinde mich in einem höchst beunruhigenden Zustand der Unwissenheit, Robert.«

»Ja, John?« meinte ich.

»Ja. Denn ich hatte mir geschworen, in diesem Frühjahr die Antwort auf eine Frage zu finden, die mir schon viele Jahre keine Ruhe gelassen hat, nämlich folgende: Was ist der Duft der Blumen? Warum gibt es ihn? Atmen Pflanzen aus? Ist der Duft nichts weiter als ihr ausgeatmeter Atem? Und wenn sie nicht ausatmen, in welchem Teil einer Pflanze ist der Duft verborgen?«

»Warum willst du das wissen, John?« fragte ich.

»*Warum?* Weil ich es *nicht* weiß. Ohne Zweifel verbirgt sich in diesem Geheimnis eine Lektion Gottes, aber solange ich das Geheimnis selbst nicht enträtselt habe, bin ich auch von diesem Wissen ausgeschlossen!«

Ich hielt Pearce meinen Strauß Narzissen hin, und er nahm ihn mir geziert wie ein junges Mädchen aus der Hand. Ich war versucht zu sagen, daß es der Duft der Schlüsselblumen gewesen war, der mich zu einem Wissen gebracht hatte, das ich für nützlicher hielt als alles, was er je aus dem Studium der Blumen würde ableiten können, doch ich unterließ es.

Besucher in Bethlehem

Letzte Nacht habe ich von Will Gates geträumt. Ich war in London und ging zum Tower, und am Eingang begegnete ich Will, der dort, in Lumpen gekleidet, bettelte. Ich legte ein paar Heller in seine Schale und tat so, als kenne ich ihn nicht.

Als ich aufwachte, noch sehr bestürzt von diesem Traum, dachte ich an die Kämpfe, die für mich immer wieder mit dem Wort »Vergessen« verknüpft sind. Ich brauche Euch nicht daran zu erinnern, was ich alles vergessen wollte, als ich noch auf Bidnold war. Jetzt muß ich vieles, was ich zu jener Zeit in die Dunkelheit geschickt habe, wieder ans Tageslicht holen. Dafür ins Vergessen müssen jetzt: mein türkisfarbenes Bett, meine Abendessen bei Kerzenlicht, das Rotwild meines Parks, Celias aprikosenfarbene Bänder und natürlich der Duft des königlichen Parfüms, welches ich, wie Pearce meint, nur liebe, weil es der Duft der Macht ist. Leider scheinen all diese Dinge wie Götzenbilder tief im Gewebe meines Gehirns selbst eingegraben zu sein. Wenn ich auch manchmal viele Stunden nicht an sie denke, so glaube ich doch nicht, daß es mir je gelingen wird, sie ganz zu vergessen.

Auch an meinen Vogel, meine indische Nachtigall, muß ich sehr oft denken. Ich weiß jetzt, daß ich hereingelegt worden bin. Es war nur eine Amsel. Aber seltsamerweise macht es mir nichts aus. Während sie lebte, hatte sie mich erfreut, und die Erkenntnis, daß ich getäuscht worden bin, läßt mich bloß lächeln. Es ist nun einmal so mit Merivel und vielen anderen seiner Zeit, daß sie gar nicht immer die Wahrheit über eine Sache wissen wollen. Wenn sich ihnen schließlich doch die Wahrheit enthüllt, dann bringen sie es nicht fertig, sie von allem Erdichteten zu entblößen. Deshalb wird die Amsel für mich immer die Aura einer indischen Nachtigall haben, obwohl es diese Spezies auf der ganzen Welt nicht gibt. Der König hatte schon recht, als er sagte, ich würde »träumen«.

Um mir das Vergessen zu erleichtern, habe ich begonnen, jeden Tag etwas Zeit bei Katharine zu verbringen, da ich zu der Überzeugung gelangt bin, daß ich mir ein wenig nützlicher vorkäme, wenn ich wenigstens einem Menschen im Whittlesea zur Heilung verhelfen und ihn hier weggehen sehen würde. In dieser neuentdeckten Nützlichkeit könnte ich auch meiner Zukunft leichter ins Auge sehen, ganz gleich, was sie für mich bereithält, und müßte nicht mehr so voller Neid auf meine Vergangenheit blicken.

Obwohl Katharine manchmal sehr verwirrt ist und glaubt, in der Hölle zu sein, vertraut sie mir doch oft ein paar Geheimnisse aus ihrem früheren Leben an. Zum Beispiel hat sie mir geschildert, wie ihr Mann, der Steinmetz war, sie einmal, bevor er sie verlassen hat, mit sich zu dem dunklen, staubigen Ort zwischen dem Deckengewölbe und dem Dach einer Kirche genommen hat, um mit ihr dort äußerst weltliche Dinge zu tun. Sie ist auch in der Lage, mir ihre Symptome zu beschreiben, daß Schmerzen in ihrem Unterleib und ein schwerer Druck auf ihrem Kopf einsetzen, sobald sie sich schlafen legt, und daß ein Herzkrampf ihren Körper in Zukkungen versetzt, wenn sie fast am Einschlafen ist.

Ich habe verstanden, warum Katharine ihre Kleider zerreißt: Sie bringt, wie sie es nennt, »Fenster« an, damit ihre Gliedmaßen hindurchsehen können, da sie glaubt, daß ihr Verstand und ihr Körper ständig auf der Hut sein müssen, damit ihr niemand so nahe kommt, daß er ihr etwas antun oder sie betrügen kann. Wenn ihre Arme, ihr Rumpf und ihre Beine verhüllt sind, hat sie das Gefühl, daß ihr Körper »blind« ist.

Ich habe beobachtet, daß es sie tröstet, wenn sie sich wäscht, und da besonders, wenn sie sich die Füße wäscht; ich habe schon gesehen, wie sie dabei in eine Art Trance gefallen ist. Über dieses Phänomen habe ich bei einer Nachtbetreuung mit Ambrose gesprochen. Am nächsten Tag erzählte er mir, daß er den Rest der Nacht aufgeblieben sei, um in seinen Medizinbüchern zu lesen, und dabei auf etwas gestoßen sei, woran er sich noch halb erinnert hatte: daß das Reiben der Fußsohlen mit schwarzer Seife manchmal die Unruhe aus dem Gehirn ziehen kann, so daß es still und ruhig wird.

Diese Behandlung probiere ich nun bei Katharine aus. Ich setze mich zu ihr, lege ihre nackten Füße auf ein Tuch in meinem Schoß und habe in Reichweite eine Schüssel mit etwas warmem Wasser. Ich tauche die schwarze Seife ins Wasser ein, halte ihre Knöchel mit der einen Hand fest und rubbele mit der anderen ihre Fußsohlen mit der Seife. Während ich diese etwas seltsame Handlung vollziehe, sitzt sie ganz ruhig da und schaut mich so gespannt an, als sei ich ein alter Kunstgegenstand, der gerade erst ausgegraben worden ist.

Mein Arm und mein Handgelenk ermüden leicht. Ich habe für das Füßereiben nicht soviel Durchhaltevermögen, wie ich gern hätte. Doch wenn ich damit mehr als zwanzig Minuten fortfahre, dann werde ich belohnt, weil ich sehe, daß Katharines Starren nachläßt, daß sie zu blinzeln anfängt und ihr der Kopf langsam auf die Brust fällt. Dreimal ist sie wirklich für ein paar Minuten eingeschlafen, ohne von einem

Krampf oder Zittern geschüttelt zu werden, doch sobald ich aufhöre, mit der Seife zu reiben, wacht sie wieder auf. Es quält mich nun, daß Ambrose und ich etwas entdeckt haben, das wohl ein Heilverfahren und dennoch keines ist.

Ich habe noch immer keine Stellungnahmen zu meinem Redeschwall bei der Zusammenkunft bekommen. Pearce hat zu mir gesagt, daß die Freunde über meine Ideen nachdenken würden, »wiewohl deine Rede etwas dreist und arrogant war, Robert«, aber das ist auch alles. Ich setze jedoch für mich die Suche nach den einzelnen Stadien von Katharines Wahnsinn fort, da ich glaube, daß deren Kenntnis mir helfen kann, sie gesund zu machen. Bei dieser Suche ist mir klargeworden, daß Katharine eine Frau von ausgesprochen liebevollem, wenn auch kindlichem Naturell ist. Daher habe ich für sie, zusammen mit Eleanor, die sehr gut nähen kann, aus Lumpen eine Puppe hergestellt (deren Gesicht ich mit Ölfarben und einem feinen Pinsel angemalt habe), weil ich mir dachte, daß diese sie, wenn sie sie liebgewinnen würde, in der Nacht trösten könnte, so wie eine Puppe oder ein ähnliches Spielzeug ein Kind tröstet. Es ist eine recht primitive Puppe, ohne Hände, Füße und Haare, in einen einfachen Hänger gekleidet, den Katharine ihr, gleich nachdem wir sie ihr gegeben hatten, auszog und in Stücke riß. Sie sah die Puppe lange Zeit unverwandt an. Schließlich zog sie etwas Stroh aus ihrer Matratze und machte daraus auf dem Steinfußboden eine Art Nest. Dann legte sie die Puppe in das Stroh und rief den Frauen in ihrer Nähe zu, sie sollten sich doch einmal ansehen, was sie gemacht hätte. Diese drängelten sich daraufhin um sie herum. Eine von ihnen brach in kreischendes Gelächter aus, und eine andere versuchte zu sprechen, konnte aber nur sabbern und geifern. Katharine blickte zwischen ihnen und dem Stroh hin und her. »Bethlehem«, sagte sie.

Nun betet sie in der Nacht zu ihrer Puppe, die sie nicht anfaßt, die aber zum Mittelpunkt ihres nächtlichen Wachens geworden ist. Sie sieht in ihr ein kleines Ebenbild des Jesuskindes. Die Tatsache, daß dessen Gesicht – sofern es überhaupt Ähnlichkeit mit einem menschlichen Antlitz hat – mehr dem Rosie Pierpoints als dem eines neugeborenen Christuskindes gleicht, ist für sie ohne Bedeutung. Sie sieht den Jesus ihrer Phantasie.

Als der Mai näher rückte, hörten wir aus Earls Bride, daß die Pest, über die schon so lange geraunt worden war, nun London erreicht hatte, »so daß dort jetzt jede Woche mehr als siebenhundert Tote gezählt werden«.

Es wurde uns gesagt, daß man »aus zuverlässiger Quelle, nämlich von Leuten aus der Postkutsche« erfahren habe, daß sich der König mit seinem gesamten Gefolge nach Hampton Court begeben habe, wo er möglicherweise auch nicht lange sicher sein würde. Ein dermaßen heftiger Ausbruch, sagten die Leute von Earls Bride, würde auf dem Wasserwege und mit dem Wind in alle Richtungen getragen, und auch die Leute, die aus der Stadt flohen, würden die Pest mit ihrem Atem in alle Grafschaften bringen.

Die Betreuer des Whittlesea setzten sich am Feuer zusammen, falteten die Hände und baten Jesus, »die giftige Saat des Schwarzen Todes nicht bei uns auszusäen, damit das Leid, dessen Zeuge wir hier jeden Tag sind, nicht noch größer wird«.

Edmund (dessen Augen und Bart vor Gesundheit so glänzen, daß es einem schon schwerfällt, sich vorzustellen, er könnte an einem Fieber darniederliegen) schlug daraufhin vor, daß wir die Tore des Whittlesea Hospitals schließen und nur die hereinlassen sollten, von denen wir Stroh, Holz, Mehl und Fleisch kaufen.

Da wir ein vergessener Ort sind, gibt es nur wenige Leute, die überhaupt ihren Weg zu uns finden, und so meinte ich, daß diese Vorsichtsmaßnahme wohl kaum nötig sei. Doch Ambrose erinnerte mich daran, daß gelegentlich die Verwandten der hier Eingekerkerten aus London oder Lynn oder Newmarket zu Besuch kämen und Lebensmittel, Geld und Kleidung mitbrächten. »Diese Leute sind es«, sagte er, »die wir, solange die Seuche grassiert, abweisen müssen.«

Eleanor, Hannah und Edmund nickten zustimmend. Daniel erhob sich, legte die Hände bogenförmig vor den Mund und fing an, in sie hineinzublasen, so, als wolle er sich das Pfeifen beibringen. Pearce schniefte und holte sein Fläschchen Gegengift aus der Tasche. Dann tat er seine Meinung kund, daß diese Verwandtenbesuche »für einige unserer notleidenden Freunde die einzige Unterbrechung des täglichen Einerleis sind. Wenn wir sie verbieten«, sagte er, »werden viele der inneren Leere und Verzweiflung anheimfallen.«

Es ist mir aufgefallen, daß die Betreuer des Whittlesea in der Diskussion sehr höflich miteinander umgehen; nur Pearce neigt zu Anwandlungen von Schmollen. Daher wurde auch jetzt über das Schließen der Tore für Besucher auf sehr liebenswürdige Weise gesprochen; jeder sagte seine Meinung und hörte denen, die widersprachen, höflich zu. Daniel war der einzige, der sich nicht an der Diskussion beteiligte, nur ab und zu kam hinter seiner hohlen Hand ein merkwürdiges Geräusch hervor, das ein wenig an den Ruf der Eule erinnerte, den ich von meinem Schlafzimmer auf Bidnold aus gehört hatte. Doch niemand schenkte ihm Beachtung.

Ich stimmte mit Pearce überein. Ich wußte zum Beispiel, daß Katharines Mutter versprochen hatte, im Sommer zu Besuch zu kommen, und daß Katharine sehnsüchtig auf diesen Tag wartete und hoffte, ihre Mutter werde sie dann in die Arme schließen. Der Gedanke, daß wir diese Frau aus Angst um uns selbst wieder wegschicken würden, löste in mir ein starkes Unbehagen aus. Ambrose setzte sich jedoch mit großem Eifer für Edmunds Vorschlag ein. Er meinte, daß es immer noch besser sei, wenn einige unter Entzug und Einsamkeit litten, als wenn alle umkämen und die Anstalt unterginge. »Denn wo sollten die Überlebenden dann hingehen«, fragte er, »wenn nicht ins Irrenhaus in London, welches der traurigste Ort auf der ganzen Welt ist? Und wo sie dann aller Voraussicht nach doch noch an eben der Pestilenz sterben würden, vor der wir sie schützen wollten!«

Da Ambrose ein riesiger Mann mit einer mächtigen Lunge ist, hat er auch eine sehr kräftige Stimme. Mir kam es vor, als habe sie die kleine Wohnstube so vollkommen ausgefüllt, daß Pearces Stimme, als er wieder sprach, schwach und näselnd klang, als wäre kein Platz mehr für sie im Raum.

Es wurde also folgende Entscheidung getroffen: Gleich von diesem Abend an sollten die Tore geschlossen bleiben, und unter der Inschrift »Ich habe dich geprüft im Glutofen des Elends« sollte ein Anschlag angebracht werden, der darauf hinwies, daß während der Zeit der Pest keinerlei Besucher im Whittlesea eingelassen würden. Lebensmittel oder Geld könnten in einem Korb hinterlassen werden; sie würden dann an diejenigen weitergereicht, für die sie bestimmt waren. Über das Wohlergehen eines Insassen oder ähnliches könne man sich brieflich bei den Betreuern erkundigen.

Pearce war sehr unzufrieden mit dieser Entscheidung, und

seine Unruhe löste einen reichlichen Schleimfluß aus seinen wunden Nasenlöchern aus. Mir machte der Beschluß angst. Ich wurde von der Vorstellung heimgesucht, daß alle, die ich je außerhalb des Whittlesea gekannt und geliebt hatte, erkranken und sterben würden und daß wir und unsere hundert gequälten Seelen die letzten Überlebenden von England wären.

So kam der Mai, heiß und still, und das Licht am flachen Horizont fing an zu tanzen.

Seit meiner Ankunft war so wenig Regen gefallen, daß wir gezwungen waren, für das Wässern unseres Gemüsegartens Wasser aus dem Brunnen zu holen, und die Fruchtknötchen an Pearces Birnbäumen sahen verhutzelt aus, wie die Hoden eines alten Mannes.

Die Schlüsselblumenzeit war vorbei, und das Gras in den Gräben war braun und trocken. Pearce sprach davon, daß er für uns duftende Sträußchen zusammenstellen wolle, um uns die Luft zu versüßen und den Pestbazillus zu vertreiben, doch er konnte keine Blumen dafür finden, außer ein paar späten Binsennarzissen.

Edmund, der, wie ich Euch schon erzählt habe, einen heftigen Regenguß liebt, in dem er sich waschen kann, erklärte, daß die Hitze »eine üble Art Wetter sei und nichts als Krankheiten heranreifen lasse«. Er fing an, ständig seinen Hut zu tragen.

Ich dachte an den Winter und an den Schnee in meinem Park und an meine Gedanken über die Russen, doch dies alles schien so weit weg zu sein, daß ich fast nicht mehr glauben konnte, daß es einmal Wirklichkeit gewesen war.

Die Luft war in der Nacht nicht viel kühler als am Tage. Ich konnte nicht gut schlafen und gewöhnte mir an, jede

Nacht mehrmals aufzustehen, manchmal nur, um aus meinem Fenster in Richtung Earls Bride zu blicken und mich dann wieder hinzulegen, manchmal jedoch auch, um mein Nachthemd in eine Kniehose zu stecken, meine Schuhe anzuziehen und leise zum Margaret Fell hinüberzugehen, um zu sehen, ob Katharine schlief.

Ich hatte weiterhin jeden Tag ihre Füße mit schwarzer Seife gerieben und fing an, ein wenig an diese Behandlungsmethode zu glauben. Es war jetzt möglich, daß ich eine Pause einlegte oder ganz aufhörte, und sie schlief noch eine Stunde weiter. Wenn ich sie dann so schlafen sah, fühlte ich mich tief bewegt von meinem Erfolg.

Fand ich sie nun in diesen heißen Nächten wach vor, damit beschäftigt, mit ihrer Jesuspuppe zu sprechen, an ihrer Nachtkleidung zu zerren und ihr Haar zu flechten und wieder aufzumachen, dann setzte ich mich neben ihren Strohsack auf den Boden, sagte ihr, sie solle sich hinlegen, nahm ihre Füße in meinen Schoß und begann, sie zu reiben, ohne Seife, nur mit der flachen Hand. Es dauerte nicht allzu lange, dann sah ich, wie ihr die Augen zufielen und sie von einer Woge gnädigen Schlafs erfaßt wurde.

Eines Nachts schlief ich, da ich wegen meiner Schlaflosigkeit in diesem Mai völlig übermüdet war, auf dem Boden des Margaret Fell beim Reiben von Katharines Füßen ein, und als ich aufwachte, sah ich, daß Katharine ihre Decke über mich gebreitet hatte. Ich wäre vielleicht noch eine Weile neben ihr liegengeblieben, wenn nicht überall um mich herum der frühe Morgenlärm der Frauen, die pissen wollten, eingesetzt hätte, und als ich aufschaute, kauerten sie überall auf ihren Eimern, und der Uringeruch überwältigte mich und trieb mich hinaus in die Morgendämmerung.

Ich besuchte Danseuse, die bei diesem Wetter schwer von Fliegen geplagt wurde, legte meinen Kopf an ihren Hals und dachte daran, wie jetzt der frühe Morgen langsam über der Themse heraufzog, ohne daß ihn Celia sah, die mit dem König in Hampton Court schlief. Ich dachte an Celias Wunsch nach einem Kind und fragte mich, ob der König in ihr noch einen Bastard zeugen würde, während er mit seiner eigenen Königin keinen Erben bekommen konnte. Diese Träumereien wurden von einem Aufstampfen Danseuses unterbrochen, die ruhelos und ängstlich ist, seit wir das Tor zum Whittlesea durchschritten haben. Wäre sie nicht das einzig Kostbare, was ich noch besitze, dann würde ich das Tor öffnen und sie davongaloppieren lassen.

Einige Tage später brach ein schwerer Sturm mit heftigem Regen über den Fens herein, und die harte Erde des Whittlesea wurde wieder zu Schlamm. Pearce versammelte nach der Mittagssuppe alle Betreuer in der Wohnstube, damit wir Gott für den Regen, der auf seinen Kopfsalat und seine Bohnen fiel, danken konnten. Nach diesem Gebet nahm Edmund seine Seife, zog sich aus und lief hinaus in den Regen; doch schon einen Augenblick später kam er sehr aufgeregt zurück, um uns zu sagen, daß zwei Besucher am Tor seien, eine alte Frau und ihre Tochter, die lautstark Einlaß begehrten.

»Ambrose«, sagte Pearce, »willst du die Leute bei diesem Sturm draußen lassen?«

Ambrose ging zum Fenster. »Der Sturm bewegt sich nach Osten«, sagte er. »Er ist gleich vorbei.«

»Sie dürfen nicht hereinkommen!« rief Edmund.

»Nein«, sagte Ambrose, »sie dürfen nicht hereinkommen.

Das werden sie auch nicht. Sie werden unseren Anschlag lesen und wieder gehen.«

»Und wenn sie nicht lesen können?« fragte Pearce.

Ambrose zögerte einen Augenblick, bevor er antwortete: »Einer von uns geht zum Tor und spricht mit ihnen durch das Gitter.«

»Ich gehe«, bot Hannah an.

»Nein«, sagte Ambrose ruhig. »Edmund geht. Er kann sofort gehen, denn ihm macht der Regen nichts aus.«

Ich beobachtete von der Tür des Whittlesea-Hauses aus, wie Edmund, nackt bis auf seine zerfetzte Unterhose, im Laufschritt zum Tor eilte, wobei er seine Brust einseifte, und dann seinen Kopf in den kleinen Sprechgittereinsatz im schweren Portal steckte. Ich konnte nicht hören, was er sagte, denn das Trommeln des Regens auf dem Boden und auf den Gebäuden war sehr laut. Auch konnte ich die Besucher trotz des günstigen Aussichtspunktes nicht sehen, doch schienen sie sehr hartnäckig zu sein, denn Edmund war so lange am Tor, daß er sich bis auf seine Beine ganz waschen konnte, während er mit ihnen verhandelte.

Schließlich konnte er sich losmachen und beugte sich hinunter, um seine Knie und Waden einzuseifen. Inzwischen war der Sturm wirklich in östlicher Richtung weitergezogen, und der Regen reichte nicht mehr aus, den Seifenschaum abzuspülen. Edmund warf den Kopf zurück, blickte ärgerlich in den aufklarenden Himmel und machte sich dann auf den Weg zur Pumpe, wo er seine Waschungen beendete. Erst dann kam er zu uns zurück und erzählte, daß die Besucher die Mutter und die Schwester meines Möchtegern-Mörders Piebald gewesen seien und den ganzen Weg von Puckeridge, etwas nördlich von London, gekommen waren.

Ich ging in mein Zimmer hinauf, das inzwischen wirklich mehr ein Zimmer als ein Wäscheschrank für mich war, und blickte über die uns umgebende Mauer zu den Sümpfen von Earls Bride. Auf der Straße zum Dorf sah ich zwei Gestalten gehen, die wie sehr arme Leute gekleidet waren. Alle paar Schritte drehten sie sich um und blickten zu uns zurück. Schließlich legte die jüngere der Frauen ihren Arm um die Schultern der älteren, und sie gingen weiter, bis ich sie nicht mehr sehen konnte. Erst als sie nicht mehr in meinem Blickfeld waren, »sah« ich, daß die jüngere der beiden, Piebalds Schwester, einen Korb trug, der sehr schwer zu sein schien. Sie hatten bestimmt Lebensmittel mitgebracht und dann, als sie von Edmund abgewiesen wurden, nicht daran gedacht, diese am Tor zurückzulassen.

Diese Erkenntnis war es – vielleicht nicht weniger als die, daß diese Frauen Piebalds Verwandte waren –, die mich die Treppe hinuntereilen und Ambrose sagen ließ, daß ich den Besuchern nachreiten wolle, um die Gaben zurückzuholen, die sie wieder mitgenommen hatten.

»In Ordnung!« sagte Ambrose, »aber komm ihnen nicht so nah, daß du ihren Atem einatmest.«

»Sie haben nicht die Pest, Ambrose. In Puckeridge gibt es keine Pest.«

»Das können wir nicht wissen, Robert. Der Erreger ist von Südeuropa zu uns in den Norden gekommen; es ist durchaus möglich, daß er sich weiter Richtung Norden bewegt.«

»Also gut. Ich gehe nicht nah an sie heran, sondern rufe ihnen zu, sie sollen ihre Gaben hinlegen, damit ich sie zurückbringen kann. Bist du es so zufrieden?«

»Ja.«

»Und sag ihnen«, mischte sich Pearce ein, »es täte uns leid, daß sie die Reise umsonst gemacht haben.«

»Ja, John.«

Ich ging also hinaus, um Danseuse, die ich lange nicht geritten hatte, zu satteln. Der Sturm war ganz vorbei, und in der strahlenden Sonne, die nun wieder auf uns herunterschien, versammelten sich die Insassen des Margaret Fell für ihr Luftschnappen. Ich kümmerte mich jedoch nicht um sie, da ich nur darauf bedacht war, die Besucher einzuholen.

Beim Anblick eines Sattels stieß Danseuse ein freudiges Wiehern aus, und als ich den Sattelgurt festzog, zitterten ihre Flanken. Kaum hatte ich sie bestiegen, galoppierte sie schon auf das Tor zu, so daß sie einiges Erschrecken unter den Frauen auslöste, die um die Eiche herum spazierengingen. Ich versuchte, sie zu zügeln, doch sie zog so heftig mit dem Kopf, daß ich nach vorn gerissen wurde und fast das Gleichgewicht verlor. Daniel öffnete uns das Tor, und draußen waren wir aus Whittlesea, und meine prächtige Stute fiel in einen Galopp wie ein Streitwagenpferd, so daß wir in Windeseile die verstreut liegenden ärmlichen Häuser von Earls Bride erreicht hatten.

Ich hatte erwartet, Piebalds Besucherinnen noch vor dem Dorf einzuholen, aber sie waren nirgends zu sehen. Es gelang mir, Danseuse zu einem ruhigen Trab zu mäßigen, und wir ritten durch Earls Bride und auf der anderen Seite, wo der ebene, schlammige Weg nach March führt, wieder hinaus. Da das Land so flach ist, konnte ich die Straße ein ganzes Stück weit überblicken, doch es war niemand auf ihr zu sehen. Ich überredete mein Pferd zum Anhalten, stieg ab und sah zum Dorf zurück. Wie Ihr schon wißt, gibt es in diesem Ort weder eine Gaststätte noch eine Herberge, so daß ich mir nicht vorstellen konnte, wo die beiden Frauen geblieben waren. Es war gerade so, als hätten sie sich in der klaren Luft, die noch nach Regen roch, aufgelöst.

Ich führte Danseuse am Zügel, meine Hand dicht am Gebiß, und versuchte nun, sie herumzudrehen, weil ich zum Dorf zurückwollte, um an der Tür von Thomas Buck (ein Dachdecker und der einzige herzliche Mann in dieser traurigen Gemeinde) anzuklopfen und ihn zu fragen, ob die beiden Frauen in einem der Häuser um ein Obdach oder eine Rast gebeten hätten. Doch Danseuse ließ sich nicht herumziehen. Sie verdrehte ärgerlich die Augen, bäumte sich auf und riß mir die Zügel aus der Hand. Unwillkürlich trat ich zurück. Sie ist ein großes und kräftiges Pferd, und wenn mein Leben auch unerfreulich ist, so wollte ich doch nicht von ihren Hufen zerstampft werden und es auf dem einsamen Damm in den Fens ganz verlieren.

Jetzt weiß ich, daß ich, anstatt zurückzutreten, mit aller Kraft hätte versuchen sollen, Danseuse am Zaumzeug festzuhalten. Denn ich war dabei, sie zu verlieren. Schon als wir Whittlesea verlassen hatten, war ihr in der Sonne der Duft der Freiheit in die Nüstern gestiegen. Nun sah sie die gerade, ebene Strecke vor sich und nahm sie in Besitz. Ihre Hufe hochwerfend, vollführte sie einen letzten kleinen Freudentanz, und dann schoß sie davon, noch schneller, schien mir, als ich sie je geritten hatte, und sogar noch schneller als bei unserem nächtlichen Ritt nach Newmarket. Sie ließ mich mit einem Fuß im Graben, dumm hinter ihr herblickend, zurück.

Als ich mich wieder gefaßt hatte, tat ich, was mir als einziges einfiel: Ich rannte hinter ihr her und rief ihren Namen, obwohl ich doch wußte, daß dies ein vergebliches Unterfangen war, geradeso, als würde ein Huhn versuchen, hinter einem Adler herzufliegen. Doch dann tauchten an meiner Seite zwei magere Jungen auf, zerlumpt und ohne Schuhe, ungefähr zehn oder elf Jahre alt.

»Wir kriegen es, Sir!« riefen sie, und ohne meine Einwilligung abzuwarten, rannten sie laut schreiend und gestikulierend die Straße hinunter.

Ich blieb stehen und holte ein Tuch aus der Tasche meiner Kniehose, mit dem ich mir den Schweiß von der Stirn wischte. Dann schaute ich ihnen nach. Danseuse war kein bißchen langsamer geworden, doch die Jungen schienen nicht zu verstehen, wie leicht sie ihnen davonlief, denn sie spurteten tapfer weiter, rannten sogar noch miteinander um die Wette, weil jeder sie als erster einfangen und zurückbringen wollte. Ich sah, wie der eine auf der vom Regenguß schlammigen Straße ins Stolpern kam, das Gleichgewicht aber schnell wiedergewann und weiterstürmte. Beim Anblick ihrer Entschlossenheit war ich einen Augenblick versucht zu hoffen, daß ich sie, wenn ich nur geduldig wartete, spät am Nachmittag mit meiner Stute zwischen sich zurückkehren sähe. Doch ich wußte, daß dies nicht geschehen würde. Danseuse würde laufen, bis die Nacht hereinbrach. Sie würde laufen, bis sie lahmte. Sie würde niemals nach Whittlesea zurückkommen.

In weniger als fünf Minuten waren Danseuse und die Jungen außer Sichtweite. Ich fühlte mich sehr töricht, wie ich da auf der Straße herumstand, außerdem fiel mir wieder ein, weshalb ich gekommen war, und so ging ich zu Thomas Bucks Häuschen. Der Dachdecker war nicht da. Seine dürre Frau, die wie ein Hühnchen ohne Fleisch auf den Knochen aussah, sagte mir, daß sie zwei Frauen durch das Dorf habe gehen sehen, doch jetzt wären sie schon auf dem Weg nach

March. Ich dankte ihr, und sie schlug mir die Tür vor der Nase zu. Ich hatte den sehnlichen Wunsch, mich ein wenig hinzusetzen.

Wenn ich jetzt daran zurückdenke, dann war jener Tag, an dem ich Danseuse verlor, jener Tag, an dem sich Piebalds Mutter und Schwester und ihr Korb mit Lebensmitteln in Luft aufgelöst zu haben schienen, einer der bedeutendsten seit langer Zeit. Denn von diesem Tag an war ich nicht mehr so eine Art Besucher in Whittlesea (einer, der sich jedesmal, wenn er das Wiehern seines Pferdes hörte, vorstellte, daß er später einmal davonreiten würde, zurück in sein altes Leben), sondern ein *Dazugehöriger.* Von diesem Tage an, an dem der Stall, in dem Danseuse untergebracht gewesen war, leer blieb, habe ich mich dem Whittlesea ausgeliefert. Wenn ich mir mein künftiges Leben vorstelle, dann in dieser Umgebung. Ich werde mich ganz und gar ändern. Ich werde nicht mehr zu »ruhelos und oberflächlich« fürs Angeln sein. Ich werde ein ruhiger, nachdenklicher Mensch werden. Und ich werde meine Fähigkeiten als Arzt und Betreuer wachsen lassen. Ich fühle mich sehr bewegt von meinen Gedanken. Denn es ist mir klar, daß all dies nur geschehen kann, weil Pearce mich liebt und ich deshalb hierherkommen konnte und weil dies die größte Liebe ist, die ich jemals von jemandem empfangen habe – und ich weiß wirklich nicht, warum das so ist.

Doch ich muß Euch noch etwas anderes über diesen Tag erzählen. Es gab noch ein wichtiges Ereignis.

Die Gassenjungen kamen erst nach einer Stunde zurück. Während dieser Zeit saß ich auf einem Haufen Weidenbretter und zählte das Geld, das ich bei mir hatte: Es waren genau vier Pence.

Sie waren sehr enttäuscht, daß es ihnen nicht gelungen war, das Pferd einzufangen, um meinet- und um ihretwillen, denn es war ihnen klargewesen, daß eine Belohnung gewinkt hätte, und als ich jedem von ihnen zwei Pennies gab, sahen sie auf die Münzen, als wollten sie diese in Silber verwandeln.

Ich dankte ihnen für ihre tapfere Jagd und bat sie, mir Danseuse, falls sie nach Earls Bride zurückkehren sollte, nach Whittlesea zu bringen. Sie nickten nur und machten einen niedergeschmetterten Eindruck – begreiflicherweise –, und ich verließ sie, damit sie zu ihrem Abendessen aus Getreidebrei und Meerfenchel gehen konnten. Langsam lief ich nach Whittlesea zurück, wobei ich mir all meine kühnen und prächtigen Ritte auf Danseuse, seit ich sie aus dem Stall des Königs bekommen hatte, noch einmal vor Augen führte, um sie dann, als ich das Tor zum Whittlesea erreicht hatte, für immer aus meinen Gedanken zu verbannen und schwungvoll hineinzugehen, als ob mir der Verlust meines Pferdes überhaupt nichts ausmachte.

Ich ging in die Küche des Betreuerhauses, da ich an der Reihe war, Daniel bei der Zubereitung unseres Abendessens zu helfen, und fand dort am geschrubbten Tisch Ambrose vor, der sehr ernst und kummervoll dreinblickte. Er forderte mich auf, mich zu setzen, und ich konnte spüren, daß ich eine schreckliche Nachricht zu hören bekommen würde. Daniel, der Kartoffeln in eine Schüssel schabte, schaute von Ambrose zu mir und dann wieder zu Ambrose und sagte leise zu ihm: »Robert kann nichts dafür, Ambrose«, und Ambrose nickte.

Es folgte eine lange Pause, in der Ambrose die Hände unter seinem Bart zu seiner gewohnten Geste zusammenlegte. Dann erzählte er mir mit sehr trauriger Stimme, daß an diesem Nachmittag, während meiner Abwesenheit, etwas im Margaret Fell vorgefallen sei. Die Frau Katharine habe ihre Decke in Fetzen zerbissen und zerrissen, diese Fetzen zu einem Seil zusammengeknotet und dann versucht, sich an einem Querbalken unter dem Dach aufzuhängen.

»Glücklicherweise«, sagte Ambrose, »ließen uns die Schreie der anderen Frauen alle hinstürzen, und wir konnten sie abschneiden, bevor sie erstickte und starb. Aber wir können nicht das Risiko eingehen, daß sie so etwas noch einmal macht, deshalb haben wir sie vorübergehend im William Harvey untergebracht.«

Die Stille in der Küche wurde nur durch das Schaben von Daniels Messer auf den Kartoffeln aus Pearces Anbau unterbrochen. Ich wollte sprechen, spürte aber ein starkes Würgen in der Kehle. Was ich da gerade über den einen Menschen hören mußte, dem ich zu helfen geglaubt hatte, schockierte mich dermaßen, daß ich kein Wort herausbrachte. Und es kam noch schlimmer: Auf Ambroses Frage, warum sie sich habe töten wollen, hatte Katharine schlicht geantwortet: »Weil Robert mich verlassen hat. Er ist davongeritten.«

An diesem Abend ging ich nach dem Essen, als die anderen für die Zusammenkunft zusammenkamen, ins Margaret Fell und holte von Katharines Platz die Puppe, die sie Jesus von Bethlehem nannte. Dann ging ich ins William Harvey, womit ich die Vorschrift verletzte, daß kein Betreuer es allein betreten durfte, und fand dort Katharine, die mit einem Fuß an die Wand gekettet war. Sie schlief. Man hatte ihr zur Beruhigung Laudanum gegeben, was ich an ihrem Atem riechen konnte. Ich legte die Puppe neben sie ins Stroh und ging schnell weg.

In dieser Nacht konnte ich nicht schlafen. Als es fast ein Uhr war, stand ich auf und machte eine Lampe an, da ich der Dunkelheit plötzlich sehr überdrüssig war. In dem gelben Lichtschein untersuchte ich dann meine Hände, was ich manchmal tue, wenn ich Kummer habe; folglich kenne ich meine Hände außergewöhnlich gut. Meine Finger sind breit und rot, die Fingerspitzen sehr flach mit ebenso flachen Nägeln. Meine Handinnenflächen sind feucht und heiß. Auf meinen Handrücken habe ich ein paar Haare und Sommersprossen. Es sind Merivels Hände, nicht Roberts, doch sie zittern nicht und weichen nicht vom Wege ab, wenn sie das Skalpell halten.

Ich war nicht an der Reihe mit der Nachtbetreuung, doch als ich um zwei Uhr hörte, wie Ambrose und Edmund aufstanden, zog ich Kniehose und Stiefel an und ging mit ihnen. Auf dem Weg zum William Harvey (ich hoffte, Katharine dort wach anzutreffen, so daß sie mich sehen würde und wüßte, daß ich sie nicht verlassen hatte) flüsterte mir Ambrose zu: »Leider ist ein kranker Geist leichter das Opfer heftiger Gemütsbewegungen als ein gesunder.«

Ich lächelte. »Das weiß ich wohl, Ambrose«, sagte ich.

»Wohingegen«, fuhr Ambrose fort, »der wahre Heilige alle Menschen liebt und nicht einen im besonderen. Und wir, die Betreuer im Whittlesea, haben den Schwur abgelegt, der Liebe der Heiligen nachzueifern.«

Weiter sagte er nichts, sondern schritt nur schnell weiter, doch ich wußte, daß dies ein Vorwurf gewesen war. Ich wandte mich Edmund zu, der noch im Gleichschritt mit mir lief. »Es war Mitleid mit Katharine, mit ihrem Zustand – der einige unbeantwortete Fragen in meinem eigenen Leben berührt –, was mich dazu bewogen hat, ihr zu helfen, Edmund«, sagte ich. »Ich gab ihr keine Liebesversprechen und wollte auch keine von ihr.«

»Ich glaube dir, Robert.«

»Aber wir können doch nicht, jeder für sich, allen helfen ...«

»Obwohl wir genau das versuchen müssen.«

»Und ich glaubte, wenn ich wenigstens *einem* Menschen helfen könnte ...«

»Was hast du geglaubt?«

»Daß ich mich dann endlich nützlich fühlen würde.«

»Nützlich?«

»Ja.«

»Und warum glaubtest du, noch nicht nützlich zu sein?«

»Weil ... es mir einmal gesagt worden ist.«

»Von wem?«

»Von wem ist nicht von Bedeutung. Daß ich ihm glaubte, ist, was für mich zählt.«

»Aber das sollte dich doch jetzt nicht bekümmern, Robert. Du bist fürs Whittlesea nützlich. Nur würde ich dir raten, dich von nun an von Katharine fernzuhalten.«

»Und doch ...«

»Ambrose würde sagen, es gibt kein ›und doch‹.«

»Ich war bei ihr so nahe an einer Heilung!«

»Das ist vielleicht ein wenig anmaßend. Heilungen zu *vollbringen* ist uns nicht gegeben, Robert. Jesus allein kann heilen. Wir sind nur seine Vertreter.«

Wir waren mittlerweile am William Harvey angelangt;

Ambrose war schon hineingegangen. Wenn ich jetzt auch mit diesem elenden Ort vertraut bin, so hat sich doch mein Widerwille gegen ihn nicht verringert. Piebald weiß, wie sehr ich ihn fürchte, und spielt gern mit meiner Angst. »Verschlingt er dich?« fragt er. »Ist er nicht wie das Grab für deine kleine Seele?«

Glücklicherweise schlief er in dieser Nacht, mit dem Gesicht im Stroh, doch als ich an ihm vorbeiging, bemerkte ich, als wäre es das erste Mal, wie sehnig und wenig muskulös sein Nacken und seine Gliedmaßen doch sind, und ich dachte an seine entschwundenen Lebensmittel und daran, daß er, wenn ich ihn irgendwann von seinen Ketten befreien und bitten würde, mich eigenhändig zu töten, wahrscheinlich gar nicht mehr die Kraft dazu haben würde.

Trotz Edmunds Rat ging ich sofort zu der Box, in der Katharine lag. Ich beugte mich über sie. Sie war aus ihrem Laudanum-Schlaf erwacht, doch das Opiat war noch in ihrem Blut, so daß sie unbeweglich dalag. Als sie mich sah, versuchte sie, sich aufzusetzen, doch als sie ihr Bein bewegen wollte, fühlte sie sich von der Eisenmanschette an ihrem Knöchel zurückgehalten. Sie öffnete den Mund zu einem Schrei, es kam aber kein Laut heraus. Ich wollte gerade meine Hand ausstrecken und sie ihr beruhigend auf die Stirn legen, als Ambrose in die Box trat. Er kniete nieder, hob Katharines Oberkörper ein wenig an und hielt ihr einen Becher Wasser an die Lippen. Sie trank, doch sah sie dabei weder Ambrose noch den Becher an, sondern nur mich, und während sie das Wasser in sich hineinschlürfte, füllten sich ihre Augen mit dicken Tränen. »Sprich zu ihr«, sagte Ambrose ruhig. »Sag ihr, daß du Whittlesea nicht verläßt, weil dein Leben jetzt hier ist.«

Ich versuchte es. »Mein Pferd ist davongelaufen«, sagte ich, »so daß ich nicht mehr hinaus vors Tor kann. Ich werde –«

Ich konnte den Satz nicht zu Ende sprechen. Ambrose beendete ihn für mich: »– bei uns bleiben«, sagte er. »Robert wird bei uns allen bleiben.«

Ich nickte. Ambrose nahm den Wasserbecher von ihren Lippen und legte sie wieder hin. Und mir drängte sich das Bild des Ehemanns auf, des Steinmetzes, der seine Frau auf die gebogenen Rückseiten der Gewölbe legte, sich die Hose aufknöpfte und von ihr Handlungen der Unterwerfung direkt unter dem Dach des Gotteshauses verlangte.

Zwei Tage später wurde Katharine zum Margaret Fell zurückgebracht. Ambrose unterwies mich in dem, was er »neue Methoden« bei ihrer Betreuung nannte. Ich durfte sie nur noch einmal am Tage besuchen und überhaupt nicht mehr in der Nacht, außer wenn ich mit der Nachtbetreuung an der Reihe war. Meine Besuche bei ihr sollten nicht länger als eine halbe Stunde dauern. Ich durfte ihre Füße weiter mit Seife reiben, »aber nur mit Seife, Robert, nicht mit deiner bloßen Hand«, und ihr ansonsten nicht mehr Aufmerksamkeit schenken als jedem anderen Insassen von Whittlesea. »Auf diese Art«, sagte Ambrose, »wird ihre Zuneigung zu dir unter Kontrolle gehalten, aber hüte dich vor allem davor, Robert, dich davon geschmeichelt zu fühlen und es darauf abzusehen.«

Ich erwiderte so wahrheitsgemäß, wie es mir möglich war, daß ich von Katharine überhaupt nichts wollte, sondern nur Heilung für ihre Schlaflosigkeit suchte.

»Heilung!« sagte Ambrose. »Kein Wort betört uns so wie

dieses. Dabei weißt du als Arzt doch, daß manche Zustände und Beschwerden nicht der Heilung zugänglich sind – es sei denn, Gott greift ein.«

»Das gebe ich zu«, sagte ich. »Aber was den Schlaf angeht, so fange ich seit kurzem an, einige seiner Geheimnisse zu verstehen ...«

»Ich weiß, daß du das glaubst, Robert. Es ist aber möglich, daß du auf diesem Gebiet noch nicht so bewandert bist, wie du selber meinst. Doch die Zeit wird es zweifellos zeigen.«

Ich seufzte, niedergeschlagen durch Ambroses Strenge.

»Die Zeit!« sagte ich verdrossen. »Mir wurde einmal gesagt, ich sei ein Mann meiner Zeit, doch glaube ich, daß es einen Punkt gegeben hat – ich könnte nicht genau sagen, wann das war –, an dem meine Zeit und ich begonnen haben, getrennte Wege zu gehen, und nun gehöre ich ihr überhaupt nicht mehr an, ja, eigentlich gehöre ich nirgendwo mehr richtig hin ...«

»Hüte dich vor deinem maßlosen Selbstmitleid, Robert«, sagte Ambrose, »und wende deine Gedanken und Energien lieber der Musik zu.«

»Der Musik?«

»Ja. John und ich und die anderen haben nun lange genug über einiges nachgedacht, was du auf einer unserer Zusammenkünfte im Frühjahr gesagt hast. Und wir räumen ein, daß eine kleine Tanzveranstaltung – vielleicht am Mittsommertag? – für uns alle wohltuend sein könnte. Nun, was meinst du? Wirst du für uns aufspielen?«

Ich blickte Ambrose an. Sein Gesicht war zu einem breiten Grinsen verzogen. Ich räusperte mich.

»Ich bin kein so ... hervorragender Spieler, wie ich es gern wäre, Ambrose«, sagte ich. »Bevor ich hierherkam, hatte ich ein paar Oboestunden bei einem deutschen Lehrer, doch diese mußte ich abbrechen.«

»Nun, hier geht es um einfache Melodien, nicht wahr: eine Polka, eine Tarantella.«

»Ja ...«

»Wirst du es tun?«

»Wenn jemand von uns ein Streichinstrument spielen würde: Das gäbe einen besseren und runderen Klang.«

»Sprich mit Daniel. Er spielt die Fiedel. Ihr beide könnt eure Stücke in der Wohnstube einüben.«

Damit ging Ambrose, und ich setzte mich in der Küche, wo die Unterhaltung stattgefunden hatte, auf einen Stuhl und stellte mir vor, wie die Frauen vom Margaret Fell und die Männer vom George Fox in die Sonne herauskamen und Musik hörten, so daß sie sich töricht umsahen, einige von ihnen unsicher, ob die Töne wirklich in der Luft oder nur in ihrem Kopf waren. Bei diesem Gedanken mußte ich lächeln.

Ich nahm aus einer Schale auf dem Tisch ein Radieschen und aß es, und sein leicht herber Geschmack erinnerte mich daran, wie ich Lou-Lou geheilt hatte, und einen Augenblick lang hatte ich bei all meiner Zufriedenheit über die bevorstehende Tanzerei im Whittlesea den sehnlichen Wunsch, den alten, geschäftigen Fluß wiederzusehen.

An diesem Abend ging ich, nachdem ich die mir zugestandene halbe Stunde mit Katharine verbracht hatte (wenn ich bei ihr bin und ihre Füße berühre, ist sie in fünf Minuten besänftigt und beruhigt, so daß sie mit einem seltsamen Lächeln auf den Lippen einschläft), in mein Zimmer, wickelte meine Oboe aus den Worten Platos, setzte ein neues Rohrblatt ins Mundstück ein und fing an, ein paar Tonleitern mit der richtigen Fingertechnik zu spielen, so, wie es mir Herr Hümmel beigebracht hatte. Als ich mein Instrument wieder in den Händen hielt, stieg ein eigenartiges Glücksgefühl in mir auf. Die Eintönigkeit der Tonleitern machte mir überhaupt nichts aus; ich hatte vielmehr Freude daran und versuchte, sie immer schneller zu spielen, und stellte fest, daß meine ungeschickten Finger dieser Aufgabe ganz gut gewachsen waren.

Dann legte ich eine Pause ein, trocknete das Rohrblatt ab und machte mich an *Alle Schwäne schwimmen nun*, das ich, obwohl mein Instrument ein wenig verstimmt war und ich das Stimmen nicht allzugut beherrsche, hübscher spielte, wie ich meine, als je im Sommerhaus auf Bidnold. Als ich das Stück beendet hatte, klopfte es an meine Tür. Ich öffnete und sah mich Eleanor gegenüber. »Robert«, sagte sie, »darf ich hereinkommen und dir zuhören? Darf ich eine kleine Weile zuhören?«

»Bitte«, sagte ich, »gern, doch die Weile wird sehr kurz sein, denn dieses kleine Lied ist das einzige Stück, das ich kenne!«

Wie ich schon erwähnt habe, ist Eleanor ein wirklich lieber Mensch. Ich wußte, daß sie über die Begrenztheit meines Repertoires enttäuscht war, aber sie ließ sich nichts anmerken, sondern meinte nur fröhlich: »Nun, dann spiel es eben noch mal!« Sie setzte sich auf mein Bett, den einzigen Platz in meinem Wäscheschrank, wo man sitzen kann, und ich spielte ihr die *Schwäne* noch einmal vor. Als ich fertig war, wischte sie sich mit ihrer Schürze über die Augen und bezeichnete die Musik als »ganz reizend«.

In dieser Woche nun – der Mittsommertag rückt näher, wir haben noch immer das drückend-heiße Wetter, und ganz Whittlesea wird von Fliegen geplagt – verbringe ich viele Stunden jeden Tag mit Daniel, der, wie ich mir schon gedacht hatte, ein recht guter Fiedelspieler ist. Er hat sich vorgenommen, mir auf meiner Oboe ein paar einfache Begleitungen zu drei oder vier schwungvollen Melodien beizubringen, für die er Noten hat, die so alt wirken und so vergilbt und schmutzig sind, daß man meinen könnte, Sir Walter Raleigh habe sie aus dem Meer gefischt. Eine davon heißt *Une Tarantelle de Lyon* und wurde von jemandem komponiert, der mit Ch. de B. Fauconnier unterzeichnet, und dieses Stück ist so schnell, daß ich zum einen auf meinem Instrument das Tempo gar nicht mithalten kann und mich zum anderen frage, ob Ch. de B. Fauconnier beim Notenschreiben nicht verrückt geworden ist und sein Leben in einem *asile* in Lyon beschließen mußte. Als ich über diese Möglichkeit laut nachsinne, schilt mich Daniel freundlich wegen meiner Angewohnheit, »zuviel zu reden«.

Mein Hochzeitstag, der 7. Juni, ist gekommen und wieder vergangen. Wenn ich es jetzt bedenke, dann war es schon merkwürdig, daß ich, als ich meine Purpurkleidung und meine Dreimastbarke anlegte, die Vorstellung hatte, vor einem neuen Anfang zu stehen, der mein Leben noch enger mit dem des Königs verbinden würde; jetzt weiß ich, daß mein Hochzeitstag für mich nur der Anfang eines Jahres großer Einsamkeit, Mühe und Lächerlichkeit war.

Wenn ich auch entschlossen war, nicht irgendwelchen Erinnerungen an meine Hochzeit nachzuhängen, wachte ich am 7. Juni doch sehr froh auf und mußte daran denken, wie ich das Fest verlassen, mich auf die Wiese von Sir Joshuas

Haus geworfen und geweint hatte, wo mich dann Pearce fand, mit dessen Leben das meine tatsächlich eng verbunden zu sein scheint und ohne den ich mich wirklich sehr allein fühlen würde. Mir kam der Gedanke, Pearce für seine Freundschaft zu danken, jetzt gleich, und ihm zu sagen, daß ich bei allem, was ich tat, darüber nachdächte, wie er die Sache sehen und beurteilen würde. Und daß er daher – wenn ich auch manchmal darüber schimpfe – bei allem, was ich tue, gegenwärtig ist und somit, solange ich lebe (ob hier mit ihm oder anderswo), immer bei mir sein wird, wie Jesus immer bei denen ist, die wirklich glauben. Doch ich rührte mich nicht, lag nur auf meinem schmalen Bett, beobachtete den Sonnenaufgang und dachte an meinen schlafenden Freund mit seiner Suppenkelle im Arm.

Als ich mich dann mit *Une Tarantelle de Lyon* und den anderen Tänzen abmühte, dachte ich schon bald nicht mehr an meinen Hochzeitstag. Daniel, der ein weit weniger herablassender Lehrer als Musikmeister Hümmel ist, hat mir in kurzer Zeit sehr viel beigebracht, und ich fühle bei unserem Musizieren wieder etwas von jener unkontrollierbaren Erregung, die mich befiel, als ich jenes wilde, hingekleckste Bild von meinem Park malte. Die Stunden vergehen, und wir hören nicht auf zu spielen und versuchen, immer noch schneller zu spielen. Unsere Proben haben große Fröhlichkeit ins Haus gebracht: Die Freunde drängen sich um uns, klatschen in die Hände, und Edmund kann es nicht lassen herumzuspringen.

»Musik!« donnert Ambrose einmal nach unserem Dankgebet beim Abendessen. »Warum gab es nicht schon immer Musik im Whittlesea?« Ich schaue am Tisch in die Runde, sehe sie alle nacheinander an, wie sie jetzt zustimmend nikken, und frage mich plötzlich, wie es möglich ist, daß diese Quäker, die bei allen Dingen die Einfachheit mögen und den liturgischen Gesang der Hochkirche verachten und verabscheuen, von diesem verrückten Galopp von Ch. de B. Fauconnier so angetan sind, daß ich sicher sein kann, daß Ambrose, Pearce, Edmund, Eleanor und Hannah, wenn wir schließlich unsere Tarantella für die Insassen unserer Heilanstalt anstimmen, das verrückte Treiben anführen werden.

Im Whittlesea treffen sehr selten Briefe ein, da es ein Ort ist, der bewußt vergessen wird. Die Postkutsche geht nur bis Earls Bride, so daß uns Briefe für Whittlesea, wenn einmal welche ankommen, von den Dorfkindern gebracht werden, die dann für jeden einen Penny erhalten.

Seitdem ich hier bin, habe ich auch nur einen einzigen Brief geschrieben – und zwar an Will Gates, von dem ich annehme, daß er noch auf Bidnold ist. Mit ein paar völlig unzulänglichen Sätzen habe ich ihm für all seine Mühe mit mir gedankt und mich bei ihm für die Wende in meinem Schicksal entschuldigt. Außerdem habe ich ihn gebeten, den bemalten Käfig der indischen Nachtigall zu behalten und sich meiner Zuneigung für immer gewiß zu sein.

Ich hatte keine Antwort bekommen, auch nicht erwartet. Wörter zu Papier zu bringen, gehört nicht gerade zu Wills Stärke. Jedoch am Tag vor der Tanzerei, als gerade der Freilufthof gekehrt wurde, erschien ein Knirps am Tor und brachte einen Brief für mich. Er war von Will und lautete wie folgt:

»Werter Sir Robert,

Euer Diener W. Gates ist äußerst dankbar für Eure Freundlichkeiten, die vielen, ihm gegenüber. Er bedauert aufrichtig

Euer Scheiden. Ihr seid in seiner Erinnerung in dem Käfig, den Ihr ihm freundlicherweise überlassen habt. Und werdet für immer darin sein.

Diese Nachricht hier soll Euch sagen, daß Euer Haus und Land und alles andere an einen französischen Edelmann, Le Viscomte de Confolens, gegangen sind, und das ist ein sehr arroganter, heikler Mann, der lieber seine eigene Perücke und Nase und Schönheitsflecken im Spiegel sieht als irgend etwas Gutes auf Bidnold bemerkt. Dankenswerterweise ist Le V. nicht oft hier zu Besuch. Doch wenn er kommt, bringt er ein Gefolge von Damen mit, alles Französinnen. Einige scheinen mir sehr gewöhnlich zu sein, sie schreien herum in ihrer Sprache und zeigen ihre Beine.

Ich und M. Cattlebury sollen hier angestellt bleiben, auch die Stallburschen und Mädchen, so Sir J. Babbacombe.

Doch wir bekommen unser Geld nicht. Wir bekommen keinen Lohn vom Le Viscomte, Sir Robert, und ich habe an Sir J. Babbacombe geschrieben, um ihm das zu sagen.

Die verehrte Lady Bathurst kam im Mai hierher und sagt zu mir: Oh, Mister Gates, was soll aus diesem Haus werden! Und wirklich, ich wußte nicht, was ich antworten sollte. Und sie weinte dann. Und ich, ein Mann aus Norfolk und so rückständig, was Würde angeht, mußte auch weinen. Aber das tut mir leid. So bleibt gesund, Sir, und Mister Pearce auch. Und wenn Ihr mir einmal einen Brief schreibt, dann werde ich glücklich sein.

Weiterhin Euer Diener, Wm. Gates«

Nachdem ich den Brief gelesen hatte, faltete ich ihn zusammen und verstaute ihn in dem Seekoffer – in der Hoffnung, so nicht mehr an ihn zu denken, denn ich kann nicht leugnen, daß er mich traurig stimmte. Pearce, der mich wegen eines kleinen Botengangs suchte, betrat zufällig in diesem Augenblick das Zimmer und merkte sofort (denn ich scheine nichts, was ich fühle, vor ihm verbergen zu können), daß wieder einmal etwas aus meiner Vergangenheit meine Gedanken beschäftigte, wo ich mich doch einzig und allein mit meiner großen Heilung durch Tanzen befassen sollte, die wir am nächsten Tag ausprobieren wollten. Er stand in der Tür, sah mich an und sagte, ohne nach dem Inhalt des Briefs zu fragen, mit seiner strengsten Stimme: »Ich nehme an, du weißt über den *Act of Praemunire* Bescheid, Robert?«

»Nein«, erwiderte ich, »das tue ich nicht, John.«

»Dann will ich dich darüber aufklären. Der *Act of Praemunire* erlaubt die Beschlagnahme – sofort und ohne Wiedergutmachung, bei Vorlage der *Praemunire*-Befugnis – von Grundbesitz und der gesamten Habe als Bestrafung für Nicht-Konformität. Hunderte von Quäkern haben durch diesen abscheulichen Erlaß ihr Haus und ihr Land verloren. Du kannst dir das Leid, das dadurch hervorgerufen worden ist, nicht vorstellen. Glaube also nicht, daß dein Fall ein Einzelfall ist, Robert. Er ist nur einer von vielen. Der König hat sich dir gegenüber wie gegenüber einem Quäker verhalten, das ist alles.«

Bevor ich darauf antworten konnte, hatte sich Pearce umgedreht und mein Zimmer verlassen, wobei er einen schwachen Geruch seines Gegengifts zurückließ, mit dem er sich nach wie vor behandelt, da seine Erkältung und sein Katarrh auf überhaupt nichts anzusprechen scheinen, nicht einmal auf das heiße, trockene Sommerwetter.

Als ich am nächsten Morgen aufwachte, vernahm ich ein seltsames Geräusch im Zimmer, das mir zwar bekannt vorkam, das ich aber nicht gleich deuten konnte.

Ich lag da und lauschte. Ich wußte, daß es noch sehr früh am Tag sein mußte, denn das Licht am Fenster war grau. Und auf einmal wußte ich, was ich hörte. Ich sprang aus dem Bett, zog die Rupfengardinen zurück und sah, daß ich mich nicht getäuscht hatte: Es regnete in Strömen auf uns und alle unsere Vorbereitungen für das Tanzfest. Der Freilufthof, dessen Boden von der Sonne zu einer harten, gelben und trockenen Masse zusammengebacken worden war, hätte unsere Tanzfläche sein sollen. Jetzt verwandelte er sich schon wieder in einen schleimigen Schlamm.

Die Betreuer (die gewöhnlich nicht so leicht aus der Fassung zu bringen sind) schienen traurig zu sein – jeder von ihnen, auch Pearce –, daß die Tanzerei ausfallen mußte. In dieser Traurigkeit warf ich eine Frage auf, die mich schon seit einiger Zeit beunruhigte: »Wenn wir schließlich einmal mit der Musik anfangen und die Insassen des George Fox und Margaret Fell herauskommen, was geschieht dann mit denen im William Harvey?«

»Sie können nicht tanzen, Robert«, sagte Pearce.

»Wir können sie nicht von den Ketten lassen«, sagte Edmund.

»Aber sie werden die Musik hören«, sagte Ambrose. »Wir machen die Türen vom William Harvey auf, so daß die Töne zu ihnen dringen.«

Ich hatte mich mit diesen Antworten zufriedenzugeben, doch wurde ich von einem so schrecklichen Mitleid mit den Männern und Frauen vom Whittlesea gequält, wie ich es noch nie zuvor empfunden hatte, nicht einmal an jenem Tag, als ich sie zum ersten Mal in ihren Lumpen und auf ihrem Stroh sah. Ich mußte an meine Fahrt mit dem Schiffer nach Kew denken, wie ich, als wir an Whitehall vorbeifuhren, das Licht in den Fenstern sah und das Lachen hörte, doch selber auf dem seichten, dunklen Wasser davon ausgeschlossen war, und ich wußte, was ich an der Welt so verabscheute: daß des einen Freud oft des anderen Leid ist.

Es regnete zwei Tage lang, und während dieser Zeit dachten Daniel und ich uns zur Zerstreuung einige reizende Variationen über meine alte Melodie *Alle Schwäne* aus, so daß wir aus diesem langweiligen kleinen Lied ein wirklich hübsches Musikstück machten. Nach dem Abendessen des zweiten Tages holten wir unsere Instrumente hervor und spielten es in der Wohnstube den Betreuern vor, und zu meiner ganz besonderen Freude sah ich, daß Pearce davon sehr bewegt war, auch wenn er danach nur zu mir sagte: »Fortschritte, Robert. Du machst Fortschritte.«

So öffneten wir denn am letzten Junitag, kurz nach der Sommersonnenwende, die Türen des Fox und Fell und führten die Leute hinaus. Auf eine auf Böcken liegende Tischplatte hatten wir drei Eimer Wasser sowie einige Tassen und Suppenkellen gestellt, und ich sah, daß sich einige Männer, noch bevor das Tanzen begann, Wasser über die Köpfe schöpften und lachten. Andere machten es ihnen nach, und dieses Spielen mit dem Wasser schien sie so vollkommen in Anspruch zu nehmen, als wäre es für sie das Schönste auf der Welt. Doch dann begannen Daniel und ich mit einer Polka, und langsam schob sich die ganze Gruppe zu dem hölzernen Podium, auf dem wir standen, und starrte zu uns herauf, viele mit offenem Mund, manche mit den Händen über den Ohren. Es war sehr schwierig, vor diesen herandrängenden Menschen zu spielen. Auf einmal sah ich, wie Katharine sich einen Weg nach vorn bahnte und sich so dicht vor mir aufstellte, daß ich mich ein wenig zur Seite wenden mußte, um ihr nicht die Oboe ins Auge zu stoßen.

Als wir die Polka beendet hatten, trocknete ich mir die Stirn ab; einige Leute klatschten, wie Kinder, mit gespreizten Fingern, andere lachten, und wieder andere gingen zu den Wassereimern zurück.

Ambrose kam nun zu uns aufs Podium hinauf und hielt der Schar der Verrückten eine kleine Ansprache: »Heute gehen wir einmal nicht um den Baum herum, sondern tanzen. Robert und Daniel spielen für uns auf, und wir hüpfen oder galoppieren herum. Es spielt keine Rolle, welche Schritte oder Figuren wir machen. Wir können zusammen im Karree oder im Kreis tanzen, oder jeder wie ein Irrwisch für sich allein. Eure Betreuer, wir alle, werden mit euch tanzen. Und nun wollen wir anfangen.«

Ambrose stieg wieder hinunter, und er, Hannah, Eleanor und die anderen nahmen sich jeder einen Mann oder eine Frau zum Partner. Wir stimmten eine neue Polka an, und die Menschenmenge wandte sich ein wenig von uns ab, um die zu beobachten, die nun herumhüpften. Auch Pearce war darunter, der nicht die geringste Ahnung hatte, wie man eine Polka tanzt, sondern nur auf und ab sprang und dabei eine ältere Frau an den Händen hielt, die so dünn war wie er und nun in ein dermaßen heftiges, meckerndes Lachen ausbrach, daß sie kaum noch Luft bekam.

Nach dem dritten oder vierten Mal, als immer noch ganz wenige auf irgendeine Art mittanzten und viele sich nur verwirrt und entrüstet umsahen, bekam ich Angst, daß mein Experiment ein kläglicher Mißerfolg werden würde. Katharine hatte sich auf die Erde gesetzt und an meinen Stiefel geklammert, so daß ich das Gefühl hatte, am Boden festgekettet zu sein wie jene im Whittlesea, von denen wir jetzt Rufe und Schreie sowie heftiges An-die-Wand-Schlagen hören konnten.

Ich fühlte mich vor Beschämung ganz elend. »Es klappt nicht«, flüsterte ich Daniel zu. »Sie verstehen nicht, was sie tun sollen.«

Daniel legte seine Fiedel auf den Boden und zog seine Weste aus. Sein Gesicht war rot und verschwitzt. Dann nahm er seine Fiedel wieder auf, zupfte zum Stimmen an der A-Saite und sagte zu mir: »Laß es uns mit der Tarantella versuchen!«

Ich seufzte. Ich mußte an die vielen Stunden denken, die wir mit dem Üben der schwierigen *Tarantelle de Lyon* verbracht hatten. Alles schien vollkommen umsonst gewesen zu sein. Ich blies den Speichel von meinem Rohrblatt und beugte mich hinunter, um Katharines Hand von meinem Fuß zu nehmen und sie aufzuheben. Dann sprach ich ein paar Worte zu den sogenannten Tänzern:

»Wir spielen jetzt eine Tarantella für euch«, kündigte ich an. »Das ist ein wirbeliger Tanz. Wie wäre es also, wenn ihr dabei herumwirbelt oder -springt, euch dreht oder sonst irgendwie bewegt, ganz so, wie euch der Sinn steht? Stellt euch vor, ihr seid herumfliegende Blätter oder hüpfende Kinder!«

Einige lachten darüber. Ich lächelte und tat so, als sei ich sehr froh und glücklich, dann schickte ich mich an zu spielen. Als ich das Instrument hob, streckte Katharine ihre Hand aus, hielt mich am Arm fest und sagte zu mir: »Tanz mit *mir!*«

»Ich kann nicht ...«, sagte ich.

»Robert kann nicht«, sagte Daniel. »Robert ist doch die Musik!«

»Tanz mit *mir*«, sagte Katharine noch einmal und zerrte an mir, daß ich fast vom Podium stürzte.

Doch jetzt war Edmund neben Katharine, da er gesehen hatte, wie mir geschah.

»Komm!« sagte er zu ihr. »Ich zeige dir eine richtige Tarantella.« Und sie ließ sich wegführen.

»Gott hilf uns, Daniel!« flüsterte ich.

Und er lächelte sein Lächeln, das wie das eines Kindes ist.

So fingen wir an, den Tanz zu spielen. Die Hitze des Nachmittags und die Angst vor einem Scheitern unseres Unternehmens ließen uns womöglich noch schneller und flotter spielen als sonst, und als wir zum zweiten Rondo kamen, fing ich an, Ch. de B. Fauconnier gegenüber, wer immer er gewesen sein mag, Dankbarkeit zu empfinden, denn er hatte wirklich ein merkwürdiges und anregendes Musikstück geschrieben. Als wir es fast zu Ende gespielt hatten, flüsterte ich Daniel zu, wir sollten wieder von vorn beginnen und nicht aufhören, denn ich sah, daß es jetzt die meisten der Versammelten in seinen Bann geschlagen hatte, die nun auf ihre unkoordinierte Art versuchten, sich zu bewegen.

Wir spielten die Tarantella fünfmal hintereinander, ohne innezuhalten, und der Schweiß strömte mir von der Stirn und brannte mir in den Augen, so daß die Szene vor mir zu flimmern anfing und Funken sprühte wie das *étincellement* eines Sterns. Doch am Ende der fünften Tarantella sah ich, daß sich jetzt jeder bewegte oder zumindest versuchte, sich zu drehen und herumzuwirbeln. Sie klatschten in die Hände, einige versuchten zu singen, einige heulten, und einige schrien wie der Teufel.

Ich habe noch nie etwas gesehen oder gehört oder mitgemacht, das mit dem, was in dieser Stunde hier geschah, auch nur die entfernteste Ähnlichkeit hatte. Als es vorbei war, als wir zu spielen aufhörten und uns die Gesichter abwischten, hatte ich für einen winzig kleinen Augenblick das Gefühl, daß ich nicht mehr bloß ich selbst war, nicht mehr Merivel und nicht einmal Robert, sondern vollkommen eins mit diesen Männern und Frauen hier, und ich hatte den Wunsch, meine Arme weit auszubreiten und sie alle zu umfangen.

In der Nacht danach fanden Pearce und ich bei unserem Rundgang im William Harvey eine tote Frau.

Es war schrecklich, das Lärmen und den Aufruhr im Whittlesea zu sehen, und ich wußte, daß die Musik schuld daran war.

Als wir den toten Körper zudeckten, an dem wir, wie Pearce mir mitteilte, am nächsten Tag eine Autopsie vornehmen würden, sagte ich zu ihm: »Wir haben zwei oder drei Menschen im George Fox und im Margaret Fell geholfen und einen hier dafür geopfert.« Er nickte. »Niemand von uns«, sagte er, »hat das genügend bedacht.«

Wir verabreichten jedem im Whittlesea eine Dosis Belladonna, das jedoch einige nicht hinunterschluckten (Piebald spuckte es mir ins Gesicht), und ließen sie dann in ihrem Elend zurück, das keiner von ihnen in Worte fassen konnte.

Es war eine große Erleichterung, das Whittlesea Hospital zu verlassen und ins Margaret Fell zu gehen, das trotz des starken Schweißgeruchs dort ein Gefühl der Ruhe ausstrahlte, und wir sahen sofort, daß alle Frauen, bis auf Katharine, schliefen. Sie saß aufrecht da und hielt ihre Puppe an der

Brust – die nackt war und aus ihrem zerrissenen Kleid hing –, als wolle sie einen Säugling stillen.

»Bleib ein paar Minuten bei ihr«, sagte Pearce, »ich gehe schon zum George Fox hinüber. Es ist fast Morgen, und deine Tarantella hat mich müde gemacht, Robert.«

Zu dieser Zeit hatte ich mir gelobt, es zu vermeiden, mit Katharine allein gelassen zu werden. Ambrose und Edmund hatten mir geholfen zu erkennen, welchen Schaden ich ihr – wenn auch unbeabsichtigt – zugefügt hatte, indem ich durch mein Verhalten in ihr eine Zuneigung (oder sogar Liebe?) geweckt hatte, die ich nicht erwidern konnte. Seitdem ich das eingesehen hatte, hielt ich mich möglichst fern von ihr. Manchmal bat ich Hannah oder Eleanor, die Aufgabe des Füßereibens zu übernehmen, und manchmal sagte ich zu ihr, ich könne nicht bleiben und ihren Geschichten von früher zuhören, da ich zuviel zu tun habe.

Doch in dieser Nacht nach der Tarantella setzte ich mich zu ihr, nahm ihre Füße in meinen Schoß und fing an, sie zu reiben, da mir ihre Schlaflosigkeit wieder einmal sehr nahe-ging.

Sie saß ganz still da und beobachtete mich. Nach ein paar Minuten legte sie ihre Puppe weg, und dann, mit einer streichelnden Bewegung, zog sie ihr Nachtgewand zur Seite und entblößte ihre andere Brust vor mir. Sie leckte sich die Lippen und sah mich an, und in ihren erschöpften Augen konnte ich eine langsam aufsteigende, schläfrige, alles verschlingende Lust erkennen. Ich ließ ihren Fuß los und machte Anstalten aufzustehen, doch sie griff nach mir und hielt mich fest. Und dann schob sie die Ferse ihres rechten Fußes hinauf bis zu meinem Unterleib, wo sie mich, wie ich voller Scham und Furcht spürte, steif vorfinden würde.

Ich betete.

Ich betete, daß Pearce zurückkommen möge.

Ich betete zu Gott, daß er Robert die Stärke gebe wegzugehen und nicht Merivel tun lasse, was dieser wollte, nämlich die verrückte Frau unter sich hinlegen.

Eine kleine Weile verging, in der ich mich nicht rührte, und dann hörte ich eine Stimme, die leise von der Tür her meinen Namen rief. »Hier bin ich, John«, sagte ich. Ich stand auf und folgte meinem Freund hinaus in die kühle Luft des Morgens um vier Uhr früh.

Hinter dem Whittlesea ist ein von einem niedrigen Zaun umgebener Friedhof. Dieser war mir nicht gezeigt worden, als ich nach Whittlesea kam, doch kurze Zeit später entdeckte ich ihn selbst. Augenblicklich befanden sich dort sechs Gräber, die, wie man mir sagte, von den Männern des George Fox gegraben worden sind, »denn einer von ihnen ist in seinem Leben, ehe er verrückt wurde, ein Totengräber gewesen und kann ein sehr schönes, ordentliches Grab ausheben«.

Ich fragte Ambrose, ob die Körper der Toten nicht den Verwandten zurückgegeben würden, damit diese sie dort begraben könnten, wo sie einmal zu Hause waren. Ambrose erwiderte, daß der Leichnam, falls die Verwandten kamen und nach ihm fragten, in einen Sarg gelegt und ihnen übergeben würde, »aber es fragen nur wenige nach, Robert, da es nun mal so ist, daß sehr viele der Leute hier von ihren Familien schon als tot angesehen werden«.

Diese Bemerkung, über die ich oft nachgedacht habe, hat mir geholfen, daran zu glauben, daß Merivel tot ist und Robert seinen Platz eingenommen hat. Leider jedoch findet Merivel hin und wieder das Grab einen unerträglichen Ort und fordert lautstark, herausgelassen zu werden. Ich fürchte, daß er niemals ganz ruhig sein und den Tod hinnehmen wird, solange er nicht wirklich begraben ist (hier im Whittlesea?) und man in seiner Nähe nichts anderes mehr hören kann als den Fenland-Wind, der durch das Gras streicht.

Während Ambrose, Pearce und ich mit der Autopsie der Leiche der Frau begannen, die wir im William Harvey tot aufgefunden hatten, begab sich eine Totengräbergruppe unter Edmunds Aufsicht mit Spitzhacken und Spaten an die Arbeit. Es war wieder ein sehr heißer Tag, und ich sah, wie ihnen, als sie sich im Freilufthof versammelten, ein Schwarm Fliegen um die Köpfe schwirrte. Das machte mich schwermütig. Während des kurzen Schlafs in der vergangenen Nacht hatte ich von Fabricius geträumt. Er war in seinem kleinen Anatomiesaal an der Arbeit und an diesem Tag ungehalten und schwierig. Er sagte zu uns, seinen Studenten, daß wir – die wir selber so wenig wüßten – über sein Wissen herfallen würden wie Fliegen über einen Leichnam.

Gegen zehn Uhr wurde der Körper der toten Frau auf den Tisch im Operationsraum des Margaret Fell gelegt. (Wie ich Euch schon erzählt habe, gibt es in allen drei Häusern ein solches Zimmer, doch in dem vom Whittlesea werden nur selten Operationen vorgenommen, da der Lärm, der aus den Boxen der Insassen kommt, zu sehr stört und ablenkt.) Ambrose, Pearce und ich, alle mit unseren Lederschürzen, schlitzten die zerlumpten Kleider auf und rissen sie weg; dann standen wir einen Augenblick still da und sahen auf den Körper, um äußere Wunden oder Flecken auf der Haut festzustellen.

Die Frau war alt, älter als sechzig. Die Haut war fahl und faltig, und die Muskeln der Gliedmaßen und des Leibes machten einen verkümmerten und schlaffen Eindruck. Das Haar auf ihrem Schambein wuchs spärlich und weiß, und ein wenig von dem gleichen Haar sproß auf ihrem Kinn und auf den Aureolen ihrer Brustwarzen.

Ambrose berichtete über alles Abnorme, das er an ihr feststellen konnte, wie zum Beispiel eine rote, wunde Stelle an ihrem Nabel und einen blauen Fleck im Bereich des Brustbeins, und Pearce schrieb alles auf. Ich ging zu ihrem Kopf und nahm den Kiefer in meine Hände, öffnete ihn und untersuchte die Zähne; diese waren schwarz und schlecht und stinkend vor Fäulnis, und dementsprechend berichtete ich Pearce über meinen Befund. Der Anblick des Körpers hatte mich so betroffen gemacht, daß ich es schließlich doch nicht lassen konnte zu sagen: »Erkennt Ihr nicht auch die schreckliche, aber unumstößliche Wahrheit, daß die Männer auf dieser Welt und in dieser Zeit auf vielerlei Weise ihr Glück machen können und viele Eisen im Feuer haben, Frauen aber nur eins, und das ist ihr Körper? Doch wenn dieser verbraucht ist, so sind sie alle, ob arm oder reich, von der Gnade irgendeines Aufsehers abhängig.«

»In einem Quäkerhaus«, sagte Ambrose, »sind alle gleich vor Gott.«

»Ich weiß«, antwortete ich, »aber nicht in der Gesellschaft. In der Gesellschaft erleiden alle Frauen, wenn sie vierzig werden, eine Verarmung irgendeiner Art.«

»Aus diesem Grund und aus tausend anderen Gründen«, meinte Pearce, »haben wir uns von der Gesellschaft abgewandt. Weder Hannah noch Eleanor werden je ›arm‹ in dem von dir gemeinten Sinne sein.«

»Nein«, kam von Ambrose das Echo, »das werden sie nicht.«

»Deshalb sei froh, Robert, daß du hier bist und nicht dort, wo du früher warst.«

Mit diesen Worten, denen er noch ein Schniefen hinzufügte, das wie ein ordentlicher Punkt am Ende eines Satzes wirkte, erklärte Pearce das Thema, das ich zur Sprache gebracht hatte, für abgeschlossen. Er hält viele meiner Äußerungen für reine Zeitverschwendung – »und wir haben nur eine bestimmte Spanne Zeit, Robert, und nicht mehr« –, und hier handelte es sich ja wirklich um ein Abschweifen vom hauptsächlichen Ziel dieses Morgens, nämlich festzustellen, woran die alte Frau gestorben war.

Keiner von uns hatte bei ihr etwas von einer Krankheit gemerkt, lediglich eine Hinfälligkeit, die sich mit dem Alter und den Zerstörungen durch ihren Wahnsinn eingestellt hatte. Doch als wir jetzt ihre Brust öffneten, stellten wir fest, daß das Herz ein verkrustetes und schorfiges Erscheinungsbild hatte und das Blut ihrer Arterien und Venen dunkel und klebrig wie Sirup war; und so brauchte Pearce nicht lange, um zu dem Schluß zu kommen, daß der Tod durch Stillstand des Herzens eingetreten war, da es das dickflüssige Blut nicht mehr hatte bewegen können. Ambrose und ich nickten zustimmend, und ich zumindest war erleichtert, daß wir nicht auch noch die Leber und Eingeweide untersuchen mußten. Da die Autopsie beendet war, ging Ambrose und überließ Pearce und mir das Zunähen des Einschnitts sowie das Reinigen und Einwickeln des Körpers für die Beerdigung. Ich nahm die chirurgische Nadel aus meinem Instrumentenkasten, und Pearce maß für mich ein Stück Darmsaite ab, als er plötzlich erklärte: »Ich habe Angst vor dem Tod, Robert.«

Ich sah ihn überrascht an. Pearce hatte sich dem großen Thema Sterblichkeit gegenüber immer beneidenswert gleichgültig gezeigt. Als er einmal bei einem unserer Angelausflüge in der Nähe von Cambridge von einer kleinen Holzbrücke gefallen und beinahe im Unkraut ertrunken war, hatte er weder Todesangst noch mir gegenüber Dankbarkeit gezeigt, als ich ihm dadurch das Leben rettete, daß ich ihm einen Kescher zuwarf und ihn damit ans Ufer zog. Ich hatte immer geglaubt, daß er im Tod eine Art Belohnung für seine Tugend und Enthaltsamkeit auf Erden sah und daß er sich bei seinem arbeitsreichen Leben manchmal sogar darauf freute.

Als ich nun anfing, die Brust der toten Frau zuzunähen, sagte ich nur so viel zu ihm: »Ich hätte nicht gedacht, John, daß ausgerechnet du Angst davor haben würdest.« Er nickte und antwortete: »Bis vor kurzem hatte ich auch keine, aber seit etwa einem Monat – und das sage ich nur dir, Robert, und sonst niemandem, denn ich will die anderen nicht beunruhigen – habe ich an mir gewisse Symptome festgestellt, gewisse Symptome ...«

»Was für Symptome?«

»Nun ... dieser Katarrh ...«

»Das ist nichts weiter als ein Katarrh.«

»Und ein kalter Schweiß auf meinem Scheitel ...«

»Das hängt mit der Erkältung zusammen, John.«

»Und ein heftiges Husten und Würgen in der Nacht verbunden mit starken Schmerzen in der Lunge.«

»Schmerzen in der Lunge?«

»Ja.«

»Wie stark sind die Schmerzen?«

»Manchmal so stark, daß ich aufschreien möchte.«

Das Fleisch der toten Frau, das ich für das Nähen zwischen Daumen und Zeigefinger zusammengedrückt hielt, war eiskalt, und jetzt fühlte ich, wie sich eine kalte Furcht in mein Herz schlich.

Ich sah Pearce an. »Du meinst also, daß es dieser Schmerz in deiner Lunge ist, der dich an den Tod denken läßt?« fragte ich ihn.

»Ja. Denn er scheint nicht wegzugehen. Auch dieser kalte Schweiß auf meinem Kopf nicht, trotz des heißen Wetters.«

Ich sagte nichts. Ich beendete das Nähen, und Pearce und

ich wuschen gemeinsam die Frau, legten Flachsbäusche in die feuchten Körperöffnungen und wickelten sie in ein Leichentuch. Dann sagte ich: »Ich komme heute abend nach der Zusammenkunft in dein Zimmer, dann untersuche ich dich.«

»Danke, Robert«, sagte Pearce. »Und du erzählst niemandem etwas davon?«

»Nein. Ich erzähle niemandem etwas.«

»Danke. Denn sie sind so liebe Menschen, nicht wahr? Ich möchte nicht, daß sie um meinetwillen schlecht schlafen.«

Den ganzen Morgen hatten mich Gedanken an Katharine beunruhigt; meine Begierde nach ihr war von jener abscheulichen Art, in der das Gefühl des Abscheus eher erregend als abstoßend wirkt.

Doch jetzt, da ich gehört hatte, daß mein Freund krank war, fiel all das von mir ab, und ich wünschte mir nur noch, daß der Tag schon vorbei sein möge, damit ich Pearce untersuchen und seine und meine Ängste dadurch zerstreuen konnte, daß ich bei ihm ein Leiden feststellte, das bald wieder vergehen würde – und nichts weiter.

Doch an diesem Abend dauerte die Zusammenkunft länger als gewöhnlich. Nach ein paar Schweigeminuten stand Edmund auf und sagte, Gott möge ihm vergeben, was er jetzt sagen werde, er wisse auch, daß der Aufruhr, in dem er sich befinde, seiner unwürdig und kindisch sei, doch habe ihn etwas von großer Bedeutung mehr und mehr zu quälen begonnen, und zwar die Einsamkeit der Quäker.

Er hielt einen Augenblick inne. Niemand stellte ihm eine Frage, alle warteten schweigend auf das, was folgen würde. Er nahm nun aus seiner Tasche ein zerknülltes Pergamentpapier und las die folgenden Worte vor: »Gott, der Herr, hat mich klar erkennen lassen, daß er nicht in Tempeln wohnt, die auf Geheiß von Menschen errichtet wurden, sondern in den Herzen der Menschen. Sowohl Stephanus als auch der Apostel Paul haben Zeugnis darüber abgelegt, daß er nicht in Tempeln gewohnt hat, die von Menschenhand erbaut worden sind, ja nicht einmal in dem Tempel, dessen Bau er selber angeordnet hatte, sondern daß sein Volk sein Tempel war und daß er in den Menschen lebte.«

Danach sagte er so bekümmert, daß sich seine Nagetieraugen mit Tränen zu füllen begannen: »So ist mir der Gedanke gekommen, nicht durch Gott, sondern durch einige sehr beängstigende Träume, daß es für jede Art von Andacht ein Kirchenhaus, einen Tempel, ein Heiligtum oder einen anderen Ort gibt, wo der Gläubige hingehen kann; er kann zum Haus Gottes wie ein Besucher gehen und dann dort, außerhalb seines eigenen Ichs, die Gegenwart Gottes, der ihn empfängt, fühlen. Doch für den Quäker gibt es keinen solchen Ort, und wenn er – wie ich in meinen Träumen – plötzlich gewahr wird, daß Gott nicht mehr in ihm wohnt, wo soll er dann hingehen, um ihn zu finden? Er kann nicht zum Haus Gottes gehen, denn er ist das Haus Gottes! Was soll er also tun? Bitte sagt mir, meine lieben Freunde, wie kann er seine Einsamkeit und Isoliertheit überwinden?«

Danach setzte sich Edmund wieder hin und wollte sich die Nase putzen, doch während er nach seinem Taschentuch suchte, fiel sein Pergamentpapier zu Boden, und aus irgendeinem Grunde rief dieses Loslassen von etwas, das für ihn wertvoll war, mehr noch als seine Angst oder Worte, in mir ein Gefühl starker Verbundenheit hervor, und ich wäre aufgestanden und hätte versucht, seine Frage zu beantworten, wenn ich nur irgendeine Ahnung gehabt hätte, wie die Antwort lauten könnte.

Dann lag wieder Schweigen über uns, das nach ein paar Minuten von Ambrose unterbrochen wurde, der Edmund daran erinnerte, daß Fox uns davor gewarnt hatte, uns an Träume zu halten, und gesagt hatte, »wenn ihr nicht zwischen den Träumen unterscheiden könnt, dann werdet ihr alles zu einem Brei vermischen«. Womit ein Gespräch über Träume in Gang gesetzt wurde, das einige Zeit andauerte: daß es dreierlei Träume gebe, die einen, die durch die Beschäftigungen des Tages ausgelöst wurden, die anderen, die das Einflüstern des Satans darstellten, und die dritten, die ein wirkliches Gespräch zwischen Gott und dem Menschen waren.

Da ich immer noch von Träumen aus meiner Vergangenheit geplagt wurde, genaugenommen von Träumen von Celia und natürlich vom König, fragte ich mich jetzt im stillen, in welche Kategorie diese Träume wohl fielen, so daß ich eine Zeitlang den Faden des Gesprächs verlor. Als sich meine Gedanken wieder der Zusammenkunft zuwandten, mußte ich feststellen, daß die Diskussion inzwischen sehr leidenschaftlich geworden war. Jetzt weinte nicht nur Edmund, sondern auch Hannah, und Eleanor kniete mit ihrer Bibel in der Hand am Boden und erklärte uns allen, daß das Lesen des Buches der Bücher wie das Betreten eines Gotteshauses sei und daß man sich, wenn man anfing, die Apostel zu lesen, so fühle, als strecke sich einem eine Hand einladend entgegen und böte einem Nahrung an, »so wie wir einem Freund, der uns besucht, Kuchen oder eine Suppe anbieten«.

Edmund schien dieser Hinweis, daß er versuchen konnte, Gott, wenn er ihn auf unerklärliche Weise verloren hatte, in der Heiligen Schrift wiederzufinden, ein wenig aufzuheitern und zu trösten. Ich dachte, daß diese Zusammenkunft nun enden könnte, aber Eleanor wollte, daß jeder von uns fünf oder zehn Minuten lang im Evangelium nach einem Bibelspruch suchen solle, der für ihn schon einmal besonders trostreich gewesen sei und es vielleicht auch für immer sein würde. Und so holte jeder seine Bibel hervor, und wir saßen in unserem Halbkreis beisammen und lasen ein wenig im Matthäus, Markus, Lukas und Johannes. Alle Quäker, einschließlich Edmund, fanden Passagen, die zu dem, was während der Zusammenkunft geschehen war, sehr gut paßten, über Jesus, der besonders die Armen und Unschuldigen liebte und gesagt hatte: »Kommet her zu mir alle, die ihr mühselig und beladen seid« und »Lasset die Kinder zu mir kommen« und so weiter. Als ich dann an die Reihe kam, wählte ich den Spruch aus Lukas, Kapitel 2, der die starke Furcht einiger Hirten beim Anblick des Engels des Herrn beschreibt: »Und siehe, des Herrn Engel trat zu ihnen, und die Klarheit des Herrn leuchtete um sie, und sie fürchteten sich sehr ...«

Ich weiß nicht genau, warum ich gerade diesen Bibelspruch auswählte, wahrscheinlich, weil ich ihn schon mein ganzes Leben lang auswendig kannte und Edmund zu verstehen geben wollte, daß Gott uns bestimmt ebensooft angst macht und uns die Einsamkeit fühlen läßt, wie er uns tröstet. Eine solche Furcht kann, wie im Falle der Hirten, eine Vorbereitung zu einer wichtigen Offenbarung sein, manchmal ist sie es aber auch nicht. In meinem eigenen Fall handelt es sich gewöhnlich um Angst vor Leiden und vor dem Tod, und sie bereitet gar nichts vor.

Ich wünschte allen Betreuern eine gute Nacht. Dann ging ich zu meinem Wäscheschrank, zündete meine Lampe an und nahm sie mit zu Pearces Zimmer, damit wir im Schein von zwei Lampen arbeiten konnten. Außerdem nahm ich mein Chirurgiebesteck mit, das ich gerade erst sorgfältig gereinigt hatte; sogar die Silbergriffe hatte ich poliert.

Als sich Pearce auf sein schmales Bett setzte, sagte ich: »Ich möchte wetten, daß du eine Sommererkältung hast, und das ist alles.«

»Nein«, sagte Pearce. »Ich habe schon öfter Erkältungen gehabt, doch das ist keine.«

»Nun, wir werden sehen ...«

Zuerst nahm ich einen Zungenlöffel und schaute Pearce in den Hals, der nicht entzündet zu sein schien, doch bemerkte ich, daß seine Zunge ein wenig geschwollen und belegt und sein Atem übelriechend war. Dann untersuchte ich seinen Hals auf Schwellungen, fand aber keine. Daraufhin legte ich meine Hand, geführt von der seinen, auf seinem Kopf dorthin, wo er dieses Kältegefühl hatte, und spürte durch sein sich lichtendes Haar Feuchtigkeit, als ob er dort schwitzte.

Nachdem das erledigt war, bat ich ihn, seinen Rock und sein Hemd auszuziehen und sich aufs Bett zu legen, so daß ich sein Herz und seine Lunge abhorchen konnte.

Während er sich auszog, machte ich mir Notizen über die seltsame Feuchtigkeit auf seinem Kopf, deren Ursache mir noch ein Rätsel war. Dann sah ich auf.

Pearce, der gerade sein Hemd zu einem Bündel zusammenfaltete, stand nun, nur mit seiner ausgefransten, schwarzen Kniehose und seinen Strümpfen bekleidet, vor mir. Ich überlegte, wann ich seine Arme und seine Brust zum letzten Mal unbekleidet gesehen hatte: Das war bei der Nachtwache an seinem Bett im Olivenzimmer auf Bidnold gewesen. Damals war er so dünn wie immer schon als junger Mann gewesen, doch jetzt war die Veränderung in seinem Aussehen so erschreckend, daß man es nicht in Worte fassen konnte, denn er war das reinste Skelett: Die Brust war eingefallen, und man konnte jede einzelne Rippe sehen; er schien überhaupt nirgends an seinem Körper noch weiches, warmes Fleisch zu haben, vielmehr schienen seine Knochen nur von seiner weißen Haut zusammengehalten zu werden.

»Pearce ...«, stammelte ich und vergaß in dem Schock, den sein Anblick bei mir ausgelöst hatte, seine ständige, dringliche Bitte, ihn John zu nennen.

»Ja«, sagte er, »ich weiß. Ich bin ein bißchen dünn geworden.«

»Ein bißchen!« platzte ich heraus. »Was ist mit dir geschehen? Hast du gefastet?«

»Nein, ich esse, was mir vorgesetzt wird. Ich weiß nicht, warum ich so abgenommen habe.«

»Leg dich hin!« schnauzte ich ihn an.

Pearce trennte sich von seinem Bündel und legte sich gehorsam auf den Rücken auf sein Bett. Ich brachte die beiden Lampen so nah wie möglich heran und sah auf ihn hinunter; am liebsten hätte ich diesem Dickschädel einen Puff dafür versetzt, daß er seinem Körper erlaubt hatte, unbemerkt von uns allen unter seinen weiten Kleidern dermaßen dahinzuschwinden.

Ich griff nach seinem Handgelenk und fühlte seinen Puls. Ich war erleichtert, diesen recht kräftig vorzufinden. Dann beugte ich mich hinunter, legte meinen Kopf auf seine Brust und lauschte auf seinen Herzschlag.

»Du solltest die Lunge abhorchen«, sagte Pearce.

»Ich weiß«, sagte ich verärgert. »Atme tief ein und so langsam wie möglich wieder aus.«

Sein Atemholen war nicht gleichmäßig. Es hatte etwas Krampfartiges, als sei ein Schluchzen in seinem Körper.

»Atme wieder ein und dann langsam weiter, bis ich dir sage, daß es reicht«, wies ich ihn an.

Ich hörte ihn einige Minuten ab, wobei ich meine Abhörposition nach jedem zweiten Atemzug ein wenig veränderte; dann bat ich Pearce, sich umzudrehen, und legte mein Ohr auf seinen Rücken – ein recht erbärmlicher Körperteil beim Mann, oft voller Pickel –, und alles, was ich hörte, machte mir angst, denn es konnte für mich kein Zweifel daran bestehen, daß die Lungen in Not waren, da sie voll von schleimigem Sekret waren, das, wenn man es nicht herausbrachte, mit der Zeit das gesamte Lungengewebe erfassen und dem Leidenden einen grausamen Tod, ähnlich einem langsamen Ertrinken, bringen würde.

»Es ist ein gefährlicher Stau in der Lunge, nicht wahr?« fragte Pearce, als er sich aufsetzte und sich die Augen rieb, die ihm, wie ich jetzt sah, vor Müdigkeit fast zufielen.

»Ja«, sagte ich.

»Und der Schweiß und die Kälte auf meinem Kopf?«

»Wahrscheinlich eine wohltuende Ausscheidung. Damit versucht das Zeug herauszukommen.«

»Und wenn es nicht herauskommt?«

»Wir werden es herausholen. Aber du brauchst Ruhe, Pearce.«

»John.«

»Nun gut, John! Aber du wirst keiner von beiden mehr sein, und kein Name wird noch irgendeine Rolle spielen, wenn du zuläßt, daß du stirbst!«

»Ich kann nicht im Bett bleiben, Robert, bei der vielen Arbeit hier.«

»Du mußt im Bett bleiben, damit du die Wirkung der Heilmittel, die ich dir verschreiben will, unterstützt und nicht gegen sie arbeitest.«

»Nein, ich kann es wirklich nicht. Ambrose und die anderen dürfen es nicht erfahren.«

»Pearce«, sagte ich verärgert, »jetzt verliere ich die Geduld! Habe ich dir nicht schon hundertmal gehorcht, wenn du über mich bestimmt hast und der Kluge warst? Habe ich nicht immer getan, was du wolltest? Ja, das *habe* ich! So versuche jetzt bitte gar nicht erst, mir in diesem Fall zu widersprechen. Denn ich bin fest entschlossen durchzusetzen, daß du dich dies eine Mal an meine Anweisung hältst, und die lautet, daß du hier im Bett bleibst und für dich sorgen läßt und dich nicht aus deinem Zimmer begibst, bevor es dir wieder gutgeht. Und wenn du das nicht tust, John, dann bist du nicht mehr mein Freund und auch fürs Whittlesea kein wahrer Freund mehr. Dann schaufelst du dir dein eigenes Grab!«

Pearce ließ es daraufhin zu, daß sein Kopf auf das Kissen zurückfiel, und nickte. »Na gut«, sagte er, »aber nur für kurze Zeit. Was verschreibst du mir?«

»Rosensirup, um dein Blut zu erwärmen und deinen Husten zu beruhigen. Und einen Kletten- oder Brotwickel für deinen Kopf.«

»Und für den Schleim in meiner Lunge?«

»Ammoniumsalz.«

»Und einen Balsam?«

»Ja. Wir probieren mehrere aus, lösen sie in kochendem Wasser auf zum Inhalieren.«

»Gut. Dann ist dir alles wieder eingefallen, Robert?«

»Was eingefallen?«

»Das rechte Wissen zur rechten Zeit!«

»Vielleicht.«

»Es konnte natürlich nicht anders sein. Denn wir können niemals wirklich vergessen, was wir einmal gewußt haben, oder ungesehen machen, was wir einmal gesehen haben, nicht wahr?«

»Wahrscheinlich nicht, John«, sagte ich. »Aber nun tu mir bitte den Gefallen und zieh deine Bundhose aus und dein Nachthemd an.«

Zwei Wochen vergingen, in denen ich den Wunsch hatte, all meine Gedanken und meine ganze Kraft auf die Heilmethoden zu konzentrieren, die ich an Pearce ausprobierte. Doch ich sah mich in diesen Wochen immer wieder den stürmischen Forderungen der Leute im George Fox und Margaret Fell ausgesetzt, die mich jedesmal, wenn ich bei ihnen war, baten, sie nach draußen und wieder tanzen zu lassen, weil, wie sie behaupteten, nur das Tanzen sie heilen könne und ihr Irresein in erster Linie auf das Fehlen von Musik zurückzuführen sei.

Ich wandte mich mit diesem Problem an die anderen Betreuer, doch keiner von ihnen wußte eine Lösung. Wir konnten wohl davon ausgehen, daß die Tarantella auf diejenigen, die an dem Nachmittag herausgelassen worden waren, eine wohltuende Wirkung gehabt hatte; aber es war ebenso sicher, daß die Musik, das Klatschen und Herumschreien in jenen, die angekettet geblieben waren, Gefühle der Wut und Verzweiflung erzeugt hatten, die erst nach vielen Tagen wieder abgeklungen waren.

Es wurden Vorschläge gemacht. Edmund meinte, daß man die Insassen des Whittlesea vielleicht alle aneinanderketten und hinaus bis hinter Earls Bride führen könnte, so daß sie außer Hörweite waren. Hannah schlug vor, ihnen Opiate zu geben, so daß sie in tiefer Betäubung schlafen würden. Wir konnten uns jedoch zu keinem der beiden entschließen, da beide in uns ein Gefühl des Unbehagens auslösten.

So hielten die lautstarken Forderungen nach einem Tanzvergnügen an, zu denen noch eine Forderung anderer Art kam, und zwar von Katharine, die wirklich glaubte, mich zu lieben, und der ich mich nicht mehr nähern konnte, ohne daß sie mich drängte, sie zu berühren. Der Anblick ihrer schwarzen Haare, ihrer kräftigen Beine und vollen Brüste begann meine Gedanken in einem so schrecklichen Maße zu beschäftigen, daß ich selbst dann, wenn ich bei Pearce am Bett saß und für das Inhalieren meiner Balsamzubereitungen ein Tuch über seinen Kopf hielt oder Wickel auf seinen Scheitel legte, dieses Drängen in meinem ganzen Körper spürte, so daß es mir ganz heiß und schlecht wurde und mir die Luft wegblieb. Dann verfluchte ich im stillen den Tag, an dem mich das Mitleid mit ihr ergriffen hatte, und ich verachtete mich, denn ich erkannte, daß die Ursache dafür Worte gewesen waren, die der König einmal zu mir gesagt hatte, so daß ich selbst im Whittlesea – außer seiner Reichweite, wie ich geglaubt hatte – nicht ganz frei von ihm war.

In dieser Zeit wiesen wir einige Besucher ab, da wir noch immer große Angst hatten, der Pest im Whittlesea Einlaß zu gewähren. Unter ihnen war auch Katharines Mutter. Sie hatte für ihre Tochter eine Bienenwabe und grüne Pantoffeln mit einer hübschen Stickerei mitgebracht. Als Ambrose ihr mitteilte, daß sie nicht hereinkommen könne, wurde sie sehr wütend und behauptete, alle Pfleger von Geistesgestörten und Kranken würden nur so tun, als wären sie mildtätige Menschen, in Wirklichkeit wären sie die größten Betrüger dieser Zeit und hätten nur ein Ziel vor Augen, nämlich sich selbst zu bereichern. Als sie wegging, verfluchte sie Ambrose noch immer so heftig und wild, daß sie selbst den Eindruck einer Wahnsinnigen machte.

Eleanor gab Katharine die Bienenwabe und die grünen Pantoffeln. Als diese erfuhr, daß ihre Mutter wieder weggeschickt worden war, fing sie an zu weinen. Sie sagte zu Eleanor, daß es etwas auf dieser Welt gebe, was sie heilen würde, daß wir aber alle zu blind wären, es zu erkennen.

Der Juli kam, und in diesem Monat gab es drei wichtige Ereignisse.

Das erste war das Eintreffen eines weiteren Briefs von Will Gates, in dem dieser mir mitteilte, daß mein Pferd Danseuse auf Bidnold durch das Parktor hereingetrabt sei, »das linke Hinterbein ein wenig lahmend, ohne Zaumzeug, den Sattel verdreht«. Will bat mich, ihm zu schreiben, damit er wüßte, daß ich noch lebe. »Wenn Ihr noch lebt, Sir«, hieß es in dem Brief, »dann werde ich Euer Pferd weiter versorgen und vor V. de Confolens verstecken, so daß Ihr es wiederhaben könnt. Wenn Ihr aber, wie ich befürchte, tot seid, dann werde ich W. Jossett, Euren Stallburschen, mit ihm zum König schicken, damit Seine Majestät von Eurem traurigen Ende erfährt.«

Wäre ich nicht so sehr mit Pearces Zustand und Katharines Benehmen beschäftigt gewesen, dann hätte dieser Brief meine Stimmung sehr gehoben, nicht nur, weil er mich zum Lachen brachte, sondern auch, weil mir Danseuses Rückkehr wie ein Wunder erschien, das etwas Gutes bedeuten mußte.

Doch wie die Dinge lagen, schien für die darin enthaltene Kunde nicht genügend Platz in meinem Denken zu sein.

An einem der Nachmittage, die ich an Pearces Bett wachte, während dieser seinen schnarchenden Krankenschlaf hielt, schrieb ich einen kurzen Dankesbrief an Will, dem ich Geld für Hafer für mein Pferd beifügte. »Ich weiß nicht«, schrieb ich, »wie und ob ich überhaupt je wieder nach Bidnold kommen werde. Sollte ich aber innerhalb eines Jahres nicht kommen, dann gib Danseuse bitte Seiner Majestät, dem König, zurück, und sage ihm, daß ich nicht mehr auf der Welt bin.«

Das zweite bedeutsame Ereignis waren Anzeichen einer Besserung bei Pearce. Ich muß gestehen, daß ich nicht nur erleichtert war, daß mein Freund den Rückzug vor einer vorzeitigen Begegnung mit dem Tod anzutreten schien, sondern auch erfreut, daß es *meine* Sirupe und Balsame, *mein* Bestehen auf Ruhe und einer guten Ernährung waren (ich hatte mir für Pearce eine sehr gute Diät aus pochierten Eiern, gekochtem Fleisch, Chicorée und Malzbrot ausgedacht), durch die er nun wieder gesund zu werden schien. Ich hörte wohl noch ein Pfeifen, wenn ich seine Lunge abhorchte, aber die Balsame und das Ammoniumsalz hatten ihm geholfen, große Mengen Schleim abzuhusten, und die Klettenwickel hatten den feuchten Fleck auf seinem Scheitel in eine nässende Wunde verwandelt, aus der nun viel von den üblen Substanzen heraussickern konnte.

Nach drei Wochen, in denen er jeden Nachmittag schlief und sich damit abgefunden hatte, daß wir ihm sein Essen brachten, ihn wuschen, sein spärliches Haar kämmten und uns überhaupt um ihn wie um einen Säugling kümmerten, begann er zu protestieren, daß er nun geheilt und bereit sei, seine »eigentliche Aufgabe, die nicht darin besteht, es mir selbst bequem zu machen, sondern anderen Beistand zu leisten«, wiederaufzunehmen. So ließen wir ihn aufstehen und halfen ihm beim Anlegen seiner Kleider, die trotz der Eier und Malzbrotlaibe immer noch viel zu groß für seinen dünnen Körper waren, und er kam herunter, ging hinaus in die Sonne und bat mich, mit ihm in den Gemüsegarten zu gehen, damit er seine Birnbäume sehen könnte.

Es ist eine Charaktereigenschaft von Pearce, über die ich Euch, glaube ich, schon berichtet habe, daß er der Meinung ist, der einzige Mensch auf Erden zu sein, der bestimmte Aufgaben erfüllen kann, wozu das Anpflanzen von Obstbäumen *en espalier* gehört. Daher erwartete er, daß seine Bäume nach seiner dreiwöchigen Abwesenheit tot und vertrocknet sein würden, und als er nun sah, daß sie es trotz der großen Hitze während des letzten Monats nicht waren, nahm er sofort an, daß Gott sie gerettet hatte, kniete im Obstgarten nieder und dankte seinem Schöpfer, während er in Wirklichkeit mir und Edmund hätte danken sollen, die wir viele mühselige Stunden mit dem Wässern der elenden Bäume verbracht hatten, da wir doch wußten, wie zornig und traurig Pearce sein würde, wenn wir sie absterben ließen. Ich war versucht, ihm dies mitzuteilen, unterließ es dann aber. Ich stand da und sah zu, wie er betete, und ich wußte, daß mein Ärger über ihn, wie immer, nicht lange anhalten würde, da er von meiner Zuneigung zu ihm so abgeschwächt wurde wie ein einziger Tropfen Aloe in einem ganzen Krug Met. So kam es, daß ich, statt Pearce Vorwürfe zu machen, ebenfalls mit Gott sprach, der mir hier näher zu sein schien, als Er es je auf Bidnold gewesen war. Ich bat Ihn, meinen alten Freund wieder ganz gesund zu machen, und fügte hinzu: »Ich will auch daran denken, ihn John zu nennen, o Herr, wenn du daran denkst, ihm etwas Fleisch auf die Knochen zu geben.«

Und nun also zum dritten Ereignis des Monats Juli, dem schlimmsten seit meiner Ankunft im Whittlesea, das mich jetzt ständig quält; es macht mir solche Schande, daß ich, wenn die Betreuer davon erführen, von hier weggeschickt würde – trotz meiner langen Freundschaft mit Pearce – und niemals zurückkommen dürfte.

Es geschah in einer heißen Nacht, die nur ganz kurz zu sein schien, denn es war, als würde es überhaupt nicht dunkel. Der Himmel wurde nur blasser und hellte sich dann wieder auf. Ich wachte kurz nach Mitternacht auf, nachdem ich nur wenige Minuten geschlafen hatte. Ich war voller Unruhe und hatte sehr schlecht geträumt. Ich schwitzte am ganzen Körper und fühlte mich dermaßen unbehaglich, daß ich es keine Minute länger im Bett ausgehalten hätte.

Ich stand auf und schaute aus dem Fenster, und alles, was mein Auge trotz dieser so hellen Mitternachtsstunde sehen konnte, war die Tür des Margaret Fell, und ich wußte, daß mein Kampf gegen meine Begierde verloren war.

Ich zog ein dünnes Hemd und eine Kniehose an und verließ leise mein Zimmer, blieb nur noch einmal stehen, um zu lauschen, ob sich einer der Betreuer rührte, doch es war still im Haus, abgesehen von Pearces Schnarchen.

Kaum war ich draußen in der lauen Nachtluft und fühlte ihre Liebkosung auf meinem Gesicht, verließ mich alle Angst vor dem, was ich vorhatte, so daß ich nicht mit Bangigkeit daranging, wie ich es hätte tun sollen, sondern mit einer unechten Freude, indem ich mir einredete, daß es eine ehrenhafte Sache sei und Frieden und Ruhe bringen würde.

Ich öffnete die Tür des Margaret Fell, ging hinein und

schloß sie wieder hinter mir. Ich stand so lange still in der Dunkelheit, bis ich die zwei Reihen schlafender Frauen erkennen konnte. Ich blickte dorthin, wo Katharine lag, neben sich ihre Puppe, im Arm ihre grünen, bestickten Pantoffeln, die sie jetzt auch oft an sich drückte und mit denen sie hin und wieder wie mit einem Kind sprach.

Sie setzte sich auf und sah in meine Richtung. Ich ging nicht zu ihr hin. Ich wartete. Sie legte die Pantoffeln hin, stand auf und kam zu mir herüber. Ich sah, wie die Frau, die neben ihr lag, aufwachte und sie ansah, dann mich, aber ich schenkte dieser anderen Frau überhaupt keine Beachtung.

Als Katharine nahe bei mir war, griff ich mit der linken Hand nach ihr und öffnete mit der rechten die Tür zum Operationsraum des Margaret Fell, wo ich erst kurz vorher bei einer Autopsie geholfen und eine tote Frau in ein Leichentuch gewickelt hatte.

Der Raum hat einen Steinfußboden, und darauf kniete ich nun nieder, zog Katharine zu mir herunter und küßte sie erst auf den Mund und dann auf ihre Brüste. Und danach rissen wir uns gegenseitig die Kleider vom Leib, voller Gier und Bereitschaft. Nackt krochen wir ins Dunkel unter dem Operationstisch, wo Katharine sich anscheinend wieder über den Kirchengewölben wähnte, denn sie flüsterte mir zu, daß wir nun endlich im Hause Gottes zusammen seien. Und ich gebe zu, auch wenn Gott mir das nie verzeihen wird, daß mich diese Gotteslästerung erregte. Ich machte in der darauffolgenden Stunde mit Katharine alles, was sie von mir wollte, mehr, als mir selber in den Sinn gekommen wäre. Das war kein schlichter Akt des Vergessens, sondern Liebe der profansten Art.

John wird fast seine Suppenkelle weggenommen

Mit dieser Nacht begann das, was ich jetzt »meine Zeit des Wahnsinns im Whittlesea« nenne.

Es hatte eine »Zeit davor« gegeben. In der »Zeit davor« glaube ich, wie ich Euch gezeigt habe, ehrlich und anständig im Umgang mit den Betreuern und Insassen gewesen zu sein. Ich verstellte mich nicht. Ich holte meine der Dunkelheit anheimgegebenen Fähigkeiten wieder hervor und stellte sie in den Dienst der Gemeinschaft. Man hatte mir einen neuen Namen gegeben, und ich hatte mich bemüht, mich dieses Namens würdig zu erweisen. Und wenn der alte Merivel wieder einmal auftauchte und über seine verlorene Vergangenheit seufzte, dann versuchte doch auch er, sich nützlich zu machen, wie an jenem Nachmittag der Tarantella. Es war für alle ersichtlich, daß ich, wie Pearce sich einmal über mein Oboespiel geäußert hatte, »Fortschritte machte«.

Diese »Fortschritte« konnten nicht anhalten, nachdem ich mit Katharine den Operationsraum des Margaret Fell betreten hatte, denn von diesem Augenblick an wurde ich so süchtig nach meinem schändlichen Tun, daß meine Gedanken, anstatt bei der Arbeit des jeweiligen Tages zu weilen, nur noch mit diesem beschäftigt waren und ich bereitwillig zu den schrecklichsten Täuschungsmanövern griff, nur um wieder dahin zu kommen.

Als ich am Morgen nach dieser ersten Nacht aufwachte und mir einfiel, was ich getan hatte, packte mich furchtbare Angst. Ich kniete neben meinem Bett nieder und wandte mich an Gott: »Ich war vom Wahnsinn angesteckt, und nun bin ich unrein und voll des Teufels, aber ich will diese Dinge nie wieder tun, wenn du mir hilfst, den Teufel auszutreiben!«

Als ich zum Frühstück in die Küche kam, meinte Hannah, ich sähe blaß aus, und da ich kaum den Haferbrei hinunterbrachte, der mir vorgesetzt wurde, ja, kaum den Löffel halten konnte – so zitterten meine Hände –, gestand ich den Freunden ein, daß ich mich an diesem Morgen nicht wohl fühle.

Ich drückte mich an diesem Tag jedoch nicht vor meinen Pflichten, die einen Aufenthalt im Freien für die Insassen des William Harvey einschlossen – was immer ein schwieriges und langwieriges Unterfangen ist, da sie alle, bevor man sie hinausbringen kann, gewaschen, ja manchmal sogar von ihren eigenen Exkrementen gereinigt werden müssen. Im Laufe des Tages schwanden allmählich die Angst und Scham, die ich beim Aufwachen empfunden hatte, und machten einem heftigen Verlangen Platz, ins Margaret Fell zu gehen, Katharine an der Hand zu packen und sie vor mir her in den dunklen Raum zu treiben, um wieder mit ebendem schamlosen Tun anzufangen, dem ich doch, wie ich noch an diesem Morgen versprochen hatte, entsagen wollte.

So begann das Muster, nach dem alle meine Tage während der Zeit des Wahnsinns ablaufen sollten: jeden Morgen schwor ich mir, Katharine nie wieder, solange ich lebte, anzurühren oder ihrer Hand zu erlauben, mich zu erforschen, und jeden Abend lag ich schlaflos da und wartete nur auf den Augenblick, an dem ich in die Dunkelheit hinausschlüpfen und zu ihr gehen konnte.

Die anderen Bewohnerinnen des Margaret Fell wußten sehr bald, was wir im Operationsraum machten, und drängten sich manchmal hinter der Tür und lauschten, und wenn wir dann herauskamen, krallten sich einige an mich, berührten meinen Mund und mein Geschlechtsteil und baten mich, sie auch zu nehmen. Angesichts ihres Verlangens und der Tatsache, daß sie wußten, was ich tat, fühlte ich mich ganz elend und voller Furcht, denn es war mir klar, daß sie mich früher oder später durch ihr Benehmen oder durch fallengelassene Bemerkungen bei den Betreuern verraten würden und daß man mich dann wegschicken würde. Ich betrog Pearce (vielleicht zum ersten Mal in meinem Leben, denn ich hatte bisher ihm gegenüber noch nie vorgegeben, ein redliches Leben zu führen, wenn ich es nicht tat), und ich betrog Ambrose und die anderen, die mich aufgenommen hatten und versuchten, mich zu einem der ihren zu machen. Aber vielleicht noch schrecklicher war, daß ich Katharine betrog, die mich liebte und mich bat zu schwören, daß ich sie auch liebte und daß ich sie, wenn ich das Whittlesea einmal verlassen sollte, mitnehmen würde. Und ich schwor es. Die Wahrheit aber war, daß ich sie überhaupt nicht liebte. Mitleid hatte mich zu ihr hingezogen, und meine plötzlich übermächtig und wahnsinnig gewordene Lust hielt mich bei ihr im Dunkeln fest. Wenn ich mich fragte, ob ich sie im Laufe der Zeit lieben lernen würde, dann wußte ich die Antwort: Die Wahrscheinlichkeit, daß ich Katharine lieben lernen würde, war so gering wie die Wahrscheinlichkeit, daß Celia mich jemals lieben würde.

Nach ungefähr fünf Wochen meiner Zeit des Wahnsinns, in denen mein Tun unentdeckt geblieben war, hörte ich, als ich eines Nachts gegen ein Uhr zu meinem Zimmer zurückkam, eine Stimme nach mir rufen: »Merivel!«

Ich stand leicht zitternd im Gang, davon überzeugt, daß Robert nun also entlarvt worden war und als Merivel vorgeladen wurde, um seine Strafe entgegenzunehmen. Ich wartete, und die Stimme rief wieder: »Merivel!« Jetzt merkte ich, daß es die Stimme von Pearce war, und ging langsam zu seinem Zimmer.

Ich öffnete die Tür. Neben seinem Bett brannte eine Kerze, und er lag auf der Seite, das Gesicht nahe am Licht, und streckte mir eine seiner dünnen Hände mit der Handfläche nach oben wie ein Bettler entgegen.

»John«, sagte ich, »was möchtest du?«

»Merivel ...«, sagte er noch einmal, und seine Stimme klang belegt wegen seines alten Katarrhs, »ich habe auf dich gewartet ...«

»Auf mich gewartet?«

»Daß du zurückkommst. Ich habe gehört, wie du weggegangen bist, und ich habe darauf gewartet, daß du zurückkommst, damit ich dich rufen kann, ohne die anderen aufzuwecken.«

»Ja«, sagte ich, »ich gehe manchmal draußen ein wenig spazieren, wenn ich nicht schlafen kann ...«

»Ich habe dich gehört.«

Ich ging näher an Pearce heran. Ich kenne ihn so gut, daß ich ihm ansehe, wenn er ärgerlich ist, ohne daß er etwas zu sagen braucht; daher blickte ich ihn jetzt scharf an. Zu meiner großen Erleichterung sah ich keinen Zorn. Doch ich sah etwas anderes, als ich mich seinem Bett näherte, und zwar, daß ihm der Schweiß von der Stim lief und seine Wangen (die gewöhnlich von so durchsichtiger Blässe sind, daß man sich kaum vorstellen kann, daß Pearce je an der frischen Luft ist, geschweige denn, daß er jeden Tag viele Stunden hackend und schneidend in seinem Gemüsegarten verbringt) hektisch gerötet waren, woran ich erkannte, daß er hohes Fieber hatte.

Ich ging zu ihm hin und legte ihm die Hand auf die Stirn. Meine Hand schien zu verbrennen.

»John ...«, fing ich an.

»Ja. Schon gut. Ich habe etwas Fieber. Das wollte ich dir gerade sagen. Ich habe dich nicht gerufen, damit du mir sagst, was ich schon weiß.«

»Warum hast du mich dann gerufen?«

»Ich habe dich gerufen, weil ...«

»Was?«

»Ich kann meine Suppenkelle nicht finden. Sie ist wohl heruntergefallen und unter mein Bett gerollt.«

Ich kniete mich auf den Boden und suchte mit der Hand im Staub unter seinem Holzbett, konnte sie aber nicht finden. Ich tastete überall unter dem Bett herum, so weit mein Arm reichte, doch sie war nicht da.

»Ich kann sie nicht finden, John.«

»Bitte, such sie, Merivel!«

»Warum nennst du mich ›Merivel‹?«

»Habe ich dich so genannt?«

»Ja.«

»Wo du doch in Wirklichkeit ... wer bist? Mir fällt nur in diesem Augenblick dein anderer Name nicht ein.«

»Robert.«

»Robert?«

»Ja.«

»Heute nacht, seitdem ich das Fieber habe ... scheint mir der Name Robert entfallen zu sein; ich erinnere mich nur noch an Merivel und daran, wie wir einmal zusammen etwas so Wunderbares gesehen haben: ein sichtbares, schlagendes Herz. Weißt du das noch?«

»Ja, John.«

»Und du hast deine Hand in die Höhle geschoben und es berührt, weil ich es nicht konnte.«

»Ja.«

»Und der Mann fühlte nichts.«

»Er fühlte nichts.«

»So bete, daß ich dieser Mensch werde.«

»Warum?«

»Damit ich in meinem Herzen und auch sonst keinen Schmerz spüre.«

»Hast du denn Schmerzen?«

»Hast du die Suppenkelle gefunden?«

»Nein. Sie scheint nicht unter deinem Bett zu sein.«

»Bitte versuche, sie zu finden.«

»Ich weiß nicht, wo ich sonst noch suchen soll. Wo soll ich suchen?«

»Pst. Sprich nicht so laut. Du weckst die anderen.«

»Ich werde die anderen wirklich wecken, wenn du mir nichts über deine Schmerzen sagst. Ist es der Schmerz, den du schon zuvor hattest, der in der Lunge?«

»Ist es möglich, daß jemand meine Suppenkelle gestohlen hat?«

»Nein. Ich werde sie finden. Wo ist der Schmerz, John? Zeig oder sag es mir! Wo ist er?«

Pearce blickte zu mir auf. Seine blaßblauen Augen sahen in dem schwachen Kerzenlicht dunkler aus. Er zog seine Hand zurück und legte sie sich zögernd auf die Brust.

Ich stand auf. Ich erklärte ihm, daß ich mich weigerte, weiter nach der Suppenkelle zu suchen, solange ich seine Lunge nicht abgehorcht hätte. Dann half ich ihm behutsam auf den Rücken, schlug das Bettzeug zurück und legte meinen Kopf (den noch vor einer halben Stunde Katharine an ihre Brust gedrückt hatte, damit ich wie ein Baby an ihr sauge) auf sein Brustbein und dann auf sein Zwerchfell.

Pearces Suppenkelle fand ich unter seinen Kopfkissen und reichte sie ihm. Dann sagte ich zu ihm, daß ich Wasser heiß machen wolle für eine Balsaminhalation. Ich ließ ihn für eine Weile allein zurück und ging zunächst in mein Zimmer, um mich zu waschen, denn ich hatte das Gefühl, daß mir überall Katharines Geruch anhaftete. Ich zog ein sauberes Nachthemd an und kämmte mir die Haare. Erst dann ging ich in die Küche hinunter und begann die wenigen Heilmittel zuzubereiten, die ich und die Welt der Medizin für den Zustand meines Freundes anzubieten hatten, doch schon während ich daran arbeitete, wußte ich, daß sie diesmal nicht stark genug sein würden, um ihn gesund zu machen.

Von dieser Nacht an wachten wir, die Betreuer vom Whittlesea, abwechselnd an Pearces Bett, zehn Tage und Nächte lang.

Am fünften oder sechsten Tag wurden die Schmerzen beim Atmen so stark, daß er mir zuflüsterte: »Ich hätte nie gedacht, daß ich einmal so inbrünstig auf meinen letzten Atemzug warten würde.«

Wir gaben ihm Opiate, und als diese in sein Blut gelangten, schien er nicht in einen Schlaf, sondern in eine Art Traum von der Vergangenheit zu fallen, so daß er von seiner Mutter sprach, die zwanzig Jahre lang Witwe gewesen war und jeden Tag für die Seele ihres toten Mannes, eines Barbiers, gebetet hatte, der ihr nichts weiter hinterlassen hatte als sein

Handwerkszeug, mit dem sie sich dann, sobald ihr Sohn im Caius College aufgenommen worden war, die Kehle durchschnitt. Sie wurde nicht auf dem Friedhof neben ihrem Mann beigesetzt, sondern »an einer Kreuzung außerhalb des Dorfes, einem Ort, an dem die Leute zu Fuß, zu Pferd oder in Kutschen in die eine oder andere Richtung gingen, aber nicht anhielten«. Er sagte zu uns, daß wir, wenn wir seine Bibel bei Matthäus, Kapitel zehn, aufschlügen, »den Abdruck eines Vogels quer über der Schrift« finden würden. Er wüßte nicht mehr, was das für ein Vogel gewesen sei, nur, daß er klein war und daß er ihn gefunden hatte, »gerade erst gestorben, als ich noch ein Kind war und meine Mutter noch lebte«. Es schien ihm sehr viel daran zu liegen, daß wir diesen Abdruck sahen, also nahm ich seine Bibel und suchte danach und fand schließlich – nicht bei Matthäus, sondern über zwei Seiten bei Markus hinweg – einen braunen, fettigen Fleck, wie er entstehen konnte, wenn man aus Versehen einen heißen Zimtpfannkuchen auf die Bibel legte. Ich zeigte ihn Pearce. »Ist das der Abdruck, den du meinst, John?« fragte ich ihn. Er starrte darauf, seine erweiterten Pupillen hatten Schwierigkeiten, sich darauf einzustellen. »Ja«, sagte er schließlich. »Die inneren Organe hatte ich entfernt, um die Worte Christi nicht zu beschmutzen. Ich habe den Vogel hineingelegt, seine Flügel ausgebreitet und das Buch zugeklappt. Dann habe ich es beschwert und ihn gepreßt wie eine Blume.«

Ich sah Hannah an, die auf der anderen Seite von Pearces Bett saß und seine Stirn von Zeit zu Zeit mit Lavendelwasser benetzte. Sie schüttelte den Kopf, womit sie mir andeuten wollte, daß sie die Geschichte vom gepreßten Vogel nicht glaubte; wir konnten beide nicht umhin, uns den Gestank des toten Tieres vorzustellen, wie es sich in seinem Grab aus heiligen Worten zersetzte. Wäre es Pearce bessergegangen, dann hätte ich eine Bemerkung dahingehend gemacht, daß der Geruch des Todes bei einem Wirbeltier ganz und gar keine Ähnlichkeit mit dem bei einer Blume hat, doch war Pearce zu diesem Zeitpunkt schon so schwach, daß er kaum seinen Kopf von dem Kissen heben konnte, auf dem das, was von seinem dünnen Haar noch übriggeblieben war, allmählich ausfiel.

In das Wissen, daß Pearce sterben würde, war ich während dieser zehn Tage gleichsam eingehüllt; ich *trug* es an mir, doch mein Verstand weigerte sich, es in sich aufzunehmen. Ich glaubte nicht, daß diese Weigerung darauf beruhte, daß Ambrose und ich uns der falschen Hoffnung hingaben, Pearce retten zu können. Vielmehr hatte ich verstanden, daß alles noch so sichere Wissen, daß ich meinen Freund verlieren würde, mich nicht ausreichend auf seinen tatsächlichen Verlust vorbereiten konnte.

Am siebten oder achten Krankheitstag ließen die Schmerzen in seiner Brust und das Fieber vorübergehend nach. Er bat mich, ihn hochzuheben und ihm Kissen in den Rücken zu stopfen, »aber nicht solche mit Quasten und Juwelen oder so grellbunte, wie du sie in deinem Haus hattest«. Ich lächelte, legte ihm behutsam meine Hände unter die Achseln (wo überhaupt kein Fleisch mehr zu sein schien, sondern nur noch Haut) und zog ihn zu mir hin, während Daniel ein paar Kissen hinter seinen Rücken legte. Ich fragte ihn, ob er versuchen wolle, etwas Fleischbrühe zu trinken. Da er dies bejahte, ging Daniel hinunter, um welche zu holen (in diesem Haushalt ist immer eine Fleischbrühe da, sehr häufig sieht man in der Küche Knochen mit Zwiebeln und Suppengrün vor sich hin kochen), so daß ich mit Pearce allein zurückblieb. Ich setzte mich neben ihn, gerade noch in Reichweite seines nach Schwefel riechenden Atems. Er fing an, ganz klar, wie damals auf Bidnold, über die Theorie der spontanen Entstehung zu sprechen, an die er niemals so richtig geglaubt habe, die aber durch das Vorhandensein der lebenden Made auf toter Materie bewiesen zu sein schien. »Ist es möglich, Merivel«, fragte er mich, »daß die Made nicht spontan erzeugt wird, sondern daß sie – auch das ist eine Hypothese – aus einem Ei entsteht, das so klein ist, daß es das menschliche Auge nicht sehen kann?«

»Ich glaube ja, John.«

»Und daraus, daß das menschliche Auge diese so unendlich kleinen Dinge nicht sehen kann, könnte man dann folgern, daß es möglicherweise noch mehr Materie gibt, von deren Existenz wir nicht die geringste Ahnung haben, ist es nicht so?«

»Ja, das ist so.«

Er seufzte und schwieg dann längere Zeit. Schließlich sagte er: »Es bekümmert mich, daß ich so viel ins Grab mitnehme, was ich nicht weiß.«

»Es wäre mir lieber, wenn du nicht übers Grab sprechen würdest, John«, sagte ich.

»Natürlich wäre dir das lieber«, erwiderte er bebend. »Seitdem wir uns begegnet sind, hat es immer wieder Dinge gegeben, über die ich besser geschwiegen hätte, wenn es nach dir gegangen wäre. Aber das war eben nicht meine Art. Und jetzt gibt es noch eine Ungewißheit, die ich nicht gern mit mir nehmen will, und das ist die, was aus meinen Sachen wird.«

»Aus welchen Sachen?«

»Aus den wenigen Dingen, die kostbar für mich sind. Du hast sie einmal meine ›glühenden Kohlen‹ genannt, um dich über mich lustig zu machen.«

In diesem Augenblick kam Daniel, so daß mir die Demütigung erspart blieb, Pearce gegenüber noch eine Entschuldigung vorbringen zu müssen, die mir doch so schwer über die Lippen gekommen wäre, da ich mir im Grunde ersehnte, daß er mich um Verzeihung bäte wegen der Rücksichtslosigkeit dessen, was er im Begriff war zu tun: mich zu verlassen.

Daniel stellte das Tablett ab, mit dem er eine Schale Brühe, einen Löffel sowie eine grünliche Frucht gebracht hatte, in der Pearce sofort eine seiner Birnen erkannte. Pearce nahm die Birne in die Hand, befühlte sie, hielt sie dann an seine wunde Nase und schnupperte daran. »Den süßen Duft der Birnen«, sagte er mit seiner verzückten Stimme, die mich immer an unsere Ausflüge an den Fluß und an seine übertriebene Freude beim Anblick einer Eintagsfliege erinnerte, »liebe ich schon seit Jahren.«

Daniel lächelte mir zu und setzte sich neben Pearce, um ihm beim Nippen seiner Brühe zu helfen. Zu meiner Überraschung bat Pearce ihn jedoch freundlich, uns allein zu lassen, weil er mit mir sprechen wolle. Der Junge stand sofort auf, reichte mir den Löffel und verließ den Raum.

Die Fleischbrühe war sehr heiß. Damit Pearce sich nicht den Mund verbrannte, pustete ich über jeden Löffel, bevor ich ihn zu seinem Munde führte. Für einige Augenblicke lag Schweigen über uns, da wir uns beide auf das Füttern konzentrierten. Doch die Anstrengung der Nahrungsaufnahme schien Pearce sehr schnell zu ermüden, denn er bat mich, das

Tablett wegzubringen und statt dessen Federhalter, Tinte und Papier zu holen.

Wenn ich das Blatt auch nicht mehr vor mir habe, da ich angewiesen war, es Ambrose zu geben, so weiß ich doch noch genau, was ich geschrieben habe. Es war bestimmt eines der kürzesten Testamente, die es je gegeben hat, denn von Pearces glühenden Kohlen waren, wie die Dinge nun einmal lagen, nur noch ein paar wenige, ausgeglühte übriggeblieben. Alle seine Bücher einschließlich der Bibel hinterließ er dem Whittlesea House. Seine Kleider – diese fadenscheinigen Sachen, die er ohne die geringste Verlegenheit oder Scham getragen hatte – versprach er »den Insassen unserer Anstalt, damit sie auch einmal die Kleidung eines echten Quäkers tragen können und gütig zueinander sind«, und die Suppenkelle vermachte er mir, »dieses zerbrechliche Ding, das vielleicht auch ihm manchmal Trost spenden wird«. Das war alles. Die letzte Zeile, die ich schreiben mußte, lautete: »Sonst gibt es auf dieser Welt nichts, was John Joseph Pearce, Quäker, sein eigen nennt.«

Als ich alles niedergeschrieben hatte (mit der sorgfältigen Schrift, zu der ich fähig bin, wenn ich der Haltung des Federkiels in meiner Hand besonders große Beachtung schenke), reichte ich das Blatt Pearce und half ihm, seinen Namen darunterzusetzen. Ich sagte nichts dazu, daß er mir die Suppenkelle schenken wollte, da ich darüber so traurig und bekümmert war, daß ich vorerst gar nicht sprechen konnte. Als ich meine Stimme wiederfand, war es, um Pearce zu fragen, ob er etwas von der grünen Birne kosten wolle. Er verneinte dies, weil er befürchtete, wie er sagte, daß dann seine Zähne schmerzen würden.

Seit der Nacht, in der Pearce bei meiner Rückkehr vom Margaret Fell nach mir gerufen hatte, war ich nicht mehr bei Katharine gewesen. Ich hatte mit Gott einen Handel abgeschlossen: Ich würde sie nicht mehr anrühren und nicht mehr an mich heranlassen, wenn Er dafür Pearce am Leben ließ.

Doch ich wußte, daß es vergeblich war. Ich wußte, daß Pearce im Sterben lag. Ich hielt mich aber an meine Abmachung. Und Katharine, die sich von mir verlassen fühlte, kam vom Freilufthof zu unserem Haus, schlug mit den flachen Händen an die Tür und schrie hinaus in alle Welt, daß ich ihr Liebhaber war. An jenem Abend, dem neunten von Pearces Krankheit, saßen die Betreuer und ich schweigend beim Essen. Sie sahen mich traurig an, sagten aber nichts, bis Ambrose am Ende der Mahlzeit das Wort ergriff: »Robert wird mit uns sprechen, wenn er glaubt, daß der richtige Zeitpunkt gekommen ist.« Ich nickte. Dann standen wir alle auf und räumten das Geschirr weg.

Sie wußten, daß ich Whittlesea nicht verlassen konnte, solange Pearce noch unter uns weilte.

Er starb in der ruhigen Zeit zwischen Nachtbetreuung und Morgendämmerung am elften Tag seiner Krankheit.

Ich war allein bei ihm.

Ich schloß ihm den Mund. Ich nahm seine dünnen, weißen Hände und faltete sie auf seiner Brust. Und in seine Hände legte ich die Suppenkelle.

»Sieh«, flüsterte ich ihm zu, »die Suppenkelle wird dir nicht weggenommen.«

Dann schloß ich ihm die Augen und setzte mich an sein Bett. Erst jetzt wurde ich mir der Stille bewußt, und ich erkannte, daß sie jetzt für immer herrschen und ich sie künftig »hören« würde, wenn ich an ihn, meinen Freund, denken oder in Gedanken mit ihm sprechen würde. Wo vorher Antworten, wohlmeinende Ratschläge oder mißbilligendes Naserümpfen gewesen waren, würde es fortan nur noch die Stille von Pearce geben.

Ich saß vornübergebeugt auf dem harten Stuhl, die Ellbogen auf den Knien, und weinte. Ich versuchte nicht, meine Tränen zurückzuhalten oder sie mit einem Taschentuch oder einer gestreiften Serviette abzuwischen, sondern ließ sie auf den Boden und meine Oberschenkel fallen und meine Beine hinunterlaufen.

Als ich wieder aufsah, war das Licht am Fenster milchig geworden, und Ambrose, Edmund, Hannah, Eleanor und Daniel waren ins Zimmer gekommen und standen neben dem Bett, ihre Hände zum Gebet zusammengelegt.

Am gleichen Tag noch wurde von zwei Männern vom George Fox ein Sarg für Pearce gezimmert. Er war zu groß für ihn; wir legten ihn dennoch hinein und füllten den Platz um seinen Körper herum mit Birnenzweigen aus.

Wir hielten in unserer Wohnstube eine Totenwache, welche die Form einer die ganze Nacht dauernden Zusammenkunft annahm, während der wir, wann immer uns danach zumute war, von ihm sprachen oder für seine Seele beteten.

Ohne es in Worte zu fassen, versuchte ich, in mir all das zu sammeln, was mir von seiner Weisheit einfiel, und ich mußte daran denken, wie verzweifelt er über die Gier und Selbstsüchtigkeit unserer Zeit gewesen war, die, wie er meinte, einer Krankheit oder Seuche glichen, gegen die kaum jemand gefeit war, nicht einmal die Poeten oder Stückeschreiber, »denn, Robert, selbst der schöpferische Geist ist verhurt, und die Mutter Frömmigkeit hat das Kind Luxus geboren, die schamlose Tochter ...« Diese Gedanken trösteten mich etwas, weil ich durch sie erkannte, daß Pearce nur wenig auf dieser Welt geliebt hatte – die Güte der Quäker, die Weisheit eines William Harvey, das Andenken an seine Mutter, das Wachsen von Bäumen *en espalier*, das Licht auf einem Forellenbach –, so daß er, wenngleich er behauptete, den Tod zu fürchten, diesen sicher auch oft herbeigesehnt hatte.

Ich gab mir gerade große Mühe, mir Pearce im Paradies vorzustellen (ich habe oft versucht, mir meine Eltern dort vorzustellen, kann aber nur Erinnerungen an die Wälder von Vauxhall heraufbeschwören, und ich möchte doch bezweifeln, daß das Paradies, falls es eines gibt, Ähnlichkeit mit einem Ort hat, an dem die Londoner Picknick machten), als Daniel plötzlich sagte: »Mir ist durch Gott der Gedanke gekommen, daß John Pearce mich viele Dinge am Beispiel seines Lebens gelehrt hat, wovon wohl das wichtigste ist, daß man durch Zuneigung nie blind werden sollte, denn es war seine Art, gerade diejenigen am härtesten zu beurteilen, die er am meisten liebte, und so schadete ihnen seine Liebe nie, sondern half ihnen nur, stärker zu werden.« Ich sah auf und bemerkte, daß Daniel mich anblickte, und auch Ambrose sah mich an: Die beiden schienen darauf zu warten, daß ich sprach.

Mir war so heiß wie bei jener Zusammenkunft, bei der ich das Geschichtenerzählen und Tanzen vorgeschlagen hatte, und daher nahm ich an, daß gleich Worte aus mir heraussprudeln würden, doch ich wußte nicht, daß sie mir, sobald ich sie aussprach, etwas offenbaren würden, was ich bis dahin nicht verstanden hatte. Ich wollte aufstehen, doch da ich weiche Knie hatte, blieb ich sitzen und begann: »Ich habe in der Stille, die heute morgen mit Johns Tod hereingebrochen ist, gelauscht und gewartet. Es war geradeso, als habe ich auf eine Mitteilung gewartet, nicht von John, auch nicht von Gott, sondern von mir an mich, und jetzt ist sie da ...«

Noch immer wußte ich nicht genau, was diese vermeintliche »Mitteilung« war und was ich als nächstes sagen würde. Ich schwieg eine Weile, holte ein Taschentuch hervor und wischte mir damit über die Stirn, dann sagte ich: »In dieser Stille habe ich eine Sache verstanden, und zwar die, daß all meine Liebe zu Frauen, die, bevor ich hierherkam, eine sehr stürmische und leidenschaftliche Angelegenheit gewesen ist, und selbst alle Liebe, die ich für Celia, meine Frau, zu empfinden glaubte ... daß all das bloß Täuschungen waren und keine Liebe, nur Eitelkeit und Lust, weswegen ich mich jetzt schäme. Wirklich geliebt auf Erden habe ich in meinem ganzen Leben nur zwei Menschen, und zwar John Pearce und den König.«

Der Schock darüber, daß ich den König und Pearce in einem Atemzug genannt hatte, ließ die Freunde aufsehen und mich mit ihren strengsten Mienen anblicken. Ich öffnete meine Hände in einer Geste der Hilflosigkeit. »Ihr werdet jetzt sogleich sagen«, fuhr ich fort, »daß John Pearce meine Liebe verdient, der König aber nicht, und daß ich mir letztere, was auch John zu mir gesagt hat, aus dem Herzen reißen sollte. Doch ich scheine das nicht zu können. Denn ganz gleich, was ich tue und wie weit ich mich von meinem früheren Leben entferne: Ich finde sie immer wieder vor. Allerdings ist es keine gierige Liebe mehr. Sie verlangt nichts. Sie ist wie die Liebe zu einem Toten, sie ist wie meine Liebe zu John. Denn ich werde keinen der beiden je wiedersehen. Ich werde nie mehr mit ihnen zusammensein. Doch ich verstehe in dieser Nacht, daß es diese beiden Menschen sind, die ich wirklich geliebt habe – klugerweise den einen, unklugerweise den anderen –, und daß niemand auf Erden mir je so viel bedeutet hat wie sie. Und für diese Erkenntnis, mag sie mir nun von Gott oder woandersher gekommen sein, fühle ich mich dankbar.«

Die Hitze in meinem Gesicht und Körper ebbte kurz darauf ab, obwohl ich mir bewußt war, daß die Augen aller Freunde noch immer auf mir ruhten. Die Luft war stickig von ihrer Mißbilligung, und ich erwartete, daß sie mir nun ihre Meinung sagen würden. Doch das taten sie nicht. So nahm ich an, daß jeder seinen Zorn um der Ruhe und um Johns willen niederkämpfte.

Die Nacht verging und es wurde Morgen. Um sechs Uhr tranken wir etwas heiße Schokolade und aßen ein paar Plätzchen, die, wie ich meinte, ganz merkwürdig nach Holzkohle schmeckten.

Am 10. September um die Mittagszeit wurde Pearce ins Grab gelegt und die gelbe Erde von Whittlesea dicht um ihn herum und auf ihn gepackt. Vor dem Festnageln des Deckels hatte ich mich noch einmal vergewissert, daß die Suppenkelle zu ihm in den Sarg gelegt worden war. Während ich am Grab stand, mußte ich daran denken, wie in Cambridge einmal gerissene Diebe, die sich »die Angler« nannten, versucht hatten, die Kelle und Pearces sonstige Besitztümer zu stehlen. Sie arbeiteten mit einer langen Stange, an deren Ende ein Haken aus Draht befestigt war, und diese Stange war eines Nachts, als Pearce schlief, durch sein offenes Fenster geschoben worden. Als er aufwachte, sah er, wie im Schein des Mondlichts ein Stuhl drei Fuß hoch über dem Boden dahinglitt und durch das offene Fenster hinausschwebte. »Erst als die Stange wieder in mein Zimmer kam«, hatte er mir erzählt, »und ich sah, daß sie sich auf meine Suppenkelle zubewegte, erkannte ich, daß da Schurken am Werk waren und nicht Gespenster. Ich schrie wütend auf, und mein Schreien erschreckte sie, und sie rannten weg.« Er lachte, als er mir diese Geschichte erzählte, und dann sagte er: »Vielleicht ist es ja immer leichter, die Lebenden abzuschrecken als die Toten? Was meinst du, Merivel?«

Ich kann mich aber nicht mehr erinnern, was ich darauf antwortete.

Katharine schläft

Wie Ihr inzwischen sicher bemerkt habt, bin ich nicht sonderlich für die Einsamkeit geschaffen. Doch nach Pearces Tod hatte ich den starken Wunsch, allein zu sein.

Hätte ich mein Pferd noch gehabt, dann wäre ich zum Tor des Whittlesea hinaus nach Norden bis zu den Meerfenchelfeldern, den Dünen und dem Meer geritten. Was ich dann dort getan hätte, weiß ich nicht. Vielleicht hätte ich mich auf einen nach Teer riechenden Landungssteg gesetzt, in Richtung Holland geblickt und an den Krieg des Königs gedacht, dessen Kosten mein Haus und meine Ländereien tragen halfen. Vielleicht hätte ich mich auch einfach hingesetzt und wäre sitzen geblieben, bis mich ein Aufseher, der mich für einen der »müßigen Armen« hielt, in ein Armenhaus geschickt hätte.

Doch es war mir gar nicht möglich, ans Meer zu gelangen. Ich unternahm wohl einmal einen Versuch und lief auf der Straße in Richtung Earls Bride, doch der Anblick dieses traurigen Ortes ließ mich umkehren. Auf meinem Rückweg hatte ich einen Wachtraum von dem leeren Rundzimmer im Westturm von Bidnold. Es war in meinem Traum ein Ort des Lichts.

Ich ging zu meinem Wäscheschrank zurück und legte mich auf mein Bett. Die Stille im Haus beruhigte mich ein wenig. Doch dann mußte ich daran denken, was mir an Anschuldigungen und Klagen noch bevorstand, und ich bedeckte mein Gesicht mit den Händen. Wenn ich an Katharine dachte, fühlte ich mich an allen Gliedern kalt und traurig.

Sie stieß mich ab. Ich hatte nicht einmal mehr Mitleid mit ihr, denn ihr hatte ich es ja zu verdanken, daß ich nun aus dem Whittlesea verjagt und in eine Welt zurückgeschickt wurde, in der ich keinen Platz mehr hatte. Ich begann zu glauben, daß sie – genauso wie jene, die an einen Wahnsinn der Gewalttätigkeit verloren waren wie Piebald – tatsächlich vom Teufel besessen war und daß das Böse in ihr mich angesteckt hatte, so daß ich mich ihr gegenüber so niederträchtig benahm, wobei ich nicht mehr ich selbst, sondern ein vom Satan Besessener war. Durch Pearce, durch seinen Tod, hatte ich mich jetzt von meiner Verdorbenheit abgewandt. Er hatte mich gerettet. Jetzt hatte ich nur noch den einen Wunsch, mit meiner Erinnerung an ihn ganz allein zu sein; doch statt dessen erwarteten mich das Flehen von Katharine nach einer Art von Liebe und die Traurigkeit der Freunde über meinen Verrat an einer anderen.

Ich erhob mich von meinem Bett und ging hinaus in den sanften, geräuschlosen Regen. Ich ging zu Pearces Grab, stand dort still da und schaute auf die Buchstaben seines Namens, die in ein zierliches Kreuz aus Weidenholz gebrannt waren, das im Laufe der Jahre bestimmt krumm und gebeugt und blaß und so ihm immer ähnlicher werden würde. »John«, sagte ich, »ich glaube nicht, daß ich jemals Frieden finden werde.«

Einige Tage nach Pearces Beerdigung sagte ich am Schluß einer Zusammenkunft zu den Freunden, daß ich nun bereit sei, über meine Sünden zu reden, jedoch darum bäte, erst einmal mit Ambrose unter vier Augen sprechen zu dürfen. Das erregte einigen Widerstand, da Geheimnisse nach Ansicht der Betreuer voller Gift sind, »das jeder Gruppe oder

Gemeinschaft, wo man sie duldet, nur Krankheit oder sogar Tod bringen kann«. Doch sie hatten gesehen, wie sehr es mich getroffen hatte, von Pearce verlassen zu werden, und so kamen sie, aus Sorge wegen meiner Schwäche, meiner Bitte nach.

Da die Herbstabende jetzt kühl waren, brannte ein Feuer im Kamin der Wohnstube. Ambrose setzte sich davor, und ich kniete mich wie ein Büßer auf den Kaminvorleger und wärmte mir die Hände.

Obwohl ich mich nervös und elend fühlte, begann ich doch, mit fester Stimme zu ihm zu sprechen. Ich erzählte Ambrose, daß es in meiner Natur liege, unmäßig und lüstern zu sein, und daß ich schon als junger Mann meine Arbeit im St.-Thomas-Spital vernachlässigt hatte, um im Park Frauen aufzulesen und mit in mein Zimmer in Ludgate zu nehmen. »Auch daß ich die Gunst des Königs verlor, weswegen ich mich dann auf den Weg nach Whittlesea machte«, sagte ich, »ist auf Lust zurückzuführen. Obwohl ich versprochen hatte, meine Frau niemals anzurühren, fing ich an, sie so heftig und hartnäckig zu begehren, daß ich einfach versuchen mußte, sie zu berühren, wodurch ich mich selbst vollends lächerlich machte, ihr sehr viele Unannehmlichkeiten bereitete und im König furchtbare Wut entfachte. Du siehst also, Ambrose, daß meine Gier nach Frauen immer schon von großem Übel für mein Wohlergehen, ja sogar für meinen Verstand war. Es hat Zeiten gegeben, in denen ich im Bewußtsein dessen sogar beklagte, daß Frauen überhaupt geschaffen worden sind!«

Ich hielt inne. Ambrose nickte. Dieses Nicken erweckte in mir den Wunsch, ihn zu fragen, ob er auch schon einmal ähnliche Gedanken gehabt habe, doch ich unterließ es, da ich es für sehr unwahrscheinlich hielt, daß dieser unbewegliche Fels von einem Mann je die Qualen einer Versuchung dieser Art erlitten hatte.

»Als ich nach Whittlesea kam«, fuhr ich fort, »glaubte ich, daß ich all das, was ich in meinem früheren Leben gewesen war, nun nicht mehr sein würde. Ich dachte, daß das Whittlesea mich erneuern könnte.«

»Und hat es dich erneuert, Robert?«

»Nur einen Teil von mir. John hatte das verstanden, als er sagte, daß ich ›Fortschritte mache‹. Vielleicht wußte er auch – obgleich er nie darüber gesprochen hat –, daß Katharine mich in Versuchung führen und ich ihr zwar erst widerstehen würde, daß mein Widerstand aber schließlich ins Wanken geraten würde.«

»Wenn er das Wanken gesehen hätte, dann hätte er sich von dir verraten gefühlt, Robert.«

»Verraten?«

»Ja. Denn wir, die Betreuer vom Whittlesea, haben eine stillschweigende Vereinbarung, daß wir uns denen gegenüber, die wir beschützen, so verhalten wie Eltern gegenüber ihren Kindern. Und wenn ein Elternteil sich zu seinem eigenen Vergnügen und seiner eigenen Befriedigung irgendwie an seinem Kind vergreift, dann ist das ein Verrat, wie er schrecklicher nicht sein könnte.«

Ich seufzte. Ich mußte mir eingestehen, daß ich Katharine wirklich so gesehen und daß ich die Puppe für ein »Kind« gemacht hatte, und so erschien mir jetzt meine Zeit des Wahnsinns mit ihr niederträchtiger denn je und Ambroses Strenge mit mir vollkommen gerechtfertigt.

Ich hatte Katharine einige Tage nicht gesehen, da Ambrose mich gebeten hatte, mich dem Margaret Fell fernzuhalten. Er erzählte mir nun, daß bei Katharine der Schlaf – wegen meines Verrats – nur noch durch Laudanumgaben herbeigeführt werden könne und daß sie bei Tag und bei Nacht meinen Namen wiederhole, nach mir frage, schreie und schluchze und sich unanständig berühre, so daß mein Name gleichbedeutend mit ihrem Wahnsinn geworden sei und die Frauen von Margaret Fell zu den Betreuern sagten, sie leide an dem »Robert-Wahnsinn, einem ganz schrecklichen Irresein«.

Diese Schilderung machte mir so große Angst, daß alle Kraft aus meiner Stimme entwich und ich den Wunsch hatte, mich zu Ambroses Füßen zu einem feigen Haufen zusammenzurollen (wobei ich einen flüchtigen Augenblick daran denken mußte, daß ich so einmal vor der königlichen Fußbank gelegen hatte) und von absoluter Stille und Dunkelheit zugedeckt zu werden. Ambrose, der sich meiner Furcht zweifellos bewußt war, streckte seine große Hand aus und legte sie mir auf die Schulter.

»Ich weiß«, sagte er, »daß dir das, was geschehen ist, leid tut. Wir lieben dich und verzeihen dir, Robert.«

»Danke, Ambrose.«

»Doch ich weiß auch, daß du es wiedergutmachen willst, und mir ist durch Gott der Gedanke gekommen, wie du es tun sollst.«

»Dir ist durch Gott der Gedanke gekommen? Stimmt das tatsächlich?«

»Ja.«

»Was hat Er gesagt? Was soll ich tun?«

»Du sollst Whittlesea verlassen.«

»Ich weiß. Ich wußte, daß ich das tun müßte.«

»Aber nicht allein. Du sollst Katharine mitnehmen.«

Ich sah zu Ambrose auf. Ich schluckte. Ich legte meine Fäuste zusammen und streckte sie in einer flehenden Geste von mir. »Ambrose«, begann ich, »bitte verlange das nicht von mir ...«

»Ich verlange es nicht. Gott befiehlt es.«

»Nein! Das würde er nicht ...«

»Hat Er nicht gehört, wie du gesagt hast, daß du dich wieder nützlich fühlen würdest, wenn du nur einen von ihnen heilen und hier herausgehen sehen würdest?«

»Ja. Das habe ich gesagt –«

»Und Er hat es gehört. Und nun gibt Er dir die Möglichkeit, das zu erreichen, was du dir erhofft hast.«

»Katharine ist aber nicht geheilt ...«

»Noch nicht. Aber das *Mittel* dafür ist gefunden worden. Du hast es gefunden, und nur du besitzt es. Das Mittel bist du selbst.«

»Nein, Ambrose!«

»Liebe ist das Mittel, Robert. Wenn du sie liebst, wird sie schlafen, und wenn sie wieder schlafen kann, ist sie nicht mehr wahnsinnig. Außerdem gehört sie nun ganz zu dir, weil sie ein Kind von dir erwartet.«

In jener Nacht schlief ich nicht.

Ich weiß nicht mehr, was mir alles durch den Kopf ging. Ich erinnere mich nur noch daran, daß ich eine so schreckliche Angst vor der Zukunft hatte, daß es mir vorkam, als sei mein Leben bis zu diesem Zeitpunkt von einem Glück erfüllt gewesen, das ich nie empfunden hatte. Als George Fox das erste Mal vernahm, wie Gott zu ihm sprach, erklärte er, daß von diesem Augenblick an »die ganze Schöpfung einen anderen Duft bekommen hatte«, und jetzt fühlte ich genauso wie er, nur, daß er angefangen hatte, das Neue und Frische aller Dinge wahrzunehmen, während ich die Verzweiflung spürte.

Als Ambrose zu Edmund, Eleanor und Hannah sagte, daß »Robert sich seiner Verantwortung Katharine gegenüber nicht entzieht«, benahmen sie sich mir gegenüber sehr gütig, lächelten mich freundlich an und versprachen mir, für mich zu beten. Nur Daniel sah mich traurig an. »Schade«, sagte er, »daß du uns nie das Krocketspiel beibringen konntest.«

Während der Tage, die mir noch im Whittlesea verblieben, versuchte ich, mir darüber klarzuwerden, wohin ich mich wenden sollte, nach Norden hin, zum Meer, nach Nordost, in Richtung Norfolk, oder nach Süden, in Richtung London, doch stand mir der Sinn überhaupt nicht nach Reisen oder Ankommen; ich war voller Abscheu gegen mein Leben. Deshalb entschied ich mich für die Straße nach London, da ich mich daran erinnerte, daß dort die Pest grassierte, und mir vorstellte, daß in der Pestilenz das Ende meiner Geschichte liegen würde – ein Ende, das ich selbst verschuldet hatte.

Die Betreuer holten Katharine aus dem Margaret Fell. Sie badeten sie, kämmten ihr die Haare und zogen ihr ein sauberes Kleid an.

Dann gaben sie ihr Pearces Zimmer zum Schlafen und versprachen ihr, daß ich zu ihr kommen und sie trösten würde »mit der zärtlichen Liebe, die er für dich und das Kind empfindet«, und daß sie, derart getröstet, bestimmt schlafen werde.

Also war ich gezwungen, in das Zimmer zu gehen, in dem mein Freund gestorben war, und da saß nun Katharine still auf dem harten Stuhl, auf dem Pearce immer mit geschlossenen Knien gesessen und gelesen hatte, das Buch wie einen Fächer vor seiner Nase, die Worte Harveys so köstlich in seinem Kopf kreisend, daß er nichts anderes mehr wahrnahm.

Als Katharine mich sah, erhob sie sich von dem Stuhl, kam zu mir, legte die Arme um meinen Hals und fing an, zu schluchzen und Robert zu sagen, Robert, Robert, zwanzig- oder dreißigmal. Ich hielt sie fest. Das Kleid, das sie trug, war aus sauberem Leinen, und daher roch Katharine jetzt anders, als ich es in Erinnerung hatte. Für diesen Wandel war ich dankbar.

Ich sagte zu ihr, daß wir vom Whittlesea weggehen würden. Und ich sagte zu ihr, daß ich sie liebte und nicht verlassen würde.

An diesem Abend aß sie mit uns in der Küche. Sie aß mit einem Löffel in der rechten Hand, und mit der Linken hielt sie meinen Arm fest. In dieser Nacht schlief sie, wie Ambrose und die anderen vorhergesagt hatten, bis zum Morgengrauen.

Alles, was ich jetzt noch an Geld besaß, waren vierundzwanzig Pfund und drei Shilling.

Mit diesem Geld, meinen Kleidern und sonstigen Besitztümern, die in zwei Mehlsäcken verstaut waren, stand ich nun in der Wohnstube des Whittlesea, dem Raum, in dem alle Zusammenkünfte stattgefunden hatten, während Katharine in einem wollenen Umhang draußen auf mich wartete. Und die Betreuer kamen einer nach dem andern, nahmen meine Hand und sagten mir adieu.

Die Trauer und Enttäuschung, die ich in ihren Gesichtern las, war furchtbar schwer zu ertragen, und ich hatte den Wunsch, dieses Abschiednehmen schnell hinter mich zu bringen. Doch das war nicht möglich, denn jeder von ihnen hatte eine kleine Ecke in seinem Herzen, die mich nicht gehen lassen wollte und es lieber gehabt hätte, wenn ich geblieben wäre, trotz meines Vergehens. So riefen sie sich ins Gedächtnis zurück, wie mich Gott »aus dem windigen Himmel« zu ihnen geschickt und ich ein großes Geschenk nach Whittlesea mitgebracht hatte, nämlich das Geschenk meiner Hände, die ihnen so viele Monate bei ihren Heilaufgaben geholfen hatten.

»Wie sollen wir jetzt zurechtkommen?« fragte Ambrose, »nun, da ich der einzige mit ärztlichen Kenntnissen bin? Bete für uns, Robert, denn das Leben wird hart für uns werden – ohne John und ohne dich.«

»Ja. Bete für uns, lieber Robert«, sagte Hannah.

»Und bete für mich«, sagte Daniel, »denn wenn es wieder einmal eine Tanzerei oder ein Herumhüpfen geben sollte, dann bin ich der einzige Musikant.«

»Ich werde für euch alle beten«, sagte ich, »und immer an euch denken, wie ihr mich aufgenommen habt, und daß es nie in meiner Absicht lag, euch zu verraten, so daß ihr euch meiner schämen müßt ...«

Dann trat Eleanor vor, um meine Hand zu nehmen, und als sie sagte: »Der Herr möge dich beschützen, Robert«, füllten sich ihre Augen mit Tränen, und sie blickte auf meine Hände, die sie in den ihren hielt, als wären sie etwas Wertvolles für sie.

»Weine nicht, Eleanor«, sagte ich. »Bitte weine mir nicht nach.«

Doch sie schüttelte den Kopf. »Wir alle werden dir von Zeit zu Zeit nachweinen, Robert«, sagte sie, »genauso, wie wir John nachweinen werden. Denn ihr seid beide für uns verloren.«

So verließ ich für immer die Wohnstube und das Haus, und die Betreuer standen eng nebeneinander an der Tür und sahen mir nach.

Ein Fuhrwerk war für uns gemietet worden. Ich warf meine Mehlsäcke darauf, nahm Katharines Hand und half ihr hinauf und setzte mich dann neben sie. Ich sagte zu dem Fuhrmann, einem vierschrötigen Mann mit dem fetten Hintern einer Frau, dessen Haare zu einem schmierigen Knoten zusammengebunden waren, daß er sich beeilen solle. Ich wollte weg und nicht mehr zurückschauen. Doch das Pferd war so lahm, daß wir nur im Schrittempo vorankamen. So schaute ich dann *doch* zurück, als wir noch gar nicht weit weg waren, und sah alles noch einmal: das Eisentor mit der Inschrift aus Jesaja, durch das ich damals hineingegangen war; die drei großen Scheunen, welche die Betreuer nach Leuten benannt hatten, die ihnen heilig waren; das Haus, in dem mein Wäscheschrank war und vor dem die Freunde noch immer standen und mir nachsahen; und hinter den Mauern den Friedhof, wo Pearce für alle Ewigkeit liegen würde. An jenem Tag, an dem ich gekommen war, hatte ich mich für den unglücklichsten Menschen der Welt gehalten.

Jetzt wußte ich, daß mein damaliges Unglücklichsein nichts im Vergleich zu meinem jetzigen Kummer war, so daß alle meine Erinnerungen an meine Zeit in Whittlesea in ein tröstliches Licht getaucht zu sein schienen, als gehörten sie, ebenso wie meine Zeit auf Bidnold, zum Tage und als bräche jetzt die Nacht über mir herein.

Die wirkliche Nacht brach über uns herein, als wir in March einfuhren. Ich bezahlte den Mann, da ich den Anblick seines fetten Hinterteils nicht noch einen weiteren Tag ertragen hätte. Er setzte uns an einer Schenke namens »The Shin of Beef« ab, und wir bekamen ein Zimmer, das nach Äpfeln roch, da eine größere Menge von ihnen dort auf feuchten Horden lagerte.

Ich wußte, daß wir in einem schlecht geführten und vernachlässigten Haus waren, doch Katharine, die der Welt so lange fern gewesen war, hielt es für großartig. Sie glaubte, die Äpfel wären für uns zum Essen hingelegt worden (sie hatten für uns kein Abendessen, nicht einmal die schlichte Scheibe Rinderbein, nach der die schäbige Schenke benannt war), und so aß sie gierig einen Apfel nach dem anderen, bis sie sich ins Bett erbrach. In der Kälte um ein Uhr nachts kam ein Mädchen, das nicht älter als zwölf oder dreizehn war, und tauschte die besudelten Bettücher gegen saubere, jedoch noch feuchte aus. In diesem klammen Bett klammerte sich Katharine an mich und küßte mich, und einige der Teufel, die noch in ihr waren, kamen mit ihrem Speichel in mein Blut, so daß ich sie schließlich nahm, wenn auch mit geschlossenen Augen, so daß ich weder mich selbst noch sie sehen konnte, meine Hände über ihrem Gesicht. Ihre Brüste gegen meinen Rücken gepreßt, schlief sie ein. Doch ich konnte nicht schlafen, wegen der Kälte und wegen des Geruchs und weil mir mein Elend das Herz abschnürte.

Wir mußten in March zwei Tage auf eine Postkutsche warten, die uns nach Cambridge und dann weiter nach London bringen würde.

Am ersten dieser beiden Tage, einem Dienstag, setzten in der Morgendämmerung vor unserem Fenster die Vorbereitungen für einen Markt ein, und so ging ich mit Katharine hinaus und lief mit ihr zwischen den Ständen umher, wo Honig, Obst, Kerzen, Wollstränge und Bienenwachs verkauft wurden. Wir trafen auf einen Mann, der für drei Pence das Schreien oder Knurren oder Kreischen eines jeden gewünschten Tieres oder Vogels nachahmte. Dieser Mann zog Katharine so in seinen Bann und entzückte sie dermaßen, daß ich gezwungen war, ihm für eine Tierstimmenimitation nach der anderen Geld zu bezahlen. Doch nach einer Weile fand ich es albern, in einer gaffenden Menge zu stehen und einem Mann zuzuhören, der vorgab, ein Huhn, ein Schwein, ein Auerhahn oder ein neugeborenes Lamm zu sein. Nach fast einer Viertelstunde sagte ich zu Katharine: »Wir haben jetzt genug gehört. Laß uns weitergehen, bevor er noch alle Tiere Afrikas nachmacht.« Doch sie bat mich, wenigstens noch eines hören zu dürfen, und sagte: »Robert, du hast noch kein Tier oder einen Vogel ausgesucht, du bist jetzt an der Reihe.« Ich nahm also noch einmal drei Pennies aus meinem Portemonnaie, und der Mann hielt mir seine lederne Handfläche hin und fragte: »Was soll es denn sein, Sir? Ein schreiender Pfau? Ein heulender Wolf? Oder – zwei zum Preis von einem – eine alte Sau und ihre saugenden Ferkel?«

»Die Schweine«, sagte Katharine, »sag ihm, er soll die Schweine machen.«

»Nein«, sagte ich, »nicht die Schweine. Eine Amsel.«

»Eine Amsel, Sir?«

»Ja.«

»Nun gut, dann brauchen wir Stille ringsum, ihr guten Leute müßt ganz leise sein. Denn der Gesang einer Amsel ist etwas Leises, ich kann ihn nicht laut vormachen.«

Er konnte die Menschentraube um ihn herum dazu bringen, mit ihrem Geschnatter aufzuhören. Dann legte er beide Hände gewölbt vor seinen Mund; zwischen seinen Fingern konnte ich seinen Mund sehen, den er häßlich verzog. Ich schloß die Augen und wartete. Und da war der Klang, vollkommen und rein, und ich wußte sogleich, daß mir jetzt Tränen in die Augen treten würden, und so nahm ich schnell mein Taschentuch heraus und putzte mir geräuschvoll die Nase, wodurch ich die Amselimitation so unsanft störte, daß die kleine Menschenansammlung in Gelächter ausbrach. Ich nickte dem Mann, der mich böse ansah, noch zu, packte Katharine am Handgelenk und führte sie weg.

Da man in March nichts weiter unternehmen konnte, mietete ich am Nachmittag ein Ruderboot. Es war ein so warmer Tag, daß man meinen konnte, der Sommer wäre noch einmal zurückgekehrt, und ich ruderte den Fluß hinunter in Richtung Benwick. »Dieses Dorf ist zu unbedeutend, als daß es Vogelstimmenimitatoren anziehen würde«, sagte ich lächelnd. Doch Katharine hörte mir nicht zu. Sie hatte eine Hand ins Wasser getaucht und schien vom Anblick des Treibgutes aus Blättern und Gräsern, das durch ihre Finger schwamm, hypnotisiert zu sein. Ihr Mund stand offen, und sie schien nicht zu merken, daß ihr langes Haar im Wasser dahinschleifte. Dann tauchte sie plötzlich aus ihrer Trance auf und lachte, und ihr Lachen, das ich im Whittlesea nur selten gehört hatte, klang wie das eines Kindes. Doch anstatt ihrer Kindlichkeit gegenüber Freundlichkeit oder Mitleid zu empfinden, fühlte ich nur Überdruß mit der Zeit, die mit Katharine als meiner einzigen Begleitung so langsam zu vergehen schien, daß ich mir kaum vorstellen konnte, daß die Sonne des Tages je versinken oder die Dunkelheit der Nacht je zu Ende gehen würde. Ich versuchte mich mit dem Gedanken zu trösten, daß ich, wenn die Zeit sich verlangsamt hatte, erst alt sein würde, wenn ich eigentlich schon längst darüber hinaus war. Doch diese kleine Gedankenspielerei gab mir nur für einen kurzen Augenblick Trost, denn ich wußte, daß es mir nichts mehr ausmachte, alt zu werden, ja, daß es mir sogar ziemlich gleichgültig war, ob ich noch lebte oder stürbe.

Als ich mich an diesem Abend im Apfelzimmer aufs Bett legte, weil meine Schultern und mein Rücken vom Rudern am Nachmittag schmerzten, kam Katharine zu mir, stellte sich vor mich hin, hob ihren Rock hoch und sagte, ich solle meine Hand auf ihren Bauch legen; sie beklagte sich gereizt darüber, daß ich das noch nie getan habe oder habe tun wollen, daß ich also das Kind in ihr nicht liebte.

Ich wandte den Kopf, sah auf ihren Bauch und sagte, daß ich es sehr schwierig fände, etwas zu lieben, das noch gar nicht da war. Sie verstand jedoch nicht, was ich damit meinte, und ich hatte keine Lust, es ihr zu erklären, also besänftigte ich sie, indem ich ihren Bauch streichelte, und sie fing an, mir zu erzählen, was sie alles für unseren Sohn tun wolle, wenn er geboren sei, daß sie niemandem außer mir je erlauben würde, ihn ihr wegzunehmen, denn jetzt fürchtete sie den Neid unfruchtbarer Frauen, die, während sie schlief, kommen und ihren Säugling stehlen könnten, »um mich mit dem Nichts zurückzulassen, das ich vorher hatte«. Um sie zu trösten, sagte ich – als erzählte ich Meg Storey eine meiner Geschichten aus dem Lande des River Mar –, daß wir eine Festung rund um den Knaben bauen und ihn in einen hohen Turm stecken würden; niemand außer uns dürfte sich ihm dann nähern, »so daß er nicht nur sicher ist, sondern auch nichts von all dem Unerfreulichen in dieser Welt zu sehen oder spüren bekommt, nichts von den Ränken und der Häßlichkeit darin, denn vom Turmfenster aus wird er nur Schönes sehen ...« Dieser Unsinn zog Katharine so in ihren Bann, daß sie im Stehen einschlief; ich erhob mich, nahm sie auf meine Arme und legte sie auf das Bett nieder. Da ich nicht neben ihr liegen wollte, wußte ich nun nicht, was ich mit mir selbst machen sollte, und so setzte ich mich auf den harten Stuhl, der am Fenster stand, um zu den Sternen hinaufzuschauen und zu versuchen, Jupiter mit seinen kleinen, ihn umkreisenden Monden zu finden. Das Fenster war jedoch rußig, und ich konnte nur mein eigenes Spiegelbild sehen, und plötzlich fiel mir auf, daß ich innerhalb kurzer Zeit sehr gealtert war und mein Gesicht, das ich noch als breit und lächelnd in Erinnerung gehabt hatte, hager und sorgenvoll geworden war.

Meine Gedanken wanderten zu Celia. Ich weiß nicht, ob dies durch meinen Versuch, Jupiter zu sehen, ausgelöst wurde oder durch die von mir festgestellten Veränderungen in meinem Aussehen, das ihr von jeher zuwider gewesen war. Ich dachte an meinen denkwürdigen Entschuldigungsbrief an sie, den ich so viele Stunden überdacht, aber nie geschrieben hatte, und an die wenigen, erbärmlichen Zeilen, die ich statt dessen geschickt hatte. In Gedanken schrieb ich den Brief noch einmal neu. Ich sagte darin, daß ich verstanden hätte, daß die Liebe einen um den Verstand bringt. Ich erzählte Celia, daß es nun mein eigenes Los sei, von jemandem geliebt zu werden, dessen Liebe ich nicht erwidern könne, daß mich die Furien der Schuld und des Abscheus Tag und Nacht jagen würden und daß dies genauso grausam sei wie Liebesleid. »Deshalb kann ich jetzt ermessen«, schloß ich den Brief in meiner Vorstellung, »wie sehr Ihr durch mich leiden mußtet, und ich bitte Euch um Vergebung dafür.«

Aus mir unerfindlichen Gründen nahm diese Entschuldigung an Celia mir so viel von meiner Angst, daß ich auf dem Stuhl einschlafen konnte. Doch es war kein friedlicher Schlaf, denn in der Nacht hatte ich einen traurigen Traum von meiner Mutter, in dem ich zu ihr in Amos Treefellers altes Zimmer ging, um mit ihr zu sprechen, dann aber feststellen mußte, daß sie mich weder sehen noch hören konnte; in dem Glauben, daß ich nicht da war, setzte sie sich ihre Haube auf, ging weg und ließ mich allein.

Das warme Wetter, das wir seit dem Vortag wieder hatten, begleitete uns auf unserer Reise nach London, und als wir uns der Stadt näherten, sah ich, »daß das Gras am Straßenrand braun und verdorrt und das Laub am Boden trocken und spröde war, so, als habe es lange Zeit nicht geregnet. Durch das Fenster der Kutsche erblickte ich außerdem einen kleinen Schwarm Fliegen und Insekten, der sich mit uns dahinbewegte, und so fragte ich unsere Mitreisenden: »Wie war denn das Wetter seit dem Sommer in London?« Sie antworteten, daß man nicht sagen könne, wie es »seit dem Sommer« gewesen sei, da der Sommer nie richtig aufgehört habe, sondern »schrecklich schwül und unangenehm« geblieben sei. In der Hauptstadt habe es seit Monaten keine kühle Brise und keinen erfrischenden Schauer mehr gegeben, »so daß es überall stinkt, und alle, die klug sind, verlassen London und fahren nicht dorthin«.

Da mit dem Thema »Wetter« die Unterhaltung nun einmal in Gang gesetzt war, ließen sich die Leute in der Kutsche jetzt auch ausführlich über das Thema »Pest« aus – so, als hätten sie seit vielen Tagen und Nächten nur darauf gewartet, diese samt ihren Schrecken zu schildern, und nur noch keine Zuhörer gefunden. (Es ist mir schon oft aufgefallen, daß es in der Natur vieler Männer und Frauen liegt, sich in Schreckens- und Elendsgeschichten zu ergehen, ich jedoch finde das ganz abscheulich, und eine der Eigenschaften des Königs, die ich besonders bewundert habe, ist seine Art, vergangene Leiden auf die leichte Schulter zu nehmen und niemanden damit zu langweilen.) Sie erzählten uns, daß, wenn die Pest in einem Haus auftrat, alle außer dem Kranken hinausrannten, daß Mütter ihre Kinder verließen, Dienstboten ihre Herrschaften, Frauen ihre Männer, »so daß jeden Tag Hunderte ganz allein und verlassen sterben und nicht gefunden werden, so daß ihr Fleisch verfault und den Ratten zur Beute wird, die den Keim dann wieder auf die Straße tragen, und Ihr könnt Euch den Gestank der Toten in einigen Stadtteilen nicht vorstellen ...«

Ich war drauf und dran zu sagen, daß ich als Arzt Leichengeruch gut kannte, war dann aber froh, nichts erwidert zu haben, denn unsere Mitreisenden erzählten, daß alle, die mit der Medizin zu tun haben – vom Chirurgen bis zum Apotheker –, gehaßt würden, da sie nicht in der Lage waren, ein Mittel zur Vorbeugung oder Heilung zu finden. »Ärzte«, verkündete lautstark eine Frau, die mir gegenübersaß, »sind die am meisten verachteten Leute in England.« Und sie saugte an ihren Zähnen, da sie den Giftgeschmack in ihrem Mund wohl mochte.

In der Abenddämmerung erreichten wir Cheapside, wo Katharines Mutter wohnte. Wir stiegen aus der Kutsche, und die zwei Säcke mit meinen weltlichen Gütern wurden mir heruntergereicht.

Ich stand einen Augenblick still da und atmete die Stadt ein. Der Geruch der Luft schien sich durch die Pest nicht verändert zu haben. Doch fiel mir sofort eine seltsame Stille auf der Straße und ringsumher auf, die der Stille des Schnees glich. Es war, als sei die Stadt in eine Art Trance verfallen oder zu einem Ort geworden, an dem ich nicht wirklich stand, sondern den ich mit meinen Augen und Ohren nur aus weiter Ferne wahrnahm. Ich ließ meine Blicke umherschweifen: Da gab es eine Gruppe von Kindern, die der Kutsche hinterherrannten. Zwei Frauen standen auf einer Türschwelle, eine davon hielt einen Säugling im Arm. Ein mit Fässern beladener Wagen fuhr vorbei, und ich konnte die Hufe des Zugpferds hören. Doch dieses Geräusch, ebenso wie das Geschrei der Kinder, wurde rasch schwächer und erstarb schließlich ganz, so daß wieder Stille herrschte. Ich beugte mich hinunter, um einen der Mehlsäcke aufzuheben. Dabei sah ich, wie Katharine ihre Röcke hob und sich hinkauerte, um in die Gosse zu pissen. »Sobald man ein Kind trägt«, sagte sie, »verrichtet man sein Geschäft, wo immer es geht, man kann nicht warten.« In diesem Augenblick kam ihre Mutter aus dem Haus. Sie legte die Hände vor den Mund und starrte auf ihre Tochter, die sie den Betreuern des Whittlesea übergeben hatte; dann bekreuzigte sie sich, als habe sie Angst. Katharine, rot im Gesicht von der Anstrengung, ihre Blase zu entleeren, sah zu ihrer Mutter auf und fing an zu lachen. Ich glaube nicht, daß ich jemals ein peinlicheres Wiedersehen von zwei Leuten erlebt habe, die lange voneinander getrennt gewesen waren.

Die Mutter ist Witwe, eine große, kräftige Frau von vierzig oder fünfundvierzig Jahren. Sie läßt sich gern mit ihren beiden Vornamen, Frances Elizabeth, anreden, als seien sie zu einem Namen zusammengeschmolzen. Sie fristet ihr Leben, indem sie Briefe für Leute schreibt, die nicht lesen und schreiben können. Ich habe gesehen, wie sie schreibt: Sie hat eine häßliche Schrift und ist schwach in der Rechtschreibung. Ein kleines Schild an ihrer Haustür lautet: *Frances Elizabeth Wytliens. Briefeschreiben. Ein Penny pro Zeile.* Sie hat das Schreiben nicht in der Schule oder von einem Lehrer gelernt, sondern von ihrem toten Mann, der Schreiber im Patentamt war. »Er war«, sagt Frances Elizabeth an unserem ersten Abend in ihrem Haus zu mir, »ein sehr gewissenhafter Schreiber.«

Das Haus ist eng, dunkel und überheizt von den beiden Kaminfeuern, einem oben und einem unten, die sie als Vorbeugung gegen die Pestilenz, die in Cheapside schon zwei Familien heimgesucht hat, nicht ausgehen läßt. Es riecht nach Rauch, altem Firnis und Kampfer; die Fenster sind schmal und rußig. Das Zimmer, das wir bekommen haben, erinnert mich ein wenig an jenes, das ich vor vielen Jahren in Ludgate hatte; Ludgate ist nicht weit von hier entfernt. In meinem Bett dort lernte ich Vergessen der süßesten Art kennen, doch in diesem hier scheine ich in keine Bewußtlosigkeit und kein Vergessen eintauchen zu können. Ich liege wach da und lausche auf das Schweigen, das sich über London gelegt hat. Jetzt ist Katharine diejenige, die schläft. Ihr wirres Haar fällt über meine Schulter, und ihr Arm liegt auf meiner Brust.

DRITTER TEIL

Ein Vorbeugungsmittel

Nicht lange nach unserer Ankunft in London traf ich, als ich unterwegs war, um für Frances Elizabeth Tinte zu kaufen, auf eine Gruppe zerlumpter Männer, die sich mit grausamen kleinen Peitschen geißelten, ähnlich den Flagellanten des Schwarzen Todes des Jahres 1348. Wir befanden uns in der Change Street, und ich nahm an, daß sie auf dem Weg zur St.-Pauls-Kirche waren, um dort für das Ende der Pestilenz zu beten. Da es mich sehr neugierig machte, welchen Trost sie darin fanden, ihr eigenes Fleisch zu verletzen, folgte ich ihnen.

Ich bemerkte, daß alle Leute, die uns entgegenkamen, voller Angst auf diese Flagellanten sahen, so, als könnte der Pesterreger bei ihnen selbst seinen Ursprung haben; sie gingen sogar auf die andere Straßenseite, um ihnen nicht zu nahe zu kommen. Es ging mir durch den Kopf, daß große Furcht vor einer bestimmten Sache beim Menschen *gewohnheitsmäßige Angst* erzeugen konnte, so daß er sich dann vor allem fürchtet, was ihm nicht vertraut und angenehm ist. Und diesen Überlegungen folgte die Erkenntnis, daß ich, da ich mein Leben nicht mehr als etwas Wunderbares und Wertvolles ansah, vor nichts mehr Angst hatte, nicht einmal mehr vor dem Tod. Ich lächelte in mich hinein, denn unversehens tauchte der König vor meinem geistigen Auge auf. Er sah sich meine neue Furchtlosigkeit an, rümpfte die Nase und sagte: »Gut!« Daraufhin drehte er sich um, wie es seine Art ist, und ging fort, ohne sich herabzulassen, noch mehr dazu zu sagen.

Wir näherten uns der St.-Pauls-Kirche. Da ich keine Ahnung hatte, wie lange das Beten dieser Flagellanten dauern würde, wenn sie erst einmal die Kirche betreten hatten, und weil ich an die Tinte dachte, die ich besorgen sollte, beschloß ich, sie sofort anzusprechen und zu fragen, ob sie ein paar Minuten Zeit für mich hätten, bevor sie mit ihren Gebeten anfingen.

Da ich von hinten an die Gruppe herantrat, sah ich, daß bei zweien von ihnen die Schultern mit vielen kleinen Wunden wie von einem Ausschlag übersät waren und daß einige dieser Verletzungen sich entzündet hatten und eiterten. Daher begann ich das Gespräch mit den Worten (recht laut, damit sie mich bei ihrem Klagen hören konnten): »Ihr guten Leute, laßt euch von mir sagen, daß ich Arzt bin, und wenn die Schmerzen eurer Wunden einmal stärker sein sollten, als ihr es beabsichtigt habt ... dann kann ich euch einen Balsam dafür geben, um sie weniger ...«

Sie wandten sich alle um und starrten mich an, und ich sah, daß sie ihre Gesichter, um wie Skelette auszusehen, mit einer weißen Paste beschmiert hatten. Da verstand ich, daß es in ihrer Absicht lag, die Leute abzuschrecken, und sie schienen wirklich einigermaßen beleidigt zu sein, daß ich die Kühnheit besessen hatte, mich ihnen zu nähern.

»Unsere Schmerzen«, sagte einer von ihnen knapp, »sind niemals schlimmer als beabsichtigt, auch nicht geringer, und was euch Ärzte angeht, warum straft ihr euch nicht selbst?«

Ich erwiderte, daß mich, was meinen eigenen Fall beträfe, das Schicksal schon so hart gestraft habe, daß ich nun jeder Notwendigkeit enthoben sei, dies selbst zu tun. Ich lachte über meine kecke Antwort, vielleicht in der Hoffnung, den Flagellanten damit ein Lächeln zu entlocken, was aber nicht geschah. So stellte ich schnell meine Frage. »Seht Euch um«, antwortete einer von ihnen, »und Ihr werdet nicht London, nicht eine Stadt sehen, die Ihr einmal gut gekannt habt, sondern einen Ort, der dem Chaos anheimgefallen ist. Ein Mensch, der im Chaos leben muß, wird sehr bald den Verstand verlieren. Wir aber nicht. Denn wir sehen das Chaos nicht, wir hören es nicht, und wir riechen es auch nicht. Wir fühlen und kennen nur unseren eigenen Schmerz.«

Ich dankte ihnen und ließ sie weitergehen. Dann lief ich langsam zur Cloak Lane, wo ich hoffte, die Tinte für Frances Elizabeth kaufen zu können, vorausgesetzt, daß der Tintenverkäufer während meiner Abwesenheit nicht an der Pest gestorben war. Auf meinem Weg dorthin dachte ich über die Worte und das Handeln der Flagellanten nach und fragte mich, wie ich selbst mir mein Leben an diesem »Ort, der dem Chaos anheimgefallen ist« am besten einrichten könnte, um mir den Verstand zu erhalten, der mir noch verblieben war. Ich beschloß, meine Augen nicht vor dem Leid der Stadt zu verschließen, sondern zu versuchen, es richtig einzuschätzen und klar zu erkennen. Ich würde mich umsehen. Ich würde versuchen, ein Bild von der Pest entstehen zu lassen (nein, nicht auf der Leinwand!), mir in meinem Kopf ein Bild davon zu machen, wo sie herrschte, wie sie sich ausbreitete und was die Menschen sich alles ausgedacht hatten, um sie zu vertreiben. Ich entwarf einen Plan, mit dem ich der Langsamkeit und Traurigkeit der Zeit entgegentreten wollte, und das Ausarbeiten dieses Plans munterte mich ein wenig auf.

Im gleichen Maße, wie das Kind in Katharine heranwuchs, wuchs auch ihr Schlafbedürfnis. Auch ihre Mutter nickte, wie aus Sympathie für ihre Tochter, häufig ein und döste in dem gutgeheizten Raum über ihren Briefen. So schlich ich mich denn aus dem Haus und überließ Katharine, deren Arm zum Boden herabhing, und ihre Mutter, deren Kopf auf dem Tisch lag, ihren Träumen.

Sie fragten nicht, wohin ich ging; es schien sie nicht zu kümmern. Sie wußten, daß ich wiederkommen würde, denn Katharine hatte mich bei ihren grünen Pantoffeln schwören lassen, daß ich niemals einen Abschiedsschritt irgendwelcher Art einüben oder ausführen würde. So fing ich an, mein »Bild« von London zu entwerfen, indem ich mich von Cheapside aus manchmal nach Norden wandte, meist aber nach Süden zum Fluß und meinen alten Lieblingsplätzen, da ich wußte, daß ich dort alle Veränderungen bemerken und auch verstehen würde.

Rosie besuchte ich nicht. In ihrer Straße gab es zwei Häuser, die mit den Worten »Gott sei uns gnädig« gekennzeichnet waren, und in einigen Schlupfwinkeln am Wasser bei Southwark sah ich Ratten. Man konnte aber dennoch nicht sagen, daß Rosie der Pestgefahr stärker ausgesetzt war als irgend jemand in Lambeth, Spitalfields oder Shoreditch, denn die Krankheit schien nicht einem bestimmten Pfad auf dem Boden zu folgen, sondern eher aus der Luft zu kommen, wie Samen, der vom Wind dahingetragen wird und ziellos hierhin und dorthin fällt.

Es gab noch immer Lärmen auf dem Fluß, aber weniger als früher, denn viele der Gecken und Galane waren mit ihren Frauen aufs Land geflohen und hatten all ihr Geschrei mitgenommen. Man erzählte mir, daß einige der Kahnfahrer Hunger litten, da sie nicht genug zu tun hatten, und so machte ich es mir zur Gewohnheit, mich jeden Nachmittag ein Stück rudern zu lassen. Für diese Wohltätigkeit wurde ich mit dem neuesten Flußklatsch belohnt und vernahm, daß

Hunderte armer Seeleute, die man ohne Lohn von ihren Schiffen geschickt hatte, nach London gekommen waren – wo sie die allgemeine Niedergeschlagenheit noch vergrößerten –, um das Marineamt um Geld zu bitten, und daß sie hier, da sie weder ein Dach über dem Kopf noch die Wärme eines Kamins hätten, leicht Opfer der Pestilenz würden, »jedoch keinen anderen Ort haben, wo sie sterben können, Sir, außer der Straße, und so liegen sie dann als ekelhafte Tote in der Gosse«.

»Warum werden sie nicht bezahlt?« fragte ich die Kahnfahrer und erhielt von allen die gleiche Antwort, nämlich, daß kein Geld da war, da der König »mit dem, was das Parlament ihm gibt, sehr verschwenderisch umgeht, so, als glaube er, er brauche nur falsche Versprechungen zu machen, damit es immer weiter Gold scheißt«. Ich mußte daran denken, daß der König gesagt hatte, der »Honigmond« seiner Regierungszeit sei vorbei. Ich hatte ihm nicht geglaubt, doch jetzt sah ich, daß er recht gehabt hatte: Er wurde nicht mehr so geliebt wie früher. Außer von mir.

Schon nach wenigen Wochen des Umherstreifens in London wurde mir etwas sehr Wichtiges klar: Ich versuchte nicht nur, die Not der Stadt zu verstehen, sondern auch, darin eine Aufgabe für mich zu finden. Daher fing ich an, die Kahnfahrer, die Aalpastetenverkäufer, den Tintenverkäufer in der Cloak Lane und alle anderen, die sich auf ein Gespräch mit mir einließen, zu fragen: »Was kann ich, ein ausgebildeter Arzt, in dieser Zeit tun?« Doch ich bekam keine zufriedenstellende Antwort. Einige Leute spuckten mir ins Gesicht, als habe mich das Wort »Arzt« für sie sehr abstoßend gemacht. Andere gaben mir den Rat, nach Hause zu gehen, meine Türen fest zu verschließen und im übrigen über meinem Kaminfeuer Heilkräuter zu verbrennen und abzuwarten. Andere wiederum fingen an, sich auszuziehen, und forderten mich auf, ihre Körper auf Flecken und Schwellungen hin zu untersuchen. Doch niemand sagte mir, wie ich mich nützlich machen könnte.

Wahrscheinlich wäre ich weiter ziellos umhergewandert, hätte mir Notizen gemacht, mich unterhalten und beobachtet, wenn ich nicht eines Nachts neben Katharine aufgewacht wäre und in dem Raum und in meinem Bewußtsein eine so tiefe Stille »gehört« hätte, daß man sie nicht mit Worten beschreiben kann, denn es gibt nichts auf dieser Welt, womit man sie vergleichen könnte. Ich lag in ihr und schaute auf die Dunkelheit und wartete darauf, daß ich verstehen würde, was es war. Nach einigen Minuten (daß die Minuten vergingen, konnte ich nicht *hören*, sondern nur spüren) wußte ich, daß es die Stille von Pearce war, die zu mir zurückgekehrt war.

Sie ist etwas, was ich nur sehr schwer ertragen kann, da ich mich schrecklich einsam darin fühle. Ich konnte nicht länger still daliegen. Daher erhob ich mich und ging in die Wohnstube hinunter, wo ich mich vor die Glut des Kaminfeuers setzte, um auf den Morgen zu warten. Doch da es inzwischen Winter war, wußte ich, daß dieses Warten lange dauern würde, und so ging ich, um die Zeit totzuschlagen, wieder nach oben und holte unter dem Bett (wo ich meine wenigen Bücher und Briefe in einem der Whittlesea-Mehlsäcke aufbewahrte) die Ausgabe von William Harveys *De Generatione Animalium* hervor, die mir Ambrose am Tage meiner Abreise gegeben hatte. Es war Pearces Exemplar. Er hatte so oft darin gelesen, daß die einzelnen Buchseiten so dünn und empfindlich wie Blütenblätter geworden waren, ja, so brüchig, daß man kaum wagte, sie umzublättern. Das schwarze Leder des Einbands war fleckig und rissig, doch Pearce hatte das Buch so oft an sein Herz gedrückt, daß es ein wenig nach ihm roch. Ambrose hatte es mir mit den Worten überreicht: »Dies war ein Teil von John und ist ein Ersatz für die Suppenkelle.«

Ich legte mir das Buch aufs Knie, öffnete es und blätterte es vorsichtig, Seite für Seite, durch. Pearce hatte bestimmte lateinische Sätze Harveys unterstrichen, und fast auf jeder Seite waren Anmerkungen in seiner winzigen Schrift. Im Innern des Buches entdeckte ich zwei gepreßte Schlüsselblumen, die anscheinend vor langer Zeit dort hineingelegt und dann vergessen worden waren, außerdem ein Blatt gewachstes Papier, auf dem das griechische Wort προφυλακτικός, das »Vorbeugungsmittel« bedeutet, stand. Darunter war eine Liste – in Englisch, soweit ich erkennen konnte – von Ingredienzen nebst einer kurzen Anweisung zum Mischen.

Ich nahm das Blatt aus dem Buch und brachte es näher ans Licht. Nun konnte ich sehen, daß Pearce unter die Liste und die Anweisung ein paar der schnörkeligen Fragezeichen gesetzt hatte, mit denen alle seine medizinischen Bücher gespickt sind. Dieses Zeichen hatte für ihn eine ganz präzise Bedeutung, nämlich »nicht bewiesen«. Ich wollte das Blatt gerade wieder in das Buch zurücklegen, als ich bemerkte, daß einer der Bestandteile in Pearces Aufzählung Butterblumenwurzel war, und wenn diese fleischige Zwiebel heute auch nur noch selten in Arzneimittelzubereitungen verwendet wird, so ist sie doch von alters her allen Vorbeugungsmitteln, die je gegen den Pesterreger erdacht worden sind, beigemengt worden. Daraus schloß ich – richtig, wie ich gleich sehen sollte –, daß das, was ich in der Hand hielt, Pearces eigenes Vorbeugungsmittel gegen die Pest war.

Daß Pearce dieses ausgerechnet auf gewachstes Papier geschrieben hatte, war recht merkwürdig, denn die Tinte haftet nicht richtig darauf, so daß die Schrift über kurz oder lang unsichtbar wird. Glücklicherweise hatte er einen sehr spitzen Federkiel verwendet (er war immer sehr eigen gewesen, was seine Schreibfedern anging, und hatte dünne bevorzugt), und so wurden die Worte, als ich sie vors Licht hielt, magisch erleuchtet, weil sie ins Wachs eingekratzt waren.

So kannte ich nun meine kleine Rolle in Londons großer Tragödie: Ich würde Pearces Vorbeugungsmittel vertreiben. Ich würde Geschäfte mit der Hoffnung machen.

Das Geld, das ich noch gehabt hatte, als ich mit Katharine in London angekommen war, war dahingeschmolzen. Was wir aßen, hatte Frances Elizabeth gekauft, und auch für die Kohle, die uns Wärme spendete, hatte sie bezahlt. Ich revanchierte mich, indem ich ihr beim Briefeschreiben half, ihre Schreibfehler korrigierte und ihr ein paar elegante Wendungen beibrachte. Sie schien mit dieser Regelung zufrieden zu sein, doch ich war es nicht. Die Vorstellung, daß mich nur Beschwerde- und Bittbriefe (die für arme Leute geschrieben wurden, die sich die Worte eigentlich gar nicht leisten konnten) vor der Not bewahrten, verursachte mir Angst und Unbehagen. Daher gelobte ich mir, daß ich mir meinen Lebensunterhalt durch den Verkauf von Pearces Heilmittel verdienen würde, auch wenn meine Kunden die Verwandten der Toten oder Sterbenden sein würden und ich jene Häuser betreten mußte, die mit roten Kreuzen und den Worten »Gott sei uns gnädig« gekennzeichnet waren.

Ich bezahlte einem alten Apotheker, den ich noch aus meiner Zeit in Ludgate kannte, fünf Guineen. Für diesen Betrag stellte er mir eine große Menge von der Medizin her (die ganz angenehm schmeckte, da sie mit Malagawein aufgegossen war) und gab mir ein Gros Flaschen davon. Ich sah an der Tür seines Ladens eine der seltsamen, vogelähnlichen Kopfbekleidungen hängen, die Ärzte tragen, wenn sie in die Pesthäuser gehen, und ich fragte ihn, ob ich sie mir ausleihen dürfe. »Ihr könnt sie behalten, Sir«, sagte er, »denn dieser Arzt kommt nicht mehr hierher und geht auch nirgends mehr hin; er hat aufgehört zu atmen.«

Ich holte sie herunter und legte sie an. Diese Kopfbekleidungen sind aus Leder und bedecken Kopf, Gesicht und Schultern. Zum Sehen sind zwei Gläser eingesetzt und zum Atmen ein langer Schnabel, durch den man allerdings nicht allzuviel Luft bekommt, da in ihn ein Kissen mit einer Duftmischung eingelegt ist, das den Träger vor der verpesteten Luft schützen soll. Zu der Kopfbedeckung gehören auch ein Ledermantel (ähnlich den Überwürfen, die wir im Whittlesea zu tragen pflegten) und dicke Handschuhe, ebenfalls aus Leder, die bis zu den Ellbogen reichten. Als ich diese Kleidungsstücke angelegt hatte, wußte ich, daß mich nun, ganz gleich, wer ich jetzt war – ob Robert oder Merivel oder keiner von beiden oder eine Mischung aus beiden –, niemand mehr erkennen würde, auch die nicht, die mich gut kannten. Ich sah nicht einmal mehr wie ein Mensch aus, sondern eher wie eine Ente, und dies kam mir sehr passend vor, denn da ich mich anschickte, Pearces Vorbeugungsmittel feilzubieten, dessen Wirksamkeit nie bewiesen worden war, würde ich kaum etwas anderes als ein Quacksalber sein.

Diese Erkenntnis bereitete mir zwar eine Weile Unbehagen, konnte aber nicht verhindern, daß ich, als ich in meiner Entenverkleidung nach Cheapside zurückging und mich im Glas eines niedrigen Fensters sah, in Lachen ausbrach. Selbst in meinem Fellüberwurf oder meiner Dreimastbarke hatte ich nicht so überaus und in jeder Hinsicht lächerlich ausgesehen. Ich lachte so lange und unbeherrscht, daß mir alle Entgegenkommenden, wie ich durch meine Augenlöcher sehen konnte, aus dem Weg gingen, weil sie glaubten, ich sei plötzlich, mitten auf der Straße, verrückt geworden.

Ich will nun den Verlauf des Winters beschreiben.

Im Dezember ging ich in ein Pesthaus und fand dort einen Mann vor, der gerade an dieser Krankheit gestorben war, sowie seine Frau, die an seinem Bett kniete, seine tote Hand hielt und weinte. Ich fragte sie, was ich für sie tun könne, und sie erwiderte, ihr könne niemand auf der ganzen Erde mehr helfen, sie wisse ja, daß es bei ihr nun bald mit dem Niesen und dem Frösteln, den ersten Anzeichen der Pest, losgehen würde. Ich wollte mich schon umdrehen und wieder gehen, als ich mich sagen hörte (mit einer Stimme, die ich nicht als meine eigene erkannte, so gedämpft war sie durch den Entenschnabel): »Wenn Euch niemand *auf* der Erde mehr helfen kann, warum laßt Ihr Euch dann nicht von einem John Pearce, der *unter* der Erde ist, vor dem Tode bewahren?«

Ich hielt ihr eine Flasche mit der Medizin hin. Sie blickte einen Augenblick darauf, schüttelte dann aber den Kopf und weinte weiter. Obwohl ich in größter Geldverlegenheit war, brachte ich es nicht über mich, diese tapfere, untröstliche Frau um die drei Shilling und drei Pence zu bitten, die ich gewöhnlich für die Medizin berechne. Daher nickte ich ihr nur zu, verließ das Haus und ließ die Flasche auf dem Tisch zurück. Vier oder fünf Wochen später spürte mich diese Frau auf, nachdem sie mich mehrere Tage gesucht hatte, legte mir die Arme um den Hals und küßte mich auf meinen Schnabel. Sie hatte die Medizin genommen, und die Pestsymptome waren ausgeblieben, und so glaubte sie nun, ich hätte sie gerettet.

Dieser Erfolg sprach sich herum, und von da an florierte mein Geschäft. Die Leute kamen in Frances Elizabeths Haus und fragten nach der Medizin, so daß ich nicht mehr in Pesthäuser gehen und mich um Kunden bemühen mußte. Frances Elizabeth häufte Kohle auf ihre Feuer, verbrannte Kräuter und vermied es, den Fremden an der Tür zu nahe zu kommen. Immer öfter blieben sie und Katharine oben im Schlafzimmer, Katharine im Bett (wo ich gelegentlich mit ihr schlief, ohne ihr zu sagen, daß ich es aus Einsamkeit und Bedürfnis, nicht aus Begehren tat) und Frances Elizabeth in einem Schaukelstuhl. Die beiden träumten von dem Kind, das unterwegs war, und nähten Häubchen und strickten Decken für seine kleine Krippe. Zuweilen zog Katharine ihre Röcke hoch und legte die Hände auf ihren Bauch, der bei Jahresbeginn so groß und schwer geworden war, daß sie aussah wie eine Frau, deren Zeit gekommen war. Ihre Mutter legte dann liebevoll den Kopf mitten auf den Leib, wo der Nabel wie eine Rosenknospe vorstand, um das Stoßen der Arme und Beine des Säuglings zu fühlen. Sie schienen die Geburt so leidenschaftlich herbeizusehnen, daß dieses Sehnen ihre ganze Zeit in Anspruch nahm. Das Briefeschreiben wurde vernachlässigt, und selbst ich, der ich unten in der Wohnstube mit meinen Flaschen saß, wurde vergessen, so daß ich manchmal die Illusion hatte, wieder frei zu sein wie als Student und nicht an Katharine oder sonst jemanden gebunden, und daß ich nach Cheapside hinausgehen und mein Leben noch einmal ganz von vorn beginnen konnte.

Ich schenkte dem ungeborenen Kind nicht allzuviel Beachtung. In meiner Vorstellung gehörte es nur zu Katharine und ihrer Mutter, nicht mir, so, als wäre es ein Geschenk von mir. Sie wollten ein männliches Geschenk. Sie wollten einen Sohn, der es im Patentamt zu Wohlstand bringen würde, und nannten ihn Anthony, nach dem toten Vater. Eines Abends wurde ein Astrologe herbeizitiert. Dieser runzelte die Stirn, als er hörte, daß ich im Zeichen des Wassermanns geboren sei, und flüsterte ein paar Worte vor sich hin, die ich nicht verstehen konnte. Er sagte voraus, daß das Kind kräftig und gesund sein und in seiner Kindheit »sehr hübsch lachen« lernen würde. Als voraussichtliches Geburtsdatum nannte er den 25. Februar. Um zehn Shilling reicher ging er wieder weg und ließ Katharine und Frances Elizabeth enttäuscht darüber, daß er nicht mehr gesagt hatte, zurück.

»Wozu ist Lachen nütze?« seufzte Frances Elizabeth. »Davon ist noch keiner reich geworden.«

Wieder einmal rückte mein Geburtstag heran. Ich erwähnte nichts davon, und es gab keine Feier. Ich war den ganzen Tag über verdrießlich, da mir der dumme Dégueulasse und die falschen Hoffnungen seiner Frau und Töchter eingefallen waren. Als es Abend wurde, mußte ich an Celia denken, an ihre Anmut und Lieblichkeit und an ihren Gesang.

In der gleichen Woche traf ich beim Apotheker einen Mann, der schon neunundneunzig Jahre alt war. Dieser erzählte mir, daß man in der Ermüdung der Erde die Ursache der Pest sehen müsse und daß dies erst der Anfang vom Weltuntergang sei. Ich konnte ihn trotzdem überreden, eine Flasche von Pearces Vorbeugungsmittel zu kaufen, da es sein sehnlichster Wunsch war, nicht zu sterben, ehe er hundert Jahre alt war. Bevor er seine Flasche bezahlte, fragte er mich aber, was in der Mixtur sei. Ich sagte ihm, daß sie zerstoßene Raute, Salbei, Safran mit gekochter Butterblumenwurzel, Schachblumenwurzel und Salz enthalte und daß diese Ingredienzen mit Malaga aufgegossen seien. Er lächelte und nickte, bezeichnete die Medizin als »schlau« und schickte sich an, den Laden zu verlassen. Als er ging, sah ich, daß der Apotheker sich unterwürfig vor ihm verneigte.

»Wer ist dieser alte Mann?« fragte ich ihn.

»Das wißt Ihr nicht?« war die Antwort des Apothekers. »Habt Ihr nicht die breite Nase und diesen gewissen Zug um den Mund erkannt?«

»Nein.«

»Oh. Nun, ich jedenfalls sehe eine gewisse Familienähnlichkeit. Er ist der einzig überlebende Bruder William Harveys.«

Aus mir nicht ganz ersichtlichen Gründen war mir diese Eröffnung so nahegegangen, daß ich, anstatt nach Cheapside zurückzukehren, wie ich es ursprünglich vorgehabt hatte, zur unweit gelegenen Schenke »The Faithful Dray« ging und mir einen kleinen Krug Wein bestellte.

Ich hatte so lange keinen Wein getrunken, daß ich schon nach wenigen Schlucken vollkommen betrunken war, und so saß ich in meiner Ecke, dümmlich vor mich hin nippend und froh darüber, daß mich im »Faithful Dray« niemand kannte und ich mich daher mit niemandem unterhalten mußte. Ich wollte gerade einen zweiten Krug bestellen (da ich mich inzwischen daran erinnert hatte, daß einsames Trinken ein seltsam angenehmer Zeitvertreib sein konnte), als ich jemanden sehr sanft und höflich sagen hörte: »Guten Morgen, Sir Robert.«

Ich sah auf. Vor mir stand ein Mann, der so ausgemergelt

und dünn war, daß sein Gesicht größere Ähnlichkeit mit einem Skelett hatte als die angemalten Gesichter der Flagellanten. Über diesem hageren Gesicht trug er eine blonde, sicher einstmals prächtige Perücke, die jetzt aber verfilzt, schmierig und von altem Puder verklebt war. Über seinem Rücken hing ein zerrissener grüner Umhang, und die Hand, die er mir entgegenstreckte, steckte in einem ebenfalls grünen Handschuh. Ich starrte ihn blinzelnd an. Und dann dämmerte mir langsam, wer er war. Es war Finn.

Wenn er nicht den Mut gehabt hätte, sich bei mir zu entschuldigen, weil er für den König spioniert hatte, wäre ich ohne Rücksicht auf seinen traurigen Zustand aufgestanden und weggegangen. Doch seine ersten Worte waren Worte der Entschuldigung, denen eine Schilderung dessen folgte, was er erlebt hatte. Mitleiderregend war beides, die Entschuldigung und seine Geschichte, erstere, weil sie so stammelnd und ungeschickt vorgetragen wurde, letztere, weil sie so voller Leiden und Demütigungen war.

Ihr werdet Euch erinnern, daß Celia mich, als ich mit Masern und hohem Fieber darniederlag, verließ und zum König zurückkehrte, wobei sie Finn und das fertiggestellte Portrait mitnahm.

Während dieser Reise hing Finn seinen Träumen nach. Er träumte davon, daß ihm der König auf die Schulter klopfen und eine Börse voller Goldstücke in die Hand drücken würde. Er träumte von all den Aufträgen, die nun folgen würden (wie schön klingt doch dieses Wort »Auftrag« für alle unbekannten Künstler und Poeten!), und von all den arkadischen Landschaften seiner Phantasie, in die er seine berühmten Modelle setzen würde.

Nach den Träumen kam die Ankunft. Celias Portrait wurde aus der Kutsche gehoben, und Finn trug es selbst die lange Steingalerie entlang, da er glaubte, daß sich ihm bei diesem Anlaß die Türen zu den Gemächern des Königs sofort öffnen würden. Doch das taten sie nicht. Er wartete zwei Tage lang in der Steingalerie, wobei er in einem solchen Hochgefühl angesichts der bevorstehenden Beförderung war, daß er seinen Platz nur einmal verließ, um etwas Brot und Wurst zu essen und sich zu erleichtern. Er schlief mit dem Kopf auf dem Steinboden.

Am dritten Tag wurde er vorgelassen. Der König blickte von oben herab auf das Portrait (hinter dem Finn demütig kniete) und ließ Lampen bringen. Dann beugte er sich von seiner großen Höhe herab und kratzte mit einem Fingernagel an der Farbe. Etwas gebrannte Umbra blätterte ab und klebte an seinem Finger. Der König sah sich den Farbsplitter genau an und rief nach einem Seidentaschentuch, um ihn darauflegen zu können. Das Taschentuch wurde ihm gebracht. Er wedelte damit gegen das Bild. »Zu bunt«, sagte er, »und seicht. Das genaue Gegenteil von Lady Merivel. Nehmt es weg!«

Finn sah wohl, daß es der reinste Wahnsinn war zu protestieren. Ihm war klar, daß es keinen Zweck hatte, mit dem König zu streiten, weil er dann nur das wenige Geld, das er für das Portrait bekommen würde, wenn er schwieg, auch noch verlieren würde. Trotzdem erhob er Einspruch. Er kam hinter seinem Bild hervor und fing an zu erläutern, wieviel Mühe er sich damit gegeben, wie sorgfältig er den Hintergrund gemalt habe und wie zufrieden Celia mit ihm und dem Bild gewesen sei. Der König drehte ihm den Rücken zu und ging weg in Richtung Schlafgemach. Finn rief hinter ihm her, daß er ihm zumindest die vertraglich versprochenen sieben Livres schulde und daß niemand einem König von England vertrauen würde, der sein Wort nicht hielt. Der König blieb stehen und rief nach seinen Wachen. Finn wurde festgenommen und zum Tower gebracht.

Man ließ ihn sieben Monate im Tower schmachten. Er wurde nicht unter Anklage gestellt, sondern einfach vergessen. Schließlich führte Celias Fürsprache zu seiner Freilassung. Er wurde angewiesen, nie wieder nach Whitehall oder einem anderen Ort, an dem sich der König aufhielt, zu kommen. Er machte sich auf den Weg nach Norfolk, in der Hoffnung, daß Violet Bathurst ihm helfen würde, doch er fand den Bathurst-Haushalt in Auflösung vor. Der alte Bathurst war gestorben und in seinem Mausoleum beigesetzt worden, und Violet – man konnte nicht sagen, ob aus Kummer über seinen oder meinen Verlust – suchte jeden Tag Vergessen in den guten Alicante-Weinen, die ihr verstorbener Mann in seinem Keller gehortet hatte. Sie gab Finn vierzehn Shilling und den ausgestopften Kopf eines Marders und schickte ihn fort. Als er ihr Haus verließ, wurde er noch von einem von Bathursts Hunden gebissen, der lange kein Blut mehr geschmeckt hatte.

Also kehrte er nach London zurück, wo er glaubte, sterben zu müssen. Er verdiente sich seinen kargen Lebensunterhalt mit Kulissenmalen, doch sein Zorn auf den König und auf eine Welt, die ihm keine Anerkennung zollte, war so groß, daß er an seinem Körper und an seinem Verstand nagte. Er wurde buchstäblich aufgezehrt davon.

All das erzählte Finn mir im »Faithful Dray«. Wir betranken uns dermaßen, daß wir bewußtlos zu Boden fielen, und als wir wieder aufwachten, war es dunkel, und der Wirt war gerade dabei, einen Eimer Wasser über uns auszuleeren. Wir gingen hinaus auf die Straße und erbrachen uns in die Gosse. Ich nahm Finn mit mir nach Hause nach Cheapside, und Katharine und Frances Elizabeth sahen von ihren Näharbeiten auf und in sein hohlwangiges, verhärmtes Gesicht. Ich lud ihn ein, am Tisch Platz zu nehmen, und nach einiger Zeit wurde uns ein Eintopf mit Hachsenfleisch und Gerste serviert. Als Finn ihn in sich hineinlöffelte, sah ich, daß ihm Tränen die Wangen hinunterliefen. Sie tropften in seinen Eintopf und machten ihn noch salziger und wäßriger, als er schon war.

Finn schlief in dem kleinen, dunklen Zimmer, in dem Frances Elizabeth ihre Briefe schrieb. Er mochte den Geruch von Tinte, Papier und Siegelwachs in diesem Raum und fragte mich nach der ersten Nacht, ob er einen Monat oder auch zwei (»nur bis der Frühling kommt, Sir Robert ...«) bei der niedrigen Miete, die er sich als Kulissenmaler leisten konnte, bleiben könne.

Frances Elizabeth stimmte zu. Ihr Haus füllte sich allmählich mit Leuten, doch das schien sie nicht zu stören. Sie machte jetzt nicht mehr den Eindruck einer ängstlichen, nörgelnden Person, sondern war ruhig und geduldig geworden, und ich vermute, daß die Jahre der Einsamkeit für sie nur sehr schwer zu ertragen gewesen waren. Sie sprach nie mit mir über Katharines Irresein oder über den Tag, an dem sie ihre Tochter nach Whittlesea gebracht hatte, oder über ihre Beweggründe, sie wegzugeben. Sie sagte auch nie, daß sie Katharine für geheilt hielt. Es war gerade so, als wollte sie sich nicht an die Vergangenheit erinnern, sondern die Gegenwart genießen und Pläne für die Zukunft schmieden, in der ihr Enkelsohn auf die Welt kommen und zum Mann und zur Verantwortung heranreifen würde, so daß die Frauen sich ausruhen könnten.

Nach dem Eintreffen Finns jedoch, als sie hörte, daß dieser mich mit »Sir Robert« anredete, setzte sie einen Brief an das Oberste Kirchengericht auf, in dem sie um die Erlaubnis für die Scheidung ihrer Tochter von dem Steinmetz bat, »der sich in Luft aufgelöst hat«, damit diese den Vater ihres Kindes heiraten könne. Ich setzte mich zu Frances Elizabeth und nahm ihr freundlich den Federkiel aus der Hand. Ich wollte ihr sagen, daß auch ich verheiratet sei, und zwar durch den König selbst, doch dann hatte ich das Gefühl, daß ich über diese Dinge nicht mit Katharines Mutter sprechen konnte. Daher ließ ich sie lieber wissen, daß meiner Meinung nach »Luft« nicht mit zwei »f« geschrieben werde und daß ihre Schrift in diesem Brief nicht so elegant wie sonst sei und daß die Kirchenleute, die »großen Wert auf Darstellung und das äußere Erscheinungsbild legen«, in ihrer Entscheidung von der Schönheit einer Schrift beeinflußt würden. Sie zerriß den Brief und fing von neuem an, doch ich schaute ihr nicht mehr zu.

Zwei Dinge brachten mir in dieser Zeit ein wenig Trost: zum einen das Wissen, daß Finn nach seinem Verrat an mir gelitten hatte, und zum anderen die Entdeckung, daß wir einander nach allem, was wir durchgemacht und getan hatten, gut leiden konnten. Ich hatte das Gefühl, ihn beschützen zu müssen. Und er glaubte, daß unser Treffen im »Faithful Dray« eine Gottesfügung war und daß er, wenn er bei mir blieb, erkennen würde, wo seine Zukunft lag, geradeso, als wäre er das Modell auf einem Portrait, das eines Tages so weit zum Leben erwacht, daß es sich umdrehen und die Waldlichtung hinter sich sehen kann, und auf diese Art entdeckt, daß es von dem tristen Vordergrund des Bildes zu einem Ort des Entzückens gelangen kann.

Wir sprachen nicht sehr oft über den Hof, auch nicht über die Mißlichkeit seiner und meiner Situation. Wir sprachen über Norfolk und darüber, daß wir beide seinen weiten Himmel, seinen nassen Wind und die Ordnung und den Frieden seiner großen Parks so sehr liebten. Wir sprachen über die indische Nachtigall, die wir beide, jeder auf seine Art, als etwas Wichtiges in Erinnerung hatten. Und wir sprachen über Katharine und auf welche merkwürdige Art und Weise wir uns manchmal, ohne es eigentlich zu wollen, bis in alle Ewigkeit an jemanden binden.

Seitdem Finn im Hause war, brauchte ich mir, wenn ich nachts nicht schlafen konnte, nur vorzustellen, wie er unten auf seinem Feldbett lag, und schon fühlte ich mich nicht mehr so einsam. Ich hoffte daher, daß er auch nach der Geburt des Kindes noch dasein und neben den Tintenfässern schlafen würde.

Wie der Astrologe es vorhergesagt hatte, platzte Katharines Fruchtblase am frühen Morgen des 25. Februar.

Ich zog mich schnell an und stellte brennende Kerzen rund um das Bett. Frances Elizabeth legte Kohle auf und verließ das Haus, um die Hebamme zu holen, die in der St. Swithins Lane wohnte. Finn wachte auf und wanderte, vor sich hin starrend, in seinem Nachtgewand im Haus umher.

Die Hebamme war eine scheue Person, klein, ja geradezu zierlich. Sie sah wie eine Blumenverkäuferin aus. Ich fragte Frances Elizabeth: »Hast du vielleicht die falsche Frau geholt?« Doch ich wurde weggescheucht. Nur Frauen werden bei der Geburt geduldet, als solle der Vorgang für immer vor dem Mann geheimgehalten werden.

Bevor ich das Zimmer verließ, fragte ich Katharine, ob sie Angst habe. Sie erwiderte, daß körperliche Schmerzen sie nicht erschrecken könnten, nur seelische. »Daß du mich verlassen könntest, macht mir angst«, sagte sie, »sonst nichts.«

Zum Frühstück aßen Finn und ich etwas Schokoladenkuchen, und dann begleitete ich ihn zum Theater, wo er, wie er mir eingestand, an ein paar venezianischen Säulen aus dünnem Holz arbeitete. »Nun«, konnte ich mich nicht enthalten zu sagen, »dann wirst du einen angenehmen und leichten Tag haben, Finn, denn du hast ja reichlich Übung mit Säulen.« Ich dachte, er würde lächeln, doch das tat er nicht. Er schien wirklich bedrückt zu sein.

Ich bummelte langsam nach Hause, holte auf dem Weg bei einem Apotheker ein paar Opiumkörner, falls Katharine nach der Geburt beruhigt werden mußte, um schlafen zu können, und stattete dann, wie es mir zur morgendlichen Gewohnheit geworden war, dem »Faithful Dray« einen Besuch ab, um ein oder zwei Glas Wein zu trinken. Als ich schließlich nach Cheapside zurückkam, war es schon Mittag, und ich erwartete, beim Betreten des Hauses zu hören, daß mein Sohn Anthony schreiend zur Welt gekommen sei.

Aber er war noch nicht zur Welt gekommen. Das Haus war voller Lärm von Frauen, Nachbarinnen von Frances Elizabeth, die gekommen waren, um zu helfen, zu klatschen und mit uns zu warten. Sie häuften Kohle auf, so daß die Feuer noch stärker brannten, und löschten diese dann mit beißend riechenden Tränken. Eine von ihnen stellte einen Berg von Marmeladekuchen her. Eine andere, eine Wäscherin wie Rosie, wusch alle Krippendecken und hängte sie in der Wohnstube zum Trocknen auf einen Wäscheständer. Wieder eine andere sang schottische Lieder, für jedes ihrer sieben Kinder eins, und dann noch eins für ihr achtes Kind, das gestorben war.

Von Zeit zu Zeit wurde mir über Katharine berichtet. Die Wehentätigkeit war träge. Ihr Körper, wenn auch kräftig gebaut, war schwach; er schien dem Kind nicht helfen zu können, auf die Welt zu kommen. Es wurde langsam Nachmittag, dann kam die Abenddämmerung, und Katharine lag noch immer in den Wehen, die ihr etwa alle zehn Minuten so heftige Schmerzen bereiteten, daß ich ihre Schreie noch in der Wohnstube hören konnte, wo ich herumsaß und wartete und mir die Zeit damit vertrieb, Arpeggios auf meiner Oboe zu spielen.

Finn kam zurück, und wir beide und die Frauen nahmen ein kärgliches Abendessen aus Marmeladekuchen ein, zu denen es eine Vanillesauce gab. Danach fühlte ich mich sehr schläfrig, da ich so früh am Morgen geweckt worden war, und ich wäre zu Bett gegangen, wenn ich eins gehabt hätte. Also spielte ich mit Finn Rommé, döste aber über den Karten, so daß er fünf Spiele hintereinander gewann. Er ging dann zu seinem Feldbett im Tintenzimmer, und ich legte mich auf eine Wandbank, und eine der Frauen deckte mich mit einem wollenen Umhang zu. Ich fiel in jene Art teuflischen Halbschlaf, der voller Träume und Tagträume ist, die in- und auseinanderfließen.

Es war jedoch schon Morgen, als ich schließlich aufwachte. Ich setzte mich mühsam auf und lauschte. Nach einer kleinen Weile hörte ich Katharines Schrei, doch er war so schwach und kläglich, als habe sie eigentlich gar nicht mehr die Kraft, überhaupt noch einen Laut von sich zu geben.

Ich stieg die Stufen hinauf und klopfte an die Tür des Schlafzimmers. Die Hebamme öffnete und ließ mich eintreten. Ich ging zum Bett, neben dem Frances Elizabeth saß und Katharines Hände in den ihren hielt. In diesem Augenblick wurde Katharines Körper wieder von dem Schmerz erfaßt, und ich sah, wie er sich aufbäumte und wie sie den Mund zu einem Schrei öffnete, der aber nicht herauskam, da sie, wie ich vermutet hatte, zu erschöpft war. Ich sah sie an und berührte sanft ihr Gesicht. Es war wächsern und kalt, und ihre Lippen waren weiß und aufgesprungen. »Katharine ...«, flüsterte ich, doch sie konnte nicht sprechen oder auch nur lächeln.

»Was kann man tun?« fragte ich die Hebamme.

»Das Kind ist groß, Sir, und sie kann es nicht aus sich herauspressen.«

»Und was kann man da tun?«

»Wir können nichts tun. Nur beten und warten.«

»Und dann?«

»Wenn sie anfängt wegzurutschen ...«

»Wie?«

»Ich habe einmal gesehen, wie eine Mutter anfing wegzurutschen, und dann gibt es nur noch eine Möglichkeit, sie zu retten.«

»Den Leib aufzuschneiden?«

»Ja. Einen Chirurgen zu holen.«

Ich nickte. Ich sah Frances Elizabeth an, doch sie erwiderte meinen Blick nicht. Vielleicht wußte sie ebensogut wie ich, daß der Chirurg, um Katharines Leben zu retten, das Kind opfern würde, es sogar, wenn nötig, aus ihrem Körper herausschneiden würde. Glied um Glied.

Ich verließ das Zimmer und ging hinunter in die Wohnstube. Das Feuer war heruntergebrannt, so daß ich etwas Kohle nachlegte. Ich kniete mich still davor hin.

Um halb elf Uhr hörte ich, wie zwei Frauen das Haus verließen, und ich wußte, daß sie versuchen wollten, einen Chirurgen zu finden.

Ich stand auf, ging in die Küche, setzte Wasser auf und wusch meine Hände. Ich wußte genau, was ich zu tun hatte.

Eine Stunde später kamen die Frauen zurück. Sie brachten keinen Chirurgen mit. Wegen der grassierenden Pest hatten sie keinen finden können.

Finn, der an diesem Tag keine Säulen malen mußte, kam zu mir und sah mich an. Sein Gesicht war grün.

»Merivel«, sagte er (denn so nennt er mich jetzt). »Was hast du vor?«

»Finn«, sagte ich, »ich werde einen Tod verhindern.«

Er schluckte. Dann nahm er den wollenen Umhang, unter dem ich geschlafen hatte, und wickelte sich selbst darin ein; er stand zusammengekauert darin, als wäre es der Kuhstall des alten Bathurst – ein Zufluchtsort.

Dann gab ich meine Anweisungen. Der Hebamme sagte ich, sie solle Katharine den Unterleib waschen und saubere Tücher unter sie legen. Zwei der Frauen schickte ich Kompressen und Verbände besorgen; einer anderen gab ich die Opiumkörner und sagte ihr, sie solle sie zerstoßen und mit Wasser vermischen.

Inzwischen holte ich mein Skalpell und meine chirurgische Nadel und reinigte beides. In meinem Innern fühlte ich keine Angst – die durchaus angebracht gewesen wäre –, sondern eine aufwallende Erregung, die nicht weniger stark zu sein schien als jene, die ich im Kohlenloch im Haus meiner Eltern empfunden hatte, als ich den Körper des Stars sezierte.

Ich ging hinauf in das Zimmer. Katharines Augen waren glasig und starr, ihr Atem flach wie der Atem der kleinen Hunde, die ich einstmals betreut hatte.

Es waren sechs Frauen im Raum. Nachdem Katharine ein wenig von der Opiummixtur in den Mund geträufelt worden war, stellte ich die Frauen wie Wachen auf – zwei, um ihren Oberkörper niederzudrücken, zwei, um ihre Beine festzuhalten, und zwei (einschließlich der Hebamme, für deren kleine, geschickte Hände ich noch dankbar sein würde), um mir zu helfen.

Der Tag war strahlend schön. Das Licht, das ins Zimmer fiel, schimmerte auf meinen Händen und auf der Klinge des Skalpells. Ich sprach ein Gebet, nicht zu Gott, sondern zu meiner Mutter und zu Pearce. *Helft mir jetzt*, bat ich.

Dann schnitt ich.

Ich schnitt in die Haut ein. Blutstropfen quollen hervor, aufgereiht wie auf einer Perlenschnur, die auf dem Bauch zwischen Nabel und Schamhaar lag.

Ich schnitt ins Gewebe, und helles Blut floß über den Bauch. Hände mit Kompressen streckten sich vor, und das Blut wurde von dem Mull aufgesogen.

Dann schnitt ich ins Bauchfell und öffnete den Unterleib. Mit ruhiger Stimme wies ich die Hebamme und meine andere Helferin an, ihre Hände auf beiden Seiten in die Wunde zu legen und sie so offenzuhalten. Sie taten es, und ich legte das Skalpell aus der Hand und nahm noch mehr Mull, um die Blutung zu stillen. Als diese dann schwächer wurde, sah ich die Schlingen von Katharines Eingeweiden, ihren Blasensack und die Wand der Gebärmutter vor mir liegen.

Ich wischte mir an Tüchern die Hände ab. Ich sah Katharine nicht ins Gesicht und erlaubte mir auch nicht, mir ihr Leiden vorzustellen. Meine ganze Aufmerksamkeit war auf meine Hände konzentriert.

Ich reinigte das Skalpell und wischte das Blut auch von der Ermahnung *Schlaft nicht.* Ich brachte die Klinge über dem unteren Drittel der Gebärmutter in Stellung und machte quer einen Schnitt.

Wieder floß Blut. Auf meine Hände. Auf die Schlingen der Eingeweide. Ich legte das Skalpell zur Seite. Ich häufte Kompressen auf und sah, wie sie sich mit Blut füllten. Ich entfernte sie wieder und drückte neue auf die Öffnung. Ich fühlte, wie mir ein einzelner Schweißtropfen die Stirn hinunterlief und dann in meinem Auge brannte. Ich hörte meinen eigenen Herzschlag, und für einen winzigen Augenblick, vielleicht nicht länger als eine Sekunde, wußte ich nicht mehr, wo ich war.

Doch ich wurde weder ohnmächtig, noch zauderte ich. Ich zog die Ränder des Einschnitts, den ich in die gedehnte Gebärmutterwand gemacht hatte, auseinander und fühlte, wie der Kopf des Kindes gegen meine Finger preßte.

»Helft mir jetzt«, sagte ich zu der Hebamme, »denn meine Hände sind zu groß, um hineinzugreifen. Ich halte den Einschnitt offen. Legt Eure rechte Hand wie einen Schuhlöffel hinter den Kopf und drückt ihn dann, ohne zu zerren, ganz behutsam heraus.«

Ich ging auf Katharines Seite, und die junge Hebamme, die ich mit einer Blumenverkäuferin verglichen hatte, griff in Katharines Gebärmutter und holte das Kind heraus, indem sie zunächst, wie ich es ihr gesagt hatte, vorsichtig den Kopf herausführte, dann dem Kind ihre kleinen Hände unter die

Achseln legte und so den schlüpfrigen Säuglingskörper herauszog.

Das Kind lebte.

Aber es war kein Anthony. Es war ein Mädchen.

Ein Licht auf dem Fluß

Nach den Worten der Schöpfungsgeschichte »ließ Gott der Herr einen tiefen Schlaf fallen auf den Menschen«, bevor er Adams Fleisch öffnete und die Rippe entnahm, um Eva daraus zu machen. Ich habe das immer als sehr rücksichtsvoll von Ihm angesehen, denn dadurch wurden Adam große Schmerzen erspart, und als Arzt habe ich mir oft gewünscht, meine Patienten in einen Zustand versetzen zu können, in dem sie nicht merkten, daß ich ihnen weh tat. Fabricius hatte einmal über einen gewissen Arnoldus Villanovanus gesprochen, der im vierzehnten Jahrhundert gelebt und das Geheimnis eines Schlafes entdeckt hatte, der nicht von Schmerzen unterbrochen wurde. Doch die Ingredienzen dieses Geheimnisses sind nie niedergeschrieben und auch nicht über die Jahrhunderte weitergeraunt worden. Mein Wunsch ist also nicht erfüllt worden, und als ich mein Skalpell in die Hand nahm, um den Einschnitt in Katharines Bauch zu machen, betete ich nicht darum, daß sie nichts spüren möge, weil ich wußte, daß dies unmöglich war; meine Gebete galten nur mir, meinem eigenen Können.

Doch als ich ihre Gebärmutter aufschnitt, fiel sie plötzlich in eine tiefe Bewußtlosigkeit. Diese konnte nicht durch die paar Opiumtropfen verursacht worden sein, die wir ihr in den Mund geträufelt hatten, denn Opium wirkt langsam und verstohlen. Ich nahm zunächst an, daß sie durch die großen Qualen, die ihr die Wunde bereitete, in Ohnmacht gefallen sei. Sie erwachte jedoch mehrere Stunden nicht aus ihrem Koma. Ihr Atem wurde röchelnd wie bei Pearce während seiner letzten Krankheit. Ich konnte mir daher nur vorstellen, daß dieser Schlaf der Schlaf des herannahenden Todes war.

Ich konnte den Schlitz in der Gebärmutter nicht zunähen, da die Wand durch die Dehnung dermaßen dünn geworden war, daß Nähte sie zum Zerreißen gebracht hätten, und so überließ ich die Öffnung sich selbst, damit sie zu gegebener Zeit selbst heilen und zuwachsen würde. Den Einschnitt im Unterleib nähte ich zusammen und gab ein wenig *Pulv. Galeni* darauf, dann ließ ich ihn von den Frauen mit Mull abdekken und Verbände anlegen, die um das Gesäß herumgeführt wurden. All das tat ich, ohne daß Katharine merkte, was mit ihrem Körper geschah; sie wußte nicht einmal, daß ihr Kind lebend herausgeholt worden war, so wie Julius Caesar oder der gute Macduff in Shakespeares Drama *Macbeth*, dessen Geschichte mir Amos Treefeller in seinem nach Hutständern aus poliertem Holz riechenden Hinterzimmer erzählt hatte.

Das Kind wurde von der Hebamme und den anderen Frauen weggenommen, um gewaschen, untersucht und dann in Windeln gewickelt zu werden. Sie erzählten mir, daß der Kopf des Kindes einen zarten Flaum »von einer rötlichen Farbe« habe, daß es ein wohlgestaltes Kind sei, »mit einem lauten und kräftigen Schrei«. Sie hielten es vor mir hoch, so daß ich sein Gesicht sehen konnte, und ich sah, daß es eine kleine flache Nase, ähnlich der meinen, hatte. Dann fragten sie mich: »Wie sollen wir das Kind nennen? An welchen Namen habt Ihr gedacht?« Ich erwiderte darauf, daß ich an keinen Namen gedacht habe, da man mir gesagt hätte, daß das Kind ein Junge sein und auf den Namen Anthony getauft werden würde.

Die Frauen sahen mich vorwurfsvoll an und schafften das Kind schnell weg. Als sie gegangen waren, setzte ich mich hin und rieb mir die Augen; und dann sagte ich mir zum ersten Mal, daß ich der Vater eines kleinen Mädchens war, das atmete und lebte. Ich legte meine Hände nach Art der Quäkerfreunde zusammen und bat Gott und die Welt, gut zu meinem Mädchen zu sein. »Laßt sie so viel Spielzeug *haben*, wie ich mir leisten kann«, fügte ich hinzu, »aber laßt sie nicht zum Spielzeug eines Mannes *werden.*« Und kaum hatte ich diese Gedanken vor mich hin geflüstert, da hatte ich mich auch schon für den Namen Margaret entschieden, der mir wert und teuer war, da er der Name meiner Mutter war. Ich stand also auf, ging zu den Frauen und sagte ihnen, daß das Kind auf den Namen Margaret nach meiner Mutter und nach Margaret Fell getauft werden würde. Sie nickten zustimmend, und von da an hörte ich, wie sie das Kind, wenn es schrie, trösteten: »Pst, Margaret, alles ist gut.«

Doch das stimmte nicht. Nach einigen Stunden, in denen Katharine sich überhaupt nicht gerührt hatte, deckte die Hebamme eine ihrer Brüste auf und drückte die Brustwarze zusammen, um etwas Milch herauszupressen. Doch trotz der Schwere der Brüste schien überhaupt keine richtige Milch dazusein; es kam nur ein wenig Flüssigkeit, die, wie die Hebamme feststellte, als sie etwas davon von ihrem Finger ableckte, bitter wie Galle schmeckte.

»Legt ihr das Kind trotzdem an die Brust«, sagte Frances Elizabeth, die neben ihrer Tochter stand und deren schwarzes Haar über das weiche Kissen kämmte, »dann wird die Milch kommen.«

Also wurde Margaret auf Katharines Leib gelegt, oberhalb der verbundenen Wunde, ihr kleiner Mund wurde gekitzelt, bis er sich öffnete, und dann wurde die Brustwarze hineingeschoben. Sie begann zu saugen, spuckte die Brustwarze aber gleich wieder aus und schrie. Sie war nicht dazu zu bewegen, wie sehr die Hebamme sich auch bemühte, an der Brust zu bleiben und zu saugen. Also wurde sie in die Krippe zurückgelegt und mit den Decken und Federbettchen zugedeckt, die für Anthony gemacht worden waren. Ich gab die Anweisung, nach einer Amme zu suchen.

Ich setzte mich zu Katharine und nahm ihre Hand, die sich heiß und fiebrig anfühlte, in die meine. Ich sah ihr ins Gesicht – nicht in das einer armen Frau, der gegenüber ich nichts als Gleichgültigkeit empfand, sondern in das der Mutter meines Kindes. Ich wollte dieses Gesicht lieben und Zärtlichkeit für es empfinden, aber ich konnte es nicht. Daher stand ich auf und ging hinunter, da ich Angst hatte, daß Frances Elizabeth mich ansehen und meine Gedanken lesen und meine Gefühle erraten würde.

Dort traf ich auf Finn, der in seiner Unterwäsche am Kamin saß und Flicken auf sein Lincoln-Grün nähte. Seine Kleidung war jetzt schrecklich zerlumpt, und wenn ich das Geld gehabt hätte, so hätte ich ihn von Kopf bis Fuß neu eingekleidet. Trotzdem mußte ich bei seinem Anblick, wie er dasaß und seine Sachen flickte, lächeln und konnte es nicht lassen, zu ihm zu sagen: »Aha, Finn mit neuem Beruf, wie ich sehe: Schneider!«

Er hatte so viel Humor, zu lachen. Dann sagte er: »Ich weiß nicht, Merivel, was ich dagegen tun soll, daß ich so arm bin.«

»Nun«, sagte ich, »warum malst du nicht ein Portrait von mir?«

»Wie?«

»Du hast richtig gehört, Finn. Doch male mich nicht als einen reichen Mann, in Satin gekleidet oder mit einer Seeschlacht, die sich hinter meinem Kopf abspielt, sondern male mich so, wie ich bin, mit meiner alten Perücke, in Hemdsärmeln und in diesem einfachen Raum.«

»Und wie soll mir das Geld einbringen?«

»Ich zahle dir so viel, wie ich kann. Doch dann, wenn das Bild gut ist, nimmst du es und zeigst es in den Kaffeehäusern herum. Auf diese Weise bekommst du weitere Aufträge, nicht von Gecken, sondern von ganz gewöhnlichen Bürgern – Angestellten im Marineamt, Silberschmieden, Anwälten, Kurzwarenhändlern und so weiter. Sie werden nicht sieben Livres für ein Bild zahlen, aber doch wenigstens etwas, denn es gibt wohl kaum einen Sterblichen, der nicht das Gefühl hat, einen höheren Status gewonnen zu haben, wenn ein Portrait von ihm an der Wand hängt.«

Ich unterbreitete Finn diesen Vorschlag, als hätte ich den Gedanken schon seit geraumer Zeit erwogen, doch in Wirklichkeit war er mir in ebendiesem Augenblick in den Sinn gekommen. Nachdem ich ihn vorgebracht hatte, erkannte ich aber, daß etwas dran sein könnte. Finn sah es auch so, denn er legte seine Näharbeit nieder und sah mich mit einem Blick an, der froh und voller Hoffnung war.

Noch am gleichen Abend wurde Margaret von der Hebamme aus ihrer Krippe gehoben, in Schals und Decken gewikkelt und zum Haus der Amme gebracht. Ich begleitete sie, weil ich die Frau selbst sehen wollte, um mich zu vergewissern, daß sie nicht krank und ihr Haus nicht schmutzig war.

Es war das Haus eines Geldverleihers. Es war hoch und schmal und hing über den Fluß. In einem der Zimmer machte der Makler seine Geschäfte und schrieb seine Rechnungen; alle anderen schienen voller Kinder zu sein – acht oder neun –, in jedem Alter zwischen zwei und zwölf, und als uns die Amme begrüßte, hielt sie das zehnte Kind im Arm, ein dickes Kind von vielleicht sechs Monaten.

Sie führte uns in die Wohnstube. Ich sah, daß ein ordentliches Feuer brannte, und roch den vertrauten Duft von Kräutern, die darauf verbrannt wurden, um den Pesterreger fernzuhalten. Die Amme legte ihren eigenen Säugling auf einen kleinen Teppich vor dem Kamin und nahm Margaret in die Arme. Sie war eine Frau von vielleicht fünfunddreißig Jahren mit einem freundlichen Lächeln, das mich an Eleanor und Hannah erinnerte. Als sie einen Finger an Margarets Mund legte, begann diese sofort, daran zu saugen. Dann kam eines ihrer Kinder in die Stube, ein kleiner Junge, der zwar ärmlich gekleidet war, aber eine gesunde Gesichtsfarbe hatte, stellte sich neben seine Mutter und blickte in Margarets rundes Gesicht.

»Sie sieht wie ein kleiner flacher Knopf aus«, sagte er.

»Pst«, sagte die Amme. »Siehst du ihre Augen? Sie sind von der Farbe der Kornblumen.«

Wir blieben nicht lange, denn ich hatte einen guten Eindruck von der Frau gewonnen. Sie erzählte mir, daß sie reichlich Milch habe, »die nicht sauer ist, denn ich esse kein weiches Obst und trinke keinen Apfelwein«, und »sehr aufmerksam und fürsorglich gegenüber all den Kleinen« sei. Als ich ihr etwas Geld gab, fragte ich mich, ob sie es wohl für sich behalten durfte oder ihrem Mann geben mußte, der es dann gegen Zinsen auslieh.

Wir gingen am Kai entlang zurück. »Seltsam«, sagte ich zu der Hebamme, als ich auf das Wasser schaute, »wir haben noch gar keinen Winter gehabt, und jetzt ist es schon Frühling.«

Die Nacht verbrachte ich auf dem Boden neben Katharines Bett. Die Hebamme war weggerufen worden, und die anderen Frauen waren zu ihren Familien zurückgekehrt, so daß die Verhältnisse im Haushalt wieder denen vor der Geburt glichen, wenn man davon absah, daß Katharines Stimme nicht mehr zu hören war, sondern nur noch ihr Schnarchen und Seufzen.

Als ich in den frühen Morgenstunden ihre Wunde verband, sah ich, daß aus dieser immer noch Blut sickerte und daß auch aus ihrer Scheide welches in die Tücher floß. Ich wußte nicht, wie ich diese Blutung zum Stillstand bringen konnte, auch nicht, warum die Gerinnung nicht einsetzte und die Wunde keine Anstalten machte zusammenzuwachsen. Dann erinnerte ich mich daran, daß wir im St.-Thomas-Hospital einmal bei einem Mann, der aus dem After blutete, einen Kopfaderlaß durchgeführt hatten und daß dieser äußere Einschnitt das Bluten in seinen Eingeweiden zum Stillstand gebracht hatte.

So griff ich nach Katharines Arm. Er war kalt, und auf seiner Haut war ein feuchter Schimmer. Ich fand die Ader, machte den Einschnitt und ließ ein wenig Blut in ein Becken tröpfeln. In diesem Augenblick öffnete sie die Augen. Sie starrte mich an, in mein Gesicht, in meine Gedanken. Sie starrte unentwegt. Ohne Unterlaß. Sie sah alles, was ich getan hatte, und alles, was zu fühlen mir nicht möglich gewesen war. Ich wandte mich vor diesem Blick ab, sah zur leeren Krippe. Ich dachte, daß das Starren, wenn ich wieder hinschauen würde, milder, ja versöhnlich geworden sein würde. Doch das war es nicht.

Ich streckte die Hand aus. Mehr tat ich nicht. Ich flüsterte keinen letzten Segen, sprach kein Gebet, sagte nicht ein einziges Wort. Ich streckte nur meine Hand aus und schloß die starrenden Augen.

Frances Elizabeth beweinte den Tod ihres einzigen Kindes, und Finn, mit seinem weichen Herzen, weinte wegen Frances Elizabeth, da er an ihre Freundlichkeit dachte, mit der sie ihn mit einem Hachsenfleisch-Eintopf und einem Segeltuchbett im Schreibzimmer vor der bitteren Not bewahrt hatte. Ich aber weinte überhaupt nicht.

Ich verließ das Haus, lief umher, saß in einem Kaffeehaus und trank süßen Kaffee, eine Schale nach der anderen. Wenn ich auch nicht dazugehörte, so hatte ich doch große Freude an den Gesprächen, dem Rauch und dem Lachen, da ich darin den Duft des wiederkehrenden Lebens wahrnahm.

Dann hatte ich große Lust zu scheißen, fand einen geeigneten Ort und tat es, und selbst das fand ich angenehm, und danach fühlte ich mich richtiggehend gereinigt, so, als hätte ich einen neuen Körper bekommen.

Ich verbrachte den ganzen Tag damit, in der Stadt herumzulaufen und darüber nachzudenken, was ich mit meinem nächsten Stück Leben anfangen sollte, und als mich die Abenddämmerung einzuhüllen begann, hatte ich meinen Entschluß gefaßt.

Ich kehrte nach Cheapside zurück. Auf meinem Weg dorthin kaufte ich einem Blumenverkäufer ein paar weiße Veilchen ab. Sie waren für Katharine bestimmt – doch dann fand ich sowohl die Blumen als auch die Geste, sie auf ihren Körper zu legen, unaufrichtig und warf sie in die Gosse.

Katharine wurde auf dem Friedhof von St. Alphage zur letzten Ruhe gebettet.

Ich schrieb an die Betreuer des Whittlesea, und in diesem Brief sagte ich: »Sie hat jetzt im ewigen Schlaf Ruhe gefunden«, doch später bereute ich, etwas so Sentimentales geschrieben zu haben.

Ich tat einen Schwur. Ich schwor mir, mich niemals wieder von Mitleid bewegen zu lassen. Denn ich sehe jetzt, daß ich, als ich Katharine »half«, nicht selbstlos handelte (wie ich geglaubt hatte), sondern nur versuchte, meiner eigenen kleinen Seele etwas Gutes zu tun.

Am Abend nach der Beerdigung klopften zwei Seeleute der *Royal James* an die Tür. Sie wollten, daß Frances Elizabeth in ihrem Namen an den Herzog von York schriebe und ihn bäte, ihnen die noch ausstehenden Löhne zu zahlen. Ich sagte ihnen, daß sie dazu nicht in der Lage sei, »da sie heute ihre Tochter zu Grabe getragen hat«, daß ich es aber für sie schreiben würde. Sie bedankten sich und baten mich, dem Herzog über ihr Elend und ihren Hunger zu berichten, doch »in nicht mehr als sechs Zeilen, Sir, denn für mehr können wir nicht bezahlen«.

Ich ging ins Schreibzimmer, um mich an die Arbeit zu machen, und fand dort Finn vor, der gerade dabei war, ein Stück Leinwand, das er im Theater gestohlen hatte, auf ein paar Holzleisten zu spannen. Die Leinwand war schon bemalt, und zwar schien es sich um einen kleinen Teil eines Gebäudes – eines Schlosses oder eines Turmes – zu handeln.

»Was ist das, Finn?« fragte ich. »Der Grundstein deines neuen Herrenhauses?«

»So ist es«, erwiderte er, »denn ich werde dein Portrait darübermalen, und dieses wird dann für mich – wie du ja selbst gemeint hast – der Anfang zu einem neuen Leben sein.«

Als er mit dem Spannen der Leinwand fertig war, lehnte er

diese gegen ein paar Bücher auf dem Tisch, an dem ich mit meinem Brief für die Seeleute beschäftigt war, wodurch er einen störenden, viereckigen Schatten auf mein Papier warf. Ich sagte nichts. Ich sah ihm zu, wie er einen Pinsel und eine Palette in die Hand nahm, auf letztere etwas weiße Farbe tat und dann anfing, die ganze Leinwand mit diesem Weiß abzudecken und das Schloßstück auszulöschen. Als ich all dieses Weiß als Auftakt zum Malen meines Gesichtes sah, tauchte etwas in meiner Erinnerung auf, woran ich lange nicht mehr gedacht hatte, und zwar der weiße »Hauch des Todes«, den Katharine in der Zeit ihres Wahnsinns an mir wahrgenommen hatte. Diese Erinnerung pflanzte in meinen Bauch einen kleinen Wurm des Unbehagens, daher schlug ich sie mir gleich wieder aus dem Kopf und konzentrierte mich auf meinen Brief. Ich schrieb ihn in der eleganten, ordentlichen Handschrift, mit der ich meine Episteln an den König geschrieben hatte. Ich sagte darin: »Wenn England nicht diejenigen hochhält und für diejenigen sorgt, die für es in den Kriegen gekämpft haben, was soll dann aus ihnen und England werden? Werden sie, Sir, nicht beide zu kränkeln anfangen?«

Da ich in der richtigen Stimmung zum Briefeschreiben war, nahm ich danach den Federkiel erneut zur Hand und schrieb an Will Gates. In diesem Brief erzählte ich ihm alles, was in meinem Leben geschehen war, und bat ihn, einen der Stallburschen mit meinem Pferd nach London zu schicken. Der Gedanke an Danseuse löste Staunen in mir aus, daß so ein schnelles und prächtiges Tier noch mir gehörte.

Einige Wochen vergingen, in denen mein Portrait langsam auf der weißen Leinwand auftauchte (wie ein Gesicht aus dem Norfolk-Nebel). Ich sehe darauf etwas ernst aus – als sei ich ein Vogt oder Bibliothekar –, doch meine Augen sind voller Licht. Finn möchte das Bild *Ein Arzt* nennen, wodurch ich anonym werde, aber das macht mir nichts aus. Das einzige Ärgernis war, daß ich mehrere Stunden hintereinander stillsitzen mußte, meine Hand unbequem in der Schwebe, da ich gerade das Skalpell aus meinem Kasten mit dem Chirurgiebesteck nahm.

Ich sah mir das entstehende Bild genau an, um festzustellen, ob es irgend etwas Erfundenes oder Unwahres enthielt. Doch ich freue mich, sagen zu können, daß dies nicht der Fall war. Hinter meinem Kopf war kein Utopia seiner Phantasie, sondern einfache, dunkle Täfelung. Ich gratulierte Finn. Ich sagte zu ihm, daß es die beste Arbeit würde, die er je ausgeführt habe, woraufhin ein ziemlich törichtes Grinsen über sein Gesicht lief.

In diesen Wochen, in denen das Portrait gemalt wurde, boten wir an, das Haus in Cheapside zu verlassen. Mir lag sogar sehr viel daran, denn ich schlief nicht gerne in dem Bett, in dem Katharine gestorben war. Doch Frances Elizabeth weinte und bat uns zu bleiben. So antwortete ich ihr, daß ich bis zum Sommer bleiben würde. Finn würde vermutlich noch länger bei ihr wohnen, so gut gefiel ihm das Zimmer, in dem er schlief und in dem er nun an dem Bild arbeitete, wodurch Frances Elizabeth gezwungen war, ihre Briefe in der Wohnstube zu schreiben. Doch sie klagte nie über diese Enteignung. Sie war zu jedem Opfer bereit, um ihre Witweneinsamkeit in Schach zu halten.

Im späten Frühjahr wurde das Portrait fertig, und in der gleichen Woche wurde mir Danseuse zurückgebracht.

Ich hatte dem armen Finn nicht schmeicheln wollen, als ich zu ihm sagte, daß es ein sehr schönes Bild sei. Es war kein grelles Bild. Es war vielmehr nüchtern und dunkel. Doch läßt das Gesicht auf diesem Bild *Ein Arzt*, über dem ein kaltes, blasses Licht liegt, die widerstreitenden Gefühle dieses Arztes erkennen – seine Liebe zum Beruf und seine Angst, was er ihm enthüllen wird.

Ich gab Finn sieben Shilling dafür, ein Zehntel dessen, was er von einem reichen Mann bekommen hätte, aber fast alles, was mir verblieben war, nachdem ich den Burschen für seine Reise mit Danseuse bezahlt und einen Stall und Hafer für sie gefunden hatte.

Sie war in ausgezeichnetem Zustand. Ihre Hinterbacken glänzten. Ihr Sattel und ihr Zaumzeug waren abgeseift und poliert worden, und in der Satteltasche fand ich einen Brief von Will, der wie folgt lautete:

»Werter Sir Robert,

es war mir eine mächtige Freude, eine Nachricht von Euch zu bekommen und zu erfahren, daß Ihr in London weilt, wo Gott Euch vor der Pest behüten möge.

Ich schicke einen Burschen mit Eurer Stute, die jeden Tag ein wenig geritten worden ist und gutes Heu bekommen hat, so daß Ihr nicht zu befürchten braucht, daß wir sie vergessen haben.

Ich muß berichten, daß die schlimme Pestilenz auch nach Norwich gekommen ist, wo sie ganz schrecklich für alle ist. Außer daß der Viscomte de Confolens, als ihm etwas davon zu Ohren kam, nach Frankreich zurückgegangen ist und hier nicht mehr gesehen wird, was nicht schrecklich ist, sondern ganz ausgezeichnet, denn ich und M. Cattlebury, wir haben ihn beide sehr verabscheut und gehaßt. Möge er nicht wiederkommen!

Wir freuen uns, daß Euer Leben weitergeht, und senden Euch unsere Segenswünsche für Euer kleines Mädchen Margaret, welches ein Name ist, der in meiner Familie, und ich glaube auch in ganz Norfolk, sehr beliebt ist.

Euer Diener Wm. Gates«

Nachdem ich den Brief gelesen hatte, der mir Will – wie es seine Briefe immer taten – wieder in sehr freundliche Erinnerung brachte, ebenso wie mein behagliches Leben auf Bidnold, von dem er ein Teil gewesen war, hatte ich es plötzlich eilig, mein Pferd zu besteigen, um wieder einmal zu sehen, wie es war, durch die Straßen zu reiten, anstatt zu Fuß durch den Schlamm und Schmutz zu stapfen.

Zunächst ritt ich zur Shoe Lane, zu dem kleinen, dunklen Laden eines Graveurs, an dem ich oft vorbeigekommen war, als ich noch in Ludgate wohnte. Ich ging hinein und gab ein kleines Messingschild mit den einziselierten Worten *R. Merivel. Arzt. Chirurg.* in Auftrag.

Dann stieg ich wieder auf, drehte mit Danseuse um und brachte sie auf einen angenehmen Trab. Wir ritten an Blackfriars vorbei, überquerten den Fluß auf der Southwark Bridge und kamen so in kürzester Zeit zum Haus von Rosie Pierpoint.

Ich will nicht leugnen, daß das, was folgte, sehr erfreulich war. Wenn ich einmal geglaubt hatte, mein Verlangen nach Rosie sei durch den Verlust anderer, wertvollerer Dinge erstickt worden, so mußte ich jetzt erkennen, daß das einstmals lodernde Feuer, nach allem, was geschehen war, noch immer nicht ganz erloschen war.

Während ich über dem Quäker-Haferbrei und Witwen-

Eintopf dünn geworden war, hatte es Rosie zu Wohlstand und körperlicher Fülle gebracht; die süßen Grübchen über ihrem Hintern waren jetzt tief, und wenn sie lächelte, sah man ein dickes Doppelkinn. Doch all das gefiel mir.

Sie erzählte mir, daß die Leute, seit die Pest in London herrsche, »wie verrückt nach Waschen und nach dem Kochen der Kopfkissenbezüge in Lavendelwasser sind« und daß sie sich nicht erinnern könne, daß ihr Geschäft schon einmal so floriert habe.

Zu ihren Mahlzeiten gab es nicht mehr bloß Fisch und Brot: Sie konnte sich jetzt Hähnchen kaufen sowie Pasteten aus den Küchen und Sahne aus den Molkereien. Sie arbeitete hart, und als Belohnung verwöhnte sie sich. Sie glaubte, sie sei durch ihre Kaminfeuer, ihre Waschkessel mit parfümiertem Wasser und das gute Essen vor der Pest sicher, »denn es sind die Armen und Frierenden, die daran sterben, Sir Robert, und nicht solche wie ich«.

Wir lagen den ganzen Nachmittag über in ihrem Bett, und ich erzählte ihr von meinem Entschluß, daß ich mich nämlich in London wieder als Arzt und Chirurg niederlassen wolle, um so und nicht anders meinen Lebensunterhalt zu verdienen. Sie setzte sich auf, stützte sich auf einen Ellbogen und streichelte mit ihrer dicken, kleinen Hand die Nachtfalter auf meinem Leib und sagte: »Dann wird alles wieder so wie früher sein, bevor Ihr nach Whitehall gegangen seid.« Da ich keine Lust hatte, ihr zu widersprechen, nickte ich und erwiderte: »Ja. Als ob es die Zeit dazwischen nicht gegeben hätte.«

Ich verließ sie gegen Abend. Als sie mir einen feuchten Abschiedskuß auf den Mund gab, erzählte sie mir, daß der König nach London zurückgekehrt sei. »Aber paßt auf«, sagte sie lächelnd, »daß Ihr nicht in seine Nähe kommt, denn Ihr wollt doch nicht, daß sich Euer Leben im Kreise dreht!«

Ich ging nicht in seine Nähe. Natürlich nicht.

Ich borgte mir von Frances Elizabeth zwei Shilling und neun Pence zum Bezahlen meines Messingschilds und nagelte es an ihre Tür unter ihr Schild *Briefeschreiben.*

Im weiteren Verlauf des Sommers schien die Pest abzuflauen, und da die Leute glaubten, daß sie von ihnen ging, hatten sie keinen Grund mehr, die Ärzte zu verachten. Die Kranken und Verletzten von Cheapside und Umgebung fingen nun an, zu mir zu kommen, einige, weil sie mein alter Freund, der Apotheker, geschickt hatte, einige, weil sie mein Schild gesehen hatten, und einige, weil sie vom Strom der Gerüchte und des Klatsches, der durch die Kaffeehäuser und Tavernen schwappte, auf meine Türschwelle geworfen worden waren.

Meist wurde ich von Verwandten oder Nachbarn der Leidenden geholt und behandelte diese dann in ihren Häusern; doch manchmal kamen sie mit ihren Wunden und Schmerzen auch zu mir. Ich konnte sie dann nur in der Wohnstube empfangen und behandeln, so daß diese mit der Zeit zu einem Operationsraum wurde, ähnlich denen, die wir im Whittlesea gehabt hatten. Also wurde Frances Elizabeth, die von Finn schon aus ihrem Schreibzimmer vertrieben worden war, nun von mir noch ihrer Wohnstube beraubt. Doch selbst da beklagte sie sich nicht. Sie kaufte ein kleines Schreibpult, stellte es in ihr Schlafzimmer und schrieb dort ihre Briefe. Ihre Schrift und ihr Stil wurden im Laufe der Zeit, im gleichen Maße, wie ihre Angst vor der Einsamkeit nachließ, immer eleganter und sicherer.

An den Dienstagnachmittagen besuchte ich Rosie – so wie es früher meine Gewohnheit gewesen war –, und wir waren mit dieser Regelung sehr zufrieden, da keiner von uns beiden mehr vom andern wollte, als diese wenigen Stunden geben konnten. Ich gab ihr kein Geld mehr, sondern brachte ihr Lebensmittelgeschenke mit: einen bratfertigen Kapaun, ein Glas mit süßer Pastetenfüllung, eine Portion Butter. Manchmal nahmen wir auch zusammen ein kleines Abendessen bei ihr ein, saßen am offenen Fenster an ihrem Tisch und lauschten auf die Geräusche des Wassers.

»Man merkt«, sagte sie eines Abends, »daß das Lärmen auf dem Fluß zurückkommt.«

Es kam überall zurück. Es war gerade so, als habe London beschlossen, den Tod durch Lachen zu vertreiben. Finn traf in den Kaffeehäusern auf Leute, die lautstark ihre Bereitschaft erkennen ließen, zwanzig oder dreißig Shilling für ein Portrait zu zahlen, da sie wieder an die Zukunft glaubten und sich sogar vorstellen konnten, daß diese Portraits einmal in den Häusern ihrer Enkel an größeren Wänden hängen würden, als sie selbst je in ihrem Leben besitzen würden.

So kamen sie also, einer nach dem andern – Kaufleute, Rechtsanwälte, Lehrer, Tuchhändler, Möbeltischler, Büroangestellte –, und saßen Finn da, wo auch ich ihm gesessen hatte, nämlich bei den leeren Tintenfässern im Schreibzimmer, und Finn verhalf ihnen auf seiner gestohlenen Leinwand zu ihrer Unsterblichkeit. Ich sah sie oft mit den fertiggestellten Bildern das Haus verlassen, und ganz gleich, wie herb ihre Gesichtszüge waren: Durch das Abbild von sich, das sie in den Händen hielten, wurden sie weicher und zufriedener. Als nächstes schickten sie ihre Frauen, um ein Zwillingsportrait auf die andere Seite des Kamins hängen zu können. Als Finn diese Entwicklung sah, verfiel er wieder in seine alte Gewohnheit, immer noch mehr haben zu wollen, und so stieg der Preis für ein Bild auf fünfunddreißig Shilling, dann auf vierzig und dann auf fünfundvierzig.

Als ich an einem Dienstagabend nach Hause kam, fand ich an der Tür ein drittes Schild vor. *Elias Finn*, lautete es, *Portraitmaler für den aufsteigenden Mann.* Finn trank mit Frances Elizabeth Alicante und war von Kopf bis Fuß neu eingekleidet. Abgesehen von dem Hemd und den Schuhen waren alle Kleidungsstücke grün, sogar die Strümpfe. »Ah«, sagte ich, »ich sehe, die Vergangenheit hat dich wieder!« Doch er lächelte nur dünn, was besagen sollte: »Die Zeiten für solche Scherze sind lange vorbei, Merivel.«

In diesem Sommer 1666 spürte ich zum ersten Mal seit geraumer Zeit wieder so etwas wie Zufriedenheit in meinem Leben, als wären wir, mein Leben und ich, jetzt im Einklang. Wenn ich einmal alt bin, werde ich mich an diesen Lebensabschnitt als an »Die Zeit der drei Schilder an der Tür« erinnern.

Und dann zog ein Junimorgen herauf, und danach war fast das ganze Behagen, das ich empfunden hatte, verschwunden.

Es war ein Sonntag. Ich wachte sehr früh auf. Ich blickte zum Fenster hinaus und sah, daß die Sonne noch nicht aufgegangen war, und plötzlich hatte ich den Wunsch (ich kann wirklich nicht sagen, warum) zu *sehen*, wie sie über dem Fluß auftauchte – ein Anblick, den ich lange entbehrt hatte.

Ich zog mich an, schlich die Treppe hinunter und ging hinaus. In den Straßen herrschte Stille. Ich hörte die Glocke von St. Alphage vier Uhr schlagen. Die Luft war kühl, fast kalt, und ich glaubte schon, daß es überhaupt keinen Sonnenaufgang zu sehen geben würde. Dennoch lief ich weiter. Am Wasser setzte ich mich auf eine kleine Treppe, an der Ruderboote und Barken anlegen, um ihre Passagiere ein- und aussteigen zu lassen, und wartete. Über dem Fluß lag ein weißer Nebel, der so dicht war, daß ich nicht bis zum anderen Ufer sehen konnte.

Der Himmel wurde heller, und nun konnte ich sehen, daß überhaupt keine Wolken an ihm standen und daß der Sonnenaufgang ohne den Nebel so vollkommen hätte sein können wie jene, die ich so oft von meinem Zimmer in Whitehall aus gesehen hatte.

Ich blickte auf den Nebel, oder *glaubte* jedenfalls, es zu tun, denn plötzlich stellte ich fest, daß er überall um mich herum war und daß ich selbst, einschließlich der Treppe und der wenigen Boote, die daneben festgemacht waren, in diesem Nebel unsichtbar geworden war. Ich schaute nach oben. Der Himmel war nicht mehr zu sehen. Trotzdem ging ich nicht wieder die Treppe hoch, sondern blieb unbeweglich sitzen. Ich wußte, daß etwas in der Luft lag! Es war, als stehe die Zeit still oder halte den Atem an.

Ich wartete. Ich hörte mein Herz laut schlagen. Der Himmel wurde noch ein wenig heller. Ich fror und schlang meine Arme um mich. Dann hörte ich das Platschen zweier Ruder, das näher kam, und zu meinen Füßen das Schlagen des Wassers gegen das Flußufer und die Treppe.

Der Nebel stieg auf. Als die Sonne über den Hausdächern aufging, erhob er sich vom Wasser und löste sich auf.

Und auf einmal wußte ich, was ich gleich sehen würde ...

Er drehte mir den Rücken zu. Er ruderte flußaufwärts, und als die Sonne jetzt auf den Fluß fiel, verfing sie sich glitzernd in seinem juwelenbesetzten Ärmel.

Sein Skiff war nun auf gleicher Höhe mit der Treppe. Er war mir so nah, daß ich seinen Atem hören konnte. Ich legte mir eine Hand gespreizt vors Gesicht, weil er mich nicht erkennen sollte. Es wäre jedoch nicht nötig gewesen, da er nicht in meine Richtung sah, sondern nur auf seinen Weg auf dem Wasser und auf das Sonnenlicht, das den Fluß zum Gleißen brachte.

Er war schon an mir vorbei, und ich konnte meine Augen noch immer nicht von ihm wenden. Ich beobachtete ihn durch meine Finger, bis er hinter der Biegung des Flusses verschwunden war.

Wie ich schon gesagt habe, war mein Leben vor diesem Junimorgen gerade eine normale, arbeitsreiche und ruhige Angelegenheit geworden, und ich hatte darin meinen Frieden gefunden. Wäre es mir in dieser Zeit möglich gewesen, mit Pearce angeln zu gehen, anstatt mich seinem Schweigen gegenüberzusehen, dann hätte ich mich sicher wie ein richtiger Angler benommen und nicht die Forelle vertrieben.

Doch von dem Augenblick an, da ich auf dem Fluß den König zu Gesicht bekommen hatte, ergriff mein alter törichter Wunsch, ihn zu sehen und in seiner Gunst zu stehen, wieder so vollkommen von mir Besitz, daß nichts mehr mir Frieden bringen konnte. Mit meinen Patienten war ich jetzt kurz angebunden, bei den Mahlzeiten schweigsam und verdrießlich. Die Freuden des Dienstags waren nicht mehr das, was sie gewesen waren. Und anstatt ins Kaffeehaus oder in die Taverne zu gehen, um etwas zu trinken und mich zu unterhalten, unternahm ich einsame Spaziergänge zum Fluß, um mich dorthin zu setzen, wo ich an jenem Morgen gesessen hatte, suchte das Wasser mit den Augen nach dem kleinen Boot ab und entwarf in Gedanken unzählige Versionen eines Briefes, in dem ich dem König von meiner Nützlichkeit berichtete.

Mit fortschreitendem Sommer änderte sich der Inhalt dieses Briefes. Ich erwähnte jetzt nicht mehr nur meinen eigenen Eifer, sondern hatte mir noch einen Trick ausgedacht, um die Aufmerksamkeit des Königs zu erregen: Ich wollte in meinem Brief vorbringen, daß ich durchaus Verständnis hätte, wenn Seine Majestät es nun, da ich nur noch Arzt war und wenig Geld und keinen Besitz hatte, nicht mehr für angemessen hielte, daß ich, wenn auch nur dem Titel nach, Celias Ehemann bliebe. In diesem Fall würde ich mich, falls er dies beschlösse, der Aufhebung der Ehe nicht widersetzen, da ich der Meinung sei, daß Celia das Recht habe, mit einem ehrenwerteren Mann verheiratet zu sein, als ich es je sein könnte ...

Ich schickte diesen Brief nicht ab. Ich verfaßte ihn in Gedanken vierzehn- oder fünfzehnmal neu, und eines Abends, als Finn mit Frances Elizabeth am Kamin in der Wohnstube Karten spielte, setzte ich mich ins Schreibzimmer und schrieb eine sehr elegant formulierte Version davon nieder, in der ich besonders meine Rückkehr zur Medizin sowie meine tägliche Benutzung des Geschenks des Königs, der chirurgischen Instrumente, herausstrich und mein großes Bedauern über mein gemeines Betragen Celia gegenüber ausdrückte, »einer so reizenden und unschuldigen Frau, die von mir wirklich eine bessere Behandlung verdient hätte und für deren Glück ich täglich bete«.

Ich faltete den Brief zusammen (nachdem ich ihn so viele Male gelesen hatte, daß ich ihn bereits auswendig kannte), versiegelte ihn aber nicht und versah ihn auch nicht mit dem Namen des Königs. Dann ging ich in mein Zimmer hinauf, holte Pearces ramponiertes Exemplar des *De Generatione Animalium* aus dem Bücherregal, legte den Brief hinein und stellte das Buch wieder zurück.

Ich sagte zu mir: Du hast ihn jetzt geschrieben, Merivel, nun laß deine Gedanken wieder ruhig werden, so daß du dorthin zurückkehren kannst, wo du warst, und wieder mit dem zufrieden bist, was du hattest. Ich versuchte auch wirklich, das zu erreichen. Aber es gelang mir nicht richtig. Die Sehnsucht, den König zu sehen, war so tief und unbezwinglich wie die Sehnsucht eines Liebenden.

Gegen Ende Juli ging ich eines Abends in Finns Studio (so wurde das Schreibzimmer jetzt genannt) und sah auf seiner Behelfsstaffelei das Portrait, das er von mir gemalt hatte.

»Ich nehme an, daß du mich übermalen willst?« fragte ich Finn. »Erst komme ich auf ein Stück Scheinmauerwerk, und jetzt machst du dich daran, mich mit Weiß zu überdecken – ungeachtet der sieben Shilling.«

»Nein«, sagte er ruhig. »Ganz und gar nicht. Ich habe mein Portrait von dir sehr gern.«

»Was macht mein Gesicht dann auf der Staffelei?«

Finn trat zu der Staffelei, nahm mein Portrait herunter und stellte statt dessen das eben vollendete Bild einer Frau darauf, die vielleicht fünfundfünfzig Jahre alt war und ein Spitzenhäubchen und ein schwarzes Kleid von puritanischer Einfachheit trug.

»Siehst du?« fragte er. »Die gleiche Pose wie deine. Die gleiche Haltung, die gleiche Konzentration auf die Hände, das gleiche kalte Licht auf dem Gesicht. Schon als ich sie hereinkommen sah, beschloß ich, sie genau so hinzusetzen, wie ich dich hingesetzt hatte. Ich hatte dein Portrait auf der Staffelei, weil ich die beiden Bilder vergleichen wollte.«

Ich blickte auf die Frau, deren Gesicht Finn gut wiedergegeben hatte. Es war ein sehr freundliches Gesicht, das mich stark an das meiner Mutter erinnerte. Als ich auf ihre Hände schaute, sah ich, daß Finn ihr zwischen Daumen und Zeigefinger eine kleine rotgefärbte Feder gelegt hatte.

»Wer ist das?« fragte ich.

»Ich habe ihren Namen vergessen«, antwortete er. »Es ist die Frau eines Kurzwarenhändlers.«

Ich sah Finn scharf an. Er zuckte mit seinen grünen Schultern, als wollte er sagen: »Das ist alles, was ich weiß.« Dann wandte ich meinen Blick wieder dem Portrait zu. Jetzt fand ich die Ähnlichkeit mit meiner Mutter so auffallend, daß meine Gedanken eine ganz neue Richtung einschlugen: Angenommen, es *war* meine Mutter? Angenommen, sie war bei dem Brand nicht gestorben? Angenommen, die Frau, die Latimer hatte retten wollen, war nicht meine Mutter, sondern das Dienstmädchen gewesen?

Ich wußte, daß ich mich in das Reich des Unmöglichen begeben hatte. Ich verließ es, so rasch ich konnte, wieder, fragte mich aber dennoch auf mehr allgemeine, jedoch nicht weniger phantasievolle Weise, warum die Ähnlichkeit so stark war und ob – in einer so von der Mode geknechteten Welt – womöglich doch irgendein Zusammenhang zwischen einer Kurzwarenhandlung und einem freundlichen Wesen, zwischen dem Abmessen von Steifleinwand und einem gütigen Herzen bestand.

Da ich den ganzen Abend an meine Mutter gedacht hatte, träumte ich in der darauffolgenden Nacht auch von ihr. Sie kam und blickte auf *mein* Portrait. Dann hob sie die Hand zur Leinwand empor und kratzte daran, bis sie ein Stück meiner Stirn getilgt und die weiße Farbe darunter freigelegt hatte. Sie sagte: »Auf der Oberfläche ist er ein Ganzes, aber darunter ist er mit einem höchst seltsamen, gebrochenen Licht erfüllt.« Ich wachte auf und erinnerte mich der Worte der Weisen Nell, der angeblichen Hexe im Dorf Bidnold, daß ich »tief fallen« würde. Sie hatte nichts darüber gesagt, was nach dem Fallen kommen würde, ja nicht einmal, ob es jemals aufhören und es überhaupt ein »Danach« geben würde oder ob ich immer weiter und tiefer in die Verwirrung fallen würde.

Nach einer Weile stand ich auf und zündete eine Kerze an. Dann nahm ich heimlich und verstohlen – als fühlte ich mich von Gesichtern hinter der Fensterscheibe beobachtet, die sich über meine Schwäche lustig machten – Pearces Buch aus dem Regal, holte meinen Brief an den König heraus und las ihn durch. Dann schrieb ich den Namen des Königs darauf, schmolz mit der Kerze etwas Siegelwachs und verschloß ihn. »Es ist nun mal so«, flüsterte ich den anonymen Gesichtern draußen im Dunkeln zu, »daß ich keinen Frieden finde und daß meine Sehnsucht nicht gestillt wird, bevor ich eine Nachricht von ihm habe ...«

Am nächsten Tag lieferte ich den Brief in Whitehall ab und lief eilig wieder weg.

Während ich auf eine Antwort vom König wartete, ging ich, um mich abzulenken, zum Haus des Geldverleihers, um Margaret zu besuchen.

Sie schlief in ihrer Krippe. Nur ihre schlafenden Augen und ihre flache Nase waren zu sehen, doch ich konnte aus ihrer rosa Gesichtsfarbe und ihrem regelmäßigen Atmen schließen, daß sie nicht kränkelte, und die Amme berichtete mir, daß sie gut sauge und kräftig schreie. »Es spricht alles dafür, daß sie am Leben bleibt, Sir.« Und plötzlich empfand ich eine heftige Freude bei der Vorstellung, daß dieser Säugling, den ich mit meinen eigenen Händen zur Welt gebracht hatte, das Kindesalter erreichen und darüber hinauswachsen würde, daß ich dieses Mädchen heranwachsen sehen und lieben lernen würde und an Sonntagen mit ihm in die Wälder von Vauxhall gehen konnte, um nach Dachsen Ausschau zu halten. Diese Gedanken waren so neu und seltsam für mich, daß ich kaum glauben konnte, daß ich es war, der sie dachte.

Ich gab der Amme etwas Geld.

»Wie lange wird es dauern, bis man sie entwöhnen kann?« fragte ich, als ich das Zimmer verließ.

»Ein gutes Jahr, Sir«, sagte sie. »Vorher lasse ich die Kleinen nie gehen.« Sie lächelte und schlug sich leicht auf ihre Brüste, als wolle sie mir Schätze zeigen, auf die sie auf bescheidene Art stolz war. Hinter ihr lächelten und kicherten mir zwei ihrer Mädchen zu, beide mit hübschen Korkenzieherlocken, und machten dann einen schnippischen Knicks vor mir. Ich verbeugte mich vor ihnen und fühlte, wie ich errötete.

Als ich auf Danseuse nach Cheapside zurückritt, überlegte ich, was für ein unverhofftes Glück es doch für mich sein würde, eine hübsche Tochter zu haben. Ich stellte mir vor, daß ich für sie ein Mädchen einstellte, das ihre Unterröcke wusch und ihr rotes Haar zu Korkenzieherlocken aufdrehte. Doch dann fiel mir ein, daß Margaret ja meine Gesichtszüge zu haben schien (nicht die gerade, dünne Nase und die dunklen Augen ihrer Mutter) und daher keineswegs hübsch werden würde. Ja, wahrscheinlich würde sie sogar ausgesprochen häßlich werden und so nur die eine Zukunft vor sich haben, die es in dieser Zeit für häßliche Frauen gab, sofern sie nicht unermeßlich reich waren: eine Zukunft in Einsamkeit und mit geringem Ansehen. Ich begann also, darüber nachzudenken, wie ich das verhindern konnte, und nahm mir vor, für sie Musiklehrer und Lehrmeister für *petit point* zu besorgen sowie Gelehrte, die sie nicht nur durch die Gedichte Drydens, sondern durch die Werke aller großen Dichter, die es je gegeben hat, führen würden, so daß sie, wenn nicht durch ihr Gesicht, dann durch ihre Fertigkeiten und ihre Klugheit einen guten Ehemann bekommen würde.

Eine ganze Weile dachte ich so beim Reiten über Margarets Zukunft und über die große Ungerechtigkeit in der Gesellschaft nach (die mir schon einmal bei einer Autopsie im Whittlesea aufgefallen war), welche es den Männern erlaubt, auf vielerlei Art erfolgreich zu sein, den Frauen aber nur auf eine einzige. Bis ich in Cheapside ankam, war ich wegen meiner Tochter voller Zorn über diese Dummheit und Gemeinheit, doch dann vertrieb der Anblick meines Schilds an der Tür alles aus meinen Gedanken bis auf die Erwartung, daß während meiner Abwesenheit eine Antwort vom König auf meinen Brief eingetroffen sein könnte. Ich stieg ab und eilte hinein. Doch es war nichts für mich da.

»Warum fragst du?« sagte Frances Elizabeth. »Wartest du auf eine Nachricht?«

»Nein«, erwiderte ich, »es ist nur so, daß mein Apotheker eine Nachricht schicken wollte, sobald ein Heilmittel, das er für mich herstellen soll, fertig ist. Ihm fehlten ein paar wichtige Bestandteile ...«

Ich weiß nicht mehr, wie viele Tage vergingen, bis ein Brief eintraf. Doch ich erinnere mich, daß die Zeit wieder sehr langsam verging und daß ich sehr viel dieser Zeit damit verbrachte, mir vorzustellen, ich sei alt geworden und der König sei alt geworden, ohne daß in all den Jahren, die ins Land gegangen waren, je eine Antwort gekommen wäre, ich aber die Hoffnung nie ganz aufgegeben hätte, so daß mein Leben von nichts anderem bestimmt gewesen sei als von diesem unaufhörlichen Warten.

Ich neigte jetzt sehr dazu, Fehler zu machen. Ein Patient kam wegen Bauchschmerzen zu mir, und meine Diagnose lautete, daß es sich um eine Blutung handle. Ich führte einen »sympathetischen Aderlaß« durch, um die Blutung zum Stillstand zu bringen, doch einen Tag später kam er wieder und zeigte mir einen Eisennagel, der mittels Erbrechen, das ihm ein Konkurrenzarzt verschrieben hatte, aus seinem Magen herausgeholt worden war. Meine Diagnose war so falsch gewesen, daß sie das Leben des Mannes gefährdet hatte. Er ließ mich den Nagel in die Hand nehmen und riet mir: »Tut ihn an eine Stelle, wo Ihr ihn jeden Tag sehen könnt, damit er Euch an Euren Irrtum erinnert – so daß dieser Fehler andere austreibt.«

Ich befolgte seinen Rat, da mich dieser Vorfall mit dem Nagel sehr nachdenklich gestimmt hatte (wenn es mir auch ein Rätsel war, wie ein Mann solch einen Gegenstand verschlucken konnte, es sei denn, daß ihm jemand, seine Frau oder sein Koch, Schaden zufügen wollte und ihn in einer Pastete versteckt hatte). Doch das bewahrte mich nicht vor anderen, kleineren Irrtümern und auch nicht davor, sehr vergeßlich und geistesabwesend zu werden, so daß ich in dieser Zeit nicht ein einziges Rommésspiel gewann, meine Börse in einer Taverne verlor, mir mit einem Federkiel ins Auge stach, von Danseuse fiel, als sie wegen einer Taube auf der Straße scheute, einen Dienstagnachmittag versäumte (was mir eine kräftige Ohrfeige von Rosie Pierpoint einbrachte) und mit dieser, meiner Geschichte in Rückstand geriet – geradeso, als hätte ich endlich begriffen, daß eigentlich nicht ich deren Urheber war, sondern daß jede einzelne Wendung dem König zuzuschreiben war.

Und wirklich spürte man in der nächsten Episode wieder deutlich seine lenkende Hand: Er lud mich zum Abendessen ein! Er bestätigte weder meinen Brief, an dem ich so lange gefeilt hatte, noch ging er auf dessen Inhalt ein. Seine Nachricht war kurz und knapp und lautet wie folgt:

»Merivel, speist doch am nächsten Sonntag mit Uns zu Abend. Wir erwarten Euch hier in Unseren Gemächern um neun Uhr.
Charles Rex«

Ich erhielt sie am Montag, dem 27. August, gegen zehn Uhr morgens. Als sie mir gebracht wurde, war ich gerade dabei, eine Oberschenkelwunde auszubrennen, und verbrannte mir in meiner Hast, das vertraute Siegel aufzubrechen, die Hand am Brenneisen. Nachdem ich sie gelesen hatte, war mein erster Gedanke der eines eitlen Mannes: Ich hatte nichts Passendes anzuziehen.

Der Schneider, zu dem ich ging, war ein alter Freund meines Vaters. Ihm, nicht mir zuliebe, fertigte er den Anzug in fünf Tagen an. Als Material wählte ich Seide, als Farbe marineblau, mit cremefarbener Borte abgesetzt. Der Anzug war weder zu aufwendig noch zu bunt, und ich war mit meiner Wahl sehr zufrieden.

Dann ging ich zu einem Schuhmacher und bestellte ein Paar Schuhe mit mäßig hohen Absätzen und Spangen aus Zinn, das poliert war, so daß es wie Silber aussah. Danach führte mich mein Weg zu einem Hutmacher in der Crofter Lane, bei dem ich einen schwarzen Hut mit zwei weichen blauen Federn bestellte.

Als nächstes ging ich zu meinem Perückenmacher. Er sah mich lange an. Er hatte mich viele Monate nicht gesehen. »Sir Robert«, sagte er, »wenn ich nicht gewußt hätte, daß Ihr es seid, dann hätte ich nicht gewußt, daß Ihr es seid.« Über diesen verwirrenden Satz mußte ich lachen, und an diesem Lachen erkannte er mich dann, denn er meinte: »*Jetzt* sehe ich, daß Ihr es seid. Jetzt sehe ich, daß Ihr Euch nicht ganz und gar verändert habt.«

Er ist sehr dem Sherry zugetan. Er freut sich, wenn er sich und seinen Kunden ein paar ordentliche Schlückchen davon eingießen darf, während er ihre Köpfe vermißt und ihnen die verschiedenen Perückentypen und -qualitäten vorlegt. Also setzten wir uns zusammen in seinen Laden, und er sprach über die Welt (»Wenn die Welt auch manchen groß erscheinen mag, so ist sie in Wirklichkeit doch klein, nicht wahr, Sir Robert, denn eigentlich ist sie doch nicht größer als der Schatten, den Whitehall wirft, meint Ihr nicht auch?«) und darüber, wer jetzt in des Königs Gunst stand und wer nicht mehr und was in diesem Sommer Mode war. Ich erfuhr von ihm, daß der König eine neue Mätresse hatte, eine Mrs. Stewart, die alle anderen an Schönheit übertraf. »Und es heißt«, sagte der Perückenmacher, »daß diese neue Liebe seine alten Lieben, sogar Lady Castlemaine, aus seinem Denken verdrängt hat.«

»Und meine Frau?«

»Ach ja, Eure Frau, Sir Robert. *Das* ist ein Rätsel. Man hat sie schon seit geraumer Zeit nicht mehr zu Gesicht bekommen, und es wird nun geklatscht: ›Entweder ist sie im Bett, weil sie ein Kind erwartet, oder sie ist mit einem neuen Liebhaber im Bett, oder aber sie ist im Bett und weint‹; doch niemand scheint wirklich zu wissen, in welcher Art von Bett sie sich befindet!«

Es war fast Abendessenszeit, als ich den Laden des Perückenmachers verließ; die heiße Sonne fing schon an unterzugehen. Ich lief langsam, Danseuse am Zaumzeug führend, nach Hause und mußte an die Worte von Sir Joshua Clemence denken, der gesagt hatte, daß er glaube, seine Tochter würde alles und jeden auf der Welt, auch ihre Mutter und ihren Vater hingeben, um die Liebe des Königs zu erringen. In der Erinnerung daran und an die stille Resignation, die dabei in seiner Stimme geschwungen hatte, mußte ich seufzen.

Diese Augenblicke werde ich bis an mein Lebensende nicht vergessen: Man läßt mich nicht in der Steingalerie warten. Ich werde sofort in die königlichen Gemächer geführt, als ich mich bei den Wachen melde.

Ich betrete die vertrauten Räume. Obwohl es ein drückendwarmer Abend ist, brennt im Kamin der ersten Kammer ein Feuer.

William Chiffinch, des Königs getreuester Diener, verneigt sich vor mir und teilt mir mit, daß Seine Majestät aus einer Laune heraus plötzlich sehr hungrig gewesen sei und schon mit dem Abendessen angefangen habe, das in dem kleinen Zimmer, in dem die Uhren aufbewahrt werden, serviert worden sei.

Ich folge Chiffinch, und als wir uns dem Raum nähern, der nicht größer als ein Kabinett ist, höre ich wieder einmal das wilde Ticken und Schlagen der Zeit, was den König so fasziniert und bewegt.

Ich gehe hinein. Der König trägt einen cremefarbenen Rock, doch um seinen Hals ist eine scharlachrote Tafelserviette gebunden.

Obgleich ich schwitze und der Schlag meines Herzens es mit dem der lautesten der Uhren aufnehmen kann, muß ich lächeln, als ich die Serviette sehe. So kommt es, daß der König, als er von der Hühnerkeule, die er gerade verschlingt, aufsieht, als erstes mein Lächeln sieht. Und dieses Lächeln scheint eine magische Kraft auf ihn auszuüben, denn er legt sein Hühnerbein auf den Teller und starrt mich an, und es ist das Starren eines Verzauberten. Er führt die Serviette an den Mund und wischt sich die Lippen ab, ohne dabei die Augen von mir zu wenden.

Ich verbeuge mich sehr tief, wobei ich den Hut mit einer ausladenden Bewegung ziehe, und als ich aus dieser Verneigung wieder hochkomme, sehe ich, daß Seine Majestät aufgestanden ist und den kleinen Tisch, auf dem das Abendessen steht, verlassen hat und jetzt auf mich zukommt. Ich höre, wie Chiffinch hinter mir die Tür schließt.

Der König bleibt stehen, kaum mehr als einen halben Schritt von mir entfernt. Er streckt eine unbehandschuhte Hand aus, legt sie unter mein Kinn und hebt mein Gesicht an, anscheinend um jede einzelne Falte darin, jede Pore, ja sogar die Form der darunterliegenden Knochen zu untersuchen, so durchdringend schaut er mir ins Gesicht. Dann schüttelt er den Kopf, als bereite ihm etwas großen Kummer, und dennoch breitet sich über seinem Gesicht ein Lächeln von so unendlicher Freundlichkeit aus, daß ich augenblicklich weiß, daß nicht die geringste Spur seines Zorns auf mich geblieben ist und daß er, selbst wenn sich schon am morgigen Tag seine Laune wieder gegen mich wenden sollte, an diesem Abend des 2. September 1666 jedenfalls nur Zuneigung für mich empfindet.

Ich beginne zu sprechen. »Sir ...«, stammle ich, »ich freue mich sehr, Euch bei guter Gesundheit anzutreffen ...«

»Pst, Merivel«, befiehlt der König, »sagt nichts. Ihr wißt doch, daß ich alles sehe und alles verstehe. *N'est-ce pas?*«

»Ja, Sir.«

»Also!«

Er lacht, zieht mein Gesicht an seines heran und gibt mir einen schmatzenden Kuß auf den Mund; dann befiehlt er mir, mich hinzusetzen und zu essen.

»Wir haben ein Picknick«, sagt er. »Ich wollte für uns ein Picknick. Wir dürfen so unordentlich essen, wie wir wollen, fangt also an, Robert, nehmt Euch ein Hühnchen auf den Teller und ein paar Eier, und da ist auch etwas kalter Lachs. Ich habe Chiffinch gesagt, daß er gleich wiederkommen soll, um Euch den Weißwein einzuschenken.«

Ich habe keinen Appetit. Ich sage zum König, daß ich sehr mäßig gelebt habe und mir nicht vorstellen könne, ein ganzes Huhn zu verzehren.

»Nun«, meint er, »das sind Hennen aus Surrey: sehr lärmend, als sie noch lebten, hat man uns gesagt, und mit sehr saftigem Fleisch. Nehmt doch einen kleinen Schenkel und kostet ihn, und Ihr werdet sehen, daß beim Essen der Appetit kommt.«

Ich probiere also einen Schenkel, und das Fleisch gehört wirklich zum Köstlichsten, was ich je gegessen habe. Chiffinch kehrt zurück und gießt mir kalten, fruchtigen Wein ein. Ich trinke ihn langsam und spüre, wie seine Süße in mein Blut tritt, in mir zu kreisen beginnt und mir Ruhe und Gelassenheit gibt. Der Lärm der schlagenden Uhren – es sind mehr als zweihundert – scheint nach einer Weile schwächer zu werden, und auch dem König scheint das aufgefallen zu sein, denn er schaut vom Essen auf und sagt: »Die Zeit ist stehengeblieben und hat auf Euch gewartet, Merivel. Ich hatte es auch nicht anders erwartet.«

Ich nicke nur, da ich nicht weiß, welcher Kommentar zu

dieser Bemerkung von mir erwartet wird. Der König legt seine juwelenberingten Hände in eine Fingerschale, spült sie darin, trocknet sie dann mit seiner Serviette ab und fährt fort: »Jetzt könnt Ihr also *mich* etwas lehren, anstatt mein Schüler zu sein: Ihr könnt mich über den Wahnsinn unterrichten.«

Ich höre mich seufzen. »Sir«, sage ich, »es gibt so viele Arten von Geistesgestörtheit und Verrücktheit – Liebe ist vielleicht die süßeste, aber auch die schrecklichste davon –, daß ich nicht weiß, wo ich anfangen soll. An einem Abend dort in den Fenlands, die weitab von der Welt sind, in der wir hier leben, fühlte ich mich aber doch gedrängt – durch den Duft von ein paar Blumen, wie mir schien! –, meine Gedanken über die einzelnen Stadien des Wahnsinns auszusprechen. Darüber könnte ich Euch erzählen, wenn Ihr wollt, denn ich fand es sehr merkwürdig, daß man meinen Überlegungen nie Beachtung geschenkt und sich nie dazu geäußert hat, so daß es mir ganz so vorkam, als hätten sie meine Zuhörer gar nicht gehört oder nicht hören können. Darum frage ich mich nun, ob ich vielleicht in meinem ganzen Leben außer Euch niemanden treffen werde, der sie hören oder verstehen *kann.*«

»Höchstwahrscheinlich. Also erzählt!«

Ich fange an zu erzählen. Ich erläutere dem König nicht nur meine These von den verschlungenen Pfaden zum Wahnsinn und dem großen Widerwillen der Welt gegenüber Nachforschungen, warum dieser oder jener eingeschlagen worden ist, sondern breite vor ihm auch alles aus, was ich über meine eigene Torheit gelernt habe und was ich getan habe, um mich davon zu kurieren. Kurzum, ich seziere mein Herz. Ich greife in mich hinein, nehme es heraus und lege es vor ihn hin. Er hört die ganze Zeit zu, manchmal ernst, manchmal lächelnd, so, als sei die Geschichte, die ich ihm erzähle – obwohl er »alles sieht und alles versteht« –, für ihn doch neu und voller Ungewöhnlichem, wovon man ihm noch nie berichtet hat, weder in dem Uhrenzimmer noch sonstwo in seinem Königreich.

Es wird langsam dunkel, und Chiffinch bringt brennende Lampen und stellt sie um uns herum auf.

Wir essen Weintrauben und spucken die Kerne in einen silbernen Spucknapf.

Schließlich kommt der König auf das Thema »Celia« zu sprechen, das mit einem anderen eng verknüpft ist, nämlich dem seiner neuen Liebe, Mrs. Stewart, und er flüstert mir zu: »Ich bin wahnsinnig verrückt nach ihr, Merivel. Stünde ich mit ihr auf einer gewissen Brüstung, um ihr den Planeten Jupiter zu zeigen, dann würde ich dem ganzen Sternenhimmel den Rücken zukehren, nur um ihre Brüste in meine Hände zu nehmen.«

Wir brechen beide in Lachen aus, das sich schnell in jene Art Gekicher verwandelt, dem wir einstmals an Frühlingsnachmittagen auf dem Krocketrasen von Whitehall frönten. Der Celia-Frage wird also keinerlei Ernst beigemessen, als wäre Celia nur ein Spielzeug, das wir uns früher einmal zugeworfen haben, dessen wir aber längst überdrüssig sind.

»Ich muß allerdings betonen«, sagt der König schließlich, »daß Eure Idee, die Ehe aufzuheben, vielleicht ganz nützlich ist, denn dann könnte ich Celia für den Verlust meiner Person entschädigen, indem ich ihr einen neuen Mann gebe: diesmal einen jungen und hübschen! Was meint Ihr? Wird sie das trösten? Was haltet Ihr von Lord Greville d'Arblays Sohn, der ja ein gutaussehender Junge ist?«

Ich erwidere, daß ich – der ich Celia so wenig kenne – keine Vermutungen darüber anstellen kann, wer oder was sie entschädigen könnte, doch der König, plötzlich ernst geworden, schüttelt den Kopf und sagt ruhig: »So ist das nicht. Wir wissen beide, daß es nichts auf dieser Welt gibt, was ihr ersetzen kann, was sie verloren hat.«

»Ja, das wissen wir«, antworte ich. »Doch es ist ein unbequemes Wissen.«

»Eben. Wohin verbannen wir es also?«

»Ich weiß es nicht, Sir.«

»Doch, Ihr wißt es.«

»Wohin also?«

»Ins Vergessen, natürlich.«

Daraufhin wechseln wir das Thema, und die wichtige Angelegenheit meiner Frau, der Mätresse des Königs, scheint ganz und gar aus meinem Leben zu verschwinden, so daß meine Erinnerung an Celias Gesicht und ihren Gesang verblaßt und in der Stille untergeht. Ich fühle, wie ein tiefer Frieden über mich kommt, ein Frieden, wie ich ihn seit meiner Kindheit, als ich in der Stille von Amos Treefellers Zimmer saß und meine Mutter mir übers Haar strich und sagte, daß es von der Farbe des Sandes sei, nicht mehr empfunden habe.

In diesem Zustand der Ruhe und Zufriedenheit entschließe ich mich, dem König von meinem Kind zu erzählen. Ich merke, daß ihn die Geschichte von Margaret stark bewegt; er erzählt mir dafür, wie sehr er das erste seiner unehelichen Kinder, den Herzog von Monmouth, liebt, und rät mir, meine Tochter nicht zu vernachlässigen, »sondern laßt sie in Euer Leben herein, Merivel, und gebt ihr großzügig von Euch«.

Ich nicke und verspreche, das zu tun, und weil ich an Margaret denke, drehe ich den Kopf zur Seite und schaue zum offenen Fenster hinaus, wo sich der Fluß nach Osten hin erstreckt. Dort sehe ich ein großes, orangefarbenes Leuchten am Himmel. Ich wende mich wieder dem König zu. »Sir«, sage ich, »seht doch! Wenn mich nicht alles täuscht, brennt ein großer Teil der Stadt!«

Kaum hatte ich das gesagt, da hörten wir auch schon Stimmen im angrenzenden Zimmer und dann Klopfen an der Tür. Der König erhob sich sofort, seine heitere Laune war wie weggeblasen, so daß er von einem Augenblick zum andern einen düsteren Eindruck machte.

Leute drängten sich ins Zimmer. Unter ihnen erkannte ich den Mann aus dem Marineamt, von dem ich einst von der Geduld eines Marmorschneiders erfahren hatte. Dieser war es auch, der dem König erzählte, daß in der letzten Stunde plötzlich ein Ostwind aufgekommen sei, der das Feuer »in einer Breite von einer halben Meile vor sich hertreibt«.

Der König vergaß meine Anwesenheit völlig und ging mit ihm und den anderen Männern in seinen Salon. Ich hörte ihn die Anweisung geben, den Bürgermeister herauszuholen und ihm zu sagen, er solle alle Holzhäuser, die vor dem Feuer liegen, niederreißen lassen, »denn das ist die einzige Möglichkeit, das Feuer zum Stillstand und Erlöschen zu bringen«. Die Männer liefen in großer Eile weg, und ich hörte, wie der König Chiffinch zurief, er solle seinen Bruder, den Herzog von York, über das Geschehen informieren und einen Stallburschen ein schnelles Pferd satteln lassen.

Dann eilte er, ohne noch ein Wort zu mir zu sagen oder sich noch einmal umzusehen, durch die großen Türen zur Steingalerie hinaus, und ich blieb allein in seinen Gemächern zurück und hörte nur noch das Läuten und Schlagen von zweihundert Uhren, wobei jede zu ihrer eigenen Zeit die Stunde schlug.

In großer Verwirrung blieb ich noch eine Weile, wo ich war. Dann wußte ich plötzlich, was ich zu tun hatte: Ich mußte zu Margaret. Ich ging in den Hof hinunter und bat um mein Pferd. Während ich wartete, daß man es mir brachte, blies mir ein Windstoß den Hut vom Kopf und wirbelte ihn davon in ein Blumenbeet. Ich holte ihn mir wieder und behielt ihn in der Hand. Dann bestieg ich Danseuse und ritt zum Tor hinaus; ich wandte mich nach Osten in Richtung des Hauses des Geldverleihers, das, nach den Flammen zu urteilen, mitten im Feuer lag.

Der Wind war wirklich sehr heftig. Er blies mir ins Gesicht und zerzauste Danseuse die Mähne. Als wir uns der Stadt näherten, sah ich unzählige verkohlte Teilchen, die, leichter als Luft, vom Wind dahingetragen wurden und sanft wie Schnee überall um mich herum niederfielen. Dann hatte ich auch den Geruch des Brandes in der Nase und schien ihn mit jedem Atemzug tiefer einzuatmen, so daß er mich zu ersticken und zu erwürgen drohte und ich auf das Kopfsteinpflaster ausspuckte.

Auf den Straßen wimmelte es jetzt von Menschen, von denen sich einige, mit Leitern oder Handwagen ausgerüstet, mit mir auf den Gestank und den Rauch zubewegten. Manche standen in ihren Nachtgewändern einfach auf der Straße herum, um zu schauen, andere gaben sich ihrer Angst hin und flehten Gott und den König an, das Feuer zu löschen.

Ich ritt jetzt in nördlicher Richtung die St. Anne's Alley hinauf. Wenn ich die Lage richtig einschätzte, stand westlich der London Bridge entlang dem Fluß alles in Flammen, so daß ich, um zum Haus des Geldverleihers zu gelangen, einen Bogen um das Feuer schlagen mußte. Doch der Rauch legte sich nun wie Nebel über die Straßen, und nachdem ich mich zuerst nach Norden, dann nach Osten, dann wieder nach Norden und wieder nach Osten gewandt hatte, befand ich mich in einer Straße, die ich nicht kannte, und hatte jede Orientierung verloren.

»Wo bin ich? Was für eine Straße ist das?« fragte ich ringsherum, doch niemand hörte oder beachtete mich, so daß mir nichts anderes übrigblieb, als weiterzureiten, nach Norden, dann nach Osten, dann wieder nach Norden. Ich versuchte, aus dem Brandgeruch zu schließen, ob ich um das Feuer herum- oder noch darauf zuritt, und suchte in jeder engen Straße nach einem Namen oder Grenzstein, um festzustellen, wo ich war.

Ich wollte gerade erneut nach Norden abbiegen, als ich genau vor mir einen heftigen Tumult wahrnahm. Dann sah ich durch den Rauch, daß eine einzelne Flamme auf ein Hausdach gefallen war und diese plötzliche, schreckliche Panik unter den Leuten ausgelöst hatte. Sie rannten aus den Häusern auf die Straße und sahen zu der Flamme hinauf, die nun anfing, sich den Dachvorsprung entlang weiterzufressen. Dann liefen sie wieder hinein, um ihre Kinder und Besitztümer zu retten, bevor das Feuer auch ihre Häuser erreichte. Sie hatten es nicht so früh erwartet, denn die breite Feuerfront war noch viele Straßenzüge weit entfernt. Doch ein brennender Gegenstand – ein Notenblatt, ein Hut mit einer Feder oder etwas Ähnliches – war vom Himmel herunter auf dieses eine Haus gefallen. Ich stellte mir vor, daß sich das Feuer überall so ausbreitete, vom Wind auf Seidenstückchen, Liebesbriefen oder Spitzenkragen dahingetragen, um dann zufällig irgendwo wirbelnd, springend oder schwebend herunterzukommen und sofort etwas Brennbares zu finden.

Diese Straße befand sich in einer dermaßen katastrophalen Lage, daß ich es nicht fertigbrachte, vor der Not dieser Menschen die Augen zu verschließen. Vielleicht hätte ich es getan, wenn ich schon in der Nähe des Hauses des Geldverleihers gewesen wäre, doch ich war noch weit, sehr weit davon weg und sah jetzt ein, daß es vergebliche Mühe war, zu Margaret gelangen zu wollen. Es war von Anfang an zu spät dafür gewesen. Meine Tochter war entweder schon gerettet oder aber in ihrer Holzkrippe verbrannt. Ich konnte das, was bereits geschehen war, nicht mehr ungeschehen machen. Daher entschloß ich mich abzusteigen. Ich band Danseuse an einen Pfahl, zog meinen Rock aus und machte mich daran, nach besten Kräften mitzuhelfen, die irdischen Güter der Leute zu retten und sie auf Wagen und Karren zu häufen. Ich ging dabei in die Wohnungen von Fremden und holte heraus, was ich tragen konnte: Stühle, Kerzenständer, Bilder, Kissen, Haufen von Bettzeug, Nachttöpfe, Tintenfässer und Spielzeug.

Dann wurde ich mir zum ersten Mal der näher kommenden Hitze des Feuers bewußt. Für einen Augenblick stand ich still auf der Straße, wischte mir den Schweiß von der Stirn und beobachtete, wie das Dach des Hauses nun auch in Brand geriet.

Meine Blicke wanderten abwärts, weil ich sehen wollte, wie und wo und wie schnell das Feuer vorankommen würde, und da sah ich über der Tür ein Eisenschild, das im Wind klapperte und auf dem geschrieben stand: *Arthur Goffe Esquire. Putzmacher und Kurzwarenhändler.* Doch ich sah noch etwas anderes. Ich sah auch, daß die Tür dieses Hauses verschlossen war und daß es das einzige in der ganzen Straße war, wo es kein Kommen und Gehen von Leuten gab, die Kleider und Möbel bargen.

So warf ich also alles hin, was ich gerade in den Händen

gehalten hatte (ich weiß weder, was es war, noch, ob ich es beim Wegschleudern zerbrach), rannte zum Haus des Kurzwarenhändlers und schlug laut schreiend an die Tür; doch ich bekam keine Antwort. Ein anderer Mann hörte daraufhin auf, sein eigenes Hab und Gut zu retten, und kam zu mir. Auch er sah nun, was los war: daß nämlich ausgerechnet in dem Haus, wo das Feuer ausgebrochen war, die Leute noch schliefen. Er holte von seinem vollgeladenen Wagen eine Axt und schlug ein paarmal so heftig auf die Tür ein, daß diese aus den Angeln flog. Wir stiegen über sie hinweg und gingen hinein, waren aber sogleich von einer tiefen Finsternis umgeben, die so voller Rauch war, daß wir, noch bevor wir die Treppe erreicht hatten, von einem widerlichen Würgen und starker Übelkeit gezwungen wurden, umzukehren und wieder auf die Straße hinauszulaufen.

»Wer ist da drinnen?« fragte ich den Mann, der in die Gosse spuckte. »Wie viele Leute?«

»Nur sie, Sir.«

»Wer?«

»Goffes Frau.«

»Nur sie?«

»Ja. Der Kurzwarenhändler ist nach Frankreich gefahren, um einen speziellen französischen Faden oder so was zu kaufen.«

»Wir können sie nicht sterben lassen. Wir müssen noch einmal hinein!«

»Wir kommen nicht durch zu ihr bei diesem Rauch. Wir sterben selbst.«

»Nein. Wir müssen es noch einmal versuchen. Wenn uns jemand nasse Tücher bringen könnte, die wir uns vors Gesicht binden ...«

»Nein, Sir. Es geht wirklich nicht.«

»Bringt Tücher! Ich brauche Wasser und ein Tuch!«

»Ihr werdet sterben, Sir. Ihr werdet in der Tat umkommen.«

»Wir müssen nach ihr rufen und schreien!«

»Das hilft nichts. Sie ist stocktaub.«

»Taub?«

»Stocktaub. Wie mein Schwanz bei der Sonntagspredigt.«

Ich sah sie vor mir, wie sie in ihrer Stille ordentlich und gerade im Bett lag, so wie meine Mutter immer darin gelegen hatte, und unten im Arbeitszimmer waren all die Schachteln mit Knöpfen und Pappen mit Spitzen und Schubkästen mit Borten, die jeden Augenblick Feuer fangen konnten ...

»Bitte!« schrie ich. »Hol mir doch jemand einen nassen Lappen oder eine nasse Serviette!«

Ich weiß nicht, wer meinem Rufen Beachtung schenkte. Doch gleich darauf wurde mir ein durchtränktes Tuch in die Hand gedrückt, und ich band es mir, ohne auch nur einen Augenblick zu zögern, vors Gesicht, betrat im Laufschritt wieder das Haus und stürzte zur Treppe; und da hörte ich eine gedämpfte Stimme hinter mir, die sagte: »In Ordnung, Sir. Ich gehe mit. Versucht, nicht zu atmen.«

Wir tasteten uns die Treppe hinauf. Auf dem Treppenabsatz sahen wir im flackernden Schein der Flammen, die jetzt das Fenster erreicht hatten, eine offene Tür, und eingezwängt zwischen dieser und dem Türrahmen lag mit ausgestreckten Armen die Frau des Kurzwarenhändlers. Wir sahen sie beide im gleichen Augenblick. Ohne kostbaren Atem mit Sprechen zu vergeuden, krochen wir hin, packten jeder eine Hand der Frau und zogen sie zur Treppe. Dann gab mir mein kräftiger Begleiter durch Kopfnicken zu verstehen, daß ich die Hand loslassen solle, und er stand auf, hob die Frau des Kurzwarenhändlers hoch und legte sie sich wie einen Sack über die Schultern. Ich führte ihn die Treppe hinunter und hinaus auf die Straße, wo er sie noch dreißig Schritte von dem brennenden Haus wegtrug, bevor er sie auf den Boden legte.

Während ich noch so heftig hustete und würgte, daß ein Mundvoll Hähnchen aus meinem Magen hochkam und wieder den Weg auf die Londoner Straße fand, kniete ich neben der Frau nieder, drehte sie auf die Seite und wartete, bis sie zu spucken anfing und Luft in ihre Lungen einließ.

»Sie lebt, Sir, nicht wahr?« fragte der Mann.

Ich nickte. Dann blickte ich Mrs. Goffe, der Frau des Putzmachers und Kurzwarenhändlers, ins Gesicht und sah, daß sie sehr verhärmte und hagere Gesichtszüge hatte, mit schmalen Lippen und herabhängenden Mundwinkeln, und daß sie in keiner Weise meiner Mutter oder der Frau auf Finns Portrait ähnelte. Doch das machte nichts, denn solcherart waren die Gesichter gewesen, die mich vorangetrieben hatten.

Zwei Frauen kamen zu uns herüber. Sie wickelten Mrs. Goffe in eine Decke und legten sie auf einen Wagen, auf den Säcke und Bettzeug gehäuft waren. Eine von ihnen brachte in einer Schale Wasser und hielt mir eine Schöpfkelle voll davon an die Lippen: Ich trank es. Die Frau des Kurzwarenhändlers sagte kein Wort und schrie nicht einmal auf, als die Flammen ihr Haus verschlangen; sie starrte nur vor sich hin und kaute auf den Spitzenbändern an ihrem Hals herum. Ich fragte mich, ob diese schreckliche Nacht sie wohl in den Wahnsinn treiben würde, so daß ihr Leben nur gerettet worden war, um dann in einer Heilanstalt vergeudet zu werden.

Ich fühlte jetzt eine starke Müdigkeit in mir aufsteigen und wußte, daß ich nicht weiter versuchen konnte, das Feuer zu umreiten. Ich würde nach Cheapside zurückkehren und es am nächsten Tag noch einmal angehen. Ich zog meinen Rock an, band Danseuse von ihrem Pfosten los, wo sie voller Angst schwitzend herumtänzelte, und wollte gerade aufsteigen und mich dem Geschiebe von Wagen und Leuten nach Westen anschließen, als eine der Frauen auf mich zukam, mir für meine Hilfe dankte und mich nach meinem Namen fragte, »damit ich ihn morgen in meine Liste derer aufnehmen kann, für die ich bete, Sir«.

»Nun«, sagte ich, »ich heiße Merivel. Ich bin Arzt. Wenn es Mrs. Goffe nicht bald bessergeht, bringt sie zu mir.«

Dann überreichte ich der Frau eine meiner kleinen Visitenkarten mit dem Aufdruck *R. Merivel. Arzt. Chirurg.*, die ich in einer Tasche an Danseuses Sattel aufbewahrte. Sie nahm sie und steckte sie in ihre Schürzentasche.

»Ich kann nicht lesen, Sir«, sagte sie, »aber ich gebe die Karte Mrs. Goffe, damit sie sich an Euch erinnert.«

Meine Gedanken kehren zu Margaret zurück

Weder Frances Elizabeth noch Finn glaubten, daß das Feuer Cheapside erreichen würde, denn zwischen Cheapside und dem Flammenmeer war durch hastiges Niederreißen von Häusern, so wie es der König angeordnet hatte, eine dreißig oder vierzig Fuß breite Bresche geschlagen worden. Nahezu alle, die westlich davon lebten, bildeten sich ein, in Sicherheit zu sein.

Am Montag morgen ging ich hin und sah mir die Bresche an. Dann schaute ich hinauf in die Luft über dem Feuer und sah, daß noch immer brennende Teile hochgeschleudert und vom Wind weitergetrieben wurden, und da wußte ich, daß die Flammen die Lücke überqueren und zu uns kommen würden.

Ich kehrte zum Haus zurück und sagte zu Finn, er solle schon einmal anfangen, seine Leinwände zusammenzupakken, und zu Frances Elizabeth, sie solle ihr Schreibpult herunterholen und für dieses und alles andere, was sie retten wollte, um etwas Platz auf dem Wagen eines Nachbarn bitten. Doch sie schenkten mir keine Beachtung.

»Warum ist die Bresche geschlagen worden, wenn sie uns nicht schützt?« fragte Finn töricht. Ich antwortete ihm nicht. Ich ging in die Wohnstube, wo Frances Elizabeth, wie jeden Morgen, in aller Ruhe das Feuer schürte, holte mein Chirurgiebesteck hervor, reinigte es und legte jedes einzelne Instrument sorgfältig in den Kasten zurück. Dann verstaute ich in einer großen Schachtel alles, was ich an Pulvern und Heilmitteln, Mull und Verbänden im Hause hatte. Ich brachte diese Sachen in den Stall und band sie Danseuse auf den Rücken. Dann ging ich in mein Schlafzimmer und zog unter meinem Bett den Sack mit meiner Oboe, den Briefen vom König und den anderen Überbleibseln meiner »glühenden Kohlen« heraus. Ich packte meine neue Kleidung und Perücke dazu – alles war jetzt rauchgeschwärzt und schweißbefleckt – und befestigte auch diesen Sack am Sattel meines Pferdes.

Dann kam ich wieder zu Finn und Frances Elizabeth und sagte: »Ich gehe jetzt Margaret suchen und will mich daher verabschieden.«

Sie sahen mich beide entgeistert an. »Soll das heißen«, fragte Finn, »daß du nicht zurückkommst?«

»Ja, Finn, so ist es«, antwortete ich, »denn es wird kein Haus mehr geben, zu dem ich zurückkommen kann.«

Kurz nachdem ich das gesagt hatte, fiel das erste brennende Stückchen auf ein Haus in Cheapside, und die Kunde lief von Haus zu Haus: »Cheapside ist verloren! Rettet, was ihr könnt, und dann nichts wie weg! Wendet euch nach Westen, aber beeilt euch, denn das Feuer ist sehr schnell.«

Nun war wohl nirgends in London die Panik größer als in unserem Haus, denn Finn und Frances Elizabeth waren plötzlich fest entschlossen, in keinem Zimmer auch nur eine Kleinigkeit zurückzulassen. So konnte ich nicht weggehen, wie ich es vorgehabt hatte, sondern holte mein Pferd und ließ es zu, daß sie es wie einen Maulesel bepackten, mit Leinwänden, Pinseln, Kochtöpfen, Lebensmittelsäcken, Kleidern und ich weiß nicht was noch allem. Wenn ich ihnen nicht Einhalt geboten hätte, dann hätte Finn sein Rollbett und Frances Elizabeth ihr Schreibpult aufgeladen, denn sie konnten keinen Wagen dafür finden, und selbst als das Feuer bedrohlich näher rückte, klammerten sich die beiden an diese Sachen und wollten sie nicht hergeben. Als wir uns schließlich mit Danseuse, die unter ihrer schweren Last schwankte, auf den Weg machten, versuchten sie, diese hinterherzutragen, und lange Zeit noch hörte ich sie hinter mir schnaufen und ächzen und zueinander sagen: »Wir schaffen es, wir schaffen es.«

Wir waren mitten in einer großen Menschenmenge und mußten mit dieser laufen, wenn wir nicht überrannt und niedergetrampelt werden wollten. Dennoch blieb ich einmal für einen kurzen Augenblick stehen und schaute zurück, und da sah ich, daß sich das Feuer vom Dach unseres Hauses nach unten ausgebreitet hatte und daß nur noch die Vordertür mit den drei Schildern in ihrem Rahmen dastand. Dieser Anblick ging mir näher, als ich es erwartet hätte. Ich hatte geglaubt, diesem Ort mehr oder weniger gleichgültig gegenüberzustehen, doch das war nicht der Fall. Plötzlich fiel mir ein, daß ich eines meiner kostbaren Besitztümer vergessen hatte, das nun mit dem Haus zu Asche verbrannte, und zwar Pearces Exemplar des *De Generatione Animalium*, das einzige Andenken an ihn, das ich noch gehabt hatte.

Als wir zu den Lincoln's Inn Fields kamen, hielten wir an und setzten uns in das trockene Gras, zusammen mit all den anderen, die Cheapside mit seinen Sträßchen und Gäßchen verlassen hatten. Bis zum späten Nachmittag war eine große Schar von Leuten eingetroffen, und auf jeden, der weinte und klagte, kamen vier oder fünf, die lachten, Klatsch austauschten, Lieder sangen und ihr Essen mit den anderen in ihrer Umgebung teilten, ganz so, als wären sie frei von Alltagssorgen auf einem Picknickausflug. Aus Frances Elizabeths Küche waren sieben Gläser Pflaumen, ein paar Flaschen Ingwerwein und ein weißer Käse in einem Musselinsäckchen gerettet worden. Daraus und aus Lebensmitteln, die uns im Tausch dafür gegeben worden waren, bestand nun unser Abendessen, und wir fingen an, mit allen um uns herum augenblicklich Freundschaft zu schließen.

Wir redeten und aßen bis spät in die Nacht hinein, als der ganze Himmel noch einmal vom Feuer erhellt wurde, und all das war – auf höchst merkwürdige Art – recht vergnüglich. Gegen zwei oder drei Uhr morgens hörte ich, wie Finn jedermann ringsum erzählte, daß er Portraitmaler sei, und anbot, an Ort und Stelle Portraits für fünfundzwanzig Shilling zu malen, ungeachtet der Tatsache, daß nicht einer von diesen Leuten auch nur eine einzige Wand besaß, an die er es hängen konnte. Als ich sah, daß sein Geschäftssinn jetzt auch im Unglück so ausgeprägt war, mußte ich lächeln, und ich glaube, daß ich mit diesem Lächeln auf den Lippen einschlief.

Am folgenden Morgen schied ich von Finn und Frances Elizabeth. Da weder das Schreibpult noch das Rollbett Lincoln's Inn Fields erreicht hatten, blieb mir nichts anderes übrig, als all die Gegenstände, die sie auf Danseuse geladen hatten, neben sie ins Gras zu legen, und ihr Anblick inmitten von halbvollendeten Portraits, kupfernen Pfannen und Schuhen wäre sicher ein etwas trauriger gewesen, wenn sie nicht selbst so viel Fröhlichkeit an den Tag gelegt hätten. Ich hatte erwartet, daß sie der Verlust des Hauses in Cheapside in Verzweiflung stürzen würde, doch das war nicht der Fall. Sie schienen entdeckt zu haben, daß es nicht nur sie und ihre kleinen, gerade flügge gewordenen Geschäfte beherbergt hatte, sondern auch ein Hafen für ihre Zuneigung gewesen war. Als ich sie verließ, war ich sicher, daß ich sie irgendwo einmal zusammen wiederfinden würde, und ich stellte mir vor, wie sie in einem niedrigen Raum, der nach Ölfarbe roch, nebeneinander im Bett lagen und ihre Berechnungen anstellten.

Es kostete mich den ganzen Tag, das Feuer zu umgehen, da ich so weit wie möglich nach Norden ritt, um dem Rauch auszuweichen. Am Abend endlich hatte ich den Tower erreicht und konnte von dort aus sehen, daß die Gruppe großer Häuser, unter denen auch das Haus des Geldverleihers war, noch stand und vom Feuer unberührt geblieben war. Ich flüsterte ein Dankgebet in die heiße Luft.

Als ich am Haus ankam, begrüßte mich der Geldverleiher an der Tür, und ich ging mit ihm in sein Geschäftszimmer, wo er mir ein paar neue Waagen und Gewichte zeigte, auf die er sehr stolz war. »Genauigkeit«, sagte er, »ist meine große Leidenschaft, denn es kann doch alles auf dieser Welt irgendwie gewogen und gemessen werden, ist es nicht so?«

Ich wollte gerade den Mund aufmachen, um zu sagen, daß ich das nicht so ganz glaube, als seine Frau mit Margaret auf dem Arm hereinkam. Diese war hellwach und diesmal nicht zu einem Windelpaket zusammengeschnürt wie beim letzten Mal; sie trug eine hübsche Haube und war in ein Tuch eingeschlagen.

Die Amme erzählte von dem Feuer, und daß sie und ihr Mann und alle Kinder in einer langen Reihe niedergekniet seien und gebetet hätten, daß sich die Windrichtung nicht ändern möge. Während sie sprach, legte sie mir Margaret in den Arm. Es war das erste Mal, daß ich sie hielt, ja, daß ich überhaupt einen Säugling im Arm hatte, und ich wußte daher nicht, ob ich Margaret in meine Armbeuge oder ihr kleines Gesicht über meine Schulter legen sollte, oder was sonst richtig war. Also setzte ich mich auf den harten Stuhl, auf dem sonst die Kunden des Geldverleihers saßen, legte sie in meinen Schoß und sah sie an. Sie war sehr gewachsen, und ihr Gesicht war rund und pausbäckig. Ich entdeckte nun, daß ihre Augen sehr groß und klar waren; sie sah mich eine Weile ernst an und begann dann, im Schal zu strampeln und kleine Schaumblasen aus ihrem Mund zu pusten.

»Seht Ihr ihr Haar, Sir?« fragte die Amme nach einiger Zeit. »Es hat die Farbe des Feuers.« Sie beugte sich nieder und schob behutsam den Rand des Häubchens zurück, so daß ich ein paar zarte rote Locken sehen konnte. Ich berührte sie behutsam und fühlte an meiner Hand die lebendige Wärme ihres Kopfes.

Die Nacht verbrachte ich bei Rosie Pierpoint.

Da es Dienstag war und ich am Nachmittag nicht zu ihr gekommen war, hatte ich mir eingebildet, daß sie sich Sorgen um mich machen würde und sich vorstellte, daß ich bei lebendigem Leibe verbrannt oder von einstürzenden Balken zu Tode gequetscht worden sei. Doch als sie mich sah, zeigte sie keinerlei Erleichterung darüber, daß ich noch lebte, ja, sie schien nicht einmal besonders erfreut zu sein, daß ich da war. Sie war nur mit dem Ruß und der Asche beschäftigt, die in die Luft hochgeschleudert worden waren und nun herunterkamen und sich in einer dünnen Schicht über alles legten und jedes Wäschestück, das sie wusch und bügelte, wieder grau werden ließen.

Es war drückend heiß in ihrem Haus. Sie hatte alle Fenster geschlossen und jede Ritze versiegelt; in ihrem Bemühen, »diesen verdammten Ruß« draußen zu halten, duldete sie keinen Luftzug. »Und dennoch kommt der Ruß herein«, sagte sie. »Kaum habe ich ein Bettuch zum Trocknen aufgehängt oder ein Halstuch zum Bügeln ausgebreitet, da ist er schon da, seht Ihr?« Sie hielt ein paar Teile hoch, um mir die schmutzigen Streifen darauf zu zeigen, warf sie dann wieder auf den Schmutzwäschehaufen und kreischte: »Wie soll ich mit meiner Arbeit fertig werden oder auch nur einen Penny verdienen, wenn das nicht aufhört? Ich werde verhungern, ja, das werde ich! Ich werde eines langsamen Hungertodes sterben – da wäre mir ein schneller Feuertod lieber gewesen!«

Ich nahm sie in die Arme und versuchte, sie mit Küssen zu beruhigen und zu besänftigen, und nach einer Weile begann ihre üble Laune soweit nachzulassen, daß ich ihr sagen konnte, daß ich kein Heim und keine Schlafstelle mehr hatte und ihr eine gute Miete zahlen würde, wenn sie mich aufnähme, bis ich eine neue Bleibe gefunden und mein Leben noch einmal neu angefangen hätte.

Sie entzog sich meiner Umarmung und sah mich fest an, die Hände auf den Hüften.

»Für wie lange?« fragte sie.

»Wie?«

»Wie lange wollt Ihr bleiben? Eine Woche? Einen Monat?«

»Nun«, sagte ich, »das weiß ich noch nicht. Es wird schwierig sein, eine Unterkunft zu finden, denn ich bin nicht der einzige, der eine sucht.«

»Dann brauche ich eine Entschädigung, Sir Robert.«

»Entschädigung wofür?«

Sie seufzte, wandte sich von mir ab und beschäftigte sich mit dem Anzünden einer Lampe.

»Könnt Ihr es nicht erraten?« fragte sie.

Da verstand ich. Rosie war nicht nur zu Wohlstand gekommen, weil die Leute »verrückt nach Waschen« oder dem Parfümieren der Kopfkissenbezüge mit Lavendelwasser gewesen waren. Nach dem Ableben Pierpoints hatte sie sich bereitwillig wieder in ihre Hureneskapaden gestürzt, und das auf diese Weise verdiente Geld hatte es ihr ermöglicht, Kapaune und Sahne und all die üppigen Nahrungsmittel zu kaufen, ohne die sie nun nicht mehr leben konnte. Ich überlegte, wie seltsam mein Verstand doch all die Jahre gearbeitet hatte, was Rosie Pierpoint betraf. Ich hatte von Anfang an gewußt, daß sie ein Weibsstück und eine Dirne war, doch immer, wenn ich sie brauchte, hatte ich dieses Wissen verdrängt, da ich sie mir bei all ihrem Tun lieber allein vorstellte: Wie sie ihrer Arbeit nachging, ihre Mahlzeiten einnahm und sich im Morgengrauen erhob, um ihre kleinen Waschungen vorzunehmen, bei denen ich sie einmal beobachtet hatte. Ich hatte sie nie mit anderen Männern vor mir gesehen. Das war das gleiche, sagte ich mir, wie die Geschichte mit der indischen Nachtigall: Ich hatte geglaubt, was ich glauben wollte.

Ich ging zu Rosie hinüber, streckte meine Hand aus und streichelte ihr übers Haar. »Natürlich«, sagte ich, »gibt es eine Entschädigung. Doch jetzt laß uns zu Bett gehen und uns lieben und alles andere aus unseren Gedanken verdrängen – auch den Schmutz und den Ruß.«

Ich fand zwei kalte, luftige Räume über dem Laden eines Lautenmachers auf der Südseite des Flusses. Die Lautentöne stiegen durch die Bodenritzen zu mir auf, in die Länge gezogen, zart und dünn.

Herbstregen fiel auf die geschwärzte Stadt, machte aus der Asche eine klebrige Masse und ließ den Fluß anschwellen, so daß alle halbverbrannten Kais losbrachen und auf dem Wasser zum Meer trieben. Ich blickte aus meinen hohen Fenstern und versuchte in Gedanken, London so wiederaufzubauen, wie es gewesen war. Doch ich mußte feststellen, daß ich mich gar nicht mehr daran erinnern konnte, wie es gewesen war, so daß es für mich ganz und gar verloren war, und diese Erkenntnis machte mich so übellaunig und traurig, daß ich wieder einmal in meine alte Gewohnheit verfiel, lange Zeit auf meine Handrücken zu starren, so, als wäre mein Glaube, daß ich, Merivel, die Stadt wieder aufbauen konnte, erschüttert worden.

Ich war nicht der einzige, der sich so traurig fühlte. Auf jeden, den ich in den Monaten nach dem Feuer wegen seiner Verbrennungen behandelte, kam ein anderer mit einem Leiden zu mir, das er nicht anders benennen konnte als »eine Melancholie des Körpers und der Seele«. Die Verbrennungen linderte ich mit Schilfrohrbalsam und Gerstenextrakt, aber ich wußte nicht, wie ich die Melancholie lindern sollte. Mehr als einmal mußte ich an die Weise Nell mit ihrem Schwalbenblut denken. Kurzum, ich begann mich zu fragen, ob nicht alle Behandlungen von Traurigkeit ein magisches Element einschlossen, das sich meinem Verstehen entzog.

Während ich so auf den Lautenbauer und das Rauschen des Regens vor meinem Fenster lauschte, drehte ich meine Hände eines Abends um und betrachtete die Linien meiner Handteller, um zu sehen, ob ich meine Zukunft daraus ablesen konnte; das war mir aber nicht möglich, da mich niemand gelehrt hatte, die Linien zu deuten. Ich bemerkte jedoch, daß sich die Liebeslinie – besonders die meiner linken Hand – gleich am Anfang aufteilte. Diese Entdeckung ließ mich nicht nur lächeln, sondern bestärkte mich auch in meinem Glauben, daß bestimmt noch weiteres exaktes Wissen auf meiner Hand geschrieben stand, das ich nur richtig lesen mußte. Ich begann nun, wenn auch etwas träge, nach einem

Chiromanten zu suchen, gab mein Vorhaben aber bald wieder auf, da ich den Eindruck gewann, daß gut die Hälfte der Leute, die noch in London weilten, behauptete, Handliniendeuter zu sein, und für einen kleinen Geldbetrag nach jeder Hand griff und erklärte, darin ein glorreiches Schicksal zu sehen. Einer erzählte mir, daß ich ein Mittel gegen das Altern entdecken würde, ein anderer, daß mich das Verspeisen einer Wachtelpastete vor dem Ertrinken retten würde, »weil Ihr versehentlich auch die Federn gegessen habt, Sir, die Euch dann über den Wellen halten«, und wieder ein anderer, daß mir ewiges Gedenken zuteil werden würde für eine Tat, die ich noch nicht getan, oder eine Reise, die ich noch nicht gemacht hatte. Anfangs spiegelte ich geschickt vor, diese Vorhersagen zu glauben, doch dann verdroß mich plötzlich die Heuchelei, und ich wurde gleichgültig gegenüber allen Zukunftsdeutungen, so daß es mir, als der Herbst vergangen und der Winter gekommen war, schließlich gelang, mich einfach den Erfordernissen des jeweiligen Tages zu stellen und nicht zuviel Zeit mit Träumen zu verschwenden.

Ich hatte keine Nachricht vom König bekommen. Ich erwartete auch keine, denn nachdem das Haus in Cheapside abgebrannt war, hatte er keine unmittelbare Möglichkeit mehr, mich zu finden, ja, er würde vielleicht nicht einmal erfahren, daß ich dem Feuer entkommen war. Ich hätte ihm schreiben können, tat es aber nicht, weil es mir, je näher mein vierzigster Geburtstag heranrückte, so vorkam, als hätte ich schon so viel Zeit meines rasch dahineilenden Lebens damit verbracht, mir Briefe an den König auszudenken, daß mir die Worte ausgingen.

Außerdem glaubte ich fest, daß der König mich, wenn er mich eines Tages finden *wollte*, auch finden würde. Ich wußte nicht, wie. Ich konnte es mir nicht einmal vorstellen. Ich wußte nur, daß er mich finden würde. Und daß es für ihn nicht einmal allzu schwer sein würde – denn war er nicht so mächtig, daß sich keine Ecke seines Königreichs seinen Blicken entzog und niemand darin außer Reichweite war?

An einem der ersten Frühlingstage, an dem ich von einem Rechtsanwalt, den ich von einem Magengeschwür geheilt hatte, zu einer kleinen Abendgesellschaft eingeladen war, zog ich wieder einmal meinen marineblauen Rock mit der cremefarbenen Borte (dem Rosie wieder zu seinem früheren Glanz verholfen hatte) und die dazu passende seidene Kniehose an. Da ich in meinem möblierten Zimmer über dem Lautenbauer keinen Spiegel hatte und mich nur gelegentlich in einer Fensterscheibe erblickte, war ich etwas nachlässig mit meinem Aussehen geworden. Daher hatte ich das, was ich jetzt sah, noch nicht gesehen: Ich war seltsam dünn geworden. In der Taille war meine Kniehose mehr als zwei Zoll zu weit, so daß das elende Ding nicht oben bleiben wollte, und als ich mir den Rock anzog, stellte ich fest, daß er wie ein Cape von meinem Rücken abstand. Ich zog mein Hemd hoch und betrachtete meinen Leib. Er sah geschrumpft und ein wenig faltig aus, und all die Nachtfalter darauf, die so viel von ihrem Gebiet verloren hatten, waren eng zusammengedrängt.

Ich setzte mich auf einen der vier Stühle, die zum Mobiliar dieses Zimmers gehörten (die Stühle waren so zart und zierlich, daß ich mich oft fragte, ob sie der Lautenbauer vielleicht selbst als Abwechslung zu seinen hohlen Sachen hergestellt hatte), und versuchte, aus den Veränderungen in meiner Erscheinung wie aus einer Hand zu *lesen*, zu erforschen, was sie ankündigten und bedeuteten. Denn ich bin in meinem ganzen Leben noch nicht dünn gewesen. Meine Mutter hatte mir immer erzählt, daß ich ein pummeliger Säugling gewesen sei, und der Moiréanzug, den ich als Junge trug, spannte immer so über meiner Brust, daß manchmal – ich kann mich noch recht gut daran erinnern – die winzigen Knöpfe absprangen, wenn ich lachte. Selbst als Student war ich wohlbeleibt gewesen, und zum Zeitpunkt des fünften Anfangs dieser Geschichte war ich, wie Ihr Euch vielleicht erinnern könnt, von einer behaglichen Korpulenz. Jetzt nun fiel ich vom Fleisch, und jeder meiner Knochen schien allmählich freigelegt und sichtbar zu werden. Es war unmöglich, dabei nicht an Pearce zu denken, der in seinen Kleidern zu Haut und Knochen geschrumpft war, und so saß ich also da – ein dünner Mann auf einem zierlichen Stuhl – und fing an, die Möglichkeit in Betracht zu ziehen, daß ich sterben würde.

Ich durchforstete mein Gedächtnis nach irgendwelchen Schmerzen und Beschwerden. Dann horchte ich auf meinen Herzschlag und meine Atemtätigkeit. Ich stand auf, pißte ein wenig in einen Topf und schaute meinen Urin auf Trübungen und Blutstropfen hin an, dann schnupperte ich wie ein Weinkenner an ihm, um festzustellen, ob er sauer oder übel roch. Da ich darüber die Abendgesellschaft des Anwalts völlig vergaß, zog ich die zu groß gewordenen Kleider aus und zündete mehrere Kerzen an, die ich neben das Fenster stellte: Nun sah ich mich in diesem gespiegelt. Für jemanden, der zufällig vom Fluß heraufgeschaut hätte, wäre das ein überaus erheiternder Anblick gewesen: Merivel, so nackt wie Adam, der sich auf der Suche nach irgendwelchen Schwellungen oder Verfärbungen die einzelnen Teile seines Körpers anschaute – seine Zunge, seine Achselhöhlen, seine Brustwarzen, seine

Nase, seine Leistengegend und seine Knie. Dieser Merivel zitterte ein wenig in der Kühle des Märzabends und war alles in allem so dürr und fanatisch wie jener nackte Quäker mit den glühenden Kohlen.

Ich konnte nichts finden, was nicht in Ordnung war. Mein Herzschlag war kräftig, mein Körper zeigte keine Spuren außer denen, die der Gewichtsverlust und die Zeit selbst hinterlassen hatten. Ich zog mein Nachthemd an, legte mich auf mein schmales Bett und dachte über alles nach, was ich seit dem Feuer erlebt hatte. Ich erkannte, daß mein Leben eine recht einsame Angelegenheit geworden war und daß es darin ein anomales Phänomen gab, und zwar, daß ich ab und zu Dinge sah und hörte, die gar nicht da waren. So hörte ich zum Beispiel auf der Treppe das Kläffen eines Hundes. Einmal war ich mir so sicher gewesen, daß das Tier draußen stand, daß ich die Tür öffnete und erwartete, es werde hereinkommen und mit dem Schwanz wedeln, doch weit und breit war kein Hund zu sehen. Die Dinge, die ich sah, waren nicht weniger beunruhigend und unerklärlich. Ich sah auf den glitschigen Stufen an der Southwark Bridge ein Büschel Schlüsselblumen, die mir so wirklich vorkamen, daß ich mich hinabbeugte, um eine zu pflücken, doch es handelte sich gar nicht um Blumen, sondern um ein blaßgelbes Taschentuch, das ein Geck gedankenlos hatte fallen lassen, als er in ein Boot getänzelt war. Ein andermal sah ich in der Hand einer meiner Patientinnen ein Stück schwarze Seife, doch als ich ihre Hand öffnete, war sie leer.

Ich lag da und überlegte, was diese Neigung zu Halluzinationen bedeuten mochte – ob ein Nachlassen geistiger oder, was unwahrscheinlich war, ein Erwachen seherischer Fähigkeiten. Ich kam darüber zu keinem Schluß, und als ich eine

Weile mit halbgeschlossenen Augen in das flackernde Kerzenlicht geblickt hatte, fing ich an, von Bidnold zu träumen und mir vorzustellen, ich sei dort, liege auf dem chinesischen Teppich und atme den Duft von Holzrauch und Sonnenlicht und des Parfüms reicher Frauen ein. Der ganze Traum war so voller Zauber, daß ich, als ich daraus erwachte und sah, wie von allen Kerzen Talg auf den Boden tropfte, bewegungslos liegenblieb und nur die Augen schloß und versuchte weiterzuträumen.

Nach dieser Nacht wurde ich nicht etwa krank und glitt auch nicht langsam in den Tod hinüber, sondern wurde vielmehr von einer ungeheuren Traumepidemie heimgesucht, so daß ich jede Nacht in Bidnold einschwebte, leicht wie eine Feder aufkam und über die Oberflächen aller Gegenstände streifte – über die polierten Tischflächen, den Brokat, der über die scharlachroten Sofas gebreitet war, den milchigen Satin der Kissen, die gestanzten Lederrücken der Bücher, den ausgezackten Zinnhenkel des Kohleneimers –, um dann vom Wind wieder hoch in die Luft gehoben zu werden, wo ich wie ein Geist über dem Park hing und Farbe in mich aufsog, so daß ich dick wurde von dem Violett der Buchen und dem satten Grün des Grases. Es kamen in diesen Träumen keine Menschen vor, und doch waren es ausgesprochen sinnliche Träume, von denen ich mich, wenn der Morgen kam, gar nicht trennen wollte. So fing ich an, sie in den Tag hinein auszudehnen, indem ich immer später aufstand, lange nachdem der Lautenbauer mit seiner Arbeit begonnen und der Lärm auf dem Fluß sein morgendliches Crescendo erreicht hatte. Ich wurde süchtig nach ihnen wie nach einem Opiat und machte meine Hausbesuche benommen von der Erinnerung an sie und von dem vielen Schlaf, den ich mir selbst auferlegte. Ich wußte, daß ich versuchen sollte, dieses krankhafte Träumen abzuschütteln, doch schien ich nicht den Willen dazu zu haben.

An einem Abend im April kam der Lautenbauer in mein Zimmer hinauf, um mir ein neues Instrument zu zeigen, dessen Klang so war, wie er ihn sein Leben lang in seiner Vorstellung gehört, aber bis dahin nie erreicht hatte.

Um diese Vollkommenheit zu feiern, brachte er eine Flasche Sherry mit, und ohne recht zu merken, was wir taten, tranken wir sie nach und nach aus, so daß wir bis spät in die Nacht hinein zusammensaßen und dabei äußerst benebelt und töricht wurden. In meiner Trunkenheit erzählte ich dem Lautenbauer von meinen Träumen von meinem früheren Besitz und auch davon, daß ich jetzt jede Nacht wie ein Geist dorthin zurückkehrte und nicht glaubte, daß diese Träumereien je aufhören würden. Er sah mich an mit Augen, die nervös und leuchtend wie die eines Bussards waren, und sagte zu mir: »Warum geht Ihr nicht dorthin, Doktor Merivel? Warum seht Ihr Euch nicht noch einmal alles an, damit Ihr es nicht immer in Euren Träumen tun müßt?«

Am nächsten Tag schrieb ich an Will Gates.

Ich erzählte ihm, daß ich von einer großen Sehnsucht ergriffen sei, nach Bidnold zurückzukehren, nur für eine kurze Zeit, nicht länger als einen Tag und eine Nacht, um meine Erinnerung daran aufzufrischen und mit eigenen Augen »ein bestimmtes Zusammenwirken von Farbe und Licht zu sehen, Will, das es sonst nirgendwo auf der Welt gibt«. Ich schrieb, daß ich mich damit zufriedengeben würde, in einem der Dienstbotenzimmer zu schlafen, oder sogar im Stall zusammen mit Danseuse, da ich nur den einen Wunsch habe, diesen Ort so zu besuchen, »als wäre ich unsichtbar, und ohne irgendwie vorzugeben, daß er mir gehört, oder zu versuchen, ihn wieder in Besitz zu nehmen, es sei denn in meinen Gedanken«.

Während ich auf Wills Antwort wartete, wurden meine Norfolk-Träume eines Nachts von einem Whittlesea-Traum unterbrochen, und als ich daraus erwachte, faßte ich den Entschluß, wenn ich die Reise nach Bidnold wirklich unternehmen sollte, nicht direkt nach London zurückzukehren, sondern weiter zu den Fens zu reisen, um den Betreuern Näheres über Katharines Tod und das Überleben Margarets zu berichten und sie um ein anderes kleines Relikt von Pearce als Ersatz für das vom Feuer vernichtete Buch zu bitten. Nun, da ich mir auch den zweiten Besuch vorgenommen hatte, hielt ich diese Wallfahrt in die Vergangenheit nicht mehr für eine närrische und eitle Angelegenheit. Sie schien vielmehr eine Reise größter Bedeutung zu sein. Solange ich sie nicht gemacht hatte, würde ich nicht in der Lage sein, den Weg in die Zukunft, die in meiner Handinnenfläche aufgezeichnet war, oder in sonst eine Zukunft anzutreten und diese Geschichte zu einem Ende zu bringen.

Ich mußte nicht allzulange auf einen Brief von Will warten, und als dieser eintraf, erweckte er in mir eine ebenso heitere Freude wie damals in der Postkutsche, als Will zum ersten Mal London sah.

»Oh, Sir Robert«, lautete der Brief, »Ihr könnt Euch nicht vorstellen, wie wir alle hier, jeder von uns, der sich an Euch erinnert, voller Freude sind angesichts des großen bevorstehenden Ereignisses: Eurem Kommen nach Bidnold.

Bitte, Sir, seid versichert, daß wir hier alles hübsch und

nett machen werden für diese glückliche Rückkehr; M. Cattlebury will nämlich einen Rosinenkuchen backen und eine seiner Karbonaden zubereiten, und die Tücher, die alles abdecken, seit der V. de Confolens nicht mehr herkommt, werden wir abnehmen. Und glaubt nicht, daß Ihr mit einem ärmlichen Bett in einem Stall vorliebnehmen müßt. Ihr könnt in einem bequemen Zimmer schlafen, nämlich dem Olivenzimmer, in dem wir einst Mister Pearce gepflegt haben.

Gebt uns nur noch Nachricht über Euren Ankunftstag – weil M. Cattlebury das Rindfleisch kaufen und für die Karbonade würzen muß. Er ist sehr begierig auf diese Nachricht, ebenso wie ich,

Euer Diener Wm. Gates«

Ich entschied mich schließlich für den 29. April dieses Jahres 1667, das ein Jahr kalter Frühlingsregen und launenhafter Sonne war. Da ich auf Danseuse nach Bidnold reiten wollte, würde die Reise mehrere Tage dauern, doch ich wußte, daß ich – bei welchem Wetter auch immer – jede Etappe genießen und unter dem weiten Himmel von Norfolk den Kopf heben und einen Schrei ausstoßen würde.

An dem Tag, an dem Danseuse und ich London verließen, regnete es, doch später, weiter nordöstlich, hatten wir einen wolkenlosen Himmel.

Während der Reise fragte ich mich, welche Veränderungen ich wohl auf Bidnold vorfinden würde, und ich wußte, daß mir besonders die Leere des Ortes ins Auge fallen würde, seine fehlende Zugehörigkeit. Für den Viscomte war er, nach Wills Briefen zu schließen, immer nur ein Ort der Unterhaltung und Verführung gewesen. Er hatte ihn nie voll bewohnt oder versucht, sich dort wohl zu fühlen, und jetzt kam er überhaupt nicht mehr hin und zahlte der Dienerschaft nicht einmal mehr ihren Lohn. Will und Cattlebury waren geblieben, von Babbacombe bezahlt, wie ich annahm, doch wahrscheinlich gingen die Gärtner, Stallburschen, Zimmermädchen und Küchenjungen nach und nach alle weg, so daß das Haus und der Garten, ja sogar der Park allmählich verwahrlosten und verfielen. Ich dachte daran, wie traurig Will darüber sein mußte. Ich sah sein braunes, faltiges Gesicht vor mir und stellte mir vor, daß er mich bat, etwas zu unternehmen, um den Niedergang eines Anwesens zu verhindern, das er ebenso liebte wie ich, und ich hörte mich ihm antworten, daß ich nichts tun könne, da es jetzt nicht mehr in meinen Händen liege und nichts mehr mit meinem Leben zu tun habe.

Ich ließ mich von diesen Gedanken nicht niederdrücken. Während der ganzen Reise war ich kaum einmal traurig, und in den Nächten schlief ich lange und träumte, ich sei schon da.

So traben wir also ins Dorf Bidnold, am »Jovial Rushcutter« und an der Kirche vorbei, und dann biegen wir links ab und reiten durch das große Eisentor in den Park hinein. Danseuse schlägt mit dem Schweif, schnaubt und beschleunigt ihren Schritt.

Es geht eine frische Brise, und die Schatten rasch dahinziehender Wolken huschen über das Gras. Die Kastanien sind voller blühender Kerzen. Zu ihren Füßen äst Wild, und als wir näher kommen, heben die Tiere die Köpfe und schauen zu uns herüber.

Wir biegen um die Kurve in die Einfahrt ein, und da liegt

er vor uns: der Landsitz Bidnold in der Grafschaft Norfolk, das Haus, das dem Gegner der Royalisten, John Loseley, entrissen und mir für meine Rolle als Hahnrei gegeben worden war, das Haus, das meine ganze Narrheit barg, Merivels Haus.

Ich zügle Danseuse und lasse sie im Schritt gehen. Wir sind jetzt genau an der Stelle, wo ich an einem grimmig kalten Morgen hinter Celias Kutsche herlief und auf einer eisigen Stelle ausrutschte und meine pfirsichfarbenen Strümpfe zerriß. Der Park ist hier von einem Wassergraben umgeben, und dahinter liegt der Südrasen mit seinen großen Zedern. Während wir ruhigen Schrittes weitergehen, bemerke ich, daß der Rasen ordentlich geschnitten ist, auch an den Kanten, und daß um die Zedern aus Stein gehauene Bänke aufgestellt worden sind.

Mein Blick ruht jetzt auf der Eingangstür. Ich muß an ihre Schwere denken und an die Freude, die ich immer empfunden hatte, wenn sie sich für mich öffnete und ich hineinging und hörte, wie sie sich hinter mir wieder schloß – so, als hätte ich schon immer gewußt, daß mir das Haus nur für ganz kurze Zeit gehören würde.

Die Tür öffnet sich. Will Gates kommt heraus, ihm folgt Cattlebury, und die beiden stehen nebeneinander da und blikken mir so benommen entgegen, als seien sie herausgekommen, um einen Kometen oder ein anderes wundersames Ereignis zu sehen. Ich muß bei ihrem Anblick lächeln und rufe: »Will! Cattlebury! Hier bin ich!«, doch sie können mich nicht hören, da ich, obwohl ich zu lächeln meine, in Wirklichkeit wie ein Kind weine und mich nicht soweit zusammennehmen kann, um meinen Tränen Einhalt zu gebieten, die so schnell und reichlich fließen, daß die ganze Szene vor mir zittert und schwankt und ich Schwierigkeiten habe, das Gleichgewicht auf meinem Pferd zu halten.

Danseuse bleibt stehen, und ich steige ab und sehe, wie Will und Cattlebury mir die Hände entgegenstrecken. Ich nehme sie in meine, in jede Hand eine, halte sie sehr fest und bringe aus meinem erstickten Herzen eine Salve meines alten Lachens hervor.

»Sir«, sagte Will, »Ihr seid sehr dünn geworden.«

Ich nicke. Ich versuche zu sprechen.

»Dem werden wir abhelfen, Sir Robert«, sagt Cattlebury, »mit Karbonaden.«

»Ja«, sage ich, »das werden wir. Mit Karbonaden.«

Ich hatte mit meiner Vermutung, daß ich Bidnold in einem vernachlässigten und verfallenen Zustand antreffen würde, nicht recht gehabt.

Wenngleich ohne einen Besitzer, macht jeder Raum auf Bidnold einen so sauberen, staubfreien und parfümierten Eindruck, als werde dieser erwartet.

Nur wenig ist von meiner ordinären Inneneinrichtung übriggeblieben. Der Teppich aus Tschengtschau liegt noch auf dem Boden des Ruhezimmers, alle seine Farben sauber und strahlend, doch die Wände sind nicht mehr rot und golden, sondern mit einem taubengrauen Damast behängt, und die scharlachroten Sofas sind verschwunden. Der Raum ist großartiger als zuvor. Über dem Kamin hängt ein vergoldeter italienischer Spiegel. Die Polster aller Stühle und Fußbänke sind mit pfirsichfarbener Seide und preußischblauem Samt überzogen. Reiterportraits (nicht ganz ohne dorische Säulen und Waldgletscher) zieren die Wände. Es gibt einen Kartentisch aus Ahornholz, einen Tisch mit einem Schachbrettmuster aus Ebenholz und Elfenbein und ein von dem Franzosen Florent-Pasquier gebautes Spinett. An den Fenstern hängen schwere, üppige Brokatvorhänge.

»Ich hätte nicht gedacht«, sage ich zu Will, als ich mich in diesem schönen Raum umsehe, »daß der Viscomte einen so erlesenen Geschmack hat.«

Will sieht verlegen aus. »Mir«, sagt er, »mir hat all Euer Scharlachrot und Rosa gefallen, Sir Robert.«

Ich lache. Wir gehen weiter ins Speisezimmer, dem Schauplatz meiner Abendessen bei Kerzenlicht mit Celia. Mein Eßtisch aus Eiche steht noch auf seinem Platz, doch die Wände sind jetzt getäfelt, und die Decke ist voller Stukkaturen und gelber und blauer Malereien. Der Raum erweckt den Eindruck eines Prunksaals, fast abweisend in seiner Förmlichkeit, und ich bemerke noch einmal, zu Will, daß das Bild, das ich mir nach seinen Briefen von dem Viscomte gemacht hatte, sich von meinem jetzigen sehr unterscheidet.

»Nun ja«, murmelt Will, »das mag sein, Sir, weil man in einem Brief nicht alles erzählen kann. Wegen der Kürze, oder weil einem die Worte fehlen, muß man vieles auslassen.«

»Das stimmt schon, Will«, erwidere ich, »aber du hast in mir den Eindruck erweckt, daß er sich nicht richtig um das Haus gekümmert hat, und ich sehe nun, daß du dich darin geirrt hast, denn er hat es sehr hübsch eingerichtet.«

Will zuckt mit den Schultern, die in einem neuen rostfarbenen Rock stecken. »Er kommt nicht mehr hierher«, meint er, »und ich hoffe, daß es dabei bleibt.«

»Was wird dann aus all den Möbeln?«

»Ich weiß es nicht, Sir Robert.«

»Sollen sie für immer hinter Tüchern verborgen herumstehen?«

»Ich kann es nicht sagen.«

»Wie, Will?«

»Ich kann nicht sagen, ob sie für immer unter Tüchern verborgen herumstehen werden.«

»Wie sind denn die Anweisungen?«

»Wie bitte, Sir?«

»Welche Anweisungen hat der Viscomte im Hinblick auf die Einrichtung gegeben?«

»Er hat keine gegeben.«

»Keine? Er ist, ohne ein Wort zu sagen, einfach weggegangen?«

»Ohne ein einziges Wort, Sir.«

»Dann hat er bestimmt vor zurückzukehren. Vielleicht kommt er heute noch, in der Nacht, er kann jederzeit kommen.«

Will zuckt wieder mit den Schultern. Seine Eichhörnchenaugen sehen mich nicht an. »Schon möglich, Sir. Doch ich glaube es nicht.«

Ich gebe diese Unterhaltung auf und gehe mit Will zum Olivenzimmer, das bis ins letzte Detail noch so ist wie seinerzeit, als ich siebenunddreißig Stunden darin verbracht und Pearces Schlaf bewacht habe. Der Gedanke, daß ich eine Nacht darin schlafen werde, in den kühlen Leinentüchern und hinter dem grünen Baldachin mit den scharlachroten Quasten, bewegt mich, und ich setze mich auf den kleinen, gepolsterten Sitz unterhalb des Fensters und danke Will dafür, daß er dieses Zimmer für mich hergerichtet hat. Plötzlich fühle ich mich müde und denke, daß ich in meiner Müdigkeit wieder einmal Dinge sehe und höre, die gar nicht da sind. Als mein Blick von der Treppe in die Halle hinunterfiel, glaubte ich einen Lakaien in Livree zu sehen, der leise aus der Tür des Morgenzimmers kam und zum Küchendurchgang huschte, und jetzt, als ich mich umdrehe und auf die Bäume hinausschaue, in denen der Wind säuselt, und auf die sich bewegenden Schatten im Park, bilde ich mir ein, in weiter Ferne dasselbe Hundegewinsel zu hören, das mich erst vor kurzem veranlaßt hatte, die Tür meines Zimmers über dem Lautenbauer zu öffnen und in das Dunkel hinauszuspähen.

Es ist mitten am Nachmittag. Ich sage zu Will, daß ich mich ein wenig ausruhen wolle. Er verläßt mich und schließt die Tür hinter sich. Doch ich schlafe nicht, ja, ich mache nicht einmal die Augen zu, sondern liege nur still da, lausche auf den Wind und frage mich verwundert, wo ich bin.

Obgleich ich mir dabei etwas einsam und dumm vorkommen werde, bestehen Will und Cattlebury darauf, daß das Abendessen im Speisezimmer serviert wird.

Ich trage meinen blauen Anzug mit den cremefarbenen Borten. Ich werde nicht an das Kopfende plaziert, wo ich immer zu sitzen pflegte, sondern sozusagen an meine rechte Seite, als wäre ich mein eigener Ehrengast.

Das Zimmer ist von unzähligen Kerzen beleuchtet.

»Blas ein paar davon aus, Will«, sage ich, »ich brauche keine hundert Lichter, um eine Karbonade zu essen.« Doch er weigert sich. »Ihr liebtet das Licht, Sir Robert«, meint er. »Ihr habt das immer zu mir gesagt.«

Cattlebury hat für mich ein sehr reichhaltiges Mahl zubereitet, und er und Will sind enttäuscht, weil ich nur ein paar Bissen davon essen kann. Ich sehe, wie diese beiden Männer mich anschauen und denken: »Er ist nicht mehr er selbst«, und es rührt mich, zu erfahren, daß der alte Merivel – den Pearce und Celia so verachtet haben und über den sich der

König so geärgert hat – für sie ein bedeutender Mann gewesen war.

Der Burgunder, der mir zum Essen serviert wird, duftet nach den Früchten des Sommers und geht mir so ins Blut, daß ich mich nach dem Mahl kaum noch vom Tisch erheben kann, so schwer sind mir die Glieder.

»Mein Gott«, sage ich zu Will, der mir hochhilft, »man könnte meinen, ich sei in der letzten halben Stunde ein alter Mann geworden.«

»Ihr seid müde von Eurer Reise, Sir, das ist alles.«

»Entweder das, Will«, antworte ich, »oder aber, ich sterbe.«

»Nun, Sir Robert, es geht wohl nicht, daß Ihr im Speisezimmer sterbt. Das wäre allzu schrecklich. So wollen wir Euch in Euer Bett bringen.«

Ich sage zu Will, ich möchte lieber in den Park gehen, über den die Wolken inzwischen hinweggezogen sind und einen runden, weißen Mond freigegeben haben, und um das Haus herumlaufen und die Frühlingsnacht einatmen. Er sieht mich an und schüttelt den Kopf, als glaube er, daß meine Lunge von der Luft wie von einem Messer durchlöchert werden würde, doch ich taumele in die Halle und auf die Tür zu und ziehe ihn mit mir. »Komm, Will«, sage ich, »wir haben nur diese eine Nacht.«

Die Tür ist offen, und ich blicke hinaus und sehe ein kaltes Licht, das auf den Rasen fällt, und rieche die Erde. Und dann weiß ich nichts mehr.

Ich erwache unter dem grünen Baldachin. In den scharlachroten Quasten hängt die süße Erinnerung an Pearce.

Es ist warm im Zimmer. Ich trage mein Nachthemd und meine Nachtmütze. Ich weiß nicht, wieviel Uhr und welcher

Tag es ist, habe aber den Eindruck, daß ich lange Zeit geschlafen habe.

Ich greife in mein Gesicht und stelle fest, daß es sehr stoppelig ist. Was für ein schrecklicher Anblick ich in der letzten Zeit doch immer bin, denke ich ...

Ich ziehe die Bettvorhänge zurück. Auf einem kleinen Eichentisch steht ein Porzellanteller mit einem Rosinenkuchen, und der Anblick dieses Kuchens erweckt in mir einen riesigen Hunger, als hätte ich seit einer Woche nichts gegessen. Ich schneide mir also ein Stück davon ab und stopfe es mir mit abstoßender Hast in den Mund. Dann esse ich ein zweites Stück, und die Krümel rollen mir übers Kinn.

Als nächstes komme ich zu der Überzeugung, daß der Tag, an dem ich aufgewacht bin, welcher es auch sein mag, ein Tag voller Sonnenschein ist. Ich kann noch keine Sonne sehen, weil das Olivenzimmer nach Norden geht, doch ich weiß, daß ich nur zur Vorderseite des Hauses gehen muß, um es zu finden: das strahlende Licht.

Daher verlasse ich, so wie ich bin, im Nachthemd und mit Kuchenkrümeln in den Mundwinkeln, das Zimmer und gehe hinaus auf den Treppenabsatz, und dort sehe ich, wie vorausgesagt, das Licht der Sonne auf die Stufen fallen. Ich stehe da und schaue hinunter. Und langsam sehe und höre ich, nach einigem Blinzeln und Augenreiben und nachdem ich mir die Nachtmütze abgenommen habe, ein höchst merkwürdiges Spektakel: Die Halle ist voller Hunde. Es sind sicher sieben oder acht – kleine Spaniels wie meine arme Minette –, die aufgeregt und kläffend im Kreise herumrennen.

Ich versuche angestrengt, mir darüber klarzuwerden, ob die Hunde wirklich da sind oder nur in meinem angegriffenen Gehirn, kann aber zu keiner Entscheidung kommen. Ich muß hinuntergehen, sage ich mir, und versuchen, einen von ihnen anzufassen, und wenn er nicht verschwindet oder sich in ein gelbes Tuch verwandelt wie das Büschel Schlüsselblumen, dann weiß ich, daß er lebendig ist und keine Halluzination.

Ich bin barfuß, doch das von der Sonne polierte Holz der Treppe fühlt sich warm an. Beim Hinuntergehen bemerke ich, daß die Haustür offensteht, und ich sehe Schatten auf dem Kies, als ob sich Leute hin und her bewegen, und irgendwo in meinem Kopf, der so vollgestopft mit Schlaf ist, weiß ich, was das zu bedeuten hat, wenn es mir auch nur ganz langsam ins Bewußtsein kommt ... ganz langsam ... wie eine alte Erinnerung, die eingerostet und vergessen ist und halb verborgen irgendwo ruht ... und dann bin ich in der Halle und rufe einen der Hunde zu mir, und sie kommen alle, scharen sich um mich und springen mich an, gegen meine Beine und meine ausgestreckte Hand, und wedeln mit dem Schwanz. Ich bin völlig von ihnen eingekreist. Sie sind ganz gewiß Wirklichkeit, Merivel, sage ich zu mir, denn zwei von ihnen beißen in den Saum deines Nachthemds, und du hörst schon, wie es reißt. Doch ich versuche nicht, die Hunde wegzustoßen. Ich freue mich über ihre Aufregung. Ich denke: Wie lieb und hübsch sie doch sind! So fange ich an, mit ihnen zu spielen, lasse meine Nachtmütze vor ihnen baumeln, so daß sie hochspringen und hineinzubeißen versuchen, und schnappe sie ihnen wieder weg, und als ihr Kläffen und ihre Aufregung durch mein Necken stärker wird, höre ich mich wie ein Kind lachen.

Und dann fällt ein sehr langer Schatten über den goldenen Boden und über mich und mein Lachen. Im gleichen Augenblick fängt einer der Hunde an, den ganzen Saum meines

Nachthemds herunterzureißen. Da schaue ich auf und sehe den König.

Der König tat, als bemerkte er nicht, daß ich ohne Perücke, unrasiert und barfuß war und ein zerrissenes Nachthemd voller Kuchenkrümel trug, und lud mich mit sanfter, freundlicher Stimme zu einem kleinen Rundgang durch den Park ein.

Während eine Gruppe livrierter Stallburschen und Lakaien – unter Anleitung von Will, der seltsamerweise auch eine Livree trug – eine große Anzahl Schrankkoffer und Kisten von zwei prachtvollen Kutschen ablud, gingen wir ein Stück die Auffahrt entlang, wandten uns dann nach links und liefen durch das Gras zu einer Reihe Rotwild, das dort im Schatten äste. Die Hunde rannten vor uns her, jagten sich und bellten.

Bis dahin waren wir, ohne ein Wort zu sagen, gegangen. Doch nun blieb der König plötzlich stehen, wandte sich um und blickte zurück zum Haus.

»Es gehört jetzt mir«, sagte er.

Ich sah ebenfalls zum Haus hin. Zum Landhaus Bidnold in der Grafschaft Norfolk ...

»Wie bitte, Eure Majestät?« fragte ich.

»Ihr habt mich richtig verstanden. Es gehört jetzt mir.«

»Euch ...?«

»Ja.«

»Und der Verkauf an den Vi–?«

»Ich habe nie das Geld dafür bekommen. Das versprochene Geld. Geld, das ich für die Ausstattung eines Schiffes verwenden wollte, aber nie bekommen habe. So wird Bidnold jetzt ein Schiff *sein* müssen.«

»Ein Schiff sein?«

»Ja. Versteht Ihr?«

»Nicht ganz ...«

»Es soll *mein* Schiff sein, mit anderen Worten: Ich möchte in ihm gelegentlich meinen Sorgen davonsegeln. Jetzt versteht Ihr es, *n'est-ce pas*? Ihr vor allen anderen müßtet es doch verstehen, nicht wahr, Merivel? Es ist der Ort, wo ich zum Träumen hingehen werde.«

Ich nickte. Der König beobachtete mich. Ich wollte ihm sagen, daß er keinen besseren Ort hätte wählen können, doch unter seinem Blick fielen mir die Worte schwer.

»Ihr braucht nichts dazu zu sagen«, fuhr er fort, »denn ich weiß, was Ihr fühlt. Doch seht Euch das hier an. Erinnert Ihr Euch, wem Ihr es gegeben habt?«

»Was soll ich mir ansehen, Sir?«

»Das hier.«

Der König streckte seine Hand aus (die von einem smaragdfarbenen Handschuh umhüllt war), und ich sah darin eine kleine schmutzige, gewellte und abgenutzte Karte. Ich nahm sie und schaute sie mir an, und nachdem ich ein oder zwei Sekunden verständnislos darauf geblickt hatte, erkannte ich meinen Namen, *R. Merivel. Arzt. Chirurg.*, und meine alte Adresse in Cheapside.

Ich sah auf. Auf dem Antlitz des Königs breitete sich jetzt jenes Lächeln aus, das auf mein Herz eine solch unbeschreibliche Wirkung hat.

»Ja«, sagte er, »Eure Karte. Die mir kurz nach dem Feuer einer meiner Hutmacher, Arthur Goffe, gezeigt hat. Er erzählte mir, daß Ihr es wart, der seiner Frau das Leben rettete.«

»Nun, ich und ein anderer Mann, der viel größer und stärker war als ich. Ich wußte aber nicht, daß der Mann dieser Frau einer von Euren Leuten ist.«

»Nein. Natürlich nicht. Und selbst wenn Ihr es gewußt hättet, so würde wohl nicht ich Euch zu einer solchen Heldentat angetrieben haben. Das waren andere, nicht wahr? Ein gewisser Handschuhmacher und seine liebe Frau?«

»Ja.«

»Welch ein Glück, Merivel! Denn es ist meine Überzeugung, daß wir erst dann richtig leben können, wenn wir alle Schulden an unsere Eltern beglichen haben. Denn sie und ihren Tod können wir nie vergessen. Ist es nicht so?«

»Ja.«

»Selbst in einem Alter, in dem wir die vorzügliche Kunst des Vergessens praktizieren, bleiben doch gewisse Dinge.«

»Ja.«

»Und zu diesen Dingen gehört, wenn ich mich nicht irre, Eure Liebe zu Bidnold.«

»Ja. Ich liebe es. Ich liebte es vom ersten Tage an –«

»Daher wußte ich, daß Ihr hierher zurückkommen würdet. Gates und ich waren da einer Meinung. Wir wußten, daß Ihr eines Tages kommen würdet und daß ich Euch so wiederfinden würde.«

»Ihr wußtet das?«

»Natürlich. Ich erinnere mich auch, daß Ihr von einem Zimmer immer ganz besonders entzückt wart, einem runden Zimmer im Westturm, und doch habt Ihr, wie ich hörte, nie eine Verwendung dafür gefunden.«

»Nein. Ich glaube, als ich noch hier wohnte, habe ich immer gedacht, daß dieser Raum ... meine Grenzen überschreitet ... zu hoch für mich ist, oder so etwas ... daß es mir daher nicht möglich war zu verstehen, wie ich ihn einrichten sollte ... beinahe so, als sei er ein Teil meines Geistes, der sich mir noch nicht erschlossen hatte.«

»Warum geht Ihr dann nicht hin und schaut ihn Euch jetzt an?«

»Jetzt?«

»Ja.«

»Nun, Sir, ich tue es, wenn Ihr es wünscht, doch eigentlich würde ich lieber unseren Spaziergang fortsetzen.«

Der König brach in lautes Lachen aus, womit er das Wild erschreckte und auseinandertrieb.

»›Unseren Spaziergang fortsetzen!‹ ›Unseren Spaziergang fortsetzen!‹ Seht mich an, Merivel!«

Ich versuchte, dem König ins Gesicht zu sehen, doch die Sonne blendete mich, so daß ich mir die Hand vor die Augen halten mußte.

»Geht zurück ins Haus«, wies mich der König an, »und die Treppe hinauf und in diesen leeren Raum. Und seht, ob Ihr ihn jetzt besser versteht.«

»Jawohl, Sir.«

»Dann können wir unseren Spaziergang fortsetzen, wenn Ihr wollt.«

»Wie Ihr wünscht, Majestät.«

»Nun geht schon!«

Ich schwieg und sah zum Westturm hoch. Vor vielen, vielen Monaten hatte ich wieder einmal an diesen Raum gedacht, der in Wirklichkeit nie ein richtiger Raum, sondern nur ein leerer Ort gewesen war. Auf den drei Fenstersimsen scharten sich ein paar weiße Vögel.

»Pfautauben«, sagte der König, »sehr hübsch, finde ich. Vielleicht habt Ihr von Zeit zu Zeit den Wunsch, das Fenster zu öffnen und sie hereinzulassen.«

»Wie bitte, Sir?«

»In Euer Zimmer.«

»Die Vögel in das Zimmer zu lassen?«

»In *Euer* Zimmer!«

»Mein Zimmer?«

»Ja. Ich schenke Euch das Zimmer. Es gehört Euch. Bis meine Regierungszeit zu Ende ist und ein neues Zeitalter beginnt. Bis dahin sei es Euch wiedergegeben – für das Leben, das Ihr gerettet habt, und dafür, daß Ihr ein Mann geworden seid. Es ist Euer Zimmer, Ihr könnt kommen und gehen, wie es Euch beliebt, und ich werde es Euch niemals wegnehmen.«

Seht Ihr mich jetzt?

Ich bin in dem Zimmer.

Ich stehe in meinem zerrissenen, weißen Nachthemd in dem weißen Zimmer.

Merivel. So, wie er war. Seht Ihr ihn? Er trägt keine Perücke. Es juckt ihn unter den Schweineborsten. Er legt eine Hand an seine Wange und entdeckt einen Kuchenkrümel.

Doch ich denke nicht an ihn. In diesem hohen, weißen Raum kehren meine Gedanken zu Margaret zurück. Ich halte sie im Arm, nehme ihr das Häubchen ab und küsse sie sanft auf ihre feuerroten Locken. Sie quiekst und strampelt und pustet mir Spuckebläschen ins Gesicht, und dann streckt sie eine ihrer dicken, kleinen Hände aus und greift nach meiner Nase.

Ich lache, nehme ihre Hand weg und trage sie zu einem der Fenster, wo wir das Gurren der Tauben hören können. Ich hebe sie hoch und zeige ihr die große Weite des Parks, den ich einmal als wilde, zügellose gelb-grüne Linien und dunkle braun-purpurne Flecken gesehen hatte, und über ihm steht die Sonne, die mir in Ermangelung eines Zeitmessers sagt, daß es Mittag am schönsten Aprilmorgen meines Lebens ist.

Ich weiß nicht, wie lange ich in dem Zimmer bleibe. Vielleicht bricht, als Ihr den letzten Blick auf mich werft, schon die Dämmerung herein. Ich wickle Margaret fester in ihr Tuch, denn es wird jetzt kühl, und wir gehen zusammen zur Tür. »Morgen«, sage ich zu ihr, »muß ich weiter nach Whittlesea. Doch schon sehr bald – bevor du laufen gelernt hast und bevor ich zu schwach geworden bin, um die Treppe hochzusteigen – bringe ich dich hierher zurück.«

Eine Reise in ein neues Leben – auf den Wegen, die das Schicksal lenkt …

Cherbourg, 1912. Tess, ein einfaches Nähmädchen, träumt davon, ihre eigenen Kleider zu entwerfen, prachtvolle Roben zu schneidern und eines Tages selbst zur Welt der Haute Couture zu gehören. Als sie die berühmte Modedesignerin Lady Lucile Duff Gordon auf der Titanic nach New York begleiten darf, scheinen all ihre Träume in Erfüllung zu gehen – bis das Undenkbare passiert und Tess' Leben eine ungeahnte Wendung nimmt …
Ein Koffer voller Träume ist ein hinreißender Roman über die großen Gefühle einer jungen Liebe und die atemberaubende Welt der Mode im pulsierenden New York zu Beginn des 20. Jahrhunderts.

Kate Alcott, Ein Koffer voller Träume. Roman. Aus dem Amerikanischen von Gabriele Gockel und Barbara Steckhan. insel taschenbuch 4182. 393 Seiten

NF 155/1/8.12